테익스칼란
제국 시리즈
1

제국이란
이름의 기억

A MEMORY CALLED EMPIRE
by Arkady Martine

Copyright © AnnaLinden Weller 2019
All rights reserved.

Korean translation edition is published by arrangement with AnnaLinden Weller c/o BAROR INTERNATIONAL, INC., Armonk, New York, U.S.A.
through Danny Hong Agency

Korean Translation Copyright © Minumin 2025

이 책의 한국어 판 저작권은 대니홍 에이전시를 통해
BAROR INTERNATIONAL, INC.와 독점 계약한 ㈜민음인에 있습니다.
저작권법에 의해 한국 내에서 보호를 받는 저작물이므로 무단 전재와 무단 복제를 금합니다.

제국이란
이름의
기억

아케이디 마틴
Arkady Martine

김지원 옮김

테익스칼란
제국 시리즈
1

A Memory
Called
Empire

황금가지

차례

서곡	—11	12장	—321
1장	—17	13장	—352
2장	—43	14장	—373
3장	—67	15장	—397
4장	—91	16장	—419
5장	—121	막간	—436
6장	—155	17장	—439
막간	—186	18장	—462
7장	—190	19장	—495
8장	—221	20장	—520
9장	—240	21장	—540
10장	—271	이후에	—555
막간	—297	사람, 장소, 물건에 관한 용어사전	—563
11장	—300	감사의 말	—576

자신의 문화를 집어삼킨 문화를 사랑해 본 적이 있는
모든 이에게 이 책을 바친다.
(그리고 수 세기를 넘어
그리고르 파를리체프와 페트로스 겟초프에게.)

우리의 기억은 우주보다 더 완벽한 세계이다.
더 이상 존재하지 않는 사람들에게
생명을 되돌려주기 때문이다.
— 기 드 모파상, 「자살」

나는 칼립소와 함께하는 삶을 택하느니
콘스탄티노플의 연기를 고르겠다.
나는 거기 사방에 존재하는 수많은 기쁨의 원천들에 대한 생각에
완전히 사로잡혔다.
교회의 크기와 아름다움, 주랑의 길이와 산책로의 규모,
주택들과 콘스탄티노플에 대한 인상을 풍부하게 해 주는
다른 수많은 것들.
친구들과의 모임과 대화, 그리고 실제로 그중 제일가는 것은
나의 금 제조기, 즉 당신의 입과 꽃들—
— 니케포루스 우라노스, 「안티오크에서의 편지」, 서간 38번

서곡

별 지도와 상륙, 테익스칼란에는 이런 것들이 무한하다.

전함 승천의 붉은 수확호의 전략 테이블 위쪽으로 홀로그래프 속에 테익스칼란 우주가 전부 펼쳐져 있다. 전함은 테익스칼란의 수도인 도시행성에서 다섯 점프게이트와 2주의 아광속亞光速 이동거리만큼 떨어져 있고, 곧 빙 돌아서 집으로 갈 예정이다. 홀로그래프는 지도 제작자의 관점에서 보는 평정이다. 이 반짝거리는 빛들이 모두 행성계이고, 다 우리 거야. 어느 함장이 세계의 경계 너머 확장되는 제국을 재현한 홀로그래프를 바라보는 이 장면. 하나의 경계를, 테익스칼란 스스로가 보는 자기 모습인 커다란 바퀴에서 살 하나를 고르면 이 장면은 계속 반복된다. 수백 명의 그런 함장들, 수백 개의 그런 홀로그래프들. 그리고 이 함장들 한 명 한 명이 테익스칼란이 모을 수 있는 온갖 독이 든 선물을 들고 병력을 이끌어 새로운 행성계로 나아간다. 무역 협정, 시, 세금과 보호 조약, 검은색 총구가 달린 에너지 무기, 많은 빛을 발산하는 개방적인 태양신전을 중심으로 건축된 광활한 새 총독 궁전. 그 함장들 한 명 한 명이 다시 그렇게, 별 지도 홀로그래프에서 행성계 하나를 더 반짝거리는 점으로 만들려고 할 것이다.

여기 있는 것은 별들 사이의 검은 공간을 향해 쭉 늘어난 문명의 앞발이 쓸어낸 커다란 자취이자, 텅 빈 공간을 내다보며 뭔가가 마주 보지 않기를 바라는 모든 함장의 위안거리이다. 여기, 별 지도에서 우주는 제국과 그 외, 세계와 비세계로 나뉜다.

승천의 붉은 수확호와 그 함장은 우주의 중심으로 다시 돌아가기 전에 마지막으로 들를 곳이 있다. 파르츠라완틀락 섹터에 있는 르셀 스테이션이다. 빙빙 도는 섬세한 보석, 편리한 태양과 가장 가까운 유용한 행성 사이의 균형점에 위치하여 중앙 바큇살 주위를 회전하는 지름 32킬로미터의 환상체. 우주의 이 작은 일부, 테익스칼란의 손이 닿는 범위에 있으나 아직 그 무게 아래 종속되지 않은 지역을 이루는 여러 채굴 스테이션 중에서 가장 큰 것.

스테이션의 바큇살에서 발사된 한 셔틀이 몇 시간을 날아가서, 대기 중인 거대한 금색과 회색의 금속 전함으로 들어가 짐을 맡긴다. 인간 여성 한 명, 짐 약간, 몇 가지 지시 사항. 그리고 무사히 다시 돌아온다. 셔틀이 귀환할 무렵에 승천의 붉은 수확호는 여전히 아광속 물리학에 종속된 채 테익스칼란 중심을 향해 신중하게 출발한다. 아직 하루 반 정도는 르셀에서 보이다가, 차츰 작아져서 밝은 점처럼 되어 사라질 것이다.

광부협회 소속 르셀 의원인 다지 타라츠는 멀어지는 그 형상을 보고 있다. 르셀 의회 회의실 창문에서 보이는, 지평선의 절반을 집어삼키며 추처럼 매달린 거대하고 잠자는 위협적인 존재. 친숙한 별들을 지우고 툭 돌출된 그 모습은 타라츠에게는 테익스칼란이 스테이션 우주Stational Space에 굶주렸다는 최신 증거다. 조만간 이런 함선이 물러나지 않고, 타라츠를 포함해 3만 명의 목숨이 담긴 연약한 금속 셸shell을 향해 에너지 무기의 밝은 불길을 겨눠, 그들 모두를 마치 뭉개진 과일에서 흘러나오는 씨앗처럼 우주의 얼어 죽을 냉기에 닿게 할 날이 올 것이다. 타라츠는 제국이 견제받지 않는 한 이건 일종의 불가피한 일이라고 믿는다.

르셀 의회가 회의 때 모이는 전략 테이블 위에서는 별 지도 홀로그래프가 빛나지 않는다. 여러 팔꿈치가 문질러서 윤이 나는 금속 표면뿐이다. 타라츠는 물러나던 함선이 여전히 얼마나 큰 상존 위협으로 느껴지는지, 그 단순함에 대해 다시 생각한다. 그리고 창문을 내다보던 걸 그만두고 다시 자리에 앉는다.

견제받지 않는 제국은 불가피한지도 모른다. 그러나 다지 타라츠는 견제할 수 없다는 것이 유일한 선택지가 아니며 한동안은 그렇지 않았다는, 조용하고 단호하며 교활한 낙관을 품고 있다.

"자, 일은 끝났군요." 유산遺産협회 의원인 아크넬 암나르트바트가 말한다. "그 사람이 갔어요. 제국 쪽 요청대로 바로 그곳에 파견되는 우리 신임 대사가 제국을 우리에게서 멀리 떼어놔 주길 진심으로 바랍니다."

다지 타라츠는 그 속을 꿰뚫어 본다. 그는 르셀에서 테익스칼란으로 지난번 대사를 보낸 인물이다. 20년 전, 그가 아직 중년이고 고위험 프로젝트에 열중하던 시절이었다. 새 대사를 파견하는 일은 아직 전혀 끝나지 않았다. 설령 그녀가 이미 셔틀에 타 버렸고 되돌릴 수 없다고 해도 말이다. 타라츠는 20년 내내 했던 것처럼 테이블에 팔꿈치를 대고, 좁은 턱을 그보다 더 좁은 손바닥 위에 올려 말한다.
"그 사람에게 15년이나 뒤떨어지지 않은 이마고를 주어 보냈다면 더 좋았겠지요. 그녀를 위해서나, 우리를 위해서나."

암나르트바트 의원의 이마고 머신은 머릿속에 유산협회의 선임 의원 여섯 명의 기억을 보유하게 해 주는 정확하게 보정된 신경 임플란트로, 이마고 라인imago-line 1대부터 그다음으로 물려 내려왔다. 그녀는 최근 15년의 경험이라는 혜택 없이 다지 타라츠 같은 사람에게 맞서는 건 상상도 할 수 없다. 만약 그녀가 의회의 새로운 일원인 데다 15년이나 뒤처졌다면, 절름발이나 다름없는 신세일 것이다. 하지만 그녀는 신임 제국 대사에게 주어진 자원이 부족하다는 점은 그다지 신경 쓰지 않고 어깨를 으쓱이며 말한다.

"그건 당신 문제잖아요. 당신이 아가븐 대사를 보냈고, 아가븐은 20년의 재직 기간 동안 갱신된 이마고 기록을 주러 고작 한 번밖에 돌아오지 않을 정도로 무신경했어요. 이제 우리는 아가븐이 15년 전에 남긴 것만을 디즈마르 대사에게 주고 그를 대체하도록 보냈죠. 단지 테익스칼란이 요청했다고······."

"아가븐은 자기 일을 했어요."

타라츠 의원의 말에 테이블에 둘러앉은 수경재배협회와 조종사 협회 의원들이 동의의 뜻으로 고개를 끄덕인다. 아가븐 대사의 일은 르셀 스테이션과 섹터 내의 나머지 소형 스테이션들이 테익스칼란 팽창 정책의 쉬운 먹이가 되지 않도록 지키는 것이었고, 그 대가로 의원들은 모두 그의 흠을 간과하기로 했다. 그런데 이제 테익스칼란이 이전 대사가 어떻게 되었는지 설명도 없이 갑작스럽게 새 대사를 요구했다. 의회 대부분은 아가븐 대사가 죽었는지, 위험에 처했는지, 아니면 단지 제국 내 정치 개편의 희생양이 되었는지 알 때까지 그의 흠을 따지기를 미루고 있다. 다지 타라츠는 언제나 아가븐의 편이었다. 아가븐이 그의 제자니까. 그리고 광부협회 의원으로서 타라츠는 르셀 의회의 대등한 여섯 의원 중에서도 가장 상석에 있다.

"그리고 디즈마르도 자기 일을 할 겁니다."

암나르트바트 의원이 말한다. 마히트 디즈마르는 신임 대사 후보 중에서 그녀가 선택한 사람이었다. 마히트는 몸에 이식된 뒤떨어진 이마고와 완벽하게 어울리는 후보라고 암나르트바트는 생각했다. 똑같은 성격. 똑같은 태도. 보호하고 있는 유산 아닌 유산에 대해 암나르트바트가 품은 정도와 똑같은 제노필리아xenophilia, 이방의 문화 혹은 사람에 대한 우호적 태도적 사랑. 즉 테익스칼란 문학과 언어에 대한 확고한 흥미. 현존하는 아가븐 대사 이마고의 유일한 복제품을 주고 멀리 보내기에 딱이다. 그 타락한 이마고 라인을 갖고서 르셀에서 멀리 보내기에 딱이다. 어쩌면 영원히. 암나르트바트 자신이 모든 일을 제대로 했다면 말이다.

조종사협회 의원인 데카켈 온추가 말한다.

"디즈마르는 아주 적절한 사람일 겁니다. 이제 현재 의회에 올라 있는 문제를 논의해도 될까요? 정확히 말하자면, 안하메마트 게이트의 상황은 어떻게 할 겁니까?"

데카켈 온추는 안하메마트 게이트에 유난히 신경을 쓰고 있다. 르셀 스테이션의 두 점프게이트 중에서 더 멀리 있으며, 테익스칼란의 손에 들어가지 않은 우주로 이어지는 게이트다. 하나라면 사고일 수도 있지만 최근에 온추는 정찰함을 두 대나 잃었고, 둘 다 어둠 속 똑같은 자리에서였다. 그녀는 설명할 방법도 없는 무언가에 정찰함을 잃었다. 함선들이 사라지기 전에 통신기가 보낸 연락은 방사선 방해로 알아들을 수 없고 지직거리는 데다, 전혀 말이 되지 않는 내용이었다. 더 나쁜 건, 함선 조종사뿐만 아니라 그들이 갖고 있던 기나긴 기억의 이마고 라인까지 잃었다는 점이다. 산산조각 난 시체와 이마고 머신을 되찾지 않는 한, 조종사들과 이마고 라인의 결합된 정신을 구제해서 새 조종사의 정신에 심을 수가 없다. 그리고 그 회수 작업은 불가능한 일이다.

나머지 의회 의원들은 별로 신경 쓰지 않는다. 아직은. 하지만 이 회의가 끝날 무렵, 온추가 기록의 나머지를 들려주면 다들 신경 쓰게 될 것이다. 다지 타라츠만 빼고. 다지 타라츠는 대신에 끔찍한 희망을 품는다.

그는 생각한다. 마침내, 우리를 야금야금 집어삼키는 제국보다 더 큰 제국이 있을지도 몰라. 이제 나타날지도 몰라, 이제는 내 기다림이 끝날지도 모르지.

하지만 이 생각은 아무에게도 말하지 않는다.

1장

좌표 B5682.76R1에 있는 거대 기체 행성의 곡선 뒤에서 황제 열두 번의 솔라플레어가 뱃머리에서 모습을 드러내 빛나는 불길이 되어 보이드 void 전체에 발광했다. 왕좌에 늘어선 창 같은 살처럼 바깥으로 뻗은 그녀의 광휘는 섹터 B5682의 인간들이 거주하는 금속 셸에 부딪쳐 그것들을 밝게 비추었다. 열두 번의 솔라플레어의 함선 내 센서들은 서로 닮은 셸 열 개를 기록했으며, 이 숫자는 그 이래로 늘어나지 않았다. 셸 안에서 남녀들은 계절도, 성장도, 부패도 알지 못한 채 행성 거주의 이점 하나 없이 궤도 위에서 끝없이 살았다. 이 셸 중 가장 큰 것은 '르셸 스테이션'이라고 하는데, 거기 사람들의 언어로 '귀를 기울이는 정거장'이라는 뜻이다. 하지만 거기 사람들은 점점 괴상해졌고, 자기들끼리만 뭉치게 되었고, 언어 수학 능력이 있어 즉시 배우기 시작했으나……

— 『영토확장사』 5권 72~87행, 작자미상이지만 테익스칼란 제국 황제 세 개의 근지점의 통치 때 역사학자 겸 시인 가싸-열세 개의 깅이 쓴 것으로 추전된다.

테익스칼란 제국으로 가는 여행을 앞당기기 위해서 다음의 신원 확인 자료를 준비해 주시기를 바랍니다.
(a)귀하의 유전자형을 클론 형제와 공유하지 않고 오로지 귀하 혼자만

가졌다고 보여 주는 유전 기록, 또는 귀하의 유전자형이 최소한 90퍼센트는 고유하며 다른 어떤 개인도 그에 관해 법적 권리를 갖지 않음을 명시하는 공증된 서류
(b) 귀하가 반입하려는 물건, 소지품, 화폐, 아이디어 상거래 목적물의 항목별 목록
(c) 테익스칼란 체계 내의 인증된 고용주가 서명하고 공증했으며 봉급과 생활비 자료가 딸린 취업 허가증, 또는 테익스칼란 제국 검사소의 최고 능력 증명서, 또는 사람·정부기관·부서·부처나 다른 인가받은 개인이 초대했으며 제국 우주권에 귀하가 들어오고 나가는 날짜를 명시한 초대장, 또는 자립 가능할 만큼의 화폐에 관한 증명……

— 외국 섹터에서 만들어진 비자 신청서 721Q, 알파벳 언어 형태, 6쪽

마히트는 자기 몸과 짐을 간신히 실을 만한 비눗방울 같은 소형선을 테익스칼란 제국의 중심 행성이자 수도인 '시티'에 착륙시켰다. 그녀는 제국 순양함 승천의 붉은 수확호 측면에서 발사되어 행성 방향 궤도를 따라 대기를 불태우며 들어왔고, 당시에는 풍경이 왜곡되어 보였다. 그렇기 때문에 인포피시infofiche나 홀로그래프, 이마고 기억이 아니라 맨눈으로 시티를 처음 보았을 때, 도시는 하얀 불길로 된 후광이 있고 끝없이 반짝이는 바다처럼 빛났다. 행성 전체가 세계도시ecumenopolice이자 호화로운 도회지의 모습이었다. 심지어 아직 금속으로 뒤덮이지 않은 구 메트로폴리스, 쇠락한 시가지, 아직 활용 중인 호수 유적 같은 어두운 부분들에도 사람이 제법 사는 것 같아 보였다. 유일하게 사람의 손길이 닿지 않은 바다마저 윤이 나는 파란 옥색으로 반짝였다.

시티는 아주 아름답고 아주 컸다. 마히트는 르셀 스테이션에서 가

깝고 인간의 생명에 별로 해롭지 않은 여러 행성을 다녀 보았으나 그래도 완전히 경외심에 사로잡혔다. 심장이 더 빠르게 뛰고, 하네스를 잡은 손바닥이 축축해졌다. 시티는 테익스칼란 책과 노래에서 항상 묘사된 그대로였다. 제국의 심장에 놓인 보석. 대기 중의 빛까지 완벽하다.

〈시티를 보면 그렇게 생각하도록 되어 있기 때문이야.〉

마히트의 이마고가 말했다. 그는 마히트의 혀 안쪽의 희미한 전기 자극이자, 눈가에 슬쩍 스치는 회색 눈과 햇볕에 탄 피부의 잔영이었다. 마히트의 머리 안쪽에서 들려오는 목소리이지만, 그녀 자신의 목소리는 아니었다. 나이는 같은 또래이지만 남성이고, 변덕스러우며 잘난 척하고, 여기 있다는 사실에 마히트만큼이나 흥분한 사람이었다. 그가 웃자 마히트는 자신의 입이 휘어지는 게 느껴졌다. 마히트의 얼굴 근육이 익숙한 표정보다 더 무겁고 큰 웃음이었다. 그들은 서로 아직 낯설었다. 그의 표정은 굉장히 강렬했다.

내 신경계에서 나가, 이스칸드르. 마히트는 그를 향해 부드럽게 꾸짖는 투로 생각했다. 이식되어 합쳐진 선조의 기억인 이마고 중 절반은 그녀의 신경 속에 자리 잡고 있고, 절반은 뇌간腦幹에 붙여 둔 조그만 세라믹과 금속으로 된 머신 안에 있다. 이마고는 합의 없이 호스트host의 신경계를 장악해서는 안 된다. 하지만 동반 관계의 초반에는 합의라는 것이 복잡하다. 마히트의 머릿속에 든 이스칸드르의 경우에는 육신을 가진 때를 기억해서 가끔 그녀의 몸을 사기 것처럼 사용했다. 마히트는 그게 걱정이었다. 그들은 한 사람이 되어야 하는데 아직도 둘 사이에 아주 넓은 틈이 자리했다.

그러나 이번에는 이스칸드르가 쉽게 물러났다. 짜릿한 오싹함, 찌르르한 웃음.

〈원하시는 대로. 나한테 보여 줄래, 마히트? 다시 보고 싶어.〉

마히트는 다시 시티를 내려다보았다. 뜰채로 된 꽃처럼 스카이포트_skyport_가 마히트의 소형선을 맞기 위해서 올라오고 있어서 이번에는 더 가깝게 보였다. 마히트는 이마고가 자기 눈을 통해 보도록 놔두었고, 치솟는 그의 강한 흥분감을 자신의 것처럼 느꼈다.

저 아래 네가 볼 게 뭐가 있는데? 마히트가 생각했다.

〈세계.〉

기나긴 살아 있는 기억의 사슬 일부가 아니라 아직 산 사람이던 때 르셸에서 파견된 대사로 시티에 거주했던 그녀의 이마고가 말했다. 테익스칼란어로 말했기에 이는 동의어 반복이 되었다. 테익스칼란어로는 '세계'라는 단어와 '시티'라는 단어가 똑같고, '제국'이라는 단어도 똑같기 때문이다. 특히 강한 제국 사투리로 말하면 의미를 특정하는 건 불가능했다. 이야기의 맥락을 알아야만 한다.

이스칸드르가 말하는 맥락은 애매했고, 마히트는 그가 그럴 줄 예상하고 있었다. 그녀는 넘어갔다. 테익스칼란어와 문학을 수년간 공부했음에도 이스칸드르의 유창함은 그녀와 질이 달랐다. 몰입해서 연습한 데에서만 나올 수 있는 그런 것이었다.

그가 다시 말했다.

〈세계. 세계의 가장자리도 포함해서.〉

제국, 그리고 제국이 멈추는 곳까지.

마히트는 그가 쓴 언어에 맞춰 테익스칼란어로 소리 내어 말했다. 둥근 소형선에는 그녀밖에 없었기 때문이다.

"방금 네가 한 말에는 의미가 없어."

〈맞아. 내가 대사였을 때 의미 없는 온갖 말을 하는 게 습관이었거든. 너도 해 봐. 꽤 재미있어.〉

마히트의 몸이라는 사적 공간 속에서 이스칸드르는 가장 내밀한 호칭을 사용했다. 마치 그와 마히트가 클론 형제이거나 연인인 것처럼. 마히트는 그런 호칭을 소리 내서 말한 적이 한 번도 없었다. 마히트에게는 르셀 스테이션에 자연적 남동생이 있었다. 그녀에게는 클론 형제에 가장 가까운 존재였으나 남동생은 스테이션어밖에 쓰지 못했고, 동생을 테익스칼란어로 친밀한 다른 사람을 뜻하는 '너'라고 부르는 건 아무 의미 없고 불친절한 일일 것이다. 같은 언어와 문학 코스에 있던 사람 몇 명을 '너'라고 부를 수도 있었을 것이다. 예를 들어 오랜 친구이자 같은 수업을 듣던 쉬르자 토렐은 그 칭찬의 말을 제대로 받아들였을 테지만, 마히트와 쉬르자는 마히트가 테익스칼란의 새 대사로 뽑혀 전임 대사의 이마고를 심은 이래로 이야기를 나누지 못했다. 그들 사이의 작은 결별의 이유는 명백하고 사소했으며, 마히트는 그걸 후회했다. 그녀와 쉬르자 둘 다 보고 싶어 했던 제국의 중심부에서 보내는 사과 편지 말고서는 돌이킬 기회가 없는 일이었다. 물론 사과 편지도 전혀 도움이 되지 않을 테고.

시티가 점점 가까워지며, 마히트가 내려가고 있는 거대한 곡선이 시야 전면을 채웠다. 이스칸드르를 향해서 그녀가 생각했다. 난 이제 대사야. 의미 있는 말을 해야겠지. 내가 그러고 싶다면.

〈넌 제대로 말하고 있어.〉

이스칸드르의 말은 테익스칼란 토박이들이 아직 어린이집에 다니는 아이한테나 해 줄 만한 칭찬이었다.

중력이 소형선을 붙잡고 마히트의 허벅지와 팔뚝의 뼈를 끌어당기자 그녀는 빙빙 도는 느낌을 받았다. 어지러웠다. 아래에서 스카이포트의 그물이 열렸다. 잠깐 동안 그녀는 떨어진다고, 행성 표면까지 쭉 떨어져서 바닥에 피떡이 될 거라고 생각했다.

〈나도 그랬어.〉 이스칸드르가 마히트의 모국어인 스테이션어로 재빨리 말했다. 〈무서워하지 마, 마히트. 떨어지는 게 아니야. 행성 때문이야.〉

스카이포트가 거의 쿵 하는 느낌도 없이 그녀를 받았다.

마히트에게는 자신을 정돈할 시간이 있었다. 기나긴 다른 함선들의 대열로 소형선이 끼어들면 각 함선이 확인되어 정해진 출구로 향할 때까지 커다란 컨베이어벨트를 따라 움직이게 되기 때문이다. 어느새 마히트는 구술시험을 준비하는 1학년 학생처럼 반대편에 있는 제국 시민들에게 뭐라고 말할지 연습을 하고 있었다. 머리 안쪽에서 이마고가 손가락을 톡톡 두드리며 바라보는 것 같았다. 가끔씩 그는 다른 누군가의 긴장해서 나오는 동작처럼 마히트의 왼손을 움직여 손가락으로 하네스를 톡톡 두드렸다. 마히트는 그들이 서로에게 익숙해질 시간이 좀 더 많았으면 좋았을 거라고 생각했다. 하지만 그녀는 르셀의 정신요법의사의 신중한 관리하에 1년 이상의 융합요법으로 마무리되는 이마고 이식의 일반적인 과정을 거치지 않았다. 그녀와 이스칸드르는 겨우 석 달을 함께했고, 이제 그들은 함께 일해야만 하는 곳으로 다가가고 있었다. 기억 사슬과 새로운 호스트가 융합하여 한 사람처럼 일해야 하는 곳으로.

승천의 붉은 수확호가 도착해서 르셀 스테이션의 태양 주위 평행궤도에 머물며 테익스칼란으로 데려갈 새로운 대사를 요구했을 때, 그들은 전임 대사에게 무슨 일이 있었는지 설명하기를 거부했다. 마히트는 무엇을, 또 누구를 보내고 어떤 정보를 요구할지에 관해 르셀 의회에서 엄청난 정치적 다툼이 있었을 거라고 확신했다. 하지만 이것만은 확실했다. 그녀는 이 직무를 맡을 만큼 나이가 들었으면서도 아직 이마고 라인을 이식받지 않았을 정도로는 젊다는 두 가지 요건을 충족하는 몇 안 되는 스테이션인이었고, 외교에 소질이 있거나 훈련을 받기 적합한 무리라는 더욱 소수에 속했다. 그 소수 중에서도 마히트가 최고였다. 테익스칼란어와 문학에 관한 제국 평가에서 마히트의 점수는 제국 시민들의 점수에 근접했고, 그녀는 그것이 자랑스러웠다. 시험이 끝나고 반년 동안 그녀는 시티에 가는 것을 꿈꾸었고, 가끔은 상황이 안정된 중년에 이르면 그 시즌에 비시민에게 열리는 어떤 살롱에든 참여하며 그녀가 죽은 이후 기억을 공유할 사람에 관한 정보를 모으는 것도 상상했다.

이제 마히트는 정말로 시티에 왔다. 그 어떤 테익스칼란 평가보다도 중요한 이마고 적성 점수는 초록, 초록, 초록불이었다. 그녀의 이마고는 테익스칼란으로 파견된 전 대사 이스칸드르 아가븐이었다. 죽었는지, 실각했는지, 아직 살아 있다면 포로로 잡혀 있는지 모르지만, 지금은 바로 그 제국이 적합하지 않다고 여기는 인물. 정부에서 마히트에게 내린 지시에는 이스칸드르에게 정확히 얼마나 심각한 문제가 생겼는지 알아보는 것도 포함되어 있었다. 하지만 어쨌든 마히트는 그의 이마고를 갖고 있었다. 이스칸드르는, 아니, 최소한 마히트에게 주어진 15년 묵은 최종 버전의 이스칸느드야말로 트셀이 제공할 수 있는 가장 나은 테익스칼란 황실 현지 가이드였다. 이미 몇 번이나 마히트는 밖으로 나갔을 때 이스칸드르 본인이 그녀를 기다리고 있을까 아닐까 고민했다. 어느 쪽이 더 쉬울지 알 수 없었다. 명예를 잃은 대사? 그녀에게는 경쟁자가 되겠지만, 그래도 구출 가능한 상태로 이스칸드르가 밖에 있는 편이 나을까? 아니면 밖에 없는 것, 즉 평생 배운 것을 더 젊은 사람에게 주지 못한 채로 죽어 있는 편이 나을까.

마히트의 머릿속에 있는 이마고 이스칸드르는 그녀보다 딱히 더 나이가 많지 않았고, 이는 두 사람이 공통점과 불편한 점을 찾는 데 도움이 될 것이다. 사실 대부분의 이마고는 고령으로 자연사하거나 이른 사고사事故死로 희생당한 경우다. 하지만 이스칸드르의 지식과 기억의 마지막 기록은 테익스칼란에서 잠시 자리를 비우고 마지막으로 돌아왔던 때, 그가 처음 시티에 가고 겨우 5년밖에 지나지 않았던 때에 추출한 것이었다. 그 이래로 다시 10년하고도 그 절반이 흘렀다.

그러니까 이스칸드르는 젊었고, 마히트도 젊었고, 더욱이 통합으로 당연하게 생길 법한 이득이 뭐든 간에 둘이 함께 있던 기간이 너무나 짧았다. 전달자가 도착하고 마히트가 자신이 차기 대사임을 알게 될 때까지의 2주일. 마히트와 이스칸드르가 스테이션의 정신요법의사들의 감독하에 원래 그녀만의 것이던 육체 안에서 어떻게 함께 사는지를 배운 3주일. 승천의 붉은 수확호에서 테익스칼란 우주 전역에 보석처럼 흩어진 점프게이트들 사이를 아광속으로 지나는 길고 느리게 흐르던 시간.

소형 우주선은 잘 익은 과일이 벌어지듯이 열렸다. 마히트의 하네스가 제자리로 들어갔다. 양손으로 짐가방을 잡고서 그녀는 게이트 안으로, 즉 테익스칼란 영토로 들어갔다.

스카이포트 출입구는 닳음 방지 카펫과 유리와 강철 패널 벽 사이에 명확하게 표기된 신호 체계로 만들어진 평범한 실리주의의 산물이었다. 출입구에 연결된 터널의 가운데, 그러니까 소형 우주선과 진짜 스카이포트의 딱 중간 지점에 테익스칼란 제국 공무원 한 명이 완벽하게 재단된 크림색 정장 차림으로 서 있었다. 그녀는 작았다. 어깨와 골반이 좁고, 마히트보다 훨씬 키가 작았으며, 머리는 검은색에 촘촘하게 땋아서 왼쪽 옷깃 위로 늘어뜨리고 있었다. 종처럼 넓은 소매는 윗부분의 밝은 오렌지색부터(〈정보부의 색깔이야.〉 이스칸드르가 마히트에게 말했다.) 소맷동의 짙은 빨간색까지 음영이 져 있었다. 빨간색은 제국의 작위가 있는 사람의 특권이었다. 왼쪽 눈 위로는 제국 정보 네트워크의 비밀스러운 정보가 끊임없이 가득 뜨는 외안경인 클라우드후크cloudhook를 썼다. 여자의 클라우드후크는 몸의 다른 부분들과 마찬가지로 세련되게 꾸며져 있었다. 크고 검은 눈, 가는 광대뼈와 입은 테익스칼란의 유행보다 좀 더 섬세했고, 마히트의 스테이션인 기준으로 볼 때 그리 예쁘지는 않아도 흥미로웠다. 여자는 가슴 앞에서 손가락을 정중하게 맞대고 마히트에게 고개를 숙였다.

이스칸드르가 마히트의 양손을 올려 똑같은 자세를 취하자, 마히트는 부끄러울 정도로 쾅 소리를 내며 들고 있던 두 개의 짐가방을 떨어뜨렸다. 그녀는 경악했다. 함께한 첫 주 이래로 그들이 이렇게 어긋난 적은 없었는데.

제기랄. 마히트가 그렇게 생각하는 것과 동시에 이스칸드르가 〈제기랄.〉이라고 말하는 게 들렸다. 동시 행동은 그다지 안심이 되지 않는 일이었다.

제국 공무원의 신중하게 무덤덤한 표정은 변하지 않았다.

"대사님, 저는 아세크레타이자 2급 귀족인 세 가닥 해초입니다. '세계의 보석'에 오신 대사님을 맞이하게 되어 영광입니다. 여섯 방향 폐하의 명에 따라 제가 대사님의 문화 담당자로 일하게 될 겁니다." 긴 침묵이 흐른 다음에 제국 공무원은 살짝 한숨을 쉬고 말을 이었다. "짐을 나르는 데 뭔가 도움이 필요하실까요?"

'세 가닥 해초'는 전통적인 테익스칼란식 이름이었다. 숫자 부분은 낮은 값이고, 명사 부분은 식물에서 따왔다. 마히트가 여태 이름에 쓰이는 걸 한 번도 본 적 없는 식물이지만, 테익스칼란 이름의 모든 명사 부분은 식물이나 연장이나 무생물이었는데, 식물의 경우 대부분은 꽃이었다. '해초'는 확실히 기억에 남을 만했다. 아세크레타는 제복이 드러내듯이 정보부에 속했을 뿐만 아니라 훈련받은 고급 요원이고, 2급 귀족이라는 제국 작위가 있다는 뜻이었다. 귀족이지만 그렇게 중요하거나 부유하지는 않은 사람.

마히트는 이스칸드르가 만든 형태로 양손을 유지했다. 제멋대로 움직여져서 아무리 화가 난다고 해도 이렇게 해야만 하는 것이다. 그녀는 손 위쪽으로 고개를 숙였다.

"르셀 스테이션에서 온 대사 마히트 디즈마르라고 합니다. 귀하와 또 황제 폐하를 뵙게 되어 영광입니다. 폐하의 통치가 보이드 위에서 빛나는 불길이 되기를."

이것이 테익스칼란 황실 일원과 하는 공식적인 첫 접촉이기 때문에 그녀는 르셀에서 이스칸드르 및 의회 정부와 상의하여 신중하게 고른 제국 경칭을 사용했다. '빛나는 불길'은 스테이션 우주에서 제국의 존재가 등장한 가장 오래된 기록인 『가짜—열세 개의 강이 쓴 영토확장사』에서 열두 번의 솔라플레어 황제에게 붙인 별명이었다. 지금 그것을 언급한 건 마히트의 박식함뿐만 아니라 여섯 방향 황제와 그의 행정부에 대한 존경을 드러내는 표시였다. 하지만 '보이드'를 씀으로써, 실제로는 우주가 아닌 스테이션 우주 일부 영역에 대한 테익스칼란의 요구에 관해서는 신중하게 언급을 피하고 있었다.

세 가닥 해초가 그 말에 함축된 의미를 알아챘는지는 분간하기가 어려웠다. 그녀는 마히트가 다시 짐을 들어 올리는 동안 참을성 있게 기다렸다가 말했다.

"그거 잘 드세요. 전임 대사님 문제로 사법부에서 대사님을 다급하게 기다리고 있습니다. 가는 동안 온갖 사람들과 인사를 하셔야 할 수도 있습니다."

좋아. 마히트는 세 가닥 해초의 빈정거리는 능력도, 그리고 영리한 정도도 과소평가하지 않을 것이다. 고개를 끄덕인 마히트는 재빨리 몸을 돌려 통로를 따라 걸어가는 여자의 뒤를 따랐다.

이스칸드르가 말했다.

〈저쪽의 누구도 과소평가하지 마. 문화 담당자는 네 인생의 절반 정도를 황실에 있었어. 자기 힘으로 그 자리를 얻었다고.〉

방금 날 허둥대는 야만인처럼 보이게 한 주제에 설교하지 마.

〈내가 사과하길 바라?〉

미안하게 생각은 해?

마히트는 이스칸드르의 얼굴 표정을 아주 쉽게 떠올릴 수 있었다. 눈썹을 아치 모양으로 만들고, 테익스칼란 제국민처럼 차분하게, 그의 홀로그래프로 기억하는 좀 통통한 입술이 그녀 자신의 입술을 위로 삐딱하게 올렸다.

〈네가 야만인이 된 기분을 느끼길 바라진 않아. 저쪽 사람들한테 그런 대우는 넘치게 받을 테니까.〉

이스칸드르는 미안해하지 않았다. 부끄러워할 가능성은 아주 조금쯤 있지만, 만약 그렇다 해도 마히트의 내분비계를 통해서 느끼고 있는 건 아니었다.

이스칸드르는 이후 30분 동안 마히트를 도왔다. 마히트는 그렇다고 화를 낼 수도 없었다. 그는 정확히 이마고가 해야 하는 대로 행동했다. 마히트가 직접 숙달할 여유가 없었던 본능적이고 자동적인 기술의 저장고답게. 그는 스테이션인 대신 테익스칼란 제국민을 위해 만들어진 출입구를 지나갈 때 언제 고개를 숙여야 하는지를 알았다. 스카이포트 바깥으로 느릿느릿 내려가는 엘리베이터 유리에 반사되는 시티의 강한 빛으로부터 언제 시선을 돌려야 하는지도 알았다. 세 가닥 해초의 지상차에 올라탈 때 다리를 얼마나 높게 들어야 하는지도. 그는 현지인처럼 정중한 예의를 발휘했다. 짐가방 사건 이후로 그는 실제로 마히트의 손을 움직이는 데에는 조심했다. 그러나 마히트는 누구와 얼마나 오래 눈을 맞출지, 인사할 때 고개를 몇 도쯤 숙여야 할지, 덜 외계인 같고 덜 야만인 같으며 시티에 속한 존재로 보이게 하는 온갖 사소한 몸짓 신호까지 이스칸드르에게 주도권을 내주었다. 보호색. 진짜 현지인이 될 필요 없이 현지인이 되기. 마히트는 호기심 어린 시선이 그녀를 스쳐 훨씬 더 흥미로운 세 가닥 해초의 황실 의상에 멈추는 것을 느낄 수 있었다. 여기서 이렇게 훌륭하게 행동하다니, 이스칸드르는 얼마만큼이나 시티를 사랑하는 걸까?

지상차 안에서 세 가닥 해초가 물었다.

"세계에 오래 머물러 본 적이 있나요?"

마히트는 이제 테익스칼란어 외 다른 언어로 생각하기를 그만둬야 했다. 세 가닥 해초의 질문은 전에 우리나라에 와 본 적 있니 같은 의미의 정중한 잡담 절차였고, 마히트에게는 그게 실존적 문제로 느껴졌다.

"아뇨. 하지만 아주 어릴 때부터 고전소설들을 읽었고, 종종 시티에 대해서 생각했었지요."

세 가닥 해초는 이 대답에 만족하는 것 같았다.

"대사님을 지루하게 하고 싶지는 않지만, 우리가 지나가는 장소들에 대해 간단히 언어로 관광을 하고 싶으시다면 기꺼이 적절한 시를 외어 드리죠."

그녀가 차 옆쪽에 있는 컨트롤 버튼을 누르자 창문이 투명하게 변했다.

"지루할 리가 있나요."

마히트가 솔직하게 말했다. 바깥의 도시는 강철과 옅은 색 돌, 고층 건물의 유리 벽을 위아래로 오르내리는 네온 불빛의 덩어리였다. 두 사람은 지자체 건물들을 통과해서 황궁을 향해 안쪽으로 빙글빙글 도는 중앙 순환로 중 한 곳에 있었다. 황궁은 황궁이라기보다 도시 안의 도시에 더 걸맞았다. 통계에 따르면 거기에는 수십만 명이 살았고, 정원사부터 여섯 방향 본인에 이르기까지 모두가 제국이 기능하기 위한 조그만 역할이라도 맡고 있었다. 그들 한 사람

한 사람이 제국 시민에게 보장된 정보 네트워크에 연결되어 있었는데, 누구 할 것 없이 그들이 어디에 있어야 하고, 무엇을 하고, 하루와 한 주와 한 세대의 이야기는 어떻게 흘러가야 하는지를 알려 주는 끝없는 데이터의 흐름에 둘러싸여 있었다.

세 가닥 해초의 목소리는 뛰어났다. 그녀는 시티의 건축을 묘사하는 1만 7000행의 시 「건물」을 암송하고 있었다. 정확히 어떤 버전인지는 모르겠는데, 그건 마히트의 잘못인지도 모른다. 마히트는 테익스칼란 문학 정전에서 나름의 좋아하는 테익스칼란 설화시說話詩들이 있었고, 테익스칼란 문학가들을 따라 가능한 한 많은 시를 암기했다.(그리고 구술 시험에 합격하기 위해서.) 하지만 「건물」은 관심을 품기엔 언제나 좀 지루하게 느껴지는 시였다. 묘사된 건축물들을 지나치며 세 가닥 해초의 암송을 듣고 있는 지금은 달랐다. 그녀는 유창한 낭독가였고, 재미있고 관련성 있는 오리지널 이야기를 적절한 곳에 즉흥적으로 덧붙일 정도로 운율을 훌륭하게 좌지우지했다. 마히트는 무릎 위에서 손을 겹치고 지상차의 유리창을 통해서 시가 계속되는 것을 바라보았다.

이게 시티구나. '세계의 보석', 제국의 심장. 서술과 인지 사이의 붕괴, 즉 어느 건물이 변해 있는 것을 보고 세 가닥 해초는 「빌딩」의 원 내용을 임기응변으로 수정했다. 조금 시간이 지나고 마히트는 머릿속 안쪽에서 이스칸드르가 나직하게 세 가닥 해초를 따라 암송하고 있는 것을 깨달았다. 그리고 자신이 그 속삭임을 편안하게 느낀다는 것도 깨달았다. 이스칸드르는 이 시를 알았고, 그래서 마히트도 알고 싶다면 알 수는 있었다. 어쨌든 그게 이마고 라인이 있는 이유였다. 유용한 기억이 세대에서 세대로 계승되며 확실히 보존되도록 하기 위해.

차로 달리는 45분 동안 두 번의 교통체증을 겪었다. 이윽고 세 가닥 해초가 시의 연을 끝내고 지상차를 황궁 부지 중심부에 아주 가까운 바늘 모양의 높은 건물 아래쪽에 세웠다.

〈사법부 건물이야.〉

좋은 신호야, 나쁜 신호야? 마히트가 이스칸드르에게 물었다.

〈상황에 따라 달라. 내가 뭘 했던 걸까 궁금하네.〉

뭔가 불법적인 거. 이봐, 이스칸드르, 일반적인 감각에서 후보를 말해 봐. 뭘 해서 네가 감옥에 들어가게 됐을까?

마히트는 이스칸드르가 그녀를 향해 한숨을 쉰다는 인상을 받았지만, 타인의 긴장감이 그녀의 부신副腎을 자극하는 불편한 감각 역시 느꼈다.

〈음. 아마도 선동죄.〉

그게 농담이라고 확신할 수 있다면 좋을 텐데.

사법부 건물은 회색 제복의 경비병들이 둘러싸고 있었고, 문가에는 더 많은 수가 서 있었다. 보안 검사대. 경비병은 테익스칼란 지역에서 선호하는 에너지 무기 대신에 기다란 진회색 봉을 들고 있었다. 마히트는 에너지 무기라면 승천의 붉은 수확호에서 많이 봤지만, 봉은 본 적이 없었다.

〈충격봉이야. 전기로 작동하는 군중 제어 무기지. 내가 마지막으로 여기 있었을 때는 없었어. 폭동 진압용이고 기껏해야 신문에 실린 오락물에서나 나왔던 건데.〉

넌 15년이나 뒤떨어졌잖아. 많은 것이 바뀔 수 있고……

〈여기는 황궁의 중심이야. 사법부에서 폭동을 걱정한다면, 뭔가

가 바뀐 게 아니라 잘못된 거야. 이제 가서 내가 뭘 했는지 알아봐.〉

마히트는 뭐가 얼마나 잘못되어서 사법부 입구에 보여 주기 식의 보안 조치가 생겼는지, 그리고 이렇게까지 잘못되는 데 과연 이스칸드르가 일조했는지 궁금했다. 냉기가 등을 따라 올라와 팔을 따라 내려가고, 척골신경이 기분 나쁘게 움찔거리는 게 느껴졌다. 하지만 세 가닥 해초의 인도를 따라 통과하면서 더 괴로운 생각을 할 여유가 사라졌다. 세 가닥 해초는 자신과 마히트의 엄지손가락 지문을 찍고, 테익스칼란인 경비병이 담백하게 마히트의 여행용 재킷 주머니와 바지 주머니를 더듬을 동안 예의 바르게 시선을 피한 채 서 있었다. 마히트의 가방은 정중하게 경비대의 관리하에 놓였고, 나갈 때 돌려받을 수 있을 거라는 약속을 받았다.

개인 공간이라는 금기를 모조리 부순 여자 경비병은 클라우드후크나 사법부가 허가한 출입자 목록에 마히트의 신원이 기록되어 있지 않으니 동행에게서 벗어나지 말라고 했다. 마히트는 세 가닥 해초를 향해 눈썹을 치켜올리며 의문을 표했다.

"속도 문제예요." 세 가닥 해초는 서둘러 조리개iris식 개폐 문 여러 개를 지나 차가운 슬레이트 바닥의 실내로 들어가서 엘리베이터 통로로 걸어갔다. "황궁 건물을 돌아다니실 수 있게 대사님의 신원 등록 및 허가는 당연히 가능한 한 빨리 처리될 거예요."

"내가 오는 데 한 달이 넘게 걸렸는데, 속도 문제라고요?"

"우리는 스테이션에 새로운 대표를 요청하고서 석 달이나 기다렸답니다, 대사님."

〈내가 끝내주는 일을 한 모양인데. 이 아래는 비밀 법정과 취조실이야. 최소한 황궁의 소문은 항상 그랬어.〉

이스칸드르가 말했다.

엘리베이터의 신호음이 4분의 1박자로 울렸다.

"석 달이 걸렸는데 한 시간 정도가 큰 문제인가요?"

세 가닥 해초는 마히트에게 엘리베이터에 먼저 타라고 손짓했고, 그건 명확한 정보는 아니라고 해도 일종의 대답이 되었다.

그들은 아래로 내려갔다.

아래쪽에서 그들을 기다린 건 법정이거나 수술실일 듯한 방이었다. 파란 금속 바닥, 뭔가 커다란 물건이 시트로 덮여 있는 높은 테이블 주위로 배치된 원형극장 스타일의 좌석. 투광조명. 낯선 테익스칼란인 세 사람. 모두가 광대뼈가 넓고 어깨가 떡 벌어졌으며 한 명은 빨간색 성직자복, 한 명은 세 가닥 해초와 똑같이 오렌지색과 크림색이 섞인 정보부 제복, 한 명은 충격봉의 금속 광택이 곧장 떠오르는 진회색 정장을 입고 있었다. 그들은 테이블 주위에 서서 낮고 빠른 어조로 다투고 있었고, 그 앞에 뭐가 놓여 있는지는 마히트의 시야에서 보이지 않았다.

"우리 부서를 위해서라도, 난 아직도 직접 검사를 하고 싶단 말입니다. 이 사람을 돌려보내기 전에."

정보부 직원이 짜증을 내며 말했다.

빨간 옷의 테익스칼란인이 최후통첩처럼 말했다.

"그쪽에 그냥 돌려보낼 이유는 단 하나도 없어요. 우리에게 좋은 거라고는 전혀 없고, 사고가 일어날 수도……."

진회색 정장은 반대했다.

"익스플라나틀, 당신 부서의 의견과는 반대로 나는 그들이 유발할 수 있는 어떤 사고든 벌레 물린 수준밖에 안 되고, 그만큼 쉽게 치료할 수 있을 거라고 전적으로 확신합니다."

"이런 젠장, 말다툼은 나중에 합시다. 도착했다고요."

정보부 사람이 말했다.

마치 도착을 간절히 기다리기라도 한 양, 빨간 옷의 사람이 들어오는 마히트 일행을 향해 돌아섰다. 천장은 낮은 돔형이었다. 마히트는 땅속에 갇힌 기체 방울을 생각했다. 그러다가 테이블에 있는 것이 시체임을 알아차렸다.

맨가슴 중간쯤까지 얇은 시트가 덮여 있었고, 손은 가슴에 올려져 있었다. 내세와 인사를 나눌 준비라도 하는 것처럼 손가락 끝이 맞닿아 있었다. 뺨은 움푹 들어갔고 뜬 눈은 흐린 파란색 막이 낀 상태였다. 똑같은 색깔이 입술과 손톱 아래쪽에도 스며들어 있었다. 죽은 지가 한참 된 것처럼 보였다. 아마도…… 석 달쯤.

마히트는 이스칸드르가 바로 옆에 서 있는 것처럼 분명하게 〈나 늙었네.〉라고 기묘한 공포 속에서 말하는 것을 들었다. 몸이 떨렸다. 심장이 빠르게 뛰며 세 가닥 해초가 그녀를 소개하는 소리가 희미해졌다. 행성을 향해 떨어지는 것보다 더 끔찍한 어지러움이 느껴지고 갑자기 겁에 질렸다. 그녀의 두려움이 아니었다. 이스칸드르, 그녀의 이마고가 스트레스 호르몬을 넘치게 했다. 아드레날린이 증가해 입에서 금속 맛이 느껴졌다. 시체의 입은 느슨했지만 마히트는 그 가장자리의 팔자주름을 볼 수 있었고 이스칸드르의 근육이 시간이 흐르며 어떤 식으로 그 주름을 형성했는지 그녀 자신의 입으로 느낄 수 있었다.

소개하는 동안 마히트가 이름을 완전히 놓쳐 버린 빨간 옷의 남자가 말했다.

"보시다시피, 디즈마르 대사님, 새로운 대사가 꼭 필요했습니다. 이런 식으로 보존한 점은 송구스럽지만, 귀 스테이션이 선호하는 장례 절차에 결례를 미치는 건 원치 않아서 말입니다."

마히트는 더 가까이 다가갔다. 시체는 죽은 채로 가만히 늘어져 텅 비어 있었다.

〈제기랄.〉 이스칸드르가 약간 구역질을 하는 듯한 잡음을 냈다. 마히트는 끔찍하게도, 무력하게도 자신이 토할 거라는 확신을 받았다. 〈오, 젠장, 난 못 해.〉

마히트는 생각했다.(혹은 이스칸드르가 생각했다. 마히트는 둘을 떼어서 생각하는 것이 점점 어려워졌는데, 통합은 이런 식으로 이루어지는 게 아니었다. 그녀는 자신의 내분비계를 탈취한 이스칸드르의 화학적 공황 반응에 빠져서는 안 되었다.) 이제 이스칸드르가 존재하는 유일한 곳은 그녀의 머릿속뿐이라고. 테익스칼란이 새 대사 파견을 요청했을 때 그녀 역시 이스칸드르가 죽었을 가능성을 생각해 보았다. 지적으로 숙고해 보았고 나름의 대비도 했다. 그러나 지금 여기에 그가 시체로, 썩어 가는 텅 빈 껍질로 있었다. 그녀는 자신의 이마고가 공황에 빠졌다고 같이 공황에 빠졌다. 감정의 급격한 변화는 아직 끝나지 않은 통합을 망치는 제일 쉬운 방법이다. 감정의 급격한 변화는 머릿속에 있는 머신의 작은 초소형 회로들을 전부 태워 버릴 터다. 그리고 오 젠장 그가 죽었어와 오 젠장 나 죽었어와 흐릿한 형상들, 욕지기가 나올 정도로 흐릿한 모든 것.

이스칸드르. 위안을 찾아 불러 보았지만 결과는 완전히 반대였다.

〈더 가까이 가 봐. 좀 봐야겠어. 잘 모르겠지만…….〉

그 요청을 어떻게 할까 마히트가 결정하기도 전에 이스칸드르가 그들의 몸을 움직였다. 마치 시체에 접근하는 동안에 잠깐 기절했던 것처럼 마히트는 눈 깜짝할 사이에 거기에 있었고, 이건 굉장히, 굉장히 엉망진창이 될 수 있는데도 막을 수가 없었다.

"우리는 죽은 사람을 화장火葬합니다."

마히트는 자신이 올바른 언어로 그 말을 했다는 사실에 누구한테 감사해야 할지 몰랐다.

"흥미로운 풍습이군요."

진회색 정장의 황실 신하가 말했다. 마히트의 생각에는 사법부 사람인 것 같았다. 장례 담당은 빨간 옷의 남자라고 할지라도 여기는 아마 그의 시체 안치소일 것이다.

마히트는 자신의 얼굴에 비해서 너무 크게, 이스칸드르에 비해서는 너무 무절제하게 미소를 지었고 그 표정은 평화로운 테익스칼란인 누구라도 겁을 먹게 할 만했다.

"그런 다음에……." 마히트는 요동치는 아드레날린의 파도 속에서 꼭 붙잡은 널빤지처럼 올바른 단어를 찾으려고 했다. "우리는 그 재를 성스러운 것으로 여겨서 먹습니다. 자식들과 후계자들이 먼저죠. 후계자가 있다면요."

황실 신하는 품위 있게도 그저 창백해지기만 한 채 고집스럽게 같은 말을 반복했다.

"흥미로운 풍습이군요."

"이쪽에서는 죽은 사람을 어떻게 하죠?" 마히트는 점점 더, 물에 떠가듯이 이스칸드르의 시체에 다가가고 있었다. 입은 지금 그녀의 통제하에 있는 것 같지만 발은 이스칸드르의 것이었다. "이런 질문은 실례군요. 나는 어쨌든 제국 시민이 아닌데요."

빨간 옷의 남자가 매일같이 이런 질문에 대답하는 것처럼 말했다.
"매장이 일반적이지요. 시체를 검사하시고 싶습니까, 대사님?"
"내가 그렇게 해야 할 이유라도 있나요?"

그렇게 물으면서도 마히트는 이미 시트를 잡아당기고 있었다. 땀 때문에 천에 닿는 손가락이 미끌거렸다. 시트 아래의 벌거벗은 시체는 몸에서 혈관이 비치는 부분의 색처럼 피부가 온통 퍼렇게 물든 40대 남자였다. 온몸에 주사로 방부제를 주입했다. 주사를 놓은 부분이 놀랄 만큼 잘 보였다. 창백하고 부푼 살에 둘러싸인 구멍이 경동맥과 양팔의 척골정맥혈관에 나 있었다. 오른쪽 엄지손가락 아래쪽에 추가로 있는 주삿자국이 손의 모양을 비틀리게 했다. 마히트는 또 다른 공백의 시간 동안 저도 모르게 그것을 쳐다보고 있었음을 깨달았다. 그의 얼굴을 보고 있었는데, 지금은 손목을 보는 중이었다. 마치 이마고가 그의 이전 몸에서 변한 부분을 모조리 봐야만 하는 것처럼. 설령 마히트가 그를 태운 재에 대해 후계자로서 권리를 주장하고 싶다고 해도(딱히 그러고 싶은 건 아니지만), 빨간 옷의 남자가 뭘 주입했는지도 모르는데 재를 먹는 건 아주 멍청한 아이디어라는 생각이 들었다. 썩지 않는 채로 석 달. 목 안에서 내분비계 생성물의 쇠 맛 아래로 쓴맛이 느껴지는 것 같았다. 육체는 분해되고 재활용되어야 하는 법인데.

하지만 제국은 모든 것을 보존한다고, 같은 이야기를 듣고 또 들었다. 그러니까 시체를 적절한 이용처에 넘기는 대신에 보존하는 것도 당연한 일이리라.

마히트는 손목을 만졌다. 이마고가 그녀의 손끝을 주삿자국 위로, 더 나아가 손바닥으로, 그리고 어떤 흉터 위로 움직였다. 살은 고무 같고, 플라스틱 같고, 탄력성이 큰 듯하면서 동시에 없는 것 같았다. 그녀의 이스칸드르에게는 아직 이 흉터가 없었다. 그녀의 이스칸드르는 아직 죽지 않았다. 다시금 현기증과 욕지기가 솟구치며 시야 가장자리가 흐릿하고 번쩍거렸다. 그녀는 다시금 생각했다. 우리 회로가 전부 날아가겠어, 그러니까 그만둬!

〈그럴 수 없어.〉

이스칸드르가 다시금 대답했고 마히트의 머릿속에서 거대한 부정의 감정, 불꽃이 땅으로 내려간 것처럼 느껴지는 분열이 느껴지더니…… 그리고 그가 사라졌다.

굉장히 조용했다. 이스칸드르가 마히트의 눈을 통해 내다보는 느낌조차 없었다. 마히트는 무중력 상태에 빠진 것 같았고, 일부러 생성한 게 아닌 엔도르핀으로 가득 찼으며, 끔찍하게 혼자였다. 혀가 무거웠다. 알루미늄 맛이 느껴졌다.

전에는 한 번도 이런 일이 일어난 적이 없었다.

"어떻게 죽었나요?"

마히트는 자신이 완전히 정상적으로, 전혀 동요하지 않은 투로 물었다는 사실에 감탄했다. 그녀는 이야기를 계속하기 위해서만 질문을 했다. 어느 테익스칼란인도 이마고에 대해 몰랐기에, 방금 그녀에게 무슨 일이 있었는지 아무도 이해조차 하지 못할 것이다.

빨간 옷의 남자가 능숙하게 두 손가락으로 시체의 목을 건드리며 말했다.

"질식했습니다. 목이 막혔죠. 아주 불운한 일이었어요. 하지만 비시민의 생리는 종종 우리와는 완전히 다르니까요."

"뭔가 알레르기가 있는 걸 먹은 건가요?"

이건 말도 안 된다. 마히트는 충격으로 멍해졌다. 이스칸드르는 아나필락시스로 죽은 모양이었다. 조심하지 않으면 마히트는 히스테리성 돌발 웃음을 터뜨릴 것만 같았다.

"과학부 장관 열 개의 진주와 저녁 식사를 하다가 말이죠." 마지막 황실 신하가 말했다. 정보부 사람인 이 남자는 고전적인 테익스칼란 그림에서 걸어 나온 것 같았다. 얼굴이 믿을 수 없을 정도로 대칭적이었다. 두툼한 입술, 낮은 이마, 완벽하게 구부러진 코, 진갈색 웅덩이 같은 눈. "그 뒤에 뉴스피드들을 보셨어야 합니다, 대사님. 멋진 신문 기삿감이었죠."

"열두 송이 진달래가 무례하게 굴려는 건 아니에요." 문가에 선 채로 세 가닥 해초가 말했다. "그 소식은 황궁 밖으로는 퍼지지 않았어요. 대중에게는 부적절한 내용이니까요."

마히트는 시체의 턱까지 시트를 끌어 올렸다. 하지만 도움이 되지 않았다. 그는 여전히 거기에 있었으니까.

"스테이션 측에도 부적절한 소식이던가요? 나를 시티로 부른 특사는 불필요할 정도로 모호하게 말하던데요."

그러자 세 가닥 해초가 어깨를 으쓱였다. 한쪽 어깨를 살짝 움직이는 정도였다.

"대사님, 저는 아세크레타이지만 모든 아세크레타가 정보부 전체에서 내린 결정을 알 수 있는 건 아닙니다."

"시신을 어떻게 하고 싶으십니까?"

빨간 옷의 남자가 물었다. 마히트는 그를 쳐다보았다. 테익스칼란 시민치고는 키가 컸다. 불안하리만큼 우호적인 초록색 눈은 마히트와 거의 높이가 같았다. 마히트는 시체를 어떻게 해야 할지 알 수가 없었다. 그녀는 직접 화장을 해 본 적이 없었다. 그러기에는 너무 젊었다. 부모님은 두 분 모두 아직 살아 계셨다. 게다가 보통 할 일은 장례 지도사에게 연락하는 것뿐이고, 그러면 대체로 사랑하는 사람이 손을 잡아 주고 공통의 상실에 울 동안에 그들이 처리한다.

이 시체는 더더욱 어떻게 해야 할지 알 수 없었다. 이스칸드르를 위해서는 아무도, 심지어 마히트조차 울지 않을 거다. 테익스칼란 우주에는 어디서부터 시작해야 할지 아는 장례 지도사가 한 명도 없을 터였다.

"아직은 아무것도 안 합니다." 간신히 말한 마히트가 남은 욕지기를 힘겹게 삼켰다. 손가락에서 죽은 사람의 피부를 만졌던 부분이 온통 전기가 오른 것처럼 따끔거렸다. "물론 여기서 쓸 수 있는 시설을 좀 더 알고 나면 처리하도록 하죠. 그때까지는, 음, 부패하지는 않겠죠?"

"아주 느리게요."

빨간 옷의 남자가 말했다.

"저기……."

마히트는 도움을 구하며 세 가닥 해초를 보았다. 문화 담당자니까 당연히 담당을 잘해 주겠지……?

"과학부의 익스플라나틀인 네 개의 레버입니다."

세 가닥 해초가 친절하게 말했다.

"네 개의 레버." 마히트는 전적으로 고의로 남자의 직위를 빠뜨렸다. 익스플라나틀이라는 건 아주 일반적인 의미에서 '과학자'라는 뜻이었다. 자격증을 가진 과학자. "부패가 언제쯤 눈에 띄게 될까요? 앞으로 두 달쯤 후에?"

네 개의 레버는 이가 살짝 보일 정도로 미소를 지었다.

"2년입니다, 대사님."

"훌륭해요. 그러면 시간 여유가 많군요."

네 개의 레버는 마히트가 자신에게 명령이라도 내린 것처럼 손가락 끝을 삼각형 모양으로 맞대고 고개를 숙였다. 마히트는 남자가 자신의 억지를 받아 준 게 아닌가 의심했다. 하지만 감수할 것이다. 그래야만 했다. 마히트에게는 생각을 할 공간이 필요했고 그게 여기일 수는 없었다. 세 명의 제국 신하들과 익스플라나틀 시체 안치소 담당자 모두가 마히트가 돌이킬 수 없는 실수를 저질러 이스칸드르처럼 끝나기만을 기다리는 사법부 깊숙한 곳에서는.

이스칸드르는 자신의 신체에 배신당했다. 시티에서 20년을 산 끝에, 테익스칼란인이 먹는 걸 먹다가. 그걸 믿어야 할까?

마히트는 이마고가 있어야 하는 텅 빈 공간에 대고 생각했다. 이스칸드르, 죽기 전에 우리를 어떤 일에 끌어들인 거야?

대답은 없었다. 텅 빈 자리를 더듬는 건 자신의 발이 바닥을 단단히 딛고 있음을 아는데도 추락하는 듯한 느낌이었다.

마히트는 현기증과 두려움을 감추기 위해 천천히, 고르게, 올바른 언어로 세 가닥 해초를 향해서 말했다.

"나는, 스테이션에서 테익스칼란으로 파견된 정식 대사로서 등록을 마치고 내 짐을 찾고 싶군요."

그녀는 여기서 나가고 싶었다. 최대한 빨리.

"물론이죠, 대사님. 익스플라나틀. 열두 송이 진달래. 스물아홉 개의 인포그래프. 언제나 그렇듯이 함께 있어 즐거웠어요."

"마찬가지야, 세 가닥 해초. 대사님과 즐거운 시간 보내길."

열두 송이 진달래가 말했다.

누가 무슨 말을 해도 제국의 아세크레타에게는 중요하게 영향을 미치지 못하는 것처럼, **세 가닥 해초**는 다시금 그 한쪽 어깨만 들썩이는 동작을 했다. 마히트는 갑자기 그녀가 좋아졌고, 이 호감은 다른 게 아니라 협력자를 필사적으로 붙드는 데 불과하다는 사실도 깨달았다. 말을 걸어 주는 이마고가 없으니 마히트는 굉장히 외로웠다. 분명히 그는 조만간 돌아올 것이다. 충격이 지나가고 나면. 감정 변화가 사라지고 나면. 괜찮아. 그녀는 괜찮다. 심지어 이젠 어지럽지도 않았다.

"그럼 갈까요?"

마히트가 말했다.

2장

여기 급히 주목!
다음 순서는 새롭고 중요한 것일지니
즉시 채널8로!

오늘 밤, 일곱 개의 녹옥수와 네 그루 플라타너스가 오딜 성계의 오딜1로부터 온 소식을 전합니다. 오딜1의 수도 반란이 진압된 지금, 여기는 부副야오틀렉 세 그루 옻나무가 이끄는 제26군단이 궤도를 이탈할 준비를 하고 있는 곳이죠. 수도의 중앙광장에서 새로 임명된 행성 총독 아홉 대의 셔틀과 인터뷰를 할 네 그루 플라타너스를 곧 연결해 보죠. 오딜 게이트를 통한 무역도 앞으로 2주 안에 정상적인 수치로 돌아갈 것으로 기대되고 있습니다⋯⋯

— 야간 뉴스 프로그램 「채널8!」, 테익스칼란 대제국의 황제 여섯 방향의 열한 번째 제1인딕션의 3년차 245일째에 시티 내부 클라우드후크를 통해 방송

점프게이트 접근 절차 목록, 전 2쪽 중 두 번째
⋯⋯우주선의 최대 아광속의 128분의 1로 속도를 줄여서 점프게이트가 반대편에서 오는 비스테이션 함선과 동시에 접속했을 경우에 회피 행동을 할 수 있게 한다.

17. 선내 무선방송을 통해 임박한 점프를 통지한다.
18. 선원과 승객에게 임박한 점프를 통지한다.
19. 128분의 1 속도로 가장 큰 시각적 왜곡이 있는 장소로 접근한다……
―『르셀 스테이션 조종사 훈련 매뉴얼』, 235쪽

 대사관저는 마히트가 이스칸드르의 빈자리를 느끼는 것과 반대로 그의 존재감이 가득했다. 마치 마히트의 안팎이 뒤집히고, 이마고의 기억 대신 물건들에 둘러싸인 것 같았다. 마히트는 자기가 도착하기 전에 집 청소를 해 두었거나 최소한 그랬기를 바랐다. 열린 창문과 거기로 들어와 커튼을 뒤로 날리는 바람도 떨쳐내지 못한 세정 용액의 소독제 냄새로 보아, 청소를 했으리란 짐작이 들었다. 하지만 어쨌든 여기는 누군가가, 그것도 오랫동안 살았던 장소였다.
 사람 이스칸드르는 파란색, 그리고 어두운색으로 반짝이는 비싸 보이는 금속 가구를 좋아했다. 업무용 책상과 낮은 소파의 산업적 디자인은 행성이 아니라 스테이션이나 우주선에서 자란 사람이라면 누구든 집처럼 느낄 테지만, 바닥에는 무늬가 가득한 푹신한 실크 느낌의 러그가 덮여 있었다. 순간적으로 유쾌한 기분이 든 마히트는 순수하게 러그의 물리적 쾌감을 느끼기 위해 맨발로 다니는 것을 생각했다가, 이마고 후계자들과 선임자의 미적 취향마저 일치하는 현상에 대해 다시 생각했다. 이스칸드르는 직조된 섬유에 맨발로 디디는 걸 좋아했을 것이다. 그리고 마히트 역시 그런 모양이었다. 전에는 그럴 기회가 한 번도 없었는데도 말이다.
 관저 안쪽 문 너머로는 침실이 있었다. 이스칸드르는 침대 위 천장에 스테이션 우주를 표기한 테익스칼란 별 지도의 금속 모자이크를 매달아 놓았다. 마치 광고 같았다. 여기서 자면 이 섹터 전체의 자원과 함께 자는 거예요!

그것은 아주 아름다운 작품이라서 서투른 부분이 거의 보이지 않았다. 거의.

침대 옆 협탁에는 책자들과 플라스틱 인포필름infofilm들이 깔끔하게 각을 맞춰서 조금 쌓여 있었다. 마히트는 이스칸드르가 자기 전에 읽는 자료들의 각을 맞추는 타입이라고는 생각하지 않았다. 그녀는 절대로 아니니까. 이스칸드르가 여기 있어서 물어볼 수 있다면 더 쉬울 텐데. 그가 돌아오지 않으면 어떻게 해야 할까? 마히트와 이스칸드르가 완전히 한 사람이 될 기회도 얻기 전에, 그 끔찍한 감정 급변으로 이마고 머신과 뇌간 사이의 연결이 타 버렸다면? 그들에게 좀 더 시간이 있었으면 머신은 중요하지 않았을 것이다. 그녀가 이스칸드르가 되거나 이스칸드르가 그녀가 되거나 혹은 마히트 디즈마르라고 불리는 새롭고 완전한 존재가 되어서 이스칸드르 아가븐이 내밀하게 아는 것들, 근육 기억과 그간 쌓은 기술과 본능을 모두 알고 그의 목소리와 그녀의 목소리까지 섞였다면 말이다. 그게 이마고 라인에서 새로운 링크가 작용하는 방식이다. 하지만 지금은? 뭘 해야 하지? 수리 지시를 받고 싶다고 고향에 연락을 보내? 이 모든 일을 하나도 하지 않은 채, 이스칸드르가 왜 죽었는지 이유를 알아내는 것도 포기하고 고향으로 돌아가? 그의 도움이 없어도 최소한 언어 문제는 없을 것이다. 마히트는 꿈의 절반을 테익스칼란어로 꾸었다. 시티에 대해서 수도 없이 꿈꿨다. 하지만 이스칸드르가 합류한 이래로 그의 무게가 느껴지던 부분을 더듬으면 또다시 그 어지럽고 끔찍한 추락하는 감각이 느껴졌다. 마히트는 침대 가장자리에 앉아서 기절하지 않을 거라는 확신이 들 때까지 각을 벗어난 책자 가장자리를 응시했다. 집 안을 청소한 사람이 문서를 다시 정리했나 보다. 범죄로 보일 만한 것들은 확실하게 치워졌으리라는 뜻이다.

마히트는 이미 범죄로 보일 만한 것에 대해서 생각하고 있었다.

당연히 범죄로 보일 만한 것에 대해 생각할 수밖에 없겠지. 속임수가 있었다고 해 보자고, 마히트는 스스로에게 말했다. 부정행위와 이중적 의미가 있다고 해 보자고. 질식사. 알레르기나 굉장히 드문 것을 들이켰다거나. 언제나 정치 문제야. 여기는 시티였다. 여기 있는 모든 사람이 눈에 이야기를 속삭여 주는 클라우드후크를 달고 있다. 음모와 삼중 스파이, 마히트는 어린 시절 내내 그런 이야기를 읽고 혼자 암송하곤 했다.(오, 실제로는 완벽한 음률로 텅 빈 스테이션의 금속 벽을 향해서 떠드는 형태였다. 덕분에 어린 시절에는 아주 인기 많고 유쾌한 친구로 여겨졌었지.) 그게 중요한 건 아니지만.

테익스칼란 시민처럼 생각해 봐.

범죄로 보일 만한 정보는 제거되었거나 무해한 것으로 바뀌었을 것이다.

아니면 이스칸드르가 숨겼을지도 모르지. 자신에게 무슨 일이 일어날지 알았거나 혹은 의심했다면. 그가 영리했다면.(이마고는 영리했다. 하지만 이마고는 뒤떨어져 있었다. 사람은 15년 사이에 변할 수 있다.)

마히트는 자신이 여기서 그렇게 오래 살았다면 어떤 사람이 되었을까 궁금했다. 특히 이마고가 없으면. 뒤떨어진 것보다 더 심각한 게 이마고가 없어진 것이었다. 이스칸드르가 돌아오지 않으면(물론 돌아올 것이다. 이건 사소한 깜박임, 에러일 뿐이고 내일 일어나면 그는 여기에 있을 것이다.) 범죄와 함께 사보타주의 가능성도 생각해 봐야 할 것이다. 이마고 머신의 어딘가가 잘못됐다. 사보타주 때문이거나 기계적 고장으로. 아니면 통합에 실패한 개인적 문제이거나. 마히트 자신의 잘못일 수도 있었다. 심리적으로 그를 거부한 거다. 몸이 떨렸다. 손은 여전히 따끔거리고 기묘하게 느껴졌다.

"대사님의 짐은 확인을 거쳐서 다시 대사님 것이에요." 침실의 조리개식 개폐 문을 통과하며 세 가닥 해초가 말했다. 마히트는 꼿꼿하게 앉아서 자신이 신경학적 사고일 수도 있는 문제를 겪고 있지 않은 것처럼 보이려고 노력했다. "밀수품은 하나도 없더군요. 지금까지는 아주 지루한 야만인이시네요."

"자극적인 걸 기대했었나요?"

"대사님은 제 첫 번째 야만인이세요. 모든 것을 기대하고 있지요."

"전에도 비시민은 만나 봤겠죠. 여기는 '세계의 보석'이니까요."

"만남은 담당이 되는 것과 다르니까요. 대사님은 저의 비시민이랍니다. 문을 열어 드리죠."

그녀가 사용한 동사 형태는 관용구로 여겨질 정도의 고어古語였다. 마히트는 일부러 자신이 생각하는 제 수준보다 좀 못하는 척 말했다.

"문을 열어 주는 건 내가 예상한 2급 귀족의 임무보다 등급이 낮은 일 같은데요."

세 가닥 해초의 미소는 대부분의 테익스칼란인 표정보다 더 날카로웠고, 눈까지 이르렀다.

"클라우드후크가 없으시잖아요. 몇몇 문은 못 여실 거예요, 대사님. 시티는 대사님이 진짜라는 걸 알지 못해요. 게다가 저 없이 편지를 어떻게 해독하실 건가요?"

마히트가 눈썹을 치켜올렸다.

"내 편지가 암호화되어 있나요?"

"그리고 답신을 보낼 때가 석 달이나 넘었죠."

"이스칸드르 아가븐 대사에게 온 편지지, 내 게 아니잖아요."

마히트는 자리에서 일어나서 침실 밖으로 걸어 나왔다. 이 문은 최소한 그녀를 알았다.

세 가닥 해초가 뒤를 따라오며 한 손을 이쪽저쪽으로 기울이면서 말했다.

"차이는 없어요. 디즈마르 대사든, 아가븐 대사든. 대사에게 온 편지니까요."

사실 세 가닥 해초가 아는 것보다도 차이가 적었다. 혹은 그럴 예정이었다. 이마고가 돌아오기만 한다면. 마히트는 기계 고장을 걱정하는 것에 더해 이스칸드르에게 화가 났다는 걸 깨달았다. 이스칸드르가 한 일이라고는 자신이 죽은 걸 보고 공황 상태에 빠져서 마히트의 몸에 아드레날린 위기를 일으켜 그녀 평생 가장 기묘한 두통을 남긴 것뿐이었다. 이제 15년 더 테익스칼란에서 생활한 그가 거의 확실하게 살해됨으로써 저버린, 답하지 않은 모든 편지들과 유머 감각 있는 문화 담당자만이 마히트에게 남았다.

"그리고 암호화되어 있죠."

"물론이에요. 대사의 편지를 암호화하지 않는 건 굉장히 무례한 행동일 거예요."

세 가닥 해초는 나무나 금속, 플라스틱으로 만들어져 회로를 둘러싸고 있으며 보낸 사람의 개인 문장紋章이 섬세하게 장식된 조그만 네모 모양 인포피시 스틱이 가득 담긴 그릇을 챙겼다. 그녀는 한 움큼을 집어 손가락 사이에 끼고 들었다. 손가락 관절에서 발톱이 자라난 것 같은 모양이었다.

"어디서부터 시작하고 싶으신가요?"

"편지가 내 앞으로 온 거라면 내가 알아서 읽어야겠죠."

"법적으로는 저도 완벽하게 동등한 입장이에요."

세 가닥 해초가 아주 상냥한 투로 말했다.

하지만 상냥함으로는 충분하지 않았다. 마히트는 협력자를 원했다. 세 가닥 해초가 도움이 되고 유용한 존재이지, 즉각적 위협은 아니기를 바랐다. 세 가닥 해초가 바로 옆방에 살며 얼마간 마히트를 돌봐주는 임무를 하면서 문을 열어 줄 거라는 사실이며, 마히트가 시티에서 자신이 얼마나 고립되게 될지를 깨닫기 시작한 것이며, 시티의 전방위적 눈에 마히트는 진짜로 여겨지지 못할 거란 사실을 고려할 때 말이다. 그러나 절실하게 바란다고 해서 세 가닥 해초가 실제로 마히트가 바라는 대상으로 변화하는 것은 아니다. 그녀가 뭐라고 말하든 간에 말이다.

"테익스칼란 법으로는 그럴지 모르지만, 스테이션 법에서 당신은 아무것도 아니에요."

"대사님, 제가 황궁 내를 안내할 수 없을 정도로 못 믿을 사람이라고 생각하지는 않으셨으면 좋겠군요."

마히트는 손바닥을 넓게 펴고 어깨를 으쓱였다.

"내 전임자의 문화 담당자는 어떻게 됐죠?"

세 가닥 해초가 그 질문에 불안감을 느꼈다고 한들 그 불안감은 얼굴에까지 도달하지 않았다. 무덤덤하게 그녀가 말했다.

"2년의 임무 기간이 끝나고 재배치되었어요. 더 이상 황궁 부지에 있지 않을 거라고 생각해요."

"이름은 뭐였죠?"

마히트가 물었다. 이스칸드르가 함께였다면 그 이름을 이미 알았을 텐데. 임무 기간이 2년이라면 그가 시티에 온 처음의 2년이었을 테고, 이마고가 기억하는 5년 안에 들어갈 테니까.

"열다섯 개의 엔진이었던 것 같아요."

세 가닥 해초가 상당히 쉽게 말했다. 그리고 마히트는 복잡한 감정이 갑작스럽게 솟구치는 바람에 이스칸드르의 책상 모서리를 꽉 잡고 달라붙어야 했다. 애정과 좌절감, 청동 테두리의 클라우드후크 세트가 광대뼈부터 눈썹뼈까지 왼쪽 눈 전체를 감싼 흐릿한 얼굴. 이마고 이스칸드르가 기억하는 **열다섯 개의 엔진**. 기억이 번뜩이고, 기억이 몰려든다. 마히트는 이마고를 찾으며 생각했다. 이스칸드르? 하지만 대답은 없었다.

세 가닥 해초가 마히트를 빤히 보았다. 마히트는 자신이 어떻게 보일까 궁금했다. 아마도 창백하고 산만하게 보이겠지.

"그 사람이랑 이야기를 하고 싶어요. **열다섯 개의 엔진**이랑요."

"장담하는데 제게도 폭넓은 경험이 있고, 비시민과 일하는 데 필요한 모든 적성에서 아주 놀라울 정도로 완벽한 점수를 받았어요. 우린 잘할 수 있을 거예요."

"아세크레타······."

"세 가닥 해초라고 부르세요, 대사님. 전 대사님의 담당자니까요."

마히트는 목소리를 높이지 않기 위해 굉장히 애를 쓰면서 말했다.

"세 가닥 해초, 나는 당신의 전임자에게 내 전임자가 여기서 일을 어떤 식으로 처리했는지, 그리고 굉장히 시기상조인 데다 이 편지의 양으로 봐서는 아주 곤란한 내 전임자의 죽음을 둘러싼 상황이 어땠는지를 물어보고 싶어요."

"아."

"그래요."

"그분의 죽음은, 말씀하신 대로 상당히 곤란하지만, 전적으로 사고였어요."

"물론 그렇겠죠. 하지만 내 전임자예요." 마히트는 세 가닥 해초가 겉보기만큼 확고한 테익스칼란인이라면 사회적으로 웬만한 지위를 가진 사람의 내밀한 정보를 알려 달라는 요구가 문화적으로 억지임을 알 거라고 생각했다. 마치 르셀 스테이션에서 앞으로 갖게 될 이마고에 관해 알려 달라고 묻는 것처럼 말이다. "그리고 우리가 서로를 잘 알게 될 것처럼 그 사람에 대해 잘 아는 이와 이야기하고 싶어요."

마히트는 이스칸드르가 테익스칼란인식 미소를 지으면서 그녀의 눈을 크게 뜨게 했던 근육 기억을 정확한 범위로 떠올리려고 노력하며 감각을 흉내 냈다.

"대사님, 대사님이 현재 처하신…… 곤경에 정말 동정을 금치 못합니다. 메시지를 주시면 **열다섯 개의 엔진**이 지금 어디에 있든 간에 보내겠습니다. 나머지 편지들의 답장과 함께요."

"……내가 못 쓰는 답장 말이군요. 암호화되어 있으니까."

"네! 하지만 전 표준 형태의 편지 거의 모두와 비표준 형태의 편지 대부분을 해독할 수 있답니다."

"여전히 내 편지가 왜 내가 해독할 수 없는 형태로 암호화되어 있는지는 설명해 주지 않았는데요."

"음, 얕보려는 의도는 전혀 없어요. 대사님의 스테이션에서 대사님은 대단히 교육받은 분이시겠지요. 하지만 시티의 암호화는 대체로 시적 암호를 바탕으로 하고 있어서, 비시민이 이걸 배웠으리라고는 생각하지 않아요. 그리고 모름지기 대사의 편지란, 대사가 제국과 제국의 시를 잘 아는 유식한 사람이란 사실을 자랑하기 위해서 암호화되어 있는 거예요. 관례죠. 진짜 암호가 아니라 게임이에요."

"르셀에도 시는 있어요, 알겠지만요."

"알죠." 세 가닥 해초가 아주 동정심 어린 어조로 말하기에 마히트는 그녀를 잡아 흔들고 싶었다. "하지만 여기서는, 이걸 보세요." 세 가닥 해초가 두 개의 조각이 세련된 시티 이미지가 돋을새김 된 동그란 금색 왁스 실seal로 고정되었고 진홍색 래커 칠이 된 인포피시 스틱을 들었다. 시티 이미지는 테익스칼란 황실의 상징이었다. "이건 확실하게 대사님 거예요. 오늘 날짜거든요."

그녀가 실을 부수자 인포피시는 그들 사이의 공중에 테익스칼란 글자로 홀로그래프 단어들을 쏟아 냈다. 마히트는 이걸 꼭 이해할 수 있어야만 한다고 느꼈다. 어릴 때부터 제국 문학을 읽어 왔으니까.

세 가닥 해초가 자신의 클라우드후크를 건드리고서 말했다.

"이런 종류는 손수 해독하실 수 있을 거라고 생각해요. 약강격 시는 아시나요?"

"8음절과 9음절 사이에 중간 휴지休止가 들어간 약강격 15음절의 2행연구二行聯句 시죠." 마히트는 말을 하고서야 자신이 테익스칼란에 관한 잘 아는 주제를 이야기하기보다 구술 시험 대상자처럼 답했다는 걸 깨달았으나 그런 식으로 말하지 않는 방법을 알 수가 없었다. "쉬워요."

"맞아요! 그러니까 황궁에서 대부분의 의사소통에 쓰이는 암호는 누가 썼든 지난 시즌 최고의 찬가, 그 처음 네 개의 2행연구로 그대로 치환하면 돼요. 음절과 중간 휴지를 따질 수 있다면 대사님도 분명히 알 만할 거예요. 지금은 몇 달 동안이나 두 개의 달력의 「개간 開墾의 노래」가 쓰이고 있지요. 대사님의 편지를 정말로 직접 해독하고 싶으시다면 제가 한 부 드릴 수 있어요."

"시티가 현재 최고라고 생각하는 찬가가 어떤 건지 당연히 들어보고 싶군요."

마히트의 말에 세 가닥 해초는 코웃음을 쳤다.

"참 대단하시네요. 그런 태도라면 여기서 태어나셨어도 됐겠어요."

마히트는 칭찬을 받은 것 같지 않았다.

"어떤 내용이죠?"

세 가닥 해초는 눈을 가늘게 떴다. 그녀의 눈동자가 왼쪽 위로 휙 움직였다. 클라우드후크를 보며 지시를 내리는 미소근육의 움직임이었다. 그런 다음에 그녀는 인포피시를 빤히 응시했다.

"사흘 후 외교 연회 중에 주최될 황제 직속 살롱과 낭송 컨테스트에 부르는 공식 초대장이에요. 아마도 가고 싶으시겠죠?"

"내가 안 가고 싶을 이유라도 있나요?"

"음, 대사님 전임자의 지인들 전부를 모욕하고 르셀 스테이션이 제국의 이익에 적대하고 있다는 인상을 주고 싶으시다면, 저녁 식사에 참석하지 않는 건 멋진 시작이겠죠."

마히트는 따뜻하게 고동치는 세 가닥 해초의 숨결이 얼굴에 느껴질 정도로 가까이, 아주 가까이 몸을 기울이고서 가능한 한 야만적으로 이를 전부 드러내고 미소를 지었다. 세 가닥 해초가 꼼짝도 하지 않고 움찔거리지도 않으려 노력하는 게 보였다. 그리고 무슨 일이 일어나고 있는지 그녀가 이성적으로 판단하는 데 성공한 순간을 알아챈 마히트가 그제야 말했다.

"세 가닥 해초, 내가 바보가 아니라고 가정하는 게 어떨까요?"

"그럴 수 있죠." 세 가닥 해초가 잠깐 뜸을 들였다가 말했다. "대사님네 사람들은 정기적으로 남의 개인 공간에 침입하는 걸 질책하는 방법으로 삼곤 하나요?"

"필요할 때면요. 그 답례로 난 당신이 명백한 외교적 사보타주 행위에 관여하지 않았다고 생각하도록 하죠."

"공정한 거래 같군요."

"그럼 전 황제 폐하의 관대한 초대를 받아들이도록 하죠. 제가 서명할 테니 메시지를 보내요. 그런 다음에 우리 함께 이 밀린 인포피시 나머지를 해결해 봐야겠군요."

밀린 일은 남은 오후 시간을 다 소비하고 저녁때까지 이어졌다. 대부분의 것은 작지만 여전히 정치적으로 중요한, 대사관의 통상적인 연락이었다. 르셀의 생활, 경제 및 관광 기회와 관련한 사무국이나 대학의 정보 요청, 절차 문의 같은 것이다. 테익스칼란 우주에서 이제 그만 살고 싶은 스테이션인들로부터 온 귀성 요청에는 마히트가 서명을 했고, 좀 더 작은 집단의 출입 문의에 대해서는 승인하여 '이방인 입국 비자'와 관계된 황실 부처로 넘겼다. 예상치 못하게도 테익스칼란 군 수송을 위해 스테이션 우주를 통과하는 안전 경로 비자가 반#승인된 채로 엄청난 양이 있었는데, 그 전부에 이스칸드르의 개인 인장이 찍혀 있었으나 그가 실제로 서명한 건 몇 개뿐이었다. 반승인된 비자는 아무런 의미도 없었다. 아직 완료된 게 아니니까. 이스칸드르가 한 군단에 이르는 테익스칼란 함선들을 르셀 영토에 들이는 걸 공식적으로 허용하는 절차를 밟던 중에 그게 중단된 것 같았다. 마히트는 그 숫자 자체에 잠깐 동안 감탄하고 있었고, 왜 전부 다 한꺼번에 인장을 찍고 서명하지 않은 건지 생각하다가 좀 더 조용하게 생각할 수 있을 때까지 미뤄 두기로 했다. 이스칸드르가 죽을 때 뭘 하고 있었든 간에, 왜 테익스칼란 전함들이 그런 숫자로 이동하려고 하는 건지 조금 조사해 보지 않고서는 그녀의 스테이션 섹터로 들여보낼 마음이 없었다.

승천의 붉은 수확호와 관련한 요청은 없었다. 이스칸드르 외의 누군가가 마히트를 태울 그 배의 여정을 승인했던 모양이다. 그러고 보니 요청이 처리되어야 할 무렵에 이스칸드르는 이미 죽었을 것이다. 마히트는 기분이 좀 안 좋아졌다. 누군가가 그 배를 보냈다. 누가 그랬는지 알아내야……

하지만 세 가닥 해초가 다음 인포피시 스틱을 건넸고, 그것은 화물 목록의 수입수수료에 관한 아주 골치 아픈 문제인 것으로 드러났다. 원래 요청했던 때, 그러니까 이스칸드르가 살아 있던 때에 회신했다면 해결하는 데 겨우 30분밖에 걸리지 않았을 것이다. 마히트가 이 문제를 해결하는 데는 거의 세 배의 시간이 걸렸다. 관련자 중 한쪽인 스테이션인은 이미 행성을 떠났고, 다른 한쪽은 결혼해서 시민권을 얻고 지체된 기간 사이에 이름을 바꿨기 때문이었다. 마히트는 세 가닥 해초에게 새 이름을 얻고 새롭게 탄생한 테익스칼란 시민을 찾아내 사법부 성간 무역 허가법 부서로 공식 소환하도록 지시했다.

"그 남자 이름이 뭐든 간에, 우리 스테이션 시민 한 사람으로부터 사들인 화물의 수입수수료를 지불할 준비를 하고 오도록 전해 줘요."

남자가 고른 이름은 알고 보니 서른여섯 대의 전천후 툰드라 차량이었고, 그 사실에 마히트와 세 가닥 해초는 잠시 충격으로 말을 잃었다.

세 가닥 해초가 잠시 후에 투덜거렸다.

"아무도 아이 이름을 그렇게 짓지는 않을 거예요. 이 남자, 취향이 엉망이야. 아무리 부모님이나 보육원이 전천후 차량이 필요한 툰드라 지역이 많은 저온행성 출신이라고 해도 말이에요."

갑자기 생생하게 떠오르는 기억에 마히트는 당혹감이 치밀어 눈썹을 찌푸렸다. 르셀에서 받은 테익스칼란어 수업 초기에 학급 전체가 서로 부를 테익스칼란 이름을 만들어 보라는 과제를 받았을 때였다. 그녀는 자기 이름을 '아홉 송이 난초'로 정했더랬다. 미래에 황제 열두 번의 솔라플레어가 되는 고아의 모험담인 당시 좋아했던 테익스칼란 소설의 여자 주인공이 다섯 송이 난초라는 이름이었기 때문이다. 좋아하는 책에서 이름을 고르는 건 굉장히 테익스칼란적이라고 느껴졌었다. 다른 아이들이 고른 이름은 훨씬 더 별로라고 그때 생각했었고, 굉장히 우위에 선 기분이었다. 테익스칼란 우주의 한가운데 있는 지금은 그 경험 전체가 부적절할뿐더러 우스꽝스럽게 느껴졌다. 어쨌든 마히트는 세 가닥 해초에게 물었다.

"테익스칼란 시민은 대체 어떻게 이름을 고르죠?"

"숫자는 운運 때문이거나 아이가 지녔으면 하는 성향, 또는 유행에 따라 붙어요. '셋'은 항상 인기가 있고, 낮은 숫자들은 다 그래요. 셋은 삼각형처럼 안정적이고 혁신적이라고 여겨져요. 쓰러지지 않고, 생각의 정점에 도달할 수 있고, 뭐 그런 것들요. '서른여섯'을 고른 이 사람은 신규 시티 거주자로 보이려고 한 건데, 좀 유치하긴 해도 그리 나쁘진 않아요. 나쁜 부분은 '전천후 툰드라 차량'이죠. 진짜로. 피와 햇빛이 보우하사, 엄밀하게 따지자면 가능은 해요. 무생물이거나 건축물의 일부니까요. 하지만 그건 너무……. 좋은 이름은 식물과 꽃과 자연현상이에요. 그리고 음절이 그리 많지 않은 거요."

지금까지 세 가닥 해초가 이렇게 생기 넘치게 말하는 건 본 적이 없었다. 마히트로서는 정말로 그녀를 좋아하지 않기가 어려웠다. 그녀는 재미있었다. 서른여섯 대의 전천후 툰드라 차량은 더 웃겼고.

문득 마히트는 이야기를 나누기로 결심했다. 이 사소한 문화적 교환에 뭔가 보답을 하고 싶었다. 그들이 앞으로 같이 일하려면 서로 어울려야만 하니까.

"내가 테익스칼란어를 배우던 때에, 우린 테익스칼란식 이름을 지어야 했어요. 반 친구였던 남자애 한 명이 시험에서는 백 점을 맞지만 발음은 엉망인 그런 애였는데, 자기 이름을 '2e 소행성'이라고 지은 거예요. 무리수요. 걔는 자기가 아주 똑똑하다고 생각했죠."

세 가닥 해초는 잠시 생각해 본 다음 킥킥 웃었다.

"똑똑하긴 했네요. 웃겨 죽을 것 같아요."

"정말로요?"

"엄청나게요. 자기의 존재 전체를 자기비하적 농담으로 바꾼 거랑 같아요. '2e 소행성'이 쓴 소설이 있다면 난 살 거예요. 분명히 풍자소설일 테니까요."

마히트가 웃었다.

"문제의 인물은 풍자를 할 만큼 영리하지는 않았어요. 학우로서 끔찍했죠."

"그럴 것 같아요. 하지만 그 사람은 우연히 영리했고, 그래서 더 재미있어요."

그러고서 세 가닥 해초는 다음 인포피시 스틱을 건네주고 마히트가 풀어야 하는 다음 문제를 해독하기 시작했다.

오후 내내 일이었다. 마히트가 잘하는 일, 마히트가 하도록 훈련받은 일. 설령 형태는 이해하기 힘들고 테익스칼란적이고 세 가닥 해초의 해독 기술이 필요하긴 하지만 말이다. 해 질 녘 세 가닥 해초는 두 사람을 위해서 약간 발효한 크리미한 소스에 고추기름을 두른 매운 고기만두 작은 사이즈 2인분을 주문했고, 여기 든 것 중 무언가가 알레르기를 일으킬 확률은 극히 적다고 마히트를 안심시켰다.

"익스후이예요. 우린 이걸 아기들한테도 먹여요!"

"내가 죽으면 앞으로 석 달 더 아무도 편지에 답장을 못 쓸 텐데, 그러면 당신은 어떻게 될까요."

마히트는 그렇게 말하며 식사와 함께 온 두 갈래 포크로 만두를 찔렀다. 한입 깨물자 톡 쏘고 따뜻한 맛이 입안에 퍼졌다. 혀에 남을 만큼 매운 고추기름 맛은 신경독 효과를 잠시 의심하게 하다가 기분 좋게 사라졌다. 갑자기 배가 막 고팠다. 순양함에서 내린 이후로 아무것도 먹지 못했다.

세 가닥 해초가 자기 몫의 익스후이를 똑같이 열정적으로 먹어

치우는 걸 보자 좀 기뻤다. 마히트는 그녀를 향해 포크를 흔들었다.

"아기한테 아주 좋을 것 같네요."

세 가닥 해초는 테익스칼란식 웃음을 지으며 눈을 크게 떴다.

"일할 때 먹는 음식이에요. 너무 맛있어서 빨리 먹을 수밖에 없는 거면 다 좋죠."

"그러면 더 빨리 일로 돌아갈 수 있고요?"

"이해하는시군요."

마히트는 고개를 한쪽 옆으로 기울였다.

"당신은 항상 일을 하는 사람이군요, 그렇죠?"

"직무 기술서에 나와 있는 사항인데요, 대사님."

"부디 마히트라고 불러 줘요. 그리고 당연히 세상엔 도움이 덜 되는 문화 담당자들도 있겠죠."

세 가닥 해초는 거의 즐거워 보였다.

"오, 많죠. 하지만 문화 담당은 내 임무예요. 아세크레타가 일이죠."

정보, 의전, 비밀, 그리고 웅변. 마히트가 읽은 시티에 관한 모든 문헌이 거짓말이 아니라면.

"그럼 그 일이라는 건요?"

"정치요."

마히트가 읽은 문헌대로다.

"그러면 이 군사 이동 비자에 대해서 알려 줄래요?"

마히트가 말한 순간, 관저 문에서 음악 소리가 나며 벨이 울렸다. 마히트는 움찔했으나 전혀 듣기 좋은 소리가 아니라는 게 세 가닥 해초에게는 느껴지지 않는 모양이었다.

세 가닥 해초는 문으로 가서 그 옆에 있는 벽 키패드에 암호를 입력했다. 마히트는 그 손가락을 보며 가능한 한 많은 숫자를 속으로 알아내려고 했다. 자기 집 현관 암호 정도는 작동할 수 있어야지.(마히트가 자기 생각보다 더 죄수 같은 입장이라면 모르지만. 시티를 돌아다닐 수 있는 진짜 사람에 대한 시티의 정의가 얼마나 좁은 걸까? 이스칸드르에게 물어볼 수 있으면 좋을 텐데.) 만족한 벽 키패드는 밖에서 기다리는 사람의 얼굴, 그리고 그 머리 위로 이름과 줄지은 직위들을 금테를 두른 네모난 글자체로 투사했다. 젊고, 광대뼈가 넓고, 청동색 피부에 좁은 이마 위로 난 짙고 숱 많은 머리선. 전부 다 제국의 예술에서 선호하는 대로였다. 시체 안치소에서 본 기억이 났다. 열두 송이 진달래. 구분 안 되는 신하 제3호. 다만 그를 보니 마히트는 다른 문화에서 완벽하다고 인정되는 남성의 표준을 구현한 존재와 함께 있는 듯한 인상을 받았다. 마히트는 자신이 아무 반응도 없는 게 약간 이상했다. 남자는 예술품 같았다. 열두 송이 진달래, 1급 귀족. 세 가닥 해초는 그렇게 말했었고 그건 그녀가 최소한 그의 이름을 알고, 평판에 대해서도 조금은 안다는 의미였다.

"나도 이 사람이 뭘 원하는지 전혀 모르겠어요."

세 가닥 해초가 말했다. 이는 그 평판과 어느 정도 관계가 있는 것 같았다.

마히트가 말했다.

"들어오라고 해요."

세 가닥 해초가 벽 키패드에 엄지손가락을 단단히 눌렀다.(만약 지문으로 잠긴다면 어떡하지? 하지만 분명히 테익스칼란에서는 그런 원시적인 기술은 쓰지 않을 것이다.) 문이 열리며 오렌지색 소매와 크림색 옷깃 제복을 입은 열두 송이 진달래가 입장했다. 마히트는 이스칸드르의 도움 없이 기나긴 인사 절차를 수행할 생각에(본래는 이런 문제를 걱정할 필요가 없어야 했다.) 마음을 다잡았으나, 그녀가 막 자기 소개를 시작하려던 참에 **열두 송이 진달래**가 말했다.

"내가 대사관저로 왔으니 그런 건 정말로 신경 쓰지 말자고요."

그러면서 남자는 **세 가닥 해초**를 지나치며 그녀의 관자놀이에 애정 어린 키스를 하여 상대로 하여금 굉장히 짜증 난 표정을 짓게 하고서 긴 의자에 앉았다.

"디즈마르 대사님, '세계의 보석'에 오신 걸 환영합니다. 기쁜 일이군요."

세 가닥 해초가 그 옆에 앉았다. 눈은 커다랗게 뜨고, 입가는 눈에 띄게 위로 올라가 있었다. 그녀가 말했다.

"형식적인 건 신경 쓰지 말자며, 페탈Petal."

"형식적인 걸 생략한다고 해서 예의까지 잃은 건 아니야, 리드Reed." **열두 송이 진달래**는 그렇게 말하고서 마히트를 향해 테익스칼란인답지 않은 커다란 미소를 지었다. 미소 때문에 약간 얼빠진 것처럼 보였다. "리드가 대사님께 너무 무례하게 굴지 않았으면 좋겠군요."

"페탈, 꼭 그래야 해?"

그들에겐 서로를 부르는 애칭이 있었다. 그건…… 깜찍하고, 아주 웃기는 동시에 당황스러웠다.

"전혀 무례하지 않았어요." 마히트의 말에 **세 가닥 해초**가 연극적으로 감사의 표정을 던졌다. "르셀 스테이션의 외교 공관에 오신 걸 환영합니다. 뭘 도와 드리면 좋을까요? 나의 문화 담당자와 관계를 새롭게 다지는 걸 제외하고요."

열두 송이 진달래가 걱정스러운 표정을 지었다. 마히트는 그 표정이 좀 더 불쾌하고 그러면서 좀 더 정직한, 강렬한 흥미를 가리는 얇은 베일이라고 추측했다. 테익스칼란인 전부가 마히트를 제복과 걱정스러운 표정 같은 표면적 인상만을 보고 에어록airlock 문처럼 빈틈없다고 생각하는 건 굉장히 불편한 일이었다. 누군가 한 명이라도 그녀를 진지하게 받아들이기까지 얼마나 오래 걸릴까?

"걱정스러운 정보가 있습니다. 전임 대사의 시신과 관련해서."

열두 송이 진달래가 말했다.

흠. 어쩌면 지금 진지한 게 시작되는 걸지도 모르겠다.(그리고 이스칸드르가 우연히 죽었을 리 없다고 즉시 추측한 그녀가 옳았던 모양이다. 그건 그답지 않으니까. 그리고 아주 솔직하게 말하자면, 시티답지도 않았다.)

"시신에 문제가 있나요?"

"어쩌면요?"

열두 송이 진달래는 확실하게 문제가 있고 그게 그 정확한 본질을 결정하는 일이라도 되는 것 같은 동작을 했다.

"단순히 어쩌면 정도로 내 일에 네가 잘도 끼어들겠어, 페탈."

세 가닥 해초가 말했다.

"내 전임자의 시신은 내 일이라고 말하고 싶군요."

마히트의 말에 세 가닥 해초가 빠르게 응수했다.

"우리 이미 얘기했잖아요, 마히트. 우리가 법적으로 동등한······."

"하지만 도덕이나 윤리적으로 동등한 건 아니에요. 특히 르셀 시민이 관련된 경우에는. 그리고 내 전임자는 확실히 르셀인이죠. 문제란 게 뭐죠?"

"익스플라나틀 네 개의 레버가 수술실을 떠난 후, 내가 시체와 좀 더 함께 남아서 수술실의 이미지 장비들을 사용해 봤습니다." 열두 송이 진달래가 말했다. "정보부에서 내 현재 임무가 여기에 체류하는 비시민의 의료 및 접근 용이성 문제를 담당하는 것이다 보니, 비시민의 생리에 관심이 상당히 있는 편입니다. 몇몇은 인간과 상당히 다르거든요! 르셀 스테이션인이 인간이 아니라고 말하는 건 아닙니다, 대사님. 그런 얘기는 전혀 아니고, 그냥 내가 호기심이 넘쳐난다고 말하는 겁니다. 리드에게 물어보시죠. 리드는 함께 아세크레타 후보생이었을 때부터 날 아는 사이거든요."

"호기심이 넘치고 종종 수많은 문제에 빠지죠. 특히 흥미로운 법의학이나 특이한 의료 행위와 관련되어 있으면." 세 가닥 해초가 말했다. 마히트는 긴장으로 주름이 생긴 턱과 날카롭게 기울어진 입을 볼 수 있었다. "핵심만 말해. 두 그루 자단목님이 날 조사하라고 널 보냈어?"

"설령 정보부 장관의 명령이라 해도 내가 심부름 같은 걸 할까 봐, 리드? 핵심은 내가 남아서 전임 대사의 시체를 조사했다는 거야. 그리고 그 시체는 완전한 유기체가 아니었어."

"뭐?"

세 가닥 해초가 말했고, 동시에 마히트는 자신이 스테이션인 특유의 욕설이 나가지 않도록 힘겹게 입을 꼭 다물고 있음을 깨달았다.

"어떤 식으로요?"

마히트가 물었다. 어쩌면 이스칸드르가 안 좋은 고관절을 인공 보철물로 대체했는지도 모른다. 그건 별문제 없으며 설명 가능한 이유고, 두개골 아래쪽에 자리한 임플란트보다 더 쉽게 알아챌 수 있을 것이다. 그 임플란트는 이스칸드르에게 처음에는 그 자신의 이마고로 주어져서 그의 지식과 자아와 기억의 각인을 기록해 왔다. 라인을 따라 전달되는 게 목적이어야 하는 이마고 각인imago-imprint을.

"뇌 속이 금속투성이더군요."

열두 송이 진달래는 마히트가 아주 잠깐 품은 희망을 부정했다.

"파편 같은 거?"

세 가닥 해초가 물었다.

"상처는 없었어. 정말이지, 상처였다면 시체 안치소 직원이 알아챘을 거라고. 촬영장치로 하는 몸 전체 스캔은 더더욱 완전하고. 왜 전에는 이걸 안 했던 건지 전혀 모르겠어. 어쩌면 대사가 아나필락시스로 죽은 게 워낙에 분명해서……."

"난 파편일 수도 있다고 당신이 즉시 추측한 부분에 관심이 가는군요."

대화를 가장 위험한 주제로부터 돌리기 위해서 마히트가 재빨리 말했다. 이스칸드르가 이마고 과정에 대해 무엇을, 뭔가 하나라도 드러냈었는지 알면 도움이 되었을 텐데. 하지만 마히트는 그녀 버전의 이스칸드르에게조차 물어볼 수 없었고 그 버전의 그가 자신의…… 뒷일에 관해 뭘 어떻게 알까? 그래, 그의 뒷일, 딱 그거다. 두 이스칸드르 사이에서 흘러간 시간 동안 그는 무엇을 했을까?

"시티는 종종 적대적이에요."

세 가닥 해초가 말했다.

"우연한 사고는 종종 일어납니다. 최근에는 더더욱 그렇죠. 누군가가 클라우드후크를 잘못 작동시키거나, 시티가 과잉반응을 하거나……."

열두 송이 진달래가 말했다.

"대사님이 풀어야 할 필요는 절대로 없을 것 같은 문제죠."

세 가닥 해초는 쾌활하게 안심시키려는 듯 말했으나 마히트는 그 태도를 전혀 믿지 않았다.

"내 전임자가 클라우드후크를 갖고 있었나요?"

"잘 모르겠어요. 여섯 방향 폐하께 써도 된다는 허가를 받아야만 하거든요. 비시민은 갖고 있지 않아요. 시티와 연결고리를 갖는다는 건 권리예요. 테익스칼란인이 되는 데에서 나오는 거죠."

테익스칼란인이 되어야만 가질 수 있는 그 권리란, 가지면 문이 열리고, 또한 분명히 사람을 위험한 확률이 높은 특정 구역으로 끌어들일 수 있는 모양이다. 마히트는 클라우드후크가 테익스칼란 시민들이 돌아다닐 때 얼마나 잘 추적하는지, 그 정보의 기록을 누가 갖고 있는지 궁금했다.

열두 송이 진달래가 생각에 끼어들었다.

"전임 대사가 클라우드후크를 가졌든 아니든, 뇌간에 수수께끼의 금속이 대량으로 있었습니다. 그래서 누군가가 대사님의 뇌에도 뭔가 설치하려 하기 전에 알려 드리는 게 좋지 않을까 생각했죠."

"언제나처럼 참 쾌활하구나, 페탈."

"또 누가 이 사실을 알죠?"

"아무한테도 말하지 않았습니다."

열두 송이 진달래가 마히트의 물음에 답하고는 재킷의 긴소매 속으로 점잖게 손을 겹쳤다. 마히트는 그 대답에서 '아직은'이라는 말이 숨어 있는 걸 느끼고 이 남자가 자신에게 뭘 원하는 걸까 생각했다.

"왜 나한테는 말한 거죠? 전임 대사가 온갖 임플란트를 갖고 있었을지도 모르죠. 예를 들어 간질용 심박조율기 같은 거요. 말년에 간질이 생겼을 수도 있을 텐데, 그런 것들은 흔하잖아요." 마히트는 르셀 출신이 아닌 사람에게 이마고 머신을 설명하는 일반적인 거짓말을 하며 말을 이었다. "여기, 테익스칼란처럼 위대한 문명에도 그건 있겠죠. 이런 골치 아픈 일을 하지 않고서도 대사의 의료 기록을 살펴보고 찾아낼 수도 있었을 거예요."

"대사님의 대응이 보고 싶었다고 하면 내 말을 믿으시겠습니까? 대사님의 전임자는, 음, 대사치고는 상당히 정치적인 사람이었어요. 모든 르셀 사람이 다 그런지 궁금했죠."

"난 이스칸드르가 아니에요." 마히트는 그렇게 말하면서 굉장한 부끄러움을 느꼈다. 그녀는 좀 더 이스칸드르가 되었어야 했다. 그들에게 통합할 여유가 있었다면 말이다. 이스칸드르가 그녀의 머릿속으로 사라지지 않았더라면. "'정치적'이라는 말은 뜻이 다양하죠. 익스플라나틀도 아는 것 같나요?"

열두 송이 진달래는 이가 드러날 정도로 웃음을 지었다.

"그 사람은 그걸 대사님에게 언급하지 않았지요. 나한테도. 하지만 과학부 의학대학의 익스플라나틀이잖아요. 그가 중요하다고 생각하는 게 뭔지 누가 말할 수 있겠어요?"

"난 이걸, 직접 보고 싶어요."

마히트가 일어서며 말했다.

열두 송이 진달래는 기뻐하며 그녀를 올려다보았다.

"오. 대사님도 결국에 정치적이군요."

3장

각 세포 안에 화학적 불길이 피어난다
[사망자명]을 [흙/태양]에 묻는다
그들이 살아 쉬었던 숨의 숫자만큼, 수천 송이의 꽃으로 피어나리라
그들의 이름을 기억하리라
그들의 이름과 그들의 조상(들)의 이름을
그리고 그 이름에 여기 모인 사람들은
그들의 손바닥에서도 피를 피워 내리라
그리고 이 화학적 불길 또한 [흙/태양]에 뿌려······

— 에주아주아카트 두 송이 아마란스의 찬가를 기반으로 한 테익스칼란 표준 추도사(일부), 가장 처음 사용된 날짜는 테익스칼란 대제국인의 황제 열두 번의 솔라플레어의 제2인덕션

[잡음] ······반복한다, 모든 자세 제어권을 잃었다······빙빙 돌고 있다······미지의 에너지 무기로 조종석을 쏘고 있다 [알아들을 수 없음] [알아들을 수 없음][욕설] 검은······검은 함선들이, 엄청 빠르고, [욕설] 보이드에 구멍이 뚫렸다······별은 없다······거기에 [알아들을 수 없음] 그럴 리가······ [욕설] 더 많은 숫자가 [0.5초 동안 비명 소리, 그 후 폭발성 감압으로 추정되는 요란한 소리가 1.8초 이어진 후 신호 상실]

— 섹터 가장자리, 정찰 중 르셀 조종사 아라그 치텔의 마지막 통신, 242.3.11(테익스칼란력, 여섯 방향 통치기)

이번에 마히트는 걸어서 사법부 복합건물로 갔고, 세 가닥 해초와 열두 송이 진달래는 마히트 주위에서 계속 위치를 바꿔 가며 따라서 걸었다. 마히트는 포로 아니면 정치적 암살을 걱정하는 사람이 된 것처럼 느껴졌는데, 둘 다 낙관적으로 여기기 힘들 만큼 사실에 아주 가까웠다. 게다가 그녀는 시체 안치소에 침입하려는 길이었다. 혹은 시체 안치소에 법적으로 들어갈 수 있는 사람이 안에 들어갈 수 없는 사람을 데려가는 걸 돕는 거라고 할까. 어느 쪽이든 상관없었다. 그녀는 정치적으로 행동하는 거였다.

대체 어떻게 정치적으로 행동하는지 스테이션 의회에서 더 자세한 지시를 받았더라면 좋았을 텐데. 그녀가 받은 지시 대부분은 이스칸드르 아가븐에게 무슨 일이 있었는지 알아낸 다음에 일을 잘하고, 우리 시민들을 대변하고, 합병 문제가 나왔을 때 테익스칼란이 우리를 합병하지 못하게 막으라는 것이었다. 의회의 절반, 특히 외교와 문화 보존을 같은 범위로 취급하는 경향이 있는 유산협회 의원 아크넬 암나르트바트 같은 사람들은 마히트가 임무를 즐길 정도로 테익스칼란 문화를 좋아하면서도 그게 스테이션 예술과 문학에 더 침투하는 걸 꺼릴 만큼은 싫어하기를 바란다는 인상을 주었다. 광부협회의 타라츠 의원과 조종사협회의 온추 의원(사실 아크넬 암나르트바트의 소망과는 달리 마히트의 생각에는 르셀의 6인 행정위원회의 실질적 절반이라고 생각하는 쪽)이 이끄는 나머지 절반은 제국이 우리를 합병하지 못하게 막고 또 우리가 몰리브덴, 텅스텐, 오스뮴의 주된 공급원일 뿐만 아니라 정보와 안하메마트 게이트의 사용 면에서도 중요한 상대임을 계속해서 납득시키라고 말하고 또 말했다. "제 전임자가 살해되었고 전 스테이션 기술을 보호하기 위해 스스로 비밀 조사에 연루되고 있습니다."가 "테익스칼란이 우리를 합병하지 못하게 막는" 것에 들어갈까? 이스칸드르라면 알았을 것이다. 최소한 단호한 견해 정도는 있었을 것이다.

시티에서 제국 행정부가 있는 지역은 거대하고 오래됐으며, 뾰족한 부분이 여섯 개인 별 모양이었다. 동서남북 구역이 있고 두 개가 더 있는데 북쪽과 동쪽 사이에 뻗어 있는 하늘 구역과 남쪽과 서쪽의 가운데에 튀어나온 땅 구역이다. 각각의 구역은 기록 보관소와 사무실이 가득한 바늘처럼 뾰족한 탑들로 이루어져 있고, 탑들은 여러 층의 다리와 아치형 길로 연결되어 있었다. 좀 더 사람이 많은 탑 사이에 허공에 매달린 다층식 정원이 있고, 바닥은 반투명하거나 사암과 금으로 음각 장식이 되어 있었다. 각 탑의 가운데에는 수경식 정원이 있어서 기둥 같은 물 위로 광합성을 하는 식물들이 둥둥 떠다녔다. 믿을 수 없을 정도로 사치스러운 행성이었다. 수경식 정원의 꽃들은 색별로 나뉜 것 같았다. 사법부 쪽으로 가까워질수록 꽃잎 색이 점점 더 붉어지다가 각 정원 한가운데는 무지갯빛을 띤 피바다처럼 보였다. 마히트는 사실상 그날 아침, 믿을 수 없는 몇 시간이 흐르기 전에 자신이 들른 첫 번째 목적지였던 건물을 발견했다.

열두 송이 진달래가 문 옆의 윤이 나는 초록색 금속판에 마히트의 생각에는 흘려 쓴 서명이 아닐까 싶은 모양을 검지로 재빨리 그렸다. 서명의 한가운데에 '꽃'이라는 상형문자가 있는 게 보였다. 글자로 쓴 그의 이름에는 '꽃'과 함께 '열둘'을 뜻하는 상형문자가 들어가 있을 테고, 꽃의 종류를 표기하는 부분이 덧붙어 있을 것이다.

사법부 문이 위잉 열렸다. 세 가닥 해초가 한 손을 들어 금속판을 건드리려 할 때 열두 송이 진달래가 그녀의 손목을 잡았다.

"그냥 안으로 들어와." 그는 나지막하게 말하며 두 사람을 재빨리 통과시키고 그 뒤로 문이 닫히게 놔둔 후 말을 이었다. "전에는 아무 데도 숨어 들어올 일이 없을 거라고 생각했겠지만……."

"우리에겐 합법적인 출입 권한이 있어. 게다가 우리는 시티의 영상 녹화에 찍히고 있고……."

세 가닥 해초가 화난 투로 말하자 마히트는 간신히 들릴 정도의 목소리로 지적했다.

"우리의 초청자가 우리와 그의 출입을 연관 짓는 근거가 되지 않기를 바라는 그 영상 말이죠."

"맞아요. 그리고 누군가가 '오늘 누가 사법부에 들어갔는지' 시티의 시청각 자료를 뒤지는 선까지 가 버리면 우린 훨씬 더 큰 문제에 처할 거야, 리드."

열두 송이 진달래가 말했다. 마히트는 한숨을 쉬었다.

"서두르죠. 내 전임자에게 데려다줘요."

세 가닥 해초의 입은 생각에 잠긴 듯 얇은 선을 그리며 꾹 다물어져 있었다. 그녀는 열두 송이 진달래가 지하로 앞장서는 동안 마히트의 왼쪽 어깨 근처에서 다시 걷기 시작했다.

시체 안치소는 똑같아 보였다. 공기는 마치 정화장치에 넣고 빙빙 돌렸다 뺀 것처럼 차갑고 억지로 깨끗하게 한 듯한 냄새가 났다. 익스플라나틀, 혹은 열두 송이 진달래가 조사를 마친 후 이스칸드르의 시체를 시트로 덮어 놓았다. 마히트는 갑자기 닥친 공포에 휩싸였다. 지난번에 여기 섰을 때는 그녀의 이마고가 끔찍한 감정적 폭발로 내분비 호르몬을 솟구치게 하고서는 사라져 버렸다. 그리고 어쨌든 그녀는 돌아왔다. 사보타주라는 불쾌한 아이디어가 다시 머리를 스쳤다. 잘은 모르겠지만, 이 방이 적대적인 걸까?(차라리 방이 적대적이라서, 마히트 자신의 실패나 르셀의 누군가로 인해 사보타주가 일어난 게 아니기를 내심 바라는 걸까?)

열두 송이 진달래가 시트를 다시 아래로 내려 이스칸드르 아가본의 죽은 얼굴을 드러냈다. 마히트는 가까이 다가갔다. 시체를 물리적 껍질로 보려고, 그녀 자신이 한 사람을 몸 안에 품은 것처럼 안에 사람을(그것도 같은 사람을) 품었던 무언가가 아니라 현재 세계의 물리적 문제로 보려고 애썼다.

열두 송이 진달래는 살균된 수술용 장갑을 낀 채 부드럽게 시체의 머리를 양손으로 들어 돌려서, 경동맥에 있는 가장 큰 방부제 주삿자국이 가려지고 목 뒤가 마히트에게 보이도록 했다. 시체는 죽은 지 석 달 되었다기에는 뭔가 좀 더 신선한 상태처럼 움직였다. 유연하고 느슨하게.

"육안으로 보기는 상당히 어려워요. 아주 작은 상처죠. 하지만 경추 윗부분을 이렇게 누르면, 대사님에게도 이상한 부분이 분명히 느껴질 거예요."

마히트는 손을 내밀어 정확히 힘줄 사이에 위치한, 이스칸드르의 두개골에서 움푹 들어간 부분을 엄지손가락으로 눌렀다. 피부가 고무 같았다. 너무 푹 들어가고, 느낌도 잘못됐다. 작은 이마고 흉터는 엄지손가락 아래서 작고 고르지 않은 부분으로 느껴질 뿐이었다. 그 아래로는 두개골 그 자체만큼이나 낯익은, 단단한 이마고 머신의 전개된 아키텍처가 있었다. 마히트의 것도 거의 똑같았다. 그녀는 그

자리를 엄지로 문지르며 공부를 하곤 했었다. 이스칸드르의 5년간의 경험이 담긴 이마고 머신이 안에 수술로 설치된 이후로는 그러지 않았다. 그건 이스칸드르의 습관적 행동 중 하나가 아니었다. 스테이션 밖에서는 티가 날 우려가 있기에 마히트는 그들이 앞으로 새로운 통합체가 되면서 그 행동이 묻혀 사라지게 놔두었더랬다.

"네, 느껴지는군요."

"자, 그럼 그게 뭐라고 생각하시나요?"

마히트는 말을 할 수도 있었다. 상대가 세 가닥 해초였다면 말했을지도 모르겠다. 그게 위험한 충동이라는 것도 잘 알았다. 단 한 명이라 해도 만난 지 겨우 하루도 안 된 테익스칼란 시민에게 고백하는 게 안전할 리 없다. 하지만 마히트는 이스칸드르가 없으니 절망적일 만큼 혼자였고, 혼자에서 벗어나고 싶었다.

"절대로 유기물은 아니에요. 하지만 이걸 오랫동안 지니고 있었나 보군요."

회피. 그녀는 이 바보 같은 시체를 처리하고 방으로 돌아가서 문을 닫고…… 친구를 원하는 마음을 처리해야 했다. 사람은 테익스칼란 시민들과 친구가 되지 않는다. 특히 아세크레타에 둘 다 정보부 소속이라면……

세 가닥 해초가 말했다.

"그분이 척추 수술을 받았다는 이야기는 한 번도 못 들었어요. 여기 있던 동안은 한 번도. 간질이나 다른 것들로 수술을 받았다는 이야기도 못 들었고요."

"받았다면 그쪽이 알아챘을까요?"

"그분이 황실에서 그리 오랜 시간을 보냈는데요? 대사님의 전임자는 굉장히 눈에 띄는 사람이었어요. 그분이 일주일 동안 사라졌다면 누군가가 폐하께서 보고 싶어 하실 거란 말 정도는 했을걸요…….”

"그런가요."

마히트가 말했다. 열두 송이 진달래가 대답했다.

"정치적인 사람이라고 내가 말했었죠. 그러니까 대사님은 금속이, 아마 그분이 대사가 되기 전에 삽입되었을 거라고 말씀하시는 겁니까?"

"대체 그게 무슨 역할을 하는 건데? 난 설치 시기보다 그게 훨씬 더 관심이 가는걸, 페탈."

세 가닥 해초가 말했다.

"대사님은 그런 기술을 아십니까?"

열두 송이 진달래가 물었다. 가볍게. 놀리듯이. 심지어는 모욕적으로. 마히트는 그렇게 생각했다. 그는 마히트에게 미끼를 드리우고 있었다.

"대사님은 말이죠." 마히트는 자신을 가리키며 말을 이었다. "의사도, 익스플라나틀도 아니고, 그런 장치의 신경학적 영향에 대해서도 전혀 설명할 수 없어요."

"하지만 신경학적 문제란 거죠."

세 가닥 해초가 말했다.

"뇌간에 있었으니까." 열두 송이 진달래가 마치 충분한 답이라도 된다는 듯이 대꾸했다. "그리고 절대로 테익스칼란 건 아니지. 어떤 익스플라나틀도 사람의 정신 기능을 이런 식으로 조정하지 않을 거야."

"무례하게 굴지 마. 비시민이 자기 머리에 금속을 쑤셔 넣고 싶다면 그건 그들 마음이야. 그들이 시민이 될 생각을 하는 게 아니라면 야……."

"전임 대사는 확실하게 테익스칼란의 기능과 관계가 있었어, 리드. 너도 알잖아. 사실상 그래서 네가 이 새 대사의 담당자로 지원한 거고. 그러니까 전임 대사가 일종의 신경 증강장치를 사용했다면 중요한 문제고……."

"이 정보에 굉장히 관심이 생기는군요."

마히트가 날카롭게 말했다. 그때 세 가닥 해초와 열두 송이 진달래 둘 다 갑자기 몸을 펴고 얼굴에 예의 바른 무심한 표정을 띠기에 말을 멈춰야 했다. 마히트의 뒤로 시체 안치소 문이 작게 쉬익 소리를 내며 열렸다. 그녀는 돌아섰다.

그들 쪽으로 다가오는 사람은 온통 새하얀 옷을 입은 테익스칼란 여성이었다. 바지, 레이어가 많은 블라우스, 긴 비대칭적 재킷까지 전부 하얬다. 얼굴 표면은 짙은 청동색이고 광대뼈는 넓고, 옆으로 길고 가는 입술 위로 코는 칼 같았다. 부드러운 가죽 부츠는 바닥에서 소리 하나 내지 않았다. 마히트는 지금껏 본 중에서 가장 아름다운 테익스칼란 여자라고 생각했지만, 그건 이곳 기준으로는 평범하거나 못생겼다는 뜻일 수도 있었다. 너무 마르고, 너무 키가 크고, 얼굴에서 코의 비중이 가장 크고, 눈을 돌리기가 어려웠다.

저 여자는 방 안의 모든 빛을 끌어당겨 자신의 주위에서 굴절시키는 거야.

마히트 자신의 관찰처럼 느껴지지는 않았다. 그 생각은 이마고에서 전달된 기술이 그러듯이 머릿속에서 둥둥 떠올랐다. 예컨대 테익스칼란 시민처럼 행동하는 법이나 다변수 미적분학을 하는 방법을 아는 것처럼, 마히트 자신의 경험에서 완벽하게 자연스러우면서 완벽하게 낯선 것. 마히트는 이스칸드르가 이 여자를 아는지 궁금했고, 그가 여기서 답을 주지 못한다는 사실에 다시금 화가 났다. 마히트가 필요로 할 때 없어서, 이 조각난 생각과 짧은 인상 외에 아무것도 남기지 않아서.

세 가닥 해초가 앞으로 나와서 정확하게 공식적인 인사에 걸맞게 손을 들어 올려 손가락 끝을 살짝 맞대고 깊게 몸을 숙였다.

새로 온 여자는 그 행동을 말리려고조차 하지 않았다.

"이런 놀랄 일이 있나. 이런 한밤중에 죽은 자를 방문하러 오는 사람은 나 하나뿐일 줄 알았지 뭐야."

여자는 전혀 당황한 것 같지 않았다.

"르셀 스테이션에서 온 신임 대사, 마히트 디즈마르를 소개해 드리고 싶습니다."

세 가닥 해초는 표현의 최상급 존댓말을 사용했다. 마치 그들이 사법부의 반지하가 아니라 황제의 접견실에 다 함께 서 있는 것처럼 말이다.

"전임자를 잃은 것에 조의를 표해요, 마히트."

하얀 옷의 여자가 완벽하게 진심 어린 말투로 말했다.

시티에서는 그 누구도 상당한 이유가 있지 않고서는 마히트를 이름으로 부르지 않았다. 마히트는 갑자기 노출된 기분이었다.

"그 자애로운 존재로 칼날이 빛나듯 방을 구석구석 비추는 자, 에주아주아카트 열아홉 개의 자귀님이십니다."

세 가닥 해초가 설명했다. 15음절 길이의 테익스칼란어 분사형 구절. 마치 하얀 옷의 여자가 자신만의 미리 만들어진 시적 별칭을 갖고 들어온 것 같았다. 어쩌면 그럴 수도 있다. 에주아주아카트는 황제에게 충성을 맹세한 최측근이자 가장 가까운 조언자이고 식사를 함께하는 동반자였다. 수천 년 전, 테익스칼란이 행성에 묶여 있던 시절에는 황제의 사병이기도 했다. 르셀에 존재하는 역사서에 따르면, 이것은 근세에 들어와서야 훨씬 덜 폭력적인 칭호가 되었다.

별칭을 고려하건대 '덜 폭력적인'이란 표현에는 별로 확신이 생기지 않았다. 마히트가 몸을 숙였다.

"각하의 조의에 대단히 감사드립니다." 허리를 굽힌 자세로 그렇게 말한 다음에 다시 몸을 세운 마히트는 자신이 남을 내려다볼 수 있는 사람인 것처럼, 심지어는 유행에 안 맞게 키가 크고 위험한 칭호를 가진 테익스칼란인도 내려다볼 수 있는 사람인 것처럼 상상하며 몸을 쭉 펴고서 물었다. "각하 정도의 지위에 계신 분이, 무슨 일로 말씀하신 것처럼 죽은 자를 방문하신 걸까요?"

"나는 그를 좋아했어요. 그리고 대사가 그를 화장할 거라는 이야기를 들었죠."

열아홉 개의 자귀가 더 가까이 다가왔다. 마히트는 그녀와 팔꿈치를 맞대고 서서 시체를 내려다보고 있었다. **열아홉 개의 자귀**는 이스칸드르의 머리를 돌아가 있던 상태에서 똑바로 돌리고 이마에서 머리카락을 부드럽게, 익숙한 손길로 쓸어 넘겼다. 엄지손가락에서 인장이 새겨진 반지가 빛났다.

"작별인사를 하러 오셨군요."

마히트가 속으로 느끼는 의심을 은근히 드러내며 말했다. 에주아주아카트는 평범한 대사와 범법자 동료인 아세크레타처럼 시체를 보기 위해서 몰래 들어올 필요가 없었다. 다른 이유가 있었다. 마히트가 도착했을 때 그녀의 사정이 뭔가 달라졌다. 아니면 마히트가 익스플라나틀에게 이스칸드르의 시체를 태워야 한다고 알렸을 때였든가. 마히트는 새 대사라는 존재가 분명히 어떤 정치적 계책을 촉발한 거라 생각했다. 마히트도 바보는 아니니까. 하지만 소란의 파문이 황제의 측근이라는 높은 곳까지 이를 거라고는 생각하지 못했다. 이스칸드르, 여기서 대체 뭘 하려고 했던 거야?

"작별이라니, 설마." 곁눈으로 마히트를 보는 **열아홉 개의 자귀**의 입술 사이로 미소의 작은 틈새가 하얗게 보였다. "친구인 걸 제쳐 둔다 해도, 이렇게 독특한 사람에게 영원한 작별을 고한다고 생각하다니, 얼마나 실례인지."

시체의 피부 위에서 아주 신중하게 움직이는 양손은 **열두 송이 진달래**가 알아챈 바로 그 이마고 머신을 찾고 있는 걸까? 이마고 처리 과정에 대해 모든 걸 안다고 암시하는 건지도 모른다. 어쩌면 심지어 마히트의 몸 안에 있는 이스칸드르에게 이야기하고 있다고 생각할 수도 있다. 이스칸드르가 듣고 있지 않다는 게 에주아주아카트에게는 참 안된 일이다. 마히트에게도 안된 일이고.

"그런 일을 하시기에는 참 이례적인 시간을 고르셨군요."

마히트는 할 수 있는 한 최대로 무덤덤하게 말했다.

"대사보다 더 이례적이지는 않겠죠. 그것도 이렇게 흥미로운 일행과 함께 말이에요."

"각하, 제가 분명하게 말씀드리건대……."

열두 송이 진달래가 말을 하려 했지만 마히트가 끼어들었다.

"……개인적 애도를 하는 르셀식 의식에 증인이 되어 주길 바라고 제 문화 담당자와 동료 아세크레타를 데려온 겁니다."

"그래요?"

열아홉 개의 자귀의 뒤에서 세 가닥 해초가 마히트의 대담함에 분하지만 존경하는 마음이 담긴 표정을 지어 보였다. 습관적인 얼굴 표정에서 근본적인 문화 차이가 있는데도 불구하고 말이다.

"그렇습니다."

마히트가 대답했다.

"어떻게 하는 거죠?"

열아홉 개의 자귀가 마히트가 들어 본 중에서 가장 격식 있고 세심하게 예의를 차린 어조로 물었다.

혹시라도 마히트가 15음절의 시적 별칭을 얻게 된다면 처음의 형편없는 아이디어를 끝까지 끌고 가라는 내용과 관련이 있을 것이다. 그녀는 계속해서 지어내 말했다.

"기도예요. 후임자는 자신이 앞으로 되어야 하는 사람의 특징을 기억하는 데에 전념하기 위해 전임자의 시신 옆에서 스테이션이 반 바퀴 자전하는 시간, 그러니까 여기 기준으로 아홉 시간을 보냅니다. 시체의 이목구비가 재가 되기 전에 말이죠. 기도에는 증인 두 명이 필요하고, 그래서 제가 세 가닥 해초와 열두 송이 진달래를 데려온 겁니다. 기도가 끝나면 후임자는 태운 잔해에서 자신이 갖고 싶은 부분 어디든 섭취합니다."

가공의 의식치고는 나쁘지 않았다. 마히트는 심지어 이마고와 관련된 통합 절차의 일환으로 이런 의식을 치러도 좋겠다는 생각이 들었다. 르셀로 다시 돌아가게 된다면 제안해 볼 것이다. 그게 그녀에게 뭔가 차이를 만들 건 아니지만.

열아홉 개의 자귀가 물었다.

"홀로그래프도 똑같은 역할을 하지 않을까요? 그쪽 문화의 특성을 폄하하려는 건 아니에요. 그냥 궁금한 거예요."

마히트는 당연히 그럴 거라고 생각했다.

"실제 시신의 물질성이 핍진성을 더해 준답니다."

마히트의 말에 열두 송이 진달래가 낮게 목이 메는 소리를 내더니 따라서 중얼거렸다.

"핍진성."

마히트는 엄숙하게 고개를 끄덕였다. 아무래도 마히트는 아세크레타를 신뢰하는 모양이다. 아니면 최소한 그들이 거짓말에 어울려 줄 거란 정도로는 믿는 것 같다. 심장이 빠르게 뛰었다. 열아홉 개의 자귀가 마히트와 눈이 조금 커진 걸 제외하면 지극히 차분해 보이는 세 가닥 해초 사이를 유쾌함을 감추지 않고서 힐끗거렸다. 마히트는 가공의 이야기 전부가 그녀 주위에서 곧 무너져 버릴 거라고 확신했다. 최소한 그녀는 이미 사법부 안에 있었다. 에주아주아카트가 그녀를 체포하기로 한다면 그렇게 멀리 갈 필요도 없었다.

"이스칸드르는 그런 이야기는 한 번도 한 적이 없었는데. 하지만 그 사람은 항상 르셀에서의 죽음에 관해 과묵했었죠."

"대체로는 이것보다 훨씬 은밀해요."

마히트의 말은 일부만 거짓이었다. 죽음은 은밀했다. 두 사람이 가질 수 있는 가장 친밀한 접촉의 시작이 되는 부분만 빼면.

열아홉 개의 자귀는 시트를 시체의 가슴 중간까지 끌어올리고, 천을 한번 쓸어 준 후 물러섰다.

"대사는 그 사람을 거의 안 닮았군요. 유머 감각은 똑같을 수도 있지만 그게 전부네요. 좀 놀랐어요."

"그런가요?"

"굉장히."

"테익스칼란 사람들도 다 같지는 않으니까요."

열아홉 개의 자귀는 날카로운 외마디 소리를 내며 웃었다.

"맞아요, 우리는 타입별로 있죠. 예를 들어 여기 있는 대사의 아세크레타 말이에요. 낭독가 겸 외교관인 열한 개의 선반의 완벽한 판박이예요. 여자라는 점이랑, 가슴 부분이 너무 말랐다는 것만 빼면. 그녀에게 물어봐요. 열한 개의 선반의 모든 작품을 암송할걸요. 심지어는 그가 현명하지 못하게 야만인들과 관계되었던 부분까지도."

세 가닥 해초는 한 손으로 유감스러움과 우쭐함을 모두 드러내는 동작을 했다.

"각하께서 주의를 기울이고 계신 줄은 몰랐습니다."

"절대로 그렇게 생각하지 말게, 세 가닥 해초." 열아홉 개의 자귀가 말했다. 마히트는 그 말이 위협인지 뭔지 확실히 알 수가 없다. 어쩌면 모든 것을 그런 식으로 말하는지도 모른다. "만나서 굉장히 재미있었어요, 마히트. 이번이 당연히 마지막은 아니겠죠?"

"물론이지요."

"그럼 이제 기도로 되돌아가야겠군요, 그렇죠? 진심으로 대사가 전임자와 기분 좋은 만남의 시간을 보내길 바라요."

마히트는 히스테리성 웃음이 나오기 직전 같은 느낌이었다.

"저도 그러기를 바라고 있습니다. 각하께서 오셔서 이스칸드르에게 영광일 겁니다."

열아홉 개의 자귀는 그 생각에 뭔가 복잡한 내적 반응을 일으킨 것 같았다. 마히트는 그것을 해석할 수 있을 만큼 테익스칼란 사람들의 얼굴 표정에 친숙하지 않았다.

"잘 있어요, 마히트. 그리고 아세크레타도."

열아홉 개의 자귀는 몸을 돌려 서두르지 않고 왔던 길로 되돌아 나갔다.

그녀의 뒤로 문이 닫히고 나서 세 가닥 해초가 물었다.

"그중 얼마만큼이나 사실이죠, 대사님?"

"일부는요. 마지막에 각하께서 기분 좋은 만남의 시간을 보내길 바란다고 하고 거기에 내가 동의한 거 말이죠. 그 부분은 확실하게 사실이에요." 마히트가 쏩쓸하게 말하고 잠깐 침묵하면서 속으로 이를 악물었다. 그리고 말을 이었다. "협조해 줘서 고마워요. 두 사람 모두."

"에주아주아카트가 시체 안치소에 오는 건 굉장히 드문 일이에요. 특히나 그분은."

세 가닥 해초가 말했다.

"난 대사님이 어떻게 대응하는지 보고 싶더군요. 대사님 말을 끊으면 효과가 없어졌겠죠."

열두 송이 진달래가 덧붙였다.

"사실을 말할 수도 있었어요. 시티에 막 와서, 내 문화 담당자와 떠돌이 신하에게 이끌려 엉뚱한 곳까지 오게 되었다고."

그 말에 열두 송이 진달래가 가슴 앞에서 양손을 겹쳤다.

"우리가 각하께 사실을 말할 수도 있었습니다. 친구분인 죽은 대사에게 정체를 알 수 없고, 아마도 불법일 신경 임플란트가 있었다고요."

"다들 거짓말을 하다니, 우리 참 멋지군요."

세 가닥 해초가 유쾌하게 말했다.

"상호간에 이득이 있는 속임수를 통한 문화 교류죠."

마히트는 한쪽 어깨를 위로 으쓱였다.

열두 송이 진달래가 말했다.

"상호간에 이득이 있는 상태가 그리 오래 유지되진 않을 겁니다. 우리 셋이 이대로 유지하기로 합의하지 않는다면 말이죠. 난 여전히 이 임플란트가 뭘 하는 건지 알고 싶습니다, 대사님."

"그리고 난 내 전임자가 에주아주아카트 각하와 또 황제 폐하와 친구가 되다니 대체 뭘 하고 있었던 건지 알고 싶고요."

세 가닥 해초는 시체 안치소 테이블에, 시체의 머리 양쪽에 각각 한 손씩 내리쳤다. 반지들이 금속에 부딪쳐 찰캉 소리를 냈다.

"우린 거짓말과 마찬가지로 진실도 서로 나눌 수 있을 거예요. 맹세의 증거로 각자 하나씩."

"그게 바로 열한 개의 선반의 방식이지.『신비한 변경에서의 급보』5권에서 그가 원수인 외계인 집단과 나눈 진실의 맹세."

세 가닥 해초는 아무렇지 않아 보였으나 마히트는 부끄러워할 만한 이유가 있다고 생각했다. 인용과 참조는 테익스칼란 고급문화의 핵심이지만, 오랜 친구 아무나 정확한 출처를 뽑아낼 수 있을 정도로 뻔하게 써야만 했을까? 물론 마히트가『신비한 변경에서의 급보』를 읽어 본 건 아니지만 말이다. 그건 르셀 스테이션에는 넘어오지 않은 책이었다. 아마도 테익스칼란 검열관들을 넘어서지 못했나 보다. 종교 서적 혹은 국정 운영 매뉴얼이나 테익스칼란 외교나 전쟁에 관해 검열 삭제가 되지 않은 책 등은 대체로 밖으로 나오지 못했다.

"열아홉 개의 자귀님은 나에 대해 틀리지 않으셨어. 그건 열한 개의 선반에겐 잘 통했잖아. 그러니까 우리한테도 잘 통할 거야."

"각자 하나씩의 진실. 그리고 서로의 비밀을 지키는 거죠."

마히트가 말했다.

"좋아요." 열두 송이 진달래가 한 손으로 매끈하게 빗은 머리를 뒤로 쓸어넘겨 헝클었다. "네가 먼저야, 리드."

"왜 내가 먼저야? 우리를 이 상황에 끌어들인 건 너잖아."

"그러면 대사님이 먼저 하시죠."

마히트는 고개를 저었다.

"난 진실의 맹세의 규칙을 전혀 몰라요. 시민도 아니고, **열한 개의 선반의 작품**을 읽는 즐거움도 누린 적이 없는걸요. 그러니까 두 사람이 시범을 보여 줘요."

"진짜 즐기는 거죠? 자신이 미개하다고 주장할 수 있을 때를 말이에요."

세 가닥 해초가 말했다.

사실, 마히트는 정말로 그랬다. 혼자 테익스칼란 시민들에게 둘러싸여 매료되었다가 겁을 먹었다가 할 때 유일하게 즐길 수 있는 부분이었다. 오늘 이전까지는 테익스칼란인을 주로 문학에서만 접한지라 훨씬 덜 불쾌하고 훨씬 더 다가가기 쉬운 대상으로 여겼더랬다. 마히트는 세 가닥 해초를 향해 어깨를 으쓱였다.

"나와 테익스칼란 시민을 갈라 놓는 이 먼 거리에, 내가 고통 말고 뭘 느낄 수 있겠어요?"

"바로 그렇게요." 세 가닥 해초는 그렇게 말하고는 덧붙였다. "좋아요, 내가 먼저 하죠. 페탈, 물어봐."

열두 송이 진달래는 생각에 잠긴 듯이 머리를 살짝 옆으로 기울였다. 마히트는 그가 이미 질문을 정해 놨고 효과적으로 묻기 위해서 뜸을 들이고 있다고 거의 확신했다. 마침내 그가 물었다.

"왜 디즈마르 대사의 문화 담당자가 되겠다고 자원했지?"

"이런, 불공평해. 영리하지만, 불공평해! 예전보다 이 게임에 훨씬 능숙해졌네."

"예전보다 나이가 들었고, 네 매력에 덜 빠지게 되었으니까. 자, 계속하지. 진실을 말해."

세 가닥 해초는 한숨을 쉬었다.

"자만심 가득한 개인적 야심 때문이야." 그녀는 엄지손가락부터 시작해서 이유를 손가락으로 꼽기 시작했다. "전임 대사가 폐하의 최고의 호의를 받는 자리까지 올라선 데 대한 순수한 호기심. 마히트, 당신의 스테이션은 아주 멋지지만 굉장히 작아요. 황제 폐하의 관심이 당신 전임자의 어깨에 그렇게 확고하게 얹힐 만한 마땅한 이유가 없어요. 아무리 그 어깨가 멋져도 말이죠. 그리고, 음." 말이 멈췄다. 대단히 극적인 머뭇거림이었지만 마히트는 그게 또한 진심이 아닐까 생각했다. 아까 세 가닥 해초에게서 보이지 않았던 모든 부끄러움이 이제는 굳은 턱에서, 심지어는 시체까지 포함해 모두의 시선을 피하는 것에서 드러났다. "그리고, 난 외계인을 좋아해요."

"외계인을 좋아한다?"

열두 송이 진달래가 즐거워하며 외치고 동시에 마히트도 말했다.

"난 외계인이 아니에요."

"상당히 그에 가깝죠. 그리고 내가 이야기를 나눌 수 있을 정도로 인간다워서 더욱 좋았어요. 이제 더는 내 차례가 아니죠?"

세 가닥 해초는 다른 정보부 직원 앞에서 인정하고 싶지 않았던 게 분명했고, 마히트는 그 이유를 거의 상상할 수 있었다. 문명화되지 않은 사람들을 좋아한다는 것, 즉 선호한다는 것. 그것은 사실상 자신도 미개하다고 인정하는 셈이다.(그게 또한 도발적인 말이라는 건 신경 쓰지 말자. 이 동사는 괴로울 정도로 유연하다. 마히트는 여기에 대해서는 나중에 생각하기로 했다.) 자비를 베풀기로 한 마히트는 세 가닥 해초를 그냥 놔두고 게임에서 자기 역할을 계속했다.

"열두 송이 진달래, 내 전임자가 죽기 직전의 정치 상황이 어땠어요?"

"그건 진실이 아니라 대학 논문 주제예요. 내가 알 만한 뭔가로 범위를 줄여 보시죠, 대사님."

열두 송이 진달래의 말에 마히트는 입천장을 혀로 쯧 하고 찼다.

"그쪽이 알 만한 거라."

"이 사람만 알 만한 걸 해요. 동등해야 하니까."

세 가닥 해초의 제안을 따라 마히트는 한 단어 한 단어 신중하게 골랐다.

"정직하게, 르셀 스테이션 대사가 뇌간이든 어디든 간에 어떤 임플란트를 심었는지 아는 게 당신에게는 뭐가 좋죠?"

"누군가가 살해했으니 이유를 알고 싶은 거죠. 아, 그렇게 충격 받은 표정 하지 말아요! 대사님도 오늘 아침에 리드와 익스플라나틀이 뭐라고 했든 상관없이 똑같은 생각을 해 보셨을 거 아닙니까? 나도 잘 알아요. 대사님 얼굴에 다 나와요. 당신네 야만인들은 뭘 숨기질 못하거든요. 누군가가 대사를 살해했는데, 아무도 그걸 인정하지 않아요. 정보부에서도 이야기를 하지 않고 말이죠. 내가 의학 교육을 좀 받았어요. 익스플라나틀이 될 뻔했던 적도 있지요. 어쨌든 그래서 나야말로 왜 황실이 이 모든 걸 감추는지 알아낼 최적의 후

보라고 생각한 거죠. 사법부가 아니라 과학부에서 은폐 작업을 했다면. 과학부의 열 개의 진주는 몇 년이나 두 그루 자단목과 사이가 나빴고…….”
"과학부 장관이랑 우리 정보부 장관을 말하는 거예요.”
세 가닥 해초가 이마고처럼 노련하게 정보를 채워 주었다.
열두 송이 진달래는 고개를 끄덕여 조용히 하라고 한 손을 흔든 다음 말을 이었다.
"열 개의 진주가 정보부를 속이려고 한 자가 아니라는 걸 확인하기 위해서 난 이 조사를 스스로 떠맡았고, 여기 와서 직접 확인해 본 겁니다. 왜냐하면 익스플라나틀 네 개의 레버가 짜증 나리만큼 준법시민이고, 여전히 대사가 죽은 이유를 내가 알 수 없어서요. 임플란트를 찾은 건 우연이었어요. 이제 대사님을 이 아래로 데려왔으니까 난 두 가지가 연결되어 있다고 생각하지만, 그건 내가 시작한 지점에서 조금도 더 나아가지 못했어요.” 그는 소매를 흔들고 손바닥을 테이블에 판판하게 놓았다. "이젠 내가 물어볼 차례입니다.”
마히트는 마음을 다잡았다. 진실을 말할 준비는 얼마든지 되어 있었다. 세 가닥 해초가 굉장히 테익스칼란인답지 않고 눈에 띄게 인간적으로 행동하며 공공연하게 창피를 당한 바로 다음에 열두 송이 진달래가 방금 이스칸드르가 살해되었다고 인정했다는 사실에 안도해서 더더욱 고백할 마음이 만반이었다. 마히트는 이제 모든 사람을 문명인과 미개인으로 나누는 테익스칼란식 패턴에 빠져들었지만 방향은 그 반대, 거꾸로였다. 그녀는 그들만큼이나 인간적이었다. 그들은 그녀만큼이나 인간적이고.
자, 이제 진실의 일부를 이야기할 것이다. 열두 송이 진달래가 예상대로 질문을 하면, 결과는 나중에 대응하자. 그게 그들이 테익스칼란인이기 때문에 아무도 믿을 수 없다는 일괄적 결정을 내리는 것보다 낫다. 어린 시절 내내 오로지 시 때문에 제국 시민이 되기를 바랐던 사람에게는 참으로 어이없는 전제인 셈이다…….

"임플란트의 역할이 뭐죠, 대사님?"

이봐, 이스칸드르. 마히트는 이마고가 있어야 하는 자리의 침묵을 향해 생각했다. 날 봐. 나도 선동을 할 거야.

"기록을 해요. 복제하죠. 사람의 기억과 생각 패턴을. 우린 그걸 이마고 머신이라고 불러요. 왜냐하면 사람의 몸보다 더 오래가는 버전의 사람, 이마고를 만드니까요. 전임 대사의 건 이제는 쓸모없어요. 그는 죽었고, 석 달 동안 뇌의 부패만 기록하고 있었을 테니까."

"쓸모없지 않았다면 당신은 그걸 어떻게 했을까요?"

세 가닥 해초가 신중하게 물었다.

"나는 아무것도 하지 않아요. 신경외과의가 아니니까. 어떤 종류의 익스플라나틀도 아니고요. 하지만 만약 그랬다면, 이스칸드르가 지난 15년 동안 배운 것들이 하나도 사라지지 않도록 이마고를 다른 사람에게 집어넣었겠죠."

"터무니없어요. 죽은 사람이 산 사람의 몸을 장악한다니. 당신들이 시체를 먹는 것도 놀랄 일이 아니야……."

열두 송이 진달래가 말했다.

"욕은 좀 참죠. 이건 대체하는 게 아니에요. 조합이죠. 르셀 스테이션에는 사람이 그렇게 많지 않아요. 우리는 우리가 아는 걸 보존하는 나름의 방식이 있는 거예요."

마히트가 쏘아붙였다.

세 가닥 해초는 테이블을 빙 돌아서 이제 마히트의 손목 바깥쪽에 손가락 두 개를 얹었다. 그 손길은 충격적이리만큼 침략적이었다.

"당신에게도 있나요?"

"진실의 맹세는 끝났어요, 세 가닥 해초. 알아맞혀 봐요. 우리 쪽 사람들이 '세계의 보석'에 나를 이마고 없이 보냈을까요?"

"난 양쪽 선택지 모두에 설득력 있는 주장을 펼칠 수 있어요."

"그게 당신들이 하는 일이죠, 안 그래요? 당신들 둘 다." 그만 말해야 한다는 건 알고 있었다. 감정적 폭발은 테익스칼란 문화에서는 부적절한 일이었고, 마히트 자신의 기준에서는 미성숙의 징후였다. 하지만 멈출 수가 없었다. 그녀에게 있어야 할 상냥하고 얌전한 목소리는 왠지 모르지만 침묵 중이었다. "당신들 아세크레타. 설득력 있는 주장과 낭독과 진실의 맹세."

"그래요. 그게 우리가 하는 일이죠. 그리고 정보 추출과 우리가 담당한 사람이 불운한 상황이나 범죄 상황에 빠지지 않게 하는 거요. 이게 지금 그렇게 되어 가고 있거든요. 우리 다 끝난 거야, 페탈? 원하는 건 얻었어?"

"일부는."

"그러면 됐어. 대사관저로 돌아가요, 마히트."

세 가닥 해초는 상냥하게 행동하고 있었고, 그건…… 지금 상황에 좋은 부분이라고는 없었다. 마히트는 팔목을 잡아 빼고 그녀에게서 물러섰다.

"정보를 더 뽑아내고 싶지는 않아요?"

"물론 하고 싶죠." 세 가닥 해초는 그렇게 인정하는 게 별로 대수롭지 않다는 듯이 말했다. "하지만 나한테는 직업적 청렴 정신도 있거든요."

"정말입니다. 종종 그래서 정말 화가 나죠. '외계인을 좋아하든' 아니든 간에, 리드는 정말로 본질은 보수주의자거든요."

열두 송이 진달래가 말했다.

"잘 가, 페탈."

세 가닥 해초가 날카롭게 말했다. 마히트는 당황한 사람이 자기 혼자만이 아니라는 사실에 굉장히 기쁘다는 게 그리 자랑스럽지 않았다.

✧✧✧

세 가닥 해초가 마히트를 대사관저로 데리고 돌아올 무렵에 메시지 박스는 또다시 인포피시 스틱으로 가득했다. 마히트는 좌절감의 둔하고 불가피한 감각 속에서 그것들을 보았다.

"아침에. 난 자야겠어요."

"이것만요."

세 가닥 해초가 금색 인장이 붙은 상아색 스틱을 들어 올렸다. 아마 도살된 커다란 짐승에게서 나온 진짜 상아일 것이다. 아꼈다면 화가 나거나 호기심을 느끼거나 혹은 둘 다였을 것이다. 하지만 지금 마히트는 그것을 향해 한 손을 흔들었다. 꼭 그래야만 한다면. **세 가닥 해초**가 그것을 딱 소리를 내며 열자, 그녀의 손 위로 옅은 금색 빛 속에서 글자들이 쏟아져 나와 정장의 크림색과 빨간색과 오렌지색에 반사되었다.

"에주아주아카트 각하께서 대사님이 편한 가장 이른 시간에 만나기를 원하세요."

물론 그렇겠지.(물론 동물로 만든 인포피시 스틱을 가졌을 테고.) 에주아주아카트는 의심스럽고, 영리하고, 이스칸드르를 알고, 시체 안치소에서 원하는 걸 얻지 못했으니 다른 방식으로 얻으려고 하는 거였다.

"나한테 선택권이 있나요? 아니, 대답하지 말아요. 각하께 알겠다고 전해요."

이스칸드르의 침실에서는 무無의 냄새, 또는 테익스칼란 비누 같은 냄새, 약간 미네랄워터 느낌이 나는 텅 빈 냄새가 났다. 방은 넓고 이불이 너무 많았다. 그 속에서 몸을 웅크리고 있으니 마히트는 우주 한가운데의 붕괴점이 된 느낌이었다. 그녀 자신의 속으로 반복적으로 가라앉고 있었다. 무슨 언어로 자신이 생각하고 있는지 알 수 없었다. 침대 위의 조잡한 별빛 배경 예술품이 어둠 속에서 반짝거렸다. 마히트는 이스칸드르가 그리웠고, 자기가 얼마나 화가 났는지 이해할 만한 사람을 향해 화를 내고 싶었다. 그리고 '세계의 보석'은 창밖으로 마히트를 둘러싼 도시 특유의 마음을 안정시키는 조그만 소음을 냈다.

잠은 중력우물처럼 마히트를 사로잡았고, 그녀는 항복했다.

4장

시티의 요리는 어느 행성을 방문한 방문자든지 기대하는 것처럼 다양하다. 육상의 약 65퍼센트가 도시화되었음에도 불구하고 시티는 그 어떤 행성보다도 기후가 다양하고, 아주 끝내주는 혹한의 음식도 있다.(필자는 북4광장의 '로스트 가든'에 있는 겨울 야채로 감싼 소형 엘크의 얇게 썬 엉덩잇살을 추천하겠다. 거기까지 여행을 갈 의지가 있다면 말이다!) 어쨌든 시티 요리의 정석은 황궁 복합건물의 음식이다. 이것은 황궁의 그 유명한 건축의 특징인 다양한 꽃과 수경재배 식물을 중심으로 한 아열대풍 음식이다. 당신의 하루를 백합꽃 튀김으로 시작해 보라. 꽃잎에는 신선한 염소젖 치즈가 담겨 있다. 거의 모든 길거리 포장마차에서 이걸 팔고, 뜨거울 때 더 맛있다. 그다음에는 중앙9광장의 수많은 유명 성간 레스토랑들에서 요리 투어를 해 보자……

―『시티의 미각적 즐거움: 강렬한 경험을 찾고 있는 관광객을 위한 가이드』중에서, 스물네 송이 장미 지음, 대무분 서쪽 호 행싱게를 통해 유통

[……] 최신 윤작으로 무중력 벼농사의 효율이 크게 올라가기 때문에 다음 5년간 대체 불가능한 출산을 500건까지 허가할 수 있으리라 기대한다. 출산은 우선 10년 이상 유전적 혈통 등록 목록에 올라 있던 개인

들에게 허가해야 한다. 그다음은 광부협회 의원으로, 이들이 광업과 라인 이마고 제조에 적성을 타고난 아이들을 낳을 거라고 예상되기 때문이다……

— 수경재배협회 의원의 「전략적 생명 유지 예비품들과 예상되는 인구증가」 낭독문에서 발췌

이스칸드르는 아침에도 돌아오지 않았다.

마히트는 잠들 때와 마찬가지로 텅 빈 정신으로 깨어났다. 그녀는 숙취의 시작 단계와 아주 비슷하게 텅 비고 소리가 울리는 느낌, 유리 같은 연약함을 느꼈다. 앞으로 손을 내밀고 평평하게 들었다. 손은 떨리지 않았다. 손가락 끝을 엄지손가락에 서로 다른 리듬 패턴으로 두드려 보았다. 언제나처럼 아주 쉬웠다. 만약 신경 손상이 있다면, 이마고 머신이 복구 불가능하게 망가져서 이스칸드르를 영구적으로 마히트에게 새겨 넣어 둘에서 하나의 개인으로 만들 예정이었던 신경 통로를 태워 버렸다면, 그녀가 혼자 할 수 있는 기본적인 검사에서는 드러나지 않은 것이었다. 페인트로 그은 직선 위를 발뒤꿈치부터 발가락까지 닿도록 걷는 것도 할 수 있을 거다. 그게 딱히 도움이 되는 건 아니지만.

르셀이었다면 지금은 병합 상담의를 만나러 가서 굉장히 고통스러워할 때를 넘었을 것이다. 이런 종류의 일들, 즉 시체 안치소에서의 연속적인 실패, 의식불명과 감정 스파이크와 그 후의 침묵 같은 일들을 마히트는 들어 본 적이 없었다. 자신의 병합이 엉망이 된 것처럼 이마고 병합이 엉망이 되었다는 이야기는. 르셀에 있었다면 의료 갑판으로 가서 검사해 보았을 것이다. 그 대신 지금 마히트는 테

익스칼란 중심부에 있는 이스칸드르의 침대에 앉아, 그가 여기에 함께 있지 않은 것에 격분하고 있었다. 진짜로 신경장애를 겪고 있어서 테익스칼란 의료 전문가를 만난다 한들, 그들이 알아챌 만한 영향이 있진 않은 것 같았다.

이스칸드르의 침실에는 좁고 기다란 창문 세 개가 줄지어 있었고, 새벽 햇빛이 투광조명 빛처럼 들어왔다. 그 속에서 조그만 티끌이 둥둥 떠서 무게가 없는 것처럼 춤을 추었다. 어쩌면 마히트가 신경 장애 증상이나 일종의 안구 편두통을 앓고 있는 걸지도 몰랐다.

마히트는 일어나서 혹시나 싶어 발뒤꿈치에서 발가락이 닿게 걸어가, 빛 안으로 손을 휘저어 보았다. 먼지. 먼지 티끌. '세계의 보석'에는 집진기集塵機가 없었다. 하늘이 있고, 식물들이 있었다. 마히트가 짧게 방문했던 다른 행성들처럼. 그녀는 바보 같은 행동을 하고 있었다. 모든 것이 낯설고 너무도 혼자인 느낌이라 이런 편집증적 환상 여행을 하고 있는 거였다.

석 달은 어떤 사람에게도 제대로 병합할 수 있을 정도의 시간이 못 됐다. 마히트와 이스칸드르는 서로에게 친숙해질 기간이, 그녀가 그의 지식을 모두 흡수하고 그가 그녀의 머릿속 목소리에서 본능적인 2차 의견으로 녹아들 시간이 1년은 있어야 했었다. 명상 연습과 상담 세션, 의료적 검진이 있었을 테지만, 마히트는 언제나 가장 오고 싶었던 이곳에서 그 어떤 것도 받을 수 없었다.

이스칸드르, 네 본체가 너와 나와 스테이션 전체를 우리들이 겪어 마땅한 것 이상의 엄청난 문제 속으로 끌어들였어. 그리고 넌 그걸 즐길 거고 이 난장판을 아주 좋아할 텐데, 빌어먹을, 대체 어디 있는 거야?

아무 답도 없다.

마히트는 손바닥 아래쪽을 창문 두 개 사이의 벽에 아플 정도로 세게 내리쳤다.

"당신, 정말로 괜찮은 건가요?"

세 가닥 해초가 물었다.

마히트는 홱 돌아섰다. 간밤에 정장을 아예 벗지 않았던 것처럼 이미 완벽하게 차려입은 세 가닥 해초가 문틀에 기대서 있었다.

"테익스칼란에선 '당신'이라는 개념이 얼마나 넓죠?"

마히트가 방금 때린 손바닥을 문지르며 물었다. 어쩌면 멍이 들었을지도 모르겠다.

"문법적으로요, 실존적으로요?" 세 가닥 해초는 그렇게 묻고서 말을 이었다. "옷 입어요, 대사님. 우린 오늘 아주 많이 미팅을 해야 하니까요. 당신 전임자의 전 담당자였던 **열다섯 개의 엔진**을 찾았고, 센트럴 시티에서 늦은 아침을 같이 먹기로 약속을 잡아 뒀어요. 정보부가 그 사람의 파일에 적어 둔 내용을 믿지 못할 거예요. 그 사람을 긴장시키고 싶으면 인도주의 단체들에 그 사람이 한 '자선 기부'에 대해서 물어보세요. 오딜에 있는, 그 끔찍한 반란을 지지하는 세력에 연루된 단체들이죠."

"잠은 좀 잤어요? 문법적으로든, 실존적으로든 당신이 원하는 대로요."

마히트가 건조하게 말했다.

"양쪽 모두 답하자면, 적당히요."

그렇게 대답한 세 가닥 해초는 도착했던 것만큼 빠르게 바깥쪽 공간으로 사라졌고, 마히트는 자신이 오딜에 대해 아는 게 별로 없다는 사실을 생각했다. 거기서 일종의 사소한 반란 같은 게 일어나고 있지만, 르셀에 도착하는 테익스칼란 뉴스피드는 이런 일이 늘 그렇듯이 조용했다. 오딜은 서부 호弧에 있었다. 여섯 방향의 통치 초기, 그가 무엇보다도 군인 황제이자 우주 전함 함장이었을 때 테익스칼란이 합병한 마지막 행성계 중 하나였다. 왜 거기서 반란이 일어나고 있는지 마히트는 잘 몰랐다. 하지만 부당한 정치 세력에 가담했다고 **열다섯 개의 엔진**을 압박하고 싶다면 마히트에게 유리한 점이 있어야 했다. 그런 게 필요하다면.

세 가닥 해초는 좀 유용해지기로 마음먹은 모양이다. 그래 보이지?

마히트는 자신의 가장 중립적인 스테이션식 회색 옷으로 차려입었다. 바지, 블라우스, 짧은 재킷은 테익스칼란인이 아니라는 이유만으로 시티에 안 어울려 보일 것이다. 즉 엄청나게 눈에 띄지만 그렇다고 명확히 드러나지는 않을 정도다. 옷 입는 내내 황실 스타일 옷을 맞춰 입을 정도로 오래 지낼 수 있을지 궁금하기만 했다. 바깥쪽 방에 나가 보니 **세 가닥 해초**가 크림 같은 질감의 노란색 포리지porridge, 곡물을 물이나 우유에 끓여 만든 음식를 차려 놓은 것이 보였다.

"독은 안 넣었어요. 맹세해요." 그녀는 그렇게 말하고 숟가락에 묻은 것을 빨아먹고 말을 이었다. "열여섯 시간 동안 숙성한 페이스트로 만든 거예요."

마히트는 별로 두려움 없이 그릇을 받았다.

"당신이 고의로 나를 죽이려 하지는 않을 거라고 확신해요. 당신의 자만심 어린 개인적 야심 때문에라도." 마히트의 말에 **세 가닥 해초**는 코로 우아하지 못한 소리를 냈다. "페이스트가 숙성되지 않았다면 어떻게 되었을까요?"

세 가닥 해초는 유쾌하게 대답했다.

4장 **95**

"청산가리요. 덩이줄기에 들어 있는 천연 영양소 흡수 방해제죠. 하지만 맛있어요. 그쪽 거 먹어 봐요."

마히트는 먹었다. 거부할 이유가 별로 없었다. 안전한 것은 아무것도 없다. 위험에 어느 정도로 노출되느냐만 존재할 뿐이다. 아주 즐겁게 불안정한 기분이 들었고, 그건 청산가리에 노출되기 전부터였다. 포리지는 살짝 쓰고 진하고 맛있었다. 마히트는 다 먹고서 마지막으로 숟가락 뒤에 묻은 것까지 핥아 먹었다.

그들은 황궁 복합건물에서 나오는 지하철을 탔다. 세 가닥 해초는 마히트를 데리고 4층을 내려와서 옅은 크림색에 귀족적인 붉은 색조는 전혀 없는 정장을 입은 하급 공무원들이 우글거리는 광장을 건너갔다.(틀락슬라우임이라고 세 가닥 해초는 설명했다. 회계사들인데 늘 떼 지어 돌아다녀요.) 그다음에 황궁 복합건물로부터 시티 자체로 데려다줄 거라고 세 가닥 해초가 설명한 역으로 내려갔다. 누군가가 지하철 입구 벽에 마히트 눈에는 정치 포스터처럼 보이는 것을 붙여 놓았다. 별이 빛나는 배경을 바탕으로 테익스칼란 전투 깃발과 부채꼴로 펼쳐진 창들이 짙은 빨간색으로 그려져 있고, 창들이 그래피티 스타일 상형문자의 일부를 이루고 있었다. 마히트는 그걸 해석하기 위해서 빤히 쳐다봐야만 했다. 아무래도 '썩다'는 단어인 것 같은데, 확실하지 않았다. '썩다'는 선이 여섯 개보다 적다.

세 가닥 해초는 마히트의 소매를 당겨 계단을 내려가는 방향으로 돌리며 말했다.

"우리가 돌아올 무렵에는 철거되어 있을 거예요. 누군가가 보수팀에 연락을 하겠죠. 또다시."

"당신이 좋아하는…… 정당이 아닌가 보죠?"

마히트가 추측했다.

"나는 정보부 소속의 공정한 관찰자예요. 공공장소에 반反황실 프로파간다 포스터를 붙이는 걸 좋아하면서, 지방정부에 참여하거나 시험을 봐서 공무에 합류하는 데에는 무관심한 사람들에 대해서는 아무런 의견도 없어요."

"그런 일이 많이 일어나나요?"

"항상 그런 일이 많이 일어나죠. 바뀐 건 포스터뿐이에요. 이것들은 홀로그래프가 아닌 게 기분 좋은 차이점이군요. 통과해서 걸을 필요가 없으니까요."

계단 제일 아래쪽에 세련된 열차 플랫폼이 있었다. 벽은, 최소한 포스터가 더 없는 곳은 하얀색에서 금색, 눈에 확 띄는 분홍색에 이르기까지 수백 가지 색의 장미 무늬 모자이크 타일로 꾸며져 있었다. "여긴 황궁동부역이에요. 황궁 복합건물 내에는 역이 여섯 개 있어요. 나침반의 기본방위 여섯 개를 뜻하죠. 평평하게 나와 있지만요." 그녀가 지하철 지도를 가리켰다. 거기에는 뾰족한 부분이 여섯 개인 별 모양으로 황궁 복합건물이 나와 있었다. "실용적이라기보다는 상징적인 것에 가까워요. 황실 거주 구역에 가려면 지상궁에서 내려야 하는데, 우주론에서는 사실 하늘궁이어야 맞으니까요."

"하늘궁에는 뭐가 있죠?"

마히트가 물었다. 도착한 열차는 우주공항이 그랬듯이 검소하고 선이 깔끔하고 하얀 옷의 테익스칼란 시민으로 가득했다. 대부분이 그림과 사진에서 본 테익스칼란 시민들처럼 보였다. 갈색 피부에 키가 작고 광대뼈와 가슴은 넓었다. 하지만 온갖 인종적 배경을 지니고, 온갖 행성계에서 온 사람들도 있었다. 마히트는 심지어 긴 팔다리에 공우성共優性의 창백한 피부를 지녔고, 빨간 머리이며 중력하에서 몸을 똑바로 서게 해 주는 외골격 슈츠를 입은, 무중력 지역 출신 돌연변이도 본 것만 같았다. 하지만 모든 지하철 탑승객은 어느 공무 부서에 속했는지를 알려 주는 소매 색깔을 제외하면 똑같이 크림색 옷을 입고 있었다. 전부 황궁, 시티의 고용인들이다. 전부 다, 아무리 많은 시를 외운다 한들 마히트로서는 될 수 없는 확실한 테익스칼란인들. 열차가 움직이기 시작하자 마히트는 금속 기둥을 잡았다. 처음에는 어두운 터널을 달려가다가 상승하는 트랙을 따라 탁 트인 곳으로 빠져나왔다. 시티가 창문을 통해서 스쳐 가고, 건물들은 흐릿하게 보였다.

"문서고, 전쟁부, 제국 검열소요."

세 가닥 해초가 아까 전 질문에 답했다.

"우주론적으로는 틀리지 않네요."

"우리가 우주로 보내는 것들에 대해서는 의견이 어떻게 되시죠?"

"문학, 정복, 그리고 금지된 것들. 정확하지 않나요?"

문이 쉭 소리를 내며 열리고, 테익스칼란 시민 절반이 내렸다. 그들 대신에 탄 사람들은 좀 더 다채로운 색상의 옷을 입고 있었다. 몇몇은 아이들이었다. 조그만 아이들이 부끄러움 없이 마히트를 빤히 쳐다보았고, 보호자들도(부모인지 클론 형제인지 보육원 도우미인지 구분하기가 힘들었다.) 아이들의 관심을 다른 곳으로 돌릴 수 없었다. 차량이 붐비는데도 그들은 전부 마히트와 세 가닥 해초에게서 떨어진 곳에 있었다. 마히트는 접촉을 금기시하는 행동과 외국인 혐오에 대해서 생각했다. 이스칸드르가 여기 있던 때(이마고 이스칸드르가 여기 있던 때, 그러니까 15년 전)에는 외국인과의 육체적 교류를 명백하게 피하던 분위기가 아니었고, 마히트가 아는 어떤 테익스칼란 문화 자료에도 그런 내용은 없었다.

외부인을 대할 때의 친근함 수준의 변화는 불안감을 직접적으로 나타내는 지표다. 마히트는 모든 르셸 시민이 적성검사의 일부로 받는 심리적 대응 기초 훈련에서 그것을 배웠다. 시티에서 무언가가 바뀌었는데, 그게 뭔지 알 수 없었다.

"우린 황궁동부선을 타고 중앙9광장으로 가고 있어요."

세 가닥 해초는 그게 마히트가 했던 질문의 답이 아님을 아는 것처럼 어깨를 으쓱였다. 그리고 열차의 벽에 있는 지도에서 서로 얽힌 지하철 노선을 가리켰다. 지하철은 유리판 위의 얼음 결정처럼 시티 전역에 얽혀 있었다. 여러 개의 선이 합쳐지는 프랙털, 불가능할 정도의 복잡성. 하지만 테익스칼란 시민들은 이걸 태연히, 간단히 이용했다. 플랫폼에는 정확하게 보정된 카운트다운 시계가 있어서 열차가 언제 오는지를 알렸고, 그 시계는 딱 맞았다.

중앙9광장에는 마히트가 어느 한 장소에서 본 것보다도 더 많은 사람이 있었다. 매번 '세계의 보석'의 규모를 이해했다고 생각할 때마다 그녀는 자신이 틀렸음을 알게 되었다. 르셸에는 비교할 만한 적당한 곳이 하나도 없었다. 열 개의 스테이션 중에서 가장 큰 르셸은 최대 3만 명의 사람들을 먹여 살릴 수 있었다. 하지만 이 광장 한 곳에서만 그 4분의 1에 해당하는 수많은 테익스칼란 시민이 무절제하게 돌아다녔다. 복도나 변화하는 중력장의 힘에 의해 인도되지 않고 자기가 원하는 곳으로 마음껏 갔다. 그 움직임에 관한 구성 원리가 있다면 유체역학과 관련 있는 것일 테고, 그것은 마히트의 전문 교육 분야가 아니었다.

세 가닥 해초는 모범적인 안내자였다. 그녀는 마히트의 왼쪽 팔꿈치 근처에 있었는데, 호기심 많은 테익스칼란인이 함부로 야만인 외부자에게 다가와 타이밍 나쁜 질문을 해야겠다는 엄두를 내지 못할 만큼 가까우면서, 마히트의 좁은 개인 공간을 지켜 줄 정도로는 거리가 있었다. 그녀는 역사적 관심 지역에서 건축적 특징과 주목점을 가리키고, 참아야 한다는 사실을 깜박 잊을 때면 다음절多音節의 2행 시구를 자동적으로 중얼거렸다. 마히트는 관계된 시가 그렇게 자연스럽고 부드럽게 나온다는 점이 부러웠다.

광장의 한가운데에는 눈부신 강철과 금, 유리로 된 건물들이 꽃잎처럼 밖으로 뻗어서 새파란 대기권 하늘을 드러냈다. 마히트는 중앙에서 **세 가닥 해초**를 멈춰 세우고서 상체 전체를 뒤로 젖혀 하늘을 바라보았다. 아치형 지붕은 어지럽고…… 끝이 없고…… 빙빙 도는 것 같았다. 마히트는 세상의 중심이었고……

그녀의 손은 의식용 그릇 안의 금빛 태양에 새빨간 피를 흘렸고(그녀가 아니라 그의 손, 이스칸드르의 손이다.) 하늘은 이렇게 수많은 별이 반짝이는 아치형이었으며, 그는 태양신전의 꽃잎 가득한 천장을 통해 별을 올려다보며 쓰릴 정도로 현기증 나는 하늘의 회전 속에서 말한다.

"우리는 목적을 이루기로 맹세한다. 이제 당신과 나는…… 당신의 피와 나의 피가……"

마히트가 눈을 힘껏 깜박이자 환영은 사라졌다. 고개를 젖히고 있어서 척추가 아파 오는 바람에 몸을 세웠다. 세 가닥 해초가 마히트를 보고 미소를 지었다.

"햇빛에 취했군요."

(이마고에 취했지.)

"대사님을 신전으로 데려가서 성스러운 금과 피를 맞게 해야 하는데 말이죠. 전에는 행성에 와 본 적이 없나요?"

마히트는 침을 삼켰다. 목이 바싹 말랐고, 여전히 조금 전의 구릿빛 피가, 잔상의 냄새가 느껴졌다.

"내가 가 본 행성에서는 하늘이 전혀 이런 색깔이 아니었어요." 마히트가 겨우 말을 꺼냈다. "우리 약속에 가야 하지 않던가요? 종교 시설에 갑자기 방문하면 분명히 늦어질 것 같은데요."

세 가닥 해초는 의미심장하게 어깨를 으쓱였다.

"태양신전이 어디 가는 건 아니니까요. 매시간 기도가 있고. 더욱이 시티 바깥으로 가거나 군에 입대하면 운을 강하게 해서 별의 호감을 얻고 싶은 법이죠. 하지만 바로 저기 레스토랑에 다 왔어요. 중앙9광장의 정확히 한가운데에 그만 서 있고 싶으시다면 이제 갈까요."

그녀가 팔을 쭉 뻗고 가리켰다.

그 레스토랑은 탁 트인 데다 밝았고, 각각의 하얀 석조 테이블에는 센터피스로 얕은 물그릇 위에 꽃잎이 많은 옅은 파란색 꽃들이 떠 있었다. 마히트의 눈에는 엄청나게 과시적으로 보였다. 물을 그렇게 많이 낭비하는 게 비판할 만한 일이라는 걸 세 가닥 해초는 깨닫지 못하는 게 아닐까.

 열다섯 개의 엔진은 구석 자리에서 그들을 기다리고 있었다. 중년에 어깨는 넓고 배는 불룩하며, 헤어라인은 귀족처럼 낮고 회색 머리를 뒤로 빗어 넘긴 다음 금속 고리로 하나로 묶은 남자였다. 그의 클라우드후크는 마히트의 기억에 남은 그대로였다. 이스칸드르가 기억하는 그대로. 왼쪽 눈과 광대뼈, 눈썹뼈까지 덮는 특대형 청동색 물건. 마히트는 세 가닥 해초가 그의 이름을 말했던 때 느꼈던 번뜩이는 강렬한 감정의 메아리를 느꼈다. 희미한 호감, 희미한 좌절감. 하지만 흐릿하고 반밖에 기억나지 않았다. 어쩌면 그런 건 전혀 느끼지 못했는지도 몰랐다. 이마고가 그녀에게 유용한 걸 준 게 아니라, 그저 가짜 기억일 수도 있었다.

 마히트는 열다섯 개의 엔진이 더 젊을 거라고, 자신보다 다섯 살에서 열 살쯤 더 먹었을 거라고 생각했음을 깨달았다. 하지만 남자가 이스칸드르의 문화 담당자였던 건 그가 도착한 20년 전이었고 그것도 짧은 기간 동안이었다. 마히트의 이마고는 젊을지 몰라도 15년이나 뒤떨어져 있었고, 열다섯 개의 엔진이 이스칸드르에 관해 아는 사실들도 비슷하게 오래되었을 것이다.

 마히트는 어쨌든 인사를 하기 위해 양손을 들어 올렸다. 손끝 사이의 압력이 전기가 흐르듯이 느껴졌다. 마치 팔에 있는 모든 신경을 느끼는 것처럼, 이스칸드르가 이런 동작을 했던 모든 때의 반향처럼. 마치 이스칸드르가 거의 그녀에게로 되돌아온 것처럼.

 열다섯 개의 엔진이 손바닥을 내려놓고 마히트를 한번 훑어보고서 찡그린 얼굴로 말했다.

 "별들이여, 이스칸드르, 이 아가씨는 자네 나이의 4분의 1밖에 안 되어 보이는군. 어떤 기분이지?"

"그럴 줄 알았어!" 세 가닥 해초가 마히트의 어깨를 밀면서 계속 말했다. "당신도 그 기계를 갖고 있고, 당연히 전임자의 뇌를 머릿속에 박아 넣고 있었던 거죠……?"

"쉿."

마히트는 그렇게 말하고 자리에 앉았다. 열여덟 살 때 앉던 것처럼. 어설프게, 여자아이처럼, 의자에 몸을 구겨 앉기엔 팔다리가 너무 긴 것처럼. 마히트는 **열다섯 개의 엔진**의 희망에 찬 표정이 경계조로 변하는 것을 보았다.

"이스칸드르가 이어짐의 정도에 대해 좀 과장했던 모양이군요."

마히트가 퉁명스럽게 말했다.

"하지만 자네는 거기에……."

"지금 이 순간에 그 사람은 없어요." 마히트는 세 가닥 해초가 그 말을 이마고 머신에 근본적인 오류가 난 게 아니라 의도적으로 뭔가를 일으켰다는 뜻으로 해석하기를 바랐다. "게다가 난 내 전임자가 특허 기술을 그렇게 마음대로 발설했다는 사실에 굉장히 관심이 생기는군요."

"당신 담당자는 같은 정보를 당신에게서 얻는 데 대략 36시간밖에 안 걸린 것 같은데."

"정상참작 가능한 상황이었어요, 귀족 나리. 이스칸드르가 죽었다는 사실을 고려하면요."

"그런가."

열다섯 개의 엔진이 냉담하게 말했다.

"당신이 알던 사람이라면, 그래요."

"그럼 당신과 이야기를 할 이유가 전혀 없군. 나는 지난 20년 대부분을 행성간 정치에서 벗어나 있었어. 10년도 더 전에 정보부 일을 그만뒀지. 그저 조용히 살면서 중앙정부의 이런저런 일에서 벗어나 내 일에 전념했어."

남자가 테이블에서 의자를 뒤로 밀고 일어섰다. 꽃과 물이 담긴 그릇이 흔들렸다. 옆으로 넘친 물이 돌을 타고 흘러 레스토랑 바닥으로 떨어졌다.

그 낭비에 고정된 채로 마히트가 말했다.

"그 사람은 당신을 신뢰했던 모양이군요."

이 만남에서 뭔가를 건져 보려는 말이었지만, **열다섯 개의 엔진**은 한 걸음 물러나서 능숙하게 물웅덩이를 피했다. 그리고 세상이 하얗게 번쩍이며 요란하게 울렸다.

◇ ◇ ◇

마히트는 흘러내린 물에 뺨이 축축한 상태로 바닥에 누워 있었다. 공기 중에 짙고 매캐한 연기가 소용돌이쳤고 테익스칼란어로 고함소리가 들렸다. 테이블의 일부 아니면 벽의 일부인지 무겁고 꼼짝하지 않는 대리석이 골반 부분을 눌러서, 움직이려고 하면 사방으로 날카롭게 고통이 퍼졌다. 의자 다리와 잔해가 막고 있어서 부분적인 호 모양의 시야만 눈에 들어왔다. 하지만 그 호 모양 속에서 불길이 타올랐다.

마히트는 테익스칼란어로 '폭발'이라는 단어를 알았다. 군사 시詩의 핵심 단어로 대체로 '충격적인'이나 '타오르는 불길' 같은 묘사와 함께 쓰였다. 하지만 이제는 고함 소리로부터 추론해서 '폭탄'이라는 말을 알게 되었다. 짧은 단어였다. 아주 크게 외칠 만했다. '도와 달라'고 외치지 않을 때면 사람들이 그 단어를 외쳤기 때문에 깨달을 수 있었다.

어디에도 세 가닥 해초가 보이지 않았다.

축축한 게 얼굴을 타고 떨어졌다. 쏟아진 물처럼 축축하지만 얼굴 반대편이었다. 떨어져서 모였다가 관자놀이 움푹한 곳에서 넘쳐 뺨과 눈을 타고 흐르는 붉은 그것은 피였다. 마히트는 고개를 돌리고 목을 휘었다. 피가 아래쪽으로, 입 쪽으로 흘러서 입술을 꾹 다물었다.

그것은 열다섯 개의 엔진에게서 나온 피였다. 남자는 의자에 늘어져 있었고 셔츠 앞, 상체 앞부분은 찢어진 데다가 목에는 파편이 박혀 있었다. 얼굴은 말끔했고, 눈은 뜨인 채 유리 같은 시선으로 허공을 바라보고 있었다. 폭탄이 가까이 있던 모양이었다. 마히트의 눈에 보이는 것들의 각도로 보아 남자의 오른쪽에.

이스칸드르, 유감이야. 마히트는 생각했다. 열다섯 개의 엔진이 아무리 싫다고 해도(좀 전까지만 해도 굉장히 직접적이고 강력한 반감을 느꼈었다.) 그는 이스칸드르의 지인이었다. 마히트는 대리 슬픔을 느낄 만큼은 이스칸드르가 되어 있었다. 잃어버린 기회. 그녀가 제대로 보호하지 못한 어떤 것.

연기에 그을린 크림색 바지 차림의 무릎 두 개가 코앞에 나타나더니, 다음 순간 세 가닥 해초가 손바닥으로 마히트의 얼굴에서 피를 닦아 주었다.

"정말이지 당신이 살아 있기를 바라요."

세 가닥 해초가 말했다. 고함 소리 때문에 알아듣기가 어려웠고,

심지어 고함 소리도 커져 가는 전자음 때문에 가려지고 있었다. 마치 공기 그 자체가 이온화된 것처럼 말이다.

"당신은 운이 좋았군요."

마히트의 목소리는 제대로 나왔다. 턱도 제대로 움직였다. 세 가닥 해초가 애써 닦아 주었는데도 이제 입에 피가 들어갔다.

"다행이네요. 환상적이에요! 당신의 죽음을 황제 폐하께 보고하는 건 굉장히 창피한 일인 데다 아마도 내 커리어를 끝장낼 거고, 또 난 아마 마음이 상할 테죠. 당신 위에 떨어진 벽 조각을 움직이면 혹시 죽을 건가요? 난 익스플라나틀이 아닌 데다, 사람의 혈관에서 화살을 잡아 뽑으면 안 된다는 건 진짜 형편없는『황제들의 비사秘史』 영화판에서 배웠지만, 그걸 제외하면 비의식적 출혈에 관해 아는 게 없고……."

"세 가닥 해초, 당신 히스테리 상태예요."

"네. 알아요."

세 가닥 해초는 마히트를 바닥으로 짓누르고 있는 걸 그녀의 골반에서 밀어냈다. 압력에서의 해방이 새로운 종류의 고통을 가져왔다. 공기 중의 웅 소리는 점점 더 커졌고, 세 가닥 해초의 몸과 그녀 자신의 몸 사이 공간이 마치 황혼이 다가오는 것처럼 섬세하고 오싹한 파란색으로 변하기 시작했다. 대리석 레스토랑 바닥이 감지회로 모양으로 빛이 났다. 온통 파란색으로, 온통 환하게, 공기를 빛으로 물들였다. 마히트는 노심이 융해될 때를 떠올렸다. 피부를 태우며 파란색으로 빛나는 섬광을. 하늘에서 내리치는 연속 번개에 관해 읽은 게 떠올랐다. 이게 대전帶電된 공기라면 두 사람은 이미 죽었을 것이다. 마히트는 팔꿈치를 대고 애쓰다가 세 가닥 해초의 팔을 향해 달려들어 붙잡고 앉은 자세로 몸을 일으켰다.

"공기가 왜 이래요?"

"폭탄이 터졌어요. 레스토랑이 불타는데 공기가 뭐 어쨌다는 거예요?"

"파랗잖아요!"

"그건 시티에서 알아채서……."

레스토랑 지붕 일부가 우르릉거리다가 떨어져서 귀를 찌르는 요란한 소리를 냈다. 세 가닥 해초와 마히트는 동시에 몸을 구부리고 이마를 어깨에 묻었다.

"여기서 나가야 해요. 폭탄이 더 있을지도 몰라요."

그 말은 마히트의 입에서 아주 쉽게 나왔다. 이스칸드르가 이 말을 한 적이 있는 걸까?

세 가닥 해초가 일어섰다.

"이런 일을 전에도 겪은 적이 있어요?"

"아뇨! 전혀."

마지막으로 르셀에 폭탄이 터진 것은 마히트가 태어나기 전이었다. 파괴자들, 혁명가를 자칭했으나 그냥 파괴자일 뿐인 그자들이 소이탄을 터뜨리면서 진공 상태가 발생했다. 그 후에 그들은 우주로 방출되었고, 모든 이마고 라인이 제거되었다. 그중 최연장자와 함께 13세대의 엔지니어링 지식이 사라졌다. 스테이션은 무고한 사람들을 기꺼이 우주로 내던지려는 자들을 스테이션 내에 놔두지 않는다. 이마고 라인이 그런 식으로 오염되면 보존할 가치가 없다.

행성에서는 달랐다. 파란 공기는 연기 맛이 나긴 해도 호흡은 가능했다. 세 가닥 해초가 마히트의 팔꿈치를 잡았고 그들은 중앙9광장으로, 잘못된 게 전혀 없는 것처럼 하늘이 여전히 똑같이 불가능한 색을 띤 곳으로 걸어 나갔다. 테익스칼란 시민 다수가 안전을 찾아 다른 건물이나 지하철이라는 어두운 은신처로 들어가기 위해 광장 맞은편으로 도망쳤다.

"열다섯 개의 엔진이 폭탄을 가져왔을 수도 있을까요? 혹시 그 사람을 본……."

세 가닥 해초가 물었다. 마히트는 그녀의 말을 잘랐다.

"그 남자는 죽었어요. 그가 일종의…… 자기희생을 했다고 말하는 건가요?"

"만약 그랬다면 일을 형편없이 했네요. 당신은 죽지 않았어요. 나도 안 죽었고. 그리고 열다섯 개의 엔진의 기록에는, 오딜과 관계가 있든 없든 간에 국내 테러리스트나 자살폭탄자, 포스터로는 분명히 충분하지 않았던 사회활동가 부류와 관계가 있다고 생각할 만한 내용이 전혀 없었어요……."

"우리를 죽여서 좋을 게 뭐가 있죠? 그 사람은 나와, 음, 이스칸드르와 이야기하고 싶어 했고, 애초에 당신이 그 사람한테 나와 아침 식사를 하자고 권했던 거잖아요."

"난 내가 상황을 얼마나 잘못 읽었는지 파악하고 당신이 실제로 얼마나 위험한 상황에 있는지, 아니면 이게 그냥 운이 엄청 나빴던 건지, 아니면 혹시 뭔가가 또 다른 폭탄을 작동시키지 않을지를 결론 내리려 애쓰는 중이에요……."

"또 다른 폭탄?"

마히트의 물음에 세 가닥 해초는 대답 대신 걷는 것을 멈췄다. 마히트의 팔꿈치에 손을 댄 채 움찔하고는 멈춰서 꼼짝하지 않았다.

광장 중앙이 그들 앞에 펼쳐져 있었다. 마히트가 생각한 건, 광장을 가로질러 걸어갈 때 본 타일과 금속 음각 장식이 일종의 아마추어 작품 같다는 거였다. 바닥에서 솟아 나와 금과 유리로 된 벽으로 군중을 둘러싼 장식들이 똑같은 파란빛으로 탁탁 소리를 냈다. 더 가까이 다가가자 그 투명한 옆쪽에서 단어가 올라갔다. 마히트와 세 가닥 해초는 연기로 얼룩지고 충격을 받은 소수의 테익스칼란 시민 무리 한가운데에 꼼짝 못 하고 서 있었다. 단어들은 길거리 간판과 지하철 지도에 쓰이는 것과 똑같은 그래픽 상형문자로 되어 있었다. 4행의 시가 계속, 계속해서 반복됐다. 마히트가 읽었다. 부동不動과 인내가 안전을 만든다, '세계의 보석'은 스스로를 지킨다.

"시티를 건드리면 안 돼요. 선리트Sunlit가 여기에 닿을 때까지 이게 우리를 가둬 놓는 거예요. 선리트는 황제의 경찰들이에요." 세 가닥 해초의 입가가 아래로 휘어졌다. "사실 나를 억류하는 건 안 되죠. 난 귀족이니까요. 하지만 아마 아직 그걸 알아채지 못했을 거예요."

마히트는 움직이지 않았다. 벽에 금색의 시와 파랗고 반짝이는 빛이 지나갔다.

"읽을 줄 모르는 사람은 어떻게 해요?"

"모든 시민이 글자를 읽을 수 있어요, 마히트." 마치 마히트가 이해할 수 없는 말이라도 한 듯한 대답이었다. 세 가닥 해초는 클라우드후크로 손을 올려 왼쪽 눈 위에 있는 테를 두드려 위치를 조정했다. 안와를 완전히 덮은 투명한 플라스틱의 얇은 판이 옷 소매의 귀족적인 색깔이 반영된 듯한 빨간색과 회색, 금색으로 반짝거렸다. "기다려요. 이렇게 하면 될 거예요."

세 가닥 해초가 앞에 있는 군중을 헤치고 걸어갔다. 마히트는 바싹 뒤를 따라갔다. 걷는 건 아팠다. 골반 부근에 멍이 들 정도로 아팠지만 무시했던 고통이 아랫배를 가로질러 퍼졌다. 세 가닥 해초는 광장의 봉쇄되지 않은 구역까지 걸어가서 유리에 코를 몇 센티미터 앞까지 들이대고 말했다.

"세 가닥 해초, 2급 귀족, 아세크레타. 정보부 신원 확인증 전송을 요구한다, 시티."

유리 벽의 아주 작은 부분과 클라우드후크 양쪽으로 단어가 쏟아지며 서로를 반사했다. 소통한다. 세 가닥 해초가 뭔가를 거의 소리 내지 않고 중얼거렸고(마히트는 일련의 번호 같다고 생각했지만 확신은 없었다.), 곧 분명하게 읽을 수 있는 단어를 유리가 출력했다.

허가됨. 그렇게 나와 있었다. 세 가닥 해초는 손을 내밀고서 마히트에게 하지 말라고 했던 일을 했다. 앞이 문처럼 열리기를 기대하듯이 벽을 건드린 것이다. 그 동작이 대단히 태연하고 본능적이리만큼 편안해서, 마히트는 세 가닥 해초가 한 대 맞은 듯한 비명을 지르며 뻣뻣한 팔다리로 뒤로 쓰러졌을 때 상황을 이해할 수가 없었다. 파란 불길 한 줄기가 시티 쪽으로 뻗은 그녀의 손끝과 연결되었다.

마히트가 그녀를 잡았다. 그녀는 아주 작았다. 테익스칼란 시민 전부가 그랬으나 세 가닥 해초는 반쯤 자란 10대 스테이션인 정도 되는 덩치였다. 마히트의 가슴뼈 높이에 겨우 닿을까 싶고, 가능한 한 여러 겹의 정장을 껴입는 사람치고는 말도 안 되게 가벼웠다. 마히트는 바닥에 앉았다. 마히트의 무릎 위에 딱 맞게 앉은 세 가닥 해초는 굳은 채 흉하게 숨을 헐떡거렸고, 눈은 흰자가 보이도록 돌아간 상태였다. 군중이 그들 둘로부터 물러났다.

시티는 문이 거부하는데도 여전히 허가됨이란 문구만 띄우고 있었다. 마히트는 생생하고 끔찍한 환상을 즐겼다. 모든 하수도며 엘리베이터며 비밀번호식 문이며 '세계의 보석'을 운영하는 인공지능 전체가, 누군지는 몰라도 이스칸드르가 굉장히 화나게 한 자에 의해 마히트와 재수 없게도 그녀랑 관련된 사람들을 죽인다는 특정 목적을 띠도록 프로그래밍되었다는 것이다. 그 아이디어는 정말 말도 안 되게 느껴졌다. 마히트는 한 명이었다. 설령 이스칸드르의 계획을 전부 물려받은 상속자라 해도 말이다. 게다가 시티에는 말려들어 다칠 테익스칼란 시민이 많이 있었다. 아주 많은 시민들. 제국이 야만인 한 명 때문에 희생시키기에는 너무 많은 진짜 사람들. 하지만 마히트는 유리 속에 갇혔고, 문화 담당자는 통상적인 행동을 하다가 전기 충격을 받았다. 너무 많은 것이 너무 빠르게 엉망이 되면서, 말도 안 되는 가능성이 너무 말이 되고 있었다.

"누구 물 가진 사람 없어요? 이 사람에게 주려고요!"

마히트가 고개를 들고서 물었다. 주위에 있는 테익스칼란 시민들의 얼굴은 달라지지 않았다. 눈물로 얼룩지거나 화상을 입었거나 멀쩡했지만, 누구도 스테이션 사람들이 반응할 법한 듯이 화가 나 보이지는 않았다. 마히트 자신의 얼굴은 감정으로 일그러진 가면처럼 느껴졌다. 틀린 언어로 말한 게 아닐까 갑자기 두려워졌다. 자신이 무슨 언어로 생각하고 있는지 모르겠다. 어느 한쪽, 아니면 양쪽 다.

"물이요."

마히트가 다시금, 무력하게 말했다.

어떤 남자가 마히트를, 아니면 여전히 늘어져서 반응이 없는 세 **가닥 해초**를 불쌍하게 여긴 것 같았다. 앞으로 나온 그가 무릎을 구부리고 앉았다. 두툼한 땋은 머리채에서 흘러나온 머리카락이 가닥 가닥 땀에 젖어 이마에 붙어 있었다. 정장 왼쪽 목깃에 보라색 꽃이 핀 가지 같은 모양에 커다랗고 엉성한 숄더핀을 착용하고 있었다. 남자는 커다랗고 느릿하게 말하면서 플라스틱 병을 내밀었다.

"여기요. 물이에요."

마히트는 병을 받아 들었다.

"난 마히트 디즈마르예요. 대사죠. 무슨 일이 일어난 건지 모르겠어요." 난 완전히 혼자예요. 그녀는 병 위쪽을 열어서 오므린 손바닥에 물을 부은 다음 세 가닥 해초의 얼굴에 뿌리는 게 나을지 아니면 입안에 떨어뜨리는 게 나을지 고민했다. "고맙습니다, 선생님. 황궁에 아세크레타 한 명이 다쳤다고 연락해 줄 수 있을까요? 여기로…… 의료 차량을 보내 달라고요."

그보다 더 나은 단어가 있을 테지만 마히트는 그게 뭔지 몰랐다.

"아세크레타라고요? 그럼 기다려야 돼요. 선리트가 금방 여기에 올 겁니다. 시티가 불렀을 테니까. 선리트가 당신들을 맡는 쪽이 더 나을 거예요."

맡는다는 말이 실은 살인을 마무리한다는 뜻일까? 하지만 상관없었다. 마히트는 도망치지 않을 것이다. 도망칠 만한 곳이 하나도 없었다.

"물 고마워요."

"당신은 어디서 왔어요?"

마히트는 웃음이기를 바라는 목 졸린 소리를 냈다.

"우주요. 스테이션에서 왔죠."

"그래요? 딱하게도. 걱정할 필요는 없어요. 아무도 폭탄이 당신 잘못이라고 생각하지 않을 테니까. 여긴 그런 동네가 아니거든요."

남자가 손을 뻗어 팔 윗부분을 토닥이자 마히트는 움찔했다.

"그럼 누구 잘못인가요?"

마히트는 그 질문에 남자가 대답할 거라고는 생각하지 않았다. 하지만 남자는 어깨를 으쓱이고서 말했다.

"시티의 모든 사람들이 시티를 사랑하는 건 아니거든요."

그러고 나서 남자는 다시 일어나 물병을 남기고 갔다.

시티의 모든 사람들이 시티를 사랑하는 건 아니다. 세상의 모든 사람들이 세상을 사랑하는 건 아니다. 폭탄을 가졌고 시민들의 죽음에 신경 쓰지 않는 어떤 사람에게 문명은 알려진 우주와 동일선상에 존재하지 않는다…….

물이 마히트의 손가락을 타고 흘러 세 가닥 해초의 입으로 떨어졌다. 열다섯 개의 엔진의 피가 마히트에게로 흘러 떨어졌던 것처럼 물방울이 그녀의 뺨을 타고 흘렀다. 마히트는 그걸 볼 수가 없었다. 마히트는 물병을 마치 나이프를 건네는 것처럼 쏟아지지 않게 조심해서 손잡이 쪽으로 주인에게 넘겨주었다. 세 가닥 해초가 목 안쪽에서 나직한 음 소리 같은 걸 냈고, 마히트는 그걸 좋은 신호라고 여기기로 했다. 그녀는 죽지 않았다. 아마 죽어 가는 것도 아닌 것 같다.

테익스칼란 시민들 사이에서 마히트는 거의 투명해진 기분이었다. 그들 중 누구 하나 마히트가 더 이스칸드르가 되었어야 했음을, 혹은 이스칸드르가 했거나 하지 않은 일이 뭔지를 알지 못했다. 그들 중 누구 하나도. 폭탄범만 제외하면 말이다. 그리고 마히트가 할 수 있는 일은 기다리는 것 말고는 아무것도 없었다.

◇◇◇

선리트는 스테이션 위로 행성이 떠오르는 것처럼 나타났다. 천천히, 그러면서도 즉시. 시티의 제한벽으로 인한 폐쇄를 뚫고 멀리 금빛 반짝임처럼 보이다가 점점 더 가까이 다가오며 어느새 번쩍이는 바다아머 차림의 황실 병사 소대의 모습으로 변한다. 들이닥치는 제국의 공포에 관한 스테이션의 모든 디스토피아 소설에서, 그리고 어릴 때 마히트 자신이 아주 좋아했던 테익스칼란 제국 서사시에서 나온 모습 같았다. 세 가닥 해초에게 충격을 주었던 벽이 내려와서 매끄럽게 광장 안으로 들어갔다. 마히트는 물을 주었던 남자가 시티가 그들을 부를 거라고 했던 것을 떠올렸다.

마히트는 일어서서 세 가닥 해초의 팔 밑을 받치고 자신의 골반으로 지지하며 몸을 기대게 했다. 마히트의 어깨에 기댄 머리가 의식이 완전하지 않은 상태로 뒤로 젖혀져 있었다. 양손이 위로 올라와 손끝을 서로 맞댈 뻔했다. 세 가닥 해초의 마음속에서 유발된 것이라기보다 좀 더 본능적이거나, 그런 일이 가능할 때의 얘기겠지만, 이마고가 일으킨 것처럼 자동적인 행동으로 보였다. 신경학적 인형극.

선리트의 지휘관이 절반 정도의 인사에 완벽하고 무심하게 격식을 차린 인사를 되돌렸다. 그들의 얼굴은, 어느 소대 할 것 없이 헤어라인부터 턱까지 감출 만큼 크고 불투명한 반사식 금 방패 같은 클라우드후크로 가려져 있었다. 마히트는 어떤 눈에 띄는 특징도 발견하지 못했고, 아마도 그게 목적일 거라고 생각했다.

"마히트 디즈마르입니까?"

선리트가 물었다. 마히트의 뒤에서는 물을 줬던 남자가 일행과 함께 모조리 자취를 감췄다. 아주 잠깐 만약 그들이 범인이라면, 그리고 이제 법 집행자로부터 숨는 거라면 어떨까 하는 생각이 들었다. 시티의 모든 사람들이……

"네. 르셀의 대사예요. 내 담당자가 다쳤고, 난 황궁의 내 관사로 돌아가고 싶군요."

선리트의 경관이 좋은 쪽으로든 나쁜 쪽으로든 반응을 했는지 어떤지 마히트는 알 수 없었다.

"테익스칼란 제국을 대신해, 우리 영토 안에서 귀하가 물리적 위험을 겪었다는 사실을 유감스럽게 생각합니다. 폭발물의 출처와 목적에 대해서 조사가 이미 시작되었다는 소식을 들으면 기뻐하실 거라고 생각합니다."

"굉장히요. 하지만 의료적 도움을 받고 내 외교적 영토로 안전하게 귀환할 수 있다면 더욱 기쁠 것 같군요."

선리트는 마히트가 말하지 않은 것처럼 계속했다.

"귀하의 안전을 위하여 우리와 함께 여섯 개의 쭉 뻗은 손바닥으로 가실 것을 요청합니다. 거기에서 빛을 발하는 별과 같은 여섯 방향 폐하의 야오틀렉인 하나의 번개님과 전쟁부 장관 아홉 번의 추진님이 귀하에게 적절한 보호를 제공할 수 있을 겁니다."

여섯 개의 쭉 뻗은 손바닥은 테익스칼란 군사 조직이었다. 알려진 우주를 거머쥐고 제일 먼 가장자리까지 사방으로 뻗어 나가는 손가락들. 아주 옛날식 이름이었다. 심지어 테익스칼란 시민들도 '함대'라고 부르거나, 군단의 최고사령관인 야오틀렉의 위대한 공적을 예로 들어 특정 연대나 사단에 이름을 붙였다. 선리트가 지금 그 이름을 쓰는 걸 보고서 마히트는 자신이 공식적으로 체포되는 거라고 생각했다. 적절한 절차를 밟아서, 시티와 황제뿐만 아니라 전쟁부에 의해.

체포가 아니다. 안전을 위해서 신변 보호를 하는 것일 뿐.

그 두 가지 말이 어떻게 다를까? 누가 마히트를 체포하든 간에, 크게 다르지 않았다.

마히트는 문화 충격을 받은 비참한 쓰레기 같은 머릿속에서 공식적인 호칭을 뽑아내며 자신에게 지금 없는 모든 자제력을 발휘해 사납게 말할 수 있기를 바랐다.

"존경하는 야오틀렉 하나의 번개님의 신변 보호하라면 르셀의 외교 공간에 있는 게 아닙니다. 내가 위험한 상황이라면 관사 문 앞에 경비를 붙여 줄 수 있겠죠."

"우리는 더 이상 그런 방법으로는 충분하지 않을 거라고 생각합니다. 전임 대사에게 닥친 불운한 사고를 고려하면요. 함께 가시죠."

마히트는 이게 위협이라고 거의 확신했다.

"그렇게 안 한다면?"

"함께 가셔야 합니다, 대사. 귀하의 담당자는 물론 병원으로 가게 될 겁니다. 시티와의 이 유감스러운 접속 때문에 클라우드후크를 재조정해야 해서 말입니다. 걱정하실 거 없습니다."

선리트가 한 걸음 앞으로 나왔고, 부대의 나머지 대원들도 메아리처럼 뒤를 따랐다. 서로 전혀 구분이 되지 않는 총 열 명의 인원이었다. 마히트는 자신의 자리를 지켰다. 세 가닥 해초가 깨어나고 정신이 멀쩡해서 그들을 돌려보낼 계책을 발휘하면 얼마나 좋을까 싶었다. 그리고 이 하나의 번개라는 자가 옹졸한 군 관료인지 아니면 강력한 정치 세력인지, 선리트가 종종 전쟁부의 명령에 따르는지 아니면 고급 레스토랑에서 벌어진 테러리즘 행위라서 예외를 만든 건지 말해 줄 수 있기를 바랐다.

마히트는 수도 없이 그녀의 정보 출처가 무능력해지지 않았기를 바랐다. 하지만 바라는 건 도움이 되지 않는다. 그녀는 너무 몰랐다. 신변 보호를 받고 싶지 않다고 확신할 정도는 알았다. 도망칠 수 없으리라는 걸 알 만큼 테익스칼란 군에 대해 알았다. 도망치려면 세 가닥 해초를 버려야만 하는데, 그러고 싶지 않다는 걸 알 만큼 자신을 잘 알았다.

달리 어떻게 그들을 멈출 수 있을까?

"아무래도 당신들과 함께 갈 수는 없을 것 같군요." 시간을 벌기 위해서 마히트는 입을 열었다. 추가된 그 몇 초 동안 기술적 외교 용어, 가장 공식적인 서식을 떠올리고는 불가침권을 선언할 준비를 했다. 우주복의 산소 잔량을 확인하지도 않고서 의도적으로 에어록 바깥으로 나가려는 듯한 기분을 느끼며. "나는 오늘 오후, 그 자애로운 존재로 칼날이 빛나듯 방을 구석구석 비추는 자, 에주아주아카트 열아홉 개의 자귀님과의 약속이라는 앞선 합의를 지켜야만 합니다. 우선 그 의무를 다하지 못한 채 대단히 존경받고 숭배받는 하나의 번개님과의 만남에 참석한다면, 그분께서 엄청나게 불쾌감을 느끼실 거라고 생각합니다. 레스토랑에서 발생한 비극적인 일이 여러분 정부의 기능과 우리 정부와의 협상에 해가 가서는 안 됩니다."

마히트는 자신이 이 망할 연설을 제대로 했기를 바랐다.

"잠시 기다리세요, 대사."

선리트 지휘관이 말하더니 다른 사람들에게로 돌아섰다. 그들이 어떤 사적 채널로 서로 이야기를 나누는 동안, 얼굴을 시선으로부터 감추는 금빛 반사경 표면 아래로 면갑형 클라우드후크가 파란색과 하얀색, 빨간색으로 빛났다.

무리 중 한 명이 마히트 쪽에 돌아왔다. 아까 대화한 것과는 다른 사람이라고 마히트는 거의 확신했다.

"에주아주아카트의 사무실과 연락을 취해 볼 겁니다. 귀하가 기다려 주신다면."

"기다리죠. 하지만 내 담당자를 위해서 앰뷸런스를 불러 주면 고맙겠군요."

이제야 그 단어가 생각났다. 수년간의 단어 연습과 외교 훈련이 꼭 필요한 순간에 도움이 되리라는 사실을 알게 되어 참 다행이었다. 비록 검댕으로 얼룩지고 대충 마른 피로 뒤덮인 꼴이라도 말이다. 이제는 **열아홉 개의 자귀**가 마히트를 원하기를, 좀 더 솔직히 말하자면 이스칸드르를 원하기를, 이스칸드르가 그녀에게 약속한 무언가를 원해서 시티의 경찰을 좌지우지할 수 있는 군 사령관보다 자신의 요구를 우선하기를 바라는 수밖에 없었다.

열아홉 개의 자귀가 폭탄을 수배한 사람이면 어떡할까 하는 생각은 하지 않는 게 아마 제일 좋을 것이다. 아직은. 한 번에 문제 한 개씩.

그 순간 두 번째 선리트가 모여 있는 동료들에게 돌아갔다. 마히트는 어느 선리트였는지 놓쳤다. 무표정하게 세 가닥 해초를 안은 채 꼼짝 않고 서 있었는데, 돌연 이스칸드르가 눈 크기만 살짝 바꿔서 그녀의 입을 황실 스타일의 경멸 어린 비웃음의 표정으로 바꾸던 게 떠올라 불쾌해졌다. 마히트는 기다렸고, 자신이 행성 밖으로 뛰쳐나온 첫 번째 황제, 또는 외계인들 사이에서 심각한 논쟁을 했고 세 가닥 해초가 좋아하는 열 개의 선반처럼 무적이라고 상상했다. 사실 마히트도 딱 그렇지 않은가? 그런 일을 하고 있다. 지금 여기서. 시간이 느리게 흘렀다. 선리트는 면갑을 통해서 서로 이야기를 나누었다. 세 가닥 해초가 거의 알아들을 수 있는 '뭐야?' 소리를 내고서 마히트의 어깨에 얼굴을 묻었다. 귀엽게까지 느껴졌다.

첫 번째 선리트, 혹은 그와 구분할 수 없는 선리트가 다른 동료들에게 손짓했다. 그들은 나머지 군중을 향해 흩어져서 낮은 목소리로 말을 하고 진술서를 받았다. 마히트는 이것을 좋은 신호로 여겼다. 폭력으로 그녀를 짓누르지는 않는다는 거니까.

선리트가 말했다.

"앰뷸런스를 호출했습니다."

"도착할 때까지 기다렸다가 에주아주아카트와의 약속을 지키러 가겠어요."

잠깐 침묵이 흘렀다. 마히트는 선리트의 면갑 아래 표정이 상당히 짜증 가득할 거라고 상상했고, 그 상상에 기분이 좋아졌다.

"기다리시죠. 그런 다음에 우리가 에주아주아카트의 사무실까지 모시고 가겠습니다. 지금 대중교통을 이용하는 건 부적절한 행동입니다. 많은 지하철이 실제로 폐쇄됐고 우리 조사가 진행되는 동안 이 지역에서 서비스는 중단될 겁니다."

"개인적인 시간을 투자해 줘서 정말 감사하군요."

"우리에게 개인적인 시간은 없습니다. 불편할 것도 없습니다."

선리트가 1인칭 복수형을 쓰는 건 특이하고 약간 위화감이 들었다. 그 마지막 '우리we' 대신 문법적으로는 '나'를 쓰는 게 맞고 소유형 동사 have의 단수형이 같이 쓰인다. 누군가가 스테이션의 여자아이들이 잘 시간에 신나게 떠들 만한 언어학 논문을 쓸 수도 있을 것이다.

그건 중요하지 않다. 그런 일은 없을 것이다. 매끈한 회색 거품 같은 앰뷸런스 차량이 하얀빛을 번쩍이면서 날카롭고 높은 사이렌 소리를 반복하며 도착했다. 빨간색 튜닉을 입은 익스플라나틀 의료진이 차에서 나왔다. 그중 누구도 이스칸드르의 시체 안치소 직원이 아니었고 마히트는 거기에 감사했다. 의료진은 세 가닥 해초를 부드러운 손길로 받아 들며 완전히 나을 거라고 안심시켰다. 시티에서 종종 상해 사고가 벌어진다고도 했다. 지금은 몇 년 전보다 더 많이. 그저 신경 실신이자 배선 실수이며, 시티의 자율 기능을 운영하는 거대한 알고리즘 AI의 숫자에 변동이 생긴 것일 뿐이라고 했다.

"갈 준비가 되셨습니까, 대사?"

선리트가 물었다.

마히트는 열아홉 개의 자귀에게 메시지를 보낼 수 있다면, 하고 생각했다. 대략 경찰의 에스코트를 받으며 갑니다, 정말 죄송합니다, 정치적 난장판을 즐기세요, 내가 나타나지 않으면 난 실종된 거예요 같은 내용이 될 것이다. 하지만 어떻게 그걸 보낼 수 있을지 도저히 생각이 나지 않았다.

"나도 늦고 싶지는 않으니까요."

마히트가 말했다.

5장

테익스칼란이 무력으로 궤도를 침범하기 전(자원은 줄어 가고, 스텝 지대와 사막, 소금기 가득한 물에서 긁어모은 것들로 우리가 만든 도시들이 여기저기 존재하고, 결국 우리의 성장에 밀려 작아져 버린 껍질 같은 하나의 행성에 묶여 있던 시절), 최초의 황제가 우리를 암흑 속으로 데리고 나와 시티가 되는 천국을 찾아 주기 전에 남녀 지도자들이 가까운 동료 중에서 피의 희생으로 함께 묶이는 충성 집단을 고르는 것은 일반적인 관습이었다. 최고이자 가장 믿음직스러운 친구들, 꼭 필요한 동포, 필요하면 그들의 모든 피를 황제의 모은 양손에 전부 쏟을 수 있는 사람들. 그리고 이 충성을 맹세한 동료들이 황제의 의지를 별들 전역에 퍼뜨릴 때, 지금과 마찬가지로 에주아주아카트라고 불렸다. 최초의 황제를 모시던 최초의 에주아주아카트는 한 개의 화강암이라고 했고, 그 삶은 다음과 같이 시작되었다. 그녀는 창과 말의 집안에서 태어났으며 도시도, 우주공항도 전혀 몰랐다……

—『황제들의 비사』, 제18판, 보육원 학교를 위한 요약본

……의회는 최소 여섯 명의 의원으로 이루어져야 하고, 각 의원은 중요한 문제에 한 표씩을 갖는다. 표가 동수일 경우, 스테이션들을 바르츠라

반드 섹터로 이끈 첫 번째 선장 겸 조종사의 대리라는 상징을 인정하여 조종사협회 의원이 결정권을 갖는다. 의원들은 다음 방법으로 임명된다. 조종사협회 의원의 경우 활동 중인 조종사와 은퇴한 조종사들 사이에서 단일 투표로 선출한다. 수경재배협회 의원은 전 수경재배협회 의원의 지명을 받거나, 전 의원이 사망했다면 유언에 따라서, 유언이 없다면 르셀 스테이션 시민들의 일반 투표로 뽑는다. 유산협회 의원은 전 의원의 이마고 계승자가……

— 르셀 통치위원회의 조례 중에서

아무도 마히트를 사라지게 하지 않았다.

선리트의 차량 조수석에 앉아서 황궁으로 돌아오는 길은 오전의 나머지 시간에 비하면 김이 샐 만큼 무탈했다. 마히트는 그동안 아드레날린이 사라지며 떨리고 지친 기분을 느낄 수 있었다. 정말이지, 눈을 감고 살짝 폭신한 의자 등받이에 머리를 기대서 생각이나 반응, 아주 열심히 노력하는 것을 멈추고 싶었다. 하지만 그랬다간 마히트가 그러고 있다는 걸 이 선리트가 알아챌 터였다.(기회가 되면 이 선리트, 어쩌면 다른 모든 선리트에 대해, 열두 송이 진달래나 특정한 의학 지식을 모으는 다른 누군가에게 물어봐야겠다.) 그래서 시티의 여러 층을 지나 수직으로 떠오르는 동안에 똑바로 앉아서 앞에 있는 창밖만을 바라보았다. 건물들이 가늘어지고 더욱 섬세해지며 금 장식이 된 유리와 강철로 된 다리로 더욱 단단히 서로 묶였다. 그러다 다시 황궁 복합건물로 돌아오니 마히트는 자신이 어디 있는지 약간 알 것 같았다. 방향을 지시할 정도로 잘 아는 건 아니지만, 혼자서도 길을 잃지는 않을 정도는 될 듯했다.

두 개의 광장을 지나 빛나는 성채처럼 장밋빛 도는 회색 반투명 큐브 형태로 자리한 북황궁의 제일 큰 건물 내의 여러 복도를 통과하는 내내, 선리트는 마히트의 팔꿈치에 달라붙어 있었다. 복도에는 이마고의 도움 없이 마히트는 전혀 구분할 수 없는 상징적인 분홍색부터 하얀색까지의 톤이 섞인 회색 정장의 테익스칼란인이 우글거렸다. 그들은 어리둥절하고 호기심 어린 표정으로 마히트를 보았는데 그런 표정도 당연할 법했다. 마히트는 여전히 **열다섯 개의 엔진**의 피를 뒤집어쓴 상태였다. 완벽한 하얀 옷을 입었을 **열아홉 개의 자귀**가 어떻게 생각할지 마히트는 몰랐고, 별로 신경 쓰이지도 않았다.

에주아주아카트의 사무실은(대사관저가 시티 건축의 전형이라면 여기도 거주 겸용일 거라고 마히트는 생각했다.) 똑같은 장밋빛 회색의 비밀번호식 문을 지나면 나오는 넓고 밝은 방으로 시작되었다. 마히트 디즈마르가 약속 때문에 왔다고 선리트가 선언하자 문이 바로 열렸다. 마히트는 그 억양의 빈정거리는 투를 놓치지 않았다. 그녀의 계획이 훤히 비쳐 보였던 모양이다. 교묘함은 생각할 시간이 있을 때나 발휘할 수 있는 거다. 문 너머로 바닥은 슬레이트이고 거대한 창문이 있었다. 창문은 장밋빛이었는데, 광환光環처럼 **열아홉 개의 자귀** 주위를 둘러싼 넓은 호 모양의 워크스페이스 위에 떠 있는 수많은 홀로그래프 스크린에 하늘에서 너무 많은 빛이 들지 않게 하기 위해서였다. **열아홉 개의 자귀**는 여전히 온통 하얀색으로 입고 있었으나 코트는 다른 데 놔둔 것 같았고 소매는 팔뚝 중간쯤까지 걷어 올렸다. 방 안에는 다른 테익스칼란인들도 있었다. 아마 하인이나 보좌나 직원일 것이다. 하지만 **열아홉 개의 자귀**는 그들 가운데에서 빛을 발하며 시선을 끌었다. 그녀가 이런 식으로 옷을 입기 시작했을 때 얼마나 젊었을까? 마히트는 세 가닥 해초에게 물어봐야겠다고 생각하다가 세 가닥 해초가 지금 시티 어딘가의 병원에 있다는 걸 떠올렸다. 레스토랑 벽이 떨어졌던 골반 부분의 욱신거리는 통증을 참으며 마히트는 몸을 쭉 펴려고 했다.

열아홉 개의 자귀는 손목만 까딱여서 세 개의 홀로그래프를 없앴다. 두 개는 문자로 되어 있고 하나는 위에서 내려다본 중앙9광장의 축적 모형 같았다. 잔상이 빛났다.

열아홉 개의 자귀가 선리트에게 말했다.

"고맙네. 디즈마르 대사가 나와 만날 수 있도록 무사히 데려다줬군. 자네들 소대는 훌륭하게 임무를 했어. 내가 꼭 알려 두지. 이제 가 보게."

선리트는 저항하지 않고 문을 통해 사라졌고, 마히트는 에주아주 아카트의 영역에 홀로 남았다. 직업 정신을 긁어 모아 격식을 갖춘 인사를 하기 위해 양손을 들어 올렸다.

"대단하기도 해라. 오전을 그렇게 보내고도 여전히 올바르게 행동하는군요."

마히트는 자신의 인내심이 다 했음을 깨달았다.

"제가 무례하게 구는 게 좋을까요?"

"물론 아니죠." 열아홉 개의 자귀는 디스플레이와 스크롤하던 투명한 창을 조수들에게 맡기고 마히트 쪽으로 다가왔다. "여기로 온 건 아주 잘했어요. 도착한 이래 당신이 한 첫 번째로 똑똑한 행동이었어요."

마히트가 발끈했다.

"전 여기에 모욕을 당하려고 온 게······."

"모욕을 주려던 건 아니에요, 대사. 그리고 걱정할까 봐 하는 말인데, 이건 당신이 처음으로 한 똑똑한 행동이에요. 당신은 상당히 영리했어요."

그 단어의 차이는 불쾌했다. '영리하다'라는 단어는 사기꾼이나 장사꾼, 동물의 교활함 같은 뜻이었다.

"딱 그냥 야만인처럼 말이죠."

"그냥 야만인이 아니에요. 그리고 특히 불안한 시기에 황궁에 도착한 다른 젊은이들이 한 것보다도 훨씬 나아요. 안심해요, 응? 여전히 다른 사람의 체액을 뒤집어쓰고 있는 상황에서 당신을 취조하고 싶은 마음은 없고, 게다가 당신은 사실상 피난처를 요구했죠."

"요구하진 않았어요."

"그럼 찾았다는 말이 나을까요." 열아홉 개의 자귀가 젖빛 유리 클라우드후크 뒤로 눈을 찡긋하자, 조수 한 명이 바로 옆에 나타났다. "다섯 개의 마노, 디즈마르 대사에게 샤워실을 안내해 주고 키에 맞을 만한 옷을 갖다줘."

"알겠습니다, 각하."

항복하는 것 말고 뭘 할 수 있을까? 최소한 깨끗한 포로가 되어야겠다고 마히트는 생각했다.

✧ ✧ ✧

샤워실은 으리으리하거나 호사스럽지 않았다. 편안한 검은색과 하얀색 타일로 되어 있고, 벽에 고정된 상자 안에는 헤어 제품이 가득했으나 마히트는 건드리지 않았다. **열아홉 개의 자귀** 것일까? 아니면 조수들 전부가 쓰는 일종의 공용 샤워실일까? 그녀는 그들 전부를 함께 살게 할 타입으로 보였지만, 아니, 그건 문학적 비유였고 테익스칼란인들은 아무리 아닌 척하려고 애를 써도 사람이었다. 그리고 물은 뜨거웠다. 마히트는 그 아래 서서 **열다섯 개의 엔진의 흔적**이 팔을 타고 씻겨 내려가 배수구로 흘러가는 것을 보았다.

비누를 잡으려고 손을 내밀었다. 스테이션 샤워실에서 사용하는 액체 디스펜서가 아니라 덩어리였다. 손이 시야에 들어오고 손가락을 펴 완벽하게 일반적인 행동을 하는 바로 그 순간, 그녀의 손은 그녀의 손이 아니었다. 더 거칠고 더 큰 손이고, 평평하고 네모진 손톱에 매니큐어가 발린 이스칸드르의 손이 이 샤워실에서, 이 비누를 향해 움직였다. 물은 그의 어깨보다 더 낮은 마히트의 어깨 부분에 맞았다. 10센티미터의 키 차이가 그렇게 만들었다. 그의 상체 모양, 그리고 허리께보다 가슴에 있는 무게중심이 마히트의 감각을 압도했다. 마히트는 이런 것을 기억했다. 처음 통합될 때, 아주 잠깐 마히트의 몸에 이스칸드르의 몸 형태가 겹쳐졌던 것이다. 하지만 왜 하필 에주아주아카트 **열아홉 개의 자귀**의 샤워실에서 이런 일이 생겼을까?

이스칸드르? 마히트가 다시 시도해 보았다. 침묵. 그녀의 것이 아닌 근육통과 일종의 정교한 피로.

그리고 마히트 자신, 그녀의 몸이 되고, 순간적인 이중의 기억은 사라졌다. 샤워실 안에서 허리께의 욱신거리는 통증만을 동반자 삼아 혼자 있었고, 다른 몸의 형태는 전혀 없었다. 그녀는 **열아홉 개의 자귀**가 그는 내 친구였어요라고 말하던 방식을, 그녀가 이스칸드르의 죽은 얼굴을 이상할 정도로 상냥하게 만지던 것을 생각했다.

칼날의 빛이라고 자칭하는 여자와 자는 건 딱 이스칸드르다운 행동이었다. 마히트 디즈마르와의 새로운 조합에 기꺼이 스스로 뛰어드는 타오르는 야심의 소유자, 뭘 잘못했을 것 같냐고 물었을 때 아마도 선동죄라고 말하는 사람. 그런 사람이 했을 법한 일이었다.

그리고 그게 **열아홉 개의 자귀**가 기꺼이 피난처를 제안한 이유를 설명해 줄 수도 있다. 아니면 마히트의 안에서 순간적인 신경 오류가 일어나, 이 몸이 이스칸드르의 몸이라고 말하는 이마고 머신 안에서 발생한 어떤 전기신호와 마히트가 지금 겪은 경험이 겹친 것일 수도 있다. 지금 이마고가 전하는 어떤 것도 믿어서는 안 될 가능성도 있었다. 마히트와 이스칸드르가 망가졌다면.(사보타주를 당했다면. 마히트는 물 밑에서 몸을 떨었다.)

마히트는 비누로 팔을 문지르고 깨끗하게 씻었다. 샤워실 전체에서 어떤 짙은 색 나무와 장미의 향이 났다. 그녀는 자신이 그 향을 안다고, 최소한 기억한다고 생각했다.

그 뒤에 **다섯 개의 마노**가 남겨 준 옷을 입었다. 하지만 속옷은 빼놓았다. 남의 팬티를 입을 바에야 입고 온 것으로도 충분할 테고, 준비된 브라는 마히트보다 그걸 더 필요로 하는 여자를 위한 사이즈였다. 나머지 옷들, 바지와 블라우스는 부드럽고 하얗고 질이 좋았다. 이 위에 자신의 재킷을 다시 입을 수 있으면 좋을 거라고 생각했으나 그건 되돌릴 수 없을 정도로 얼룩이 졌다. 마히트는 맨발로 나가야 할 것이다. 아마도 **열아홉 개의 자귀** 본인의 옷으로 여겨지는 것을 입고서.

포로, 그래도 깨끗한 포로.

중앙 사무실로 돌아오니 누군가가 차를 준비해 놓았다.

열아홉 개의 자귀가 워크스페이스에서 주위에 있는 홀로그래프와 투사도들을 매끄러운 리듬으로 재배치하는 데 몰두하고 있기에 마히트는 차가 있는 낮은 테이블에 앉아서 기다렸다. 꽃향기와 살짝 씁쓸한 게 섞인 옅은 향기가 났다. 손을 오므린 크기의 얇은 세라믹제 그릇이 딱 두 개 있었다. 르셀 스테이션에서 차를 마실 때는 별로 격식을 차리지 않았다. 차를 마시는 사람들은 티백과 머그컵을 갖고 물은 전자레인지로 데웠다. 마히트는 자극을 원할 때면 커피를 마셨고, 티백 대신 냉동건조 커피를 쓴다는 것 말고는 똑같은 방식으로 만들었다.

"왔군요. 기분은 좀 나아졌나요?"

열아홉 개의 자귀가 마히트의 맞은편에 앉아서 그릇에 차를 따랐다.

"환대에 감사드립니다. 정말로 감사히 생각하고 있습니다."

"당신이 마음을 추스를 기회도 주지 않고 말을 하길 바란다면, 내가 굉장히 비합리적인 행동을 하는 거죠. 중앙9광장에서 온 소식을 듣자니 트라우마가 될 듯한 아침을 보낸 것 같은데요." **열아홉 개의 자귀**가 잔을 들고 차를 한 모금 마셨다. "차 마셔요, 마히트."

"독이나 약물을 걱정하는 식으로 각하의 환대를 폄하하지는 않겠습니다."

"좋아요! 그러면 당신에게 둘 다 없다고 설득할 시간을 아낄 수 있겠군요. 이스칸드르가 여기 온 이후로 르셀에서 인간이라는 개념이 완전히 달라진 게 아니라면, 이 차는 당신에게 생리학적으로 아무런 해도 없을 거예요."

"우리는 여전히 각하만큼이나 인간입니다."

마히트는 차를 마셨다. 상쾌하고 달콤쌉쌀한 녹차맛이었고 그 맛이 목 안쪽에 달라붙어 사라지지 않았다.

"20년은 중대한 유전적 변화가 일어날 정도로 긴 시간은 아니라는 것에 동의해요. 그리고 다른 모든 정의란 것은 문화권마다 상당히 자의적이죠."

"이제 제가 테익스칼란에서 자의적으로 비인간이라고 여기는 건 뭐냐고 물어보길 바라시겠군요."

열아홉 개의 자귀는 검지로 찻잔 옆쪽을 두드렸다. 반지가 닿으며 자기에 금속이 부딪치는 소리가 났다.

"대사, 난 당신 전임자와 친구였어요. 아마 그의 몇 안 되는 친구 중 한 명이었겠지. 부디 내가 추측하는 것만큼 그게 사실이 아니기를 바라지만. 그를 위해서 당신에게 대화를 제의하는 거예요. 하지만 공통점에 기반해 상호 관계를 쌓아 가는 절차를 포기하는 쪽이 더 좋다면, 그냥 결말로 바로 가도 돼요." 떠오른 미소는 그녀에게 붙은 별명처럼 번뜩이는 칼날 같았다. "난 이스칸드르와 이야기를 하고 싶어요. 마히트 디즈마르인 척하는 걸 그만두든지, 그가 이야기를 하게 해요."

그야말로 딱 칼 같군. 마히트는 생각했다.

"정말 죄송합니다만, 에주아주아카트, 그 두 가지 모두 해 드릴 수가 없습니다. 첫 번째는 불가능하기 때문입니다. 전 저인 척하고 있는 게 아니니까요. 두 번째는 각하가 말씀하시는 것보다 더 복잡합니다."

열아홉 개의 자귀가 입술을 딱 붙이고 있다가 물었다.

"그래요? 왜 당신은 그가 아니죠?"

"르셀에서라면 각하는 철학자가 되셨겠어요."

마히트는 그 즉시 말하지 말 걸 하고 후회했다. 공식적 존대어인 '각하'를 썼다고는 해도 그건 테익스칼란에서는 지나치게 친밀한 말이었다. 하지만 세 가닥 해초가 분명하게 열한 개의 선반을 고른 것처럼 암시와 모방의 견본을 고르라는 제안이 아닌 이 말을 달리 어떻게 표현해야 할지 알 수가 없었다.

"멋진 칭찬이군요. 이제 설명해요, 마히트 디즈마르, 당신의 몸이 한때는 그렇게 불렸을 테니 당신이 불리고 싶은 이름으로 부르는 건 나로서도 문제없어요. 왜 당신이 내 친구가 아닌지 설명해요."

마히트는 찻잔을 내려놓고 빌려입은 바지의 하얀 리넨 위에 양손을 얹었다. 열아홉 개의 자귀가 이해하는 이마고 이론은 놀랄 만큼 왜곡되어 있었다. 이스칸드르가 마히트의 몸 안으로 들어오고 그녀 자신은 밀려나거나 없어지거나 살해되어 그 몸에 오로지 이름만이 남는다는 개념? 스테이션은 자신의 아이들을 그런 식으로 낭비하지 않는다. 생각하는 것만으로도 구역질이 났다. 그리고 샤워실에서 그런 순간을 너무 많이 겪었다는 게 떠올랐다. 자신이 자신처럼 느껴지지 않던 순간들. 마히트도 아니고, 그녀와 이스칸드르가 되기로 했던 결합된 인물도 아니었다.

"그러죠. 하지만 우선 이것부터 말씀해 주세요. 중앙9광장의 폭탄은 절 겨냥한 건가요, 이스칸드르를 겨냥한 건가요?"

"둘 중 어느 쪽도 아닐 거예요. 최악이라면 열다섯 개의 엔진을 노린 건데, 그건 내가 별로 무게를 두지 않는 견해예요. 국내 테러리즘의 희생자들은 거의 항상 잘못된 시간에 잘못된 장소에 있는 바람에 사건을 겪어요. 열다섯 개의 엔진과 오딜 반란의 관계처럼 사소한 정치적 문제는 그를 폭탄으로 날려버릴 정도의 이유가 되지 못해요. 특히 이 지역의 폭탄범들은 반란을 위해서 터뜨리는 경향이 있으니까요."

마히트는 오늘 아침에 세 가닥 해초에게 물으려고 했던 질문을 눌러 삼켰다.(오딜 반란? 오딜에서 무슨 일이 일어나고 있죠?) 에주아주아카트가 화제를 돌리려 한다고 거의 확신했기 때문이다. 아직은 어울려 주지 않을 것이다. 오딜과 이 지역 폭탄범에 대해서는 적당한 시간에 물을 수 있을 것이다. 시티와의 더 큰 문제를 상대하기 전에 **열아홉 개의 자귀**가 마히트에게 무엇을 원하는지 알아내야만 했다.

열아홉 개의 자귀는 침묵에 잠긴 채 마히트를 쳐다보았다. 그리고 말을 이었다.

"그건 당신 스테이션의 이마고 머신에 관해 아는 사람이 나 말고 또 있는지, 라는 당신 질문에 대한 답이 안 되겠죠, 알아요."

그녀는 너무 날카로웠다. 너무 원숙했다. 황궁에 얼마나 있었을까? 수십 년. 이스칸드르보다 더 오래. 그리고 최소한 그 절반의 시간 동안 황제의 아주 위험한 최측근에 속해 있었다. 당연히 교묘한 오도誤導와 유도심문은 먹히지 않을 것이다.

칼처럼. 마히트는 스스로에게 상기시키고 거울처럼 행동하려고 노력했다.

"이스칸드르가 자신이 죽고 나면 무슨 일이 일어날 거라고 말했나요?"

"르셀이 자기 이마고를 가진 후임 대사를 보내지 않을 리가 없다고 했죠. 그건, 뭐라고 표현했더라, 상상할 수 없는 낭비라고요."

"딱 이스칸드르다운 말이군요."

마히트가 냉담하게 말했다.

"그렇죠? 건방진 남자." 열아홉 개의 자귀가 차를 한 모금 마시고 말을 이었다. "그러니까, 당신은 그를 아는군요."

마히트는 한쪽 어깨를 으쓱였다.

"원하는 것보다는 적게 알죠." 약간 속임수가 섞여 있지만 진실이었다. "후임 대사가 어떤 인물일 거라고 이스칸드르가 얘기했나요? 그의 이마고를 갖고 시티로 올 사람이 어떨지 말이에요."

"젊고, 완전히 사정을 다 알지는 못하고, 야만인치고는 특출날 정도로 테익스칼란어에 능숙한 사람. 친구들을 다시 만나서 기쁘고, 일로 돌아갈 거라고요."

"우리가 쓰는 말은 '뒤떨어졌다'죠. 제가 아는 이스칸드르는 각하가 알았던 이스칸드르가 아닙니다."

"그게 우리의 문제인가요?"

마히트는 천천히 숨을 내쉬었다.

"아뇨. 우리에게 생길 수도 있는 문제 후보군 중에서 극히 일부일 뿐이에요."

"사실 내 업무가 문제를 해결하는 거예요, 마히트 디즈마르. 하지만 그 문제가 뭔지 알고 해결하는 게 더 쉬운 편이지요."

"문제는, 제가 각하를 믿지 못한다는 거예요."

"아니, 대사. 그건 당신 문제예요. 우리 문제는 내가 여전히 이스칸드르 아가븐과 이야기하지 못하고 있는 거고, 그래서 그가 명백하게 죽었음에도 불구하고 나의 시티에서 지속적인 문제이자 이스칸드르를, 심지어는 열다섯 개의 엔진처럼 더 먼 연락책까지도 둘러싸던 똑같은 소요 사태가 당신까지 둘러싸게 된 거예요."

"만약에 다른 폭탄이 더 있다 하더라도 전 거기에 대해서는 아무것도 모릅니다. 또 열다섯 개의 엔진을 죽이기 위해서 폭탄을 설치했을 만한 자들과 그와의 관계도요."

똑같은 소요 사태. 이스칸드르가 뭘 했던 거지? 하지만 마히트가 그걸 안다면 누가 그를 죽였는지, 아니면 최소한 그가 왜 죽었는지 알아냈을 수도 있다. 그리고 이게 다수의 민간인 사상자라는 형태로 복수를 요할 만한 일인지 어떤지도. 그렇다고 해서……. 이스칸드르는 사라지기 전에 그가 가장 했을 만한 일이 뭐냐고 마히트가 물었을 때 선동이라고 했었다. 하지만 선동과 의미 없는 죽음은 다른 문제이다. 자신이 정치적 활동의 합리적인 부작용으로 가벼운 테러리즘을 받아들이는 사람으로부터 만들어진 이마고를 이식하기에 충분한 적성을 공유하고 있다는 걸 마히트는 상상할 수가 없었다.

"시티 중심부의 비싼 레스토랑에서 벌어진 폭탄 테러는 내가 보기엔 상황의 격화예요. 다른 비슷한 사건들은 바깥쪽 지방에 한정되어 있었어요. 그래서 내 추측으로는 **열다섯 개의 엔진**이 그런 사람들과 연루되고 말아서 자신의 죽음과 시체 훼손을 초래한 것 같군요."

마히트는 **열아홉 개의 자귀**가 방금 농담을 한 걸까 의아했다. 답을 정하기가 어려웠다. 만약 농담이라면, 그 유머는 너무 날카롭게 찔러 왔다. 그런 농담은 사람이 고통을 알아채기도 전에 피부를 벗겨 버릴 수도 있다.

"당신과 그는 그냥 부수적인 피해자일 수도 있어요, 마히트. 하지만 난 이스칸드르를 알고, 그래서 궁금한 거예요."

열아홉 개의 자귀가 말을 맺자 마히트는 신중하게 말했다.

"제가 궁금한 건, 이 수준의 국내 테러리즘이 격화된 거라면 그전에는 어땠냐는 겁니다. 지역적 소요 사태라는 면에서요. 다른 폭탄 테러는 몇 번이나 있었나요?"

열아홉 개의 자귀는 직접적으로 대답하지 않았다. 마히트도 별로 기대하지는 않았다.

"당신이 '뒤떨어졌기' 때문인가요, 흠?"

"네. 제가 이식받은 이마고는……." 여기서 마히트는 24시간 동안 두 번째로 또다시 선동을 하고 있었다. 어쩌면 그녀와 이스칸드르는 어쨌든 서로에게 딱 맞았던 걸지도 모르겠다. 이게 이렇게 쉬우니까. "……이스칸드르가 대사가 되고 겨우 5년 후에 만들어진 거였어요."

"그건 분명히 문제군요."

열아홉 개의 자귀가 꽤 불쌍하다는 듯이 말했고, 그래서 더욱 기분이 나빠졌다.

"하지만 그게 우리 문제는 아니죠. 이마고가 뭔지 각하가 이해하고 계시는 것 같진 않아요."

"알려줘 봐요."

"이마고는 재창조가 아니에요. 대리도 아니고요. 그건…… 그걸 정신복제mindclone 언어와 프로토콜 프로그램이라고 생각하세요."

잔상처럼 정신 안쪽에 있던 이스칸드르가 속삭였다. 〈꿈도 크지.〉

다급하게 마히트가 생각했다. 거기 있는 거야?

무無. 침묵. 에주아주아카트가 다시 말을 해서 마히트는 주의를 다른 데 쏟을 수가 없게 되었다. 어차피 속삭임은 귀신이나 예견처럼 불러들인 것, 마히트가 상상한 것이리라.

"……이스칸드르가 설명했던 절차하고는 다르군요."

"이마고는 살아 있는 기억이에요. 기억은 인격과 함께해요. 아니면 두 개가 같은 것이든지요. 우린 그걸 아주 일찍 알아냈어요. 가장 오래된 이마고 라인은 제가 떠날 때 14대째였으니까, 지금은 15대가 되었을지도 모르겠군요."

"광업 스테이션에서 15세대나 보존할 만한 역할이 뭐가 있죠? 총독? 이마고 머신 만드는 법을 지키기 위한 신경생물학자?"

"조종사요, 에주아주아카트." 마히트는 자신이 생생하게, 갑작스럽게 스테이션을 자랑스러워한다는 걸 깨달았다. 자신의 감정적 단어집에 존재한다고 여기지 않았던, 솟구치는 애국심 같은 게 느껴졌다. "우리는, 그리고 우리 섹터의 다른 스테이션들은 그 지역을 개척한 이래로 행성에 연결된 적이 없어요. 우리 섹터에는 머물러 살 수 있는 행성이 없고, 채굴을 할 행성과 소행성뿐이에요. 우린 스테이션인이에요. 우린 항상 조종사를 우선적으로 지키죠."

열아홉 개의 자귀는 고개를 흔들었다. 짜증 반, 웃음 반의 인간적인 몸짓이었다. 짧은 검은 머리가 약간 이마 위로 흘러내리자, 그녀는 찻잔을 들지 않은 손으로 쓸어 넘겼다.

"당연하군요. 조종사. 그걸 생각했어야 했어요." 그녀가 말을 멈췄다. 마히트에게는 그게 무엇보다도 효과를 위해서라는 생각이 들었다, 유쾌한 상호 발견의 순간을 기념하는 숨을 들이켰다가 그들 사이에 생겼던 연결 관계를 끊어 버리는 것. "기억은 인격과 함께한다는 거군요. 그걸 인정한다고 해 보죠. 더 흥미로운 건 당신이 아직도 내가 왜 지금 이스칸드르와 이야기를 할 수 없는지 말하지 않았다는 사실인데."

"이상적으로는 두 인격이 통합돼요."

"이상적으로."

"네."

열아홉 개의 자귀는 그들 사이의 낮은 테이블 맞은편으로 손을 내밀어 마히트의 무릎에 자기 손을 얹었다. 그 손길은 무겁고, 편안하고, 단호했다. 마히트는 행성 전체의 질량 아래 짓눌려 있는 것을, 자유낙하를 하는 것을 떠올렸다.

"하지만 이건 이상적이지 않았던 거군요, 그렇죠?"

열아홉 개의 자귀의 말에 마히트는 고개를 끄덕였다. 그래, 바로 그랬다.

"뭐가 잘못되었는지 말해 봐요."

최악인 건 **열아홉 개의 자귀**의 말이 요구를 하는 게 아니라 아주 끝없이, 엄청나게 동정적이라는 부분이었다. 비참하게도 마히트는 자신이 심문 기술에 대해 좀 배우고 있는 거라고 생각했다. 화가 나고, 지치고, 문화적으로 고립된 사람에게 작용하는 상냥함.

"그는 여기 있었어요." 마히트는 한시바삐 이걸 끝내 버리고 싶어서 말을 계속했다. "각하의 이스칸드르가 아니라 제 이스칸드르가 있었죠. 우린 여기 있었어요. 그러다가 그가 없어졌어요. 절 차단했죠. 그에게 닿을 수가 없어요. 그래서 각하의 요청에 따를 수가 없는 겁니다. 지금 시점에 제가 요청을 들어 드릴 수 있으면 정말 좋겠군요. 제 전임자가 우리 국가 기밀을 철저하게 산산조각 낸 걸 고려할 때, 그편이 더 간단했겠죠. 숨겨야 할 이유가 이제 없으니까요."

"고마워요, 마히트. 이 정보를 준 걸 정말로 고맙게 생각해요."

그리고 **열아홉 개의 자귀**는 마히트의 무릎에서 손을 뗐다. 같은 동작으로 관심의 무게도 사라졌고, 강렬한 압박도 전부 그녀의 내부 어딘가에서 사라졌다. 마히트의 기분은…… 자기 자신도 잘 몰랐다. 안도하고, 안도했기 때문에 이제 더 화가 났다. 이제 테이블 건너편에 안도할 만한 공간이 있다. 마히트는 일부러 고르게 두 번 숨을 쉬었다.

"제 이마고가 우리 둘 다 좋아하는 방식으로 존재하고 있다 해도 저는 마히트 디즈마르였을 겁니다. 페어는 항상 더 새로운 쪽의 이름을 사용하거든요."

"스테이션인의 문화적 관습은 스테이션인에게 맞는 거예요."

마히트가 듣기에는 그야말로 그녀의 말을 묵살하는 거였다.

마히트는 다시, 좀 다르게 말해 보았다.(거울. 깨끗한 포로.)

"전 왜 누군가가 **열다섯 개의 엔진**을 날려버리는 게 적의가 격화되었음을 보여 주는 적절한 방법이라고 생각한 건지 알고 싶습니다. 존경할 만한 의견을 주시겠습니까, 에주아주아카트."

"테익스칼란인인 걸 좋아하지 않는 사람들은 항상 있어요." 열아홉 개의 자귀가 냉정하고 날카롭게 말했다. "우리가 대기권을 돌파하지 않고, 이 행성계에서 저 행성계로 점프게이트를 통해 손을 쭉 뻗지 않았기를 바라고, 또 우리가…… 아, **여섯 방향 폐하** 같은 분이 빛나는 별들의 인도하에 통치하는 영원한 국가 같은 곳에 머물지 않았으면 하고 생각하는 사람들이요. 우리가 공화국이 되길 바라거나, 아니면 새 행성계를 합병하는 설 그만두길 바라는 거죠. 실령 그 행성계들이 우리에게 부탁을 하는 경우에도. 그리고, 겉보기에 멀쩡해 보이는 많은 것이 자세히 들여다보면 그렇지 않아요. 그런 사람 중 몇몇은 장관이 되거나, 또는 자기가 황제가 될 수 있을 거라고 생각하고, 그들의 눈에 어울린다고 생각하는 방식으로 모든 걸 바꾸려 하죠. 테익스칼란에는 항상 그런 문제가 있었고, 당신도 아마 알고 있을 거예요. 당신 입으로 후계자가 어때야 하는지 말했듯이, 당신이 그렇게 많이 이스칸드르를 닮았다면 우리의 모든 역사를 알 테죠."

마히트는 알았다. 그녀는 수천 개의 이야기와 시, 소설(시의 형편없는 영화용 각색)을 알았고, 그 모든 것은 테익스칼란의 태양-창 왕좌를 찬탈하려고 했지만 대체로 실패한 사람들의 이야기였다. 혹시 성공해서 황제라 자칭하게 되면 그 성공의 힘으로 전前 황제를 폭군이라고, 태양과 별에게 은혜를 받지 못한다고, 왕좌에 앉아 있을 자격이 없다고 선언하고 새로운 버전의 자기 자신으로 정당하게 대체한다. 황제는 죽어도 제국은 권력의 이동에서 살아남았다.

"생각해 봤는데, 그들과 다른 종류의 사람들은 어떤가요? 국내 테러리즘은 대체로 이상적인 통치자의 위대한 귀환을 이루려는 목적을 둔 게 아니니까요. 대부분의 대중은 절대로 테러리즘을 즐기지 않을 거예요. 그 뒤의 새로운 황제도 좋아할 리 없고요."

열아홉 개의 자귀가 웃자, 마히트는 커다란 만족감을 느꼈다. 이 여자를 웃게 하는 건 승리이고, 힘겹게 얻은 것이고, 오랫동안 바라던 것이며, 매번이 그녀에게 상이었다. 어쩌면 이스칸드르는 예전에 **열아홉 개의 자귀**의 연인이었을지도 모른다. 그리고 이스칸드르의 목소리와 기억은 없을지라도, 여전히 그의 내분비계 반응은 마히트에게 남아 있었다.

웃음이 잦아들자 **열아홉 개의 자귀**가 말했다.

"다른 종류의 사람들은 권력을 원하지 않아요. 현재 존재하는 권력을 때려 부수길 원하죠. 오로지 그뿐이에요. 우리는 아주 가끔만 그들과 문제가 생겨요. 하지만 요 몇 년 동안 그쪽하고도 문제가 있어요. 최근에 우리는 아주 큰 제국이 되었고 평화를 유지했다 보니, 사람들에게 뭐가 불쾌한지 생각할 시간을 많이 주게 돼요." 그녀가 자리에서 일어섰다. "인포그래프 쪽으로 와요, 대사. 일은 아무도 기다려 주지 않아요. 당신과 우리의 이스칸드르처럼 흥미로운 젊은 야만인들이라 해도."

우리의? 마히트는 깜짝 놀라서 생각했다. 그리고 물어보지는 않았다. 그냥 지켜봤다.

열아홉 개의 자귀의 하인들이 신호만 기다리고 있었다는 듯이 다시 나타났다. 한 명은 차 세트를 치웠고 또 한 명, 마히트에게 샤워실을 안내해 주었던 다섯 개의 마노는 홀로그래프를 주변에 호 모양으로 띄웠다. 상사가 포로로부터 예민한 정보를 빼내는 걸 끝냈으니 이제 일로 돌아간 모양이다. 열아홉 개의 자귀가 말했다.

"요약해 줘, 다섯 개의 마노. 그리고 선리트의 생존자 인터뷰 보고서 가져오고."

다섯 개의 마노는 알겠다는 뜻을 요약한 몸짓을 우아하게 취했다.

"마히트." 열아홉 개의 자귀가 하인이라도 대하는 양 불렀다. 혹은 수습생일까. 그게 더 낫고, 더 정확할 것 같다. "열다섯 개의 엔진에게 뭘 물을 생각이었죠? 그가 그렇게 공개적인 만남에 나온 건 은퇴한 이래로 처음이었어요. 황궁에서 나간 뒤에는 외부 자치구로 가서 사실상 사라졌거든요. 위대하신 황제 폐하께서 우리를 인도하시는 방향에 불만이 있긴 했지만, 그래도 조용히 사는 것처럼 보였어요."

그녀가 오딜에 대해서 말할 때 의미했던 게 바로 이것이리라. 어떤 식인지는 모르겠지만, 오딜 반란이 처리되는 방식에 열다섯 개의 엔진이 불만을 품고 있다던 말 말이다. 마히트가 말했다.

"이스칸드르가 어떻게 죽었는지 물어보려고 했었어요."

"알레르기로 인한 아나필락시스로요."

"진짜로 말이죠."

"의심은 황실에서 확실히 도움이 되죠."

열아홉 개의 자귀가 완벽하게 정색한 얼굴로 말했다. 정신없이 나열된 스크린 뒤로 다섯 개의 마노가 코웃음을 친 것 같았다.

"지금까지 우린 서로에게 대단히 솔직했지요. 그러니까 시도는 해 봐야 했어요."

마히트가 약간 대담하게 말했다.

열아홉 개의 자귀가 손목을 휙 움직이자 홀로그래프 하나가 사라지고 다른 것이 떴다.

"난 이스칸드르를 죽인 정확한 생리학적 과정에 대해서는 몰라요. 익스플라나틀 보고서에 알레르기라고 되어 있었어요."

"이 황실에서 각하처럼 뛰어난 커리어를 가진 분이라면 좀 더 의심을 하셨을 거라는 생각이 드는데요."

열아홉 개의 자귀가 웃었다.

"당신이 마음에 드는군요, 대사. 이스칸드르도 그랬을 거라고 생각해요."

그것을 생각하자 예상하지 못했던 방식으로 마음이 아팠다. 예상할 생각조차 하지 못했던 종류의 상실감, 거기에 마히트가 알게 된 이스칸드르에 대한 그리움까지. 이마고 시퀀스의 모든 링크가 전임자를 개인적으로 아는 것은 아니지만, 전임자를 아는 것은 언제나 일종의 영광으로 여겨졌다. 적성검사와 실기시험을 전부 통과했을 뿐만 아니라 선택된 인물이라면 더더욱. 마히트는 자신이 신경 쓰지 않는다고 생각했었다. 그녀는 대사가 될 셈이었고, 중요하고 꼭 필요한 인재였으며 당연히 테익스칼란에서 르셀로 돌아온 사람도 거의 없으니 딱히 그녀 개인을 위한 것도 아니었다. 그녀의 모든 적성은 누구의 이마고를 받게 될지를 알기 전부터, 애초에 이마고를 얻을 수 있는지조차 알기 전부터 시티까지 가는 것만을 목적으로 하고 있었다.

하지만 동시에 마히트는 여기서 실체가 있었던 이스칸드르, 시체로 마주했던 그를 만날 수 있었더라면 좋았을 거라고 생각했다. 그리고 집이 그리웠다. 스테이션 위로 행성이 떠오르던 풍경이 그립고, 영리하고 야심차고 아직 책임질 게 없던 것, 쉬르자 토렐이랑 다른 친구들과 9층 스테이션 바에서 그들이 무엇을 하게 되고 실제로 하지 못하게 될지를 상상하며 이야기하던 게 그리웠다.

하지만 마히트가 할 수 있는 말은 이뿐이었다.

"우린 우리 전임자들과의 적합성을 생각해 신중하게 선출돼요."

"그럼 **열다섯 개의 엔진**이 당신을 좋아했나요? 당신이 그렇게 적합하다면."

마히트는 그녀가 재미있어하는 것 같다고, 아니면 그 관심이 그녀에게는 재미라는 감정과 아주 비슷해서 둘을 구분할 수 없게 되었다고 생각했다.

"아뇨. 전 너무 많은 질문을 했고, 동시에 그가 은퇴하기 전인 20년 전에 같이 일했던 사람은 되지 못했어요. 각하는 **열다섯 개의 엔진**을 좋아하셨나요?"

"그는 비밀스럽고, 호전적이고, 내 취향에 맞지 않는 여러 귀족 가

문과 깊게 관계가 있었어요. 정보부 재직 기간 동안 종종 내 엄지손가락에 박힌 가시였죠. 난 그가 은퇴해서 기뻤어요. 왜 은퇴했는지 좀 의심스러웠고 여전히 그렇지만. 하지만 은퇴한 후로는 조용했어요. 최소한 표면적으로는. 난 좋은 적수이고 예전의 술 동료이자 내 친구인 전 르셀 대사의 예전 친구로서 존중하는 마음으로 장례식에 참석할 거예요."

그녀는 말을 멈추고 무표정하게, 마치 검은 유리벽 같은 얼굴로 마히트를 똑바로 쳐다보았다. 그 눈에서 클라우드후크가 빛을 냈다.
"그게 르셀에서는 좋아했다는 걸로 여겨지나요?"
"거의요." 마히트가 대답했다. 매력 넘치는 당연히 이스칸드르는 일로 만난 친구나 자연스럽게 사귄 친구를 다 끌어들였을 테고 양쪽이 서로를 좋아하지 않을 때에도 관계를 잘 유지했겠지. "누가 열다섯 개의 엔진의 죽음으로 이득을 보죠, 에주아주아카트?"
"당신이 이스칸드르의 오랜 친구를 알지 못하길 바라는 자들 모두." 열아홉 개의 자귀는 새로운 인포그래프를 띄우고 손끝을 빠르게 아주 조금 움직여서 주석을 달고, 허공에 상형문자 단어가 적힌 목록을 띄웠다. "하지만 더 가능성이 있는 건, 반란을 진압하는 제국의 방식에 조용히 반대의 말을 하는 사람들의 입을 막고 싶어 하는 자들이죠. 아니면 대중에게 두려움을 주려고 하는 자들. 이런 사건과 이게 자기들 짓이라고 주장하는 반제국 활동가들에게 굉장히 고무되어서, 그런 자들이 최근에는 아주 많아요. 그러니까 누가 이득을 보느냐는 이걸 표현하는 아주 흥미로운 방식이군요, 마히트. 에주아주아카트의 절반, 특히 서른 송이 미나리아재비를 더해야겠죠. 그자는 자기 일족이 경제적 이득을 얻는 행성계 외의 무역을 전부 차단하고 싶어 하고, 그러기 위해서 제노포비아xenophobia, 이국 사람이나 문화에 대한 혐오를 기꺼이 이용할 테고, 테익스칼란인들이 점심을 먹다가 폭탄이 터지면 쉽게 제노포비아를 부추길 거고…… 아, 그리고 당신도 있군요. 당신이 테익스칼란과 르셀의 외교 관계를 근본적으로 새롭게 바꾸기 위해 전임자의 동료들을 제거하고 싶다면 말이죠."

"전 그 폭탄을 설치하지 않았습니다."

마히트는 오딜과 서른 송이 미나리아재비를 기억하려 노력하고, 대중의 두려움을 기억하려고 노력했다. 지금 기억 속에 집어넣어 나중에 머릿속으로 모든 퍼즐을 떠올리고 이리저리 돌려보며 서로 어떻게 맞아들어 가는지 찾아볼 것이다.

"당신 짓이라 생각한다고 내가 말했나요, 마히트?"

열아홉 개의 자귀의 눈길에 다시 무게감이 느껴지고 동정심 어린 친밀감이 은근히 드러났다. 마히트는 그녀와 이스칸드르가 침대에 있는 것을 상상했다. 그냥 욕망일 수도 있는 기억 비슷한 것이 스쳤다. 피부와 피부. 정치적 우정 이상의 것.(그런 관계였다 해도 그게 문제일까? 마히트는 그럴 의도가 전혀 없고, 그렇다고 그러지 않을 거라는 뜻은 아닌데, 열아홉 개의 자귀는……)

"잠시 방해해도 되겠습니까, 각하?" 마히트에게는 굉장히 다행스럽게도 다섯 개의 마노가 끼어들었다. "중앙7광장의 피드를 좀 보셔야겠어요."

열아홉 개의 자귀가 양쪽 눈썹을 모두 치켜올렸다.

"이쪽으로 보내 봐."

다섯 개의 마노는 인포그래프 중 하나의 모서리를 손바닥으로 크게 밀어서 열아홉 개의 자귀의 워크스페이스 쪽으로 보냈다. 열아홉 개의 자귀는 손과 눈 동작의 조합으로 그것을 받아서 위치를 잡고 가장자리를 넓혀서 허공에 창문처럼 뜨도록 했다. 마히트는 조금 가까이 다가가, 열아홉 개의 자귀 오른쪽 팔꿈치 쪽에 서 있는 다섯 개의 마노처럼 왼쪽에 섰다.

중앙7광장은 높은 곳에 달린 카메라로 슬라이드처럼 화면에 나타났다. 열아홉 개의 자귀의 요원들이 설치한 걸까? 황제가? 선리트가? 아니면 시티 자체가 그 자신을 보는 건가? 어쨌든 중앙7광장은 중앙9광장과 아주 비슷해 보였으나 규모 면에서 좀 더 작았다. 똑같은 펼쳐진 꽃잎 형태이고, 마히트가 이제 알았듯이 차단벽이 전개될 수 있었다. 가게와 레스토랑과 아마도 그 크기와 그 앞에 서 있는 동상들로 보건대 행정 청사나 대중극장으로 추정되는 건물들이 나란히 있었다. 그리고 테익스칼란인으로 가득했다.

그중 일부가 플래카드를 들고 있었다.

그들은 소리를 지르는 중이었다. 피드를 통해 소리가 멀리서 나는, 알아들을 수 없는 포효처럼 들렸다.

"이것 좀……"

마히트가 운을 뗐다.

"크게 할 수 있죠, 물론. 약간요. 저들이 뭐라고 소리치고 있는지, 그게 얼마나 명확한지에 달렸지만……"

다섯 개의 마노가 말할 때 열아홉 개의 자귀가 끼어들었다.

"저들은 '하나의 번개'를 외칠 거야. 틀렸다면 이번 주 황제의 연회에서 입을 새 정장을 사 주지, 다섯 개의 마노. 소리 키워 봐."

그들은 정말로 '하나의 번개'를 외치고 있었다. 선리트가 마히트를 체포하려고 하던 때에 언급했던 야오틀렉의 이름이었다. 지금 현재 시티에서 가장 가까이 있는 함대의 사령관인 야오틀렉. 사람들은 그의 이름을 외치고, 마히트가 주로 리듬으로 알아챈 네 줄짜리 약강격의 엉터리 시를 만들고서 "테익스칼란! 테익스칼란! 테익스칼란인!"이라고 흥분한 상태로 반복해 외치고는 시를 끝냈다.

"저들은 군사적 승리도 없이 야오틀렉을 칭송하려는 건가요?"

다섯 개의 마노가 의아한 듯이 물었다.

"아니, 아직은."

대답한 열아홉 개의 자귀가 별빛처럼 손바닥에서 손가락들을 쭉 펴자 화면이 시위자들의 얼굴로 줌인되었다. 몇몇은 이마에 빨간 페인트로 수평선을 그어 놓았다. 마히트는 서사시에서 귀환하는 테익스칼란인 장군들이 쓰는 희생 왕관을 떠올렸다. 시에서는 페인트가 아니라 피로, 자신들의 피를 그들이 물리친 상대의 것과 섞어서 그리지만. 지금 이 시대의 행성간 정복에서는 완전히 상징적일 뿐이었다.

"저런 일은 불법인 줄 알았는데요."

"비효율적이지만, 불법은 아니에요." 열아홉 개의 자귀가 그렇게 말하고 다섯 개의 마노 쪽으로 향했다. "다섯 개의 마노, 군사적 칭송의 목적은? 대사에게 가르쳐 주도록."

다섯 개의 마노는 기침을 하고 곁눈으로 마히트의 눈을 쳐다보았다. 마히트는 그녀가 약간 미안해하는 것 같다고 생각했다.

"테익스칼란 자기 황제는 혈연이나 이선 황제의 임녕에 의해 즉위하는 것이 아니기에, 그 정당성을 전하려면 군사적 칭송으로 대중에게 장점을 피로披露해야 합니다. 다시 말해서, 영원히 타오르는 별들의 총애를 대중에게 피로하는 거죠."

"그리고 그 총애의 형태는?"

열아홉 개의 자귀가 재촉했다.

"전통적으로는 큰 군사적 승리입니다. 혹은 대단히 많은 승리이거나요. 더 좋은 건 숫자가 많은 쪽입니다."

열아홉 개의 자귀가 고개를 끄덕였다.

"바로 그렇지. 수많은 승리가 증거야. 다른 모든 건 소리 지르기일 뿐이고. 잘 돌아가는 관료제나 어느 정도 머리가 있는 시민들, 우린 양쪽 모두를 갖는 축복을 받았고, 그 두 가지는 단순한 소리 지르기를 정당한 것으로 인정하지 않죠."

"그들이 왜 '하나의 번개'를 외치는지, 어쨌든 제가 물어보기를 바라시는군요. 그는 성공적인 황제가 될 만한 군사적 업적이 없으니까요. 아니면 최소한 르셀 스테이션이 위치한 멀고 정보가 부족한 지역까지 알려질 만한 공적이 없든지요."

마히트가 말했다. 다섯 개의 마노는 약간 충격을 받은 표정이었다. 살짝 호기심이 생긴 것 이상이었다.

"그는 야심가입니다." 다섯 개의 마노는 열아홉 개의 자귀가 고개를 끄덕이자 계속해서 말을 이었다. "기회를 노리는 타입의 야심가죠. 지방의 불안 상태를 진압하기 위한 작은 전쟁 한두 건은 말할 것도 없고 좀 더 거친 섹터에서 소규모 접전들을 승리로 이끌었고, 제국 밖에서 들이닥친 급습을 막았습니다. 그리고 휘하 부대도 대단히 의욕적이라는 보고가 있어요. 그는 오딜에는 없었지만, 지금 거기 있는 사령관 세 그루 옻나무를 교육했고, 그녀는 뉴스피드에 나올 때마다 매번 그에게 감사를 표해요. 그는 중대한 군사적 업적을 원하고, 병사들에게 자기 명령하에 있으면 기회가 생길 거라고 확신하게 해 주는 뒷배가 든든히 있죠."

"미래에 대한 믿음을 바탕으로 한 환호군요." 마히트가 건조하게 말했다. 나가서 싸울 전쟁의 필요성을 전제로 한 환호. "그 사람이 엄청나게 큰 개인적 성공을 거두길. 오늘 중앙9광장에서 폭탄이 한 개밖에 없었다는 공적 말고는 중대한 군사적 업적이 없는 모양이니까요."

"당신이 외교관이라는 걸 의심하는 사람이 있을지도 모르겠어요, 대사."

열아홉 개의 자귀가 말했다.

"그럴지도요."

"그리고 의심하는 사람이 옳을 거예요. 하지만 외교관이든 아니든 간에, 당신이 빠뜨린 중요한 요소가 하나 있어요. 이걸 빠뜨린 건 당신이 여기 온 첫 48시간을 굉장히 다사다난하게 보냈기 때문이겠죠."

마히트는 모욕당한 기분과 유쾌한 기분 사이에서 방향을 정하려고 하다가 결국 빈정거리는 쪽을 택했다.

"그럼 알려 주시죠, 에주아주아카트. 곧장 결론으로 가는 게 각하를 너무 귀찮게 하지 않는다면 말입니다."

차를 놓고 나눈 대화 이후로 마히트는 빈정거리는 말을 그다지 잘할 수 있는 상태가 아니었다. 하지만 그게 **열아홉 개의 자귀**의 핵심 중 하나일 수도 있었다. 빈정거림을 주고받고 싶게 하는 화려한 언변의 정치인인 동시에 대화를 속속들이 헤집고 이해받았다는 느낌을 주기 때문에 울고 싶은 기분이 늘게 하는 사람.

마히트는 다시금 세 가닥 해초가 있었으면 했다. 주의를 분산시킬 대상이나 보호막이 되어 줄 수 있는 이라면 아무나 괜찮았다. 친구. 있는 듯 없는 듯한 감정을 가진 이스칸드르의 친구가 아니라 마히트 자신의 친구.

 열아홉 개의 자귀가 카메라 화면을 줌아웃했다. 환호를 지르는 테익스칼란 시민 무리 전체가 그들 세 명 사이의 공중 한가운데에 뜬 채, 그녀가 손목을 비틀어 돌아가라는 표시를 하자 중심축을 따라 천천히 돌아갔다.

 "우리의 빛을 내뿜는 별 같은 통치자, 보석과 그 비슷한 것들보다 더 밝게 빛나시며 내가 충성을 맹세했고 내 마지막 피 한 방울까지 기꺼이 흘릴 그분, **여섯 방향 황제**께서는 여든네 살이시고 생물학적 자손이 없으시지요. 그게 당신이 빠뜨린 거예요, 대사."

 "승계 문제가 있군요."

 마히트가 말했다. 왜냐하면 곧 당신 친구를 잃게 된다니 정말 유감이군요라고 말할 수는 없기 때문이었다. 그건 좀 불친절하게 느껴졌다. 불필요하고 지금 주제도 아니다. 그리고 에주아주아카트가 정말로 황제의 친구인지, 아니면 그냥 상징적인 존재인지 어떻게 알겠는가? 이것은 자신들의 고전문학을 집착적으로 재현하는 사회 전체가 가진 문제였다. 마히트는 정말이지 2주 전의 자신에게 이것을 설명해 주고 싶었다. 아니면 이스칸드르와 이에 대해서 이야기하거나. 그러면 뭔가 할 말이 있을 거란 확신이 들었다.

 "'하나의 번개'를 외치는 사람들은 분명히 그렇게 생각하지요." 열아홉 개의 자귀가 피드 쪽으로 손을 획 움직이자 화면이 저절로 접혀서 사라졌다. "나 자신은 판단을 미루고 있어요. 하지만 당신은 황실에 도착하기에 아주 멋진 때를 골라 왔군요, 대사."

 "제가 고른 게 아닙니다. 전 소환되었어요."

 마히트의 말에 열아홉 개의 자귀가 고개를 옆으로 기울였다.

"급하게?"

"엄청나게 급하게요."

마히트는 한 군데에 처박혀 오로지 희망과 석 달의 명상만으로 스테이션이 내세울 한 명의 요원이 되어야 했던 자신과 이스칸드르를 떠올렸다.

"내가 당신이라면, 누가 당신의 입국을 허가했는지 알아보겠어요. 그게 꽤 많은 걸 알려 줄 것 같거든."

이건 유도적인 질문일까? 그녀는 마히트가 힘든 조사 과정을 거쳐서 결국에 에주아주아카트 **열아홉 개의 자귀**만이 답이라는 걸 알게 하려는 걸까? 그건 아니라고 마히트는 결론 내렸다. 그녀는 마히트가 긴 줄에 매여 움찔거리는 걸 보고 싶어 하기에는 너무 교활했다. 그런 식의 속임수는 상투적인 악역이나 멜로드라마에나 통하는 것이고 심지어 테익스칼란이 집착하는 서술은 대체로 뛰어난 서술이었다. 이건 더 나빴다. 이건 **열아홉 개의 자귀**가 자기 하인 중 한 명에게 명령하듯이 임무를 내린 거였다. 가서 알아와, 그리고 알아낸 걸 나한테 말해. 마히트가 그녀의 것인 것처럼.(이스칸드르가 마치 그녀의 것인 것처럼. 하지만 마히트는 그렇지 않았다고, 완전히 그런 건 아니었다고, 설령 침대를 같이 썼더라도 그가 그녀의 것은 아니었다고 믿기 시작했고, 그게 두 사람이 서로에게 가진 문제의 일부였을 거라고 추측했다.)

"흥미로운 아이디어군요. 제 관저에, 제 워크스테이션으로 돌아간 다음에 한번 살펴보도록 하지요."

"너무 오래 기다리진 마요. 비교적 보안이 되는 장소에 오느라 그 고생을 한 당신을, 내가 황궁에 혼자 돌려보낼 거라고 생각해요? 당신 바로 옆의 무고한 시민을 폭탄으로 날려버리려고 한 게 누군지 아직도 모르는 상태에서?"

"제 문화 담당자는……."

 자신이 절대로 혼자가 아니라고 주장할 생각에 마히트가 말을 꺼냈다.

"조만간 병원에서 나오겠지요. 난 하나쯤 마음대로 써도 될 만큼 인포그래프 디스플레이가 많이 있어요, 마히트. 일곱 개의 저울에게 당신의 임시 사무실을 설치하라고 해 두죠."

 바로 여기, 르셀의 외교적 영토가 아닌 곳에. 마히트는 그렇게 생각했으나 손을 공식적인 고마움의 표현 동작으로 옮겼다. 그리고 차 세트를 치웠던 젊은 남자가 돌아와서 **열아홉 개의 자귀의 영역에서** 더 깊은 곳으로 안내하자 그를 따라갔다.

 사무실. 마히트는 여기를 감방이라고 생각하지 않으려 최선을 다했고, 대체로는 마음을 억누를 수 있었다. 내닫이창을 통해 늦은 오후의 햇살이 가득하고, 그림자는 분홍색이었다. 모퉁이에는 낮고 널찍한 소파가 놓여 있었다. 일곱 개의 저울은 전용 인포그래프 디스플레이를 여는 법을 보여 주고 마히트에게 중립에 개성 없는 회색으로 된 빈 인포피시 스틱 한 묶음을 주었다. 남자는 차분하고 무관심하고 효율적이었고, 그의 모든 것이 **열아홉 개의 자귀**와 비교할 때 마음을 놓이게 했다. 아마 의도적인 것이리라. **열아홉 개의 자귀**는 훌륭한 심문관처럼 위안을 보여 줬다 빼앗았고, 마히트는 감정의 변동에 고통스러우리만큼 질렸다. 일곱 개의 저울이 등 뒤로 문을 닫고 떠나자 마히트는 소파에 앉아서 창턱 아래 벽으로 얼굴을 돌리고 멍든 엉덩이가 욱신거릴 때까지 무릎을 가슴 쪽으로 당겼다.

말끔한 하얀색 페인트를 바라보면서 머리 위로 손을 뻗어 소파 꼭대기를 둘러싼 유선형 나무 장식을 만지고 있으면 스테이션의 자기 방에 있다고 상상할 수 있을 것이다. 안전한 3×3×9의 원통형 공간과 부드러운 계란껍질처럼 둘러싼 벽. 작고 아무도 들어오지 않는 그녀만의 공간. 다른 모든 사람들의 방과 나란히 줄지어 있고 방음이며 잠글 수 있다. 거기서 친구와 등과 등을 맞대 웅크리고 있어도 되고, 연인과 배를 맞대고 있어도 좋고, 또는……. 거기는 닫혀 있다. 안전했다.

몸을 일으켜 앉았다. 창밖으로 북황궁 정원에는 연못에 뜬 만발한 파란색 연꽃과 테익스칼란인들의 일로 이리저리 가는 테익스칼란인들이 가득한 별 모양 길이 있었다. 마히트는 우선 창밖으로 나가고 싶은 충동에 대해, 두 번째로는 자신의 기분을 주제로 15음절의 시구를 쓰고 싶은 첫 번째와 똑같이 부적절한 충동에 대해 생각했다.

이봐, 이스칸드르. 마히트가 저런 연못의 검은 물에 돌멩이를 던지듯이 생각했다. 고향의 뭐가 가장 그리웠어?

그런 다음 인포그래프 디스플레이로 몸을 돌려 지시대로 시스템에 접속했다. 그러면서 세 가닥 해초가 문을 열어 주는 대신에 자신만의 클라우드후크 비스무리한 것에 접속하는 일 자체가 처음임을 깨달았다. 자신의 관저, 자신의 외교 영역에서 요구했던 만큼의 자유를, 굉장히 복잡한 입장의 죄수로 있는 여기에서 겨우 얻다니 대단히 기묘했다. 마히트는 자기가 하는 모든 일을 **열아홉 개의 자귀**가 기록하고 있을 것임을 완벽하게 아는 상태로 일을 시작했다.

기본적인 의사소통을 해독하려고 할 필요가 없다면, 인터페이스는 예상했던 것보다 훨씬 직관적이었다. 마히트가 손짓하면 인포그래프가 응답했다. 손을 펴고 손목을 비틀면 투명한 업무스크린 여러 개가 나타났고, 자기만의 정보의 후광을 만들 수 있었다. 마히트는 **열아홉 개의 자귀**가 미리 설치해 둔 카메라피드를 찾아서 군중이 여전히 하나의 번개를 위해 시위에 몰두하는 장면을 띄워 오른쪽에서 돌아가게 했다. 에주아주아카트가 마히트의 계속되는 관심에 대해 원하는 대로 생각하게 놔두자. 왼쪽 어깨 위로는 신문 헤드라인이 가득 스트리밍되는 창을 띄우고, 보통의 언어와 욕의 어휘 목록을 늘리려고 결심했다. 반황실 활동가들이나 서른 송이 미나리아재비, 혹은 테익스칼란 신문이 레스토랑 폭발 사건을 어떻게 생각하는지 뭔가 알게 될 수도 있을 것이다. 중심부에서 기본적인 텍스트 입력 메뉴를 찾아내서 메시지를 만들고 르셀 대사로서 자신의 접속 경로를 통해 각각을 보냈다.

찬가를 사용해 암호화했어야 했는지도 모른다, 안 그런가? 진지한 반응을 얻고 싶다면……

아니. 아무것도 꾸미지 않고 놔둘 것이다. 야만적으로. 자신의 홈오피스에서 떨어져 있는 여자, 시티에서 낯선 이방인인 여자의 꼴사나운 서두름과 다급함을 담아 썼다.(지금쯤 관저에 흘러넘치고 있을 답하지 못한 인포피시 스틱 바구니가 말도 안 되게 그리웠다.) 거울은 하나 이상의 것을 나타낼 수 있다. **열아홉 개의 자귀**를 비출 때 마히트는 칼이었다. 이제 그녀는 거친 돌이었다. 피할 수 없고, 무디고, 야만적인. 예상할 수 있는 일이다. 그녀가 이스칸드르이기를 기대했던 사람들을 제외하면. 그리고 이제 그들이 누군지 알게 되지 않았나?

마히트는 테익스칼란어 적성검사를 처음 받으러 갔던 이래 내던 졌던 평범한 언어로 이스칸드르가 살아 있는 걸 마지막으로 본 사람에게 편지를 썼다. 과학부 장관 열 개의 진주. 마히트는 만남을 요청했다. 관계의 정상화를 바란다고 표현했다. '정상화'라는 말을 쓰고 "우리들의 조직이 앞으로 친해지기를 바랍니다."라고 덧붙였다. 소망은 미래 시제 말고는 특별한 문법이 필요치 않고 '정상화'는 재귀동사로 화자에게 시제의 순서와 가정법을 자세하게 알 것을 요구한다.

가끔 15음절 시구에서 아름답게 들리긴 해도 때로 테익스칼란어는 끔찍한 언어이다. 하지만 그 메시지에는 전임자의 죽음을 조사하는 데 관심이 있다는 암시는 전혀 없었다. 마히트가 조금이라도 능력이 있는 정치적 인물이라는 걸 암시하는 말도 없었다.

신임 르셀 대사는 감당할 수 없는 일에 깊이 잠겨 있다. 들었어? 그 여자는 **열아홉 개의 자귀** 각하께 체포를 막아 달라고 부탁해야 했대.

마히트는 스스로에게 코웃음을 쳤다. 그 소리는 방 안에서 커다랗게, 심지어 시위 영상에서 나오는 낮은 함성보다도 높게 들렸다. 마히트는 자신이 낯 뜨거운 자세로 발견되기라도 한 것처럼 얼굴에 제국식 무표정을 띠웠다.

다른 메시지들은 쓰기가 더 쉬웠다. 하나는 세 **가닥 해초**를 확인해 달라고 **열두 송이 진달래** 앞으로 보낸 요청이었다. 당연히 그는 친구인 리드가 입원한 것에 관심이 있을 테고, 마히트의 담당자가 신경 공격에서 회복될 건지 알려 주려고 할 수도 있었다. 또 하나는 자기 자신에게 보냈다. 앞의 두 메시지를 복사해서 전자 접속이라는 한정된 안전 속에서만이 아니라 르셀의 외교적 영토라는 근소한 물리적 안전 속으로 기록을 남겨 놓는 거였다. 그리고 마지막 메시지는 정보부에 보내는 것으로, 받는 사람은 특정하지 않고 누가 그녀의 입국을 허가했는지 기록을 요청했다.

그녀가 하는 일을 **열아홉** 개의 자귀가 보게 놔두자.

마히트는 받은 인포피시 스틱에 편지들을 저장하고, 스틱을 열면 메시지가 제대로 나오는지 하나씩 확인한 다음에 뜨거운 왁스로 봉했다. 사무실 문 옆의 작은 테이블에 있는 실링 키트에서 나온 왁스는 소형 에탄올 라이터로 녹여야 했다. 마히트는 왁스를 붓다가 엄지손가락을 뎄다. 빛으로 만들고 시로 암호화하여 만든 메시지를, 예의를 차리기 위해서 물리적 물체로 전하다니 완벽하게 제국스러웠다.

그야말로 자원의 낭비다. 시간과 에너지와 재료의 낭비.

이런 게 즐겁지 않았다면 좋았을 텐데.

6장

국화 고속도로의 사고 잔해는 아침 이른 시간에도 치우고 있는 중입니다. 출근하시는 분들께서는 교통체증에 주의하셔야겠습니다…… 중앙선의 지연은 계속될 것으로 보입니다. 중앙9번 정거장은 선리트의 폭발 사건 조사로 계속 폐쇄 중입니다. 중앙9번 이후의 중앙 시티 정거장들은 북부초록선이 들어갑니다. 추가적 안내가 있을 때까지 황궁이나 오락시설에 들어갈 때에는 검문소를 생각하고 여유 시간을 잡으시는 게 좋겠습니다…… 겨울 관광에 협조하기 위하여 제260일부터 3일마다 주극성週極性 자기부상열차가 추가 투입되겠습니다. 표는 시티 전 지역의 지역 열차 정거장에서 구매 가능합니다……

— 메트로 및 지하철 폐쇄와 서비스 변경, 제248일(Y3-I11)

……테익스칼란 전함 다섯 척이 허가증을 제시하지 않고 우리 섹터를 지나가고 있다. 그들의 무시가 그들만의 잘못이 아니라 당시 우리 대사였던 이스칸드르 아가븐의 실패 때문이라고 예상하고, 올바른 허가장이 다시 조만간 발행될 거라고도 생각하지만, 정보의 관점에서 유산협회를 대신해 의회에 이 보고서를 제출한다. 우리 섹터의 보안은 우리 소속 함선들로 한정되어 있고, 이 테익스칼란 배들에 우리가 할 수 있는

조치는 벌금을 매기는 것뿐이다. 그들은 벌금을 기꺼이 지불하려 하는 것 같다……

— 유산협회 의원이 르셀 위원회에 새로운 산업으로 제출한 보고서의 일부, 248.3.11(테익스칼란력)

메시지를 보낼 때의 문제는 사람들이 거기에 대답을 한다는 거고, 그 말은 그 답으로 메시지를 더 작성해야 한다는 뜻이다.

지평선 위로 떠오르는 태양은 가리개가 없는 유리창을 통해 밝고 냉랭하게, 도망칠 수 없게 빛을 비추었다. 그것은 마히트가 간신히 자려던 약간의 잠마저도 몰아냈다. 이제 겨우 새벽이었으나 사무실 문 바깥의 그릇에는 단단히 봉해진 새 인포피시 스틱 세 개가 들어 있었다. **열아홉 개의 자귀**는 밤에도 매시간 편지를 배달시키나? 마히트는 어깨 주위로 거대한 깃털 퀼트를 덮고 있었다. 어젯밤 해가 저물 무렵에 초유능한 일곱 개의 저울이 갖다 준 것이었다. 마히트는 잠에서 깼다. 깨어났고, 여전히 머릿속에서는 혼자였다. 이게 영구적인 상태일 것 같았다.

일어나 앉는 건 고통스러웠다. 허리께는 밤보다 더 뻣뻣했고, 빌린 잠옷 바지를 내리자 멍이 보였다. 검붉고 가장자리는 메스꺼운 초록색으로 옅어졌으며 손바닥을 펼친 정도의 크기였다. 이 새롭고 정교한 감옥에 진통제가 있을까? 배달된 퀼트와 먹을 만하지만 평범한 야채 슬라이스와 세 가닥 해초가 아침으로 주었던 그 섬유질 가득한 페이스트가 더 많이 곁들여진 어젯밤의 식사처럼. 그 외에 **열아홉 개의 자귀**는 마히트를 혼자 내버려 두었다. 마치 새로운 애완동물이 잘 자리 잡아, 각하께서 내민 손을 물지 않기를 기다리는 듯이 말이다.

여전히 퀼트를 두른 채 마히트는 일어나서 허리를 움직이다가 움찔거리면서도 어쨌든 인포피시 스틱이 있는 곳으로 가서 그것을 집어 들고 열었다.

첫 번째는 마히트가 보낸 것처럼 익명이었다. 회색에 색깔 없는 왁스로 봉해 놓았다. 마히트는 그것을 연 다음 빛이 나는 상형문자가 쏟아지도록 흔들었다.

당신 친구는 둘러싸인 주체에 대해 신중하게 적는다
경계, 구분, 칼날들
하지만 당신, 즉 고독의 주체를 생각한다
그리고 당신이 필요로 한다면, 그 약속으로 열두 송이 꽃을 보낸다

그것은 시였다. 그렇게 훌륭한 시는 아니었지만 이런 뜻을 암시하는 것 같았다. 이런 망할, 칼날의 빛 에주아주아카트가 당신을 감옥에 처박았다니, 내가 도울 게 있을까요?

서명은 없었다.

서명이 필요한 것도 아니었다. 마히트는 딱 세 통의 메시지만을 보냈다. 과학부 장관도, 정보부의 하급 공무원 다수도 노골적인 암호를 쓰지는 않을 것이다. 이것은 열두 송이 진달래였고, 그는 아마 마히트가 필요로 한다면 구하러 오겠다고 진심으로 말하면서도 동시에 지나치게 즐기고 있는 것 같았다. 암호 메시지라니! 부서 내 라인으로 익명의 통신을 보내다니! 테익스칼란 문학에서 정치적 음모라는 장르적 관습에 별다른 애정을 품은 건 마히트 자신이라고 생각

했었는데.

자기 문화권에서 그걸 만끽하는 건 역시 별다른 일일까? 그럴 거라고 마히트는 결론 내렸다. 장르적 관습인 만큼, 이를 재연하는 것은 별다른 일이었다. 하지만 테익스칼란 시민들은 그렇게 생각하지 않을 것이다.

아무도 열두 송이 진달래를 폭탄으로 날려버리지도, 그러려고 시도하지도 않았다. 그의 친구는 병원에 입원 중일 테고, 새롭고 위험한 정치적 지인은 희귀한 감금 생활 중 그에게 편지를 쓰고 있겠지만, 그 자신은 마치 『서른 개의 리본을 위한 붉은 꽃봉오리들』이나 다른 황궁 로맨스에서 걸어 나온 듯이 행동할 권리가 완벽하게 있다.

마히트는 그보다 시를 더 못 쓸 걱정은 최소한 안 해도 된다고, 어쩌면 더 나을 거라고 생각하며 2행시를 썼다. 나를 둘러싼 것은 내가 골랐고 / 나는 당신에게 요청한 것만을 바라노니, 정보. 그리고 인포피시를 봉하면서 서명도 하지 않았다. 누군가는 즐거운 시간을 보내겠지. 열두 송이 진달래가 감당하는 한은 그의 즐거움일 수도 있겠다.

두 번째 인포피시 스틱은 어떤 면에서도 익명이 아니었다. 내부의 전자장치만 빼면 투명한 유리로 되어 있는 그것은 짙은 초록색 왁스로 봉하고 그 위에 태양바퀴의 하얀색 상형문자가 찍혀 있었다. 과학부. 스틱을 열자 우아하고 거들먹거리는 조그만 글자가 떠올랐다. 열 개의 진주는 마히트의 대사직 임명을 축하하고, 이스칸드르의 불운한 죽음에 정형화된 유감의 말을 보냈다. 하도 정형화되어서 즉시 그가 어느 실용 수사학 책에서 유감의 말을 복사했다는 걸 알아챘을 정도다. 어쩌면 마히트가 작법을 배웠던 바로 그 책일지도 모른다. 암시적 글을 쓰려고도 하지 않은 노력 부족에 굉장히 테익스칼란인 같은 모욕감을 잠깐 느꼈지만, 곧 테익스칼란 시민의 교육을 흉내 내려고 애썼으나 어색하고 한심한 모방밖에 못 하는 멍청한 야만인 노릇을 성공적으로 잘했다는 굉장히 개인적인 만족감을 느꼈다.

편지 말미에 열 개의 진주는 물론 르셀의 대사를 사교적으로 만나는 건 기쁜 일이고, 다가오는 황실 연회의 낮시간이 어떤가 하고 제안했다.

그러면 공개적인 만남이라는 거네. 어떤 면에서는 더 안전하다. 열 개의 진주가 자신이 이스칸드르를 죽였다고 명백하게 의심받는다고 생각한다면, 이스칸드르의 후임자와 공개적인 곳에서 만남으로써 그 후임자를 비슷하게 제거하려고 한다는 악의 어린 소문을 가라앉힐 수 있을 것이다. 황실 전체가 보고 있는데 외국 고관을 비밀리에 죽일 수는 없겠지! 열 개의 진주의 명성에 더 안전하고(그리고 그가 이스칸드르의 죽음에 정말로 책임이 있다면, 마히트의 실제 안전에도 낫다.) 정치적으로도 그렇다. 이는 르셀과 과학부 사이에 나쁜 감정이 없다는 걸 모두에게 보여 줄 수 있다.

흠. 마히트가 연회에 간다고 이미 말하지 않았던 것도 아니다. 이런 식이라면 협상할 정치적 위험 요소가 하나쯤 더 있다고 뭐가 다를까? 그리고 잠깐이나마 열 개의 진주를 몰아갈 수 있다면, 그가 마히트에게 분명하게 원하는 대중적 인사와 미소가 끝난 다음에 좀 더 직접적인 미팅을 하게 될 수 있다면 더욱 좋다. 마히트는 그의 메시지를 옆에 놓고 마지막 편지를 들었다.(여기서 손에 넣은 마지막 편지다. 관저에는 미완의 일로서 작고 끔찍한 스틱 더미가 쌓여 있을 것이다.)

마지막 인포피시 스틱은 회색 플라스틱으로 역시 익명이었다. 하지만 이것은 검은색 별 바탕에 빨간색 태그가 표시되어 있었다. 행성 밖에서 온 연락이었다. 동황궁에 있는 마히트의 사무실과 북황궁의 열아홉 개의 자귀의 사무실을 거쳐 온 것이다. 마히트는 시티가 자신을 감시하고 있는 게 아닐까 또다시 생각했고, 중앙9광장의 그 차단벽이 반짝이며 올라오던 것을 떠올렸다. 그러고 나서 인포피시를 열었다가 즉각적으로 시티에 대한 생각을 멈췄다.

안에 든 메시지는 홀로그래프 빛으로 변한 테익스칼란 상형문자로 쏟아져 나오지 않았다. 스틱 안에 든 것은 기계로 출력한 반투명 플라스틱시트였다. 꺼내서 펼치자 거기 쓰인 글자가 알파벳임을 알 수 있었다. 고향의 알파벳. 이 메시지는 르셀 스테이션에서 온 거였다.

그리고 그건 마히트에게 온 게 아니었다. 르셀에서 테익스칼란으로 파견된 대사 앞으로 온 것도 아니었다. 그것은 이스칸드르 아가븐에게 온 거였고, 날짜는 227.3.11이었다. 제227일, 여섯 방향 황제의 열한 번째 인딕션, 제3년. 약 3주 전.

메시지는 아가븐 대사에게, 조종사협회 의원 데카켈 온추가라고 시작되었다.

이 메시지를 받았다면, 새 대사 파견 요청이 르셀 스테이션에 도착한 이후에 당신이 개인적으로 당신의 전자 데이터베이스에 접속한 거겠죠. 이 메시지는 한때 당신의 요람이자 집이었던 스테이션에서 여전히 당신의 동지인 이들이 보내는 이중 경고입니다. 첫째로, 누군가가 제국 황실에서 당신의 자리를 대체하려 하고 있습니다. 두 번째로, 당신의 대체자는 사보타주를 당하고 있습니다. 그녀는 조종사협회 의원도, 수경재배협회 의원도 통합 전에 상태를 확인할 수 없었던 당신의 초기 이마고 기록을 갖고 있습니다. 그녀는 유산협회와 광부협회의 후원을 받았죠.

조심하십시오. 만약 사보타주가 존재하고 르셀에서 시작되었다면, 조종사협회의 온추는 유산협회의 암나르트바트가 그 뒷배라고 생각합니다. 이 통신문은 없애길. 가능하다면 추가 통신문을 보내겠습니다.

이 메시지는 마히트가 어젯밤에 자신의 메시지를 작성하면서 르셀 대사의 전자 데이터베이스에 접속했을 때 작동된 것 같았다.

마히트는 두 번을 읽었다. 그리고 외우기 위해서 세 번째로 읽었다. 열로 압축된 의미의 다이아몬드처럼, 구와 단어 더미들을 어떻게 묶어야 하는지, 테익스칼란 텍스트를 어떻게 공부해야 하는지 알게 되었던 시절에서 나온 자동적인 습관이었다. 만약 사보타주가 존재하고 르셀에서 시작되었다면, 상태를 확인할 수 없었던, 당신의 요람이자 집이었던……

마히트는 생각에 잠겼다. 생각하지 않기 위해 생각을 하고, 충격과 고통을 통해 스스로 느끼고 존재하기 위해 생각을 했다. 현실적 측면이 베일처럼 덮쳐 왔다. 뱃속이 뒤틀렸고, 머릿속에 있어야 하지만 없는 이마고의 위안을 찾아 자동적으로 손을 내밀었고, 그녀의 문제 때문에 다시금 머리가 어지러운 것을 느꼈다. 조만간 이스칸드르의 시체를 태워야겠다는 생각이 들었다. 생각을 하면서 플라스틱 시트를 작게 갈가리 찢어서 인포피시 스틱에 쓸 실링 왁스를 녹이는 데 사용했던 소형 라이터로 녹였다. 마히트는 누가 이스칸드르를 죽였는지 확실하게 아는 상태로 시체를 태울 수 있기를 바랐다. 그것은 기묘하고 희미한 형태의 정의일 것이다. 하지만 설령 이스칸드르가 다시는 돌아오지 못하더라도 마히트는 그에게 그 정도의 빚은 졌다. 대부분의 후임자는 이마고 선임자가 어떻게 죽었는지를 알

왔다. 노화, 사고, 질병 등 스테이션이 사람을 죽일 수 있는 수천 가지 사소한 방식. 암이나 고장 난 에어록에 정의를 들이댈 수는 없다. 그럴 이유가 없었다. 하지만 자신이 가진 모든 지식을 지녔던 마지막 사람이 어떻게 죽었는지를 아는 데에는 그만한 가치가 있다. 그렇게 해서 실수를 바로잡고 자신의 이마고 라인이 좀 더 오래, 좀 더 잘 살아남도록 하기 위해서라도. 기억의 연속성을 조금이라도 더 멀리, 어둠 속으로 사라지는 인류 우주의 가장자리 너머로 늘리기 위해서.

 마히트는 잤던 소파 발치에 퀼트를 고르게 접어 놓고, 어제 빌려 입었던 것과 같은 하얀 바지와 블라우스를 입었다. 다리를 반대편 종아리 높이보다 더 높이 들려고 하면 불편하고 통증에 시달렸지만. 그리고 자신이 르셀의 도덕철학에 강한 믿음을 품기 시작한 때를 떠올렸다. 이마고가 아마도 그녀를 저버린 이래겠지. 만약 시적으로 표현한다면. 그 길고 긴 기억 라인 중 하나와 떨어져 흘러가기 시작한 이래.

 마히트와 전임자는 적이 될 예정이 아니었다. 하지만 그녀는 여전히 온추의 메시지가(언제 보낸 걸까? 이스칸드르가, 죽은 이스칸드르가 읽고 처리해 주기를 얼마나 오랫동안 기다린 걸까?) 처기의 시처럼 머릿속에 울리는 것을 들을 수 있었다. 만약 사보타주가 존재하고 르셀에서 시작되었다면, 아크넬 암나르트바트의 사보타주 때문에 이마고를 잃게 된 거라면…… 하지만 암나르트바트는 마히트가 새 대사가 되길 바라지 않았던가? 암나르트바트가 마히트를 지지하지 않았다면, 테익스칼란에 그녀가 가기를 바라지 않았다면, 그녀를 돕기 위해 뒤떨어진 이스칸드르의 이마고를 받도록 주장하지 않았다면? 마히트가 그 이마고를 잃고 제국에서 혼자이기를, 모든 것으로부터 잘려 나가 제국에서 혼자이게 하려던 거라면, 왜 그런 짓을 했을까? 마히트는 이스칸드르에게 해를 입히라고 보내진 걸까, 아니면 그의 정책을 바로잡으라고 보내진 걸까? 아니면 둘 다 아니었던 건가?

아는 게 얼마나 없는지, 고통스러울 지경이었다. 얼마나 외로운지. 고향에서 온 목소리를 들으면 위안이 되어야 하지 않나? 설령 그게 조종사협회 의원의 신랄한 목소리라고 해도 말이다. 하지만 대신에 마히트는 자신이 소파 가장자리에 앉아서 여전히 어지러운 머리를 손으로 받치고 있는 걸 깨달았다. 머릿속에서 이스칸드르가 사라진 부분이 마치 세계에 난 구멍처럼 느껴졌다. 그리고 지금. 지금 그녀는 자신을, 자신의 동기를 신뢰할 수가 없었다.

거울이 돼. 스스로에게 다시 말했다. 칼을 만날 때는 거울이 되는 거야. 돌을 만날 때는 거울이 되는 거야. 가능한 한 테익스칼란인이 되고, 가능한 한 르셀인이 되고, 또…… 아, 제기랄, 숨 쉬어. 그것도 해야 돼.

마히트는 숨을 쉬었다. 천천히 현기증이 사라졌다. 태양은 창틀 높이에서 약간 위로 올라왔을 뿐이었다. 뱃속이 꼬르륵거렸다. 그녀는 여전히 여기 있었다. 온추의 메시지를 읽기 전보다 아는 게 조금 적어지고(테익스칼란 파견 대사로서 뭘 해야 하는지에 대해서) 조금 많아졌다.(그녀에게 어떤 일이 일어났었는지, 그리고 그 이유와 어디서 그랬는지.) 그녀는 보완을 할 것이다.

마히트는 답장을 쓴 인포피시 스틱들을 바깥쪽 바구니에 놔두고 맨발로 토끼굴 같은 **열아홉 개의 자귀**의 사무 공간으로 나왔다. 대부분의 문은 마히트에게 닫혀 있었다. 클라우드후크 없이 어떤 동작을 해도 검은 패널은 꿈쩍하지 않았다. 문을 열어 줄 세 가닥 해초가 있었더라면, 하고 마히트는 생각하다가 그녀의 필요성에 대한 기분이 하루 사이에 어떻게 바뀌었는지를 깨닫고 우울한 즐거움을 느꼈다. 15분 동안 돌아다니다가 어제 본 접수 사무실을 찾았다. 인포그래프가 작동하지 않아서 여전히 새벽빛 말고는 모든 것이 텅 비어 있었다. 거기를 지나 왼쪽의 새 복도로 들어가서 낯선 영역으로 더 깊이 걸어갔다. 이 복합건물(최소한 건물의 바닥이 분명했다.) 어딘가에서 **열아홉 개의 자귀**가 자고 있다. 마히트는 그녀가 집어넣을 수 있는 발톱을 갖기에는 너무 큰, 사냥하는 거대 고양잇과 동물처럼 은신처에 있는 모습을 상상했다. 크고 고른 숨을 쉴 때마다 옆구리가 오르락내리락하고, 잠을 잘 때도 눈은 실처럼 뜨고 있으리.

오, 하지만 마히트는 시인이 되기 위해 시티에 온 게 아니었다.

(왜 여기 왔는지, 그리고 누가 조종했는지, 아니. 지금 생각할 일이 아니야.)

에주아주아카트의 집에 갇혀 있으려고 시티에 온 것도 아니었지만, 그렇게 되어 버렸다.

복도가 끝나고 더 어둡고 부드러운 아침 햇살로 판단하건대 앞쪽 사무실과 건물 정반대편에 있을 것 같은 방으로 이어지는 넓은 아치형 입구가 나왔다. 분명히 도서관이었다. 벽 전체에 별 지도가 걸려 있지 않은 곳에는 코덱스 책자와 인포피시가 줄지어 놓여 있었다. 가운데 넓은 소파에는 **다섯 개의 마노**가 다리를 몸 아래 깔고 연꽃 모양으로 앉아 있었다. 무릎 위로는 시티가 속한 태양계의 홀로그래프가 선명하게 빙 돌아가고 있었다. 궤도는 빛나는 금색 호로 표시되고 각 행성에는 마히트가 방 맞은편에서도 읽을 수 있는 상형문자 이름표가 붙어 있었다. 그리고 홀로그래프 앞에 서서 조그만 손으로 바쁘게 행성을 서로 떨어뜨리고 그것들이 적절한 중력 우물로 돌아가는 것을 보고 있는 것은 채 여섯 살이 넘지 않았을 어린아이였다.

"안녕하세요."

마히트는 자신이 있음을 알렸다. 다섯 개의 마노가 고개를 들었다. 얼굴은 무덤덤하고 놀란 기색이 없었다.

"맵, 르셀 대사님께 인사 드리렴."

아이는 비판적으로 마히트를 쳐다본 다음에 조그만 양손을 심장 위에서 모았다.

"안녕하세요. 왜 아침 식사도 하기 전에 도서관에 오신 거예요?"

마히트는 어색하고 커다래진 기분으로 아치형 입구에서 안으로 들어왔다.

"잠을 잘 수가 없었단다. 난 너희 태양계가 좋아. 아주 아름다워."

아이는 냉정하게 그녀를 쳐다보았다. 그 나이 아이가 테익스칼란인 특유의 무표정을 하고 있는 건 꽤나 마음을 불안하게 했다.

"앉으세요. 너무 커다랗게 보이니까요."

다섯 개의 마노가 말했다. 마히트는 앉았다. 소년은 홀로그래프 가운데에 손을 얹고 손바닥으로 태양을 잡아 홀로그래프 전체를 다섯 개의 마노의 무릎에서 내넜다.

"이건 내 거예요."

"맵, 가서 궤도역학을 계속해, 알겠니?" 다섯 개의 마노가 잠깐 멈췄다 말을 이었다. "잠깐만. 견본을 가져가렴."

마히트는 잠깐 동안 아이가 저항할 거라고 생각했다. 그녀는 어릴 때 어른들의 대화에서 배제되는 걸 싫어했었다. 하지만 아이는 고개를 끄덕이고 기꺼이 소파 반대편으로 물러났다.

"쟤는 두 개의 지도예요. 미안합니다. 이 시간에 도서관에는 대체로 아무도 없거든요."

두 개의 지도Cartograph, 별칭은 맵Map. 마히트는 미소를 지었다.

"별일 아니에요. 르셀에는 아이들이 많이 뛰어다녀요. 대체로 보육원 동기인 같은 나이 애들끼리요. 나도 저 나이 때 온갖 일에 끼어들었죠. 난 괜찮아요. 당신 아이인가요?"

"제 아들이요. 제 몸으로 직접 낳은 아들."

다섯 개의 마노는 약간 자부심을 담아서 말했다.

테익스칼란에서는 드문 일이었다. 르셀에서는 들어 본 적도 없다. 아이를 키우는 데에 인공 자궁 대신 자신의 자궁을 이용하는 것은 스테이션에서는 아예 없는 자원의 사치였다. 여자들은 그런 일을 하다가 죽을 수도 있고, 신진대사나 골반저가 망가질 수도 있으며, 여자도 일을 할 수 있는 사람이었다. 마히트는 아홉 살에 피임구 이식을 받았다. 테익스칼란인들이 가끔 자기 몸 안에서 자기 아이를 키운다는 사실을 알았을 때, 마히트는 중앙9광장의 레스토랑에서 꽃이 든 그릇 하나에서 물이 넘치는 광경을 봤을 때와 비슷한 감상이 들었다. 그렇게 쉽게 사치를 부릴 수 있다니, 모욕적인 동시에 대단히 흥미로웠다.

"힘들었나요? 그 과정이요."

마히트는 솔직하게 호기심을 드러내고 물었다.

다섯 개의 마노는 테익스칼란인 스타일로 의기양양하게 눈을 조금 크게 떴다.

"사전에 제 생애 최고의 신체 상태를 만드는 데 2년을 썼어요. 그래도 여전히 어려웠지만, 전 그 애한테 좋은 거처였고 아이는 인공자궁에서 자란 것만큼이나 건강하게 태어났죠."

마히트는 완전히 솔직하게 말했다.

"애가 아주 예뻐요. 그리고 저렇게 어린 나이에 궤도역학을 하고 있다면 영리하기도 하겠어요."

즉각 전적으로 가시가 돋친 정치적 이야기로 돌입하지 않고 테익스칼란 시민과 대화를 나누는 건 대단히 기쁜 일이었다. 특히 여기, 열아홉 개의 자귀의 사무실에서.

"여기 사나요, 둘 다?"

"최근에는 그래요. 각하께서 우리에게 참 잘해 주세요."

"그분이 그러지 않으시는 건 상상도 할 수가 없군요." 그건 심지어 사실이었다. "당신은 그분의 사람이죠?"

"아주 오랫동안요. 맵을 갖기 한참도 더 전부터."

마히트는 다섯 개의 마노에게 여러 질문을 하고 싶었다. 하나하나가 그 전 것보다 더 사생활 침해적인 질문이었다. 그분을 위해서 뭘 하죠?가 첫 번째 질문이고, 그다음으로는 어떻게 그분의 사람이 됐죠? 그리고 아마도, 그분은 당신이 아이를 낳는 것을 원했나요? 하지만 실제로 물은 건 이거였다.

"뭐가 달라졌나요? 당신이 이사 오기 전에, 최근에요."

우주선 전망창 위로 반反햇빛 코팅제가 내려오는 것처럼, 다섯 개의 마노의 얼굴에서 솔직한 표정이 일부 닫혀 버렸다.

"우리 모두 요즘에 늦게까지 일해요. 출퇴근도 아주 오래 걸리죠.

전 아들이 너무 오래 혼자 있는 건 바라지 않았어요. 그리고 각하께서 맵에게도 더 나을 거라고 생각하셨지요. 여기. 가까이 있으면."

더 낫다. 마히트에게는 그 단어가 더 안전하다고 들렸다. 긴 지하철 통근 시간. 어제 레스토랑에서처럼 폭탄이 아주 쉽게 지하철 차량을 망가뜨릴 가능성을 생각했다.

마히트의 표정이 생각하고 있던 것을 일부 드러낸 모양이었다. 다섯 개의 마노가 주제를 바꾸었기 때문이었다.

"그냥 도서관을 찾고 있던 건가요, 아니면……?"

"안 자는 사람을 찾던 중이었어요."

"두 개의 지도는 해가 뜨자마자 일어나고, 그래서 저도 그래요." 다섯 개의 마노는 한쪽 어깨를 으쓱이고 말을 이었다. "뭔가 필요한 게 있으세요, 대사님? 차? 특정한 책?"

마히트는 무릎 위에서 양손을 펼쳤다. 다섯 개의 마노를 하인처럼 다루고 싶지는 않았다. 마히트는 자신처럼 맨발에 가볍게 옷을 입은 이 여자가 열아홉 개의 자귀의 귀중한 보좌라는 사실을 잊을 만한 처지가 못 됐다. 보좌이기 때문에 그 주인의 최소한 절반 정도는 위험하다는 사실도.

"아뇨. 나에게 황제 폐하에 대해 이야기해 줄 게 아니라면요. 어제 저녁 내내 뉴스피드를 봤는데, 시티 바깥에서 온 사람은 모를 이 지역의 정치적 정서에 대충 익숙할 거란 전제로 이야기하더군요. 테익스칼란인이 아닌 사람이 그런 걸 모르는 건 말할 필요도 없겠죠."

"제가 아는 것 중 뭘 알고 싶으시죠? 저는 심지어 귀족도 아니에요, 대사님."

다섯 개의 마노는 아들 이야기를 할 때가 아니라면 특유의 말하는 방식이 있었다. 자신을 아주 냉정하게 낮추기 때문에 유머 감각이 거의 보이지 않았다. 귀족은 아니지만 에주아주아카트의 하인, 황실에서는 급이 낮다고 해도 이건 훨씬 더 중요한 자리였다.

"어제의 경험상 난 당신이 분석가라고 생각하는데, 귀족이 아닌 게 어쩌면 이득인지도 몰라요."

마히트가 말했다. 이것은 펜싱 같았으나 **열아홉 개의 자귀**와 하던 것보다는 좀 더 친밀한 버전이었다. 지금까지는.

"좋아요." **다섯 개의 마노**는 눈을 크게 떠서 테익스칼란인 스타일의 미소의 흔적을 남긴 채 말했다. "제가 분석가라면요? 제가 아는 것 중 뭘 알고 싶으시죠?"

당신이 내게 말해 주겠죠. 마히트는 그렇게 생각했다.

"**여섯 방향** 폐하께서는 왜 특정한 후계자가 없으시죠? 설령 그분 몸에서 나온 아이가 없다 해도 그분의 유전자로 아이를 가질 수 있었을 거예요. 아니면 관계가 없어도 상속자를 지명할 수도 있고요."

"그렇죠. 사실, 그렇게 하셨어요."

"그래요?"

"통치권을 세 사람에게 나누셨어요. 다른 사람에 대해 누구도 우위에 서지 않고 전부 다 공동 황제인, 정해진 공동 황실 상속자 세 명요. 스테이션에는 중앙방송이 없나요? 지난번에 폐하가 서른 송이 미나리아재비님을 지명하셨을 때, 어느 뉴스피드든 몇 달이나 의식을 방영했는데요."

"우린 테익스칼란인이 아니에요." 마히트는 그렇게 말하면서 한편으로는 내내 서른 송이 미나리아재비를 생각했다. **열아홉 개의 자귀**는 자신처럼 에주아주아카트인 그가 대중의 두려움에서 이득을 보고 있다고 말했다. 대중의 두려움을 자극하고, 일족의 행성 소유지에 이익이 되도록 수출입 무역을 통제하려고 한다는 이야기. "왜 우리에게 중앙방송이 있어야 하죠?"

"그래도요. 아무리 우주선으로 두 달 걸리는 곳이라 해도……."

"우리가 알아서 하고 있어요."

날카롭게 말한 마히트는 다섯 개의 마노가 입이 가벼웠다는 사실을 깨닫고 입술을 말아 올리는 것을 보았다. 우주의 모든 이가 테익스칼란 사람들이 원하는 것과 정확히 같은 것을 원하리라는 무의식적인 가정. 마히트는 그녀가 조금 불쌍해져서 말했다.

"그래도 왜 서른 송이 미나리아재비가 공동 황제가 될 자격이 있는지는 모르겠군요."

"서른 송이 미나리아재비 각하는 황제 폐하의 에주아주아카트에 가장 최근 들어온 일원이에요. 그분은 자신의 지혜를 바탕으로 황실에서 상당히 빠르게 지위를 올렸지요, 그리고……." 다섯 개의 마노가 한 손을 반대쪽으로 기울이고서 말을 이었다. "제국의 서쪽 호에 있는 행성들의 귀족들과 각하의 일족 사이에 강한 연계가 있기 때문일 수도 있어요."

"알겠어요."

마히트는 실제로 알 것 같았다. 여섯 방향이 제국의 공동상속자로 만들었을 때, 서른 송이 미나리아재비는 서쪽 호 행성계의 부유층으로부터 지지를 강화하고 있었다. 서른 송이 미나리아재비의 일족, 그리고 서쪽 호(점프게이트로 단단히 연결되어 있는, 자원 및 제조업으로 부유한 행성계끼리의 원거리 연합)를 이루는 다른 귀족 가문들은 현 정부뿐만 아니라 다음 정부에도 영향력이 있을 게 분명했다.

그리고 마히트가 테익스칼란 역사에서 기념하는 황위 찬탈 시도의 중심 특성을 이해한다면 황제는 또한 그 부유하지만 멀리 있는 귀족들이 서른 송이 미나리아재비 말고 다른 사람을 지지하는 걸 막고 싶었을 것이다. 바로 지금 시티에서 외쳐 대는 하나의 번개가 얽힌 거의 반란 같은 상황처럼, 야오틀렉이 이끄는 반란은 사람들이 황궁에 있는 머나먼 상징보다 자기네 사령관들에게 더 충성하는 제국 바깥쪽 구석에서 일어났다. 그들은 종종 서쪽 호 가문 같은 부류에게서 재정적 지원을 받았다. 서른 송이 미나리아재비에게 권력을 줌으로써 황제는 그의 일족이 권력을 준 이에게 충성하리라고 확신했을 것이다. 위대한 여섯 방향 폐하께.

"서른 송이 미나리아재비님을 만나면 알게 될 거예요, 대사님."

"다른 후계자들은요? 세 명이라고 했잖아요."

"사법부의 여덟 개의 고리님은 폐하만큼이나 연세가 많아요. 두 분은 보육원 형제죠……."

마히트는 여덟 개의 고리가 누군지 알 정도로 여섯 방향의 초기 삶을 바탕으로 한 소설들을 많이 읽었다. 혈통이나 감정으로는 누이이자 여섯 방향의 군사적 우수성 뒤에 존재하는 잔혹한 정치가이며 태양이 내린 은혜. 마히트는 고개를 끄덕였다.

"그렇겠죠, 여덟 개의 고리요."

"그리고 여덟 가지 해독제님은 우리 맵이랑 나이가 거의 다르지 않아요. 하지만 여섯 방향님의 유전적 자식이세요. 90퍼센트 글론이죠."

"서로 굉장히 다른 후계자들이네요."

그때, 그들의 뒤에서 열아홉 개의 자귀가 말했다.

"결국에 누가 위대하신 폐하를 대체할까요?"

마히트는 자리에서 일어섰다. 들켰다는 기분을 좀 덜 느끼려고 노력하며 말했다.

"세 명이 하는 거 아닙니까?"

"최소한은요. 내 보좌를 심문하고 있었나요?"

열아홉 개의 자귀가 물었다.

"가볍게요."

자각을 한 상태로 이야기를 시작하는 쪽이 더 나을 것 같았다.

"원하던 걸 알아냈나요?"

"일부는요."

"달리 뭘 더 알고 싶죠?"

그것은 함정이었다. 열아홉 개의 자귀의 걱정스러운 관심이라는 큰 무게처럼 달콤하고 쉬운 것으로 미끼를 달고 설치한 함정. 마히트는 어쨌든 거기에 걸어 들어가기로 했다.

"이상적인 때와 이상적인 장소에서 계승이 어떤 식으로 이루어지는지요. 역사는 자극적인 변수들에 집중하는 경향이 있어서요, 각하."

열아홉 개의 자귀는 마히트가 흡족한 대답을 한 것처럼 미소를 지었다.

"황제에게 자신의 몸에서 나왔거나 자신의 유전자에 의한 자식이 있고, 그 자식이 연령으로도 정신적인 면에서도 성숙하면 황제가 공동 황제로 즉위시켜요. 그리고 나이 든 황제가 승하하면 별들이 알고 사랑하고 축복하는 새로운 황제가 이미 있는 거죠. 피로 만들어지고 햇빛으로 칭송을 받는 존재가."

"그런 일이 얼마나 자주 일어나죠?"

마히트가 냉정하게 물었다.

"충성스러운 병사 10만 명의 지지를 받는 어느 군 사령관이 우주의 좋은 기운이 자신을 황제로 지목했다고 주장하는 것보다 더 적게 일어나죠. 대사, 역사는 자극적이면서도 지나칠 정도로 정확하답니다."

그리고 얼마나 자주 황제가 자신의 후임으로 세 명의 통치위원회를 지명할까? 아마도 그리 자주는 아니겠지, 마히트는 생각했다. 뭔가가 잘못되었을 경우에만 그럴 거야. 적절한 후계자가 없을 때, 완벽하지는 않을 때, 설령 서른 송이 미나리아재비와 여덟 개의 고리가 90퍼센트 클론의 섭정 역할을 할 예정이라고 해도, 그건 길고 다툼이 잦은 섭정시대겠지.

"정치 이야기를 할 만큼 했으면, 차를 마시죠. 그리고 당신에게 방문객이 와 있어요. 접수 사무실에요."

"방문객이요?"

마히트가 놀라서 물었다.

"가서 만나 봐요."

그렇게 말하고 열아홉 개의 자귀는 마히트가 잘못된 장소에 있는 인포그래프인 것처럼 손목을 홱 움직였다.

세 가닥 해초는 끔찍해 보였다. 그렇지만 마히트가 마지막으로 봤던, 시티로 인한 발작으로 반쯤 긴장증 상태였던 때보다는 비교적 나아진 버전의 끔찍한 모습이었다. 얼굴이 창백하고 눈 밑은 푸르스름했지만 제대로 서 있었고, 정보부 정장을 완벽하게 차려입었고,

머리는 이마에서 뒤로 빗어 넘겨 세련되지는 않지만 기능적인 포니테일로 묶었다. 상당한 신경학적 사고를 겪은 합리적인 사람이 하듯이 병원에서 나온 후 집에 가는 대신에 여기로 오다니, 도대체 무슨 생각인지 알 수가 없었다.

어쨌든 그녀가 **열아홉 개의 자귀**의 접수 사무실 한가운데 서 있는 걸 보자 마히트는 안도감이 밀려들었다. 마히트에게는 새로운 감옥 겸 피난처인 여기서 약간의 친숙함, 일종의 연속성을 마주한 것 같았다. 그리고 아무리 비합리적인 행동이라 해도 집에 가는 대신에 여기 와서 찾을 만큼 그녀는 마히트에게 관심이 있는 게 분명했다.

"죽지 않았군요!"

"아직은요. 하지만 시간문제일 뿐이에요."

세 가닥 해초가 대답했다. 마히트가 우뚝 멈췄다.

"정말이에요? 그럼 당장 병원으로 돌아가서……."

"마히트, 난 죽음의 필연성에 관해 형편없는 농담을 한 거예요. 그리고 지금 당신은 테익스칼란어에 능숙하다는 걸 보여 주고 있군요."

세 가닥 해초가 무리해서 유쾌하게 말했다.

"유머는 제2외국어에서 가장 마지막에 배우는 거죠." 마히트는 그렇게 말했으나 창피해서 얼굴이 붉어지고 있음을 잘 알았다. 공공연한 걱정 때문만이 아니라 말실수 때문이기도 했다. "여기서 뭘 하는 거예요?"

"**열두 송이 진달래**가 병원으로 나를 데리러 와서는, 당신이 자기 의사에 반해서 잡혀 있고 황궁 우편함을 통해 간신히 익명의 인포피시 메시지를 보냈다고 은근히 말하더군요. 그래서…… 구하려고 왔달까요? 대사님은 내 책임이고, 어제 당신을 거의 날려버릴 뻔했으니까요."

"열두 송이 진달래가 약간 과장한 것 같군요."

"약간 말이죠."

세 가닥 해초는 마히트가 빌려입은 온통 하얀 옷을 날카롭게 쳐다보았다. 마히트는 변명했다.

"난 열다섯 개의 엔진의 피로 뒤덮여 있었어요. 절대……."

"당신은 황궁에서 가장 위험한 여자와 하룻밤을 보냈고, 그분의 옷을 입고 있어요."

마히트는 웃지 않으려고 미간 부분을 두 손가락으로 눌렀다.

"**세 가닥 해초**, 장담하는데 당신이 부적절한 행동을 암시하는 거랑 **열두 송이 진달래**가 보낸 익명의 메시지 사이에서, 난 정말로 『서른 개의 리본을 위한 붉은 꽃봉오리들』의 캐릭터가 된 기분이 드네요."

"그 책이 어떻게 제국 검열을 통과해 르셀까지 갔는지 잘 모르겠다는 사실은 차치하고, 난 에주아주아카트가 외국 고관을 이용했다고 비난하지는 않을 거예요. 최소한 바로 그 에주아주아카트의 접수 사무실의 녹화 가능한 범위 내에서는. 물론 내가 개인적으로 존경하고 존중하는 에주아주아카트를 상대로도 안 할 거고요. 각하께선 당신을 보내 주지 않으실 거예요, 그렇죠?"

눈 밑 움푹한 그림자 아래로 **세 가닥 해초**의 뺨은 벌겠다. 마히트는 그녀가 앉기를 바랐지만, 그녀는 방 한가운데 서서 **열두 송이 진달래**가 부르는 이름인 리드(갈대)처럼 가늘고 바람에 휩쓸린 모습이면서도 여전히 자기 일을 하고 있었다. 그들이 거의 확실하게 감시당하고 있을 거라고 경고해 주는 것이다. 마히트가 말했다.

"중앙7광장에서 시위가 있었어요. 환호를 하더군요."

"당신을 길거리에서 떼어 놓기에 딱 좋은 구실이군요. 난 따지는 게 아니에요, 마히트. 그냥…… 시티는, 중앙에서 이렇게 가까운 데도 오늘 아침에는 이상해요. 폭탄 사건 때문에 그런 것 같아요."

마히트는 어제 저녁에 심문을 받았던 바로 그 소파에 앉았고, 앉은 것 자체가 세 가닥 해초에게 앉으라는 초대인 셈이었다. 정말 다행히 그녀도 앉았다. 동정의 미러링, 또한 꼼짝도 하지 않고 서 있고, 반쯤 부서진 모습을 한 그녀를 쳐다보지 않아도 된다는 것. 시티 자체의 공격으로 받은 부작용이 있는 걸까? 신체적 혹은 생리학적으로. 세 가닥 해초의 지금 상태로 보아, 둘 다이리라.

"어떤 식으로 이상했는지 말해 봐요."

세 가닥 해초는 허공에서 한 손을 이쪽저쪽으로 기울였다.

"다니는 사람이 별로 없었어요. 물론 이게 집단적으로 긴장했다는 걸 보여 주는 현상일 수도 있어요. 그리고 물론 중앙9구역이 차단되어 있고, 지하철도 안……."

달리게. 마히트는 그 소리를 들었다. 멀리서 들리는 메아리처럼. 어깨에서 팔꿈치를 타고 손가락 가장 바깥쪽까지 전기 스파크가 흐르는 감각이 느껴졌다.

"……새로운 통합 지하철이 운전자 없이 하루 종일 달리게 해요." 이스칸드르가 말하고 있다. 그는 **열 개의 진주**가 자기 사무실에 설치한 음각 나무 테이블에 팔꿈치를 대고 몸을 기울이고 있다. 신임 과학부 장관 **열 개의 진주**는 이름에 맞춰 사는 사람처럼 손가락 하나하나에 진주층 반지를 끼고 있다. "노선이 나뉠 때 시티가 사용하는 방법이 분명히 있을 거고, 이제는 당신의 새로운 방법도 있겠지요. 굉장히 호기심이 생긴다는 걸 인정합니다."

열 개의 진주는 테익스칼란식 무표정을 예술적으로 승화시켰다. 남자는 아주 가는 한숨만으로도 경멸을 전달했으나 이스칸드르는 이런 자들을 안다. 남자가 정말로 원하는 건 자신의 프로젝트를 자랑하는 것이다. 그리고 그 프로젝트는 행성에 있는 시티 전체의 교통 체계, 지하철과 철도 양쪽 다에 속속들이 연관되어 있었고, 그것들을 매끄럽게 자율화하는 것이었다. 그는 장관직을 따냈다. 이제 과학부의 꼭대기에 있다.

"대사, 르셀 스테이션에 지하철이 필요하다고는 상상할 수가 없는데."

열 개의 진주의 말에 이스칸드르가 기꺼이 동의한다.

"필요 없죠. 하지만 오류 없이, 충돌 없이 수십만 명을 이동시킨다고 신뢰할 수 있는 자동화 시스템은…… 행성이 없는 우리처럼 덜 완벽한 자동화 시스템 속에 사는 모든 사람들이 엄청나게 관심을 가질 법하다고 상상할 수 있겠죠. 시티의 현재 AI 안에 의식을 넣어 봤습니까? 선리트처럼, 자원자 한 군단이 다 함께 이 시스템을 지켜보고 있나요?"

열 개의 진주는 이 주제에 달아오른다. 이스칸드르는 남자가 조금씩 녹는 것을 바라본다. 이스칸드르는 거의 옳은 무언가를 그에게 말했지만 한편으로 적당히 틀린다. 그래서 야만인에게 알려 주고 교육시키고 싶은 자연스러운 욕망이 자신의 새로운 기술을 안전하게 비밀로 하고 싶은 훨씬 더 신중한 소망을 밀어낼 것 같다. 장관의 눈이 아주 살짝 커진다. 이스칸드르는 그의 말을 기다린다. 이것은 굶주린 짐승을 굴에서 끌어내는 것과 같다.

"선리트처럼은 아니오. 시티는 집단정신이 아니거든."

벌써부터 흥미롭다. 이 말은 선리트가 집단적이라는 것을 암시하니까. 하지만 이스칸드르는 최근에 제국 경찰에 합류해서 굉장히 흥분한 젊은 테익스칼란인을 만났고, 그 남자는 확실하게 한 개인이었다. 이 말은 과정이, 선리트를 만드는 절차가 있다는 의미다. 이스칸드르는 그게 이마고 절차와 비슷

할지, 제국이 어떻게 이렇게 완벽하게 거기에 대한 신경 강화 생각을 억누르는지 궁금하다. 하지만 이 모든 건 물어볼 가치가 없다. 이 모든 건 그 자신의 흥미를 너무 명백하게 드러낸다. 이스칸드르가 물은 것은 이것이다.

"집단적이지 않다면, 정신은 있는 건가요?"

"인공적이고 알고리즘에 의해 움직이는 지능을 정신이라고 여긴다면 맞소, 대사. 시티는 지금 정신이고, 그 정신이 분쟁을 찾아 지하철을 지켜보고 있는 거요."

"굉장하군요. 절대로 틀리지 않는 알고리즘이라니."

이스칸드르는 아주 조금만 빈정거림을 섞어서 말한다.

"내 앞에서 오류가 난 적은 없소."

열 개의 진주의 그 말에는 이걸로 충분히 과학부 장관이 될 만하다는 암시가 있다. 이스칸드르는 이렇게 생각한다. 당신 앞에서 오류가 난 적은 없겠지, 아직은.

더 많은 전기 자극이 마히트의 손가락을 돌아다녔다. 코는 기억하는 오존의 냄새로 가득했다. 시티 알고리즘의 번쩍거리는 파란색은 뭔가 아주아주 잘못되었고 세 가닥 해초를 불시에 사로잡아서……

이스칸드르가 10년도 더 전에 했던 어떤 대화를 기억하는 대신에 마히트는 다시 자신의 몸에 돌아와서 혼자 있었다.

세 가닥 해초는 여전히 이야기를 하고 있었다. 마히트는 자신이 아마 0.5초 정도, 그걸 넘지 않는 동안 정신을 잃었을 뿐이라고 생각했다. 수 분에 달하는 기억 전체를 훑어보는 데 단 0.5초.

"……그리고 중앙7구역의 시위가 유일한 집단 모임은 아니에요. 제2고리 지역에서는 구식 희생제가 있어요. 정보부 게시판에 오늘 아침에 올라왔더군요……"

"병원에서 그걸 확인했어요?"

"암호 해독은 내 고급 뇌기능이 여전히 전부 잘 돌아간다고 확인하는 데 딱이거든요."

세 가닥 해초가 말했다. 마히트는 중앙9광장의 사건에서 그녀가 뭘 가장 두려워했었는지 깨닫기 시작했다. 마히트도 동조할 수 있었다. 이마고 플래시의 잔상이 제일 작은 두 손가락을 아직도 떨리게 했다. 척골신경의 손상, 아니면 그 재현이리라.

"그리고 지루했거든요. 페탈이 당신의 서명 없는 통신문을 갖고 오기 전까지."

세 가닥 해초가 말했다.

"그 사람, 즐기는 것 같더군요."

마히트가 털어놓았다.

"정말 그래요. 나한테 국화를 가져왔더라고요."

세 가닥 해초는 한숨을 쉬었다.

마히트는 테익스칼란 상징주의에서 국화가 무슨 뜻이었는지 떠올리려고 했지만 거의 아무것도 생각나지 않았다. 영원한 삶? 별 모양으로 생겼으니까? 그때 열아홉 개의 자귀가 유령처럼 갑작스럽게 문가에 나타나서 말했다.

"친구가 참 상냥하군요, 아세크레타. 어제의 불운한 사고에서 살아남은 걸 보니 마음이 놓이네요."

마히트는 일어서려는 세 가닥 해초의 팔뚝에 손을 얹어 일어나지 못하게 했다. 개인 공간 규범은 잠시 신경 쓰지 않고.

마히트는 두 사람 모두를 향해 말했다.

"제가 각하의 손님이라면 세 가닥 해초는 제 손님이고, 제가 있는 곳에 얼마든지 올 수 있습니다."

열아홉 개의 자귀는 짧고 밝은 목소리로 웃고 마히트에게 말했다.
"물론이죠, 대사. 내 손님의 손님에게 내가 무례하게 굴기라도 할까 봐?" 그리고 그들의 맞은편에 앉아서 그녀는 세 가닥 해초의 얼굴을 솔직하게 바라보고 말했다. "사흘 만에 대사의 신뢰를 얻었군. 자네를 기억해 두지."

유능한 **세 가닥 해초**는 움찔하지 않았고 마히트의 손에서 팔을 빼지도 않았다. 그녀가 말했다.

"기억해 주신다니 영광입니다."

마히트는 자신도 뭔가 말해야 한다고 생각했다. 대화의 주도권을 찾기 위해서라도. 하지만 **열아홉 개의 자귀**와 **세 가닥 해초**가 함께 있는 방에서 그런 게 가능할까 봐?

"뭐 때문에 희생제가 구식이라는 거죠?"

무식한 야만인 같은 말투였지만, 선택지가 없었다. 여기서는. 지금은.

"누군가가 죽었거든요."

세 가닥 해초가 말했다.

"누군가가 죽는 걸 선택했어요." **열아홉 개의 자귀**가 정정했다. "어떤 시민이 손목부터 어깨까지, 무릎부터 허벅지까지를 자르고 태양신전에서 피를 흘리며 영원히 타오르는 별들에게 원하는 것을 들어주는 대가로 자신들을 데려가라고 외쳤어요."

마히트의 입이 말랐다. 열다섯 개의 엔진의 동맥혈이 그의 셔츠 앞판과 그녀의 얼굴로 선명하게 쏟아지던 것이 떠올랐다. 딱히 이유가 없는 희생. 테익스칼란 시민은 그것을 그런 식으로 말할 것이다.

스스로 선택한 게 아닌 죽음. 희생의 낭비.

"목숨을 대가로 그 시민은 뭘 얻었죠?"

마히트가 물었다. 여전히 마히트의 손 아래 팔을 잡힌 세 가닥 해초가 말했다.

"기억되는 거요."

날카롭고 단호한 대답이었다.

열아홉 개의 자귀는 그들 모두가 시체 안치소에서 남겨진 이스칸드르를 둘러싸고 서 있을 때, 마히트의 전임자와 기분 좋은 만남의 시간을 보내길 바란다고 말했을 때 지었던 것과 똑같은 표정을 하고 있었다. 마히트가 분석할 수 없는 비틀린 감정.

"아세크레타가 옳아요. 그런 시민은 태양신전에 희생제 이름이 남아 있는 내내 기억될 거예요. 장례식에 참석해서 장황한 이름들을 들어 봐야 해요, 마히트. 문화 체험이 될 거예요." 그녀는 소파에서 자세를 고쳐 앉았다. "추도식을 지원하는 경우를 제외하면 신전에서 죽는 건 유행이 아니에요. 그건 인지된 위협에 대한 극단적인 반응이에요."

"국내 테러리즘은 인지된 위협이죠."

세 가닥 해초가 말했다.

"전쟁이 임박했다는 소문도."

열아홉 개의 자귀의 말에 세 가닥 해초는 고개를 끄덕였다.

"오딜의 상황이요. 최근의 군 이동. 모든 사람들이 함대에 있는 누군가를 알고, 함대의 모든 사람들이 함대가 출동 중이라는 걸 알죠."

다시금 오딜에 대해 생각한 마히트는 제국이 보기보다 불안정하다고 생각하며 끼어들었다.

"그렇다 해도, 여러분이 하나의 번개의 이름을 외치는 열렬한 지지자들을 이렇게 높이 평가하는 줄 몰랐습니다. 지지자들은 야오틀렉에게 전쟁을 벌이라고 강요할 수는 없고 그저 이미 축승을 거뒀으면 좋았을 거라고 생각할 뿐이잖아요."

열아홉 개의 자귀가 핵심을 인정하며 자기를 향해 고개를 끄덕이자 마히트는 굉장히 기뻤다. 기뻤다가, 그다음에는 기뻐한 자신에게 화가 났다. 열아홉 개의 자귀는 마히트를 이용하고 있었다. 그들 둘 다가 정치에 대해 소리 내서 생각하도록 이용한 것이다. 그들은 그녀의 부하가 아니었다.

그들은 그녀의 손님이었다. 포로였다. 그리고 테익스칼란 문학에서 제국 이전에는 한 황실에서 다른 황실로, 제국 내에서는 한 행성계에서 다른 행성계로, 포로로든 손님으로든 양쪽 다, 거래 대상이 된 아이들의 운명을 묘사한 이야기가 테익스칼란인들이 질릴 만큼 만들어졌고, 정치적 편의에 따라 폐기되었다. 마히트가 에주아주아카트를 감탄시키려고 하는 걸 그만두어야 할 만큼 충분히. 그럴 의미가 없었다. 그녀가 이용당했다고 알려 주는 이야기가 있고……

세 가닥 해초는 그런 거리낌이 없었다.

"신전에서 피를 흘리고 죽는 건 예전에 전쟁의 성공을 비는 행위였어요, 마히트. 야오틀렉이 손수 고른 모든 연대마다 한 명씩. 더 이상은 아무도 그러지 않아요. 수백 년 동안. 한 사람이 다른 모든 사람들에게서 별에 은혜를 바랄 책임을 빼앗아 가는 건 끔찍하게 이기적인 행동이에요."

마히트는 그것을 설명할 때 '이기적'이라고 하지 않을 것이다. 그녀가 테익스칼란의 종교적 관습을 이해하기 쉬운 언어로 표현한다면 '야만적'이라고 할 것이다.

"내가 알고 싶은 건, 세 가닥 해초가 언급한 그 군사 움직임을 고려할 때 전쟁이 어디서 일어날 건가 하는 겁니다."

그 군사 움직임의 일부는 처음의 인포피시 더미에 있던 서명은 없지만 봉해져 있던 서류에 상세하게 쓰여 있었다. 어딘가로 가는 도중에 르셀 점프게이트를 이용해서 테익스칼란 전함들을 옮기겠다는 요청.

"궁금해하는 건 당신만이 아니에요. 폐하께서도 이 문제에 관해 현재 어떻게 생각하시는지 놀랍도록 입을 꾹 다물고 계시죠."

열아홉 개의 자귀는 정보부가 가진 모든 비밀들의 제유提喩, 사물의 한 부분으로 그 사물 전체를 가리키거나, 반대로 전체로써 부분을 가리켜 비유하는 것가 세 가닥 해초라도 되듯 그녀를 날카롭게 쳐다보았고, 뭔가 할 말도 있는 것 같았다.

"각하, 설령 폐하께서 테익스칼란이 다음번으로 확장하려는 곳을 어디로 결정하셨는지 제가 안다 해도, 말할 수 없을 겁니다. 저는 아세크레타니까요."

열아홉 개의 자귀는 양손을 펼치고 한쪽은 손바닥을 위로, 한쪽은 아래로 해서 저울 같은 모양을 만들었다.

"하지만 제국은 확장되겠지. 첫 번째 원칙이야, 아세크레타, 그 증거는 말할 필요도 없고. 그러니까 어딘가가 정해져 있을 거야."

"언제나 어딘가는 있습니다, 각하."

어딘가와 왜 지금인가. 마히트는 왜 지금인지는 알 것 같았다. 여섯 방향의 승계를 둘러싼 불확실함. 각기 자신만의 계획을 가진 동등한 세 명의 공동 계승자(한 명은 계획을 갖기에는 너무 어린 아이)로는 정부를 안정적으로 만들 수 없다. 무언가의 방향을 틀어야 한다. 서른 송이 미나리아재비나 여덟 개의 고리가 통치권의 주된 몫을 차지하거나, 아니면 90퍼센트 클론의 섭정들이라고 스스로 선언하거나, 또는……

또는 하나의 번개가 정복 및 대중의 환호를 권리로 하여 자신이 황제라고 선언할 수도 있다.

(그리고 이런 일들의 와중에 이스칸드르는 끼어들려고 했었다. 마히트는 이스칸드르가 이걸 가만히 놔두지 않을 거라고 생각할 만큼 그를 잘 알았다. 마히트는 입안에서 돌을 굴리는 것처럼 이것을 뒤집어 보고 또 뒤집어 보았다. 이스칸드르는 그녀보다 더 정치적이었다. 더 정치적이고, 더 죽은 상태지. 이마고 라인의 상속자는 전임자의 실수로부터 교훈을 얻을 의무가 있다.)

"어쩌면 내일 연회에서 알아낼 수도 있겠죠."

마히트가 말했다.

"무언가를 알아내게 될 거예요." 세 가닥 해초가 마히트가 아까 들었던 것과 똑같이 무리하게 밝은 목소리로 대답했다. "이번에 내가 실제로 당신을 폭탄으로 날려버리지 않는 한은요……."

열아홉 개의 자귀가 웃었다.

"물론 두 사람 다 참석하겠죠?"

"네, 각하. 대사님은 초대를 받았어요. 그리고 저도 빠지지 않을 거고요."

"물론이겠지. 작품을 선보일 건가?"

"제 작품은 두 개의 달력 같은 사람과 비슷한 수준이 못 돼요." 세 가닥 해초는 이달에 편지의 해독 암호를 알려 주는 작품의 시인과 자신을 비교하여 연극적으로 스스로를 비하했다. "게다가 더 중요한 건, 저는 낭독자로서 연회에 참석하는 게 아니라 마히트 대사님의 문화 담당자로 출석하는 거니까요."

"일에는 희생이 따르는 법이지."

열아홉 개의 자귀가 말했다. 마히트는 그녀가 농담을 하는 건지 아닌지 잘 알 수가 없었다.

"저희가 거기서 각하를 뵐 수 있을까요?"

세 가닥 해초가 물었다.

"그럼. 두 사람 다 내일 저녁에 동황궁으로 가는 길에서 나와 만나요."

연회에 열아홉 개의 자귀의 동반자로 참석하는 것이 보여 줄 정치적 선언을 떠올리고서 마히트는 거절하려고 입을 벌렸지만, 열아홉 개의 자귀는 말을 자르는 손짓을 하고서 말했다.

"대사, 시티는 아주 불안해요. 내게는 손님용 공간 수십 개가 있어요. 정말로 당신이 떠날 수 있을 거라고 생각했어요?"

막간

 다시금, 드넓은 우주의 한쪽 끝. 보이드와 점 모양으로 반짝이는 별들. 지도는 무시하라. 뒤로 제쳐 둬라. 여기, 르셸 스테이션 섹터 우주에 있는 안하메마트 게이트에서 일어나는 일에 적절한 지도는 없다. 점프게이트의 존재를 표시하는 불연속성, 눈에 보이지 않는 우주의 그 작은 구간, 눈과 기기장치들이 엇나가는 그곳을 잔해가 둘러싸고 있다. 어떤 우주선들이 여기서 조종사들과 함께 사망했다. 어떤 우주선들은 여기서 살해되었다.

 그 우주선들을 죽인 것은 드넓고, 바퀴 안에 바퀴 안에 또 바퀴가 있는 형태를 하고 있다. 그것은 삼종의 회전을 하고, 매끄러운 진회색 금속성 광택을 띠고, 일종의 지능이 있다. 최소한 굶주림을 느낄 정도로. 죽은 우주선들이 증명한다. 굶주림과 폭력. 그것들이 이야기를 하거나 협상할 수 있는 지능이 있음을 증명하지는 않는다. 아직은. 아직까지 르셸 스테이션이 안하메마트 게이트 너머의 포식자로부터 배운 것은 도망치는 방법이다. 그것을 본 마지막 우주선은 스테이션까지 돌아왔고, 추적당하지도 않았다. 그것이 사냥을 한다면, 사냥감을 굴까지 쫓아오지는 않는다. 우주선들을 태연히 죽인 데는 다른 목적이 있다.

 조종사협회 의원 데카켈 온추는 의료 시설에서 그 사냥하는 존재를 목격한 조종사의 맞은편에 앉아 있다. 남자는 의사에게 아주 철저하게 검사를 받았으나 자신이 본 것을 정확하게 온추에게 세 번이나 말할 수 있다. 온추는 남자에게 세 번 반복하도록 한다. 단어 하나하나까지 외울 필요가 있다. 온추는 또한 남자의 얼굴에 떠오른 공포를, 눈 아래 그림자가 깊은 웅덩이에 퍼지는 모습을 기억할 것이다. 그녀는 이 남자, 조종사 지르파츠가 이런 상태가 되기 전의 모습을 안다. 또한 그가 가진 이마고, 바르차 은던이라는 이름의 용감한 여자도 안다. 죽어서 지르파츠가 물려받은 이마고 라인에 기억을 넘겨주기 전에, 바르차 은던은 직접 온추를 교육했었다. 온추는 몸에 바르차 은던의 일부라도 지닌 자가 이렇게 겁에 질리는 걸 상상하기가 어렵고, 그래서 그녀도 겁이 난다.(오래전에 온기의 희미한 반짝임과 그녀의 더 나은 자신, 더 나은 반사신경이라고 생각하는 목소리로 흡수된 온추의 이마고마저 두려워진다. 온추의 이마고는 그녀에게 나는 게 아니라 우주를 향해 솟구쳐 오르라고 가르쳐 주었고, 우주선을 자기 몸처럼 잘 알았으며 그녀에게 그 기술을 넘겨준 남자다. 이제 온추는 그가 경련을 하는 것처럼, 뱃속에 있는 혼란스러운 고통처럼 느껴진다. 중력이 잘못되고, 뭔가 위상이 달라진 것처럼.)

온추를 더욱 겁먹게 한 건 이것이다. 바로 오늘 아침에 그녀의 책상 위로 화물 수송기 기장이 보낸 소식이 날아왔다. 그는 급유를 하고 몰리브덴을 싣기 위해서 르셀에 잠깐 들렀고, 약간 시간을 내서 은밀하게 이쪽 섹터를 통과하는 커다랗고 세 개의 고리를 가진 함선에 대한 보고가 있었느냐고 물었다. 그것들은 점프게이트 세 개만큼 떨어진 그가 온 섹터 쪽으로 움직이는 것만 같았다. 마치 떼 지어 모이는 것처럼.

온추는 지르파츠의 손을 자신의 손으로 감싸고 고맙다는 뜻으로 꼭 쥐면서, 이게 단지 르셀 스테이션만의 문제가 아니라고 생각한다. 수송기 기장은 게걸스러운 세 개의 고리 형태의 함선들에 어떻게 말을 걸어야 할지 알지 못했다. 하지만 그는 상대가 대화를 할 만큼의 인간이 아니었다고 단호하게 주장했고, 온추는 대화를 할 만큼의 인간이 아닌 존재를 잘 상상할 수가 없다.

온추가 이 정보를 가져갔을 때 비밀로 유지해 주는 동시에 어떻게 할지 의논할 만한 다른 의원은 단 한 명뿐이다. 바로 그 사람 말고 다른 이라면 얼마나 좋을까. 온추는 다지 타라츠에게 이야기하러 가야만 한다. 그녀는 어떤 협력자든 필요하고, 의심스러운 상대라 해도 마찬가지다.

데카켈 온추는 음모론자가 아니다. 현실적이고 경험 많은 50대 여성으로 전대 조종사 열 명의 기억을 보유한 그녀는 테익스칼란과 게임을 하는 중인 다지 타라츠쯤은 자신이 상대할 수 있을 거라고 생각하며, 실제로 수십 년째 그러고 있다. 타라츠는 제국에 대사를 보냈고 아가븐은, 오, 르셀을 부유하게 만들어 준 통상 라인의 개방은 물론 제국 문화 개방을 이루었다. 그 결과, 점프게이트를 통해 정보가 넘치게 들어와서 르셀은 이전 어느 때보다도 테익스칼란과 친밀한 관계가 되었다. 하지만 온추가 타라츠를 단둘이 만난다면, 혹은 술에 취한 채 단둘이 있다면 알 수 있겠지만, 그 남자는 격하고 철학을 바탕으로 한 증오를 테익스칼란인에게 품고 있다. 그는 일종의 아주 긴 게임을 하는 중이고, 온추는 그 일과 아무 관계도 없이 살고 싶다. 하지만 그녀에게는 협력자가 필요하다. 조종사협회와 광부협회는 르셀 의회가 시작된 때부터 전통적으로 동맹이었다. 조종사협회, 광부협회, 유산협회. 우주선과 자원 추출을 관장하는 가장 오래된 이마고 라인의 대표들과, 전반적인 르셀 문화와 이마고 라인을 지키는 게 목적인 협회의 대표.

최근에 아크넬 암나르트바트의 유산협회는 내부를 재편했다. 철학적으로는 아니지. 의료 시설에서 음울하게 걸어 나와 자신의 사무실로 걸어가면서 온추는 생각한다. 그녀는 그저 몸에 약간의 중력 변화를 느끼기 위해서 스테이션 바깥쪽 가장자리로 둘러 가는 가장 긴 고리를 택한다. 철학적으로 재편한 것이 아니다. 암나르트바트는 온추가 만난 모든 사람들처럼 르셀파이고, 르셀을 지키려는 강한 마음을 품고 있다. 이마고 임무에 관해서도 수상하거나 이례적인 선택을 한 적이 없다. 온추가 그녀에 관해 알게 된 것은 이데올로기나 철학적 차이보다 훨씬 더 나쁜 것이다.

유산협회는 보존해야 하는 것을 망가뜨리려고 해서는 안 된다. 온추는 이런 신념하에 이스칸드르 아가븐에게 경고를 보냈다. 그가 여전히 경고를 받을 수 있는 상태라면 말이지만. 우리가 당신에게 보낸 건 당신을 겨냥하는 무기일지도 몰라.

하지만 지금, 아가븐이 대답하기까지 나름의 달콤한 시간을 보내는 동안에 온추에게는 안하메마트 게이트를 통해서 오는 존재를 상대하는 걸 도와줄 누군가가 필요하다. 유산협회를 신뢰할 수 없다면 타라츠로 할 수밖에 없다. 제국과의 게임이 어떻든 간에.

7장

우리 별의 심장은 썩었다
그것을 중요하게 여기지 마라
오딜과 연대하라

― 훼손된 제국 전쟁 깃발의 그래픽 일러스트가 첨부된 전단지, 중앙9광장에서 247.3.11 사건 이후 청소 과정의 일부로 수집됨, 다른 모든 선동 문학들과 함께 파기함

[······] 테익스칼란 문학과 미디어가 주로 15~24세 집단이 선호하는 주된 오락으로 남아 있는 반면 이 조사는 또한 주된 읽을거리가 르셀이나 스테이션 작가들의 작품인 다수의 르셀 청년층이 있음을 보여 준다. 특히 주목할 것은 모든 등급의 플라스티필름 프린터로 쉽게 제작할 수 있는 팸플릿이나 완벽하게 장정된 책자 형태로 배본된 짧은 픽션으로, 산문과 그래픽 양쪽 모두 포함된다. 이 팸플릿과 책자들은 이것을 오락으로 소비하는 바로 그 사람들(예컨대 15~24세 집단)에 의해, 문학 유산 이사회의 승인이나 개입 없이 제작되곤 한다······

― 유산협회의 아크넬 암나르트바트가 의뢰한 「미디어 소비의 트렌드」 보고서 중 발췌

지상궁 연회장의 부채꼴 천장은 흐르는 듯한 불빛으로 가득했다. 한 줄 한 줄이 반투명한 물질로 만들어지고 거기로 금색 불빛이 강물처럼 지나갔다. 꼭대기에 매달린 눈물방울 모양의 샹들리에는 매달린 별빛 같았다. 바닥의 검은 대리석은 거울처럼 광을 냈다. 마히트는 거기에 비친 자기 모습을 볼 수 있었다. 마치 별들 속에 있는 것만 같았다.

다른 모든 사람도 그랬다. 연회장 안은 빛만큼이나 귀족들로 가득했고 대화하는 무리에 따라 모였다 흩어지며 오로지 배열에 따라서만 변화하는 거대한 하나의 테익스칼란 유기체를 이루었다. 아세크레타의 크림색과 불꽃색의 정장을 완벽하게 차려입었으나 거대한 연회장과 반짝이는 주민들 속에서 공무원의 입장에 걸맞게 일부러 색감을 차분하게 죽인 세 가닥 해초가 마히트의 팔꿈치 부근에서 물었다.

"준비됐어요?"

마히트는 고개를 끄덕였다. 어깨를 뒤로 당기고, 등을 똑바로 폈다. 그리고 입은 회색 정장 재킷의 소매를 털었다. 그날 아침 **열아홉 개의 자귀**는 사람을 보내 마히트의 짐을 가져오게 했다. 마히트는 자신이 가진 유일한 국가적 비밀이 짐가방 어디 숨겨져 있지 않고 몸 안에 있다는 사실을 참 다행스럽게 여겼다. 테익스칼란 황실을 꾸민 금속과 거울의 향연에 비하면 칙칙했으나, 최소한 르셀에서 온 대사 외의 사람으로 보이지는 않았다. 비록 새하얗게 반짝이는 **열아홉 개의 자귀**와 그 동반자 전부와 함께 걸어왔지만. 비록 간첩이며 입 싼 무리며 가십 기자들이 에주아주아카트의 일행만 기억할 뿐 지금 황실 사람들 속으로 걸어오는 마히트는 기억하지 못한다 해도.

"르셀 스테이션의 마히트 디즈마르 대사입니다!"

세 가닥 해초는 원할 때면 큰 소리도 냈다. 그녀는 발을 단단히 딛고, 턱을 들고, 노래 구절을 부르기 시작하는 것처럼 길고 명확하고 높은 목소리로 마히트의 이름을 외쳤다. 낭독자, 그녀는 나 때문이 아니었다면 오늘 밤에 시를 낭송했을 거라고 말했지. 마히트는 그렇게 생각했다. 몰려 있는 황실 가신들 사이에서 기쁘면서도 위협적인 관심의 파도가 일었다. 주의가 옮겨지며 수백 개의 클라우드후크로 가려진 시선이 마히트에게 닿았다. 마히트는 그들이 볼 수 있을 만큼 오랫동안 가만히 서 있었다. 첫인상을 줄 만큼 오래. 야만인의 낯선 스타일의 바지와 코트, 저중력에 어울리게 짧게 친 적갈색 머리, 시원한 이마에는 아무것도 걸치지 않은 키 크고 마른 인물. 지난번 그녀의 동족과 달리 여자에, 알 수 없고 예측 불가능한 인물. 젊다. 게다가 웃고 있는데, 대사가 웃을 이유가 뭐가 있는지 모르겠다.

(거기다 죽지 않았지. 그것도 또 하나의 차이다.)

마히트는 위로 올라온 중앙 출입구를 걸어 나와 연회장으로 계단을 내려갔다. 세 가닥 해초는 약속했던 대로 그녀의 바로 앞, 왼쪽에 있었다. 마히트는 황제가 등장할 거라고 알고 있는 연회장의 뒤쪽 중앙을 향해 걸어갔다. 저녁이 끝날 무렵에 거기에 있어야 했다. 저지를 의도가 없는 사회적, 지정학적 실수 없이 이 반짝이는 넓은 공간을 가로질러 거기까지 가야만 했다. 여기 어디에서 과학부 장관 열 개의 진주가 그들의 대단히 공개적인 만남을 기다리고 있었다. 지금 그를 생각할 때마다 마히트는 이스칸드르의 모습, 두 사람이 시티와 시티 정신(그런 게 있다면)의 본질에 대해 언쟁하고 이야기하며 협상하는 기억이 떠올랐다. 기억이 넘쳐흘러 방해받았던 순간을 계속 곱씹었다. 지금, 여기 모인 테익스칼란 황실 사람들 모두의 앞에서 다시 그런 일이 일어나는 건 감당할 수 없었다. 하지만 어떻게 그걸 방지할지 전혀 알지 못했다.

바로 뒤에서 **열아홉 개의 자귀**가 하얀 불기둥처럼 입구에서 자세를 잡자, 마히트는 연회장 안의 눈길이 움직이는 것을 느낄 수 있었다. 마히트는 숨을 내쉬었다.

마히트는 파티를 좋아했다. 특정 수준의 외향성과 사회성은 적성검사의 기본적인 부분이고, 그래서 이스칸드르와 잘 맞았다. 하지만 여전히 숨을 고르며 마히트는 그녀의 마음에 따라 접근할 수 있는 기회가 생긴 것에 안도했다. 혹시 지금까지 일어난 것보다 더 눈에 띄는 방식으로 뭔가가 잘못될 경우, 그 모든 시선이 그녀에게 쏠려 있지 않은 편이 낫다.

"어디로 가요?"

세 가닥 해초가 물었다.

"나한테 당신이 좋아하는 시를 쓰는 사람을 소개해 줘요."

마히트의 대답에 세 가닥 해초가 웃었다.

"정말요?"

"네. 그리고 우리의 존경받는 에주아주아카트 각하께 공식적인 반감을 품고 있는 사람이라면 금상첨화고요."

"문학적 가치와 정치적 선택지의 다양화. 알았어요. 우리 즐거운 시간을 보내겠군요, 안 그래요?"

"당신이 지루하지 않도록 노력하려고요."

마히트가 냉담하게 말했다.

"걱정 말아요. 지루함은 병원 나들이로 싹 사라졌으니까요, 마히트. 그리고 이런 역할이 내가 있는 이유죠." 세 가닥 해초의 눈이 열 아홉 개의 자귀의 흥분성 차를 너무 많이 마신 것처럼 밝게 빛나며 약간 번뜩거리기까지 했다. 마히트는 그녀가 걱정되었고, 그 걱정에 대해 뭔가를 할 시간이나 에너지가 있기만을 바랐다. "이쪽으로 와요. 아홉 개의 옥수수를 본 것 같거든요. 아홉 개의 옥수수가 오늘 밤 새로운 풍자시를 발표한다면 서른 송이 미나리아재비가 들으러 왔을 거예요. 당신이 원할 만한 정치적 다양성이 다 있겠군요."

세 가닥 해초의 친구들은 귀족과 아세크레타가 섞여 있었다. 몇명은 정보부의 크림색 정장이고, 몇 명은 마히트가 해석할 수 있는 특정 소속 표시가 없는 반짝이는 황실 드레스 차림이었다. 이게 그녀에게 이스칸드르가 필요한 이유였다. 설령 패션에 대한 지식이 15년치나 유행에서 뒤떨어졌다 해도 전부 다 반짝반짝하네라는 생각과 장식으로 보라색 꽃을 단 사람들에 대한 의심보다는 나을 것이다. 그런 복장을 한 사람들이 너무 많았다. 제복 띠의 자수, 자개나 석영이 달린 보석 장식 헤어피스와 중앙9광장의 친절한 남자가 달고 있던 것의 더 세련된 버전인 라펠 핀. 그것들은 뭔가를 의미했다. 세 가닥 해초는 거기에 대해 언급하지 않았는데, 그것은 어떤 방향의 의미인지 조금도 짐작할 수 없게 했다.

대신에 그녀는 마히트를 정중하게 소개했고, 마히트는 손끝 위쪽으로 몸을 숙여 인사하며 아주 예의 바른 야만인처럼 행동했다. 야심 찬 젊은이들의 날카로운 잡담 속에서 공손하게, 종종 영리하게,

대체로는 조용히 말이다. 그들의 이야기에서 오가는 암시와 인용을 반 정도는 이해할 수 있었다. 스스로도 어린애 같다는 걸 알면서도 질투심이 들었다. 비시민이 시민으로 인정받고 싶어 하는 멍청한 갈망. 테익스칼란은 만족스럽게 갈망을 해결하는 게 아니라 갈망을 더욱 주입하도록 만들어졌다. 마히트도 그걸 알았다. 하지만 할 말을 삼킬 때마다, 단어나 구절에 나오는 정확한 함축적 의미를 모를 때마다 질투가 몸에 스며들었다.

아홉 개의 옥수수는 알고 보니 건장하고 가는 턱수염이 난 남자였다. 대부분의 테익스칼란 시민보다 더 창백하고, 눈은 커다랗고 그 아래의 뺨은 평평하고 넓었다. 마히트는 시티에서 북부 출신, 추운 날씨에 적응했고 금발인 이런 민족을 별로 보지 못했다. 지하철에 몇 명, 중앙9광장에 조금 있었지만 인구 수로 따지면 8위였다. 오기 전에 마히트는 조사를 했었다. 아홉 개의 옥수수처럼 보이는 사람들은 여기 시티에서 태어났거나, 더 추운 날씨에 아열대의 열기는 더 적은, 서늘한 기후의 행성 출신이다. 아니면 부모님이 그럴 수도 있다. 아니면 남자의 유전자 기반이 그런 것일 수도 있다. 아이를 만들 때가 된 어느 시티 거주민이 적당히 흥미가 있고 자신들의 유전자와 친화적이라고 해서 그 유전자를 고른 걸지도 모른다. 세 가닥 해초는 아홉 개의 옥수수를 1급 귀족이라고 소개했다. 안 어울리게 창백하든 아니든, 그는 테익스칼란인이었다.

마히트가 그에게 물었다.

"오늘 밤에 새로운 작품을 낭송하신다던데, 정말인가요?"

"소문이 빠르게 퍼지는군요."

아홉 개의 옥수수가 마히트보다 세 가닥 해초를 주로 쳐다보며 말했다. 세 가닥 해초는 공모했다는 사실이 전혀 떠오르지 않는 것처럼 그를 향해 눈을 깜박였다.

"심지어는 외국인 대사에게까지요."

마히트가 말했다.

"이 얼마나 과찬이신지. 나에게 새 풍자시가 있기는 합니다."

"어떤 주제인가요?" 또 다른 귀족이 열렬하게 물었다. "에크프라시스 작품이 나올 때도 됐……."

"촌스러워."

세 가닥 해초가 나지막하게, 하지만 남들에게 들릴 정도의 목소리로 말했다. 말하던 귀족은 그녀를 무시하는 척했다. 마히트는 외국인처럼 커다랗게, 정말로 즐거운 얼굴로 미소를 띠며 그 효과를 망치지 않으려고 최선을 다했다. 에크프라시스는 물건이나 장소를 시적으로 묘사하는 것으로, 정말 촌스러운 것 같긴 했다. 최근에 르셀에 넘어온 테익스칼란 시 중에서 어떤 것도 그 형식인 것은 없었다.

아홉 개의 옥수수는 양손을 펼치고 어깨를 으쓱였다.

"시티의 건물들은 나보다 더 나은 시인들이 이미 묘사했지요."

그의 말에 마히트는 세 가닥 해초가 한 바로 그 말의 좀 더 정치적인 버전이 아닐까 생각했다.

"시 좋아합니까, 대사님?"

마히트는 고개를 끄덕였다.

"아주 좋아하죠. 르셀에서는 제국의 새 작품이 도착하는 게 기념할 만한 일이랍니다."

거짓말이 아니었다. 새로운 예술은 칭송받고, 스테이션 내부 네트워크를 통해서 전파되었다. 마히트는 친구들과 최신 제국 서사시의 새로운 시리즈를 읽느라 잠도 자지 않았었다. 특히 갓 성년이 되었고 여전히 모든 시간을 언어 적성검사 준비에 쏟는 사람들에게, 테익스칼란 시가 마치 세련미를 갖게 해 주는 것처럼. 그러나 마히트는 **아홉 개의 옥수수**의 잘한다고 말하는 듯한 미소가, 오만한 끄덕거림이 싫었다. 물론 새 작품은 변방의 야만인들 우주에서 칭송을 받을 것이다. 그 싫은 기분 때문에 마히트가 계속해서 말했다.

"하지만 당신 작품을 들어 보는 영예는 아직 누린 적이 없어요, 경. 행성 바깥으로는 퍼지지 않은 모양이군요."

아홉 개의 옥수수의 표정 변화는 대단히 만족스러웠다. 그는 이 모욕에, 야만인에게서 날아온 말에 대답할 수가 없었던 것이다.

"기대하셔도 좋습니다, 디즈마르 대사님."

새로운 목소리가 말했다.

"물론 그렇겠지요."

마히트는 반사적으로 대답하고 돌아섰다.

상대가 서른 송이 미나리아재비라는 건 착각할 수가 없었다. 수십 가닥의 땋은 머리는 작은 하얀색 진주와 반짝이는 다이아몬드 줄과 엮여 있었다. 관자놀이 주변을 장식한 가닥은 테익스칼란 황제의 관에서 가장 아랫부분을 모방한 것이었다. 남자는 넓은 테익스칼란인 특유의 입과 낮은 테익스칼란인의 이마, 테익스칼란인의 깊게 휜 코를 갖고 있었다. 귀족의 전형이다. 옷깃을 누르고 있는 것은 진짜로 갓 딴 보라색 꽃, 미나리아재비다.

눈에 딱 보이네, 마히트는 생각했다. 이미 알았어야 했는데.(그리고 이 남자를 보는 동안은 이스칸드르의 잔상이 전혀 없음을 깨달았다.) 남자는 이스칸드르를 몰랐다. 마히트의 이마고가 여기서 살았던 5년 동안은. 서른 송이 미나리아재비는 마히트에게 수수께끼였다. 마히트에게는 심지어 신뢰할 만한 감정적 유령조차 없었다. 죽은 이스칸드르는 서른 송이 미나리아재비를 알았겠지만, 이미 죽었다. 그리고 마히트는 손상을 입은 데다가(사보타주당했다!) 뒤떨어졌다.

어쩌면 정신 차리고 자신의 의견을 낼 때일지도 모른다. 그것은 가능성의 하나로써 오싹하게 느껴지면서도 약간은 흥분되는 일이었다.

마히트는 깊게 몸을 숙였다.

"각하."

그러고는 세 가닥 해초가 서른 송이 미나리아재비의 지위를 알려 줄 때까지 가만히 있었다. 그에게는 당연히 그 나름의 별칭이 있었다. 세상을 활짝 핀 꽃으로 채우는 자. 마히트는 그 이름을 본인이 골랐을까 궁금했다.

몸을 세우고 마히트가 말했다.

"각하처럼 제국 황실과 관련된 분을 뵙게 되어 영광입니다."

"압니다. 이런 차림을 한 나를 보면 다들 그렇게 생각하죠. 내 말 믿어요, 대사. 아홉 개의 옥수수의 풍자시는 공동 후계자보다 더 흥미롭습니다. 오늘 밤에 대사가 나만 만나는 건 아닐 테니까."

"하지만 각하가 처음입니다."

마히트가 대답했다. 실제로는 서른 송이 미나리아재비가 그녀의 전임자와 르셀에 관해서 어떤 견해를 갖고 있는지를 제외하면 아무런 흥미도 없지만, 그래도 이 남자에게 가벼운 희롱으로 응수하지 않기는 어려웠다.

"내가 그런 영예를 안았군요, 대사. 아무래도 나를 제대로 소개해야겠습니다. 이쪽이 당신의 담당자인가요?"

"아세크레타 세 가닥 해초입니다."

마히트가 말했다.

"살롱에서 다들 자네를 보고 싶어 했지, 세 가닥 해초. 하지만 모두가 가끔은 일을 해야 하는 법이니까."

"제가 비번일 때 초대해 주십시오." 세 가닥 해초는 과찬을 들었을 때나 모욕당했을 때, 혹은 기쁠 때 짓는 차분하지만 지나치게 무표정한 얼굴을 하고 말을 이었다. "제 낭독 없이 살롱이 돌아가지 않는다면 말이죠."

"물론." 서른 송이 미나리아재비가 마히트 쪽으로 팔을 내밀었다. "자, 연회장 가운데에서는 제대로 들을 수 없을 겁니다, 대사. 나와 함께 음향이 더 좋은 자리로 가시죠."

마히트는 거절할 좋은 이유를 떠올릴 수가 없었고, 좋다고 말할 이유는 여러 가지가 있었다. 열아홉 개의 자귀의 귀염둥이 죄수로 보이지 않을 기회, 서른 송이 미나리아재비에게 이스칸드르에 관해 물어볼 기회, 시에 대한 모두의 비판 대신에 실제로 시 자체를 들어 볼 기회. 마히트는 서른 송이 미나리아재비가 내민 팔 위쪽에 손을 내려놓고(그의 재킷의 은청색 천은 금속성 실 때문에 뻣뻣했다.) 그를 따라 무리에서 빠져나갔다. 세 가닥 해초도 뒤를 따라왔다.

"정말 친절하시군요."

"이빙인에게 자기 분화의 가장 좋은 모습을 보여 주고 싶어 하는 건 당연하지 않나요? 이번이 대사가 황실에서 제대로 보내는 첫 밤이죠?"

서른 송이 미나리아재비가 물었다.

"맞습니다."

"전임 대사는 굉장히 중심인물이었죠! 그가 보고 싶군요. 하지만 당신이 그 사람보다 더 시를 좋아할지도 모르겠어요."

"제 전임자가 풍자시를 별로 좋아하지 않았나요?"

마히트가 가볍게 물었다.

그들은 중앙 단상에서 좀 더 먼 곳에서 멈췄다. 서른 송이 미나리아재비는 **열아홉 개의 자귀**가 인포그래프 창을 없앨 때를 연상시키는 동작으로 깊은 벨 모양 잔이 놓인 음료 접시를 가진 직원을 호출했다. 마히트는 냄새를 맡기 위해 고개를 수그렸다. 보라색, 알코올, 그리고 생강이나 다른 흙에서만 자라는 향기로운 뿌리라고 생각되는 어떤 것.

"아가븐 대사는 서사시를 더 좋아했던 것 같군요." 서른 송이 미나리아재비가 그렇게 말하며 잔을 들어 올렸다. "그의 추억을 위하여, 그리고 디즈마르 대사, 당신의 커리어를 위하여."

마히트는 이 거대한 연회장 한가운데서 독으로 죽는 상상을 했다. 실제로 음료를 마셔 봤더니 자기가 보라색 액체의 맛을 정말로 싫어한다는 깨달음이라는 독만을 느꼈다. 음료를 마저 삼키고 적절하게 무표정을 유지하며 말했다.

"그의 추억을 위하여."

서른 송이 미나리아재비가 손안에서 잔을 돌렸다. 보라색 액체가 회전했다.

"르셀 스테이션이 새로운 대사를 보내 줘서 정말 기쁩니다. 풍자시에 진심으로 관심을 갖는 사람이라니 더 좋죠. 하지만 그건 알아야 해요, 디즈마르 대사. 거래는 파기되었어요. 내가 해 줄 수 있는 일은 없습니다. 내가 노력했다는 것만은 믿어 줘요."

거래가 파기되었다고?

무슨 거래? 마히트는 입을 꾹 다물고—겉보기에는 실망한 표정을 지을 수 있겠지—시간을 벌자—죄다 아직 보라색 맛이 나잖아—무슨 거래야, 이스칸드르! 누구랑 한 건데!—고개를 끄덕였다.

"솔직히 말씀해 주셔서 감사할 따름입니다."

"대사가 이성적으로 행동할 줄 알았습니다."

"달리 행동할 수 있을까요?"

서른 송이 미나리아재비가 거의 헤어라인에 닿을 정도로 양쪽 눈썹을 치켜올렸다.

"아, 온갖 불운한 반응을 상상할 수 있지요."

"제가 히스테리를 부리는 타입이 아니라 정말 다행이겠습니다."

마히트는 자동조종장치로 움직이는 것처럼 말했다. 무슨 거래고, 왜 서른 송이 미나리아재비가 파기되었다고 말하는 당사자인 거지? 그리고 적절한 고급 테익스칼란어가 마치 고통을 덮어 주는 반짝이는 베니어판이라도 되는 양, 그 말로 내내 이야기하고 있었다.

"내가 대사의 저녁을 망치지 않았기를 바랍니다. 정말로 근사한 풍자시일 거예요. 아홉 개의 옥수수는 특별한 인물이거든요."

"그가 제 정신을 다른 데로 돌려줄지도 모르겠군요."

"훌륭해요. 그럼 대사가 첫 황실 발표회를 즐기기를 바라며."

서른 송이 미나리아재비가 다시 보라색 잔을 들어 올려 마셨고, 마히트는 그를 흉내 냈다. 이 맛을 입안에서 영원히 지울 수 없을 것 같았다.

둥근 천장 늑재에 달린 반짝이는 전구들이 어스름에 희미해졌다가 다시 밝아졌고, 밝은 점들이 반짝이며 빠르게 이동했다. 궁정 사람들의 시끄러운 잡담 소리가 줄어들었다. 마히트는 어깨 너머로 안심하라는 듯이 고개를 끄덕이는 세 가닥 해초를 보았다.(그렇다면 이렇게 될 예정이었나 보다.) 그리고 다시 서른 송이 미나리아재비를 보았다. 그는 지나가는 직원의 쟁반에 음료를 내려놓고 중얼거렸다.
"난 있어야 할 곳에 가 있어야겠습니다, 대사. 당신과 알게 되어 반가웠어요!"
"마찬가지입니다. 가서…….”
그는 가 버렸다. 세 가닥 해초가 다가왔다.
"한 잔 더 줄 수 있어요?" 마히트가 말하는 것과 거의 동시에 세 가닥 해초가 물었다. "무슨 거래예요?"
"나도 잘 몰라요."
세 가닥 해초는 동정하는 게 아니었으면 하는 표정으로 마히트를 바라보았다.
"그거보다 더 센 음료를 마셔야겠군요."
"보라색은 아닌 걸로요."
"기다려요. 이걸 놓치고 싶진 않을 거예요."
세 가닥 해초가 마히트의 팔꿈치를 아주 부드럽게 잡아 황실 단상이 있는 쪽으로 돌려세웠고……
……처음에 비스듬한 바닥에서 약간 튀어나온 타원형이라고 생각했던 황실 단상이 바닥에서 솟아오르며 펼쳐졌다. 마히트는 중앙 9광장에서 그녀를 가두었던 시티를 떠올렸다. 서른 송이 미나리아재비의 별칭인 꽃으로 채우는 세상도 생각했다. 왕좌가 소리 없는 수력기관 위로 솟구치고, 복잡한 금색 창들이 얽힌 것 같은, 구체화된

빛의 잔상 같은 햇살이 늑재로 이루어진 천장을 지나며 펼쳐졌다. 그 오른쪽으로 서른 송이 미나리아재비가 굴절된 빛 속에서 의기양양하게 서 있고, 왼쪽으로는 여덟 개의 고리라고 추측되는 여자가 어깨를 구부리고 은색 지팡이에 기대고 있는 모습이 역시나 찬란하게 보였다. 그녀가 황실 계승자임을 나타내는 부분 왕관이 은색 머리와 비교해서도 더욱 밝게 빛났다.

태양-창 왕좌의 가운데에는 꽃씨인 타오르는 별의 핵核처럼 보이는 것이 있었고, 마히트는 여섯 방향 황제를 최초로 보게 되었다.

지위를 제외하면 그렇게 대단해 보이지 않아, 마히트는 그렇게 생각했다. 황제는 작고, 움푹한 뺨에, 눈은 날카롭지만 길게 흘러내린 머리카락은 은색보다 좀 더 잡스러운 강철 색깔이었다. 그러다 이런 생각이 들었다. 지위만으로 충분한데, 내가 너무 나 자신의 시적 상상에 빠져 있었나 봐.

여섯 방향은 연로하고 작고 연약해 보였다. 쉽게 부러질 것 같은 뼈대가 너무 얇아서 어딘가 아프다가 이제 가까스로 회복한 것 같았다. 그럼에도 여섯 방향은 이 모든 의식을 통제하거나, 혹은 의식에 통제되고 있었다.(황제와 제국은 같은 거다, 그렇지 않은가? 제국과 세계라는 단어가 같듯이, 혹은 거의 가깝듯이.) 그리고 그는 테익스칼란 대제국 시민들의 관심을 요구했다. 그가 축복을 내리기 위해 한 손을 들자, 연회장 안에서 물리적 타격 같은 한숨 소리가 흘렀다.

한눈에 들어오는 연기와 거울과 굴절된 빛, 그리고 역사의 무게. 마히트는 자신이 조종당하고 있고 그걸 멈출 방법을 찾지 못하고 있음을 알았다. 여섯 방향의 옆에는 90퍼센트 클론이 분명한 아이가 있었다. 커다랗고 까만 눈을 한 작고 진지한 소년.

그게 결국에 승계가 어디로 흘러가게 될지에 대한 선언이 아니라면 달리 무엇일까? 마히트는 상상할 수가 없었다. 이것은 진정한 3인 위원회가 되지 않을 것이다. 어린 황제와 그를 사이에 두고 싸우는 두 섭정 체제가 될 것이다. 서른 송이 미나리아재비와 여덟 개의 고리를 공동 섭정으로 둔 불쌍한 어린 황제. 문득 마히트는 연회장의 어떤 사람들이 하나의 번개의 지지자들일까 궁금해졌다. 보라색 미나리아재비를 노골적으로 장식하는 것이 사실은 정치적 명분이 부족한 선택지를 감추는 행태라면. 그리고 그 문제에서 과학부의 열 개의 진주는 어디에 있고, 언제 그녀에게 다가올까?

"황제 폐하 앞에 나갈 준비가 되었나요? 아니면 우선은 좀 더 쳐다보고 있겠어요?"

세 가닥 해초가 재미있다는 듯이 물었다.

마히트는 어쩔 수 없는 유쾌함에 말없이 소리만 냈다.

"처음으로 왕좌가 올라오는 걸 봤을 때 당신은 기분이 어땠어요?"

"내가 여기 있을 만큼 착한 일을 하지 않았다는 생각에 겁에 질렸죠. 당신은 다른가요?"

"겁에 질리진 않은 것 같아요." 마히트는 자신이 어떻게 느꼈는지를 표현하는 문장을 만들기 위해 노력했다. "나는 아마도…… 화가 난 것 같아요."

"화가 나요?"

"굉장히요. 그렇게 느끼지 않을 수가……."

"물론 그렇겠죠. 그렇게 느끼게 되어 있는 거니까요. 그분은 황제고, 태양보다 더 빛나는 분이죠."

"알아요. 하지만 난 내가 안다는 걸 알고, 그게 문제예요." 마히트는 어깨를 으쓱이고 말을 이었다. "그분을 뵙게 되어 굉장히 영광이에요. 내 기분이 어떻든 간에."

"그럼 이리 와요." 세 가닥 해초가 마히트의 팔꿈치를 더 단단하게 잡고서 말을 이었다. "어쨌든 이건 대사로서의 임무 중 하나예요! 공식적으로 당신의 지위를 인정받아야 해요."

단상 아래쪽에 영접 열이 늘어서 있었으나 그것은 마히트가 추측했던 것보다 더 짧았고, 여섯 방향 황제는 각각의 탄원자에게 약 1분밖에 할애하지 않았다. 차례가 되자 세 가닥 해초는 다시금 마히트를, 이번에는 좀 더 조용하면서도 아까처럼 분명하게 소개했다. 마히트는 계단을 올라가서 꽃잎으로 둘러싸인 태양-창 왕좌 가운데로 다가갔다.

테익스칼란 시민들은 이마를 바닥에 떨어뜨리고 무릎을 꿇은 채 완전한 경배 자세를 취했다. 마히트는 무릎을 꿇었으나 상체를 구부리지는 않았다. 고개만 숙였고, 양팔을 앞쪽으로 뻗었다. 스테이션 사람들은 허리 굽혀 인사하지 않는다. 이마고 라인이 얼마나 길든 조종사에게도, 행정 위원회에도. 하지만 마히트와 이스칸드르는 시티까지 오는 두 달 동안 해결책을 찾아냈다. 마히트는 오래된 테익스칼란 의식 설명서의 인포피시 스캔본에서 자세 삽화를 보았다. 테익스칼란과 에브레크트 사람들 사이의 공식적인 첫 번째 만남 때, **비문의 유리열쇠호**의 뱃머리에서 외계인 대사 '에브레크트 제1위'가 테익스칼란 황제 두 개의 흑점에게 인사를 하는 장면이 있다.(최소한 테익스칼란 화가는 네 발로 움직이는 사람의 자세를 그런 식으로 그려 놓았다.)

그것은 알려진 우주의 가장자리에서 400년 전, **비문의 유리열쇠**

호가 예상치 못하게 새로운 점프게이트를 뛰어넘은 다음, 두 개의 흑점이 열한 개의 구름이 일으킨 황위 찬탈로부터 도망친 사이에 일어난 일이었다.(두 개의 흑점은 결국에 열한 개의 구름과 그 군대를 물리치고 황제로 남았다. 그에 관한 소설이 여러 권 있고, 마히트는 전부 다 읽었다.) 에브레크트는 그 이래로 좋은 이웃이었다. 조용하고, 그들의 우주와 테익스칼란을 연결하는 게이트에서 자기들 쪽에만 머물렀다. 마히트와 이스칸드르는 이런 식으로 인사하는 것이 제국으로부터 거리를 두는 공손한 말과 동격이라고 계산했다.

이스칸드르는 여섯 방향 앞에 나섰을 때와 똑같은 자세를 골랐다고 마히트에게 말했었다.

드디어 지금, 손을 바깥쪽으로 뻗고 간청하는 것 같으면서도 등을 꼿꼿이 편 자세를 취하고서, 마히트는 자신이 실수를 저지르는 게 아닌가, 하나의 상징적인 은유에 의해서 모든 르셀 사람을 비인간으로 만드는 건 아닌가 고민했다.

황제가 양손으로 마히트의 손목을 쥐고 살짝 끌어당겨 그녀를 세웠다.

마히트는 여전히 왕좌에서 두 계단 밑에 있었고, 그래서 황제와 키가 똑같았다. 손목 뼈를 감싼 황제의 손가락은 충격적이고, 예상치 못한 것이었다. 그 손가락은 뜨거웠다. 황제가 건드리지 않았다면 열로 뜨겁다는 사실을 마히트는 절대로 몰랐을 것이다. 황제는 일종의 시트러스와 훈연 향의 향수를 뿌리고 있었다. 그는 그녀를 똑바로 쳐다보았고, 똑바로 꿰뚫어 보았다. 마히트는 자신이 무력하게 미소 짓고 있음을, 자신의 것이 아닌 친숙한 감각의 북받침과 싸우고 있음을 깨달았다. 잠깐 동안 이게 또 다른 기억 회상의 시작이라고,

고장 난 이마고 머신이 그녀를 다른 시간대로, 이스칸드르에게로 되돌리는 거라고 생각했다. 하지만 아니, 아니다, 이건 내분비션의 반응이었다.

감각 기억은 이마고 라인을 따라 이어지는 가장 강력한 것 중 하나였다. 냄새. 가끔은 소리였다.(음악은 기억을 떠올리게 한다.) 하지만 냄새와 맞은 가장 이야기되지 않고 가장 축약되는 종류의 기억이자, 이마고 라인을 따라 한 사람에서 다음 사람으로 가장 쉽게 승계되는 것이기도 했다. 어쩌면 이스칸드르는…… 마히트가 생각한 것보다 덜 사라졌는지도 모르겠다. 타인의 신경화학적 미러링이라는 어지럽고 기묘한 감각을 겪으며 마히트는 그러기만을 바랐다.

"폐하. 르셀 스테이션에서 인사를 올립니다."

"테익스칼란이 그대를 환영하네, 마히트 디즈마르."

황제가 말했다. 진심인 것처럼, 마히트를 봐서 기쁜 것처럼.

도대체 이스칸드르는 여기서 뭘 한 거지?

"그대에게 그대의 외교 직위를 내리도록 하지." 여섯 방향이 계속해서 말했다. "우리는 대사의 선택을 기쁘게 생각하고, 우리에 대한 그대의 봉사가 상호 이득을 가져오기를 바라는 바야."

황제는 여전히 마히트의 손목을 잡고 있었다. 황제의 손바닥에 있는 두툼한 흉터가 그녀의 피부를 눌렀다. 마히트는 생생하게 그 첫번째 기억 회상을, 이스칸드르가 맹세를 하기 위해 손바닥을 갈랐던 것을 떠올리며 황제가 인생을 살아오며 얼마나 많은 피의 맹세를 했을까 생각했다. 손바닥의 뜨거운 압박은 강했고, 마히트는 여전히 자신의 것이 아닌 옥시토신이 가져오는 행복에 휩싸여 있었다. 정말이지 이스칸드르를 취조하고 싶었다. 테익스칼란 전체의 황제에게 그가 도대체 어떤 의미였냐고. 마히트는 간신히 고개를 끄덕여 여섯 방향에게 올바른 형식대로 감사의 말을 하고 인사한 후 넘어지지 않고 계단을 내려왔다.

"나 앉아야겠어요."

마히트가 세 가닥 해초에게 말했다.

"아직 안 돼요. 열 개의 진주가 우리 쪽으로 곧장 오고 있어요. 기절할 것 같아요?"

세 가닥 해초는 동정심 없이 말했다.

"알현한 다음에 사람들이 종종 기절하나요?"

"뉴스피드에서 하는 낮시간 드라마에는 제법 나오지만, 이상한 일은 반복되게 마련이고······."

"기절하지 않을 거예요, 세 가닥 해초."

세 가닥 해초는 실제로 마히트의 손을 잡고 꼭 쥐었다.

"훌륭해요! 정말로 잘하고 있어요."

마히트는 별로 그런 확신이 없었지만, 정치적 공연이 계속되는 한은 괜찮은 것처럼 연기할 것이다. 그녀는 세 가닥 해초의 손가락을 마주 쥔 다음에 놓아주었다. 단상에서 좀 더 멀리 물러나 그들은 반짝이는 군중 속의 트인 공간으로 나왔다. 마히트는 주위 시선의 초점이 변하는 것을 느낄 수 있었다. 이제 물러나 앉아서 자신의 조그만 클론에게 뭔가를 속삭이는 단상의 황제로부터 청중을 넘어, 열린 공간의 조명 아래 서 있는 야만인 대사 쪽으로. 뭔가 중요한 일이 일어나기 직전이고 꼭 봐야 한다는 공개적인 선언이나 다름없었다.

열 개의 진주는 익스플라나틀치고는(물론 과학부 장관은 단순히 임명된 행정관이 아니라 과학자였다.) 연기에 어느 정도 소양이 있어, 마히트가 공개적인 만남이라는 그의 제안을 수락함으로써 첫수를 받아들였음을 이해했다. 여기는 지상궁에서 가장 공개적인 자리였다. 그도 그걸 알 것이다. 다음 5분은 마히트의 손목이 황제의 양손에 잡힌 장면이 나오는 홀로그래프와 함께 그 옆에 온갖 아침 뉴스피드가 뜰 거다. 남자는 마히트를 만나러 곧장 걸어왔다. 새빨간 야회복을 입고 과학자답게 어깨가 굽은 마른 남자였다. 기억회상에 있던 것보다 더 나이가 많고, 더 많이 굽었으나, 여전히 각 손가락에 반지를 하나씩 끼고 있었다. 보석은 안 달린 가는 자개반지. 그의 이름에 걸맞게 호사스럽지만 어딘지 자기 비하적인 방식이었다. 마히트는 거기에 감탄했다. 이스칸드르가 느꼈던 것과 똑같이 농담에 대한 우울한 감탄이었다. 그 감정이 마히트에게 정말 순수한 것인지는 솔직히 그녀도 몰랐다.

"대사, 서임식을 축하하오."

마히트는 손끝 위로 몸을 굽혔다.

"대단히 고맙습니다."

마히트는 황실에서 지켜야만 하는 완벽한 수준의 예의보다 조금 낮춰서 말했다. 하지만 그녀는 이 만남에서 놀란 외국인 역할을 할 계획이었고, 여전히 이마고가 유발한 신경화학물질 때문에 아직 몸이 들떠 있다 해도 이 역할을 해내고 말 것이다. 황제와의 만남, 15년 전 이 남자와 이스칸드르가 나눈 대화의 잔상, 지하철, 정신이자 모든 사람의 위치를 지켜보고 매끄럽게 반응하는 알고리즘으로서의 시티 등으로 인한 옥시토신의 급증에 시달린다 해도.

"대사의 전임자에게 일어난 불운한 사고는 정말이지 유감이오. 개인적으로 난 책임감을 느끼고 있소. 그의 생물학적 민감성에 대해서 물어봤어야 했는데."

생물학적 민감성! 표현도 잘하네. 마히트는 자신이 히스테리적으로 낄낄 웃음을 터뜨리지 않기만을 바랐다. 그랬다간 뉴스피드를 위한 연기를 다 망칠 테니까.

"거기에 대해서 장관님이 하실 수 있는 일은 분명 없었겠지요." 마히트는 무표정한 얼굴을 유지하려고 애를 쓰면서 말을 이었다. "르셀 스테이션은 과학부에 당연히 어떠한 적대감도 품고 있지 않습니다."

심지어 야만인이라도 적대감 정도는 안다. 그것은 판에 박힌 외교적 표현이었다. 그것은 전쟁을 시작하기 전에 하는 말이다.

"이해심이 참 넓군요. 대사의 정부에 찬사를 보내오. 당신이라는 확실한 선택을 했으니 말이오."

"저도 그렇기를 바랍니다."

비굴하고 순박하고 잘 속는 시골뜨기. 정치적 위협거리가 아닌 상대. 전혀, 심지어 황제가 어떤 식으로 맞이했다고 해도 상관없는 상대. 물론 그게 오래 통하지는 않을 것이다. 열 개의 진주는 마히트가 이런 특정 게임을 하는 유일한 상대였다. 하지만 이것은 뉴스피드를 위한 게임이고, 잠깐은 방패막이가 되어 줄 수도 있다. 며칠이라도. 일주일쯤이라도. 분명히 굉장히 위험한 누군가가 이스칸드르를 죽인 것처럼 마히트를 죽이려고 하기 전까지.

아직까지는 사실 그런 식으로 생각해 본 적이 없었다. 시간을 벌고 있다고.

그 사실이 남아 있던 신경화학물질의 취기를 순식간에 0까지 뚝 떨어뜨렸다.

"아가븐 대사가 별로 많은 기록을 남겨 두지 않았더군요." 죽은 사람의 실수를 뭐 어쩌겠어요라고 하듯이 마히트가 어깨를 으쓱이며 말을 이었다. "하지만 전 그가 과학부와 하던 프로젝트가 뭐든 간에 당연히 계속해서 탐색해 나가려고 합니다." 숨을 재빨리 들이켠 후, 근육을 크게 움직이고 눈매가 깊은 이스칸드르의 표정 패턴을 얼굴에 띄웠다. 그리고 말했다. "자동화 시스템. 오류도 없고 충돌도 없는 그런 알고리즘은 분명히 오래 지속되겠죠."

열 개의 진주는 마히트를 0.1초 정도 더 오래 보았다. 너무 뻔했나? 미끼는 좀 더 은밀한 만남을 위해 아껴 뒀어야 했나? 이스칸드르가 그렇게 오래전에 했던 말을 이용하는 건. 하지만 그게 옳게 느껴졌다. 그리고 열 개의 진주가 고개를 끄덕이며 말했다.

"어쩌면 아가븐 대사가 이루고 싶어 했던 걸 우리 두 사람이 조금 부활시킬 수 있을지도 모르겠소. 그는 우리 자동화 시스템에, 이걸 당신네 스테이션에 어떻게 적용할지에 굉장히 관심이 있었소. 대사도 마찬가지일 거라고 생각하는데. 대사의 담당자에게 시간과 장소를 정하라고 하지요. 이번 주 언젠가 약속을 끼워 넣을 수 있을 거요."

부활이라는 건 끔찍한 단어 선택이었다.

"물론이지요." 마히트는 다시 몸을 숙였다. "우리 두 사람 사이에 앞으로 수많은 업적이 쌓이기를 바랍니다."

"그럼." 열 개의 진주는 테익스칼란 개인 공간의 기준, 마히트가 가장 편안하게 여기는 딱 그 섭는 범위보다 아주 살짝 더 가까이 다가왔다. 르셀에서 친구들이 서는 거리, 쌀쌀맞게 굴 만한 공간이 부족한 거리. "조심하길 바라오, 대사."

"뭘요?"

마히트는 무능함의 가면을 깰 생각이 없었다.

"당신은 아가븐이 그랬던 것처럼 이미 수천 개의 눈길을 끌었소."

열 개의 진주의 미소는 완벽하게 테익스칼란인다웠다. 대체로 뺨만 움직이고 눈이 커지는 웃음. 하지만 마히트는 그게 그저 쇼라는 걸 알 수 있었다. "주위를 보시오. 그리고 당신과 당신 전임자가 그토록 감탄했던 자동화 시스템의 눈을 생각해 보시오."

"오. 네. 우린 황궁의 왕좌 앞에 있죠."

"대사님." 세 가닥 해초가 마히트 옆에 갑자기 나타나서 말했다. "낭송 대회를 보고 싶다고 말씀하셨죠? 곧 시작할 거예요. 열 개의 진주 장관님께서도 우리 황실 시인들의 최신 작품을 듣고 싶지 않으실까요?"

세 가닥 해초는 마히트가 테익스칼란어를 보통 속도로 말해도 알아듣는다는 걸 모르는 것처럼 아주 천천히, 명확하게 말했다. 마히트는 설명하지 않아도 세 가닥 해초가 이해하고 동참해 준다는 사실이 기뻐서 그녀를 안고 빙빙 돌리고 싶었다. 이스칸드르가 곁에 머물렀다면 이게 마히트가 항상 느끼게 될 감정이었을까? 이마고가 계승자에게 주는 느낌. 상담하지 않아도 하나의 목표를 달성하는 두 사람. 완벽한 동조.

"대사의 주의를 흩뜨리고 싶지 않군요. 어서 가 보시오."

열 개의 진주는 단상 왼쪽에서 조금 떨어져 아홉 개의 옥수수와 다른 신하들 무리가 모이기 시작하는 곳으로 한 손을 흔들었다. 마히트는 다시 그에게 감사를 표하고, 가장 공식적인 감사의 말을 할 때 일부러 발음을 더듬었다. 운을 시험하는 짓이라는 건 알지만, 마히트가 거짓말을 하는 건지 그가 알아내려고 하는 모습을 보니 만족스러웠다. 그녀가 어떻게 거짓말을 하는지도.

장관에게 들리는 범위에서 안전하게 벗어난 후에 마히트는 몸을 기울이고 세 가닥 해초에게 속삭였다.

"내 생각엔 잘된 것 같아요."

"내 생각엔 당신, 앉아서 쉬어야 한다고 하지 않았던가요? 과학부 장관과 야만인 놀이를 할 필요가 있다는 말은 없었던 것 같은데요."

낮게 쏘아붙이면서도 세 가닥 해초의 눈은 밝게 반짝거렸다.

"재미있었어요?"

그 말을 한 순간, 마히트는 자신이 생각했던 것만큼 이마고의 신경화학적 영향에서 벗어나지 못했다는 것을 깨달았다. 여전히 따끔거리고, 아찔하게 유쾌했다. 열 개의 진주와 이야기를 하는 동안에는 느끼지 못했지만 지금, 세 가닥 해초한테 팔을 잡혀 있으니……

"네, 재미있었어요! 내내 이런 식으로 행동할 건가요? 장관은 바보가 아니에요, 마히트. 내가 그 약속을 잡을 무렵에는 당신에 대해 알아냈을 거예요."

"이건 장관 때문이 아니에요. 구경꾼 때문이죠. 황실과 뉴스피드요."

세 가닥 해초는 고개를 흔들었다.

"다른 일자리들은 절대로 이렇게 흥미진진하지 않을 거예요, 그렇죠? 음료 갖다준다고 내가 약속했었죠? 이리로 와요. 곧 시작할 거예요."

두 번째 낭송은 각 행의 첫 글자들을 따면 시인이 잃어버린 가상의 연인의 이름이 되고, 그가 자신을 희생해 진공으로 뚫린 구멍에서 동료 선원들을 구하려 한 가슴 아픈 이야기를 하는 아크로스틱 acrostic, 각 행에서 처음이나 중간, 끝의 말을 서로 이으면 어구나 문장이 되는 시의 형태 이었다. 그것을 듣다가 마히트는 자신이 테익스칼란 궁중에서 테익스칼란 시 대회를 들으며, 손에 알코올 음료를 들고 재치 있는 테익스칼란인 친구와 함께 서 있다는 것을 새삼 깨달았다.

열다섯 살 때 원했던 모든 것이었다. 바로 여기가.

그 사실에 행복해야 한다고 생각했지만, 대신에 불쑥 비현실적인 기분이 들었다. 단절. 비인격화. 마치 다른 사람이 된 것처럼.

낭독은 훌륭했다. 그중 몇 명은 훌륭한 것 이상이었다. 강력한 운율 대 영리한 내적 운율, 또는 반쯤 노래하듯 반쯤 말하듯 하면서 빠르게 읊는 성가 같은 특정 테익스칼란 스타일로 읊는 낭독자는 유난히도 우아했다. 고아한 환상이 파도처럼 덮쳤으나, 마히트는 아무것도 느끼지 못했다. 모든 시를 적어 사본을 만들 수 있다면, 그래서 조용하고 고요하고 정적인 자신만의 장소에서 붙잡은 그 문자들을 읽을 수 있다면 얼마나 좋을까 하는 생각밖에 할 수가 없었다. 그냥 시를 읽을 수 있다면, 자신의 목소리로 읽고, 운율과 억양을 맞춰 보고, 혀에서 어떻게 움직이는지 알아본다면 분명히 그 시의 힘을 느낄 수 있을 것이다. 전에는 언제나 그랬다.

마히트는 잔의 음료를 마셨다. 세 가닥 해초가 가져다준 건 뭔지 모르는 곡물에서 증류한 술이었다. 옅은 금색에 온갖 빛이 가득한 음료는 목을 태우듯 내려갔다.

아홉 개의 옥수수의 순서가 되었다. 그의 시는 세 가닥 해초가 말했던 대로 풍자시였다. 그는 별로 뭘 하지도 않았다. 그냥 자리에

서서, 목을 가다듬고, 세 줄 짜리 스탠자stanza, 일정한 운율적 구성을 갖는 시의 기초 단위를 욀 뿐이었다.

모든 우주 항구가 넘쳐 난다
시민들이 수입 꽃을 한 아름 들고 간다
이것들은 끝이 없다. 별 지도, 상륙

그는 변화를 암시하는 중간 휴지가 될 만큼 뜸을 들였다. 마히트는 연회장 전체가 숨을 멈춘 그를 따르고 있는 것을 느꼈다. 그녀가 얼마나 그를 좋아하지 않든 간에, 왜 궁중 지식인들의 찬사를 받고 있는지 알았다. 남자의 카리스마는 시구를 말하는 순간 더 강력해졌다. 그는 이것을 위해 태어난 것이다. 르셀에서라면 시인의 이마고라인 후보가 되었을 것이다. 르셀에 그런 게 있다면 말이지만.
"피어나지 않은 꽃잎의 말린 곳에 공허가 자리한다."
아홉 개의 옥수수는 그렇게 말하고서 다시 자리에 앉았다.
긴장의 해소는 없었다. 불편감은 그대로 남아 공기처럼 떠돌았다. 다음 낭독자는 어색한 침묵 속에서 앞으로 나왔다. 구두가 바닥에 스치는 소리가 크게 들렸다. 그녀는 자신의 작품 첫 줄에서 말을 더듬어 버려서 다시 시작해야만 했다.
마히트가 질문하듯 세 가닥 해초 쪽으로 몸을 돌렸다.
"정치." 세 가닥 해초가 중얼거렸다. "그 시는…… 비판적이었어요. 여러 면에서. 난 정말로 서른 송이 미나리아재비가 아홉 개의 옥수수를 자기 손바닥 위에 놓고 있다고 생각했는데, 사람들은 참 놀라운 데가 있어요."

"여덟 가지 해독제에게 아주 비판적인 거 맞죠? 아이. 피어나지 않은 꽃잎······."

"맞아요." 세 가닥 해초는 미간을 찌푸린 채 말을 이었다. "하지만 서른 송이 미나리아재비가 제국 내 상품들을 시티로 수입하는 걸 늘린 데 가장 큰 책임을 가진 후계자예요. 그래서 부유한 거죠. 그는 그걸 서쪽 호 행성계들에서 가져와요. 거기가 일족의 출신지거든요. 그리고 꽃을 든 모든 시민은 부패를 암시하는 거예요······ 모든 수입품에는 이유는 몰라도 독이 들어 있다고······ **서른 송이 미나리아재비**의 부富가 전적으로 테익스칼란 외부에서 수입해 온 물건만큼 나쁜 것처럼."

문학적 분석에 의한 정치학. 그것을 알아보는 적성도 있을까, 아니면 테익스칼란 시민들이 강력한 체험을 통해서 배우는 걸까? 마히트는 어린 세 가닥 해초가 학교 친구들과 점심시간에 「건물」의 정치적 메시지를 분석하는 모습을 상상할 수 있었다. 상상하기 별로 어렵지도 않았다.

"그럼 여덟 개의 고리만 빼고 모두를 비판하는 거군요."

"여덟 개의 고리는 그저 명백하게 생략됐기 때문에 비판에서 살아남은 거예요. 내 생각에 이건 어느 후계자가 최고인가 하는 것보다 더 깊어요, 마히트. 안 그러면 **아홉 개의 옥수수**가 왜 그런 위험한 주제를 골랐겠어요?"

마히트는 테익스칼란 사회의 기본 전제를 생각했다. 세계와 제국과 시티 사이의 균열. 그리고 만약 그런 균열이 일어나면 얼마나 수입輸入이 불안정해지고, 외국인들이 위험할지. 설령 그 수입이 제국의 먼 지역에서 오는 거라 해도 말이다. 마히트 같은 야만인들은 개넘화할 수 없지만, 다른 어떤 행성의 꽃의 위험한 부패를 다룬 시는 실제로 테익스칼란 시민들을 초조하게 하도록 설계되었을 가능성이 있다.

하지만 행성계가 더 이상 외국이 아니면, 내부에 있는 야만적인 부분까지 에워싸고 포함할 정도로 세계가 크고 제국이 크다면, 그건 더 이상 야만적이지 않다. 더 이상 위협이 아니다. 아홉 개의 옥수수가 수입의 위협을 지적하고 있는 거였다면, 그는 테익스칼란이 그 위협을 정상화시키기를 촉구하는(최소한 제안하는) 것이다. 교화시키기를. 그리고 테익스칼란은 언제나, 언제나 어떤 것을 테익스칼란 것으로 만들 때 힘으로 교화시킨다. 힘, 그러니까 전쟁 같은 것. 아홉 개의 옥수수는 실제로 서른 송이 미나리아재비에게 말을 한 것이 아니라, 전쟁을 준비하는 어떤 정치 세력이든 지지하는 것이었다. 그 모든 군사적 활동을. 하나의 번개와 그의 군단, 그의 이름을 외치는 지지자들을. 뿐만 아니라 여섯 방향을. 그는 별을 정복하는 황제였던 통치 초기와 마찬가지로, 즉시 출격 가능한 함대를 갖고 있었다.

"오늘 밤에 하나의 번개의 지지자들은 다 어디 있어요, 세 가닥 해초? 저 시가 겨냥하는 건 그 사람들이잖아요. 더 강하고, 더 중앙화되고, 수입에 덜 의존하는 테익스칼란에 관심이 있는 사람들."

"그는 포퓰리스트이고, 여긴 황궁이에요. 그건 멋지지 않죠. 하지만 분명히…… 오. 오. 이런. 우리는 전쟁을 바라고 있었어요."

"금방이라도 일어나겠죠." 마히트는 그 사실을 깨닫고 불편한 짜릿함에 휩싸인 채 말을 이었다. "합병. 정복 전쟁. 그 목적은 외국을 줄이기 위해서."

세 가닥 해초는 손을 뻗어 마히트의 알코올 음료 잔을 손에서 살짝 빼앗고 한 모금 크게 마신 후에 돌려주었다.

"내가 태어나기 전부터 우리는 합병 전쟁을 하지 않았어요."

"알아요. 스테이션에서도 역사를 배우거든요. 우린 테익스칼란이 휴면 중인 이웃의 포식자로 있는 걸 즐기고 있는데……."

"우리가 생각 없는 동물이라는 듯이 말하는군요."

"생각이 없는 건 아니죠. 절대 그건 아니에요."

이것이 마히트가 할 수 있는 사과에 가장 가까운 말이었다.

"하지만 동물이라는 거죠."

"게걸스럽게 삼키니까요. 그게 우리가 이야기하던 거 아닌가요? 합병 전쟁이요."

"그렇지 않아요. 게걸스럽다는 건 제노포비아나 집단학살을 하는 경우죠. 우리가 새로운 영토를 제국으로 받아들이지 않는 경우요."

세계로 받아들이지 않는 경우. 동사의 발음을 바꾸면 **세 가닥 해초**는 우리가 새로운 영토를 진짜로 만들지 않는 경우라고 말할 수도 있었을 것이다. 하지만 마히트는 그녀의 말뜻을 알았다. 속속들이 테익스칼란의 일부가 되면 행성이나 스테이션은 번창했다. 경제적으로, 문화적으로. 테익스칼란 이름을 갖고, 시민이 되세요. 시를 이야기해요.

"말다툼하지 말죠, **세 가닥 해초**. 그러고 싶지 않아요."

세 가닥 해초는 입을 꾹 다물었다.

"우리 말다툼을 한번 해 보자고요. 난 당신이 어떻게 생각하는지 이해하고 싶으니까. 그게 내 임무예요. 하지만 나중에 다퉈도 되겠죠. 황제께서 곧 대회의 우승자를 발표하실 거예요. 봐요."

낭독은 끝났다. 마히트는 마지막 몇 개는 완전히 놓쳤다. 그들 누구도 아홉 개의 옥수수가 했던 것처럼 연회장 안에 충격을 주지 못했다. 이제 황제가 일어섰고, 에주아주아카트들이 그 옆에 자리했다. 상의해서 함께 우승자를 뽑나? 그렇게 빨리 결정을 내릴 수는 없을 거란 생각이 들었다. 그들 중에 서른 송이 미나리아재비, 마히트가 만난 적 없는 두 테익스칼란인, 여전히 하얀색으로 휘황찬란한 열아홉 개의 자귀가 있으니 더욱 그럴 것이다. 반짝거리는 온갖 빛 속에서 그녀의 하얀 의상이 거의 안심감을 주기까지 했다.

여섯 방향이 손짓하고서 마히트에게 그야말로 아무 인상도 주지 못했던 시인을 가리켰다. 그 여성은 다른 군중처럼 자신이 상을 받은 것에 놀라 보였고, 군중도 무슨 일이 일어나고 있는지 잘 모르겠다는 듯이 예상했던 찬사 직전에 머뭇거렸다.

"저 사람은 누구예요?"

마히트가 세 가닥 해초에게 속삭였다.

"열네 개의 첨탑이요. 기본 능력부터 지루하기 짝이 없고 언제나 그랬어요. 전에는 어떤 상도 받아 본 적이 없죠."

아홉 개의 옥수수의 얼굴은 무표정했다. 마히트는 그가 이렇게 명백하게 모욕을 당한 것에 즐거운지 화가 난 건지 알 수가 없었다. 그가 저녁 시간을 확실하게 망칠 작정이었는지 아닌지도. 열네 개의 첨탑은 황제 앞에 엎드려, 공기를 불어 넣는 기법으로 만든 유리 꽃을 상으로 받았다. 그리고 다시 일어났다. 모인 신하들은 이제 겨우 그녀의 이름을 외치기 시작했고, 마히트도 거기에 가담했다. 그러지 않는 것이 이상할 테니까.

"그 술 다 마실 거예요?"

소음이 잦아들자 세 가닥 해초가 물었다.

"네. 왜요?"

"열네 개의 첨탑의 모음운 사용에 대해 남은 저녁 내내 이야기를 하려는데, 당신이 들어줘야 하니까요. 그러니 우리 둘 다 좀 취해야겠어요."
"아, 그런 식으로 말하면 마셔야죠."

8장

여섯 개의 쭉 뻗은 손바닥(테익스칼란 사령부)에서 함대 대장 세 그루 옻나무에게, 249.3.11-여섯 방향, 코드19(일급비밀): 오딜과 교전 중인 26군단 중 전투 그룹 제8단부터 제13단까지 즉각 철수를 준비하라. 전투 그룹 제9단은 이칸틀로스 열여덟 개의 터빈의 지휘 아래 그 자리에 머무른다. 그룹 제9단부터 제13단까지는 즉각 이동하여 다음의 좌표에서 제3 황실함대의 나머지와 집결하여 파르츠라완틀락 섹터로 즉각적인 점프게이트 이동을 준비하라. 신속. 메시지 종료. 아래 좌표로.
— 오딜1 궤도에서 함대 대장 세 그루 옻나무가 받은 메시지, 제249일, 제3년, 테익스칼란 **여섯 방향** 황제의 열한 번째 인덕션

르셀 스테이션은 우리의 가장 깊은 전통, 우주를 통한 이동이라는 우리 국민에 봉사하는 일에 여러분이 관심을 보여 준 것에 감사한다. 우리 조종사협회는 이 정보 세미나에 예비 조종사 여러분을 자랑스럽게 환영한다. 이 팸플릿은 다가오는 적성검사 기간 동안 조종사협회에 낼 적절한 지원서를 준비하는 방법을 요약한 내용이다. 예비 후보자들은 다음의 자격 조건을 꼭 염두에 두어야 한다. 전통물리학 및 양자물리학, 기초화학, 공학의 기본 수학. 신체 조건 우수2급에 손과 눈의 협응력은 우

수4급. 공간지각 및 자기수용감각 적성에 높은 점수. 집단적 단결력 및
독립적 진취성에 높은 점수……

— 르셀 조종사협회 지원을 고려하는 젊은이들(10~13세)에게 배부된 팸플릿

 마히트는 세 가닥 해초가 계속 갖다주는 옅은 색 술을 세 잔째 마시던 중이었다.(세 가닥 해초는 아하초티야라는 우윳빛 음료를 마시고 있었다. 마히트는 아하초티야가 '상해서 터진 과일'이라는 뜻이라고 확신했다. 최소한 낯선 단어의 어근에 대한 그녀의 지식에 따르면. 왜 그게 여러 가지 방식으로 먹는 건 고사하고 애초에 먹고 싶은 마음을 불러일으켰는지 알 수가 없었다.) 그러다가 자신이 테익스칼란인 무리의 가장자리에 서서, 시 겨루기가 아니라 완전히 즉석에서 시구를 지어내는 머리싸움이라고밖에 설명할 수 없는 광경을 구경하고 있다는 걸 깨달았다. 그것은 일종의 게임으로 시작되었다. 세 가닥 해초의 상당히 영리한 친구 중 하나가 열네 개의 첨탑의 지루한 수상작의 마지막 행을 갖고서 "한번 해보자, 어때?"라고 말하고는, 그 마지막 행을 첫 번째 행으로 삼아 기본적인 15음절 정치시 형태에서 강약약격으로 꽉 찬 형태로 운율을 바꾸어 4행시를 만들었다. 그런 다음 그녀가 턱으로 세 가닥 해초의 다른 친구 하나를 가리키며 도전하면, 그가 그녀의 마지막 행을 받아서 준비 시간 없이 자신만의 완벽하게 인정 가능한 4행시를 바로 떠올렸다. 마히트는 그가 언급한 것 몇 가지를 알아챘다. 그는 그녀가 읽어 본 시인 열세 개의 펜나이프의 스타일을 따라했다. 열세 개의 펜나이프는 중간 휴지 앞이나 뒤에서 똑같은 모음 소리 패턴을 반복하는 방식을 사용했다.

열세 개의 펜나이프를 따라 하는 게 오늘의 주제가 된 것 같았다. 그 뒤에는 세 가닥 해초 차례였고, 그다음에 또 다른 여자, 그런 다음에 마히트가 알아볼 수 없는 성별의 테익스칼란인에게 넘어갔고 다시 첫 번째 도전자에게로 돌아왔다. 첫 번째 사람은 또 다른 요소를 집어넣어 게임을 다시 바꿨다. 이제 각 4행시는 이전 시의 마지막 행으로 시작하되 강약약격의 운율에 모음이 반복되는 중간 휴지를 넣고 거기다 시티의 기반시설 수리 작업을 주제로 삼아야 했다.

세 가닥 해초는 시티 기반시설의 수리를 짜증 나리만큼 잘 묘사했다. 아하초티야를 여러 잔 마셨음에도 불구하고 또렷한 정신으로 웃으며 이렇게 읊었다. 물이 반짝이는 수영장 주위의 회반죽칠 / 수천 명 테익스칼란인의 발이라는 혀에 매끄럽고 하얗게 핥아져 / 그래도 해어져 울퉁불퉁 영원하지 않고 / 또다시 입에 오르리라, 새로운 모습으로 다시 만들어져서 / 한 부서나 또 다른 곳에서 / 요구하여서. 마히트는 두 가지를 깨달았다. 첫 번째는 마히트가 이 게임에 참여하고 싶다면 그저 원 안으로 들어가서 다른 테익스칼란인과 마찬가지로 누군가가 그녀에게 도전장을 던지기만을 기다리면 된다는 거였다. 그리고 두 번째는 마히트가 이 게임에서 완전히 패배하리라는 사실이었다. 그녀는 이걸 절대로 해낼 수 없었다. 반평생 테익스칼란 문학을 공부했는데도 이 게임을 간신히 따라갔고 겨우 몇 개의 인용밖에 알아채지 못했다. 마히트가 노력한다면 어쩌면, 아, 그들은 웃지 않을 것이다. 관대할 것이다. 불쌍하고 무식한 야만인이 문명사회에서 이렇게 열심히 노력하는 것을 관대하게 받아 주고……

세 가닥 해초는 마히트에게 조금의 주의도 돌리지 않았다.

슬쩍 뒤로 빠져 영리한 젊은이들의 원에서 떨어져 나온 마히트는 대형 연회장의 반짝이는 별빛 같은 부채꼴 천장 아래로 몸을 감추고 금방 울 것 같은 기분을 드러내지 않으려고 노력했다. 이런 일로 울 필요는 전혀 없다. 울고 싶다면 이스칸드르를 위해서, 또는 수많은 정치적 문제에 사로잡힌 자신의 상황 때문에 울어야 했다. 부서 간 충돌에 관한 몇 세기 전 시를 인용하며 수영장 묘사를 하지 못했다고 울 수는 없다. 한 부서나 또 다른 곳에서, 요구하여서, 마히트는 스테이션에서, 자신의 수집품 중 하나에서 그 시를 읽었고 자신이 이해했다고 생각했었다. 하지만 아니었다.

연회장은 여전히 술에 취한 신하들로 가득했다. 또 다른 거라면, 이제 황제의 낭독 대회가 끝나기 때문에 파티에 참석하려는 2차 참석자로 사람이 더 많아진 것 같다는 거였다. 여섯 방향 본인은 어디에서도 보이지 않았고 마히트는 그래서 안도했다. 왜냐하면 황제를 보면 가까이 가고 싶은 마음이 들어 쳐다보기가 힘들어서였다. 왜냐하면 황제가 그 모든 권력 아래에서 굉장히 연약했기 때문이고, 대부분 이스칸드르로 되어 있는 듯한 마히트의 일부는 황제가 이 반짝거리는 테익스칼란인 무리를 즐겁게 해 주는 데 시간을 낭비하지 말고 쉴 수 있기를 바라기 때문이었다. 마히트는 또 한 잔을 마시고 (이 시점에 한 잔 더 마신다고 해서 별로 차이가 있을 것 같지 않은 데다, 제비꽃이나 우유 썩은 꽃 같은 맛이 나는 것들을 피하는 법을 알게 되었다.) 연회장 맞은편을 향해 걸어갔다.

대부분의 사람이 마히트를 피하거나 그녀의 지위에 걸맞은 공식적인 인사를 했다. 그건 다 괜찮았다. 실제로 꽤 기분이 좋았다. 이스칸드르의 도움 없이도 인사 의식을 치를 수 있었고, 매력적으로 행동할 수도 있었다. 이것들은 마히트의 재능 중 일부이고 특히 대사로 뽑힌 이유가 이 재능 덕이었다. 여기에 적성도 있었고, 르셸의 이마고 호환 가능 여부 검사에서는 절대로 유창한 즉흥 시 능력 같은 건 보지 않았다. 그런 건 야만인 어린애의 욕망 가득한 꿈일 뿐이었다.

마히트는 쾌락에 젖어 있었다. 그리고 약간 취했다.

이 두 가지 모두가 사실이었기 때문에 아주, 아주 큰 사람이 바이어스 컷이 들어간 옅은 회금색 실크로 된 긴 드레스 차림으로 한 손을 마히트의 팔에 얹고 돌려세울 줄은 전혀 예상하지 못했다. 몸이 멈춘 다음에도 잠깐 동안 연회장이 빙 돌았다. 아마도 걱정해야만 하는 상황이리라.

마히트에게 다가온 여자는 테익스칼란인이 아니었다. 외모도, 특히 드레스도 테익스칼란 것이 아니었다. 팔은 두꺼운 은제 커프스와 양 팔목의 팔찌, 왼팔 위쪽에 널찍한 밴드가 하나 더 있는 걸 빼면 맨살이었고, 마히트가 익숙하지 않은 타입의 화장을 했다. 눈꺼풀을 전부 빨간색과 옅은 금색 크림으로 덮어서 어디 먼 행성의 해 질 녘 구름 그림 같았다.

마히트는 양손을 모아 인사를 했고 상대방도 똑같이 인사를 했지만 약간 어설펐다. 굉장히 낯선 것 같았다.

여자가 밝게 말했다.

"르셸의 대사 맞으시죠!"

"네?"

"난 다바의 대사 골라에트예요. 와서 나랑 한산해요!"

"한 잔만요."

마히트는 시간을 끌기 위해서 말했다. 다바가 어딘지 기억나지 않았다. 테익스칼란 우주에서 가장 최근에 합병된 행성들 중 하나일 것이다. 그것만은 확신했지만, 그게 실크를 수출하는 곳이던가, 아니면 유명한 수학 학교가 있는 곳이던가? 이래서 이마고가 있는 거였다. 알아야 하는 줄도 몰랐던 알아야 하는 정보들을 기억하는 걸 돕기 위해서.

"네. 술 마셔요? 당신 스테이션에도 술이 있나요?"

이런 젠장맞을. 마히트는 생각했다.

"네, 우리도 술이 있어요. 아주 많이. 어떤 종류를 좋아하죠?"

"난 이 바 저 바 돌아다니곤 했어요. 지역 문화죠, 알죠? 아는군요!"

골라에트의 손이 마히트의 팔로 돌아왔고, 마히트는 상대방에게 혐오감 섞인 동정심을 희미하게 느꼈다. 이 여자는 정부에 의해 여기에 파견되었고, 그 정부는 새로 테익스칼란의 보호국이 되었고, 여자는 혼자였다.(마히트가 혼자인 것처럼. 하지만 마히트는 원래 혼자일 예정이 아니었다.) 테익스칼란에서 혼자 있는 건 깨끗한 공기 속에서 질식하는 것과 비슷했다.

바에 있는 모든 술을 다 마시면서 그걸 지역 문화 체험이라고 부를 수도 있을 것이다.

"여기에 얼마나 있었어요?"

마히트가 물었다. 마히트가 시티에 들어오자마자 세 가닥 해초가 지상차에서 물은 것과 똑같은 문장이었다. 세계에 얼마나 오래 있었나요?

골라에트는 어깨를 으쓱였다.

"몇 달 정도요. 이제 내가 제일 신참이 아니네요. 바로 당신이죠. 우리 살롱에 와요. 더 먼 행성계에서 온 여러 대사가 2주에 한 번씩 모여서……."

"그래서 뭘 하는데요?"

"정치요."

골라에트가 미소를 짓자 상냥하고 약간 멍해 보이는 분위기가 사라졌다. 그녀는 작은 이가 수두룩하게 나 있었고, 대부분은 뾰족했다. 그것은 스테이션인의 미소가 아니었으나 테익스칼란인의 미소도 아니라고, 마히트는 현기증을 느끼면서 생각했다. 넓디넓은 우주여, 점프게이트가 사람을 얼마나 멀리까지 데려갈 수 있는지. 반대편의 사람들은 사람일까, 아니면 사람처럼 보이지만 사람이 아닌 무언가일까.

그게 테익스칼란인이 느끼는 방식일 것이다. 마히트는 확실하게 이해했다, 그렇지?

"초대장을 보내 줘요. 르셀 정계는 다바의 정치에 관심이 있을 것 같군요."

골라에트의 표정은 변한다기보다는 굳어졌다. 뾰족한 이가 더욱 날카로워졌다. 마히트는 이를 뾰족하게 갈아 내는 게 다바의 유행인지, 아니면 자유낙하 돌연변이처럼 고립된 인구에서 나타난 고유한 특징의 예인지 궁금했다.

"당신 생각보다 더 그럴걸요, 대사. 우리의 테익스칼란인 행성 지사는 이런 행사에 우리를 초대하는 건 고사하고 우리에게 거의 신경조차 쓰지 않아요. 당신의 스테이션도 주목해야 할지도요."

마히트는 그게 위협인지(살롱에 와서 우리 소_1반 내사 모임에 합큐해, 그러면 테익스칼란이 너희까지 잡아먹을 때 갈기갈기 찢어지지 않고 온전하게 남을 수 있을 거야.), 아니면 순수한 동정의 발로인지 알 수가 없었다. 어느 쪽이든, 마히트는 모욕을 당했다. 이 여자는 다바에서 왔다. 여전히 거기가 실크로 유명한지 수학으로 유명한지는 기억이 안 나지만. 그리고 이 여자는 자신이 마히트에서 충고를 할 수 있다고 생각했다. 마히트는 하룻밤 치 충고는 들을 만큼 들었다.

이번에 마히트는 입술을 이가 다 드러날 정도로, 찡그림에 가깝게 뒤로 젖히며 미소를 지었다.

"그럴지도요. 아무래도 새 음료수를 찾는 편이 좋겠어요, 골라에트 대사. 좋은 밤 보내요."

발뒤꿈치를 대고 돌자 연회장 안이 다시 빙 돌았으나 마히트는 아직은 똑바로 걷고 있다고 생각했다. 그녀가 르셀 스테이션에 실제로 해를 끼칠 수 있는 사람을 만나기 전에 여기서 나가야 했다. 혼자 있어야 했다.

동궁의 공식 알현실에는 여러 개의 나가는 문이 있었다. 마히트는 무작위로 하나를 고르고, 거기로 빠져나가서 황제의 요새 내 기계들 사이로 사라졌다.

지상궁의 대부분은 대리석과 금, 별 모양 음각과 흐린 조명, 영구적인 새벽 가까운 상태로 이루어져 있었다. 스테이션이 제일 가까운 행성을 다시 돌 때 바라보는 모습처럼, 선플레어와 끝이 뾰족한 별들이 섞인 모습. 마히트가 예상했던 것보다 사람은 반도 안 됐고 거의가 경비도, 경찰도 아니었다. 이 실내 장식과 굉장히 잘 어우러질 법한 금색 면갑을 쓴 선리트는 하나도 보지 못했다. 그저 옅은 회색 완장을 차고, 늘씬한 근육질에 충격봉으로 무장한 표정 없는 남녀 몇 명밖에 없었다. 그들은 굉장히 위험할 것처럼, 또는 누가 덤비면 위험한 모습을 드러낼 것처럼 보였다. 테익스칼란에는 심지어 황궁에조차 발사 무기가 없었다. 우주의 문화 몇 가지는 결국에 가장 문명화된 장소까지 퍼진다. 그녀는 충격봉을 든 경비들이 지키는 문은 피했고, 그 외에는 제지받지 않고 돌아다닐 수 있었다. 가서는 안 되는 장소만이 유일한 이정표였다.

  정원을 발견했을 무렵에는 좀 더 정신을 차려서 어지럽지도, 속이 메스껍지도 않았다. 그저 웅웅거리고 간지러운 듯한 이상한 느낌뿐이었다. 마히트는 진짜 술기운이 떨어진 것과 완전히 정신이 들지 않은 것 양쪽 모두에 기뻐하다가 자신이 들른 곳이 어떤 정원인지를 깨달았다. 한가운데에 조그만 하트형 조각이 있었다. 여기는 정원이라기보다는 방이었다. 주위를 둘러싸고 병 같은 모양으로 깔때기 형태로 밤하늘을 향해 뚫려 있었다. 시티의 습한 바람이 그쪽으로 타고 내려와서 부드럽게 지나갔다. 공기는 수분으로 무거워서 마히트의 폐를 느릿느릿 통과했고, 정원 벽을 4분의 3이나 타고 올라간 식물들에 수분을 공급했다. 아주 짙은 초록색과 연하고 완벽한 새 초록색들, 그리고 줄기에 달린 수천 송이의 붉은 꽃. 그리고 그 꽃에서 부리가 길고 마히트의 엄지손가락 길이나 될까 싶은 새들이 꿀을 마시고, 공중에 떠 있다가 벌레처럼 다이빙을 했다. 새들의 날갯짓이 윙 소리를 냈다. 정원 전체가 그 소리로 울렸다.

  정원으로 두 걸음 들어갔다. 바닥을 넢은 이끼 때문에 발소리가 나지 않았다. 마히트는 경탄해서 한 손을 들어 올렸다. 조그만 새 한 마리가 올라와 손가락 끝에서 균형을 잡고 있다가 다시 날아갔다. 심지어 새의 무게조차 느껴지지 않았다. 마치 유령 같았다. 어쩌면 아예 앉지 않았는지도 몰랐다.

이런 장소는 스테이션에는 존재하지 않았다. 대부분의 행성에 존재할 수 없었다. 기묘하고 어두운 성역으로 더 깊이 들어오면서 마히트는 새들이 어떻게 깔때기 위로 날아가서 테익스칼란의 둥근 천장식 하늘로 도망치지 않는지 알기 위해 위를 쳐다보았다. 바깥도 이 새들이 살 만큼 따뜻하겠지만, 이렇게 멋지지는 않고 빨간 꽃도 이 정도로 많이 없을 터였다. 어쩌면 구조된 것만으로도 이 새들 모두가 기꺼이 여기 머물려고 하는 걸지도 몰랐다.

구조, 그리고 가늘게 엮은 그물. 고개를 정확히 올바른 각도로 기울이자 깔때기 입구에 거의 눈에 보이지 않는 은색 그물을 볼 수 있었다.

"왜 여기 있지?"

누군가가 말했다. 높은 목소리. 가늘고 명령에 익숙한 투. 마히트는 위를 보던 것을 멈추었다.

90퍼센트 클론이었다. 여덟 가지 해독제, 여섯 방향이 열 살일 때를 고스란히 닮은 모습. 아이의 긴 검은 머리는 풀려서 어깨 아래까지 내려왔으나 그 외에는 마히트가 손목을 내미는 동안 자신의 원조 옆에 서 있던 때처럼 흠잡을 데 없는 모습 그대로였다. 키는 크지 않았다. 크게 되지도 않을 것이다. 황제에게서 물려받지 않은 유전자 10퍼센트가 큰 키와 관련된 유전 표지자marker를 갖고 있지 않은 한은. 여기, 이 기묘하게 갇힌 아름다운 새들이 있는 방에서 아이는 편안함의 표상이었고, 마히트가 마치 궤도를 도는 동안 피해야만 하는 불편한 우주의 잔해 조각인 것처럼 쳐다보고 있었다.

"르셀 스테이션의 새 대사지? 왜 파티장이 아니라 여기에 있는 거야?"

열 살 먹은 어린애치고는 신랄할 정도로 단도직입적이었다. 마히트는 여섯 살에 궤도역학을 공부한다는 두 개의 지도, 다섯 개의 마노의 조그만 맵을 떠올렸다. 아이들은 자기들이 알아야 한다고 기대되는 것을 배운다. 르셀에서 마히트는 열 살에 선체의 구멍을 막는 법, 들어오는 우주선의 궤적 계산하기, 가장 가까운 탈출 구명정이 어디에 있고 응급 상황에 그걸 어떻게 써야 하는지를 알았다. 또 테익스칼란 상형문자로 자기 이름을 쓸 줄 알았고, 몇 편의 시를 욀 수 있었으며 자신의 조그만 방에서 잠이 안 든 채 아홉 개의 난초처럼 먼 행성에서 모험을 하는 시인이 되는 꿈을 꾸는 법을 알았다. 이 아이의 꿈은 뭘까?

"전하, 저는 황궁 안을 좀 더 보고 싶었습니다. 함부로 침입했다면 사죄드립니다."

"르셀의 대사는 호기심이 많나 봐."

여덟 가지 해독제는 풍자시의 서두처럼 말했다.

"그런 것 같습니다. 이건 혹시…… 여기 자주 오시나요? 이 조그만 새들은 전부 참 아름답군요."

"휘차후이틀림."

"그게 이 새들의 이름인가요?"

"여기 있는 것들은 그렇게 불리지. 원래 있던 저 밖에서는 다른 이름이야. 하지만 이것들은 황궁의 벌새야. 르셀에는 새가 없다지."

"네." 마히트가 천천히 말했다. 이 아이는 이스칸드르와 아는 사이였다. 그리고 이스칸드르는 아이의 머리에 르셀 스테이션이 어떤 곳인지 일종의 환영을 불어넣어 놓았다. "없어요. 저희는 동물들이 별로 없지요."

"그런 장소를 한번 보고 싶네."

마히트는 중대한 정보의 조각을 놓치고 있었다.(그녀는 혼자 비공식적으로 이 아이를 만날 일은 원래 없었을 거라고 확신했다.)

"그러실 수 있지요. 전하는 젊고 권력 있는 분이십니다. 나이가 차셨을 때에도 전하께서 원하신다면 르셀 스테이션은 전하를 맞이하는 영예를 기꺼이 누릴 것입니다."

여덟 가지 해독제가 웃었을 때, 그것은 열 살 소년의 웃음이 아니었다. 약간 특이하고, 씁쓸하고, 영리한 웃음소리였고 마히트는…… 정확히 뭐라 특정하기 힘든 어떤 감정이 들었다. 모성 본능의 흔적. 이 새들을 알고, 친구나 경호원도 없이 황궁에 홀로 남겨 둔 이 아이를 껴안고 싶었다.(어딘가에 분명히 경호원이 있을 것이다. 혹은 시티 그 자체가, 완벽한 알고리즘이 그들 둘을 지켜보고 있을 수도 있다.)

"한번 물어볼 수도 있겠지. 물어볼 수 있을 거야."

"그러실 수 있죠."

여덟 가지 해독제가 어깨를 으쓱였다.

"그거 알아? 손가락을 꽃 안에 넣으면 휘차후이틀림이 손에서 바로 꿀을 받아 마시는 거. 녀석들은 혀가 길어. 그래서 심지어는 몸에 닿을 필요도 없어."

"몰랐어요."

"그대는 나가야 해. 그대가 있어도 되는 곳이 절대 아니니까."

여덟 가지 해독제의 말에 마히트는 고개를 끄덕였다.

"그런 것 같군요. 좋은 밤 되십시오, 전하."

여기서 등을 돌리는 것은 상대가 설령 열 살이라도 위험하게 느껴졌다.(어쩌면 그가 열 살이고 사람들이 그에게 등을 돌리는 것에 익숙하기 때문에 그런 명령을 내릴 수 있게 되었는지도 모른다.) 마히트는 복도를 따라서 정원과 그 거주자들에게서 멀어지는 내내 생각했다.

심지어는 몸에 닿을 필요도 없어.

어느 친절한 사람이 이 미로 같은 곳을 몇 시간씩 돌아다니는 신하들과 공무원들의 발을 생각했는지 대형 연회장과 태양-창 왕좌 근처에 있는 복도 한 곳을 따라 낮은 벤치를 나란히 설치해 놓았다. 대부분은 사람들이 앉아 있었지만 마히트는 구석에 텅 비어 있는 자리를 발견하고 차가운 대리석에 앉았다. 허리께가 여전히 아팠다. 이제는 더 이상 취기가 느껴지지 않았고 무엇보다도 피곤했다. 매번 눈을 감을 때마다 정원에서 새들과 함께 있는 **여덟 가지 해독제**가 떠올랐다.

그 애가 널 보고 싶어 할까, 이스칸드르? 다시금 마히트의 머릿속 침묵은 채울 수 없는 공백, 빠질 수 있는 구멍으로 느껴졌다. 마히트는 뒤의 벽에 기대고 고르게 숨을 쉬려고 노력했다. 연회장 안의 사람들 목소리가 족히 10미터쯤 떨어진 곳에서도 들려왔다. 희미하고 요란한 웃음소리. 그 애한테 우리 스테이션에 관해서 뭐라고 말을 한 거야?

거의 눈치채지도 못한 사이에 어떤 남자가 옆자리에 앉았다. 미히트는 남자가 어깨를 가볍게 두드릴 때까지 눈을 감고 있다가 놀라서 몸을 벌떡 세웠다. 남자는 테익스칼란인이었고(당연하지, 달리 여기 누가 있을까.) 딱히 눈에 띄는 데는 없었다. 제복으로 알아볼 수 있는 부서 소속은 아니었다. 그저 중년 초반에 짙은 초록색으로 별 무늬가 수 놓인 여러 겹의 짙은 초록색 정장을 입었고, 마히트가 절대로 기억 못 할 거라고 자신할 만한 얼굴이었다.

"……뭐죠?"

"그 작고 끔찍한 핀을 안 달고 있네?"

남자가 대단히 만족스러운 기색으로 말했다.

마히트는 미간이 찌푸려지는 것을 느꼈으나, 테익스칼란인에 적절한 무표정을 애써 유지했다.

"미나리아재비 핀이요? 네. 안 했죠."

"그래 주니 댁한테 망할 놈의 술 한 잔을 사고 싶소, 젠장. 댁 같은 사람은 여기 많지 않아서 말이지."

남자에게서 알코올 냄새가 강하게 풍겼다.

"그런가요."

마히트는 신중하게 말했다. 일어나고 싶었으나 이 술 취한 낯선 남자가 그녀의 팔목을 잡고 꾹 쥐고 있었다.

"아니, 적은 편이오. 혹시 당신, 군함을 탔소? 군함을 탈 만한 타입의 여자로 보이는데……."

"난 복무한 적이 없어요. 그런 식으로는……."

"꼭 타시오. 내가 제국에 바친 최고의 10년이었고, 군은 댁처럼 키 큰 여자를 좋아하거든. 댁이 시티 출신인지 아닌지 그런 건 전혀 중요하지 않소. 야오틀렉의 명령에 따르고 전우들을 위해 죽을 수만 있으면……."

"어느 중대에서 복무했죠?"

"영광스럽고 영원한 제18군단, 별빛의 축복을 받은 하나의 번개님 휘하요."

마히트는 자신이 방금 모집 광고를 들었다는 걸 깨달았다. 길거리에서 하나의 번개의 이름을 외치고, 영원히 타오르는 별들이 그 관심과 총애를 옮겨 새로운 사람에게 내렸다고 단합된 목소리로 외침으로써 순수하게 그 환호만으로 현 황제를 밀어내길 바라는 사람들을 모집하는 광고.

"하나의 번개가 어떤 전투에서 이겼는데요?"

마히트는 이 취객으로부터 그들의 정신 상태 일부를 이해하고 그 환호 뒤의 논리를 알아내면 좋을 거라 생각하고 물었다.

"그게 무슨 망할 놈의 질문이야?" 남자는 즉시 하나의 번개 찬양에 나서지 않은 마히트에게 대단한 모욕을 받았는지 일어섰다. 이제는 마히트의 팔을 꽉 잡고 있었다. "너, 망할 것, 감히 어떻게⋯⋯."

논리는 없어, 그냥 감정과 충성심이고 알코올로 격화됐군. 남자가 흔들어서 마히트의 이가 두개골 안에서 서로 딱딱 맞부딪쳤다. 난 당신네 사람도 아니라고! 그렇게 소리를 지르면 과연 이 남자가 물러날지 더욱 화를 낼지 알 수가 없었다.

"난 그러려던 게⋯⋯."

"그 망할 핀을 달고 있지 않지만 너도 그런 놈들하고 똑같이⋯⋯."

"내 핀 말인가?"

세련되고 차분한 또 다른 목소리가 들렸다. 술 취한 남자는 즉시 마히트를 떨어뜨리고(돌 벤치라서 떨어지니 아팠지만 그래도 이쨌든 그녀는 기뻤다.) 돌아서서 서른 송이 미나리아재비 본인을 마주했다. 여전히 파란색 정장에 왕관 모양 장식을 한 근사한 모습이었다.

"각하."

남자는 황급히 손 위쪽으로 절을 했다. 얼굴은 정장과 전혀 어울리지 않는 토할 것 같은 초록색이 되었다.

"이름을 못 들은 것 같은데. 정말로 미안하군."

"열한 그루 침엽수입니다."

"열한 그루 침엽수. 자네를 알게 되어서 얼마나 반가운지 모르겠네. 이 젊은 여성분께 뭔가 원하는 게 있나? 불행히도 이 사람은 야만인이야. 이 사람이 자네를 모욕했다면 내가 대신 사과를 하지."

마히트는 입을 벌리고 그를 쳐다보았다. 서른 송이 미나리아재비는 열한 그루 침엽수가 숙인 머리 위로 마히트를 향해서 윙크했다. 그녀는 입을 다물었다. 서른 송이 미나리아재비는 위험했다. 자존심 강하고, 영리하고, 남을 조종했다. 마히트는 왜 이 남자가 에주아주아카트가 되고 그다음에 황위의 공동 후계자가 되었는지 그의 활동을 직접 보면 이해하게 될 거라던 다섯 개의 마노의 말이 무슨 뜻인지 깨달았다. 그는 홀로그래프처럼 유연하고, 빛처럼 굴절되고, 각기 다른 접근법에서 각기 다른 말을 했다.

"자, 그러면 자네와 나는 나중에 이야기를 좀 하지, 열한 그루 침엽수. 우리의 차이를 생산적으로 해결할 수 있을지 보자고. 자네가 범죄를 저지를 정도로 화가 났다는 걸 나도 이해했으니까 말이야."

"범죄요?"

열한 그루 침엽수가 희미한 공포 속에서 물었다.

"폭력은 범죄네. 하지만 이 야만인은 자네를 용서할 테지. 안 그렇습니까? 지금은."

마히트가 고개를 끄덕였다.

"지금은요."

그녀도 장단을 맞추고, 상황이 어떻게 흘러가는지 보기 위해 기다렸다.

"이분은 자기 물건들이랑 놔두고 파티로 돌아가는 게 어떤가, 열한 그루 침엽수? 정치 같은 건 놔두고, 저 안에서 더 나은 음료와 상당한 춤을 즐길 수 있다는 사실에는 동의하겠지?"

열한 그루 침엽수는 고개를 끄덕였다. 그는 못에 찔린 채 빠져나오려고 버둥거리는 사람처럼 보였다.

"맞는 말씀이지요, 각하. 전…… 그러도록 하겠습니다."

"그렇게 하게. 난 나중에 들르겠네. 자네가 좋은 시간을 보내고 있는지 확인하러 말이야."

그 말은 노골적인 협박이라고 마히트는 생각했다. 열한 그루 침엽수는 복도를 따라 황급히 가 버렸고, 이제 마히트는 서른 송이 미나리아재비와 단둘만 남았다. 하룻밤에 두 명의 황위 후계자야, 이스칸드르. 너도 이렇게 한 적 있어? 척골신경이 다시 온통 따끔거렸고, 마히트는 그게 이마고의 남은 부분 전부가 아닐까 궁금했다. 신경장애의 잔상.

"감사의 말을 드려야 할 것 같네요."

마히트가 서른 송이 미나리아재비에게 말했다.

"오, 별거 아니에요. 그가 당신을 흔들고 있었으니까요." 그는 양손을 넓게 펴며 말했다. "당신이 누구든 간에 난 끼어들었을 겁니다. 대사."

"그래도요."

"됐어요." 그가 잠깐 뜸을 들이다 말했다. "길을 잃었나요, 대사? 여기 복도에서."

마히트는 이가 전부 드러나는 르셀식 미소를 지었다. 서른 송이 미나리아재비는 혼란스러웠는지 마주 미소를 짓지는 않았다.

"돌아가는 길은 알아서 찾을 수 있어요, 각하. 길은 전혀 잃지 않았답니다."

마히트는 새빨간 거짓말을 했다.

그리고 그 말을 증명하기 위해 벤치에서 일어나서 아주 신중하게 걸었다. 아픈 엉덩이 때문에 발을 절지 않으려고 노력하면서, 에주아주아카트를 뒤에 남겨 두고 파티의 고함과 소음 속으로 돌아갔다.

사람들이 춤추고 있었다. 마히트는 즉석에서 춤을 추지 않기로 결심했다. 춤을 추지 않는 것을 야만적으로 행동하는 방법의 일환으로 쓰기로 했고, 이미 늦은 시간이라 돌아가는 방법을 찾기만 하면(그리고 어디로 가야 하고, 언제 떠나야 하는지도. 열아홉 개의 자귀의 집으로 돌아가? 대사관저로?) 당장 떠날 것이다.

춤은 짝을 지어 추었지만 파트너를 서로 바꾸는 집단도 있었다. 그것은 긴 사슬, 프랙털 구조처럼 연회장에서 모양을 바꾸어 패턴을 형성했다. 별 지도. 마히트는 그렇게 생각했고, 그러다 신호를 받은 것처럼 의식의 표면에서 아홉 개의 옥수수의 풍자시「이것들은 끝이 없다」가 떠올랐다.

"거기 계셨군요." 마히트가 돌아보니 열아홉 개의 자귀의 귀중한 보좌가 바로 뒤에 서 있었다. 다섯 개의 마노는 한 손을 세 가닥 해초의 등 윗부분에 올리고 지탱해 주고 있었다. "대사님의 담당자를 찾았고, 두 분 모두 집으로 모시고 가라는 명령을 받았습니다."

세 가닥 해초는 더 이상 활기차게 취해 있지 않았다. 관자놀이가 회색으로 창백하고, 지쳐 보였다. 세 가닥 해초가 병원에서 나온 지 겨우 서른 시간밖에 안 됐음을 떠올린 마히트는 그녀의 팔을 낚아채고 싶은 부적절한 충동을 억눌렀다. 다섯 개의 마노는 확실히 두 사람 모두를 잘 돌보고 있었다.

"뭘 봤어요?"

연회장을 가로질러 가는 동안 세 가닥 해초가 물었다. 어디 갔었어요가 아니고 뭘 봤어요. 혼자 몰래 빠져나간 마히트를 꾸짖는 질문이 아니었다. 어느 정도는.

마히트가 대답했다.

"새요. 새가 가득한 정원."

그리고 그들은 밖으로 나가서 지상차를 타고, 다시 북황궁으로 돌아갔다.

9장

아세크레타, 3급 귀족(은퇴),
열다섯 개의 엔진의 인사 기록 검색 결과:
[……] 14.1.11(여섯 방향 통치기)에 활동하던 부서 지위에서 은퇴, 조기 연금을 받음. 오딜과 주위 서쪽 호 지역의 현지 급진주의자들과 아세크레타의 비공인 관계에 대한 조사를 시작하는 대신 이루어진 은퇴 요청. 아세크레타는 은퇴 과정 내내 오딜의 연락책들이 기본적으로 사교 관계이고 우연히 정치적이었으며, 정보부 요원에게 기대되는 선동 및 반황실 정서 보고를 했다는 주장을 견지함. [단락 삭제: 보안 19조] [……] 어쨌든 은퇴 또는 조사를 제안했을 때 그는 더 이상의 해명 없이 은퇴를 선택함. 아세크레타의 은퇴 이래로 클라우드후크 활동의 월간 보고는 선동 경향성을 보이지 않음. 추천: 현재 강도로 감시 지속.

— //접속//정보, 아세크레타 세 가닥 해초, 246.3.11에 데이터베이스 문의 수행, 황궁 내 보안 구역에서 개인 클라우드후크 사용

비인간과 스테이션인의 접촉은 기본적으로 이웃 정부의 원조를 통하여 중재되었다. 중요한 사례는 테익스칼란 제국과 에브레크트 사이의 현 조약이다. 스테이션 우주는 에브레크트 우주와 점프게이트 포인트를

전혀 공유하지 않으므로 에브레크트와 테익스칼란의 평화 조약은 스테이션과 에브레크트 함선들의 관계를 정상화하기에 충분했다. 스테이션의 주권 문제에 관해서는 지난 60년 동안 광부협회 의원과 유산협회 의원들이 계속해서 지적해 왔다. 어쨌든 스테이션 우주에 비인간이 등장하여 발생하는 직접 접촉을 막는 것은, 정책의 수정이 거의 필요치 않을 것 같다. [……]

— 회원 자격 심사의 일환으로 겔라크 르란츠가 산협회에 제출한 논문「점프게이트 라인을 넘은 스테이션의 조약 결정」, 조종사협회 데카켈 온추의 접속, 248.3.11 테익스칼란력 추정

아침 뉴스피드는 전쟁으로 가득했다.

뉴스피드가 시작되었을 때 마히트는 **열아홉 개의 자귀의 새벽빛 접수 사무실**에서 세 **가닥 해초** 맞은편에 앉아서 숟가락으로 포리지를 먹고 있었다. 그녀와 담당자와 에주아주아카트가 일종의 기묘한 가족이라도 되는 것처럼 말이다. **열아홉 개의 자귀의 인포스크린** 무리가 세 사람의 위를 돌면서 테익스칼란 전함들의 스톡 영상을 끝없이 계속해서 보여 주었다. 전함에 타는 병사들, 그 장엄하게 커다란 포문, 회색 옆구리에 밝게 색칠된 태양의 금색과 피 같은 빨간색 휘장. 뉴스피드 해설자들은 열광적이었고 발언은 모호했다. 전쟁이 있었다. 그것은 정복 전쟁이었고, 테익스칼란을 위하여 우주의 넓고 검은 보이드를 더 많이 차지하려고 정복군이 출발했다. 넓고 검은 보이드와 그 안에 자리한 밝은 행성이라는 보석들. 모두가 제국의 전투 깃발 아래 포함될 준비가 되어 있었다. 즉위 전쟁. 모두가 아주 흥분해서 20년 만에 처음으로 제국이 전시편성을 함으로써 무역에서 가장 큰 이득을 보게 될 세력에 대해 이야기했다. 마히트

는 노력했었지만 어제 저녁에 숙취가 생길 만큼 많이 마시지 못한 데다, 차라리 숙취가 있었더라면 싶었다. 그랬으면 이렇게 속이 메스꺼운 데 대한 변명이 되기 때문이었다. 강철. 마히트는 생각했다. 강철과 전함 건조와 공급 라인. 암나르트바트 의원과 타라츠 의원은 제국에 몰리브덴을 팔아서 르셀이 얼마만큼의 돈을 벌지 재협상할 수 있을지도 모른다. 유용한 전쟁이 될 수도 있었다……

마히트는 자신이 불안정하고 중력이 계속 변화할 때 느끼는 것 같은 욕지기를 없애기 위해서 노력하고 있다는 걸 잘 알았다. 특정한 지식 때문에 그녀는 이것이 유용한 전쟁이 아니리라는 걸, 르셀에는 유용하지 않으리라는 걸 알았다. 지금의 테익스칼란 상태로는.

뉴스피드가 지역 신문의 최신 정보에서 화려한 장관과 임박한 군사 활동 상황으로 넘어가자(테익스칼란 방송 진행자들이 어떻게 하는지 잘 아는 장르인 것 같았다.), **열아홉 개의 자귀**의 보좌 한 명이 찻잔 대신에 그 향기로 봐서 신선한 커피라고 여겨지는 액체가 가득한 유리잔을 갖고 마히트 옆에 나타났다.

커피, 차보다 더 강한 흥분제. 모두가 전시편성에 들어가 있다, 안 그런가?

"이건 별로 유익한 전쟁이 아니에요."

세 가닥 해초가 날카롭게 말했다. 처음으로 다시 돌아간 뉴스피드에서는 전함의 입구며 금색과 회색의 병사들이 행진하는 것과 진행자들의 의례적인 말이 흘러나왔다.

열아홉 개의 자귀는 그녀에게 대답이라도 되는 것처럼 조그만 커피잔을 건넸다.

"좀 기다려. 할 수 있을 때 좀 쉬어, 아세크레타. 아주 금방 그럴 여유가 별로 없게 될 테니까."

세 가닥 해초는 진행자들의 다급하고 숨 가쁜 행동을 놀랄 만큼 정확히 흉내 내면서 물었다.

"각하께서는 우리 사령관이 누가 될 거라고 생각하세요? 에주아주아카트라는 어마어마한 영예를 누리고 계시고, 제국의 심장에서 이루어지는 결정에 아주 가까이 계시잖아요."

열아홉 개의 자귀는 대단히 차분하게 말했다.

"마히트, 당신 담당자는 여배우이자 심문관이군요. 참 드문 행운이에요."

마히트는 뭐라고 해야 할지 알 수 없었다. 세 가닥 해초의 뺨이 조금 달아오른 걸 보니 칭찬인 것 같았다.

"저보다는 세 가닥 해초가 훨씬 덜 단도직입적으로 말하니까요. 저라면 각하께 누가 사령관으로 낙점될 거라고 생각하시는지, 정말로 다른 야오틀렉이 아니라 하나의 번개인지 물어볼 겁니다."

"그렇게 될 거예요. 내기 판돈을 두 배로 걸어도 좋아요. 만약 당신이 공공 도박의 부패와 안전하게 떨어져 하필 내 아파트에 갇혀 있지 않다면 말이죠."

그들은 희한하게 열아홉 개의 자귀가 마히트를 죄수로 잡고 있는 것에 관해 농담을 하고, 마히트는 실제로 그걸 웃기다고 생각하는 상태에 이르렀다. 이 발전을 좋은 걸로 받아들인다는 사실이 논리정연한 것인지 알 수가 없었다. 아침 식사를 하는 동안 즉각적인 죽음을 기다릴 필요가 없으니까 근사하고 기분 좋다고 생각하는 건 둘째치고 말이다. 다섯 개의 마노는 연회 끝에 마히트와 세 가닥 해초를 챙겨서 달리 갈 수 있는 곳이 없는 것처럼 열아홉 개의 자귀의 사무실 복합건물로 데리고 돌아왔다. 완벽할 정도로 확고하게 모든 결정이 이미 내려진 상태였다. 그녀와 함께 돌아오는 건 끔찍한 타협이었고, 마히트도 그렇다는 걸 알았지만 군중 앞에서 거절하는 것은 더 나빴으리라고 생각했다. 대체 안전한 곳이 어디 있겠나? 협력자들을 밀어냈는데 과연 누가 마히트를 믿겠는가?

게다가 열아홉 개의 자귀는 공개적으로 마히트와, 그리고 르셀과 관계를 공고히 했다. 마히트가 열아홉 개의 자귀에게 확실하게 묶인 것처럼 말이다.

마히트는 숟가락 뒤쪽을 핥았다.

"제가 스테이션에서 받는 봉급은 공공 도박에 의존하지 않아도 완벽하게 적절한 금액이에요."

"그러면서 당신은 열 개의 진주 앞에서 무식자인 척했지요. 의존하지 않으면서도 적절하게. 당신은 이스칸드르보다 더 나빠요."

"왜죠?"

"이스칸드르는, 내가 만났을 때 당신보다 한 살이나 두 살쯤 더 많았을까? 그리고 내가 내 마지막 파병에서 돌아와 여섯 방향 폐하로부터 에주아주아카트가 되었을 때 이미 황실의 고정인물이었어요. 이스칸드르는 테익스칼란을 좋아했죠. 하지만 디즈마르 대사, 당신은 대사가 되지 않았다면 시민권을 따려고 하지 않았을까요."

마히트는 움찔하지 않았다. 움찔하지 않은 자신이, 이런 대답을 하는 자신이 자랑스러웠다.

"과학부 장관은 그런 신청을 절대로 승인하지 않을걸요."

마히트는 포리지도 한 숟가락 더 떠먹었다. 그리고 세 가닥 해초와 열아홉 개의 자귀 둘 다 웃는 것에 다시금 자랑스러워졌다. 그들의 웃음소리를 들으니 민망함, 시민권을 선택지에 넣을 만큼 야만인이 아니라고 봐 준 데 대한 고마움, 고마운 감정을 느낀 자기 자신을 향한 혐오가 한꺼번에 들었다.

뉴스피드가 하늘궁 내부 뉴스 서비스의 별이 폭발하는 상형문자로 변하자 마히트는 안도했다. 세 사람이 모두 공식적인 발표를 보는 와중에 **열아홉 개의 자귀**가 마히트의 충성심에 관해 취조하는 것은 힘들 것이다. 폭발하는 별 모양은 **여섯 방향**의 모습으로 바뀌고, 그 양옆에는 야오틀렉이라고 추측되는 테익스칼란인 무리가 서 있었다. 지금 행성 내에 있으며 공보 활동에 참여 가능한 모든 장군. 그들은 대단히 날카로운 갈대 뭉치처럼 똑바로 서 있고 빛이 났다. 그 가운데에서 **여섯 방향**은 늙어 보였다.

황제가 클라우드후크에서 읽어 내는 선언은 짧고, 간결하고 정확한 수사학적 폭탄이었다. 꽃이 태양을 바라보는 것이나 사람이 산소를 들이마시는 것처럼, 테익스칼란은 다시금 별들을 향해 나아가고 있다. 마히트는 **열아홉 개의 자귀**의 얼굴을 응시했다. 가늘어진 눈, 입 가장자리의 긴장감. 존경심, 그리고 두려움과 같은 영역이지만 모욕감은 아닌 어떤 것이라고 마히트는 생각했다. **열아홉 개의 자귀**는 이 연설의 내용을 점검했을까, 혹은 심지어 상담까지 했던 걸까?(그리고 언제부터 알고 있었을까? 어제 연회 이후로? 그보다 훨씬 더 전, 그녀가 마히트와 **세 가닥 해초**에게 전쟁이 어떤지에 관해 두 사람만큼 무지한 척했던 때에?)

우리는 파르즈라완들락 섹터로 향하고 있다. **여섯 방향**이 말했다. 그 얼굴에 갑자기 테익스칼란 우주의 별 지도가 겹쳤다. 금빛 행성인 시티가 두 눈 사이에 떠 있다. 그러다 별 지도가 변해서 함대가 택할 방향과 배들이 한데 모여 막을 수 없는 함대의 선두로 변하는 지점들을 보여 주었다.

마히트는 그 별들을 알았다. 섹터 이름도 알았다. 하지만 스테이션어로 알지, 테익스칼란어 자음을 통해 변환된 건 몰랐다. 바르츠라반드, 즉 '고원'. 흩어져 있던 스테이션인들이 오래전 전부 정착했던 우주의 한 섹터. 마히트는 항상 뉴스피드에서 별 지도의 방향을 반전해서 보곤 했다. 마치 반대편에서 그것들을 보는 것처럼 말이다. 어릴 때부터 그녀를 끌어당겼던 정확한 선. 이스칸드르는 대사관저에 있는 침대 위에 똑같은 방향으로 별 지도를 걸어 놓았다. 르셀이 제국을 바라보는 방향으로.

물론 테익스칼란이 원하는 건 르셀이 아니었지만 마침내 손에 넣는다면 상당히 기뻐할 것이다. 르셀과 다른 모든 조그만 스테이션들은 돌격하는 함선 무리가 지나가는 길에 있었다. 거기 너머는 에브레크트와 그보다 더 낯설거나 인류가 발견하지 못한 종족들이 사는 외계 영역이었다. 그 너머 역시 테라포밍하거나 식민지화해서 자원을 추출할 수 있는 행성들이 있을 것이다. 제국은 다시금 입을 쩍 벌려 피투성이 이빨을 드러냈다. 테익스칼란은 끝없는 자기정당화된 욕망 그 자체였고, 테익스칼란식으로 우주를 생각하는 방법 또한 그랬다. 제국과 세계. 둘은 똑같은 거였다. 만약 아직 그렇지 않다면, 그렇게 만들 것이다. 이것이 별들의 올바르고 제대로 된 의지이니까.

르셀 자체는 우연한 경품 이상일 거라고 마히트는 가능한 한 냉정하게 생각했다. 가장 오래되고 계속해서 인간이 살아온 인공적인 작은 세계. 최고의 조종사가 가득하고, 별의 파편에서 몰리브덴과 철을 채굴하기 위해 정확하게 보정된 자원 추출 시스템이 있고, 거기에 대부분의 현지 우주를 지배하는 중력우물에서 완벽한 위치에 있으며 그 지역에 단 두 개 있는 점프게이트를 포함한다.

우리는 **하나의 번개의 빠른 손길**에 의해 몰아치는 파도를 신뢰하고, 그래서 그를 이 전쟁에서 우리 군단의 지휘관인 야오틀렉-네마로 지명한다. 황제의 마지막 말에 아무도 놀라지 않았다.

"음. 저건…… 틀림없네요."

세 가닥 해초가 말했다.

"맞아요. 그런 것 같군요."

자신이 듣기에도 대단히 차분한 어조로 마히트가 말했다.

"내가 첫 번째로 고른 대상은 아니에요. 하지만 그분이 항상 내 말을 들어주시는 건 아니라서." **열아홉 개의 자귀**는 한숨을 쉬고 어깨에 단단히 힘을 주었다. 어쩌면 저렇게 계속해서 인간적으로, 남들이랑 다를 게 없는 것처럼 구는 걸까? **열아홉 개의 자귀**는 테이블에서 물러섰다. "하지만 이 소식에 대사로서 당신의 가치는 더 높아졌다는 걸 깨달았겠죠, 마히트. 내가 당신을 늑대들에게 내던질 거라는 생각은 잠시라도 하지 말아요."

여전히 포로라는 말이군. 여전히 **열아홉 개의 자귀**에게 협력자로서, 혹은 통제 가능한 대상으로서 유용하고.

"각하의 계속되는 환대에 감사드립니다."

"물론 그렇겠죠." **열아홉 개의 자귀**는 원하면 충분히 미안한 어조를 낼 수 있었다. 난방용 투광조명을 스위치로 켜는 것처럼, 그런 다음 빠르고 밝게 다시 꺼 버리듯이. "오늘은 사람이 즐길 수 있는 것 이상의 회의가 있을 거예요. 전쟁을 하려면 위원회들이 필요하죠. 필요하면 사무실은 자유롭게 쓰도록 해요. 뭔가 필요하면 일곱 개의 저울이 여기 있을 거예요. 아침 식사 접시도 치워 줄 거고."

열아홉 개의 자귀는 방을 훌쩍 나갔다. 마히트는 그녀가 떠나며 혀를 훔쳐 가기라도 한 것처럼 그 뒤에서 몸을 부르르 떨며 멍한 침묵에 잠겨 있었다.

"내가 평생 가질 직업 중에서 제일 흥미진진한 일이라니까요."

세 가닥 해초가 연대의 의사 표시를 하듯 그렇게 말했다. 그것은 실제로 연대의 몸짓이었다. 그녀는 마히트의 손등을 두드리며 노력하고 있었다.

"아, 그럼 임무 변경 신청은 하지 않을 건가 보군요."

"내가 그럴까 봐요? 완전 최악의 경우에 당신은 테익스칼란에 당신네 사람들을 합병하는 걸 맡는 대사가 될 거라고요. 우리는 아주 오래 함께 일하게 될 거예요, 마히트."

마히트는 이제 테익스칼란에서 자신의 커리어가 휘어지는 방향을 볼 수 있었다. 다바의 골라에트 대사처럼, 자신이 다른 새로운 점령지와 공통점을 찾으려고 할 모습이 눈에 선했다. 마히트가 괴로워하는 것처럼 보였는지 세 가닥 해초가 말했다.

"저기, 우린 어제보다 지금 훨씬 더 많은 걸 알잖아요. 절대 허사가 아니에요."

마히트는 그것을 인정했다.

"이게 서른 송이 미나리아재비가 내게 경고하려고 했던 걸지도 모르겠어요. 거래는 파기되었다고."

"그 말은, 당신 전임자가 르셀 스테이션을 합병 노선에서 비켜 가게 협정을 맺었다는 거겠죠?"

마히트는 고개를 끄덕였다.

"그리고 이스칸드르가 뭐에 동의했든 간에 그와…… 폐하 사이의 협정인 것 같아요. 그리고 이제 이스칸드르는 죽었고, 거래는 파기되었어요."

"만약 내가 의심 많은 사람이라면……."

"당신은 의심 많은 사람 맞겠죠. 정보부에서 일하잖아요."

마히트의 말에 세 가닥 해초는 무고함을 그림으로 그려 놓은 것처럼 자세를 가다듬었다. 전혀 설득력이 없었다.

"내가 의심 많은 사람이라면, 함대가 파르츠라완틀락으로 가길 원하는 사람에게는 이스칸드르가 죽은 게 굉장히 편리한 상황일 거라고 생각해요."

"그리고 내가 의심 많은 사람이라면, 당신에게 동의할 수밖에요. 세 가닥 해초, 내가 폐하를 은밀하게 알현하도록 해 줄 수 있어요?"

세 가닥 해초는 입을 꾹 다물고 생각에 잠겼다.

"보통 상황에서라면 할 수 있다고 말하겠지만, 대기만 석 달이 걸릴 거고 당신 혼자 알현한다고는 보장할 수 없어요. 하지만 지금 상황에서는 내가 그 이상의 것을 할 수 있을 것 같아요. 당신은 위대하신 폐하와 직접 말할 아주 훌륭하고 공식적인 이유가 있잖아요."

"그렇죠. 약속을 잡아요. 우리에게 이 멋지게 꾸며진 사무실이 있으니 잘 써 주는 게 좋겠죠."

"전부 다 기록될 거예요. **열아홉 개의 자귀** 각하가 모든 행동과 모든 글자를 다 기록해 둘 거라고 장담해요."

세 가닥 해초가 약간 미안한 듯이 말했다.

"알아요. 하지만 우리에게 다른 선택지가 그리 많지 않은 것 같지 않아요?"

"당신이 감안하고 있다면야……."

"약속을 잡아요."

마히트가 좀 더 단호하게 말하자 세 가닥 해초는 고개를 끄덕이고 일어나서 인포그래프 스크린 하나를 열러 갔다. 마히트는 즉시 기분이 나아졌다. 그게 거짓 감정이라는 건 알았다. 저돌적이고 절망적인 돌진을 통제하고 있다는 기분은 환상이다. 설령 애초에 자신의 결정권으로 뛰어들었다 해도 말이다. 하지만 손에 닿는 어떤 위안거리든 써야 했다.

뭔가를 하지 않고 일분일초가 지날 때마다 마히트는 전함들의 진로를 떠올렸다.

그녀가 뭘 할 수 있을까?

그것은 논리적인 문제, 혹은 고전물리학의 문제였다. 이런 제약이 있을 때, 어떤 행동이 가능할까? 조건: 북황궁 한가운데에 갇혀 있고, 유일하게 전자적 접근이 가능한 것은 자신의 파일과 메시지뿐이고, 사무실에서 점점 크고 다급하게 쌓여 가고 있을 실물 우편물에는 접근할 수 없다. 조건: 여기 열아홉 개의 자귀의 아파트 안에서 마히트가 전자기기로 취하는 모든 활동은 감시되기에 무방비로 소통할 기회는 더욱 제한된다. 조건: 르셀 스테이션은 테익스칼란 군이 바깥으로 솟구치는 솔라플레어 고리처럼 태연히 그들을 향해 달려들기 직전이라는 걸 아직 모르고, 테익스칼란의 침공에 제대로 저항할 군사 능력 같은 것은 전혀 없다. 조건: 전임자는 아마도 정복전을 이런 방향으로 진행시키기 위해서 살해되었다. 조건: 의식적 기억이어야 할 이마고라는 존재는 고장 났고, 그녀에게 속하지 않은 신경화학적 감각, 다른 삶을 사는 것처럼 생생한 순간적인 회상이라는 유령만을 남겨 놓았다. 조건: 이마고가 고장 난 것은 사보타주일 수 있고, 그 사보타주는(잘 생각해 봐, 마히트, 정말로 머리를 굴려 잘 생각해 보라고.) 그녀가 '세계의 보석'에 도착하기 한참 전에 이루어진 것일 수 있었다. 사실 그녀가 이해할 수 없는 이유로, 동향 사람들이 시작한 것일 수도 있다.

또 하나의 조건: 뭔가 하지 않으면 마히트의 신경이 피부 바깥으로 터져 나올 것이다. 장밋빛 석영 창문 때문에 세 가닥 해초는 조그만 껍질 같은 인포그래프에 둘러싸여서 꼭 이마고에 말하는 것처럼 자신의 클라우드후크에 소리 없이 뭔가 중얼거리고 있었다. 마히트는 일어섰다.

수천 가지의 변화하는 가능성 때문에 꼼짝 못 하고 있는 것보다는 움직이는 편이 나을 것이다. 인간은 어떻게 팔다리를 움직이는지, 중력이 어디서 그들을 사로잡는지, 풀무 같은 몸 안의 폐와 횡격막이 충분히 부풀었는지 너무 작게 부풀었는지 전혀 생각하지 않고서도 걷고 숨 쉬고 에어록 도어 밖으로 나가서 스테이션 표면에서 얇아진 곳들을 수리한다. 마히트에게 필요한 건 그저, 생각하지 않는 것이다. 아니면 생각을 하되, 생각하는 동안에 계속 움직이는 것. 예컨대 파티장에서 서른 송이 미나리아재비가 한 말 같은 것. 굳어 있을 시간은 없다. 최소한 르셀에 연락해서 자신이 처한 상황을 조금이라도 알려야 했다.

조언을 듣고 싶었다. 물론 무슨 쓸모가 있을지조차 모르겠지만. 마히트는 이마고 머신의 존재를 인정했을 때 이미 유일한 지령에 불복종했다. 더 이상의 지령은 좀 더 지키기 쉬울지 마히트도 자신이 없었다. 하지만 혼자인 기분이 덜 들기를 바랐다. 르셀에서 어떤 목소리든 듣고 싶었다. 죽은 이스칸드르에게 사보타주를 조심하라고 하던 조종사협회 의원 온추의 엄격하고 기묘한 경고 말고 다른 목소리. 그 메시지는 마히트의 것조차 아니었다. 무기에 대한 경고는 무기가 들을 게 아니었다.

이래서 외교관을 위한 이마고 라인이 있는 거였다. 그래서 아무도 혼자 있게 되지 않도록.

이스칸드르, 제발, 거기에 있는 거라면……

전기가 팔을 타고 내려오는 것처럼 정전기가 일었다. 척골신경에서 팔꿈치를 타고 새끼손가락까지. 하지만 이마고는 시체 안치소에서 그 처음 한 시간 이래 계속 그래 왔듯이 조용했다.

신경상의 대재앙을 일으킬 시간은 없었다. 이건 나중에 생각하자. 나중에 어떻게든 고칠 것이다. 지금은 전용 인포그래프를 불러낸 다음에 **세 가닥 해초**와 사무실 맞은편 끝에 서서 르셀 의회 앞으로 두 개의 메시지를 쓰기 시작했다. 동시에 두 개를 함께 작성했다. 그것들은 똑같은 메시지처럼 보였다. 마히트는 자신을 위해서 바쁘게 알현 약속을 잡고 있는 **세 가닥 해초**에게 자기가 뭘 했는지 자랑할 수 있다면 얼마나 좋을까 생각했다. **세 가닥 해초**는 첫 번째 메시지 안에 두 번째 메시지를 암호로 넣은 것을 이해하고 감탄할 것이다.

좋은 암호는 아니었다. 심지어 멋지게 해독할 테익스칼란 아세크레타가 필요한 시적 암호도 아니었다. 이것은 책으로 대체하는 암호였다. 10대 시절에 심심해서 테익스칼란인이 되는 놀이를 할 때 만든 것이었다. 마히트는 음모와 복잡 미묘한 플롯의 대가大家로 모든 것을 암호화하는 테익스칼란인을 설정해 테익스칼란 상형문자 사전을 열쇠로 사용했다. 야만인과 아이에게 읽는 법을 가르칠 때 쓰는 가장 흔한 사전으로, 제국 전역(그리고 테익스칼란의 공식 국경 너머까지)에 퍼져 있는『제국 상형문자 표준』이었다. 거기에는 모든 유용한 단어들이 다 있었다. '숨다'와 '배반하다', 그리고 아주 많은 것이 맞물린 단어 '문명화'. 마히트가 이 책을 고른 건 어떤 곳에든 존재할 가능성이 가장 높았기 때문이었다. 테익스칼란 사람들조차도 자신들의 표의적 글자 체계에 있는 모든 상형문자를 다 기억하지 못했다. 열아홉 개의 자귀의 서재에도 한 권이 있어, 마히트가 가져오는 데 겨우 몇 분밖에 걸리지 않았다.

마히트가 오래된 암호를 비밀 대화 방법으로 사용해 의회에 보내자고 했었을 때 이스칸드르는 그녀의 머릿속에서 껄껄 웃었다. 의회가 동의했을 때는 더 많이 웃었다. 암호화 작업에는 스테이셔너로 쓴 내용물이 필요했고, 그것은 37개 알파벳으로 이루어졌다. 받는 암호 해독가는『제국 상형문자 표준』의 페이지를 찾기 위해서 각 스테이션 단어의 첫 번째 글자를 보면 된다는 걸 안다. 두 번째 글자는 행수를 찾기 위한 것이다. 그 표의 첫 번째 상형문자를 보면 의미를 알 수 있다. 이것은 대단히 안전한 암호를 만들려는 건 아니었다. 메시지를 보내는 데에 충분한 암호면 된다. 약간의 가장. 방패막이.

마히트가 스테이셔너로 쓴 메시지는 당연히 처음에는 열아홉 개의 자귀가, 그다음에는 제국 검열소가, 그리고 어쩌면 그걸 르셀까지 가져가는 배의 함장이 읽어 볼 터였다. 거기에는 뉴스피드에 있는 것 이상의 정보는 없었다. 대신 그 내용들의 개요를 정확하게 말하고, 마히트가 생각하기에 비교적 이성적인 선의 괴로움과 걱정을 표현했을 뿐이었다.

그 추가적인 괴로움과 걱정은 비문祕文으로 된 테익스칼란 명사와 동사의 나열로 숨겨진 메시지를 암호화할 만큼의 단어 수를 확보해 주었다. 긴급. 전 대사 발각—이동(자신, 걸어서, 왕복) 제한—기억 나쁘다—독립성 위협—의회 지시 요구.

인포피시 스틱에 이중 메시지를 집어넣으면서도 마히트는 지시가 도움이 될 만한 시간에 도착할까 의심스러웠다. 하지만 그녀는 물어봤다. 그리고 경고를 보냈다. 조금이라도 조사하면 함대의 진로가 르셀 스테이션을 향해 간다는 사실이 명백해지겠지만, 그 진로에 관한 어떤 방송도 르셀 쪽으로 송신되지 않을 가능성이 있었다. 왜 제국이 먹잇감에게 경고를 해 주겠는가?

마히트는 스틱을 사무실 문 왼쪽 테이블 위에 놓인 '보내는 편지'라고 붙어 있는 은색 바구니에 넣었다. 빨간색 왁스로 '긴급'이라고 붙어 있는 것과 '행성 밖 통신'이라는 빨간색과 검은색 스티커를 제외하면 다른 모든 것들처럼 무해하게 보였다. 곧 일곱 개의 저울이 사무실 순회를 하고서 그것들을 시티로 가져가 검열소의 미로를 통과시킬 것이다.

"세 가닥 해초." 다시 돌아선 마히트는 대사관저에 있고 지금쯤 성난 메시지가 담긴 예쁜 스틱이 넘쳐날 비슷한 바구니를 떠올렸다. "내가 해야만 하는 일에 접속할 좋은 방법이 있을까요? 인포피시 메시지 말이에요."

세 가닥 해초는 잠시 생각에 잠겼다.

"흠. 어쩌면 일부는요. 아주 사소한 법을 깨는 거 어떻게 생각해요?"

"어떤 사소한 법이죠?"

"테익스칼란인이 아홉 살이 되면 처음으로 깨는 법이죠. 다른 사람의 클라우드후크를 사용하는 거예요."

"사용하는 사람이 시민이 아닐 경우에는 꽤히 복잡해질 거라고 확신하는데요."

마히트가 냉담하게 말했다. 세 가닥 해초는 머리 옆으로 손을 올려 눈에서 클라우드후크를 집어 들었다.

"물론이죠. 하지만 그 말은 그냥 안 잡히면 된다는 거예요. 이쪽으로 와요."

마히트가 다가갔다.

"우린 녹화되고 있어요."

그녀는 세 가닥 해초도 잘 알 거라는 걸 알면서도 말했다.

"몸 좀 굽혀 봐요. 당신네 야만인들은 어이없게 크다니까요."

몸을 굽힌 마히트에게 황제 앞에서 무릎을 꿇었던 기억이 갑자기 선명하게 떠올랐다. 세 가닥 해초가 클라우드후크를 마히트의 눈 위로 끼웠다. 시야 절반이 끊임없는 데이터 흐름으로, 마지막에는 여러 질문과 요구 사항의 리스트로 채워졌다. 인터페이스는 놀랄 만큼 직관적이었다. 클라우드후크는 마히트의 조그만 눈 움직임을 빠르게 재측정해, 파일 구조물을 세 가닥 해초의 접근을 통해서 보는 마히트의 전자 사무실로 재탄생시켰다. 굉장히 사소한 위장이었지만 어쨌든 위장이었다. 마히트가 세 가닥 해초의 클라우드후크로 자신의 파일에 접속한다면, **열아홉 개의 자귀**는 마히트의 접속 사실도 알 수 없을 것이다. 마히트가 자기 담당자의 클라우드후크를 끼고 있다는 사실만 알 뿐.

"대사 사무실에 내릴 단순 요청, 비자 관련 문제 같은 건 전부 당신 지시로 내가 할 수 있는 거예요. 내가 당신을 위해서 의전 관료 세 명이랑 대기 시스템과 싸워야 하지만 않는다면." 세 가닥 해초의 손가락이 마히트의 관자놀이에서 따뜻하게 느껴졌다. 그녀가 말을 이었다. "황제 폐하를 알현할 수 있게 내가 처리하는 동안 일을 좀 하고 싶다면, 거기 목록이 있어요."

"고마워요." 마히트가 몸을 조금 펴고 말했다. "당신은 필요 없어요?"

그녀는 클라우드후크를 가리켰다. 뇌 반구가 부상을 입은 것처럼 시야 절반이 사라지고, 할 일 목록이 눈에 떴다.

"한 시간 정도는 괜찮아요. 유용해져 봐요, 대사님."

그 말투에는 호의가 담긴 듯이 느껴졌다. 마치 응석을 받아 주듯이.

세 가닥 해초가 야심과 야만인에 대한 약간의 애정에 의해 움직일 뿐 다른 의도는 없다고 마히트가 애써 여기는 걸 멈춰야 하는 순간이 온다면, 그때의 상처는 엄청날 것이다.

르셀 스테이션 대사 사무실의 질문 목록은 대략 절반이 비자 갱신에 대한 요청이고, 절반은 "스테이션인들은 일상을 어떻게 지냅니까? 특히 국경일 축하 행사 및 다른 날의 현지 재밋거리에 관련해서요!"처럼 모욕적인 대중의 관심사에 대한 질문들이었다. 그게 정신을 분산시키며 시간을 보내는 완벽한 방법이 아니었더라면 마히트는 그 모든 것에 짜증을 냈을 것이다. 사실 신문기자들과 힘들어하는 통상업자들에게 답을 하는 일은 굉장히 마음을 달래 주었다. 거의 한 시간이 걸려서야 마히트는 전혀 받지 못한 특정 문의가 있다는 걸 깨달았다. 아무도 사법부 지하 시체 안치소에 여전히 자리하고 있는 이스칸드르의 시체를 어떻게 하고 싶은지 물어보는 편지를 보내지 않았다. 익스플라나틀 네 개의 레버가 시체를 어떻게 하고 싶은지 물어본 이래로 일주일의 절반이 넘었는데, 그 뒤를 이은 연락이 누구에게도 없었다. 심지어는 사법부 차관도.

사실 문의가 있었는데 마히트가 요청서를 받는 걸 누군가가 방해했을까? 마히트가 인포피시 스틱으로 온 메시지에 접근할 방법이 없었던 만큼, 쉬운 일이었을 것이다. 하지만 분명히 익스플라나틀 네 개의 레버처럼 높은 자리에 있는 사람이라면 르셀 대사가 꽤 공공연하게 에주아주아카트 열아홉 개의 자귀의 사무실에 머무는 걸 알아채고 편지 도착지를 바꾸었을 것이다. 요청서가 발송되었다면, 누군가가 고의로 분실시켰다고 봐야 할 것이다.

아니면 네 개의 레버는 마히트 쪽이 먼저 질문을 하고 싶으리라고 추측해서 물어보지 않은 것일 수도 있다. 아니면 마히트가 질문할 때까지 자기가 이스칸드르의 시체를 보관할 수 있으니 굳이 물어보지 않은 것일 수도 있다. 마히트는 열아홉 개의 자귀를 처음에 어떻게 만났는지를 생각했다. 어떤 수행원도 데려오지 않고, 거기 있어야 하는 이유도 없이 시체 안치소에 무작정 들어왔었다. 마히트가 시체를 제대로 화장하기 전에 이스칸드르의 두개골 아래쪽에서 이마고 머신을 빼 가려고 한 치의 틀림도 없이 내미는 손이 머리에 떠올랐다. 누군가가 에주아주아카트에게 접근권을 주었다. 아마도 네 개의 레버일 것이다. 마히트는 에주아주아카드가 사법부 과학자에게 시체를 아무 감독 없이 방문하는 대가로 줄 만한 많은 것을 떠올릴 수 있었다. 더 나쁜 건, 전임자의 시체와 그의 모든 비합법적으로 반입한 신경학적 기술들과 단둘이 한두 시간쯤 보내기 위해서 은혜나 영향력이나 돈을 내밀 다른 사람들도 많이 떠올릴 수 있다는 거였다.

이건 문제였다. 단순히 시체를 요청하는 걸로 해결할 수 없는 문제였다. 마히트는 전임자의 썩지 않는 시체를 열아홉 개의 자귀의 사무실 복합건물로 가져오는 것을 상상했다. 어쩌면 그 시체를 소파에 앉혀 놓거나 코트걸이처럼 벽에 기대 세워 놓을 수도 있을 것이다.

그건 확실히 열아홉 개의 자귀를 행복하게 해 주겠지.

그보다 더 나은 해결책이 있어야만 했다.

"세 가닥 해초? 당신, 열두 송이 진달래와 얼마나 오래 안 사이예요?"

마히트가 물었다. 세 가닥 해초는 빙빙 도는 인포그래프 속에서 빠져나와 의아한 듯이 물었다.

"그치가 사무실로 편지를 보냈어요? 당신한테 인포피시 스틱으로 익명의 메시지를 보내는 데 완전히 푹 빠졌나 보네요."

"아니, 편지를 쓰진 않았어요. 하지만 내가 써 볼까 하고요. 그 사람을 믿어요?"

"그건 얼마나 오래 안 사이냐고 묻는 거랑 아주 다른 질문인데요."

"하나가 다른 하나로 이어지는 거죠."

"당신은 날 믿나요?"

그녀는 굉장히 차분한 모습으로 그런 개인적인 질문을 던졌다. 어쩌면 테익스칼란인의 특성일지도 몰랐다. 마히트로 하여금 열아홉 개의 자귀를 떠올리게 했는데, 신뢰감을 주지는 못했다.

어쨌든 마히트는 이렇게, 솔직하게 말했다.

"내가 시티에 있는 다른 모든 사람을 믿는 만큼 믿어요."

"우리는 겨우 일주일의 절반밖에 같이 일하지 않았는데도요." 세 가닥 해초가 미소를 짓자 눈가가 위쪽으로 기울어졌다. "당신에게 선택지가 흘러넘치는 것도 아니지만 말이죠! 난 열두 송이 진달래를 좋아해요, 마히트. 우리는 작고 무지한 간부 후보생 시절에 함께 정보부에 들어온 이래로 계속 친구였어요. 하지만 그는 나쁜 일을 방조하고, 과장하는 경향이 있고, 자기가 불사신이라고 믿어요."

"나도 눈치챘어요."

마히트가 건조하게 말했다.

"그러니까 열두 송이 진달래를 믿는 건, 그가 뭘 하기를 바라느냐에 전적으로 달려 있어요. 그가 뭘 하기를 바라는 거죠?"

"방조적이면서 과장되게 행동할 만한 일이라서 아마 그 사람이라면 즐거워할 거예요. 그리고…… 비밀이고요."

마히트는 인포그래프 스크린을 가리켰다가 그다음에 자기 귀를 가리켰다.

"흠, 좋아하긴 하겠죠. 그게 뭐든 간에요. 하지만 그게 뭔지 내가 모른다면 그가 할지 말지를 알려 줄 수가 없어요."

"내가 사용 중인 메시지 업무 목록 말인데요. 이거 당신 클라우드후크에도 있죠? 그리고 클라우드후크는 각자에게 개인적인 거고."

"혹은 누구든 그걸 쓰고 있는 사람에게요. 뭔지 대충 알 것 같네요. 준비되면 그걸 이쪽으로 넘겨줘요."

세 가닥 해초가 즐거운 기색으로 말했다.

르셀 대사에게 보내는 메시지를 삭성하고 그것을 지기 자신에게 보내는 건 상당히 하찮게 느껴졌다. 마히트는 메시지를 쓰고, 오로지 자기만 볼 수 있는 클라우드후크의 투사된 화면에 손가락으로 상형문자를 그렸다. 열두 송이 진달래는 시체 안치소로 돌아와서 우리가 의논했던 기계를 찾아가시오. 그런 다음 클라우드후크를 머리 위로 벗고, 시야의 절반이 다시 돌아오자 눈을 깜박였다.

메시지를 읽고 나서 세 가닥 해초가 물었다.

"본인이 쓸 생각이에요?"

"아뇨. 내 건 이미 있고, 더구나 시신에 있던 건 이제 쓸모없어요. 부패하는 것 말고는 아무것도 기록하지 못했을 테니까."

"그게 다른 것도 기록할 가능성도 있어요?"

마히트는 그 말을 생각해 보았다.

"제대로 인스톨이 되었다면요, 아마도? 나도 잘 모르겠어요. 내가 익스플라나틀은 아니잖아요, 세 가닥 해초."

"음. 뭐, 열두 송이 진달래라면 할 거예요, 분명해요. 심지어는 조용히 함구할 거고요. 하지만……."

그녀가 어깨를 으쓱였다.

"하지만 뭐죠?"

"당신은 그에게 신세를 하나 지는 거예요. 그리고 그는 그걸 분해해서 설계도를 만들 거고요. 당신에게는 자기 호기심 때문이라고 말할 텐데, 거짓말은 아니에요. 우리가 빠졌던 문제의 이유 절반 이상은 그 넘치는 호기심 때문이었거든요."

"나머지 절반은 어쩌다가 그랬는데요?"

마히트가 자신도 모르게 재미있어하면서 물었다.

"끔찍하게 복잡한 문제를 가진 끔찍하게 흥미로운 사람들이랑 친구가 되는 편이라서요."

"그러니까, 전혀 변한 게 없는 거군요."

거의 웃음을 터뜨리기 직전인 마히트가 말했다. 한편으로 스테이션인이 세 가닥 해초의 친구가 될 수 있듯이 그녀가 자신의 친구라고 생각하는 데에는 엄청난 위험이 느껴졌다.

"당신이 내 첫 야만인이라고 내가 말했었잖아요. 그러니까 약간은 변했죠."

그런 식이다. 그 건널 수 없는 틈새. 마히트가 대사가 아니었다면, 세 가닥 해초를 낭송 대회에서 만났더라면, 이스칸드르의 이마고 라인을 물려받지 않고 여행 비자와 장학금을 따내는 다른 삶을 살았더라면, 어쩌면 그 삶에서는 말씨름을 했을 수도 있었다. 세 가닥 해초에게 느끼는 것을 솔직하게 더 많이 말했을 수도 있었다.

"열두 송이 진달래의 호기심은 한번 감수해 보겠어요. 내가 이미 당신의 우정을 위태롭게 했다는 걸 고려해서."

마히트가 말했다.

열두 송이 진달래가 설계도를 가지는 편이 누군가가 진짜 이마고 머신을 갖는 것보다 어쨌든 더 나았다. 마히트는 그가 설계도를 포기하게 할 수 있었다. 나중에. 나중에, 마히트가 **열아홉 개의 자귀**의 아파트에 갇혀 있지 않을 때. 어떻게든(대체 이스칸드르는 어떻게 했을까? 그 때문에 죽은 걸까?) 테익스칼란으로 르셀 스테이션이 흡수되는 것을 막아야 하지 않을 때. 나중에, 마히트가 세 가닥 해초가 얼마나 기뻐 보이는지를 생각하지 않을 때.

잠을 잤던 여분의 사무실로 저녁 늦게 돌아온 마히트는 메시지가 도착한 것을 알아챘다.

문밖에 있는 얕은 그릇에 인포피시 스틱 세 개가 들어 있었다. 열두 송이 진달래가 그녀의 요청에 답을 담아 보낸 게 확실한 익명의 회색, 또 하나는 전에 본 적 없는 구릿빛 색깔에 세 가닥 해초의 정장 색깔인 하얀 왁스로 봉해져 있었다. 전 대사가 더 이상 기능하지 않게 된 이후(마히트는 반쯤 찡그린 표정으로 고개를 흔들었다.) 가능한 한 가장 빨리 르셀의 신임 대사가 올 수 있도록 한 게 누구인지 정보부가 마침내 알려 주기로 결정한 모양이다. 마지막 것은 또 다른 회색 스틱으로 행성 밖 통신을 의미하는 검은색과 빨간색 끈끈한 스티커가 붙어 있었다. 마히트는 궁금했고, 심장이 쿵쿵 뛰었다. 데카켈 온추가 죽은 이스칸드르에게 또 다른 메시지를 보낸 걸까? 마히트가 잘 알지 못하는 어떤 사건, 르셀 대사의 전자 데이터베이스에 들어가려는 그녀의 시도보다 더 복잡한 어떤 일로 인해 두 번째 우편을. 마히트는 그릇으로 손을 뻗어 집어 들었다가 그 밑에 누군가가 남겨 둔 전에 본 적 없는 조그만 식물의 가지를 발견했다. 가지는 인포피시 스틱을 섬세하게 감쌌었겠지만 지금은 그릇 바닥에 광택 있는 회초록색 이파리들과 한 송이 하얀 꽃이 만든 고리 위에 가로놓여 있었다.

마히트는 꽃을 집어 들었다. 갓 잘라서 희끄무레한 수액이 흘러나와 정보부 인포피시에 묻고 손가락에도 달라붙었다. 열아홉 개의 자귀의 아파트에서, 심지어는 온갖 모양과 색깔과 종류의 꽃이 가득한 시티의 다른 구역에서도 이런 건 본 적이 없었다. 게다가 15분 내지 20분 안에 잘라 낸 게 분명했다.

마히트는 얼굴로 꽃을 들어 올려 향기를 맡으려 했다.

"안 돼요."

전에 들어 본 적 없는 다급하고 날카로운 소리로 **열아홉 개의 자귀**가 말했다. 마히트는 꽃을 그릇에 도로 떨어뜨렸다. 수액에 닿아 끈적해진 손가락 끝이 쏘는 것처럼 따가웠다. 돌아서니 복도 끝의 아치형 입구에 서 있는 **열아홉 개의 자귀**가 보였다. 얼마나 오랫동안 거기 있었는지 전혀 모르겠다. 내내 거기에 서 있었는지도 모른다.

"향기를 맡았어요?"

열아홉 개의 자귀가 마히트 옆으로 다가오며 물었다. 얼굴은 마히트가 본 중에서 가장 표정이 분명했고, 입은 뒤틀리고 긴장으로 굳어 있었다. 마치 녹아 가는 가면을 보는 것 같았다. 손가락의 따가움이 고통으로 변하기 시작했다.

"아뇨, 아닌 것 같아요."

그러자 **열아홉 개의 자귀**가 날카롭게 말했다.

"손 보여 줘요."

병사나 말 안 듣는 어린애한테 얘기하는 투였다. 마히트는 손을 내밀었다. **열아홉 개의 자귀**가 마히트의 팔목을 잡았다. 마히트보다 훨씬 짙은 색깔 손가락이 뱀의 머리 아래를 잡듯이 뼈 주위를 휘감았다. 그 느낌은 따뜻했어야 했지만 마히트에게는 얼음처럼 느껴졌다. 뻗은 손가락은 꽃을 건드렸던 부분이 빨갰고, 그녀가 보는 앞에서 물집이 잡히기 시작했다.

"흠, 손가락을 잃지는 않겠군요."

"네?"

"날 따라와요. 다른 부분을 만지기 전에 수액을 씻어 내야 해요. 신경 손상이 계속될지도 모르니까요."

열아홉 개의 자귀는 여전히 마히트의 팔목을 잡은 채 그녀를 끌고 가다시피하며 서둘러 복도를 걸어갔다.

"저 꽃은 뭐죠?"

"아주 예쁜 죽음이에요."

그들은 모퉁이를 돌아 마히트에게는 항상 닫혀 있었으나 열아홉 개의 자귀의 손짓에 스르륵 열린 문을 통과해 에주아주아카트 자신의 침실로밖에는 보이지 않는 공간으로 불쑥 나왔다. 마히트는 정리하지 않은 헝클어진 하얀 이불과 인포피시 더미, 침대의 말끔한 쪽에 쌓여 있는 제본된 책들을 힐끗 보았다. 곧 열아홉 개의 자귀가 마히트를 방에 붙은 화장실로 끌고 들어갔다.

"세면대 위로 손을 두고 물은 틀지 말아요. 물은 독을 더 퍼지게 할 거예요."

마히트는 그대로 따랐다. 손가락의 물집은 붓고 유리처럼 투명했으며, 피부가 갈라지기 시작했다. 손에 불이 붙은 것 같았고, 시티의 전기가 세 가닥 해초의 몸에 퍼지던 것처럼 따끔거리는 느낌이 팔목으로 퍼졌다. 마히트는 너무 충격을 받은 나머지 아직도 희미한 공포 외에는 아무것도 느끼지 못했다. 누가 그 꽃을 남겨 놨을까? 열아홉 개의 자귀의 사무실 복합건물이라는 벽에 둘러싸인 정원으로 어떻게 들어왔지? 누군가가 가져왔을 텐데. 20분도 지나지 않았을 것이다. 꽃이 수액을 흘리고 있었으니까. 검지손가락의 물집 하나가 눈앞에서 터져서 마히트는 잇새로 작고 무력한 소리를 흘렸다.

마히트의 어깨 너머에서 열아홉 개의 자귀가 열린 병을 손에 들고 다시 나타났다. 격식을 차릴 새도 없이 그녀는 내용물을 마히트의 손가락에 부었다.

"미네랄 오일이에요. 이거 아마 엄청나게 아플 거예요. 가만히 있어요."

열아홉 개의 자귀는 말하면서 집어든 작은 타월을 물집 위로 벅벅 문질러 세면대로 오일을 떨어뜨렸다. 피부까지 벗겨 내려는 게 분명하다는 생각이 들 만큼. 마히트는 손을 빼지 않으려고 노력했다. 열아홉 개의 자귀는 두 번 더 오일을 붓고 닦아 내기를 반복했다. 마지막에 마히트는 몸을 떨었다. 떨림이 허벅지 뒤쪽으로 타고 내려갔다. 열아홉 개의 자귀는 팔 위쪽을 단단히 잡아 마히트를 뚜껑 닫은 변기 위에 앉혔다.

"쓰러져서 머리를 깨면, 내가 당신 손을 치료하는 의미가 없잖아요."

누가 꽃을 놔뒀든 **열아홉 개의 자귀**일 리는 없었다. 왜 그녀가 마히트를 죽이려 하고서는 욕실로 끌고 와서 살리려 한단 말인가? 안 돼요라고 말했을 때 그녀는 굉장히 날카로웠었다.

(아주 날카롭고, 아주 가까웠다. 지켜보고 있던 걸까? 얼마나 오래 보고 있던 걸까? 마히트가 실제로 꽃향기를 들이켜는지 보려고 기다렸을까. 그때가 되어서야 막으려고 한 건……)

그게 중요할까?

열아홉 개의 자귀는 마히트 옆에 무릎을 꿇고 앉아서 전쟁터의 위생병처럼 주의를 기울여서 손가락에 하나하나 거즈 붕대를 감았다. 그녀는 한때 정말 위생병이었을까? 황제 옆에서 충성을 맹세한 동료로서 싸웠을까? 마히트는 분석에 서사시를 끌어오고 있었다. 테익스칼란은 현대적인 다행성多行星 제국이니, 에주아주아카트가 싸운다면 우주선 함교에서 싸울 것이다.

"대체 어떤 꽃에 접촉독이 잔뜩 있죠?"

물러가는 통증과 아드레날린 쇼크의 가장자리에 있어서 마히트의 목소리는 목에서 메었다.

"행성 자생 품종이에요. 통칭은 자우이틀이고, 신경독을 들이켜서 죽을 때 보게 되는 환각 때문에 붙여진 이름이죠."

"아주 힘이 나네요."

마히트가 멍하니 말했다. 손에 얼굴을 묻고 싶었지만, 그러면 너무 아플 것이다.

"우주비행이 등장하기 전에, 테익스칼란 궁수들은 화살촉을 활짝 핀 꽃에 비벼 독을 묻혔어요. 그리고 지금은 과학부가 일종의 중풍 치료제로 정유를 정제하죠. 사람을 죽일 수 있는 건 치료도 할 수 있어요, 그런 걸 좋아한다면 말이죠. 기뻐해요. 누군가가 당신을 예술적으로 죽이고 싶어 했으니까, 대사."

과학부가 모든 르셀 대사를 죽이려고 한다는 추정에는 어떤 만족스러운 순환논리가 있었다. 마히트는 그것을 믿지 않았다. 이것은 낭독의 원환 구조Ring Composition, 이야기의 시작과 끝을 묶는 대칭적 서사 구조 같은 것이었다. 스탠자의 마지막에 같은 주제가 다시 나오는 것이다. 그것은 너무 테익스칼란적이고, 설령 **열아홉 개의 자귀**에게 그럴 의도가 없었다 하더라도 마히트는 정확히 그런 과잉 사고 때문에 자신이 그것을 제시했다고 추측할 수 있을 것이다. 울림과 반복. 다른 것을 의미하는 모든 것들.

이것은 테익스칼란 논리의 작동 원리라는 순수한 주제의 무게 대신, 마히트가 **열아홉 개의 자귀**를, 누군가 테익스칼란인을 믿을 수 있을지 의하하게 여긴 첫 번째 순간이었다. 궁금함은 찬물에 푹 빠진 느낌이었고, 손가락의 통증이 사라지면서 충격 같은 명료함이 돌아왔다. 설령 꽃이 과학부에서 온 것이라 해도, 누군가 완전한 접근이 가능한 사람에 의해 **열아홉 개의 자귀**의 사무실로 들어온 것이었다. **열아홉 개의 자귀** 본인, 아니면 보좌 중 한 명. 최상이라고 하면, 그들이 이게 전달되는 것을 허용했다는 거다. 최악이라면 그들 중 한 명이나 그 이상이 적극적으로 지금 이 순간에도 마히트를 죽일 방법을 찾고 있다는 것이다. 예술적으로.

예술적으로, 그리고 꽃. 활짝 핀 꽃이라고 **열아홉 개의 자귀**가 방금 말했다. 같은 단어가 **서른 송이 미나리아재비**의 시적 별칭에 들어 있었다. 그는 연회에서 배려심 많아 보였다. 술에 취한 신하의 공격에서 마히트를 구해 주기도 했었다. 그러나 마히트는 그의 동기를 믿지 않았다. 그들의 대화는 가시가 돋치고, 사과조였고, 계속해서 변화했었다. 그리고 지금 전쟁이 시작되었다. **서른 송이 미나리아재비**가 원치 않는, 혹은 하나의 번개의 손에 이루어지는 것을(충성의 계산 결과가 바뀌니까.) 원치 않는다고 마히트가 확신하는 전쟁. 어쩌면 그녀가 살아 있는 게 그에게 너무 위험해졌는지도 모른다.(이스칸드르가 그랬던 것처럼?)

이번에는 원환 구조가 아니라 함축, 단어 게임이다. 마히트는 너무 많이 읽었다. 테익스칼란 문학을 너무 많이 읽는다는 건 불가능하다. 제국문학 선생 중 한 명이 강좌 초반에 그렇게 말했었다. 경고의 의미였지만 열네 살의 마히트는 그것을 위안으로 받아들였었다.

마히트는 **열아홉 개의 자귀**의 얼굴을 쳐다보았다. 아마도 마지막 순간에 마히트를 죽게 하지 않기로 결심한 **열아홉 개의 자귀**. 그녀는 무표정하고 읽을 수 없는 얼굴로 마히트를 보고 있었다. 손이 약하게 욱신욱신 아팠다. 마히트는 자유낙하를, 우주에서 방향 없이 굴러가는 것을 상상하고, 그러다 방향을 잡는 것과 자세 제어를, 속도 수정 추진기를 떠올렸다. 크게 숨을 쉬었다. 최소한 숨을 쉬는 것은 아프지 않았다.

"이마고 머신을 아시죠? 각하께서 아신다는 걸 압니다. 사실상 저한테 말을 하셨으니까요. 그래서 말인데, 우리가 처음 만났을 때 뭘 하시려 했던 거죠? 사법부 시체 안치소에서요. 제 전임자의 시체에 뭘 하시려고 했습니까?"

열아홉 개의 자귀는 입가 한쪽을 아주 살짝 찡그리며 비틀었다.

"내가 당신을 계속 과소평가하는군요. 아니면 당신이 결국에 보이는 모습이랑은 다르게 평가하든지. 봐요, 거의 중독된 상태로, 그것도 화장실에서, 내 동기에 대해 물어볼 이 기회를 붙잡고 있잖아요."

"뭐, 단둘이 있으니까요."

그게 대답이 된다는 듯이 마히트가 말했다. 사실 어느 면에서는 그랬다. 이런 기회를 다시 얻을 수 있을지 의문이었다.(열아홉 개의 자귀가 이렇게 심란한 걸 볼 기회 역시 또 없을 것 같았다. 언제 그녀가 마히트의 목숨을 구하기로 했을까? 지금 그걸 후회하고 있을까?)

"그렇지. 좋아요, 디즈마르 대사. 당신은 약간의 명확한 대답 정도는 얻을 자격이 있을 거예요. 난 물론 그 머신을 원했어요. 하지만 그건 이미 추측하고 있겠지요."

마히트는 고개를 끄덕였다.

"그게 논리적이니까요. 제가 와서 장례식을 계획하고 있으니, 머신을 원하셨다면 각하는 더 이상 기다릴 수 없었겠지요."

"맞아요."

열아홉 개의 자귀가 차분하고 인내심 있게 발뒤꿈치 쪽으로 몸을 기댔다.

마히트는 다음 질문을 했다.

"그걸 왜 원하셨죠?"

"당신을 시체 안치소에서 봤을 때? 그때는 협상의 카드로 원했어요, 마히트. 황실에서는 그 머신의 통제권을 두고 많은 이해 관계가 얽혀 있어요. 그걸 주거나 주지 않음으로써 당신을 통제하는 것까지."

"그때는?"

"지금의 나한테는 별로 필요없죠. 안 그래요?"

열아홉 개의 자귀는 욕실을 가리켰다. 거기 앉아 있는 두 사람을. 마히트는 씁쓸하게 인정하며 고개를 끄덕였다. 르셀 대사를 갖는 게 르셀 대사의 주의와 영향력을 살 도구를 갖는 것보다 더 낫다. 그리고 열아홉 개의 자귀에게는 이제 마히트의 두개골 안에 있는 살아 있는 이마고 머신이 있다. 가지려면 마히트의 머리를 잘라야 하고, 이미 형편없이 고장이 나 버렸지만 말이다.

"현재 상황에서 저는 각하께서 예상하신 것보다 훨씬 유용성이 떨어지겠지요."

마히트의 말에 열아홉 개의 자귀는 고개를 저었다. 손을 내밀어 친숙하게, 지나치게 상냥하게 마히트의 무릎을 두드렸다.

"유용하지 않았으면 당신은 여기에 없었을 거예요. 게다가 내 욕신에서 내 결정에 야만인이 얼마나 자주 도전을 할까요? 다른 건 몰라도 당신은 일상의 경험을 더 재미있게 해요. 딱 당신 전임자 같죠. 난 그런 비슷한 점들이 굉장히 재미있어요. 특히 당신이 나한테 그렇게 애써 차이를 알려 줬는데 말이죠."

마히트는 이스칸드르가 뭘 했을까 생각했다. 마히트의 것이 아니고 이제는 누구의 것도 아닌, 기억나는 이마고의 잔상. 그가 그의 몸에서 얼마나 편안했는지. 그가 그녀의 몸에서 얼마나 부드럽게, 솔직하게 움직였는지. 그는 무릎에 올려 둔 **열아홉 개의 자귀**의 손을 지금 자신의 손으로 덮을 것이다. 혹은 손을 뻗어……

(그의 손이 그녀의 뺨을, 차갑고 부드러운 피부를 감싸고, 그녀는 웃고 고개를 안쪽으로 돌리며 그의 손바닥에 입술을 갖다댄다.)

순간적인 회상이 물러간다. 마히트는 잔상을 다시 떠올릴 수 있지만, **열아홉 개의 자귀**가 주장하는 전임자와의 우정의 본질에 의심을 품고 있었다. 마히트도 손을 내밀어 그녀의 뺨을 건드리고……

원환 구조. 지나치게 단정 지었나.

대신에 마히트는 **열아홉 개의 자귀**의 눈을 마주 보고, 조금 길게 쳐다보다가 물었다.

"대체 이스칸드르가 각하께 뭘 약속했기에 우리에게 이 정도로 관심을 갖게 되신 건가요?"

"내가 아니에요. 황제 폐하께지."

마치 마히트에게 드러난 사실을 처리할 시간을 주는 것처럼, **열아홉 개의 자귀**가 몸을 뒤꿈치 쪽으로 기대고 발을 아래로 옮겨 일어섰다. 팔목을 잡은 **여섯 방향**의 손에서 느껴지던 뜨거운 열, 빠르게 악화되는 질병에 유린당하는 듯한 그 끔찍한 연약함을 떠올리게 하려는 듯이.

열아홉 개의 자귀가 팔뚝을 내밀고 있어서 마히트는 어쩔 수 없이 그녀를 만져야만 했다. 일어서는 데 도움을 받으면서도 속으로는 이렇게 생각했다. 이스칸드르, 이 개자식, 테익스칼란 황제에게 그가 절대로 죽지 않을 거라고 납득시켰구나.

10장

그녀의 잠 못 잔 눈이
보지 못하였거나 혹은
그녀의 창으로 거칠어진 손이
인도하지 않은 별 지도는 없고, 그리하여
그녀는 쓰러진다, 진실의 함장으로.
황제처럼 그녀는 쓰러진다, 그녀의 피가 다리를 칠한다
임무 또 임무로 그녀가 서 있던 그 자리를.

— 열네 개의 메스의 「기함 열두 송이의 피어나는 연꽃의 전몰을 기리는 찬가」, 함장 대행 다섯 개의 바늘의 죽음을 기리는 시의 서두

[……] 이 섹터에서 우리는 항상 강대국 사이에 있다. 나는 우리 조상이 고의로 우리를 이런 곳에 살게 했다고는 상상할 수가 없다. 여기서 우리는 처음에는 테익스칼란 쪽으로 절을 해야 하고, 그다음에는 스바바나 페트리코르5, 응우옌 행성계 쪽으로 절을 해야 한다. 우리 국경에서 누가 가장 우세한지에 따라서 말이다. 하지만 우리는 우리 점프게이트들의 유일한 접근지이고, 그래서 이 모든 강대국이 여행할 때 지나야 하는 좁지만 중요한 경로가 되고 있다. 그래도 나는 우리를 위한 토착 군주제

를 상상하지 않을 수 없다. 스테이션의 힘이 스테이션인에게 속하고 우리의 생존을 위해 봉사해야 하지 않는 곳으로 [……]

— 타라츠//사적용도//개인용//「새로운 르셀을 향한 메모」, 입력 갱신 127.7.10-6D(테익스칼란력)

일곱 개의 저울은 스테이션에서 마히트가 쓰레기를 다룰 때 쓰던 종류의 일회용 장갑을 끼고 그녀가 보는 동안 자우이틀을 버렸다. 마히트가 자기 방 문 앞으로 돌아와 보니 그가 기다리고 있었다. 지난 한 시간 동안 아무 일도 일어나지 않았던 것처럼 그는 다시 인포피시 스틱 그릇을 들고 다가왔다. 유일한 차이는 붕대를 감은 마히트의 손과 이스칸드르가 제국에 무엇을 팔았는지에 관한 뜨거운 깨달음뿐인 것처럼. 눈에 띄는 차이는 확실히 아니지.

일곱 개의 저울은 자우이틀을 비닐봉투에 넣고 잠깐 생각하다가 그릇 자체도 넣었다.

"이걸 어떻게 제대로 씻는지 제가 잘 모릅니다."

그가 사과조로 말했다.

"인포피시 스틱은요? 그걸 씻을 수는 있나요?"

마히트는 시티가 간신히 내준 정보의 부스러기에라도 접속할 기회를 잃을 수 없었다.

"아마 안 될 겁니다. 하지만 장갑을 끼시면, 제가 이걸 고압멸균기와 용광로에 갖다 버리기 전에 깨뜨려서 읽으실 수 있을 겁니다."

정기적인 쓰레기 처리와 반대로 말이지, 마히트는 그렇게 생각하며 음울한 즐거움을 느꼈다.

"당신 장갑을 줘요. 그리고 밖에서 기다려요. 금방 끝날 테니까."

일곱 개의 저울은 장갑을 벗어 손가락 끝으로 조심스럽게 든 채 내밀었다.

"부엌에 더 있는데요."

그가 머뭇거리며 말했다.

마히트는 오염된 장갑을 받아들고 인포피시 스틱을 집었다.

"이걸로 됐어요. 금방 끝날 거예요. 그냥 있어요."

그는 그냥 있었다. 약간 오싹했다. **열아홉 개의 자귀**는 질문 없이 복종하는 태도 때문에 그를 곁에 두는 걸까?(지금 부지런히 버리는 그 꽃을, 사실 어디에나 있는 듯한 그가 갖고 들어온 건 아닐까? 간단했을 것이다. 아무도 일곱 개의 저울이 꽃을 들고 있는 걸 못 봤을 것이다. 그는 항상 그런 일을 할 테니까.)

마히트는 그를 밖에 두고 문을 닫았다. 오염된 장갑을 신중하게 꼈다. 손에 두른 붕대에 라텍스가 걸려서 움찔했지만 수액이 주던 느낌보다는 여전히 나았다. 인포피시 스틱은 손가락으로 쉽게 하나, 또 하나가 왁스 봉인을 따라 금이 가서 부서졌다. 아직 손에 힘이 들어갔다. 손바닥의 근육과 힘줄과 신경은 손상되지 않았다. 독은 거기까지 퍼지지 않았다. **열아홉 개의 자귀**에게 고맙다고 해야겠다는 생각이 들었다. **열아홉 개의 자귀**와 그 빠르고 은밀한 자비에. 그녀의 재고再考에.

정보부에서 온 스틱에서는 예쁜 그래픽이 나오더니 자신이 공식적인 소통역이며 질문에 한 줄짜리 답을 할 거고 마히트에게 말했다. 딱 네 개의 상형문자, 그중 두 개는 지위와 이름이다. 마히트는 누가 르셀 대사의 빠른 도착을 승인했는지 물었더랬다.

황위 계승자 **여덟 개의 고리**가 승인함.

예상치 못했던 일이었다. 파티에서 여덟 개의 고리는 세 예비 후계자 중 유일하게 마히트를 완벽하게 무시했다. 마히트가 그녀에 대해 아는 거라고는 뉴스피드와 황제의 찬양 전기영화에 나온 정보뿐이었다. 황제의 보육원 형제이며 승진하기 전까지 사법부 장관이었다는 것. 동년배. 이름의 숫자 기표에 사용하는 특정 상형문자는 황제의 90퍼센트 클론인 여덟 가지 해독제에 쓰는 상형문자와 똑같고, 이는 그녀가 황제에게 얼마나 충성하고 있는지를 암시했다. 하지만 왜 가능한 한 빨리 르셀 스테이션에서 대사가 오길 바랐는지는 나와 있지 않았다. 이스칸드르가 황제에게 뭘 팔았는지 그녀가 알았다면…… 그 거래가 성사되길 바랐을 테고, 이스칸드르가 죽었고 목표를 이루기 위해 다른 대사를 수입해 와야만 한다 해도 그 일이 이루어지길 바랄 터였다. 이스칸드르가 테익스칼란에 파는 것에 대해 전혀 다른 견해를 가진 대사로 교체되었다고 해서 그 바람을 철회하려 들까? 제국의 열린 위장胃腸을 다른 먹이 쪽으로 돌리면서까지?

설령 이스칸드르가 르셀의 이익을 저버려야만 했다 해도, 그는 그렇게 지독하게 테익스칼란인 같지 않은 다른 방법을 찾을 수도 있었을 것이다. 이마고는 한 사람을 재창조하는 게 아니었다. 황제의 이마고는 완벽하게 황제는 아닐 것이다. 그걸 몰랐나?

그 어떤 것도 여덟 개의 고리의 관여를 설명해 주지 않았다. 그녀가 사법부 장관이고 이스칸드르의 시체가 시티의 다른 안치소가 아니라 사법부 안치소에 있다는 점을 제외하면. 어쩌면 그녀가 그렇게 만들었는지도……

마히트는 두 번째 인포스틱, 익명의 회색 플라스틱 두 개 중 한 개를 열었다. 열두 송이 진달래는 이번에는 구태여 시구를 쓰지 않았다. 그가 보낸 메시지는 서명이 없고 단순했다. 마치 길거리 구석에서 작성하여 봉인한 인포피시 스틱을 공공 편지함에 던져 넣은 것처럼.

메시지는 이랬다. 요구한 것 확보, 나오는 길에 들켰을 수도, 내가 갖고 있을 수 없음, 내일 새벽에 당신 집으로 가겠음, 거기서 만나요.

마지막 스틱은 행성 밖 통신이라는 끈끈한 스티커가 붙어 있는 것이었다. 또 다른 비밀 메시지, 이미 죽은 남자를 위한 경고일 수도 있는 편지. 먼 곳의 충돌, 테익스칼란 황궁의 승계 위기가 어떤 광기를 불러일으키든, 혹은 이미 일으키고 있든 상관없이 존재하는 르셀의 미진微震. 마히트는 이걸 열기가 무섭다는 것을 깨달았다. 그리고 그 무서움 속에 즉시 열었다. 안쪽에 든 낯익은 알파벳 편지가 출력된 플라스티필름을 찢을 뻔할 정도로 스틱을 세게 부쉈다.

이 메시지는 지난번보다 더 짧았고 48테익스칼란시간 이후로 되어 있었다. 230.3.11. 여전히 마히트가 시티에 도착하기 한참 전이지만, 승천의 붉은 수확호를 타고 르셀을 떠난 다음이었다. '조종사협회 의원 데카켈 온추로부터 아가븐 대사에게'라는 제목이 붙어 있었다. 마히트는 기묘한 기분으로 읽었다. 마치 엿듣는 것 같은, 어린애가 감시 없이 엿들어서는 안 되는 회의에 몰래 숨어든 것 같은 기분으로.

이 메시지는 이전 통신에 답이 없을 경우에 배달되는 겁니다. 조종사협회 의원으로서 당신이 무사하기를 바라고 경고를 반복합니다. 광산협회의 타라츠와 유산협회의 암나르트바트는 황제의 요청에 따라 제국으로 당신의 대체자를 보냈습니다. 대체자가 타라츠에게 충성할 경우에는 신뢰할 만합니다. 그렇지 않거나 대체자가 분명한 희생양 혹은 사보타주의 기획자라면, 조종사협회는 유산협회의 반대 세력이며, 이런 이야기를 언급하는 것이 기쁘지는 않지만 적대 행위의 근원이라 여길 것을 권합니다.
조심하십시오. 만약 사보타주가 있다면 나는 그 정확한 본질을 포착할 수 없습니다. 하지만 유산협회가 그녀의 이마고 머신 접근을 이용할 계획이라는 의심이 듭니다.
이 통신문은 파기하십시오.

짧고 이전 것보다 더 나빴다. 마히트는 온추 의원과 이야기할 방법이 있다면, 의원의 메시지가 텅 비고 조용한 보이드에 빠지지 않았고 이스칸드르는 죽었으나 그 후임자가 듣고 있다고 전할 방법이 있다면 좋을 거라고 생각했다. 하지만 온추는 그것을 마히트에게서 듣고 싶지 않을 것이다. 만약 마히트가 사보타주를 당했다면. 만약 마히트가 스스로도 모른 채 의지도 없이 아크넬 암나르트바트의 요원이 된 거라면, 암나르트바트에게 정치적으로 지원을 받는 게 아니라…… 만약 그녀가…… 만약 그녀가 마히트의 이마고 머신을 어떤 식으로든 망가뜨렸다면……

하지만 마히트는 유산협회가 그런 일을 하는 이유를 아직 이해할 수 없었다. 뭘 위해서 그러는 건지. 그리고 마히트는 정말로 이스칸드르의 후임 후보 중에서 암나르트바트가 고른 인물이었다. 그러니까 그건 진짜 사보타주가 아니라 어쩌면 그저 암나르트바트가 테익스칼란 내에서 이루고 싶었던 어떤 기능을 이행한 것일지도 몰랐.

하지만 이마고 고장이 사보타주에 의한 게 아니라면, 마히트는 손상을 입었고 그건 그녀 자신의 잘못이었다. 어느 선택지가 더 끔찍할까?

갑자기 마히트는 다급하게 **열두 송이 진달래**를 만나서 죽은 이스칸드르의 이마고 머신을 되찾아야만 한다는 기분이 들었다. 설령 다른 모든 것이 잘못된다 해도, 르셀이 합병된다 해도, 마히트가 사법부 감옥에 들어간다 해도, 머신을 가질 수 있다면 최소한 그 비밀은 지키고 전임자가 남긴 것을 구조할 수 있을 것이다. 그것은 일종의 속죄였다. 만약 마히트가 정말로 망가졌고, 그녀가 가져야 했던 이스칸드르가 영원히 사라져 버린 거라면 말이다.

마히트는 플라스틱 시트를 불태우고 모든 스틱의 내용을 지웠다. 그것들은 쉽게 삭제할 수 있게 설계되어 있었다. 그다음에 다시 방문을 열었다. 일곱 개의 저울은 마히트가 편지를 읽는 10분 동안 전혀 움직이지 않은 것처럼 여전히 복도에서 쓰레기봉투를 들고 서 있었다. 마음이 불편했다. 아무리 표정 없는 올바른 테익스칼란인이라 해도 일곱 개의 저울만큼 무표정하고 순종적이지는 않았다. 잘 몰랐다면 마히트는 그가 기계인형이라고 생각했을 것이다. 인공지능이라 해도 더 명확한 자유의지가 있다.

"여기요. 이건 다 끝냈어요."

마히트가 빈 스틱들을 내밀었다. 일곱 개의 저울은 봉투를 내밀었다.

"장갑도요. 대사님 손에 대해서는 정말 유감입니다."

"괜찮아요. 에주아주아카트가 고쳐 줬으니까요."

일곱 개의 저울이 자우이틀을 남겨 둔 사람이라면, 그는 자기 주인이 마히트의 죽음을 막았다는 사실을 알 것이다. 하지만 그의 표정에는 전혀 변화가 없었다. 자기 주인이 응급처치를 하는 일이 당연하다는 듯이 그저 고개를 끄덕이고 차분하게 행동할 뿐이었다. 어쩌면 정말 **열아홉 개의 자귀**는 그런지도 몰랐다.

"다른 게 또 있습니까?"

이 기분 좋고 목숨을 아주 위협하는 사무실 복합건물이라는 감옥에서 새벽 전까지 탈출해야 해요. 내 전임자의 시체에서 빼낸 불법 머신을 받기 위해. 나 좀 도와줄 수 있겠어요?

"아뇨, 고마워요."

마히트의 말에 일곱 개의 저울은 고개를 끄덕였다.

"좋은 밤 되세요, 대사님."

그는 복도 저편으로 사라졌다. 마히트는 그 뒷모습을 지켜보았다. 남자가 모퉁이를 돌자 그녀는 사무실 안으로 돌아왔다. 문이 뒤에서 쉿 하고 부드럽게 닫혔다. 그녀는 말없이 창문 옆 소파와 개켜 놓은 이불을 보며 누워서 눈을 감고 테익스칼란에 대한 모든 것을 지워 버릴까 생각했다. 또 창문으로 나가서 정원을 통해 탈출 시도를 하는 것에 대해서도 다시 한번 생각했다. 2층에서 뛰어내려야 했다. 레스토랑이 그녀 위로 무너질 때 허리께에 든 멍과 붕대를 감은 손에 더불어 어쩌면 발목이 부러질지도 모른다.

마히트가 새벽까지 동황궁으로 돌아가기 위해 실현 가능한 계획을 떠올리느라 계속 애를 쓰고 있는데 누군가가 문을 두드렸다. 자정이 넘은 시간이었다. 시티의 두 개의 달이 모두 떠서 창밖으로 하늘에 멀리 조그만 원반 모양을 하고 있었다. 마히트는 다른 사람들은 오래전에 잠이 들었을 거라고 생각했었다.

"누구죠?"

"세 가닥 해초예요. 문 열어요, 마히트, 좋은 소식이 있어요!"

뭐가 좋은 소식의 조건에 맞는지, 게다가 이 시간에 전달할 필요가 있는 소식이 뭔지 상상조차 가지 않았다. 일어나 문을 열면서 마히트는 세 가닥 해초가 그녀를 체포할 준비가 된 선리트 몇 명에게 둘러싸여 서 있는 것을 상상했다. 아니면 그녀를 죽일 준비가 된 **열 개의 진주**와 함께 있든지. 온갖 배신 가능성들.

하지만 문 반대편에 서 있는 건 움푹 들어간 눈에 지치고 커피를, 혹은 더 강한 것을 계속해서 들이켠 것처럼 생기 넘치는 **세 가닥 해초**뿐이었다. 어쩌면 아예 안 마신 걸지도 모르겠다.

그녀는 들어가도 되냐고 묻지도 않고 마히트의 팔 아래로 몸을 구부리고 들어가서 직접 문을 닫았다.

"위대하신 폐하를 은밀하게 알현하고 싶다고 했죠, 네?"

"……그렇죠?"

마히트가 의심스럽게 대답했다.

"좀 더 나은 옷 좀 없어요? 이게 비밀이고 진짜 공식 알현처럼 할 필요가 없다고는 해도요. 그래도. 뭔가 좀! 하지만 설령 옷이 있다고 해도 우리한테는 시간이 없네요."

"왜 황제께서 한밤중에 나랑 이야기를 하고 싶어 하시죠?"

세 가닥 해초가 잘난 척하며 대답했다.

"내가 모든 걸 다 아는 건 아니라, 정확히 대답할 수는 없어요. 하시민 니는 열네 시간을 관료들과 귀족 3급, 2급, 그리고 1급을 헤치고 나아가서 결국에 황실 잉크스탠드 책임자와 개인적으로 이야기를 나눴고, 그분이 위대하신 폐하께서 사실 르셀 대사와의 만남에 굉장히 관심이 있으시다고 말해 주면서 양쪽 다 급하고 신중할 필요가 있다는 걸 이해해 줬거든요. 그러니까 지금 당장 가도 될까요?"

"이게 특별한 일이고, 황실의 명령이라는 절대 권력에 따르는 거라고 생각해도 될까요?"

겨우 몇 시간 전에 마히트는 테익스칼란 황제와의 만남이 탈출의 기회일 가능성이 높다는 생각은 떠올리지도 못했었다. 하지만 **열아홉 개의 자귀**의 사무실로 돌아오기 전에 시티로 몰래 들어가서 열두 송이 진달래를 만나고, 그다음에 누구도 그녀가 사라졌다는 걸 알기 전에 돌아오면…… **세 가닥 해초**는 끌어들여야만 했다. 안 그러면 성공할 수 없을 것이다.(그리고 세 가닥 해초 없이 동황궁으로 돌아오는 길을 찾을 수 있을지도 확신이 없었다.)

세 가닥 해초가 대답했다.

"네, 그리고 네. 열아홉 개의 자귀 각하는 이미 아세요. 각하가 우리를 에스코트하실 것 같아요. 누구 책임인지 잘 알 수 없는 잘못된 지시가 좀 있어요, 마히트. 우리가 황궁에 에주아주아카트의 수행원인 것처럼 들어가게 된다면, 변장으로……."

마히트가 그녀의 말을 잘랐다.

"물론 초청을 받아들여야죠. 설령 이게 비밀이라도. 어쩌면 특히나 비밀이니까……."

"당신, 음모에 대한 훈련을 받았어요? 르셀에서."

세 가닥 해초는 그 말을 하며 웃었지만, 마히트는 그녀가 진심이라는 걸, 슬쩍 찌르는 중이라는 걸 확실하게 알았다.

"위대하신 폐하를 뵌 다음에 우리가 뭘 할 건지 설명할 때까지 기다려 줘요. 그러고 나면 내가 정말로 언어와 절차와 함께 속임수도 배웠다고 생각하게 될 테니까요."

◇ ◇ ◇

황궁 내실은 마히트에게 별이 반짝거리던 낭독 대회를 한 연회장보다 **열아홉 개의 자귀**의 사무실 복합건물을 더 떠오르게 했다. 하얀 대리석으로 된 토끼굴 같은 곳이었는데 대리석에는 금색 줄기가 뻗어 있고, 그 무늬가 마치 번개가 가득 치는 하늘 아래 망가진 혹은 환상적인 도시 풍경 같았다. **열아홉 개의 자귀**는 지나치는 대부분의 사람과 미소 지으며 인사를 나눌 정도로 그곳을 잘 알았다. 그녀는 사실상 대리석과 똑같아 보였으나 그녀의 재킷이 더 밝고 더욱 차가운 하얀색이었다. 마히트와 **세 가닥 해초**는 그 뒤를 조용히 따랐다. **열아홉 개의 자귀**가 은밀하게 마히트를 만나겠다는 황제의 요청에 대해 뭔가 생각이 있는지는 몰라도 그걸 그들에게 말해 주지는 않았다. 그녀는 그저 맨발에 부츠를 잡아당겨 신고, 마히트의 적합성을 완전히 새로운 방식으로 평가하는 것처럼 마히트를 쭉 훑어보았다. 그 평가에는 솔직한 친밀감이 있었고 마히트는 그게 욕실에서 **열아홉 개의 자귀**에게 손을 내밀고 싶은 충동을 느낀 때와 그 충동을 거부한 때의 사이쯤에 생겨났다고 생각했다. **열아홉 개의 자귀**는 두 사람을 데리고 동황궁 안쪽으로 빠르게 걸었다.

세계의 심장으로 걸어 들어가는 것처럼 느껴졌다. 심방 사이 밸브처럼 열린 방들은 그들이 지나가자 다시 꽉 닫혔다. 자정이 지났는데도 황궁의 가장 안쪽 지역은 빠른 속도로 고동쳤다. 슬리퍼 신은 발의 부드러운 발소리, 모퉁이에서 어느 귀족의 정장이 스치는 소리. 멀리서 들리는 낮은 목소리. 마히트는 황제가 자고 있을까 궁금했다. 어쩌면 쪽잠을 자고 있을지도 모른다. 세 시간마다 일어나서

한 시간씩 일하고, 넓은 테익스칼란의 모든 지역에서 온 하룻밤치 보고서를 읽고 있을지도.

황실 잉크스탠드 책임자는 대리석에서 골동품인 금색 태피스트리로 색이 짙어지는 벽으로 된 대기실에서 그들을 맞았다. 세 가닥 해초 정도로 작은 키의 남자는 마히트의 어깨에 간신히 닿았다. 얼굴은 말랐고 헤어라인은 유행에 걸맞게 낮았다. 그와 **열아홉 개의 자귀**는 친숙한 게임판 맞은편에 앉은 파트너처럼 서로에게 눈썹을 올려 보였다.

"그러니까 각하가 대사를 본인 사무실에 두고 계셨군요."

"폐하께서 접견을 마치시면 대사를 잘 돌려보내 줘요, 스물아홉 개의 다리."

열아홉 개의 자귀가 마히트에게 앞으로 가라며 손을 흔들었다. 계획과 담당관이 있으니 알아서 잘 올 수 있었을 거라고 마히트가 정중한 저항의 말을 할 새도 없었다.

세 가닥 해초는 완벽한 운율로 말했다.

"스물아홉 개의 다리님, 직접 뵙는 영예가 마치 산에서 신선한 봄을 마주한 것 같습니다."

그건 노골적인 인용이 아니라면 함축적 의미일 것이다.

스물아홉 개의 다리가 선물을 받은 것처럼 웃음을 껄껄 터뜨렸다.

"당신의 대사가 폐하를 알현할 동안 이리 와서 앉아요, 아세크레타. 내 모든 비서관을 어떻게 겨우 하루 만에 물리칠 수 있었는지 얘기해 보시죠."

"조심해요. 저쪽은 교활하니까."

열아홉 개의 자귀가 말했다.

"진심으로 저한테 뭔가 경고하시는 겁니까?" 스물아홉 개의 다리가 물었다. 올라간 눈썹이 헤어라인에 닿을 정도였다. 그가 다시 말했다. "아름다운 별빛이여, 도대체 이 아이가 각하께 뭘 했길래요?"

"당신도 알게 될 거예요."

열아홉 개의 자귀가 고양이처럼 의기양양하게 말했다. 그런 다음 마히트를 돌아보고 팔목을, 그녀가 싸 준 붕대 바로 위를 톡톡 두드리고 말했다.

"그분이 요구하시는 걸 다 할 필요는 없어요."

'그분'이 황실 잉크스탠드 책임자를 뜻하는 건지 **여섯 방향 황제**를 뜻하는 건지 마히트가 물어볼까 결정을 내리기도 전에, 그녀는 돌아서서 방을 나갔다.

"이 알현을 주선해 주신 데 감사드립니다." 마히트는 일의 진행에 약간이라도 통제력을 얻기 위해서 **스물아홉 개의 다리**에게 그렇게 말했다. "우리 때문에 못 쉬시는 건 아니었으면 좋겠군요."

남자는 옆구리에서 손가락을 전부 폈다. 마히트가 태연한 척한다고 해석하는 테익스칼란식 몸짓이었다.

"처음도 아닌걸요. 르셀 대사의 경우에도 그렇고, 당연히 내 경우에도 그렇고. 들어가십시오, 디즈마르 대사. 폐하께서는 대사를 위해 30분을 통째로 잡아 두셨습니다."

당연히 이스칸드르가 보다 먼저 여기에 왔었겠지. 영원한 삶과 기억의 지속에 대한 약속. 아마 생전 처음으로 마히트는 이스칸드르를 이렇게 잘 알지 않았으면 좋았을 거란 생각이 들었다. 이스칸드르가 어쩌다 그런 선택을 했는지 이렇게 명확하게 이해가 되지 않으면 좋았을 텐데. 하지만 이마고를 받는 쪽은 전임자와의 정신적 양립성을 바탕으로 선택되고, 그녀와 이스칸드르의(그들에게 시간만 충분했더라도!) 파트너십은 초반에 굉장히 매끄럽게 진행되었다. 그녀도 그걸 이해했다.

하지만 마히트는 혼자이고, 이건 이스칸드르의 잘못이었다. 두 명의 이스칸드르, 즉 죽은 남자와 사라진 이마고 모두의 잘못이다. 설령 사보타주가 르셀에서 일어난 것이었다고 해도 그의 잘못이었다. 마히트는 가슴부터 구부려 인사하고 스물아홉 개의 **다리**가 세 가닥 **해초**를 즐겁게 해 주기를 바라며(혹은 심문을 당하거나) 그녀와 여섯 **방향** 황제 사이에 있는 마지막 문을 통과했다.

대기실은 몇 시간 동안 어둡게 해 놨었지만 황제의 알현실은 풀스펙트럼 던램프dawnlamp로 환했다. 조명의 변화에 눈을 깜박인 후에야 마히트는 낭독 대회 연회에서 황제를 향해 이마고가 일으킨 변연계 반응의 강렬함이 기억났다. 조사위원회나 은밀한 연인을 만나기 직전처럼 신경이 따끔거렸다. 이게 이스칸드르를 몰랐더라면, 그녀 안에서 울리는 그의 신경화학적 기억의 잔상이 없었더라면, 하고 바라는 또 다른 이유였다.

황제는 보통 사람처럼 소파에 앉아 있었다. 새벽녘에 아직 깨어 있는 노인처럼 어깨는 연회 때보다 더 굽었고, 얼굴은 핼쑥하고 날카로웠다. 피부는 회색빛에 반투명했다. 마히트는 황제가 지금 얼마나 아픈 걸까 궁금했다. 그리고 이게 노년을 알리는 사소한 병들의 연속인지, 아니면 더 깊고, 더 나쁜 것, 암이나 장기부전 같은 것인지도. 그의 모습을 보니 후자가 아닐까 싶었다. 던램프는 그를 깨어 있게 해 주는 것이리라.(풀스펙트럼 빛은 예민한 사람에게는 그럴 수 있었다.) 하지만 램프들이 황제를 둘러싸고 햇빛의 후광을 형성하고 있어서, 일부러 태양-창 왕좌를 연상하게 하는 의도가 있는 게 아닐까 하는 생각도 들었다.

"디즈마르 대사."

그가 두 손가락으로 가까이 오라고 손짓했다.

"황제 폐하." 마히트는 한쪽 무릎을 꿇고 앉아 몸을 숙여, 앞으로 내민 그녀의 팔목을 황제로 하여금 그 뜨거운 양손으로 다시 쥐게 할까 생각했다. 그것을 바랐으나, 그러던 차에 그 충동을 던져 버릴 이유를 찾았다. 이어 그녀는 어깨를 똑바로 펴고 물었다. "앉아도 되겠습니까?"

"앉게. 자네와 이스칸드르 둘 다 서 있으면 제대로 보기 힘들 만큼 크군."

"저는 이스칸드르가 아닙니다."

마히트는 의자를 소파 옆으로 끌어당겨 앉았다. 던램프 몇 개가 방 안에 숨 쉬는 또 다른 사람이 있다는 걸 깨닫고 얌전히 그녀 쪽으로 빛을 돌렸다.

"짐의 에주아주아카트는 자네가 그렇게 말할 거라고 했지."

"거짓이 아닙니다, 폐하."

"그래. 그렇지. 이스칸드르라면 관료들을 지나오기 위해서 에스코트가 필요하지 않았을 거야."

물에 빠져 죽기 직전 같은 기분에 대한 치료제로 마히트는 오만하게 말했다.

"용서하십시오. 친우의 후임자를 만나시는 건 힘든 일이겠지요. 르셀에서는 이마고 라인을 따라 내려가는 이행 과정을 위한 지원이 더 있습니다만."

"그런가."

그것은 질문이라기보다 초대에 가까웠다.

마히트는 정보 수집이 어떤 식으로 이루어지는지에 관해 무지하지 않았다. 자신은 다쳤고, 피곤하고, 끝이 보이지 않는 문화 충격으로 멍한 상태에 빠져 있으며, 조금씩 죽어 가든 아니든 우주의 4분의 1을 다스리는 남자와 이야기하는 중이었다. 계란처럼 탁 쪼개져서 정보를 줄줄 흘릴 참이었다. 그중 어느 정도가 훌륭한 심문 기술 때문이고 어느 정도가 신뢰라는 변연계의 울림 때문인지는 물을 필요조차 없는 질문이었다.

"저희에겐 기나긴 심리 치료의 전통이 있습니다."

그렇게 말한 마히트는 입을 꾹 다무는 것처럼 말을 멈췄다. 한 번에 한 문장씩.

황제가 마히트가 예상한 것보다 더 편안하게 웃었다.

"그대들에겐 필요할 것 같군."

"그건 이스칸드르에 대한 인상을 바탕으로 하신 판단인가요, 저에 대한 인상을 바탕으로 하신 건가요?"

"인간에 대한 인상을 바탕으로 했지. 그대와 이스칸드르는 흥미로운 한 세트의 외부인일 뿐이니까."

마히트는 그 공격을 받아들이고 미소를 지었다. 너무 옆으로 길어서 이스칸드르의 미소에 가까운 느낌이었다. 그리고 스물아홉 개의 다리가 했던 것과 똑같은 테익스칼란식 몸짓으로 손끝을 전부 벌렸다.

"하지만 테익스칼란에는 비교할 만한 전통이 아직 없지요."

"아, 디즈마르 대사, 그대는 우리와 겨우 나흘밖에 있지 않았어. 그대가 뭔가를 놓쳤을 가능성도 있지."

뭔가 많은 것을요, 마히트는 그렇게 확신했다.

"심리적 고통을 다루는 테익스칼란식 방법에 관해서 들으면 굉장히 재미있을 것 같은데요, 폐하."

"짐도 그럴 거라고 생각하네. 하지만 그 때문에 그대가 오늘 알현을 그토록 끈질기게 요구했던 건 아니겠지."

"네."

"그래. 그럼 계속해 보게." 여섯 방향이 손가락을 함께 엮었다. 손가락 관절이 나이로 부었고, 깊게 주름져 있었다. "달리 짐이 군대를 어디로 보내야 할지, 주장을 펼쳐 봐."

"그게 제가 청원을 드리러 온 이유라고 어떻게 그리 확신하시죠?"

"아. 이스칸드르가 짐에게 요청했던 거거든. 자, 그대가 그리 많이 다를까? 그대의 스테이션보다 다른 목적에 더 신경을 쓸까?"

"이스칸드르가 청원드린 게 그것뿐이었습니까?"

"물론 아니야. 그저 그게 짐이 좋다고 한 유일한 거였지."

"그럼 제가 청원을 드리면, 제게도 허락해 주시겠습니까?"

여섯 방향은 거의 영원처럼 느껴지는 인내심을 갖고 마히트를 바라보았다. 그들에겐 겨우 30분밖에 없는 게 아니었나? 도망칠 수는 없을까? 쓰러지는 벽 때문에 멍든 옆구리 근육이 꼼짝 않고 가만히 있는 바람에 욱신거렸고, 손의 상처에서 맥박이 쿵쿵 뛰는 게 느껴졌다. 그리고 황제가 어깨를 으쓱였다. 재킷 라펠의 복잡함 때문에 그 동작은 거의 보이지 않을 뻔했다.

"그대가 실패작인지, 경고인지 잘 모르겠군. 짐이 대답하기 전에 미리 알면 유용하겠지. 그대가 말해 줄 수 있다면."

황제는 마히트가 이마고 과정의 실패작이냐고 묻는 것이리라. 그녀가 이스칸드르가 아닌 게 일부러인지 실수인지 묻는 것이다. 만약 실수라면 고의적인가. 황제가 사보타주에 관해 알까? 알 리가 없다. 마히트가 실패작인지 경고인지 물었으니 모를 것이다. 마히트는 갑자기 주름 없는 **여덟** 가지 해독제의 어린아이 얼굴에 여섯 **방향**의 표정이 떠오르는 것을 상상했다. 똑같이 인내심 있는 교활함. 아이는 90퍼센트 클론이었다. 근육 기억을 따라간다면 아이의 얼굴은 이 얼굴로 자라날 것이다. 그 생각은 혐오스러웠다. 아이는 이마고에 저항할 수 없다. 오래된 기억에 매몰될 것이다. 어린아이는 아직 단단한 자아를 형성하지 못한다. 그게 아마 **여섯 방향**이 노리는 바일 것이다.

"만약 제가 실패작이라면, 폐하께 이마고 이전移轉의 불확실성을 보여 드리러 온 거라면, 저는 절대로 제가 실패작이라고 말씀드리지 않을 겁니다."

그리고 제가 경고라면, 저는 그 사실조차 모르겠죠. 마히트는 그 생각에서 눈을 돌렸다. 여기서, 거기에 관해 생각할 수는 없었다. 죽은 사람에게 보내는 온추의 비밀 메시지까지 곁들여서, 그 생각을 아주 약간이라도 하면 분노가 치밀었다. 르셀은 **여섯 방향**에게 일종의 핵심을 증명하기 위해 결함이 있는 그녀를 보냈다. 비난, 망가진 것. 하지만 화를 낼 수는 없었다. 지금은 안 된다. 그녀는 황제와 단둘이었다.

"실증해 줄 수 있겠나?"

"저한테는 선택권이 없을 것 같군요. 그러니까 제가 정확히 뭔지 단정할 결정권은 실은 폐하께 있습니다."

"아무래도 그대가 뭘 할 수 있을지 계속해서 봐야 할지도 모르겠어." 황제가 어깨를 으쓱이자 어깨 주위를 돌던 던램프가 동작에 따라 움직였다. 마치 그와 그것들이 단합된 기계, 인간의 의지에 반응하는 인간보다 훨씬 큰 시스템인 것처럼. "우리가 협상과 대답으로 돌아가기 전에 하나만 말해 주게, 디즈마르 대사. 그대는 이스칸드르의 이마고를 가졌나, 아니면 전혀 다른 사람의 기억을 가졌나?"

"저는 마히트 디즈마르입니다." 마히트는 생략에 의한 거짓말인 것처럼, 르셸에 대한 작은 배신인 것처럼 느끼며 계속해서 말했다. "그리고 저는 이스칸드르 아가븐의 이마고 말고 다른 것은 가진 적이 없습니다."

황제는 그 뒤에 누가 있는지 판단하려는 듯이 마히트의 눈을 바라보며 그녀가 시선을 돌리지 못하게 했다. 마히트는 생각했다. 이스칸드르, 나한테 말을 걸 생각이 있다면, 제발······

이스칸드르가 〈안녕하십니까, 여섯 방향님.〉 하고 재미있다는 듯이, 여섯 방향을 알아보고서 말하는 것을 상상해 봤다. 마히트는 그가 정확히 어떤 말투를 쓸지 알았다.

하지만 말하지 않았다.

"서쪽 호 가문들에 대해서, 독점무역을 하자는 요구를 어떻게 처리할까 의논할 때 그대의 선택지는 뭐였지?"

마히트는 이스칸드르가 무엇을 생각했는지 몰랐다. 그녀의 이스킨드르는 황제를 사교상 만났을 뿐, 그와 정책을 의논할 정도로 높은 평가를 받지 못했었다.

"그건 제 임기 이전 일입니다."

마히트는 슬쩍 답을 피했다.

그녀는 여전히 관찰되고 있었다. 평가되고 있었다. 황제의 눈은 하도 짙은 갈색이라 거의 검게 보였다. 그의 클라우드후크는 거의 투명한 유리에서 필요 없는 것을 다 벗겨낸 네트워크였다. 마히트는 무릎 위에서 손을 깍지 끼고 혹시라도 떨리는 사태를 막고 싶었다. 하지만 그렇게 하면 너무 아플 것이다.

"이스칸드르." 잠깐 동안 마히트는 황제가 그녀를 지칭한 건지, 아니면 전임자를 말하는 건지 알 수가 없었다. "그는 많은 언쟁을 일으켰고 여러 가지를 제안했고, 제국의 확장으로부터 내 마음을 돌리려 했지. 우리 언어에 그토록 능숙한 사람이 천 년에 걸친 우리의 성공과 정반대로 행동하라고 우리를 설득하려고 애를 쓰는 걸 보니 굉장히 마음이 끌렸네. 우리는 이 방에서 많은 시간을 보냈지, 마히트 디즈마르."

"제 전임자에게는 영예였겠군요."

마히트가 중얼거렸다.

"그렇게 생각하나?"

"저한테는 그럴 겁니다."

거짓말이 아니었다.

"공통점이 거기까지 이르는 건가. 아니면 그대는 그저 대사답게 행동하는 걸지도 모르지."

"그게 중요합니까, 폐하? 어느 쪽인지가?"

여섯 방향은 미소를 지을 때 르셀에서 온 남자가 그에게 알려 준 방식으로 미소를 지었다. 주름진 뺨을 위로 당기고, 이가 보이도록. 배운 행동이지만, 겨우 4일이라도 테익스칼란인의 표정만 본 이후라 놀랄 만큼 친숙하게 느껴졌다.

"그대는 이스칸드르만큼이나 뺀질뺀질하군."

황제의 평가에 마히트는 일부러 어깨를 으쓱였다. 그녀는 자신을 둘러싼 몇 개의 던램프가 자신의 동작에도 반응하는지 궁금했다.

황제가 앞으로 몸을 기울였다. 그 주변의 빛이 마히트의 정강이와 무릎 부근을 따뜻하게 비추었다. 마치 그의 열이 이동할 수 있어서 그녀를 건드리는 것만 같았다.

"소용없어, 마히트. 철학과 정책은 조건부야. 다양한 조건에, 반응성도 있지. 르셀과 맞닿은 테익스칼란에게 진실인 것이 동시에 다른 경계 국가들과 맞닿은 테익스칼란이나 여기 시티라는 세련된 형태의 테익스칼란에게는 진실이 아닌 것이 되지. 제국은 많은 얼굴을 가졌어."

"뭐가 소용이 없다는 건가요?"

"우리에게 예외를 만들라고 요청하는 거. 이스칸드르는 노력했지. 그는 노력하는 데에 아주 뛰어났어."

"하지만 폐하께선 그에게 그러겠다고 하셨죠."

마히트가 항의했다.

"그랬지. 그리고 이스칸드르가 약속한 걸 지불한다면, 그대에게도 같은 대답을 해 주겠어."

마히트는 그가 그렇게 말하는 걸 들어야만 했다. 확신하기 위해서. 그녀의 추측이라는 끝없는 고리에서 빠져나가기 위해서.

"이스칸드르가 폐하께 무엇을 약속했었죠?"

"르셀의 이마고 머신 설계도." 황제는 핑징히 간단하게, 전기 가격을 흥정하는 것처럼 말했다. "그리고 테익스칼란인이 바로 쓸 수 있는 이마고 머신 여러 개까지. 그 대신 짐은, 짐의 왕조가 제국을 다스리는 한, 르셀 스테이션의 독립 주권을 보장하기로 했지. 이스칸드르의 입장에서는 상당히 영리한 협상이었다고 봐."

사실로 영리했다. 그의 왕조가 제국을 다스리는 한, 연속된 이마고 황제들은 하나의 왕조가 될 것이다. 여섯 방향이 정말로 이마고 과정이 여러 개가 엮이는 게 아니라 하나가 반복되는 거라고 생각한다면, 단 한 명이 끝없이 반복되는 셈이니까. 그러면 르셀 기술이 르셀의 독립을 사는 셈이다. 영원히. 그리고 여섯 방향은 자신을 죽이고 있는 병에서 벗어나, 노화로 상하지 않은 몸으로 다시 살게 된다.

이스칸드르, 넌 이 조건을 떠올렸을 때 엄청나게 스스로에게 만족했었겠지. 마히트가 내면으로 손을 뻗으며 생각했다.

"어쩌면 그대들 르셀의 심리 치료사도 몇 명 더해 줘도 될지 몰라. 그들이 테익스칼란의 정신 이론에 공헌하는 건 굉장히 매력적이겠지."

황제는 르셀의 얼마만큼을 차지하고 싶은 걸까? 차지하고 집어삼키고 르셀이 아닌 뭔가로, 테익스칼란으로 바꿔 놓겠지. 그가 황제가 아니었다면 뺨을 후려쳤을 것이다.

그가 황제가 아니었다면 마히트는 웃음을 터뜨리고 테익스칼란의 정신 이론은 정확히 뭘로 이루어졌냐고 물어봤겠지. 그 개념이 얼마나 넓나요?

하지만 그는 황제였다. 문자 그대로도, 실체로도. 그리고 그는 르셀의 14세대에 걸친 이마고 라인을 테익스칼란에 공헌할 수 있는 그런 것으로 여겼다.

제국, 세계. 같은 단어, 똑같은 이득.

마히트는 상당히 오랫동안 아무 말도 하지 않았다. 머리는 테익스칼란 군사 이동의 궤도로 꽉 차 있고, 너무나 격분하고, 자신이 갑자기, 비참하게 갇힌 기분이라는 것에 덜거덕거리고 있었다. 상처 입은 손의 고통스러운 맥박은 심장과 동시에 뛰었다.

"이스칸드르는 그런 결론에 도달하는 데 수년이 걸렸습니다, 폐하. 제가 저만의 결론을 내리기 전에 폐하의 상대가 되는 영예를 하룻밤 이상 내주시지 않겠습니까?"

"그렇다면 다시 오고 싶다는 거로군."

물론이었다. 마히트는 테익스칼란 제국의 황제를 은밀하게 알현하고 있고, 그는 도전거리였으나 마히트를 진지하게 받아들였으며, 그녀의 전임자도 진지하게 받아들였는데, 어떻게 이걸 원하지 않을 수 있겠는가? 비참함을 견뎌야 한다 해도, 마히트는 이걸 원했다.

하지만 그녀가 말한 것은 이런 거였다.

"폐하께서 허락하신다면요. 제 전임자는 확실히 폐하의 관심을 끌었던 모양입니다. 저도 마찬가지일 수 있습니다. 그리고 폐하께서는 저에게 그렇게 명확하게 말씀해 주심으로써 상당한 은혜를 베풀어 주셨습니다."

"명확함이라." 여섯 방향은 여전히 굉장히 르셀다운 미소를 지었다. 그녀가 공모하는 것처럼 그를 향해 마주 웃고 싶어지게 하는 미소였다. "그건 수사학적인 면에서 미덕은 아니야. 하지만 굉장히 유용하지, 안 그런가?"

"네." 어떤 의미에서 이건 마히트가 시티에 온 이래로 나누었던 대화 중에서 가장 명확한 것이었다. 그녀는 어깨에 힘을 주고, 이스칸드르의 보디랭귀지를 연상시키거나 황세의 보디랭귀지를 따라 하지 않으려고 노력하면서 차분하게 숨을 들이쉬고, 대화의 미끼를 드리웠다. "수사학적인 면에서 실패를 계속해도 된다는 폐하의 자비로운 허락이 나와서 말인데요, 왜 저희의 이마고 머신을 원하게 되셨습니까? 스테이션인이 아닌 사람들 대부분은 이마고 라인을 상당히…… 불가해하게 여깁니다. 좋게 말해서 불가해하게 여기죠.”

여섯 방향은 눈을 감았다가 다시 떴다. 아주 길고 느린 눈 깜박임이었다.

“그대는 몇 살이지, 마히트?”

“테익스칼란력으로 스물여섯 살입니다.”

“테익스칼란은 80년의 평화를 누렸지. 마지막으로 세계 한 부분이 나머지 부분을 부수려고 한 이래로 자네 삶의 세 배의 시간이 쌓였어.”

매주 국경에서 충돌이 일어난다는 보고가 나왔다. 겨우 며칠 전에는 오딜 행성계에서 전면적인 반란을 진압했다. 테익스칼란은 평화롭지 않았다. 하지만 마히트는 여섯 방향이 집착하는 차이를 이해했다. 그것들은 우주 바깥에, 문명화되지 않은 곳에 전쟁을 불러오는 소규모 충돌이었다. 그가 '세계'라는 뜻으로 쓰는 단어는 '시티'를 뜻하는 단어였다. '올바른 행동'이라는 동사에서 파생된 단어.

“긴 시간이지요.”

“그건 계속되어야 해. 짐은 지금 우리가 쓰러지도록 놔둘 수 없어. 80년의 평화는 우리가 더욱 인도적이고, 더욱 배려하고, 더욱 공정해졌던 잃어버린 시절이 아니라, 시작이어야 해. 알겠나?”

마히트는 알았다. 그것은 단순하고 틀렸고 끔찍했다. 진실되고 모든 걸 아는 손으로 세상을 인도하지 못하고 떠나는 것에 대한 두려움이었다.

“짐의 후계자들을 봤겠지. 짐과 함께 상상해 봐, 디즈마르 대사. 그들의 손길 아래에서 우리가 벌이게 될 정말로 특별한 내전을.”

✧ ✧ ✧

지상궁 바깥쪽 방들엔 세 가닥 해초 말고는 아무도 없었다. 그녀는 조리개식 개폐 문이 마히트를 도로 뱉어내자 비틀거리며 일어섰다.

"자고 있었어요?"

마히트는 자신도 소파에서 딱 10분이라도 자면 좋겠다고 생각하며 물었다.

세 가닥 해초가 어깨를 으쓱였다. 대기실의 흐린 금빛 아래에서 그녀의 갈색 피부가 회색으로 보였다.

"원하던 건 얻었어요?"

어떻게 대답해야 할지 알 수가 없었다. 마히트의 몸은 웅웅거리고, 희미하게 반짝이고, 유독한 비밀로 가득했다. 이스칸드르가 뭘 앓았는지, 왜 여섯 방향이 자신으로, 그리고 황제로 남기 위해 뭐든 하려 하는지. 어떤 것도 쉽게 설명할 수 없었다.

"가요. 우리가 엉뚱한 곳에 있다는 걸 누군가가 알아채기 전에."

세 가닥 해초는 생각하는 것처럼 잇새로 음 소리를 냈다. 마히트는 그녀의 바로 옆에서 걸으며 대기실 문을 나왔다. 절대로 하고 싶지 않은 일이 설명을 하는 거였다. 지금은 무리였다.

그녀가 멈춰서 생각하기 시작한다면.

그녀는 생각하는 것밖에는 할 수 없을 것이다.

세 가닥 해초는 낭독 대회에서 그랬던 것처럼 마히트의 뒤, 왼쪽 어깨 부근에서 완벽한 그림자처럼 걸었다.

"열아홉 개의 자귀 각하가 메시지를 남기셨어요." 황제의 내실을 나가기 직전에 그녀가 말했다. "각하께서는 대사님에게 잘못된 조언에 따라 행동한다고 해도 말리지 않을 거라고 하셨어요. 대사님을 전혀 말리지 않을 거라고요."

 마히트는 자신이 풀려났다는 것을 깨닫고 몸을 떨었다. 그리고 열아홉 개의 자귀와 세 가닥 해초 모두에게 어쨌든 애처로울 정도로 고마움을 느꼈다.

막간

이마고 머신은 작다. 크다고 해도 인간 엄지손가락의 가장 작은 마디 정도의 길이이다. 3만 명의 사람들과 1만 개의 보존된 이마고 라인이 함께 존재하는 스테이션에서, 머신을 위한 저장 설비는 작고 살균된 구체형 방 하나뿐이었다. 르셀의 고동치는 파워코어 심장 근처에 있는 방으로, 우주 먼지나 우주선宇宙線, 감압 사고 등 다양한 일로부터 최대한 보호되고 있다. 아크넬 암나르트바트의 말에 따르면 스테이션에서 가장 안전한 곳이었다. 모든 스테이션인의 피신처. 죽은 자가 한동안 쉬다가 다시 나와서 다시 만들어지는 곳.

암나르트바트는 그 정확한 중심에 서 있다. 그녀의 발이 있는 바닥의 작은 공간과 거기서부터 문까지 이어지는 길을 제외하면 모든 표면, 방 안의 모든 벽이 봉인되고 표가 붙은 칸들로 가득하다. 표에는 숫자가 쓰여 있다. 가끔, 이마고 라인에서 가장 오래되었거나 가장 중요한 보관함에는 이름이 쓰여 있다. 어깨 너머 위쪽을 보면 한때 암나르트바트 자신의 이마고가 있었고 앞으로 그녀가 이마고가 되었을 때 있게 될 유산협회 표가 붙은 칸이 보일 것이다.

이전에는 이 방이 마음 편하게 느껴졌었다. 대단히 평화롭고, 모든 르셀이 그녀의 보호하에 있다고 완벽하게 상기시켜 주고, 뒤로는 과거로, 앞으로는 미래를 향해 뻗어 있다고. 아크넬 암나르트바트는 자신을 기록 보관 담당자라고 생각한다. 그녀가 초록 행성에 살았다면 자신을 정원사라고 불렀을 것이다. 식물과 식물을, 정신과 정신을 접목하고, 보존하고 설계하고 르셀의 어떤 것도 사라지지 않도록 하는 게 그녀의 임무이다.

이전에는 이 방이 마음 편하게 느껴졌었다.

얼마 전, 그러니까 스테이션이 사용하게 되었고 암나르트바트가 태어나기도 전부터 썼던 테익스칼란력으로 6주, 그런 작은 기간에 문화는 잡아먹힌다. 그녀는 '일주일'이 태양과 마주했다가 비켜 가기를 반복하는 르셀의 자전과는 아무 상관도 없다는 걸 잘 알고 있었다. 얼마 전에 그녀는 여기에 서 있었고, 유산협회 의원으로서 허용된 접속권을 이용해서 그 조그만 보관함 하나의 내용물을 기다리던 자신의 손에 쏟아 냈다.

그 직전에 손톱을 용해액으로 닦았다. 닦고, 그녀답지 않게 뾰족하게 파일로 갈았다.

당시 손바닥 위에 있던 머신은 P-N(T2)라고 표시된 보관함에서 나온 거였다. 유산협회의 이마고 머신 부호에서 그것은 정치-협상 Political-Negotiation을 뜻하고(특성, 타입의 지정) 그다음은 테익스칼란T을 뜻한다. 제국을 상대하러 보내는 정치 협상가의 이마고 라인이라는 의미다. 그리고 2는 라인의 두 번째이다. 있어야 하는 것보다 15년 이상 뒤떨어진, 이스칸드르 아가븐을 기록한 이마고 머신.

암나르트바트는 신중하게 든 그것을 위로 들어 올려 부드러운 불빛 쪽으로 돌렸다. 머신은 희미하게 빛났다. 금속과 세라마이드, 이식자의 뇌간에 있는 머신 크래들cradle의 슬롯에 끼우게 되는 연약한 연결 부분. 언제나처럼 격렬하게 생각했다. 넌 방화범만큼, 스테이션의 셀을 폭탄으로 부수려는 이마고 라인만큼 타락했어. 그 둘보다 더 나빠, 이스칸드르 아가븐. 넌 테익스칼란을 여기 내부로 초대하고 싶어 해. 네가 시를 말하고 방대한 문학으로 답하니, 매년 우리 아이들은 점점 더 많이 제국에 걸맞은 적성을 얻어 우리를 떠나가지. 우린 그들이 될 수도 있었던 존재를 잃게 돼. 넌 부식독이이야. 정당한 사람은 이 머신을 발로 밟아 부수겠지.

그녀는 머신을 밟아서 조각내지 않았다.

대신에 날카로운 손톱으로 할퀴었다. 아주 살짝, 아주아주 살짝, 그녀가 그런 걸 했다는 게 믿어지지 않을 만큼. 그녀 자신이 일종의 반역죄를, 기억에 대해서, 유산협회의 신념에 대해서, 그녀의 이마고에서 느껴지는 메스꺼운 공포의 홍수에 대해서(유산협회 의원 6대 전부가 끔찍하게 겁에 질리고 끔찍하게 들떴다.) 반역죄를 저질렀다. 각각의 연약한 연결 부위 위로, 그것들을 약화시켰다. 그래서 압력하에서 부러지도록.

그런 다음 그것을 제자리에 돌려놓고 마히트 디즈마르를 르셀의 다음 대사로 추천하고 몇 주 동안 기분이 좋다. 의롭다고 느낀다.

하지만 지금 기억의 방에 서서, 마음을 달래는 평화로운 저장소에서, 심장이 빠르게 뛰고, 아드레날린과 납의 맛을, 그녀 자신의 이마고의 불쾌함의 뒷맛을 느낀다. 그녀의 이마고는 어떤 이마고 라인에도 그녀가 한 것 같은 해를, 공식적으로, 의회 앞에서, 의회의 전적인 승인을 받고서도 입혀 본 적이 없다. 달리 내가 뭘 건드릴 수 있을까, 아크넬 암나르트바트는 생각한다. 달리 뭘 바꿀 수 있을까.

그리고 이제 테익스칼란 전함들이 어쨌든 그들의 섹터로 오고 있는데, 그게 어떤 차이를 만들 수 있을까?

승천의 붉은 수확 같은 배가 르셀 스테이션의 라그랑주 포인트는 아무도 차지하지 않는 쪽이 낫겠다고 결정하면, 잘 방어된 이 방조차 부서져서 수많은 조각 사이에서 떠갈 것이다. 기억에 그녀가 행한 모든 개입, 그녀가 닦아 낸 모든 독. 그건 아무 의미도 없어질 것이다. 그녀는 너무 늦었다.

11장

나를 부수는 것은 공통점이다. 나는 에브레크트가 칼새들과 함께 네발로, 사냥에 생생해져서 달리는 것처럼 달릴 수는 없지만, 칼새의 본성은 이해한다. 방향을 리더에게 의존하는 것, 죽음의 순간에 하나의 유기체가 되는 방식. 내가 이 본성을 이해하는 것은, 이것이 내 본성이자 테익스칼란적이기 때문이다. 이런 식으로 공통의 목적을 찾는 것, 충성 집단에 자신이 포함되기를 바라는 것, 이것은 아마도 인간에게 보편적인 성질은 아닐 것이다. 나는 더 이상 인간에게 보편적인 성질을 잘 모르겠다. 나는 너무 오랫동안 혼자 나와 있었다. 나는 이 야만인들 속에서 야만인이 되어 가고 있고, 테익스칼란이 외계인의 발톱에 잡힌 꿈을 꾼다. 내 꿈이 의외라고 생각하지는 않는다. 이것은 욕망의 앞서 나가기이고, 자신을 미래에 투사하는 것이다. 가능성의 상상.

—『신비한 변경에서의 급보』, 열한 개의 선반

수입 금지 품목(르셀 스테이션):
사유물(애완 및 반려동물)로 미리 목록에 작성해 두지 않은 동물류, 살균 전자빔으로 방사선 처리 인증을 받지 않은 식물류 및 균류, 포장되지 않은 음식물(출입국 관리 요원의 재량에 따라 출입국 관리소에서 살균

할 수 있다.), 대기를 통과하며 단단한 발사체를 발사할 수 있는 모든 물품, 화염이나 가연성 액체를 발사할 수 있는 모든 물품, 공중 부유 입자를 방출할 수 있는 모든 물품(흡입하도록 만들어진 오락용 물질, 취미가들이 쓰는 '스모크 머신', 요리사나 취사 담당자가 사용하는 '스모커' 포함)……

— 르셀 스테이션에 도킹하려 하는 함선에서 배포된 세관 정보지에서

시티는 어둠 속에서 낯설었다. 조용한 게 아니라 유령이 나올 것 같았다. 지상궁의 대로와 아래로 들어간 화단은 태양이 없으니 더 넓어 보이고, 모든 건물의 형태는 묘하게 유기체 같았다. 마치 건물들이 숨을 쉬거나 피어나는 것처럼. 아직까지 길거리에 나와 있는 소수의 테익스칼란 시민들은 누구의 눈도 쳐다보지 않았다. 그들은 그림자처럼 움직이며 그들 나름의 황궁 일을 수행하고, 말을 하지 않았다. 마히트는 세 가닥 해초를 따라가며 고개를 숙이고 있었다. 지독하게 피곤하고 온몸이 다 아팠다. 허리께와 손과 머리가 거의 확실하게 긴장성 두통으로, 그리고 지금 시작된 게 아닌 신경학적 사건들로 욱신거렸다. 거의 확실하게.

대리석 바닥에 그들의 발소리가 울렸다. 르셀에서는 우주 그 자체만 제외하면 피하지 못할 정도의 어둠은 없었다. 항상 누군가가 깨어서 근무를 했다. 공공장소도 사람들의 개인적인 수면/각성 주기의 어느 시점과 다르지 않았다. 어두운 걸 원한다면 자신의 방으로 돌아가서 주위의 조명을 끄면 된다.

행성의 이쪽 절반은 태양이 없는 상태로, 앞으로 네 시간 이상 이럴 것이다. 마히트는 실내에 있던 대부분의 밤시간 동안에는 일일

주기에 신경 쓰지 않았었다. 밖으로 나오자 상황이 달랐다. 무겁고 흐린 하늘이 주는 압박감이 목 뒤쪽을 짓누르고, 두통을 더 악화시키는 것처럼 느껴졌다. 어둠이 소리를 지휘해서 둔탁하게 왜곡시키는 것 같았다. 그게 불가능하다는 걸 아는데도.

시티의 자기 방어 AI의 금빛 무늬가 낮보다 이 밤시간에 더 잘 보이는 유일한 것이었다. 그것은 두 사람의 발밑에서 고리 모양과 소용돌이 모양을 만들고 2층 높이 건물 몇 채의 토대에 균류가 퍼지듯이 기어가며 흐릿한 어둠 속에서 반짝거렸다. 세 가닥 해초가 아주 신중하게 거기를 건너길래 마히트는 그녀가 무서워하는 게 아닌가 생각하기 시작했다.

세 가닥 해초는 클라우드후크를 하고 있지 않았다. 황궁 건물에서 나올 때 벗어서 재킷 안쪽에 넣었다. 우린 어디에도 없는 거예요. 마히트는 그 말을 공식적인 존재라는 전자적 자취를 남기지 않고 시티를 가로지를 거라는 뜻으로 받아들였다. 지금, 그녀를 따라 넓어지는 어둠 속으로 가면서 마히트는 이 사람이 시티와의 대립을 피하고 있는 걸까 하고 생각했다. 시티는 설명할 수 없는 이유로 그녀가 요구하는 대로 행동하기를 거부한 바 있다.

그때 그녀는 마치 시민조차 아닌 것처럼 파란 불길에 휩싸였다. 열 개의 진주가 그렇게 자랑스러워하는 완벽한 알고리즘이 그녀를 뭔가 낯선 것으로, 출입을 통제해야 하는 대상으로 결정했었다. 그 똑같은 파란 불길로 태워 버릴 전염병처럼.

한밤중에 동황궁에 몰래 잠입한 다음에야 마히트는 그런 상상을 떠올렸다. 그걸 설명하면 세 가닥 해초는 아마 웃겠지. 여섯 방향과의 만남이 남긴 심적 불안이 뒤늦게 찾아왔다. 표면으로 보글보글

올라오는 숨겨진 긴장감.

내전. 시티가 시티와 벌이는 전쟁.

이 거대하고 게걸스러운 동물이, 이 제국이 자기 자신을 물어뜯는 걸 막기 위해서 이마고 머신을 쓰길 바라는 황제가 옳은 걸까?

동황궁은 지상궁보다는 밝았지만 비슷하게 오싹했다. 이 밝음은 광장을 가로지르는 길을 밝힌 타오르는 네온 튜브들, 하나의 정부 건물에서 또 다른 건물로 안내하는 빛나는 안내자의 빨간색, 파란색, 오렌지색에서 나오는 것이었다. **세 가닥 해초**는 AI 무늬가 집중되어 뭉쳐 있는 합류점에서 머뭇거렸다. 어깨가 눈에 띄게 굳은 채였다. 그러다가 거기서 몸을 돌려 오렌지색 길을 따라 서둘러 가며 마히트에게 따라오라고 손을 흔들었다. 보도에 줄지어 있는 하얀 꽃들은 불길에 담가 놓은 것처럼 보였다.

배열된 꽃들에서 불길이 보이는 걸로 보아 마히트는 아무래도 너무 오래 못 잔 것 같았다. 그건 문제였다. 마히트가 환각을 보는 건 절대 아니지만(아니라고 거의 확신했다.) 잠을 자지 못했다는 것, 그리고 독화毒花 사건과 **여섯 방향**과의 만남으로 넘쳤던 아드레날린의 저하 탓이다.

어쨌든 간에 마히트가 조용히 말했다.

"시티를 피하고 있는 거예요?"

세 가닥 해초는 걸음을 멈추지 않았다.

"아뇨. 위험을 감수하지 않으려는 것뿐이에요."

그들은 중앙9광장에서 그녀에게 무슨 일이 있었는지에 대해서 이야기하지 않았었다. 열아홉 개의 **자귀**의 아파트에서는 그럴 시간이 없었다. 혹은 에주아주아카트의 녹화 설비의 모든 걸 관찰하는 눈 아래서 그 이야기를 하는 건 옳지 않게 느껴졌다. 지금, 어둠 속에서 마히트는 용감하거나 불안정하거나 혹은 그 두 조합에 묶여 있던 혀가 풀리는 기분이 들었다.

"시티가 전에는 그런 적이 없었죠? 당신을 징계해도 되는 상대로 판단한 적은."

"당연히 없죠."

"2급 귀족, 사소한 처벌쯤은 면제되겠죠."

"테익스칼란의 법을 준수하는 시민이에요, 대사님."

마히트는 움찔했다. 그녀는 손을 내밀어 세 가닥 해초의 어깨를 쓰다듬었다.

"미안해요."

"뭐가요?"

"당신의 도덕적 권위에 의문을 제기해서 미안하다고 하면요?"

"좋아요. 하지만 당신의 시간을 쓰는 용도로는 아주 비실용적이라고 생각해요. 시티는…… 나도 놀랐어요."

"당신은 놀란 게 아니라 발작을 겪었어요."

세 가닥 해초는 걸음을 멈추고 돌아서서 마히트를 보았다.

"그 후에 놀랐어요." 그녀는 단호한 권위를 발휘하며 말을 이었다. "그 후에 난 놀랄 만한 시간이 많았어요. 병원에서는 할 일이 아무것도 없으니까요, 마히트. 시티가 내 장기 기억을 망가뜨리지 않았다는 걸 확신하려고 내가 아는 가장 어려운 정치적 아크로스틱 시를 암송하고 나서는 말이죠."

"이 얘기를 꺼내지 말았어야 했는데."

"난 연약하지 않아요. 문명이 또다시 나를 감전시킬 건지 궁금해하는 야만인쯤은 다룰 수 있어요."

"정말로 내가 궁금해하는 게 그거라고 생각해요?"

"그게 내가 궁금한 거예요." 어둠 속에서 마히트는 세 가닥 해초의 눈이 검은 돌처럼 보였다. 눈동자가 보이지 않고, 하늘처럼 낯설게 느껴지는 눈. "아, 그리고 그런 사고가 다른 사람에게도 일어난 적이 있는지, 어떤 상황이었는지도요. 그것도 궁금할 수 있겠네요."

"그런 적이 있어요?"

"내가 추측한 것보다 더 많아요. 지난 6개월 동안 여덟 번이더군요. 그중 두 명은 죽었어요."

마히트는 뭐라고 해야 할지 몰랐다. 유감이군요는 통하지 않고 그게 내 잘못인가요는 마히트가 받을 자격이 없는 안도감을 달라고 노골적으로 애원하는 거였다. 애초에 그건 아마도 마히트의 잘못일 것이다. 아니면 이스칸드르의 잘못이든지. 아니면 이스칸드르가 어떻게 인가 부추겨서 일으킨 시민 소요 탓일 수도 있다. 질서의 임박한 붕괴.

"내가 놀랐다고 했잖아요." 세 가닥 해초는 꽤 상냥하게 말했다. "얼른 와요, 마히트. 당신 관저까지 걸어서 20분은 더 가야 해요."

거기까지 가는 내내 마히트는 두 사람이란 존재가 남기는 전자적 자취를 표시하는 클라우드후크가 없는데도, 시티가 그들을 지켜보는 것처럼 느꼈다. 그것을 느꼈고, 스스로에게 또다시 과도하게 생각하고 있다고 말했다. 시티가 시민을 죽이거나 다치게 하는 것은 문제지만, 그건 마히트의 문제가 아닐 수 있다. 그녀의 잘못이 전혀 아닐 수도 있다. 모든 것이 그녀의 잘못은 당연히 아닐 것이다. 테익스칼란적 사고의 서술 경향에서 한참 떨어져 있으면 그렇게 믿을 수 있었다. 분명히.

◇◇◇

 마히트의 대사관저 안에 잠복한 남자는 높은 창문 사이에서 그림자 속에 녹아 있었다. 어두운색의 옷, 어두운 머리, 움직이기 전까지 흐린 어둠 속에서 보이지 않았다. 마히트는 처음에 남자를 번쩍임으로 알아챘다. 남자의 손에 있는 어떤 물체가 복도의 빛을 하얀 불길처럼 반사했고, 다음 순간 그가 마히트 쪽으로 빠르게 달려들었다. 마히트는 무지갯빛 문틀 안쪽으로 두 걸음 들어온 참이었다. 세 가닥 해초는 문을 열기 위해서 클라우드후크를 다시 착용했고, 마히트의 왼쪽에 서서 가로막지 않으려고……
 공포가 가슴뼈를 걷어차는 것 같았다. 분별 있는 사람이라면 도망칠 것이다. 마히트는 직접적인 신체적 위협을 마주하면 자신은 도망칠 거라고 언제나 예상했었다. 르셀에 있었을 때는 전투 지향 적성에서 일찌감치 탈락했었다. 자기 보호 본능이 너무 강한 데다 너무 쉽게 위축되기 때문이었다. 이제 쏟아지는 빛 속으로 나온 남자의 얼굴에는 끔찍하리만큼 낯익은 구석이 있었다. 남자는 왼손에 날카로운 것을 들고 마히트 쪽으로 다가왔다. 가시 정도 두께의 주사였고, 끝에 묻은 매끄러운 액체 때문에 흐릿하게 빛났다. 독이야, 저거 독이 묻어 있어. 그렇게 생각한 마히트는 뒤쪽으로 몸을 돌리다가 균형을 잃고 넘어져 붕대를 감은 손 아랫부분을 찧었다. 고통의 충격이 지독하게 커서 처음에는 남자가 때린 줄 알았다. 결국 위축되는 경향은 여전한가 보다.
 "제기랄……."
 세 가닥 해초가 문가에서 말했다.

마히트는 남자가 상황을 파악하느라 멈춰서 고개를 드는 것을 보았다. 그리고 이 멈춘 모습에서 남자의 정체를 깨달았다. 남자가 놀라고 괴로워할 때 어떤 모습인지를 알았다. 서른 송이 미나리아재비가 지상궁 복도에서 남자를 마히트에게서 떼어 줄 때 그런 얼굴로 쳐다보는 걸 봤기 때문이었다. 이름은 기억나지 않았다. 남자는 마히트를 하나의 번개 쪽으로 끌어들이려 했었고, 서른 송이 미나리아재비가 그를 위협했다. 그리고 이제 남자는 마히트의 관저에서 끔찍한 주사를 들고 세 가닥 해초를 똑바로 겨누고 있었다. 마히트는 자우이틀, 접촉독, 그다음에 주사 가능한 것을 생각했다. 마히트가 아는 신경독이 전부 머릿속을 지나갔고, 그 모두가 끔찍했다. 폭행범은 빨랐다. 남자가 저걸로 찌르면 여전히 시티의 전기 충격으로 상처 입은 세 가닥 해초가 탈출할 방법은 전혀 없었다.

몸을 굴린 마히트는 가할 수 있는 최대의 무게를 실어 남자의 무릎 옆을 어깨로 쳤다. 남자의 발목을 잡고 바닥에서 잡아당겼는데, 가죽부츠를 붙잡은 손에서 어마어마한 통증이 느껴졌다. 손에 감긴 붕대 아래의 물집이 다 터졌을 것이다. 팔꿈치 아래로 모든 게 액체 불꽃에 휩싸여 녹아떨어지는 것 같았다. 남자가 쓰러졌다. 마히트는 여전히 겁에 질렸지만 사나워진 기분으로, 아드레날린으로 모든 게 하얗게 보이는 일종의 기묘한 축복 속에서, 야만인 같은 키와 테익스칼라인 같지 않은 긴 팔다리로 남자의 위에 기어올라갔다.

남자가 욕을 하고 마히트를 뒤집었다. 강하다. 하나의 번개의 제18사단 함대에서 복무했다고 했으니까 당연히 강할 것이다. 하지만 마히트는 멀쩡한 손으로 남자의 셔츠 칼라를 잡고, 발목을 그의 허벅지에 걸었다. 남자가 마히트를 뒤집어 그 위로 올라왔다. 주사 끝이 목 가까이에 다가왔다. 그게 마히트를 찔러 마비시키고 질식시키고, 뇌 속으로 들어가서 그녀와 이스칸드르와 그들이 함께한 모든 것을 녹일 것이다. 그녀는 아직 붕대에 감긴 손으로 남자의 팔목을 필사적으로 잡았다. 물집이 터지고 고통에 비명이 터져 나왔지만 절대 놓지 않았다.

"설마 대들 줄은, 이 더러운 야만인이……."

남자는 마히트가 테익스칼란 군에 입대하기를 바랐을 때에는 야만인인지 별로 신경 쓰지 않았었다, 안 그런가?

마히트는 할 수 있는 한 최대로 남자의 팔목을 뒤로 꺾어 그의 손을 목 쪽으로 밀었다. 주삿바늘 가장자리가 남자의 목을 스치며 긴 선을 남겼다. 즉시 그 자리에 솟아난 핏방울이 보라색으로 변했다. 젠장, 저 독은 뭐야? 남자가 목 안쪽으로 목이 졸리는 듯한 소리를 냈다. 마히트는 남자의 몸이 굳고, 경련하고, 덜덜거리기 시작하다가 의미 없고 끔찍한 몸부림으로 바뀌는 것을 느낄 수 있었다. 힘 빠진 손가락에서 떨어진 주사가 마히트의 머리 옆 바닥에 착지했다.

마히트는 남자를 밀어내고, 엉덩이와 팔꿈치를 대고서 황급히 뒤로 기어 나왔다. 비명을 지르려면 아까 지를걸. 지금은 아주 조용했다. 그저 거칠게 목을 긁고 나오는 그녀의 숨소리뿐이었다.

마히트의 인생에서 가장 긴 1분처럼 느껴지는 시간이 지나고, 현관문이 쏙 닫히는 소리가 들리더니 머리 위 조명이 켜졌다. 그리고 세 가닥 해초가 옆으로 와서 앉았다. 두 명 모두 등을 벽에 댄 채였다. 완벽하게 보통의 은은한 조명 속에서 습격자의 시체는 작고 풍경에 안 어울렸고, 움직이고 숨 쉬며 마히트를 죽이려 했던 존재와는 전혀 다르게 보였다. 주사는 조용한 뱀처럼 남자의 옆에 있었다.

호흡이 느려지면서 마히트의 머리에 남자의 이름이 떠올랐다. 열한 그루 침엽수. 인간. 이제는 죽은 인간이지.

"흠, 이건 확실히 새로운 종류의 문젯거리네요. 당신, 괜찮아요?"

세 가닥 해초가 떨면서 말했다.

"다치진 않았어요."

마히트가 대답했다. 거기서 끊는 게 현명하게 느껴졌다.

세 가닥 해초는 고개를 끄덕였다. 마히트는 그 동작을 눈 가장자리로 보았다. 도무지 남자의 시체에서 시선을 뗄 수가 없었다.

세 가닥 해초가 물었다.

"음, 좋아요. 혹시 말이죠…… 전에 이런 일 해 봤어요?"

"뭘요? 살인요?"

아, 그게 마히트가 방금 한 일이었다, 그렇지 않은가? 속이 울렁거리려고 했다.

"정당방어라는 타당한 논거가 있지만, 좋아요, 당신이 그렇게 부르겠다면. 해 본 적 있어요?"

"아뇨."

세 가닥 해초가 손을 뻗어 마히트의 어깨를 부드럽게 토닥였다. 거의 깃털 같은 손길이었다.

"약간 안심이 되네요, 정말로. 스테이션인들이 죽은 사람을 머릿속에 지니고 다닐 뿐만 아니라 폭발적인 폭력을 휘두를 준비가 되어 있는 건지 궁금했거든요……."

마히트는 초조하고 쓸모없는 좌절감에 휩싸인 채 말했다.

"딱 한 번이에요. 내가 한 일은 사람이라면 누구나 할 만한 일이기 때문이라는 생각을 좀 해 줘요."

"마히트, 대부분의 사람들은 그러지 않는……."

"자기 집에서 끔찍한 무기를 든 낯선 사람에게 습격당하지 않는다고요? 외계 행성에서 비밀 회동을 하려고 유일한 정치적 협력자를 피하는 동안에 말이죠? 네. 테익스칼란 시민에게는 이런 일이 일어나지 않을 거라고 생각해요."

"그런 일은 누구에게도 일어나지 않아요. 대체로는."

마히트는 양손에 머리를 묻었다가 다친 손바닥이 뺨을 스치자 화들짝 몸을 뗐다. 갑자기, 어이없을 만큼 너무 자고 싶었다. 가능하다면 르셀의 좁고 안전한 벽으로 둘러싸인 방에서 자고 싶지만, 대체로는 그저 자고 싶었다. 마히트는 이를 갈다가 혀 옆쪽을 살짝 씹었다. 그게 도움이 되는 것 같았다. 확실하지는 않지만.

"마히트."

세 가닥 해초가 조금 더 부드럽게 다시 말했다. 그리고 마히트의 무릎으로 손을 뻗어 멀쩡한 손을 잡고 손가락으로 깍지를 꼈다. 그녀의 피부는 건조하고 차가웠다. 마히트는 그녀를 쳐다보았다.

세 가닥 해초는 어깨를 으쓱였지만, 놓아주지는 않았다.

"역사적으로는 비슷한 일이 있었어요." 마히트가 테익스칼란 시민을 위해 암시를 선물로 만들려는 것처럼 멍하게 말했다. 그녀의 손을 아무런 이유 없이 덥석 잡는 부류의 여자를 위해서. "가짜—열세 개의 강이요. 정확히 이렇진 않지만, 이런 종류의 일. 야오틀렉 아홉 가지 진홍이 알려진 우주의 가장자리에서 습격했을 때……."

"그 정도로 나쁘진 않았어요." 그렇게 말하면서도 세 가닥 해초는 엄지로 마히트의 손가락 관절을 쓰다듬고 있었다. "당신은 겨우 한 사람을 죽였고, 그 상대는 제국의 잘못된 파벌로 전향한 당신의 비밀 클론 형제가 확실히 아니죠. 역사는 그게 쓰이는 시기가 되면 언제나 더 악화되어서 쓰여요."

앞에 누운 시체가 천천히 적자색으로 부풀고 있음에도 불구하고 마히트는 자신도 모르게 미소를 지었다.

"역사를 기억하라고 가르치면서 그런 것도 가르치나요?"

"그건 아니에요. 경험에 기반한 관찰에 가깝죠. 누가 역사를 썼든 그 사람은 나름의 의도가 있고, 그 의도는 대체로 반쯤 드라마틱해요. 내 말은, **가짜-열세 개의 강**의 책에서 모든 사람들이 정체를 오해하고 통신이 지연된 것에 굉장히 절망하지만, 대신에 같은 확장 전쟁에 대해 쓴 **다섯 개의 왕관**의 책은 보급로에 관해 생각하게 해요. 그녀의 후원자가 경제부 장관이어서……"

"르셀에는 **다섯 개의 왕관**의 책이 없어요. 진짜 그 사람 이름이 그래요?"

"당신 이름이 **다섯 개의 모자**이고, 다른 모든 사람들이 황실에서 환영받고 전쟁에 목격자로 나가게 되는 서사적 역사기록학의 황금기에 살았다면 당신도 적당한 필명으로 글을 출판했을걸요, 마히트."

세 가닥 해초가 하도 진지하고 심각해서 마히트는 웃고 말았다. 그 짧고 날카로운 웃음소리에 가슴이 아팠다. 히스테리 상태에 빠진 걸 수도 있었다. 그것도 아주아주 가능한 일이고, 문제였다. 숨을 다시 고르기까지 30초가 걸렸다. **세 가닥 해초**가 손가락을 부드럽게 쥐자, 마히트는 잇새로 힘겹게 숨을 내쉬었다.

말을 할 수 있을 정도가 되자 마히트가 물었다.

"왜 황제의 낭독 대회 연회장에서 나한테 말을 건 남자가 지금 와서 나를 죽이려고 한 건지 혹시 알아요?"

"저게 그 사람이라고요?" 세 가닥 해초가 그렇게 말하며 마히트의 손가락을 놓았다. "이름을 기억해요?"

그녀가 일어서서 손을 단정하게 등 뒤로 움켜잡고 시체로 다가갔다. 마치 우연하게 시체를 건드릴까 봐 두려워하는 듯한 모습이었다. 그녀는 시체를 가만히 보고, 무릎을 구부리고 앉았다. 재킷의 장식 천이 갓 태어난 곤충의 막 펼쳐지려는 날개처럼 바닥에 늘어졌다.

"침엽수. 아마도 열한 그루 침엽수였던 것 같아요. 하지만 난 정신이 말짱하지 않았어요. 저자도 그랬고."

"어떻게 만났는지 말해 줘요."

세 가닥 해초가 구두 끝으로 죽은 남자의 머리를 슬쩍 밀어 위로 기울여 얼굴이 보이게 했다.

"그 남자는 서른 송이 미나리아재비가 자기 편으로 확보하지 않은 자를 찾고 있더군요. 그런데 내가 모욕을 했죠. 그래서 나를⋯⋯ 잡으려고 했달까? 다치게 했어요. 그때 서른 송이 미나리아재비 본인이 나서서 그만두라고 했고⋯⋯."

"당신은 나 없이 돌아다니지 말았어야 했어요." 세 가닥 해초가 말했으나 꾸짖는 어조는 아니었다. "그러니까 이 남자는 당신을 알았군요. 최소한 조금은. 당신을 싫어할 정도로는요. 자, 내가 아는 사람은 아니고, 소속을 나타낼 표식도 지니지 않았어요. 암살자라면 당연하겠죠. 사람들이 시나 역사에서 어떤 일을 하든 간에⋯⋯."

"그러니까 당신은 암살자라고 생각하는 거군요."

세 가닥 해초가 몸을 쭉 폈다.

"다른 아이디어라도 있어요?"

마히트는 어깨를 으쓱였다.

"납치범, 도둑. 이 회동을 가로막고 싶은 사람요. 다만 누가 이걸 아는지는 나도 생각이 안 나지만……."

"나뿐이에요. 그리고 여기서 만나자고 했던 **열두 송이 진달래**하고요."

세 가닥 해초가 약간 비꼬는 어조로 말했다.

"**세 가닥 해초**, 당신이 나를 죽이려고 했다는 가정으로 시작한다면, 난……."

그녀가 한 손을 흔들었다. 됐다는 손짓이었다.

"난 아니라고 가정하죠. 당신이 여기 온 첫날에 우리가 거기에 합의하지 않았던가요? 난 당신을 사보타주하려고 하지 않고, 당신은 바보가 아니라고요. 당신을 죽이는 건 사보타주에 들어가요."

그 대화를(바로 이 방에서 했는데!) 한 지 몇 달쯤 될 것 같았다. 겨우 나흘 전이었다는 걸 마히트도 잘 알고 있지만 말이다. 이제 해가 뜨기 시작했으니 닷새다.

"그러면, 간단하게 생각할 때 당신은 아니고요. 그러면 남는 건 **열두 송이 진달래**와…… 그의 메시지가 나에게 도착하기 전에 가로챈 사람이겠군요. 그는 누가 따라오고 있다고 했어요."

"인포피시의 메시지를 가로챌 수 있는 사람은 **열두 송이 진달래**가 그걸 보낼 때 바로 거기 있었든지, 아니면 스틱을 열었다 다시 봉할 수 있는 정보부 사람일 거예요."

"정보부면 여전히 **세 가닥 해초** 당신이나 **열두 송이 진달래**군요."

세 가닥 해초는 마히트를 한참 바라보다가 한숨을 쉬었다.

"아세크레타는 많이 있어요. 우리 중 몇몇은 이스칸드르가 죽기를 바라는 사람, 혹은 당신이 죽기를 원하는 사람이나 **열두 송이 진달래가 죽기를 바라는 사람 밑에서 일하고 있을걸요."

"만약 가로챈 게 아니라면요?" 마히트는 그녀의 말을 자르고서 계속했다. "저자가…… 내가 하기 전에…… 저자가 '설마 대들 줄은'이라고 한 걸 보면 나를 위협해서 뭔가를 내놓으라고 하려 했던 것 같아요. 나를 죽이고 싶었던 건 아니라고 생각해요. 열두 송이 진달래가 갖고 있던 거, 이마고 머신을 원해서 넘겨받고 싶었던 거겠죠. 어쩌면 누가 보냈을 수도 있어요."

"누가 이자를 보내요?"

마히트는 하나의 번개라고 말할까 생각했으나, 그러려면 모든 사람이 이마고 머신에 대해서 알고 있다고 가정해야 할 것이다. 황궁의 모든 사람뿐만 아니라 테익스칼란에 있는 모든 사람. 하나의 번개는 테익스칼란 우주의 어딘가에 있는 기함에 타고 있는데, 언제 그 이야기를 들었을까?

대신에 마히트는 이렇게 말했다.

"서른 송이 미나리아재비? 열한 그루 침엽수가 나한테 했던 일을 그 사람이 이용했을지도 모르죠. 열한 그루 침엽수가 한 일이 폭행이라는 걸 아주 고의적으로 지적했었고, 나중에 이야기를 하자고 했으니까……."

"그리고 서른 송이 미나리아재비가 이마고 머신을 원한다고요? 신하를 협박할 만큼 말이죠. 음. 난 그 사람이 충분히 그럴 만하다고 생각해요." 세 가닥 해초의 표정이 기묘해졌다. 거리감 있고 약간 우울해 보였다. "당신의 이마고 머신은 문젯거리예요, 마히트."

"우리한테는 아니에요."

이걸 지독하게 원하는 테익스칼란인에게만 그렇죠. 아니면 이게 존재하지 알기를 지독하게 원하는 자들이나.

"그렇겠죠." 세 가닥 해초는 시체 옆에서 떨어져 돌아와 마히트가 바닥에서 일어나게 한 손을 내밀었다. "난 그게 당신에게도 문젯거리라고 생각해요. 아니면 최소한 당신에게 문제가 있어요. 우리 중 누군가에게 그것에 관해 말했기 때문에."

마히트가 세 가닥 해초보다 훨씬 더 크기에 그녀가 내민 손이 그다지 도움이 되지는 않았지만 그래도 손을 잡았다.

"난 말 안 했어요." 마히트는 자리에서 일어섰다. "이것만은 확실히 얘기할게요. 이스칸드르가 했고, 그렇게 한 이스칸드르는 내가 만나지 못한 사람이에요."

"그건 어떤 느낌이에요?"

"뭐가요?"

"한 사람이 아닌 거요."

굉장히 노골적인 질문이었다. 이 행성에 있는 내내 그 어떤 사람이 마히트에게 했던 질문보다 더 솔직했다. 그래서 깜짝 놀랐다. 마히트는 세 가닥 해초의 손을 잡은 채로 여전히 거기 서서 어떤 대답이 가능하기는 할까 생각해 보려고 했다. 그때, 문에서 그 불편한 불협화음으로 애처롭게 벨이 울렸다.

세 가닥 해초가 과하게 밝게 말했다.

"암살자가 더 온 걸까요?"

"열두 송이 진달래이길 바라요. 열어 줄래요?"

세 가닥 해초가 문을 열었다. 그녀는 들어오려고 대기 중인 무언가의 시야에서 벗어나기만 하면 몸을 지킬 수 있을 것처럼 재빨리 문 옆에 섰다. 하지만 열린 문 너머로 있는 건 열두 송이 진달래뿐이었다. 마히트는 그가 눈앞의 장면을 바라보는 것을 보았다. 러그 위의 적자색 시체, 창문으로 들어오는 새벽빛, 실수로 값비싼 예술품을 망가뜨린 어린아이들처럼 함께 서 있는 마히트와 세 가닥 해초.

테익스칼란식 무표정은, 확실히 갓 벌어진 살인을 알게 되어도 유지되는 모양이었다. 어쩌면 척 보기에 열두 송이 진달래가 똑같이 힘겨운 밤을 보낸 듯한 게 영향이 있는지도 몰랐다. 그의 정보부 정장은 물에 젖었고 오렌지색 소매는 딱딱하고 얼룩덜룩했다. 뺨 한쪽에는 흙이 묻었고 머리카락 대부분은 차분한 모양에서 벗어나 헝클어져 있었다.

"끔찍해 보여, 페탈."

"네 러그에 죽은 사람이 있어, 리드. 내가 어떻게 보이는지는 중요하지 않아."

"사실 내 러그예요. 이제 문 좀 닫게 안으로 들어와 줄래요?"

문이 열두 송이 진달래의 뒤로 안전하게 잠겼다. 세 사람은 죽은 남자와 함께 갇혔다. 마히트의 어마어마한 다른 비밀들에 더해진 작은 비밀. 열두 송이 진달래는 재킷으로 손을 넣어 천 뭉치를 꺼냈다. 깔끔하게 접힌 시체 안치소의 시트 중 하나처럼 보였다. 그가 그것을 마히트에게 내밀었다.

"나에게 빚졌어요, 대사. 난 여섯 시간 동안 스토킹을 당했고, 그다음에는 세 시간 동안 반쯤 물에 잠긴 정원 바닥에 숨어 있었어요. 우리가 암호 메시지를 주고받는 동안에는 이 모든 일이 굉장히 즐거워 보였지만, 이제는 현저히 재미가 없군요. 내가 주의를 기울이지 않는 사이에 당신이 또 다른 시체를 만들어 냈다는 사실은 말할 것도 없고. 누가 선리트에 연락을 했나요, 아니면 그냥 여기 서 있기만

한 거예요?"

"페탈, 우린 그러려고 했어."

세 가닥 해초가 말했다. 마히트는 몰랐던 얘기였다.

마히트는 천을 풀었다. 한가운데에 강철과 세라마이드로 만들어진 그물인 이스칸드르의 조그만 이마고 머신이 있었다. 메스로 아주 신중하게 잘라 낸 것 같았다. 머신이 뉴런에 상호침투하는 그물의 깃털 같은 프랙털형 가장자리가 가능한 한 꽤 세심하게 보존되었고, 그다음에 칼날이 현미경 수준에서 더 나가기 힘들자 깨끗하게 잘라 냈다. 하지만 열두 송이 진달래는 프랙털 그물-머신에서 껍질 같은 접속기 부분을 어떻게 이스칸드르가 들어 있는 중앙 코어에서 분리하는지 몰랐다. 그것은 여전히 멀쩡했고 가장 섬세한 메스로도 해를 입힐 수 없을 것 같았다. 머신은 여전히 사용 가능할지도 몰랐다.(어디에? 다른 사람의 기록을 하는 데? 아니면 죽은 대사인 이스칸드르에게 접속해 보는 데? 그의 얼마만큼이 남아 있든 간에 말이지. 마히트는 궁금했지만 이 아이디어는 아직 아무에게도 말하지 않기로 결심했다.)

마히트는 머신을 열두 송이 진달래가 감춰 온 천에서 집어 들어 재킷 안쪽 주머니에 넣었다. 그것은 마히트의 엄지손가락 마지막 마디 정도의 길이였다.

"우선, 내 부탁으로 내 전임자의 시체를 훼손해서 얻은 불법 머신을 주러 올 당신을 기다려야 한다고 생각했어요. 누군가를 부르기 전에 말이죠."

경찰을 부르는 것에 대해 세 가닥 해초가 친구에게 거짓말을 하려는 거라면 마히트도 도울 것이다. 그게 아마 가장 쉬운 길일 테지. 선리트에게 연락해서 보고하는 거다, 이…… 사건을. 그걸 살인이라고 부르는 것도, **열한 그루 침엽수**가 그녀 위에서 시체가 되어 가던 느낌을 떠올리는 것도, 여전히 머리가 빙빙 돌 정도의 공포였다. 어떤 남자가 대사관저에 침입했다. 마히트와 남자는 다퉜다. 다툼 중에 남자가 자기 자신의 무기로 죽었다.

열두 송이 진달래가 말했다.

"자, 이제 가졌죠? 계속 가지고 있어도 돼요. 사법부 시체 안치소에서 나오자마자 누가 따라왔어요, 대사. 사법부 조사 요원인 망할 미스트가, 회색 정장의 유령이 나를 따라왔다고요. 한 시간이나 인공 폭포에 있으면서 떨쳐 버렸다고 생각했는데, 아닐 수도 있어요. 아니면 내가 여기서 만나자던 메시지를 쓸 때 가로챘을지도요. 대단히 지략이 뛰어난 누군가가 당신 전임자의 시체를 주시하고 있으니, 난 인포피시 스틱을 쓰고 보낼 때 공공 터미널을 이용해야 했어요."

열아홉 개의 자귀일 수도 있었다. 마히트는 그녀가 얼마나 빠르게 시체 안치소에 왔는지를 기억했다. 마히트가 적절한 스테이션식 장례식으로 이스칸드르의 시체를 태워 버리는 게 좋겠다고 제안하고서 겨우 몇 시간 만이었다. 하지만 쉽게 다른 관계자를 많이 떠올릴 수도 있었다. 만약에 열두 송이 진달래를 뒤쫓는 사법부 특수경찰 같은 게 있다면, **여덟 개의 고리**가 가장 유력하다. 그게 이 모든 난장판의 문제였다. 너무 많은 사람이 이스칸드르에게 관심이 있었다. 그보다 더 많은 사람이 마히트에게 관심이 있다. 마히트는 누가 전임자를 살해했는지 알아내려는 마음에 스스로 나서서 관심의 대상이 되었다. 그리고 이제 아무리 노력해도 거기서 빠져나갈 수 없었다.

설령 마히트가 관저에만 머물면서 여기에 처리하러 온 일만 했어도 사람들은 분명히 관심을 가졌을 것이다. **여덟 개의 고리**는 일부러 새로운 르셀 대사를 소환했다. 그녀가 뭘 하든 간에 중립일 가능성은 전혀 없을 것이다.

"그 사람들이 여전히 따라와요?"

마히트의 물음에 열두 송이 진달래는 한숨을 내쉬었다.

"모르겠어요. 실제 간첩 행위는 내 분야가 아니라서."

"비현실적인 것만 네 분야지."

그렇게 말한 세 가닥 해초를 향해 열두 송이 진달래가 눈을 굴렸고, 그녀는 의미심장하게 어깨를 으쓱였다. 그게 그를 안심시킨 것 같았다.

"곧 알게 되겠죠. 누군가가 나를 죽이려고 했던 것처럼 누군가가 당신을 죽이려고 하면."

"암살자와 스토커. 딱 나에게 필요한 거군요. 내가 좀 더 신중한 사람이었다면, 대사, 난 선리트를 부를 뿐만 아니라 당신이 나를 협박해서 범죄를 저지르게 했다는 암시를…… 어, 죽은 사람에게서 물건을 훔치는 범죄가 있었을 거예요. 그런 범죄가 있던가, 리드?"

"도용. 하지만 법정에서는 과대해석으로 여겨질걸."

"재미없어."

"재미있어, 페탈. 하지만 이게 끔찍한 농담이기 때문이야."

마히트는 두 사람의 우정이 부러웠다. 저랬다면 훨씬 더 쉬웠을 텐데……

마히트에게는 쉬운 게 없었다. 마히트에게 있는 건 이스칸드르의 이마고 머신, 시체, 그녀 위에 무겁게 매달린 황제의 제안이었다. 이마고 기술을 내놓고, 르셀로 향하는 함대를 돌리고, 그녀의 스테이션이 14세대 내내 지켜 왔던 모든 것을 테익스칼란에 넘겨주라는 것. 마히트는 갑자기 남동생을 떠올렸다. 동생이 적성에 따라 받게 될 이마고를 빼앗기는 것을 상상하고, 스테이션에서 끌려나와 테익스칼란 행성에서 자라는 것을 상상했다. 동생은 아홉 살이고, 그 아이디어에 담긴 낭만 이상을 알기에는 너무 어렸다. 마히트라고 더 나았던 것도 아니었지만.

왜 그러겠다고 했지, 이스칸드르? 마히트가 물었다. 친밀한 상대, 스테이션 언어, 그의 목소리가 있어야만 했던 머릿속 텅 빈 곳의 고요, 그들이 되어야만 했던 사람의 목소리, 그의 모든 지식과 그녀의 모든 관점.

〈나도 모르겠어.〉 이스칸드르가 선명하게 말했다. 〈하지만 아마 나한테 더 나은 선택지가 다 떨어졌던 것 같아.〉

따끔거리는 감각이 팔의 모든 신경을 타고 내려갔다. 발바닥에서부터 위로 그 감각이 올라왔다. 죽은 남자가 결국에 독 주사를 꽂은 것처럼. 마히트는 소파에 쿵 하고 앉았다. 이스칸드르가 정말로 돌아온 거라면, 그들 사이에서 잘못된 것을 연결하는 데 필요했던 건 오로지 목숨이 위협받을 때 치솟는 만큼의 아드레날린뿐이었는지도 몰랐다. 생리학적으로는 말이 안 되지만, 그게 마히트가 생각할 수 있는 유일한 것이었다.

〈넌 우릴 정말이지 어마어마한 문제에 빠뜨렸구나, 안 그래……?〉

지직거림. 중단. 마치 뇌가 누전을 일으킨 것 같은 감각이었다. 아무리 닿으려고 노력해 봐도 이스칸드르는 말을 하기 전과 마찬가지로 이제 사라졌다. 마히트는 머릿속의 구멍으로 떨어져 내리는 느낌, 그녀와 이마고가 있어야 하는 곳 사이의 틈새라는 끝없는 공간으로 떨어지는 느낌에 현기증이 났다.

12장

표는 아직 판매중!
벨타운의 라비린스가 중남부주 볼케이노스와 대결합니다! 이번 시즌 가장 뜨겁게 기대되는 아말리츨리 시합을 보러 오세요. 지하철 운행이 종료되어도 우리의 선수들을 막을 수는 없습니다! 표는 아직 클라우드후크나 북北틀라치틀리 황궁 경기장에서 판매 중입니다. 와서 즐거운 시간 보내세요!

— 핸드볼 경기를 광고하는 전단지, 249.3.11-6D에 인쇄, 중앙주·벨타운·중남부 그리고 포플러주에 배포

[······] 자네가 지난번에 르셀 스테이션으로 돌아온 이래 다시 5년이 지났네. 유산협회 의원이 자네의 이마고 라인을 미래 세대들을 위해서 현재 상태로 보존하고 업데이트하기를 굉장히 바라고 있을 뿐만 아니라, 나 자신도 테익스칼라에서 여러 가지 일의 상황을 자네 입으로 직접 듣고 싶군. 지난 5년 동안 자네는 놀라울 정도로 과묵했지, 이스칸드르. 내가 자네를 위해서 고른 일자리에서 계속해서 성공을 거두는 것에 불평을 할 수는 없지만, 내 호기심을 채워 주게. 잠시만이라도 집으로, 우리에게로 돌아오게. [······]

— 광부협회 의원 다지 타라츠로부터 이스칸드르 아가븐 대사가 받은 메시지(087.1.10-6D, 테익스 칼란력)

선리트는 그들이 부르자 상당히 빨리 도착했다. 똑같은 금색 헬멧을 써서 정체불명에다 유능한 세 명의 선리트였다. 연락을 취한 세 가닥 해초는 자신의 클라우드후크와 문의 경보 시스템 사이에 뭔가 교신망을 만든 다음, 놀라서 떨리고 분노한 인상을 주도록 훌륭하게 연기했다. 마히트는 이 감정이 그녀가 실제로 느낀 감정과 아주 가까울 거라고 추측했고, 목적이 있어서 지금 표현한 거라고 생각했다. 얼마나 커다란 감정의 저장고를 가졌든 간에 세 가닥 해초는 목적이 있어야만 표현할 수 있거나, 혹은 생생하고 격렬한 히스테리로만 분출할 수 있는 것 같았다. 스스로에게 어떻게 그런 통제력을 발휘하는지, 마히트는 생각하는 것조차 피곤했다.

마히트는 또한 거의 32시간을 깨어 있었기 때문에 피곤했다. 잠은 상상이 불가능한 영역이고, 자기 집에 죽은 사람이 없는 사람들을 위한 것이다. 최소한 마히트가 체포될 가능성은 별로 없어 보였다. 선리트는 전체적으로 다른 데 정신이 팔렸거나 그저 마히트를 믿는 것 같았다. 마히트가 관저로 들어와 죽은 남자에게 습격을 당했으며, 이어진 싸움 끝에 남자가 자신의 무기로 죽었다. 아니, 마히트는 두꺼운 바늘 같은 그런 무기를 전에 본 적이 없다. 아니, 남자가 어떻게 들어왔는지 모르겠다. 아니, 누가 그를 보냈는지는 모르겠지만 이런 분란의 시기에는 분명히 여러 가지 가능성이 있을 거다.

마히트는 한 번도 거짓말을 하지 않았다. 그리고 선리트는 그녀를 믿었다.

이스칸드르는 다시 사라졌지만, 다른 방식으로 사라졌다. 심문 내내 마히트의 손바닥과 발바닥은 계속 따끔거렸다. 마치 신체 말단부가 몸에서 빠져나와 반짝이는 전기 불꽃 속에 들어간 것처럼. 마비된 것과는 달랐다. 이마고 기억의 순간적인 회상이 생기기 직전에 느낀 것과 같은 느낌이지만, 이제는 동반되는 환각 없이 지속되고 있었다. 말초신경 손상, 하지만 마히트는 어떤 손상도 입지 않았다. 테익스칼란어로 무표정하고 차분하게 질문에 대답하고 있는 와중에 두개골 아래쪽에 있는 이마고 머신이 지금 그녀를 손상시키고 있다면 모르겠지만. 이스칸드르가 있어야 하는 장소는 텅 빈 거품처럼, 빠진 이처럼 느껴졌다. 머릿속에서 혀로 더듬을 수 있는 구멍. 너무 세게 누르면 강한 어지럼증이 돌아왔다. 마히트는 그러는 걸 그만두려고 애썼다. 지금 기절하는 건 전혀 도움이 되지 않을 것이다.

"1급 귀족 열두 송이 진달래님." 선리트 한 명이 볼베어링의 회전축처럼, 기계처럼 매끄럽게 그를 향해 몸을 돌렸다. "이런 이른 아침에 디즈마르 대사님의 아파트에 오신 이유가 뭡니까?"

아. 어쩌면 선리트는 마히트를 전혀 믿지 않았는지도 모른다. 어쩌면 그저 교묘했는지도. 그들은 소형정의 진공 밀폐 실seal처럼, 그래서 방어용 대기를 전부 밖으로 뿜어내는 것처럼 열두 송이 진달래를 이용해서 마히트의 이야기를 깨뜨리려는 거였다.

"대사님이 만나자고 하셨거든요."

열두 송이 진달래의 답변은 조금도 도움이 되지 않을 법했다.

"그랬어요. 아침 식사를 같이 하면서 이야기를 하고 싶었죠. 뭐냐 하면……." 끼어든 마히트는 어떤 면에서도 그들이 의논해서 의심스럽지 않은 것을 찾아 주위를 둘러보았다. 별로 많지는 않았다.
"⋯⋯대사 대리가 없는 동안에 르셀 시민들이 정보부에 하는 요청에 대해서요."

자, 했다.

금빛 얼굴 보호구가 눈썹을 치켜올리며 회의적인 표정을 드러낼 수 있다면, 바로 지금의 표정이리라.

"그게 업무 시간 이전에 논의해야 하는 엄청나게 다급한 문제입니까?"

"공소과 나는 굉장히 스케줄이 바빠요. 아침 식사가 딱이었죠. 혹은 그랬었달까요. 내가 침입자에게 공격을 당하기 전까지는."

마히트가 비난조로 말했다. 몸이 떨려서 피부 밖으로 뛰쳐나갈 것처럼 느껴졌다. 신경학적 불길과 수면 부족에 의해 넘치는 희미한 떨림. 스테이션인식으로 미소를 지으며 마히트는 생각했다. 선리트가 가면 아래서 움찔하고 있을까? 마히트의 모든 이가 드러났다. 마치 해골처럼.

다른 선리트 한 명이 부드럽게 물었다.

"열두 송이 진달래님, 그 정장은 어떻게 된 겁니까? 물난리를 만난 것처럼 보이는데요."

마히트는 테익스칼란인이 얼굴을 붉히는 걸 전에 본 적이 있었지만, 지금 열두 송이 진달래가 하듯이 능수능란하게 하는 건 본 적이 없었다. 그의 매끄러운 갈색 뺨 아래로 당황한 흐릿한 빨간색이 퍼졌다.

"그게 정말이지⋯⋯ 시위랑 그에 관련된 것들 때문에 걱정이 돼서⋯⋯ 발을 헛디뎠지 뭡니까. 취한 사람처럼 정원으로 넘어졌죠.

집에 가기에는 너무 늦은 시간이었고, 약속을 어길 것 같아서……."

"정말 괜찮으십니까?"

"내 자존심에 입은 상처 말고는……."

"그렇군요."

소파 구석에서 발을 몸 아래로 끌어당겨 웅크리고 있던 세 가닥 해초가 말했다.

"그 시체 좀 치워 줄래요? 쳐다보고 있기가 좀 힘들어서."

여전히 떨리고 거의 자제하기 어려운 것 같은 목소리였다. 마히트는 그녀가 황제의 알현실 바깥에서 눈을 붙였던 잠깐 말고 제대로 잠을 잤는지 의문이었다. 아마 아닐 것이다.

시티에 도착한 지 일주일, 마히트는 상당한 파괴의 중개자가 아니었던가? 최소한 세 가닥 해초에게는.(열다섯 개의 엔진, 이스칸드르에게도.) 마히트는 뭔가 하고 싶었다. 한 번이라도 마히트에게 이로운 쪽으로 부서질 때까지 무언가를 밀어붙이고 싶었다.

"일주일 새 우리에게 개인적인 위험이 닥친 건 이번이 두 번째예요. 폭발 사건 이후로, 전쟁을 준비하는 당신네 시티의 전반적인 상태는……." 마히트는 일부러 한숨을 쉬었다. 정치적 소요에 굉장히 불쾌한 것처럼. "불운하게 방해를 받을 만한 다른 곳에서 약속을 잡느니 내 관저에서 하는 게 훨씬 나을 거라고 생각했는데, 그런데도 이런 일이 벌어졌군요."

세 선리트가 모두 마히트를 쳐다보았다. 마히트는 턱이 굳은 무표정한 가짜 얼굴들을 마주 보았다.

"대사님께 상기시켜 드리고 싶습니다만." 그들이 말했다. 셋이 모두 한꺼번에, 기묘한 합창으로. 그들이 시티일까? 그들이 벽과 전등과 문을 작동시키는 것과 같은 AI인가? 그들도 과학부의 알고리즘 안에 들어가는 걸까? "······야오틀렉 하나의 번개께서 대사님께 개인적인 보호를 제안하셨습니다. 그런데 대사님께서 거절하셨죠."

"대사님께서 동의하셨다면 지금 이 불쾌한 일들이 일어나지 않았을 거라고 암시하는 건가요? 제국 경찰이 하기에는 꽤나 흥미로운 추정이라 묻는 거예요."

선리트들은 마찰 없이 매끄럽게 몸을 돌려 세 가닥 해초에게 초점을 맞췄다. 그녀는 눈썹을 들어 올리고 흰자가 보일 정도로 눈을 크게 떴다. 그들에게 뭔가 해보라는 도전이었다.

"그런 방향에서 공식적으로 문제를 제기하시겠다면 절차가 있습니다. 아세크레타 세 가닥 해초님. 그 절차를 이용하시겠습니까? 저희는 아세크레타의 뜻을 따릅니다. 제국의 어떤 시민의 뜻이라도 따르는 것과 마찬가지로요."

마히트가 보기에는 나름의 위협이었다. 좀 덜 직접적이지만 확실하게 더 노리는 느낌이었다.

"아무래도 사법부랑 약속을 잡아야겠군요." 세 가닥 해초의 표정은 조금도 달라지지 않았다. "다 끝났나요? 이 불운한 남자를 대사님의 러그에서 치워 주겠어요?"

"여기는 진행 중인 범죄 현장입니다. 건물 전체가요. 저희가 조사하는 동안 대사님께서 다른 거처를 정하시는 것이 좋겠습니다. 오늘 아침 뉴스피드를 고려하면, 선택지가 많으실 거라고 생각합니다."

마히트는 선리트의 어깨 너머로 열두 송이 진달래를 보았다. 오늘 아침에 뉴스피드를 봤을 만한 사람은 그밖에 없었으니까. 하지만 그는 그저 어깨를 으쓱였다. 마히트는 자신이 뭘 놓쳤는지 알 수 없었다. 어쩌면 르셸 대사와 에주아주아카트 열아홉 개의 자귀의 부적절한 관계가 드러난 걸지도 몰랐다.

"내가 언제 내 집에 다시 들어올 수 있을 것 같은가요?"

마히트가 물었다. 좀 날카롭긴 해도 여전히 예의를 차리려고 노력했다. 그들, 마히트와 그녀의 담당자와 선리트 모두가 지금 날 선 상태였다.

선리트 한 명이 꽤나 표현력 풍부한 동작으로 어깨를 으쓱였다. 이스칸드르의 신경학적 유령이 마히트의 어깨의 커다란 근육을 획 지나갔다. 그는 그런 식으로 어깨를 으쓱였다. 그런 으쓱임은 보여주기식이고, 태평하고, 양팔을 벌리면 그 의미를 더욱 강화했다.(그가 여기 있는지 없는지, 마히트는 조금이라도 그 진실을 알기를 바랐다.)

"조사가 다 끝나면 마음대로 가셔도 좋습니다. 저희도 이 남성의 죽음이 사고에 의한 것이라 판단합니다."

그러니까 살인으로 체포하지는 않겠다는 거군. 이번에는 마히트 자신의 관저에서, 르셸 외교 영역에서 다시금 추방될 뿐이었다…….

이마고 머신은 안전하게 셔츠 안쪽에 있었으나 우편물은 확보하지 못했다. 그리고 그 우편물과 함께 르셸에서 마히트에게 보내는 어떤 지시가 있을지도 몰랐다. 죽은 이스칸드르에게 마히트에 관해 경고하는 게 아니라 그녀를 위한 지시. 살아 있는 르셸 대사의 문제를 고려한 지시. 마히트는 세 가닥 해초와 열두 송이 진달래 쪽으로 몸을 돌리고 어깨를 으쓱였다. 테익스칼란의 모방이 아니라 그녀만의 행동을 하려고 애를 쓰고서 말했다.

"경찰분들 앞에서 얼른 나가 드리죠……."

문에서 인포피시가 든 바구니를 그냥 집어들 수 있다면. 거기에는 르셀에서 온 통신이 있을 것이다. 고향에 있을 때 언제나 지령이 그랬던 것처럼 플라스티필름에 인쇄되고, 우편배달부가 인포피시 스틱처럼 보이게 하려고 애쓴 것같이 튜브 모양으로 말아 놓은 통신문.

마히트는 나가면서 그릇 안으로 손을 넣고 뒤졌다. 그리고 종이 튜브를 손바닥에 넣었다.

"대사님, 걱정 마시지요. 편지는 열어 보지 않을 겁니다. 저희에게 그런 접근권은 없습니다."

마히트가 손을 내밀었을 때 선리트 한 명이 꾸짖듯이 말했다.

하지만 그들에게 접근권이 있다면, 열어 볼 게 분명했다. 마히트는 혼이 난 것처럼 진짜 인포피시 스틱을 그릇에 남겨 두고 무례하든 아니든 신경 쓰지 않고 이를 전부 드러내고 웃었다.

"정말 그러는지 두고 보죠."

마히트는 그렇게 말했다. 세 사람의 뒤로 안전한 공간이어야 했던 곳의 문이 닫혔다. 그들은 시티에 단 세 명이서, 갈 곳이 전혀 없는 상태로 남았다.

◇ ◇ ◇

"밤새 도서관에서 지내고 다음 수업 때까지 집에 갔다 올 수 없을 때면 이러곤 했어요."

세 가닥 해초가 말했다. 그녀는 가지를 활짝 펼친 빨간 잎의 나무 아래 자동차 몸체 안에 사업을 차린 소유주로부터 산 작은 아이스크림 그릇을 마히트에게 건넸다.

"그 말 믿지 마세요. 공공정원에서 아이스크림을 먹는 건 리드가 밤새 클럽에서 놀고 난 뒤에 하던 일이니까요."

열두 송이 진달래가 말했다.

"아, 정말요?" 마히트는 함께 딸려온 일회용 플라스틱 숟가락으로 아이스크림을 떴다. 진하고, 부드럽고, 포유류에게서 유래한 신선한 크림으로 만든 것이었다. 마히트는 어떤 포유류인지 물어볼 생각이 없었다. 숟가락을 이른 아침 햇살 쪽으로 돌리자 아이스크림이 옅은 금록색으로 빛났다. 의식을 마무리하는 기분으로 마히트가 물었다. "이게 나한테 독이 될까요?"

"그건 초록색 스톤프루트와 크림과 압착오일과 설탕으로 만들어진 거예요." 세 가닥 해초가 말했다. "뒤의 두 개는 분명히 르셀에도 있을 테고, 앞의 것은, 또다시 말하자면 우린 아기들에게도 먹여요. 당신이 유당에 알레르기가 있지 않은 한, 아마 괜찮을 거예요."

마히트의 첫 유당 경험은 파우더 밀크 형태였으나 그건 그녀에게 별다른 해를 끼치지 않았다. 아이스크림을 입에 넣었다. 충격적으로 달았고, 기대했던 대로 복잡한 맛을 내며 녹았다. 초록의 맛, 진하고, 혀를 감싸는 맛. 좀 더 떠서 숟가락 뒤쪽까지 핥아 먹었다. 이것은 독화로 거의 죽을 뻔한(마히트에게 일어났던 일들을 생각하면, 어젯밤의 첫 번째 살해 시도) 이래 처음 먹는 음식이었고, 목구멍에서 혈당이 치솟는 것을 느낄 수 있었다. 시티로 추방당하는 게 극복할 수 없는 일처럼 느껴지던 기분이 조금 줄어들기 시작했다.

세 가닥 해초는 세 사람을 잔디밭으로, 향기가 전혀 없는 파르스름한 잔디로 뒤덮인 잘 가꾸어진 언덕으로 데려갔다. 주위는 똑같은 빨간 이파리의 나무로 둘러싸여 있었고 나뭇가지는 거의 땅을 스쳤다. 그것은 조그만 보석, 반짝이는 '세계의 보석'의 일면 같았다. 세 가닥 해초는 옷에 신경 쓰지 않고 자리에 앉았다. 어차피 구겨진 터였다. 마히트는 풀 얼룩도 별로 상관없을 거라고 짐작했다. 세 가닥 해초는 자신의 아이스크림을 신중하게, 집중한 자세로 먹기 시작했다.

"내가 왜 아직까지 당신들과 있는지 모르겠군요. 선리트가 내 집에서 날 쫓아낸 것도 아닌데."

열두 송이 진달래가 풀밭에 등을 대고 누우면서 말했다.

"연대 책임이지. 그리고 네가 도저히 혼자 있지 못하는 성미라는 건 입증된 사실이야."

세 가닥 해초가 말했다.

"이건 우리가 맞닥뜨렸던 것들보다 훨씬 큰 문제야, 리드."

"맞아."

세 가닥 해초가 쾌활하게 말했다.

"그거…… 그거 좀 이상하지 않았나요?" 마히트가 물었다. 그녀는 계속해서 머릿속으로 곱씹고 있었다. 정당방어를 한 거라고 선리트에게 설득시키기가 아주 쉬웠다는 것. 그녀가 전쟁부에서, 여섯 개의 쭉 뻗은 손바닥에서 하나의 번개의 구류를 받아들였다면 이런 일이 일어나지 않았을 거라는 노골적인 위협이 담긴 암시. "선리트는 그냥…… 우리를 보내 줬어요. 내 관저에서 추방하고, 우리한테 심문을 하게 어디 경찰서에서 기다리라고도 하지 않았어요. 우리에게 확실하게 닥친 이 문제의 크기에도 불구하고."

"선리트가 우릴 보내 주는 건 그렇게 특별한 일이 아니에요. 당신네 스테이션에서 정당방어가 어떤 식으로 판결이 나는지 모르겠지만, 우리는 정당방어를 주장한 사람 쪽에 상당히 유리한 해석을 해 주는 경향이 있어요."

"이상한 건, 선리트가 대사님이 전쟁부로 출두하기만 했다면 정당방어로 살인을 할 필요가 없었을 거라고 말한 부분이죠." 열두 송이 진달래가 크게 어깨를 으쓱이며 덧붙였다. "아니면 여기 리드가 왜 선리트를 똑같이 위협하는 게 좋은 아이디어라고 생각했는지, 라든지요."

마히트는 초록의 맛을 따라 숟가락 뒤를 핥았다. 숟가락이 깨끗해지자 그녀는 최대한 신중하게, 조심스럽게 단어를 고르며 물었다.

"선리트는 누구에게 봉사하죠?"

"시티요."

세 가닥 해초와 열두 송이 진달래가 동시에 말했다. 암기된 대답, 저장된 대답이다. 세상이 어떤 모습인지에 관해 테익스칼란의 이야기들이 알려 주는 대답.

"누가 그들을 움직이죠?"

마히트가 계속 물었다. 세 가닥 해초가 대답했다.

"아무도요. 아무도 아니에요. 그게 핵심이에요. 그들은 시티 AI에 반응해요. 중앙 알고리즘이 계속해서 감독하는……."

"지하철처럼요. 그들은 시티이고, 그래서 황제 폐하를 최우선으로 모시죠."

열두 송이 진달래가 말했다.

마히트는 잠시 멈추고 질문의 핵심을, 물어보는 올바른 방법을 찾으려고 애를 썼다.

"지하철의 알고리즘은 열 개의 진주가 만들었죠."

마히트는 이마고가 준 순간적인 기억을 떠올리면서 말했다. 열 개의 진주가 장관직을 따낸 방법은, 절대로 틀리지 않는 알고리즘이지.”

 “열 개의 진주는 선리트를 통제하지 않아요. 선리트는 사람이라고요.”

 열두 송이 진달래가 말했다.

 “시티의 요구에 반응하는 사람들이지.” 세 가닥 해초가 천천히, 아이디어를 시험하는 것처럼 말을 이었다. “시티가 가야만 한다고 말하는 곳으로 가는 사람들, 그리고 중앙 AI 코어는 과학부가 운영하고 있어요. 내가 보기에……”

 마히트가 그녀의 말에 끼어들었다.

 “여섯 개의 쭉 뻗은 손바닥은 누가 통제하죠?”

 “전쟁부 장관은 아홉 번의 추진이에요. 갓 장관이 됐지요. 시티에서 지낸 지 3년이 채 안 됐거든요. 하지만 함대에서 그녀의 기록은 흠잡을 데가 없어요. 짜증 날 정도로. 한번은 정보부 데이터베이스에서 그녀에 대해 찾아봤다니까요.”

 “세 가닥 해초, 전쟁부 장관이 시티의 요구가 뜻하는 바를 바꿀 수 있나요? 그러니까…… 어떤 이유로든지.”

 “근사하리만큼 끔찍한 시사점이군요, 마히트. 우리 위대한 황제 폐하의 장관 두 명 사이에 경찰을 전복시키려는 음모가 있다고 말하려는 거예요?”

 세 가닥 해초가 지쳐서 부드러워진 어조로 말했다.

 “모르겠어요. 하지만 오늘 아침에 관한 그럴듯한 설명 중 하나니까요.”

 “그럴듯하다는 말이 가능하다는 뜻은 아니죠.”

 열두 송이 진달래가 말했다. 모욕당한 말투였다. 그 아이디어에 마음이 불안해진 것 같았다. 그것은 불안한 아이디어였다. 마히트는 그를 비난하지 않았다. 설령 가능하다고 해도 마히트 역시 왜 전쟁부가 그런 일을 하는 건지 떠올릴 수 없기 때문이었다. 그리고 마히트는 그런 게 가능하기를 그렇게까지 바라지 않았다.

지금 현재 시티가 몇 개나 되는 눈을 우리에게 고정시키고 있을까?

세 가닥 해초가 말했다.

"대사님이랑 얘기 좀 해 봐, 페탈. 난 낮잠을 잘 테니까."

"잔다고요?"

마히트가 믿어지지 않는 어조로 말했다.

아이스크림을 다 먹은 세 가닥 해초는 재킷을 벗고, 강조하듯이 풀밭에 배를 깔고 엎드려서 교차한 팔에 이마를 기댔다. 먹먹한 소리로 그녀가 말했다.

"난 39시간 동안 깨어 있었어요. 내 판단력은 완전히 엉망이고 당신도 그래요. 당신의 불사의 기계를 어째야 하는지도 모르겠고, 과학부와 전쟁부 사이의 음모론이나 전반적인 전쟁, 우리 행정부의 여러 사람이 당신이 죽길 바란다는 사실도 어떻게 해야 할지 모르겠고요. 난 직업적인 이유와 개인적인 이유 둘 다에 근거해 당신이 죽는 것을 명확하게 반대하고, 당신은 여전히 황제 폐하께서 당신에게 뭐라고 하셨는지 나에게 말해 주지 않았고……."

"위대하신 폐하와 이야기를 했다고?"

열두 송이 진달래가 어리둥절해서 말하는 것과 동시에 마히트도 내뱉었다.

"개인적인 이유요?"

세 가닥 해초가 킥킥 웃었다.

"난 낮잠을 자고 있어요. 페탈과 이야기해요, 마히트. 아니면 좀 자요. 우린 싸구려 술을 퍼마신 아세크레타 훈련생들처럼 보이고, 동4 구역의 정원에서는 아무도 우리에게 신경 쓰지 않을 테고, 난…… 다시 깬 다음에 계획을 생각해 볼게요."

세 가닥 해초가 눈을 감았다. 마히트는 그녀의 몸이 늘어지는 것을 볼 수 있었다. 정말 자는 건지 그런 척하는 건지는 핵심을 벗어난 문제였다.

"학생일 때도 이 사람은 이런 식이었어요?"

마히트는 완전히 압도된 기분으로 물었다.

"이보다는…… 좀 덜 무서운 버전이었지만, 맞아요. 정말로 여섯 방향 폐하와 알현을 한 거예요?"

열두 송이 진달래가 물었다.

80년의 평화, 알현 때 황제는 그렇게 말했다. 대단히 격정적으로, 노골적인 갈망을 담아서. 공무원들이 정치적 은신처를 찾기보다 잔디밭에서 낮잠 자는 걸 즐기며 대단히 안전한 느낌을 받았을 80년. 커다란 호 모양의 하늘이 너무나 파랗고 너무나 끝이 없어 그 아래에서 아주 작아지는 느낌이었다. 마히트는 행성의 무한함에 절대로 익숙해질 수 없을 것이다. 대부분이 시티로 이루어진 행성이라 해도.

"네, 그랬어요. 하지만 지금 그 이야기를 할 수는 없어요."

"당신은 얼마나 오랫동안 깨어 있었죠?"

"대략 이 사람과 같은 정도로요, 아마."

어쩌면 더 오래. 마히트는 시간감각을 잃었다. 안 좋은 신호였다. 손가락은 여전히 따끔거리고 거의 감각이 느껴지지 않았다. 처음으로 마히트는 자신이 영원히 이 상태라면, 고칠 수 없는 방식으로 손상을 입었다면 어떨까 생각해 보았다. 앞으로 만지는 모든 것이 감각이 아니라 흐릿한 전기 충격 같다면.

그녀가 이런 식으로 사는 법을 배울 수 있을까. 알 수 없었다. 갑자기 눈물이 금방 흘러내릴 것처럼 느껴졌다.

열두 송이 진달래가 한숨을 쉬었다.

"이런 말 하는 건 정말 싫지만, 리드가 옳은 것 같아요. 누워요. 눈 감아요. 내가…… 지키고 있을게요."

"그럴 필요 없어요."

이스칸드르가 건드린 것과 관련되어 만들어지고 있는 이 소용돌이치는 난장판에서 최소한 한 명이라도 구하고 싶은 충동에 한 말이었다.

"난 이미 당신을 위해서 시체를 훼손했어요. 나 꼭 형편없는 「아흔 개의 합금」 홀로그램 영화 대사처럼 말하고 있군요. 얼른 자요."

마히트는 누웠다. 꼭 항복하는 것처럼 느껴졌다. 풀은 놀랄 만큼 편안했고, 햇빛은 피부에서 아찔할 정도로 따뜻했다. 그녀는 이스칸드르의 이마고 머신과 르셀 통신문의 조그만 덩어리가 갈비뼈를 누르는 것을 느낄 수 있었다.

"「아흔 개의 합금」이 뭐죠?"

"대단히 중독적인 로맨스 스토리라인을 가진 군 선전 영화요. 누군가가 항상 다른 누군가에게 지키고 있겠다고 하죠. 대체로 전부 다 죽는 걸로 끝나고."

"인용할 거면 다른 장르를 골라요."

마히트는 자신이 의식에서 멀어지는 것을 깨달았다. 쉽게, 가볍게, 눈꺼풀 뒤의 어둠이 자유낙하의 부드러운 안락함처럼 점점 커졌다.

✧ ✧ ✧

그렇게 지쳐 있는 상태에서도 마히트는 오래 잘 수 없었다. 아침이 되면서 정원에는 테익스칼란 시민이 가득 찼고, 그들이 뛰고 소리치고 열정적으로 아이스크림과 돌돌 만 팬케이크로 된 기묘한 아침 식사를 사 댔다. 누구도 시민 소요나 국내 테러리즘에 신경 쓰는 것 같지 않았다. 그저 젊고, 행복하고, 햇빛과 마히트가 모르지만 알고 싶은 테익스칼란 사투리로 웃고 떠들었다.(언젠가 다른 삶에서. 다른 삶에서 그녀는 혼자 여기에, 정말로 이마고 없이 혼자 공부하고 시를 쓰고 교과서에 나오지 않았던 말하기의 다른 방식의 리듬을 배울 것이다. 다른 삶에서. 하지만 인생 사이의 벽은 가끔 굉장히 얇게 느껴진다.) 잠시 후 눈을 감고 자는 척하는 것도 힘들어서 일어나 앉았다. 팔꿈치에 푸르스름한 풀 얼룩이 있었다. 따끔거리는 신경의 통증은 좀 가라앉았으나 잠류潛流로서, 정신을 팔게 하는 대상으로서, 상처 입은 손의 최악의 통증 아래 있는 가닥으로서 여전히 거기에 있었다.

세 가닥 해초와 열두 송이 진달래는 조용히 이야기하고 있었다. 머리를 한데 모으고, 인포시트 조각 위로 구부리고 있었다. 그들 사이의 편안한 친숙함은 마히트를 소름 끼칠 만큼 외롭게 했다. 이스칸드르가 그리웠다. 그녀는 계속 그를 그리워했다. 그에게 화가 났을 때조차도. 그리고 그녀는 거의 내내 그에게 화가 나 있었다.

"몇 시죠?"

"오전 중반이에요. 이거 좀 봐야 할 것 같아요. 이리 와요."

그렇게 말한 세 가닥 해초의 옆에는 조그만 뉴스 더미가 있었다. 팸플릿과 플라스티필름 인포시트, 넓찍한 접이식 플라스틱으로 된 투명 시트, 전부 상형문자가 가득 뒤덮여 있었다. 더미 제일 위에 있는 것은 지나치게 열성이었던 제국 군대가 오딜 행성계에 가한 잔혹 행위에 성난 대학생들의 팸플릿, 마히트가 알지는 못하지만 대단히 많은 팬이 있는 게 분명한 주ㅆ 산하 핸드볼 팀 두 곳의 경기 티켓 할인 광고, 그리고 새 시가 가득한 인쇄지. 대부분의 시는 운율이 형편없는 동시에 하나의 번개에 대해 굉장히 기뻐했다. 마히트는 누가 이 정원에서 이렇게 태평하게 돌아다니는 걸까 생각했다. 싸구려 술에 취한 아세크레타 훈련생이라고 세 가닥 해초는 말했었다. 대학생들. 여기는 젊은이들이 안전하다고, 약간 급진적으로 굴어도 안전하다고 여기는 장소였다. 거의 모든 것에 대한 팸플릿을 돌리고, 제국 검열위원회 때문에 걱정하지는 않는다. 누가 막 제국의 하인이 되는 법을 배우는 중인 어린애들을 검열하겠는가?

열두 송이 진달래가 내민 인포시트는 뉴스피드 같았다. 기사, 그림, 표제. 열두 송이 진달래는 손으로 그것을 쓸었고, 그의 명령에 따라 텍스트가 움직였다. 그가 뉴스로 만들어진 투명한 창을 들고 있는 것 같은 느낌이었다. 마히트는 왼쪽 아래에서 조그만 '주목할 사항!'이라는 문구를 발견했다. 그녀의 이름이 어색한 음절로 변화되어 테익스칼란 상형문자로 쓰여 있었다. 거기에는 '르셀 대사가 고위급 친구들을 만들다'라고 나와 있었다. 머나먼 르셀에서 온 신임 대사가 전임 대사처럼 빛을 발하시는 황제 폐하와 여전히 친밀할까? 감시 사진은 '그렇다'고 말한다! 에수아수아카트 열아홉 개의 자귀와 함께 '자정'에 지상궁에 들어가는 모습을 마지막으로……

"참 재미있군요. 가십이라니."

마히트가 말했다.

"그거 말고요. 그건 괜찮아요. 아마 당신의…… 브랜드에 좋을 거예요. 표제를 봐요. 그걸 보여 주고 싶었어요."

황위 계승자 여덟 개의 고리가 합병 전쟁의 적법성에 관한 성명을 발표하다. 표제의 상형문자는 그렇게 되어 있었다.

"허. 좀 줘 볼래요? 이런 방향에서 공개적 반대가 나올 줄은 예상 못 했는데……."

열두 송이 진달래가 그것을 건넸다. 마히트는 계속해서 읽었다. 여덟 개의 고리의 성명은 짧았다. 테익스칼란 역사의 선례로 겹겹이 쌓여 있고, 사법부 수장임을 고려하면 당연히 예상했을 법한 정치적 무운시로 쓰여 있었다. 하지만 한참 동안 그것을 들여다보고서 마히트는 여덟 개의 고리가 뭘 노리는지 이해하기 시작했다.

전쟁에 나가는 것은 전적으로 황제의 재량이지만(당연한 일이다.), 확장 전쟁은 법적으로 완벽한 평정의 분위기에서 시작되는 것이 조건이다. 이것은, 마히트가 테익스칼란의 어려운 법률 용어들을 올바르게 읽었다면, 함대가 점령을 위해 떠나기 전에 테익스칼란이 실제 위협에 맞닥뜨리지 않는 시기여야 했다.

"이 사람은 무슨 위협이 존재한다고 암시하는 거죠? 그리고 지금 여섯 방향 황제가 이 전쟁을 지휘할 권한이 없다는 듯이 말하는 이유가 뭔가요? 둘은 함께 자라지 않았어요?"

마히트가 물었다. 둘은 협력 관계가 아니었나?

세 가닥 해초는 어깨를 으쓱였지만, 선물을 받은 것 같은 얼굴이었다. 풀어야 하는 퍼즐이라는 선물.

"정확하게 제국의 온전함에 직접적인 위협이 있다고 말한 건 아니에요. 언제나 올해야말로 어느 외계 종족이 실제로 인류의 우주를 침공할 거라는 일종의 소문이 떠돌기는 하지만요. 그녀는 그저 폐하께서 위협이 없다는 걸 증명하지 못하셨다고 말할 뿐이에요. 폐하께서 행동하지 않은 것을 비난하는 게 아니라, 생각하셔야 했던 중요한 것을 빠뜨리셨다는 지적에 가까워요. 이런 것을 기억하지 못한다면, 더 이상 통치하는 데에 어울리지 않다는 듯이······."

"마음에 안 들어. 교활해."

열두 송이 진달래가 말했다. 확실히 교활했다.

"그 사람이 날 불렀어요. 덧붙여 알려 주자면. 새 르셀 대사를 여기로 부른 게 여덟 개의 고리예요. 이스칸드르가 죽고 나서요."

마히트가 말했다.

"살해됐죠. 괜찮아요, 우리도 아니까."

세 가닥 해초가 말했다.

"살해되고 나서요. 하지만 어느 쪽이든, 그 사람이 나를 불렀고 이제 이런 일을 하고 있으니 직접 만나 보고 싶군요."

세 가닥 해초가 양손으로 박수를 쳤다.

"흠. 과학부와 당신의 약속 시간이 될 때까지 우린 갈 수 있는 데가 아무 데도 없고, 그건 내일이죠. 우리가 당신 관저로 돌아갈 수는 없고, 당신이 에주아주아카트에게 다시 도와 달라고 연락할 것 같지도 않으니까······."

"샤워와 진짜 침대가 필요하다는 것 이상의 좋은 이유가 있는 게 아니라면요. 오늘 저녁쯤이면 그 상태에 도달할 것 같기도 하지만."

마히트가 말했다.

"그럼 곧장 여덟 개의 고리의 사무실로 걸어갈 수도 있겠네요."

"정원에서 잠을 자고 이제는 사법부에 침입한다고?"

열두 송이 진달래가 애처롭게 말했다.

"넌 집에 가도 돼, 페탈."

세 가닥 해초가 말했다. 여덟 개의 고리의 은근한 암시와 완전히 똑같은 태도였다. 집에 가도 되지만, 그러면 우리를 배신하는 게 될 거야.

열두 송이 진달래가 일어나서 불쌍하게 유린당한 정장을 툭툭 털었다.

"아, 그럴 리가. 나도 이걸 보고 싶어. 설령 미스트가 나에게 시체 안치소를 몰래 돌아다니며 뭘 했느냐고 심문한다고 해도. 그리고 미스트는 심지어 그게 나라는 것도 아마 모를걸."

그들은 상당한 구경거리일 거라고 마히트는 생각했다. 정보부 직원 두 명과 야만인 한 명. 전부 구겨지고 풀물이 든 옷차림에 한 명은 열한 그루 침엽수의 끔찍한 바늘과 싸우느라 재킷 한쪽 소매가 길게 찢어졌고(바로 그녀였다.) 한 명은 인공폭포 안에 숨어 있었던 것 같은 모습이고(열두 송이 진달래), 세 가닥 해초만 황실 패션의 정점인 것 같은 헝클어진 정장 차림새였다. 어쨌든 그들은 사법부로 들어가는 동안 직접적인 거부를 당하지는 않았다. 문은 여전히 열두 송이 진달래의 클라우드후크로 열렸고, 이는 그가 사법부의 일종의 특수 수사부에게 미행당하기는 했어도 여기 오는 것이 금지되지는 않았다는 의미였다. 각 부서 공무원들은 조용히 그들을 지켜보고만 있었다. 세 가닥 해초는 그들을 데리고 길거리에서 일어나는 일종의 골칫거리들과 여덟 개의 고리를 갈라 놓는 관료제의 겹겹이 쌓인 층을 가로질러 걸어갔다.

관료들은 지나치게 방사선 처리한 플라스틱처럼, 압력하에 썩어 부드러워진 물체처럼 세 가닥 해초 앞에서 죽 갈라섰다. 뭔가가 잘못되었다. 그들은 바늘이자 창 같은 커다란 사법부 건물을 너무 쉽게 올라가고 있었다.

마히트는 세 가닥 해초를 따라 함정으로 들어가고 있다는 감각이 점점 커져서 말을 할까 생각했다. 하지만 그랬다간 함정이 그들 주위로 닫히고, 천 명의 법관 같은 뾰족뾰족한 이가 안쪽으로 향할 것이다……

여덟 개의 고리는 내내 마히트를 기다렸던 걸 수도 있다.(**열아홉 개의 자귀**가 마히트에게 애초에 누가 그녀를 불렀는지 알아봐야 한다고 권했을 때 이미 이걸 암시하고 있었다. 하지만 자신의 판단 대신에 **열아홉 개의 자귀**의 판단을 이용할 상황이 아니었다.)

엘리베이터가 마지막 몇 개 층을 지나 **여덟 개의 고리**의 사무실까지 그들을 데려다주었다. 조그만 빨간색 크리스털 탈출정 같은 엘리베이터는 반투명했다. 안쪽으로 공기는 조용하고, 전기가 흐르는 것처럼 느껴졌다. 마히트는 빛이 세 가닥 해초의 얼굴로 떨어져 마치 피에 젖은 것처럼 따뜻한 갈색을 불그스름하게 바꿔 놓는 모습만 빤히 쳐다보았다.

"이건 너무 쉬워요."

마히트가 말했다. 세 가닥 해초는 고개를 뒤로 살짝 들고 어깨를 돌렸다.

"나도 알아요."

"하지만 우리는 이 엘리베이터를 타고 있죠……."

"페탈에게 긴급정지를 누르라고 할 수도 있지만, 재고하기에는 좀 늦었어요, 마히트."

"분명히 여덟 개의 고리는 우리와 만나고 싶을 거예요. 우리도 마찬가지로 만나길 원하니까, 당신이 왜 불안해하는지 이유를 모르겠는데요."

열두 송이 진달래가 말했다. 세 가닥 해초는 건조하고 거리감 있고 약간 우울하게 말했다.

"결국에 당신은 다른 누군가가 원하는 것을 해야만 할 거예요, 마히트."

마히트의 일부는 테익스칼란식 이중 의미를, 암시와 인용과 숨겨진 동기를 찾아보려고 했다. 솔직하게 말하자면 그 부분이 그녀가 좋은 정치인이고, 그녀의 적성이 외교와 협상 분야에서 이스칸드르와 마찬가지로 초록, 초록, 초록불이 나온 이유였다. 그리고 한편으로 사나운 일부는 세 가닥 해초가 그동안 내내 여덟 개의 고리를 위해서 일했던 거라는 가능성을 제시했다. 이 만남에 그녀가 아주 고집스럽게 굴었다면⋯⋯

그게 뭔가를 달라지게 하나?

그럴 것이다. 하지만 아니었다. 어차피 너무 늦었다. 엘리베이터 문이 열렸다.

여덟 개의 고리의 사무실은 열아홉 개의 자귀의 하얀 석영으로 된 평온한 작업 공간과는 전혀 달랐다. 사법부 탑 꼭대기에 있음에도 그 방은 뭔가로 둘러싸인 듯이 거의 폐소공포증을 느끼게 했다. 오각형 벽에는 인포피시와 제본한 책들이 선반에 줄지어 서로 겹치거나 이중으로 쌓여 있었다. 그 각진 벽마다 중앙에 창문이 있었고,

창문 위로 무거운 천 커튼이 덮여 있었다. 그 아래로 들어온 낮의 햇빛은 겨우 2센티미터 정도 전진했을 뿐이다. 방 한가운데에는 여덟 개의 고리 본인이 정보가 오가는 케이블 속에 자리한 천천히 뛰는 심장, AI 중앙 코어처럼 앉아 있었다. 책상 뒤의 연로한 여성과 그 위로 커다란 호를 그리며 나열된 투명한 홀로스크린. 홀로스크린들은 전부 안쪽을 향하고 있었다. 이미지가 반대편으로, 마히트가 아니라 여덟 개의 고리의 눈 쪽을 향해 10여 가지 장면을 보여 주었다. 시티 풍경과 빼곡하게 쓰인 서류, 마히트 생각에 2차원적 평면으로 바뀐 별 지도.

"좋은 아침이에요, 대사. 아세크레타."

여덟 개의 고리가 말했다.

마히트는 양손을 삼각형 모양으로 붙이고 그 위로 몸을 숙였다.

"안녕하신가요. 저희를 만나 주셔서 감사드립니다."

여덟 개의 고리의 표정은 전혀 변하지 않았다. 그녀는 석상처럼 꼼짝도 하지 않았고, 생기 없는 검은 눈에는 호기심이나 실망감도 없었다.

"당신이 나에게 오는 게 시간이 절약되니까."

"전 아주 먼 길을 왔는데, 알고 보니 장관님의 명령에 따르고 만 셈이군요."

마히트가 말했다. 감출 이유가 별로 없었다. 그녀는 왜인지 물으려고 여기 온 거였다. 왜 여덟 개의 고리는 두 달 전 이스칸드르가 죽었을 때 그렇게 급했던 걸까? 왜 르셀 대사를 원했을까?

"르셀이 내 요청에 빠르게 답해 준 것은 고마워요. 참으로 감탄스러운 일이에요. 그런 협조는 앞으로 당신네 사람들에게 도움이 될 거예요. 그걸 지키라고 말해 주고 싶군요."

마히트의 말을 일축하는 것 같았다. 아니, 난 네가 전혀 필요하지 않으니 착한 야만인처럼 가서 테익스칼란 우주에 르셀이 들어오는 것을 감독해. 제국으로 르셀 스테이션을 흡수하는 것. 협조적으로. 마히트는 막 여기에 도착했다. 마히트가 황궁에 있었던 일주일 동안 뭘 했기에, 혹은 하지 않았기에 여덟 개의 고리가 그녀를 쓸모없다고 치부하게 되었을까? 여덟 개의 고리가 그녀를 그렇게 절실히 원했었던 건 언제였을까?

마히트가 아니라 이스칸드르를 원했던 걸까? 혹은 거둬들여 사용할 수 있는 이마고 머신을 가졌다면 어떤 스테이션이든 원했던 걸까? 그녀가 황제의 보육원 형제라면, 이마고 머신을 통해 여섯 방향을 계속 살리겠다는 이스칸드르의 아이디어에 동조했다면, 그럼 누가 됐든 이마고 머신만 갖고 있다면 새로운 대사를 당장에 원했을 것이다. 혹은 그 대사에게서 빼내 자신들의 것으로 사용할 물건을.

멀고 거대한 파도처럼 밀려든 분노가 온몸을 적셨다. 얼음처럼 차가운 기분이었다.

"오늘 아침 뉴스피드에 뜬 성명서는 장관님이 르셀 합병, 혹은 전반적인 합병에 찬성하는 쪽이라는 걸 보여 주지 않습니다. 사실 그 반대죠. 위대하신 폐하의 판단을 고려할 때 저는 상당히 모욕당한 기분이 들었고······."

"마히트."

세 가닥 해초가 경고조로 말했다.

"당신이 담당하는 사람의 부적절한 행동에 걱정할 거 없어요, 아세크레타. 대사의 혼란은 이해할 수 있으니까."

여덟 개의 고리가 말했다.

"대사를 요구하셨지요. 그 이유를 알고 싶습니다. 그리고 그저 제 순종적인 협조에 지나는 게 아니라 제가 장관님을 위해 할 수 있을 일에 대해서도요."

여전히 완벽하게, 참을 수 없이 차분하게, 여덟 개의 고리는 책상 표면에 양손을 펼쳤다. 손가락 관절은 옹이가 졌고 크게 부풀어 있었다. 마히트는 그녀가 스타일러스 펜을 쥐는 걸 상상할 수 없었다.

"당신은 도착하는 데에 두 달이 걸렸어요, 대사. 그사이 여기 상황도 변했죠. 내가 당신을 위한 특별한 목적을 가졌을 거라고 생각했다면, 유감이군요. 우리의 현재 상황에서 그런 건 없어요."

무력했다. 한 번도 생각해 본 적 없을 정도로 자신을 통제할 수가 없었다. 관저에서 침입자를 죽였을 때보다 더 끔찍한 상태로, 여섯 방향의 손길에 이스칸드르의 신경화학물질이 폭죽처럼 터지던 느낌보다 더 끔찍한 상태로 마히트가 물었다.

"제가 뭘 하기를 바라시죠?"

애처로운 목소리였다. 버려진 아이처럼 절망적이고. 세 가닥 해초의 손이 갑자기 마히트의 손목을 잡고, 작은 손끝이 등을 눌렀다. 마히트는 그녀가 뭐라고 말하는지 깨닫고서 입을 다물었다.

여덟 개의 고리가 말했다.

"본인 일로 돌아가요, 대사. 누가 태양의 황좌에 앉거나 그 뒤에 서 있든 간에 당신에게는 할 일이 많이 있을 거예요. 여섯 방향님이 전쟁을 벌이고 하나의 번개를 거기서 제거하든지, 혹은 전쟁을 벌이고 하나의 번개에 관해서는 실패하든지, 아니면 아예 전쟁을 벌이지 못하든지 간에 말이에요. 혹은 당신이 전혀 상관하지 않는 어느 섹터 쪽으로 향하게 될지도 모르죠. 르셀 스테이션의 대사가 할 일이 있을 거예요. 할 일은 어떤 시민에게든 충분히 있어요. 그러니 당신에게도 충분해야겠죠."

엘리베이터 문이 그들 뒤에서 열렸다. 거기로 돌아가며 마히트는 자신이 비틀거리는 것처럼, 제 발로 거의 설 수 없는 것처럼 느꼈다. 아래로 내려가는 작고 빨간색 불이 켜진 엘리베이터 안에서 들리는 건 자신의 거친 숨소리뿐이었다.

마히트가 뭘 놓쳤을까? 뭐가 변했지? **여덟 개의 고리**는 처음에 이마고 머신에 접근할 수 있는 사람을 필요로 했다. 그게 정말로 그녀가 르셀 대사에게서 원했던 거라면 말이지만.(하지만 달리 어떤 게 그렇게까지 가치가 있을까?) 그러다 무엇 때문에 단순하게 대사가 있을 필요조차 없다고 결정하게 되었을까?

세 가닥 해초와 열두 송이 진달래의 붉게 물들고 걱정스러운 얼굴을 보다가 마히트는 정원에서 세 시간 잔 걸로는 정말로 모자랐다는 걸 깨달았다. 그녀는 불안정했고, 혼자였고, 원하는 게 있었다. 이스칸드르를 원했다. 테익스칼란이라는 거대한 기계의 중앙에서 그녀를 붙잡아 줄 다른 사람을.

마히트는 사법부 바깥의 돌 벤치에 앉아서 손에 얼굴을 묻고 **세 가닥 해초와 열두 송이 진달래**가 그녀에 관해 이야기하도록 내버려 뒀다.

"……대사관저로 돌아갈 수는 없어……"

"리드, 네가 자극과 허세를 동원해서 한 번에 며칠씩 움직일 수 있다는 걸 알지만, 어떤 사람은 인간이고…….."

"대사님이 인간이 아니라고 말하려는 게 아니야. 제발 내가 대사님을 시민만큼 인간으로 여기지 않는다는 식으로 말해서 나나 이 사람을 모욕하지 마……"

"그런 게 아니야, 제기랄. 어쩌면 너도 기기랑 차랑 네 자만심만으로 못 버티는지도 몰라. 너도 대사만큼이나 안 좋은 상태이고…….."

"뭔가 제안이 있는 거야, 아니면 그냥 계속 날 모욕할 거야?"

열두 송이 진달래는 마히트 옆 벤치에 앉았다. 마히트는 올려다보지 않았다. 올려다보는 것이나 개입하는 것은 너무 힘든 일이었다.

"우리 집으로 와. 난 어차피 이 일에 귀까지 푹 잠겨 있고, 지난 여섯 시간 동안 두 사람에 관해 시티가 수집한 모든 기록에 나도 같이 있을 테니까, 난 눈곱만큼의 부인권否認權조차 다 잃었어. 너도 마찬가지고."

긴 침묵. 마히트는 광장의 타일 바닥 위에서 타일을 반짝이게 하는 햇빛의 자취를 쳐다보았다.

"대단히 고귀한 희생이네."

세 가닥 해초가 마침내 말했다. 날 선 어조로. 도전하듯이.

"내가 널 돕고 싶은 건지도 모르지." 열두 송이 진달래가 말을 이었다. "어쩌면 내가 널 좋아하는지도, 리드. 어쩌면 내가 네 친구인지도 모르고."

한숨. 마히트는 물이 어떻게 반짝이는지, 물과 빛이 어떻게 같은 방향으로 움직이는지, 물리학을 제대로 생각하고 있는 건지에 관해 생각했다. 파문.

세 가닥 해초가 말했다.

"좋아. 좋아, 하지만 네 집에도 암살자가 있다면 난 포기하고 더 안전한 업무 조건을 위해 함대에 지원해서 행성을 떠날 거야."

열두 송이 진달래가 낸 소리는 웃음이라고 하기는 어려웠다. 그러기에는 너무 목이 막힌 소리였다.

◇◇◇

열두 송이 진달래의 아파트는 마히트가 지금껏 가 본 곳보다 황궁 복합건물에서 훨씬 더 멀리 있었다. 그는 통근에 40분이 걸리기는 하지만 정보부 직원 모두가 리드처럼 훌륭한 급료 외 특전을 갖는 건 아니고, 어떤 사람들은 봉급에서 집세를 내야 한다고 말했다. 마히트는 그가 그저 말하기 위한 말을 한다고 생각했다. 자신이 보통 사람들이 할 법한 보통의 것에 대해 말하는 걸 듣기 위해서.

황궁과 중앙 구역에서 멀어지자 시티의 분위기가 바뀌었다. 가게가 더 많아지고, 규모는 작아지고, 고객이 기다리는 동안 음식이 조리되는 요리나 먼 다른 대륙 혹은 다른 행성에서 수입된 유기농 제품들이 중점적으로 진열되고, 장인이 만든 물건들은 모든 것이 버릴 수 있으면서 동시에 어떤 이상적인 것의 모방품이었다. 마히트는 테익스칼란인 보행자들이 그들을 쳐다볼 거라고 생각했다. 옷차림이 온통 엉망이고 주택가로 가고 있는 야만인과 두 명의 아세크레타. 하지만 이 거리에서 긴장을 불러일으키는 존재는 그들이 아니었다. 테익스칼란 시민끼리 이미 긴장 구도를 만들고 있었다.

처음에 마히트는 그냥 사람이 그렇게 많지 않다고, **열두 송이 진달**

래의 이웃 사람들이 일하러 나갔거나 빼곡하고 높고 꽃처럼 생긴 건물들이 의미하는 것보다 인구가 적다고 생각했지만, **열두 송이 진달래**의 표정이 가벼운 평정에서 의아함으로, 점차 두려움으로 바뀌는 게 그 가능성을 곧장 없애 주었다. 뭔가가 잘못되었다. 공기가 파직거리고, 레스토랑에서 폭탄이 터진 직후에 느꼈던 심리적 울림이 느껴졌다. 마히트는 열두 송이 진달래를 따라 모퉁이를 돌았다. 이렇게 피곤한 적이 있었는지 기억이 나지 않았다.

세 가닥 해초가 딱딱하게 말했다.

"우리 다른 길로 가, 페탈. 이 길 끝에서 시위가 일어나고 있어."

"난 이 길에 살아."

마히트가 고개를 들었다. 사라진 사람들이 길거리까지 차지하고 모여서 다양한 군중을 이루어 보도에서 흘러넘칠 지경이었다. 남자, 여자, 무장한 아이들, 플래카드와 보라색 배너를 들고 있는 사람들. 그들의 얼굴은 테익스칼란식으로 무표정하고, 읽을 수 없고, 열렬했다. 아이들조차 시끄럽지 않았다. 그 조용함이 시끄러운 소리보다 더 위험하게 느껴졌다. 그것은 열렬하게 느껴졌다.

"저 사람들은 하나의 번개 추종자가 아니에요. 지난 사흘 동안 공개 지지가 훨씬 더 조용해진 게 아니라면."

마히트의 말에 세 가닥 해초가 대답했다.

"공개 지지라면 우린 뚫고 지나갈 수 있어요. 기꺼이 엉터리 시를 좋아하는 척하면서 가나가 야오틀렉과 두운頭韻이 맞는 걸 소리칠 수 있는 곳까지 도착하면……."

"이건 정치야. 내 이웃들이 이런 일에 낄 거라고는 정말로 생각 못 했어."

"더 잘 생각했어야지, 페탈." 세 가닥 해초가 체념조로 말했다. "인구 통계는 봤어? 넌 교역 지구로 이사 왔고, 이 사람들 전부……."

"……서른 송이 미나리아재비를 지지하러 나왔죠. 그 꽃 모양 라펠을 달고 있으니까요."

마히트가 끼어들었다. 그들은 모두 움직임을 멈춘 상태였다. 시위대가 천천히 자라나는 균류처럼 다가왔다. 무리를 이룬 사람들은 함께 걸으며 거리를 잠식했다. 플래카드 한 개에는 마히트가 아는 시가 일부 나와 있었다. 이것들은 끝이 없다. 별 지도, 상륙 / 태어나지 않은 꽃잎의 말림은 공허를 품고 있다.

아홉 개의 옥수수의 2행시. 낭독 대회에서 굉장히 사람들을 혼란스럽게 했던 시다.

세 가닥 해초가 동의했다.

"네. 이 동네는 외부 주와의 장사 및 제조로 아주 부유해졌고, 그 말은 이 사람들이 명목상 황위 후계자인 서른 송이 미나리아재비를 좋아한다는 뜻이죠. 하지만 이 사람들은 선리트가 와서, 현 황제의 소망에 반해 평화를 위한 시위를 하고 적극적으로 반역을 꾀한다는 이유로 자신들을 막아 주길 바라는 거예요."

여덟 개의 고리보다, 그녀의 사설보다 더한 반역은 아니라고 마히트는 생각했다. 마히트는 무슨 일이 일어나고 있는지 일부는 알아냈다. 두 황위 후계자 사이에 무언가가 지나갔다. 뭔가 합의를 맺었다. 여덟 개의 고리와 서른 송이 미나리아재비는 협상을 했다.

그들은 하나의 번개와 공개 지지로 황위를 전복하려는 그의 시도를 깎아내리려 할 뿐만 아니라, 동시에 현 황제의 권위도 깎아내리려 협력하고 있는 것 같았다. 지금 이 전쟁의 지휘를 맡았고 지지를 강화하기 위해서 거기 의존하고 있는 **하나의 번개**는 **여덟 개의 고리**의 사설에 따르면 법적으로 의심스럽다. 그리고 서른 송이 미나리아재비의 파벌이 벌이는 이 시위에 따르면 대중이 그를 원치 않는다. **여섯 방향**은? 음, 쇠약해지고 있는 데다 착각 속에서 합병 전쟁을 허락하려고 했다. 완전히 평화롭지 않은 시기, 알 수 없는 외계인이든 오딜 행성계에서 계속되는 사회 불안이든 외부의 위협이 있을 수 있는 시기에, 그리고 그게 여기 시티에서까지 시위를 촉발하고 있는 상황에 말이다. 황제는 법을 잘못 이해하고 있다. 그리고 이 착각은 전쟁을 원치 않는 그 자신의 백성들에게 거부되었다……

사법부와 서른 송이 미나리아재비가 협력한다. 마히트는 그들이 원하는 것의 형태를 거의, 거의 볼 수 있을 것 같았다.

이렇게까지 피곤하지만 않다면.

"당신 아파트로 가는 뒷골목이 있어요, 열두 송이 진달래? 난 오늘 선리트를 볼 만큼 봤고, 그들이 곧 여기 올 것 같으니까……."

알고 보니 뒷골목이 있었다. 세 사람은 마치 쫓기는 사람들처럼 달려갔다.

13장

> 에주아주아카트 서른 송이 미나리아재비가
> 황위 계승자로 뽑히다
>
> 위대하고 현명하신 테익스칼란 제국의 황제 여섯 방향에 대한 지속적인 봉사를 고려하여 에주아주아카트 서른 송이 미나리아재비를 열한 번째 인딕션 제3년 첫째 날 09시 30분부터 황위 계승자로, 황위 계승자 여덟 개의 고리와 황위 계승자 여덟 가지 해독제와 그 지위와 권위가 동등함을 인정한다. 세 황위 계승자들이 안정적으로 함께 성장하고, 욕망에서 동등하고, 필요하면 연합하여 통치할 수 있기를.
>
> ― 중앙7광장 지하철역에 게시된 황실 선언문, 빨간색 페인트(홀로그래프 아님)로 대충 그린 테익스칼란 전쟁깃발 가운데에 하나의 번개라고 쓰여 있음. 249.3.11에 선리트 순찰대가 파기를 위해 몰수함

이스칸드르 아가븐의 운명이 의심스러움에도 불구하고 테익스칼란에 또 다른 대사를 보내는 것을 거절할 적절한 이유가 없습니다. 우리에게는 제국 내에서의 목소리가 필요하고, 아가븐 씨는 지금 이전에도 그리 연락을 잘하는 사람이 아니었습니다. 나는 지원자 및 테익스칼란 제국 검사에서 특히 높은 점수를 얻은 이마고 라인이 없는 젊은이에게 철저한 적성검사를 할 것을 추천합니다. 새 대사는 그들 중 가장 아가븐의

이마고 기록과 잘 맞는 사람으로 선발되어야겠지요. 다시 말하지만, 우리에게는 실제로 그의 이마고 기록이 있습니다. 날짜는 좀 됐지만요.

— 유산협회의 암나르트바트가 르셀 위원회의 나머지 사람들에게 보낸 내부 메모, 공개 기록

나중에 마히트는 그날 오후의 나머지를 토막토막 기억했다. 피로의 무게 아래서 시간이 늘어나고 변화함으로 인해 다른 것에서 떨어져 나간 순간순간들. **열두 송이 진달래**의 아파트를 처음 본 인상. 벽에 걸린 미술품(대량생산되었으나 고급인 다른 세계의 유화며 아크릴화며 잉크화). 마히트가 그게 얼마나 멋진지 말하자 마치 취향을 평가해 줄 방문자를 거의 받아 본 적이 없는 것처럼 **열두 송이 진달래**가 약간 당황하던 모습. 바늘처럼 날카로운 샤워의 열기, 테익스칼란의 모든 비누들이 마히트가 파악할 수 없는 꽃향기와 후추 향과 낯설면서도 어딘지 친숙한 향을 내는 것. 빌려 입은 헐렁한 바지와 셔츠의 질감. 거친 실크에 모든 부분이 너무 짧아 종아리와 팔 윗부분까지밖에 닿지 않던 것. 널찍한 소파에 눕자 우스꽝스럽게 느껴지던 것. 그리고 사라졌다. 질감과 소리가 눈 깜짝할 사이에 무無가 되었다.

옆에서 몸을 뻗는 **세 가닥 해초**의 등 무게가 마히트의 등을 눌렀다. 눈을 뜨자 보이는 홀로스크린의 흐릿한 움직임. **열두 송이 진달래**는 의자에 책상다리를 하고 앉아서 긴 막대로 플라스틱 그릇에 담긴 국수 요리 같은 걸 먹으며 창문 바로 바깥에서 일어나는 시위의 검열 삭제 버전을 본다. 멀리서 유리 깨지는 소리가 들린다. 마히트는 다시금 그녀 자신의 머릿속으로, 이스칸드르가 있어야 하는 어두운 장소로 잠깐 동안 사라졌다.

제대로 깨어났을 때에는 완전히 어두웠다. 열두 송이 진달래는 테이블의 음식 옆에서 팔에 머리를 올리고 잠이 들었고, 홀로스크린은 볼륨만 낮춘 채 여전히 돌아가고 있었다. 움직이는 이미지들이 그의 얼굴에 빛을 드리웠다. 마히트는 조심스럽게 소파와 세 가닥 해초에게서 몸을 떼어 냈다. 세 가닥 해초는 자고 있는데도 창백하고 건강하지 못한 회색으로 보였다.(신경학적 공격으로부터 충분히 회복이 된 걸까? 마히트는 그렇다고 생각하기가 어려웠다.) 마히트는 창문으로 다가갔다. 바깥 거리는 조용했다. 사거리 모퉁이에서 선리트의 금색에 텅 빈 페이스실드가 반짝였다. 최소한 네 명이 이 조용한 주택지에서 위협적으로 감시를 하고 있었다.

레스토랑의 폭탄. 시위. 이제 폭동까지. 선리트가 정말로 하나의 번개의 통제하에 있다면, 여기 있는 그들의 존재는 야오틀렉이 사회적 불안과 고통이 빠르게 강해지는 분위기 속에서 질서를 바로잡을 유일한 힘으로 자신을 나타내려고 얼마나 노력하고 있는지를 보여 주는 신호였다. 마히트는 그게 영리한 자리매김이라고 생각했다. 하나의 번개가 황위에 대한 자신의 진실성을 증명하기 위해서 정복 전쟁을 이끌 필요가 없었다면 더욱 영리한 행동이었을 것이다. 여전히 황제가 아니라 시티에, 하나의 번개에 마히트를 항복시키려는 선리트의 반복된 시도는 여섯 방향의 테익스칼란 통제력이 예상했던 것보다도 더 깊이 훼손되었음을 드러냈다. 황제가 이미 어느 정도로 지고 있을까?

마히트는 테익스칼란식 승계가 실제로 얼마나 야만적인지 전혀 생각하지 못했었다. 야만적이라는 테익스칼란 단어를 그 언어의 원래 사용자들에게 적용시키는 건 여전히 끔찍하지만 조금 짜릿했다.

서사시와 노래에 얌전하게 들어가 있지 않을 때면, 공개 지지에 의한 제국 소유는 그 지지를 타당하게 만들기 위해 굴복시켜야만 하는 장소와 사람들에 대해 전혀 신경 쓰지 않는 잔혹한 과정이었다.

홀로스크린은 여전히 뉴스피드를 보여 주었다. 스크린 아래 절반을 차지하고 지나가는 밝은 빨간색 글씨는 아주 매력적인 엉터리 시구를 이루었다. 급히 여기에 주목하라! / 다음 순서는 새롭고 중요한 것일지니 / 2분 안에 채널8로!

마히트가 열두 송이 진달래의 어깨를 찌르자, 그가 깜짝 놀라 정신을 차렸다.

"……뭐야?" 그는 한 손으로 얼굴을 문질렀다. "아, 당신, 일어났군요."

"당신 홀로스크린 채널을 어떻게 바꾸죠?"

"어. 뭘 보고 싶은데요?"

"채널8의 「새롭고 중요한 것」이요."

"채널8은 정치와 경제에 대한…… 잠깐만요……."

그의 눈이 클라우드후크 아래에서 조그만 초소형 수정을 따라갔고, 홀로스크린이 깜박이다가 바뀌었다.

'채널8!'이란 문구가 오른쪽 위 모서리에서 떠다니고 어떤 커다란 배의 함교 이미지가 나왔다. 반짝이는 곳으로 차가운 금속과 옅은 빛, 티타늄과 강철과 뒤쪽 벽에 펼쳐진 금색 테익스칼란 전투깃발, 노골적인 햇빛-창들. 그 앞에는 무심한 얼굴에 좁은 입과 높은 광대뼈를 가진 거무스름한 피부의 남자가 있었다. 돌 한 면을 깎아 만든 듯하고 폭력을 휘두를 법한 얼굴이었다. 제복은 휘장과 메달, 훈장과 지위 표시줄로 은색으로 가득했다.

"하나의 번개예요. 어이, 리드, 일어나서 이것 좀 봐."

열두 송이 진달래가 말했다.

세 가닥 해초가 벌떡 일어났다. 뺨 한쪽에는 소파 쿠션에 눌린 자국이 남아 있었으나 눈은 멀쩡했다.

"……선전이 나오고 있으면 잘 수가 없어. 응, 그건 내 성격상 안 되지."

"열한 개의 선반과는 전혀 다르게."

애정이 담긴 열두 송이 진달래의 말투에 마히트는 갑자기 속이 엣다. 이런 식으로 그녀를 놀릴 친구가 있는 것. 르셀에서처럼 친구가 있는 것.

"쉿, 야오틀렉이 말하고 있어. 소리 좀 키워 봐."

세 가닥 해초가 말했다.

야오틀렉은 실제로 말을 하고 있었다. 목소리는 우렁찼다. 하나의 번개는 수사학자修辭學者는 아니었으나 먼 거리까지 효과적으로 소리칠 수 있는 사람이었다. 마히트는 그의 병사 중 한 명이 되는 것을 상상할 수 있었다. 단호하고 신중하게, 넓고 다급한 우려의 분위기를 담아 이어지는 말에, 마히트는 왜 병사들이 모시겠다고 맹세한 황제에 반하면서까지 하나의 번개를 따르는지 이해할 수 있었다.

"막 오딜 행성계에서의 성공으로부터 돌아와 세계의 심장으로 향하려 하는 여기 궤도에서도, 나의 배 빛나는 스무 번의 일몰호는 '세계의 보석'의 길거리에서 들끓는 혼란과 불안을 인지하고 있습니다."

야오틀렉이 말했고, 누군지는 모르겠지만 '채널8!'의 방송을 담당하는 사람이 일부러 시위 장면을 끼워 넣기 시작했다. 마히트는 그게 몇 시간 전에 열두 송이 진달래의 창밖에서 일어난 모습임을 알아채고 카메라가 어디 있었던 건지, 얼마나 많은 사람이 그걸 통해 보고 있을지 궁금해졌다. 다시금 시티를 알고리즘으로 생각해 보았다. 어떤 알고리즘도 그 설계자로부터 벗어날 수 없다는 걸 처음으로 명확하게 의식했다. 그럴 수는 없다. 아무리 먼 과거에 만들어졌다 해도 알고리즘에는 원래의 목적이 있다. 알고리즘이 진화하고 혼자서 접히고 변화한다 해도, 어떤 인간이 그것을 만든 목적은 그대로다. 열 개의 진주의 알고리즘으로 운영되는 시티에는 그의 초기 관심사가 내재되어 있다. 테익스칼란인의 욕망에 대응하도록 설계된 알고리즘으로 운영되는 시티는 확대되고 머신러닝으로 뒤틀린 바로 그 테익스칼란인의 욕망과 무관하지 않다.(열 개의 진주가 설계한 알고리즘으로 운영되는 시티는 열 개의 진주가 지정한 어떤 사람을 상대로도 갑자기 봉기할 수 있다. 그리고 그가 전쟁부와 협력하고 있다면, 전쟁부가…… 뭐랄까, 이미 하나의 번개에 넘어갔다면? 그리고 과학부와 어떤 협정을 맺고 있다면?)

이 길거리가 뉴스피드에 나온 성난 테익스칼란 시민들로 가득한 유일한 곳은 아니었다. 섹터 전역에서 평화 시위가 대규모로 발발한 모양이었다. 카메라는 조금도 흔들리지 않고 모든 장소에서 시위자들 다수의 어깨에 있는 보라색 꽃 라펠을 찾아냈다.

채널8! 경제와 정치는 확실하게 서른 송이 미나리아재비에게 돈을 받지 않는 모양이라고 마히트는 생각했다. 저런 관점이라면 질대 그럴 리 없다. 동시에 하나의 번개의 반시위 연설을 틀어 주고 있으니까. 그의 목소리가 울려 나왔다.

"나는, 그리고 내가 충성을 바치는 영예를 얻은 테익스칼란의 모든 용맹한 종복들은 '세계의 보석'에 있는 사람들의 소망에 동정을 보냅니다. 그들은 평화와 번영을 꿈꾸고 있으나 위쪽에 위치한 우리 입장에서, 우리의 명료한 눈은 그대들이 볼 수 없는 것을 봅니다. 그대들의 열렬한 욕망은 황위 계승자 서른 송이 미나리아재비의 이기적인 계획에 끌려간 것일 뿐입니다."

세 가닥 해초는 잇새로 숩 소리를 냈다. 모든 시청자가 나름의 충격을 받도록 하나의 번개가 잠깐 말을 멈춘 때에 완벽하게 들어맞는 날카롭게 숨을 들이켜는 소리였다.

하나의 번개가 벼락치듯 외쳤다.

"황위 후계자는 전쟁에도, 평화에도 관심이 없습니다! 그는 우리의 전쟁이 우주의 다른 어느 섹터를 향한다면 이 시위를 승인하거나 자금을 대지 않았을 것입니다. 하지만 이 섹터는 그의 이익을 위협하고 있습니다!"

"그래, 계속해, 우리한테 왜 그런지, 핵심을 말해 줘."

세 가닥 해초가 말했다. 마히트가 힐끔 보니 그녀는 눈도 떼지 않고 격렬하게 보고 있었다. 그 눈에서 불길이 일었다.

"......이 사분면에 르셀 스테이션이라는 별로 중요치 않은 독립 영토가 존재합니다. 테익스칼란 대중에게 알려지지 않은 것은, 여기가 서른 송이 미나리아재비에게 불법적이고 부도덕한 신경 증강 기술을 제공하고 있다는 겁니다. 이 스테이션의 합병은 그의 비밀스러운 공급망을 자르게 될 거고, 그렇기 때문에 그는 우리 둘 다 봉사해야 하는 사람들의 고귀한 충동을 끌어들여 소요를 유발하고 있습니다!"

"자, 이건 흥미롭네요."

세 가닥 해초가 숨을 들이켰고 동시에 열두 송이 진달래가 홀로 스크린을 껐다.

"이건 문제예요. 사실인가요, 마히트?"

"내가 아는 한은 아니에요." 마히트는 하나의 번개가 어째서 이마고 머신을 원하는 게 여섯 방향이 아니라 서른 송이 미나리아재비라고 결론을 내렸는지, 그리고 애초에 그것을 어떻게 알아냈는지 상상도 가지 않았다. 노골적인 선전 행위라면 얘기가 다르겠지만……. 마히트는 한숨을 쉬었다. "그리고 이건 실로 빌어먹을 문제예요. 내가 아는 게 충분하지 않다는 거요."

열두 송이 진달래가 마히트의 맞은편에 무겁게 앉았다.

"당신이 알기로는 아가븐 대사가 서른 송이 미나리아재비에게…… 불법 기술을 제공하지 않았다는 거죠? 신경을 증강하는? 부도덕한 기술을? 당신이 모르는 부분은 어디죠, 대사?"

이 일에 관한 모든 것이 갑자기 화가 치밀었다. 마히트는 테익스칼란식 이 표현과 저 표현 사이에서 의미상의 사소한 농담濃淡을 밝히는 것에, 문장을 정확하게 바꾸기 위해서 강조할 부분을 재배치하는 데에 드는 노력에도 매우 지쳤다. 세 가닥 해초에게 말했던 것들, 열두 송이 진달래에게 말했던 것들, 아무한테도 말하지 않은 것들을 정직하게 유지하는 노력에 지쳤다.

(황제는 마히트에게 말한다. 달리 누가 80년의 평화를 줄 수 있을까. 후계자 후보들의 상태와 그들이 모두 자신의 즉위를 위해서 시티 사람들을 파괴와 폭력으로 몰아내려 하는 것을 고려할 때 그가 옳을지도 모른다는 속이 울렁거리고 점점 커져 가는 확신.)

이를 악물고 있어서 턱이 아팠다.

"아가븐 대사는 서른 송이 미나리아재비에게 그런 것은 아무것도 제공하지 않았어요. 내가 아는 한. 또 난 테익스칼란에서 뭐가 부도덕한 걸로 여겨지는지 잘 모르겠네요. 왜 신경 증강이 당신들에게 그렇게 문젯거리가 되는 거죠?"

"……하지만 아가본 대사가 누군가에게 그걸 제공하긴 했군요!"

열두 송이 진달래가 논리 퍼즐에서 만족스러운 결론에 이른 것처럼 말했다.

"제공하겠다는 약속은 했어요. 사실 그 약속이, 다른 상황이었다면 갖기 어려웠을 더 많은 영향력을 남겨 줬어요. 그가 정말로 죽기 전에 그걸 주었다면, 나는 협상할 만한 게 아무것도 없었을 거예요."

세 가닥 해초가 마히트의 취향에는 지나치게 차분한 모습으로 끼어들었다.

"마히트, 당신과 위대하신 폐하가 의논한 내용이 뭔지 짐작이 가기 시작하는데요."

"당신에게 무언가를 숨기는 건 쓸모없는 행동이네요, 그죠?"

마히트는 열두 송이 진달래의 테이블에 머리를 내려놓고, 가능하다면 거기에 이마를 몇 번 찧고 싶었다.

세 가닥 해초가 잠깐 달래는 듯한 손길로 마히트의 어깨를 건드리더니 자기 어깨를 으쓱였다.

"난 당신 담당자예요. 엄밀하게 말하자면 우린 서로에게서 어떤 것도 숨기면 안 돼요. 우리 그 문제를 해결해 보죠."

"꼭 그래야 해요?" 무력하게 말한 마히트는 세 가닥 해초가 이가 보이는 믿음직한 르셀식 미소를 짓자 자신도 모르게 그 표정을 따라 하고서 다시 물었다. "기술을 부도덕하게 만드는 게 뭐예요? 당신이 뭔가 숨기고 있는 게 아니라면 말해 줘요."

"부도덕한 건 아주 적어요. 야오틀렉은 골수 전통주의자, '법과 질서와 매년 봄에 승리의 행진을 해야 하는' 사람들에게 호소하는 거예요. 하지만 당신의 이마고 머신에는 뭔가 불안한 구석이 있어요, 마히트. 우리는 원래 타고난 능력보다 더 정신적으로 유능하게 하는 장치나 화학물질을 좋아하지 않아요."

"당신들은 시험을 보죠? 제국 적성 시험."

열두 송이 진달래가 물었다.

마히트는 고개를 끄덕였다. 끝없이 계속되는 이마고 적성 시험 다음에 보는 만큼 그것은 즐거움이었다. 전부 테익스칼란 문학과 역사, 언어였고, 마히트는 자신을 위해서 그것들을 배웠다. 제국의 한가운데로 가는 비자를 언젠가 얻을 수 있기를 바라고서.

"우리라는 존재는 상당 부분 우리가 기억하고 다시 말하는 것으로 이루어지죠. 우리가 누구를 본보기로 삼는지, 어떤 서사시나 시를 고르는지. 신경 증강은 부정행위예요."

세 가닥 해초가 말했다. **열두 송이 진달래**가 덧붙였다.

"그리고 적성검사에서 그걸 쓰는 건 불법이에요. 몇 년에 한 번씩 스캔들이 생기는데……."

마히트는 사람들의 조합, 기술과 기억을 세대를 거듭하며 보존하는 이마고를 시험의 부정행위와 동일시하는 걸 받아들이기가 어려웠다.

"그보다는 더 복잡한 게 있겠죠. 부정행위는 불법이겠지만, 부도덕한 건요?"

"부도덕한 건 당신이 모방할 꿈도 못 꾸었던 사람이 되는 거예요. 예를 들어 다른 사람의 제복을 입는다든지, 「건국의 노래」에 나오는 최초의 황제의 말을 따라 하면서 테익스칼란을 완전히 배신할 계획을 세우는 거요. 병행하는 게 바로 잘못된 거예요. 당신이 당신이라는 걸 내가 어떻게 알죠? 당신이 보존하려고 하는 것을 당신이 의식하고 있다는 걸 어떻게 알아요?"

세 가닥 해초가 말했다.

"당신들은 죽은 사람에게 화학물질을 잔뜩 집어넣고 어떤 것도 썩지 않게 하잖아요. 사람도, 아이디어도, 혹은…… 혹은 형편없는 시도. 실제로 그런 건 좀 있고, 완벽하게 운이 맞는 시구조차도 그럴 때가 있어요. 내가 당신의 모방에 동의하지 않는다 해도 용서해요. 테익스칼란은 이미 죽었어야 하는 것을 모방하는 데 전념하잖아요."

마히트가 말했다.

"당신은 이스칸드르예요, 마히트예요?"

세 가닥 해초가 물었다. 그게 이 모든 것의 가장 중요한 부분인 것 같았다. 그녀는 이스칸드르 없이도 이스칸드르일까?

테익스칼란 도시, 테익스칼란 언어, 테익스칼란 정치가 그녀를 온통 감염시킨 상황에서, 마히트 디즈마르라는 게 존재하기는 할까? 그녀에게 걸맞지 않은 이마고, 빠르게 자라는 균류가 침입하듯이 그녀 안에서 자라나는 기억과 경험의 덩굴처럼.

"세 가닥 해초, 테익스칼란의 당신이라는 개념은 너무 넓어요."

이 모든 일이 실제로 시작되기 전에 얘기했던 것과 똑같이 마히트가 말했다.

세 가닥 해초는 양손을 펼쳤다. 부자연스럽고 우울한 동작이었다.

"난 잘 모르겠어요. 스테이션보다 좁은 것 같은데요. 우리 대부분에게는."

"안 그랬다면 채널8에서 하나의 번개의 작은 쇼가 효과적이지 않았겠지. 서른 송이 미나리아재비가 대중을 자기 목적에 맞게 이용했을 뿐만 아니라 그 목적이…… 부패하고 한심하다는 암시만으로도 신경 증강이 필요한 사람들은 황제가 될 만한 가치가 없다고…….

열두 송이 진달래가 덧붙이는데 세 가닥 해초가 말했다.
"내 생각에는, 내전이 일어날 것 같아."
그리고 나서 갑작스럽게, 그녀는 눈물을 막으려는 것처럼 한 손으로 자신의 얼굴을 덮었다.

✧ ✧ ✧

열두 송이 진달래는 세 가닥 해초를 데리고 방을 나갔다. 마히트는 부엌 구석으로부터 여전히 커졌다 작아졌다 하는 그들의 목소리를 들을 수 있었다. 세 가닥 해초가 이렇게 마음이 상한 건 본 적이 없었다. 그녀의 목숨이 위험할 때에도, 마히트가 화를 내고 낯설고 같이 일하기에 짜증 나던 때에도. 심지어는 발작을 겪은 다음에도. 하지만 그녀는 자신의 훌륭한 분석 능력이 마히트가 이미 알던 것과 같은 대답, 테익스칼란이 산 채로 자기 자신을 집어삼키기 직전이라는 답을 내놓자 방사선에 과다 노출된 금속처럼 구겨지고 잘 부서지게 변했다.

마히트는 다른 건 몰라도 비유와 갈망을 통해 이해할 수 있다고 생각했다. 테익스칼란이 영원하고, 돌이킬 수 없고, 영구적인 존재가 아니라는 생각 자체를 마히트로서는 받아들이기 어려웠다. 마히트는 야만인이고, 낯선 입자이고, 제국의 문학과 문화를 사랑하는 (그런가? 아직도 그런가?) 그저 한 존재일 뿐이고, 여기는 집이 아니었다. 세 가닥 해초에게 존재하는 세계의 모양은 결코 마히트에게 존재하는 세계의 모양이 아니었다. 진실로 세계를 왜곡시키고, 무거운 질량으로 우주의 구조가 휘어진 형태가 마히트가 아는 것이었다.

세 가닥 해초의 손가락 뒤에서 여전히 눈물이 줄줄 흘러내렸다. 마히트는 열두 송이 진달래가 그녀를 부엌으로 데려가서 물과 오랜 친구만이 줄 수 있는 위로를 제공하는 것에 안도했다. 잠시 혼자서 마히트는 재킷 안쪽 주머니에 손을 넣어, 관저에서 간신히 가져온 것들을 끄집어냈다. 르셀 스테이션의 새 메시지가 담긴 가짜 인포피시 스틱 모양으로 만 종이와 이스칸드르의 이마고 머신.

둘 다 앞쪽 테이블에 놓았다. 둘 다 크기가 엄지손가락 두 마디 정도밖에 안 됐다. 이스칸드르 아가븐의 모든 것을 담았던 은색 거미 같은 머신, 그리고 빨간 왁스로 봉해지고 외계 통신을 의미하는 빨간색과 검은색 줄무늬 스티커가 붙어 있는 가는 회색 튜브 모양 종이. 마히트는 신중하게 엄지손톱으로 왁스를 잘라 내고, 구부러진 연약한 빨간색 왁스 봉인을 벗겨냈다. 봉인은 실용적이기보다는 상징적인 것이었다. 어떤 우편국 공무원이 원한다면, 통신문을 열었다가 보이지 않게 도로 닫아 두는 일은 굉장히 쉬울 것이다. 봉인은 비유적인 것에 불과하고, 지금 마히트는 사생활과 예의에 대한 테익스칼란의 신념에 의존해야만 했다……

그것과 르셀 암호에.

종이를 완전히 펴기 전에 마히트는 동작을 반복했다. 손톱이 이스칸드르의 이마고 머신의 금속을 스치며 그에게 닿아 있던 물체에 닿았다. 그의 안에 들어 있던 물체에. 식초에 들어가 있던 금속처럼 이제는 칙칙한 중앙의 사각형 칩, 모서리에서 뻗어 있으며 그의 뇌 간에 침투했던 프랙털 가지들인 긴 필라멘트형 다리들. 마히트의 두개골 아래쪽, 그녀 자신의 머신이 있는 곳이 교감성 고통으로 욱신거렸다.

여기, 르셀 암호도 마찬가지였다. 머신의 기억에 인코딩된 이스칸드르에게, 그의 모든 지식에, 아무도 닿을 수 없을 것이다. 마히트가 절대로 접근할 수 없는 사라진 15년. 머릿속 이스칸드르가 제대로 작동한다 해도 그 기억은 얻을 수 없었을 것이다. 마히트는 그가 아주 많이 그리웠다.

(마히트는 여섯 방향에게 르셀의 비밀을 판 남자를 좋아하는 걸까? 그럴지도 몰라서 걱정스러웠다. 진실로 다시 협력자를 둘 수만 있다면, 그가 한 일에 조금도 신경 쓰지 않을지도 몰랐다.)

마히트는 통신문에 있는 왁스 나머지 부분을 뜯고 종이를 양손으로 테이블 위에 평평하게 폈다.

거기 쓰여 있는 것은 마히트가 예상했던 게 아니었다. 아, 메시지는 올바르게 보였다. 처음에 봤을 때만 해도 말이다. 알파벳으로, 르셀 알파벳 서른일곱 글자 전부로 쓰인 문단은 충격적일 만큼 친숙하면서도 동시에 낯설었다. 그리고 서두의 인사는 다음의 문단이 테익스칼란 문법에 의존한 마히트의 치환 암호를 사용한 것임을 분명하게 나타냈다. 마히트를 걱정시키기 시작한 건 *그*다음 문단이었다. 그것은 마히트가 모를 뿐만 아니라 본 적 없는 암호로 되어 있었다.

음, 좋은 암호풀이 기계가 있으면 좋을 텐데…….

"열두 송이 진달래?"

마히트가 부엌 쪽으로 불렀다.

"뭐죠?"

"사전 있어요? 정확히 말해서 『제국 상형문자 표준』이요."

"모든 사람이 『제국 상형문자 표준』을 갖고 있어요."

세 가닥 해초가 대답했다. 거의 내내 운 것 같은 목소리였다.

"그쵸! 그래서 내가 그걸 골랐다니까. 그래서, 있어요?"

마히트가 물었다.

열두 송이 진달래는 안으로 들어와서 묻듯이 펼쳐진 종이를 힐 끗 보았다.

"그게 당신네 언어예요? 글자가 굉장히 많네요."

"당신은 그렇게 말하지만, 『제국 상형문자 표준』에는 4만 개의 상형문자가 실려 있잖아요."

"하지만 알파벳은 간단해야 하는 거예요. 그게 정보부 훈련 과정에서 우리가 듣는 얘기죠. 기다려요, 가져올 테니까."

최소한 그에게 사전이 있는 모양이었다. 아마 어떤 가게에서든 살 수 있겠지만, 그런 데를 찾을 필요가 없다는 게 다행이었다. 현재의 불안한 상태의 시티에서 가게를 찾고 싶진 않았다.

열두 송이 진달래는 쿵 소리를 내며 사전을 마히트의 팔꿈치 옆에 떨어뜨렸다. 제본된 책은 400페이지가 넘고, 문법과 상형문자가 표로 나와 있었다.

"이게 왜 필요한 거죠?"

"앉아요. 내가 르셀 스테이션의 비밀을 드러내는 걸 구경해요."

그는 앉았다. 잠시 후 세 가닥 해초가 나타나서 그 옆에 앉았다. 그녀의 눈은 붉었다.

관중이 있는 상태에서 암호 해독을 한다는 건 기묘했다. 하지만 마히트는 자기가 이 두 사람에게 마음을 주고 있음을 깨달았다. 그들은 마히트와 함께 있으며 보호해 주었고, 마히트를 위해서 정치적, 육체적 위험을 감수했다. 게다가 마히트는 그들에게 암호를 어떻게 해독하는지 말해 주려는 게 아니라, 그저 어느 책을 써야 하는지만 알려 주는 것뿐이다. 오래 걸리지도 않을 것이다. 자신이 이 암호를 썼으니, 어떻게 읽어야 하는지도 잘 알았다.

통신문의 첫 번째 문단이 발신인의 정체를 알려 주었다. 다지 타라츠였다. 마히트는 약간 놀랐다. 유산협회의 아크넬 암나르트바트가 아니라 광부협회 의원이 그녀에게 메시지를 보냈다니. 하지만 데카켈 온추의 비밀 통신문이 암시했듯이 마히트의 이마고 머신을 사보타주한 것이, 그녀를 지금 현재 상태처럼 손상되게 한 책임이 암나르트바트에게 있다면, 어쩌면 타라츠가…… 개입한 걸까? 메시지에 끼어들어서 그가 회신하기로 한 걸까?

그것을 믿는다면, 마히트는 데카켈 온추의 의심을 사실로 받아들이는 셈이었다. 원래라면 그녀가 볼 것이 아니었던 그 의심을. 그리고 타라츠는 온추가 이스칸드르에게 경고했다는 사실을 모를 것이다. 타라츠는 마히트가 자신의 이마고인 이스칸드르 아가븐에 접속할 수 있을 수도 있고 없을 수도 있지만 또 왜 접속할 수 없는지는 전혀 모르는 그녀에게 이야기를 해야겠다고 생각했던 것 같다. 만약에 마히트가 모른다면. 어쩌면 사보타수는 선혀 다른 기고, 마히트 자신의 개인적인 실패이고, 멀리 있는 의원들이 벌이는 불화와는 관계가 없을 것이다.

암나르트바트의 사보타주가 만약에 진짜라면, 다지 타라츠가 그 사보타주에 관해 알든 모르든 마히트와 이야기하고 싶어 한다는 아이디어에서부터 시작해 보자. 광부협회 의원은 방어와 자치라는 주제에 거의 언제나 관심을 가졌고, 그 덕분에 선거에서 이겼다. 이 메시지가 타라츠에게서 온 거라면, 테익스칼란 확장 전쟁이 르셀의 주권에 가하는 위협을 최소한 진지하게 받아들였을 것이다.

확실하게 장담할 수 있는 것부터 시작해 보자. 사보타주라는 환상은 나중에 즐기고.(연속적인 신경학적 고장이 그녀의 잘못이 아니라고 하면 기쁘지 않을까? 그녀에게 그런 문제가 있다면, 쓸모없는 생각이다.)

마히트는 나머지 해독 가능한 문단을 문자 하나하나씩 끼워 맞췄다. 그것은 그녀의 메시지를 받았음을 말하고(한 개의 상형문자), 보내 줘서 고맙다고 하고(또 한 문자), 책 암호는 나머지 메시지에 적절한 수준의 암호가 아니라고 전했다. 마히트가 지금까지 허가되어 있지 않았던 중요한 핵심 정보를 바탕으로 특정 행동 가이드를 포함하고 있기 때문이었다.(여기에 여섯 문자가 사용되었고, 마지막 것은 빌어먹게 모호했다. 그렇게 쓰인 것은 한 번도 본 적이 없었다. 그것은 테익스칼란 단어로 '풋내기에게 이전에는 밝혀지지 않았던 비밀'이라는 뜻이었다. 당연히 그들은 거기에 대한 단어도 갖고 있지.)

"네, 네. 그래서 나머지를 내가 어떻게 해독하냐면……."

마히트가 중얼거렸다. 세 가닥 해초가 킥킥 웃었다. 마히트가 노려보자 그녀는 양손을 들고 사과조로 말했다.

"당신이 일하는 걸 보는 게 좋아요. 당신은 혼란스러울 때조차 아주 빠르거든요. 당신이 시즌의 유행 시를 외운다면 진짜 암호를, 우리 것 중 하나를 배울 수 있을 거예요……."

마히트는 누그러지지 않은 채 대답했다.

"쉽게 말이죠. 하지만 그건 진짜 암호가 아니에요, 세 가닥 해초. 내 말은, 진짜 암호화가 아니라는 거예요. 치환 암호는 적당한 AI와 열쇠가 뭔지 알면 쉽게 깰 수 있어요. 열쇠가 상형문자 사전이든 시든."

"알아요. 그건 암호화가 아니에요. 예술이지. 그리고 당신은 그걸 잘하죠."

기묘하게 가슴을 찌르는 말이었다. 마히트는 어깨를 으쓱이고 그녀가 이해할 수 있는 유일한 문단의 마지막 문장을 다시 보았다.

암호 // 안전하게/투옥/가두다 // (개인적,세습적) 지식 (위치) // (소속)

그리고 완벽하게 뚜렷한 스테이션 글자로 이마고 이스칸드르라고 쓰여 있었다.

나머지 메시지를 해독하는 코드는, 그 '풋내기에게 이전에는 밝혀지지 않았던 비밀'과 함께 마히트가 아니라 이스칸드르의 지식 베이스에 위치하고 있었다. 그리고 다지 타라츠는 마히트가 거기 접속할 수 있을 거라고 예상했다.(그는 사보타주에 관해서 모르는 게 분명했다. 아니면 사보타주가 실패했고, 마히트와 이스칸드르가 이미 잘 통합되어 그들을 함께하도록 만든 기계에 어떤 손상이 있다 해도 이걸 해독하기에는 충분하다고 생각했을 수도 있다.)

고장 난 이스칸드르. 사보타주 때문인지 마히트의 신경학적 실패 때문인지 모르지만 여기에 마히트와 같이 있는 대신에 반쯤 사라진 그. 진짜로 닿을 방법이 전혀 없는 상대. 마히트가 아는 어떤 언어로도 욕설이 충분하지 않았고, 『제국 상형문자 표준』에 실린 최악의 단어도 거기에 어울릴 정도로 나쁘지는 않았다. 이스칸드르 같은 존재가 부도덕하다고 조금 전에 시간을 들여 설명한 두 테익스칼란인에게 난 내 반쪽을 잃었어요, 그리고 나에겐 그가 필요해요라는 걸 어떻게 설명할까? 어디서부터 시작해야 할까?

무력하게 마히트가 말했다.

"난 정말이지 완전히 망했어요."

그리고 반응을 기다렸다.

반응은 있었다. 열두 송이 진달래가 야만인까지 울음을 터뜨리면 어떻게 해야 할지 모르는 것처럼 걱정스러운 표정을 지었다. 그리고 세 가닥 해초는 아까의 비참한 표정이 완전히 사라진 얼굴로 완벽하게 그녀에게 초점을 돌렸다.

"그럴지도 모르지만, 우리에게 이유를 이야기하면 내가 뭔가 해결할 방법을 제안할 수 있을지도 몰라요."

그 말에 마히트는 왜 열두 송이 진달래가 아니라 세 가닥 해초가 문화 담당자 임무를 받았는지 갑자기 알 수 있었다. 분석, 상황에 대한 우수한 관찰력, 정보 획득이라는 적성 분야가 있었다. 그리고 결단이라는 적성도 있었고, 세 가닥 해초는 전자만큼이나 후자도 높을 것이다.

마히트는 어깨에 힘을 주었다. 마음의 준비를 했다. 그녀가, 그리고 르셀 스테이션이 여섯 방향에서 후계자로 권력이 이동하는 동안 상처 없이 살아남으려면 세 가닥 해초가 기꺼이 주려 하는 해결책이 최대한 많이 필요했다.

해보는 거야, 이스칸드르, 나는 우리 목숨을 걸 정도로 테익스칼란 사람을 믿어. 이걸 할 때 어떤 기분이었어?

마히트는 자신이 조용한 이마고 이스칸드르에게 말하는 게 아님을 문득 깨달았다. 그녀는 죽은 남자에게 말하고 있었고, 남자가 그녀의 이야기를 들으려면 그의 이마고 머신 안에 그가 남긴 각인 중 아직까지 남아 있는 것, 사용되지 않은 유령에 접속할 수 있어야만 할 것이다.

"내 머릿속엔 이스칸드르 아가븐이, 아니면 최소한 그의 특정 버전이 있어야 했어요. 딱 이거랑 같은 이마고 머신을 갖고 있죠." 마히트는 이스칸드르의 머신을 엄지와 검지로 집어 들고서 말을 이었다. "내가 가진 그의 기억은 15년 전 거예요. 아니, 그가 여전히 나와 같이 있다면 그랬겠지요. 하지만 그는 없어요. 내가 그의 시체를 본 이래로, 내가 여기 온 첫 번째 날부터. 그 또는 내가, 기능 불량이에요."

세 가닥 해초가 말했다.

"나도 그 정도는 알아챘어요, 마히트."

"난 전혀……."

"페탈, 넌 오늘 아침에야 우리에게 합류했잖아."

"정말로 이런 게 당신 안에 있는 겁니까? 어떤 느낌이죠?"

열두 송이 진달래는 마치 심한 화상을 입은 사람에게 '그거 아파요?'라고 묻는 것처럼 말했다. 터무니없는 소리다.

마히트는 한숨을 쉬었다.

"현재의 문제와 관계 없어요, **열두 송이 진달래**. 대체로는 멋진 건데 현재는 작동하지 않고 나한테는 그게…… 난 그가 필요해요."

"왜냐하면 당신의 암호화된 메시지 안에 있는 것 때문에요."

세 가닥 해초가 말했다.

"왜냐하면 그에게 열쇠가 있기 때문이고, 난 우리 정부가 나한테 뭘 하길 바라는지 알아야 하거든요."

짧은 침묵이 흘렀다. 마히트는 세 가닥 해초가 더 많은 걸 드러내기를, 마히트에게 문화 담당자로서의 도움을 주는 데 쓸 수 있는 진짜 유용한 정보를 내놓기를 기다리는 건지 궁금했다. 하지만 다른 건 더 없었다. 메시지, 마히트, 그리고 그녀의 머릿속에 있는 텅 빈 전자적 침묵뿐이었다.

　잠시 후 세 가닥 해초가 말했다.

　"거기 있는 이스칸드르는 어때요? 그 사람 역시 알 것 같은데."

　그리고 그들 사이의 테이블에 놓여 있는 이마고 머신을 가리켰다.

　그것은 마히트에게 심리적 문제로 인한 순간적인 고통을 안겼다. 두개골 아래에 있는 조그만 흉터가 열리고, 신경세포의 분홍빛 회색 주름 위에 놓이는 이마고 머신의 새로운 무게. 그 모든 것이, 다시 한번.

　마히트는 살해된 대사, 이스칸드르 아가븐의 나머지를 마치 세 가닥 해초의 관찰하는 테익스칼란 눈에서 감추려는 것처럼 손바닥에 쥐었다.

　"……생각 좀 해 볼게요."

14장

28. 외부. 낮: 기에나9 전쟁터의 혼란과 연기. 화면이 탄소 얼룩, 뒤섞인 진흙이 묻은 뒤엉킨 시체들을 지나 뒤집힌 지상차 셸터에 반쯤 의식을 잃고 누워 있는 열세 개의 석영을 발견한다. 절삭 전에 열세 개의 석영을 고정시킨다.

29. 외부. 낮: 아흔 개의 합금의 시점인 것을 제외하면 어제와 동일. 아흔 개의 합금의 어깨를 지나 뒤쪽으로 물러나 그가 열세 개의 석영 옆에 무릎을 꿇는 것을 보여 준다. 그가 눈을 뜨고 희미하게 미소를 짓는다.

열세 개의 석영(약하게)
날 위해 돌아왔군. 난 항상…… 네가 그럴 줄 알았어.
지금도.

(화면이 빙 돌아 아흔 개의 합금의 얼굴을 비춘다.)

아흔 개의 합금
물론 돌아갔지. 나한테는 네가 필요해. 아침도 먹기 전에 혼자 힘으로 전쟁을 반쯤 이겨 놓는 부사령관을 내가 또 어디에서 찾겠어? (진지하게) 그리고 나는 네가 필요해. 넌 항상 내 행운이었어. 이제 쉬어. 내가 돌봐줄 테니까. 우린 집으로 갈 거야.

—「아흔 개의 합금」 시즌15 최종화 촬영 대본

패널3: 셔틀 함교에 있는 캐머런 함장의 롱샷. 모든 시선이 그를 향한다. 나머지 선원들은 겁에 질리고, 열렬하고, 초조해 보인다. 캐머런은 자신의 이마고와 상담하기 때문에 컬러리스트가 그의 손과 머리 주위를 하얀빛으로 강조한다. 그는 어두운 우주에 엄청 불길하고 뾰족뾰족하게 떠 있는 적 전함을 보고 있다. 함선이 패널의 중심이다.
캐머런: 난 차드라 마브에 있을 때에 에브레크트와 말하는 법을 배웠지. 이건 전혀 어렵지 않을 거다.

— 그래픽 스토리 「위험한 변경!」의 대본 3권, 르셀 스테이션 9층, 소규모 지역 출판사 '모험/암울'에서 유통

세 가닥 해초와 열두 송이 진달래가 풀물이 든 옷을 빨래하고 그 다음에 다 같이 홀로스크린으로 하나의 번개의 연설과 시위 장면 뉴스피드를 돌려보는 와중에도 마히트는 남은 저녁 내내 거기에 대해 생각했다. 집착하듯이 생각했다. 군 이동과 정치적 권고의 대위법, 그 아이디어를 그냥 적절하게 놔둘 수 없는 입안의 아프고 쓰린 부분인 것처럼 계속 더듬었다. 마히트는 이스칸드르의 이마고 머신을 다시 재킷 주머니에 넣었다. 작은 무게가 심장박동의 추처럼 흔들거렸다.

이마고 머신을 잘못 쓰는 방법은 아주 많았다.

아니, 더 잘 설명하자면 이렇다. 테익스칼란 문학을 사랑한다고 자부하지만 르셀에서 자랐고, 르셀의 문화에 뼛속까지 동화된 마히

트에게는 세 가닥 해초와 열두 송이 진달래가 제국 시험에서 부정행위를 하는 기분이라고 묘사한 식으로 느끼게 할 이마고 머신 이용법이 아주 많았다. 그녀가 아는 언어 양쪽 모두에 이를 표현할 더 구체적인 단어가 없기 때문에 그냥 쓰자면, 이마고 머신을 부도덕하게 쓰는 방법은 많이 있었다.

예를 들어 죽은 연인의 이마고를 받아서(비극적이지만 대체로 이것은 낮시간 홀로비전 오락 프로그램의 스토리였다.) 다음 라인의 적성이 맞는 사람에게 이마고가 가도록 하는 대신에 그걸 가질 수가 있다. 이 과정에서 그들 자신과 수 세대의 지식이 파괴된다. 그건 부도덕하게 느껴졌다. 좀 더 작은 사례들도 있다. 새로운 이마고 이식자가 죽은 사람의 배우자에게 돌아와서 이미 끝난 관계를 되살리려고 하는 것. 그것은 실제로 일어났었고, 모두가 그런 누군가를 알고, 르셀이 심리 치료를 과학에 집어넣은 훌륭한 이유였다.

더 나쁜 걸로 해 봐. 마히트는 스스로에게 말했다. 그저 슬프게 하는 정도가 아니라 몸을 움찔거리게 하는 악용법.

양립 가능 테스트에 적당히 통과했지만 두 가지 원래 개성으로부터 새롭고, 진짜이고, 제대로 기능하는 사람을 만들어 내기에는 부족한 연약한 정신에 설치된 이마고. 계승자의 정신을 집어삼키는 이마고.

그것만으로도 끔찍해서 더 생각하고 싶지 않아졌다.

(바로 그게 정확하게 위대하신 **여섯 방향** 폐하께서 원하시는 거였다.)

그게 어떤 느낌일까.

잘했어, 마히트. 넌 세 **가닥 해초**가 해 보라고 제안한 것보다도 더 꺼림칙한 걸 찾아냈구나.

세 가닥 해초는 마히트가 아가븐 대사의 머신을 받아들여 업데이트된 이스칸드르의 이마고를 얻어 내서 휘청거리고, 망가지고, 쓸모없고, 반만 스치는 회상 속에 남은 머릿속 이마고에 덮어씌워야 한다고 생각했다. 마히트가 그 코드를 그렇게 절실히 원한다면. 그리고 그녀는 그랬다, 정말 원했다. 그게 유일하게 논리적인 행동 방향이라고 생각했다.

세 가닥 해초 자신은 시험적 신경 수술이 될 일에 자원할 의사가 없었다. 신경외과적 개입을 좋아하지 않는 행성이자 문화권에서 시험적 신경 수술을 하다니, 그야말로 몸을 움찔거리게 하는 개념에 알맞았다. 부도덕하고. **세 가닥 해초**는 마히트에게 자원시키는 거였다.

이봐, 이스칸드르, 네가 이걸 고칠 수 있어. 백 번째로 생각했지만 말초신경이 웅웅거리는 걸 제외하면 침묵밖에 돌아오지 않았다. 마히트가 또 다른 이마고를 감당할 수 있을지 누가 알겠는가? 이것도 잘못될지 모른다. 왜냐하면 그녀가 망가지고, 안 어울리고, 무능하니까. 설령 그렇지 않다 해도 그녀는 첫 번째가 어떤 느낌이었는지 기억했다. 인지가 두 겹으로 덮이는 아찔한 느낌과 높은 벼랑 끝에 선 듯한 느낌. 약간만 움직여도 거대한 다른 사람의 기억으로 추락할 것 같은 느낌. 새로운 사람이 되기에, 마히트-이스칸드르가 되기에, 이스칸드르가 젊을 때 흡수한 사람의 유령이, 마히트-이스칸드르-차그켈이 되기에 충분한 시간이 없는데……

머릿속 이마고의 조각에서 솟아오른 그 이름. 마히트가 르셸의 기록을 찾아보고 자신이 합류한 라인의 자취를 찾아봤을 때 얻은 인상의 메아리. 차그켈 암바크는 시티에 와 본 적은 없지만 스페이스 크루저에서 테익스칼란과 협상을 해 보았고, 4세대 전에 르셸과 자신들의 섹터에서 채굴을 해 온 다른 스테이션들의 독립권을 지속하도록 한 인물이었다. 마히트는 그녀의 시를 읽고서 지루하고 관조적이고 오로지 집에 관한 것이라고 생각했고, 석 달 전까지는 자신이 더 나은 걸 지을 수 있다고 생각했었다.

어쩌면 새 이마고가 마히트의 정신에 들어와서 과거 그가 흡수했던 이마고에 대해 더 말해 줄 수도 있을 것이다.

시도해 봐야 했다, 안 그런가? 마히트는 자신이 결론을 내렸다는 것도 깨닫지 못한 채로 결정했다. 시도해 볼 것이다. 왜냐하면 혼자이고, 해야만 하는 일이기 때문이었다. 그녀가 완전하길, 르셀 대사라는 긴 라인의 일부가 되길 원했다. 그녀가 일부여야만 하고 그녀가 들어가야만 했는데 여전히 그 상실로 휘청거리고 있는 라인으로. 사보타주를 당한 게 맞다면 그걸 해소하고 싶었다. 이마고 라인을 되돌려 보존하고 싶었다. 기억의 가치 있는 후계자가 되고 싶었다. 여기서 섬겨야 하는 사람들을 위해서, 르셀 스테이션 통치권자의 연장선상으로서 그것을 안전하게 지키고 싶었다. 그녀의 뒤를 따를 사람들을 위해서, 그녀의 정신과 기억을 스테이션에서 계속 갖고 다닐 사람을 위해서.

애국심은 극한에서 굉장히 쉽게 파생되었다.

마히트는 그게 시티 거리의 모든 폭도에게도 해당되는 진실일 거라고 생각했다.

그녀는 부엌에서 식물에 뭔가 알 수 없는 것을 하는 세 가닥 해초를 발견했다. 세 가닥 해초는 식물의 속을 다 꺼냈다가 쌀과 간 고기처럼 보이는 걸로 만들어진 페이스트라는 전혀 다른 물질로 채워 넣고 있었다.

"그거 음식이에요?"

세 가닥 해초가 어깨 너머를 보았다. 얼굴이 핼쑥하고 엄숙했다.

"아직은 아니에요. 한 시간만 기다리면 그렇게 될 거예요. 내가 필요해요?"

"신경외과의사가 필요해요. 이 행성에 그런 게 존재한다면."

"당신, 그걸 하려고요?"

"시도는 해 보려고요."

그러자 세 가닥 해초는 고개를 한 번 끄덕였다.

"시티에는 모든 게 존재해요, 마히트. 이런 형태로든 저런 형태로든. 하지만 당신 머리를 잘라서 여는 걸 기꺼이, 그리고 할 능력이 있는 사람을 어디서 찾아야 할지 전혀 모르겠어요."

다른 방에서 열두 송이 진달래가 외쳤다.

"그렇지, 리드! 하지만 너라면 해낼 사람을 어디서든 찾아낼 테지."

"엿듣지 말고 이리로 와." 그렇게 소리친 세 가닥 해초는 열두 송이 진달래가 문가에 나타나자 찌를 듯한 시선을 그에게 고정했다. "나더러 그런 사람을 어디서 찾으라고? 난 어쨌든 내 대사님을 수술 후에도 살려 두고 싶거든."

열두 송이 진달래가 잘난 척하며 대답했다.

"네가 과학부 장관을 보러 간 사이에 좀 덜 공식적인 방법으로 찾아볼게. 내가 정보부의 직책 덕에 의학대학이랑 연관이 좀 있으니까. 날 이 음모에 끼워 넣어서 다행이지 않아?"

"그래. 네 아파트를 안전가옥으로 쓰는 걸 포함해서 여러 가지 이유 때문에……."

"너 그저 내 물질적인 재산 때문에 날 좋아하는 거로구나, 리드."

"그리고 황실과 부서 바깥의 사람들과 네 끈질긴 연결 관계 때문이지. 그것도 포함돼."

"너도 원하기만 했다면 이 정도로 많은 관계를 맺을 수 있었을걸. 여러 곳으로 손을 뻗는 데 관심이 있었다면 말이야."

열두 송이 진달래가 신중하게 말했다.

세 가닥 해초는 한숨을 쉬었다.

"페탈. 너도 그게 안 좋은 생각이라는 거 알잖아. 전에도 안 좋은 생각이었고."

"왜죠?"

마히트가 자신도 모르게 물었다. 아세크레타로서 황궁 밖에 연줄을 만드는 게 뭐가 나쁜 건지 떠올릴 수가 없었다.

세 가닥 해초는 날카롭게, 거의 자신을 벌주듯이 말했다.

"왜냐하면 난 그 사람들을 자산으로 이용할 테니까요, 마히트. 그저 자산으로요. 그리고 여기 있는 페탈에겐 진짜 친구들이 있어요. 그중 몇 명은 아마도 내가 결국에 반황실 세력으로 보고하게 될 거예요. 그게 적절해 보이거나 유용해 보일 때."

열두 송이 진달래가 말했다.

"넌 계속해서 스스로를 괴롭히고 있어. 그 자만심 가득한 야심에 실은……."

"공감력은 형편없지, 알아. 그나저나 이 대화는 너에 관한 거 아니었던가?"

세 가닥 해초가 말했다. 한숨을 쉰 열두 송이 진달래는 검은 눈을 크게 뜨고 미소를 지었고, 마히트는 그들이 이 대화를 수백 번쯤 해 봤다는 걸 알아챘다. 둘 사이에서 이런 것들은 이미 합의되어 있고, 그들의 우정의 신중하게 다듬은 모서리였다. 세 가닥 해초는 열두 송이 진달래가 업무 외에 뭘 하는지 묻지 않고, 열두 송이 진달래는 자신의…… 뭘까? 유별나게 반체제적인 의사 친구들? 이 세 가닥 해초라는 형태로 정무 일에 관계되지 않도록 조심했다. 그들은, 두 사람은 건너지 말아야 할 선이 뭔지 알았다. 선을 알고 지켰으나, 마히트가 요구한 것은 그 선을 죄다 흐릿하게 만들 것이다. 그런데도 둘은 기꺼이 하려는 것 같았다.

마히트는 자신에게 그럴 가치가 있기를 바랐다.(르셀 스테이션에 가치가 있길 바랐다. 다시 애국심이 떠올랐는데, 마히트는 그 감정이 기묘한 반사작용이 되어 가는 걸 고칠 수가 없었다. 하지만 그녀의 아세크레타들은 르셀을 위해 이걸 하는 게 아니었다.)

"그래. 나에 관한 거지. 내가 얼마나 유용한지, 내가 얼마나 많이 두 사람을 돕는지 말이야. 네가 내일 약속에 간 사이에 이걸 해 둘게."

✧ ✧ ✧

시티를 가로지르는 여행은 끔찍하고 다음 날 이른 아침의 밝은 빛 속에서도 점점 더 끔찍해졌다. 마히트는 그녀와 세 가닥 해초가 열두 송이 진달래의 아파트 건물에서 나와서 지하철로 들어갈 때까지 미행을 당하고 있다고 거의 확신했다. 금색 면갑을 쓴 선리트가 아니라 그림자, 회색 옷을 입은 유령 같은 사람들에게. 미스트. 열두 송이 진달래는 사법부 산하의 은밀한 조사 기관이라고 불렀었다. 이게 그들이라면(이게 진짜라면 말이지만) 이름이 딱 맞았다.

지나친 상상일 수도 있었다. 사실상 수많은 사람들에게 쫓길 때

편집증은 굉장히 이해가 가는 반응이었다. 르셀의 심리학 수업에서 그렇게 가르치는데 마히트는 그걸 믿지 말아야 할 이유를 계속해서 잃어 가고 있었다. 게다가 지하철의 절반은 지연되거나 완전히 폐쇄되었고, 성난 통근자들은 다른 사람의 안전 감각이나 안녕에 조금의 공헌도 하지 않았다. 여섯 방향으로 뻗은 황궁 복합건물과 동네 나머지 부분의 경계는 마히트와 세 가닥 해초가 범죄 현장으로 압류된 마히트의 관저를 열두 송이 진달래와 함께 떠날 때와 달리 지금은 경계로 보였다. 선리트들이 한 줄로 서서 각각의 테익스칼란 시민의 클라우드후크를 확인해 신분을 특정했다. 그들 뒤로는 반짝이는 유리와 철사로 된 시티 자체의 벽이 승인된 방문객을 위해서 열렸다 닫혔다 했다. 그건 다른 어떤 것보다도 더 직접적인 위협처럼 느껴졌다.

르셀에서 온 암호화된 종이 통신문은 갓 빤 셔츠 아래, 열두 송이 진달래가 옷장 서랍 뒤쪽에서 발견한 신축성 있는 스포츠 붕대 덕분에 마히트의 옆구리에 눌려 있었다. 그러고 나서 두 사람은 그가 뒷골목 신경 수술을 해 줄 사람을 찾게 놔두고 황궁 복합건물 쪽으로 향했다. 열두 송이 진달래는 그들이 머물렀던 가든에 가득 뿌려져 있던 광고 전단지에 나왔던 것과 똑같이 공과 네트가 필요한 운동을 하다가 발목을 삐었었기 때문에 누군가를 안다고 말했다. 그러고 나서 그는 기꺼이 그 운동에 대해 열변을 토했다. 확실히 일주일에 한 번씩 직장 내 팀에서 그 운동을 하는 모양이었다. 마히트가 듣고 싶은 것 이상이었지만, 그건 중요하지 않았다. 붕대까지 사용하니 이제는 적의 앞을 지나 비밀을 밀수하려는 사람이 된 것처럼 느껴졌다. 설령 그게 애초에 법적으로나 도덕적으로나 그녀의 비밀이라는 사실에도 불구하고.

"우리가 체포될 거라고 생각해요?"

마히트가 물었다. 과하게 유쾌한 얼굴로 세 가닥 해초가 나지막이 말했다.

"아직은 아니에요."

깨끗한 정보부 정장 차림의 그녀는 굉장히 세련되고 아주 정확한 날붙이 무기처럼 보였고, 마히트는 사실 그녀 없이 자신이 뭘 할 수 있을지 잘 몰랐다.

"지금이 아니라면, 언제요?"

마히트가 나름의 암울한 즐거움을 담아서 말했다. 곧 그들은 금색 반사 헬멧이 벽처럼 늘어선 곳에 도착했다. 세 가닥 해초는 무심하게 자신과 마히트를 소개했다. 문화 담당자가 닫힌 문을 통해서 자신이 맡은 사람의 움직임을 감독하는 모습 그 자체였다. 선리트가 클라우드후크를 요구하자 세 가닥 해초는 그것을 건넸다. 이어서 선리트는 그들이 어디에 있었는지 물었고, 그녀는 속임수나 죄책감 없이, 전 급우이자 좋은 친구의 집에서 밤을 보냈다고 설명했다.

마히트는 다시금 선리트가 시티와 하나의 거대한 정신을 공유하는 걸까 궁금해졌다.(이 선리트가 지금 이 순간에 그녀의 관저 안에 있는 동료들의 작업을 생각하고 있을지 어떨지. 선리트는 확실히 시간을 끌고 있었다. 그가 시선을 들어 마히트와 세 가닥 해초 뒤쪽을 보았다.) 또 다른 그 옅은 회색의 기억이 스치고, 금색 얼굴 보호판에 상이 비쳤다. 선리트가 마히트 뒤에 있는 뭔가를 지나치게 한참, 거의 끝이 없을 정도의 작은 시간 동안 바라보았다. 그러다 시선을 다시 내렸다. 어쩌면 동료들을 통해 여섯 개의 쭉 뻗은 손바닥과 상담하고 있었는지도 몰랐다. 음모에 또 음모. 마히트는 편집증에 사로잡히고 있었다. 아무도 그들을 따라오지 않았고, 과학부는 전쟁부와 공모해 황제를 밀어내려고 하지 않았고, 길거리 시위도 없었고, 중앙9광장의 폭탄은 계획되지 않은 우연이며 마히트를 겨냥한 게 전혀 아니고 그녀와 관계없는 것, 오딜 사람들을 위한 전형적인 행위였을 뿐이었을지도 모른다. 분명히 그럴 것이다.

선리트가 두 사람에게 아주 갑작스럽게 들어가라고 손을 흔들어서 마히트는 깜짝 놀랐다. 아드레날린 감소로 인한 오싹함, 온기와 냉기가 척추를 타고 흘렀다. 시티의 내부 벽에 난 문을 지나 걸어가는 것이 동물의 입안으로 들어가는 것처럼 느껴졌다. 문이 그들 뒤로 닫혔고 마히트는 어느 스테이션에 사는 기생충의 목구멍에 둥글게 난 이를 떠올렸다. 좁은 공간에 살면서 전력 케이블 절연 자재에 붙어 편안하게 지내는 종류의 기생충.

황궁 복합건물은 낮에 보니 그 어느 곳보다도 훨씬 더 고요했다. 벽 때문이었다. 벽이 눈에 보이는 시민 소요의 소리를 막아 주었다. 과학부까지 걸어가는 건 쉬웠다. 공기에서는 항상 존재하는 테익스칼란 꽃의 후추 향과 풍부한 화이트머스크 향이 났고 햇빛은 좀 싸늘했다. 하지만 마히트는 심장 박동을 쿵쿵거리는 수준 밑으로 떨어뜨릴 수가 없었다.

"난 우리가 이 일을 선전 포고나 충성 맹세, 혹은 당신이 열 개의 진주의 최고의 익스플라나들에게 납치되어 뇌를 실험당하는 일 없이 끝냈으면 해요."

세 가닥 해초가 말했다.

"선전포고는 없을 거라고 내가 약속해요." 마히트가 시선을 들어 과학부의 은-강철 꽃을 보며 말했다. 진주가 안에 박힌 돋을새김 장식은 아원자 입자의 움직임과 단백질의 모양을 보여 주었다. "나한테는 그럴 권한이 없거든요."

"훌륭하네요. 우린 괜찮을 거예요."

안에서는 고위 황실의 테익스칼란식 절차라는, 이제는 친숙한 춤을 추어야 했다. 세 가닥 해초가 소개를 하고 열 개의 진주와 그들의 약속을 확인시켜 주었다. 마히트는 양손 끝 위로 몸을 숙였다. 올바른 각도까지 몸을 기울이면서 그게 자신의 본능인지 희미한 이스칸드르의 잔재인지는 별로 신경 쓰지 않았다.

마히트와 세 가닥 해초는 창문이 없는 회의실로 안내되었다. 평범한 옅은 색 의자가 평범한 옅은 색 테이블 주위로 놓여 있고, 조명 스위치 패널 바로 아래에 별로 눈에 띄지 않는 똑같은 진주 장식 돋을새김이 벽을 따라 길게 이어지는 것 말고는 아무 장식도 없었다. 거기서 그들은 기다렸다.

세 가닥 해초는 테이블을 손톱으로 두드렸다. 전에는 알아채지 못했던 긴장성 행동이었다. 마히트 자신의 경우에는 재킷 주머니 안에 든 이스칸드르의 이마고 머신을 무의식적으로 만지작거리고 있었고, 두세 번쯤 스스로 중단시켜야 했다. 그리고 너무 깊이 숨을 쉬면 셔츠 아래 있는 통신문이 바스락거리지는 않을지 계속 생각했다. 실제로는 아무 소리도 나지 않았지만 말이다. 열 개의 진주가 회의실 문을 열고 들어오는 게 차라리 안심이었다. 이제 그와 여기서 이야기를 할 수 있으니까 뭐든 할 수 있을 것이다. 기다리는 건…… 효과가 없었다, 지금은. 전혀 효과가 없었다.

"장관님."

마히트가 일어나서 그를 맞았다.

"대사. 반갑소. 당신이 사라졌다는 이야기를 들었는데!"

아. 그러니까 그들은 이런 식으로 전개해 나갈 생각이었구나. 공평하다. 마지막으로 열 개의 진주를 보았을 때 마히트는 황제의 낭독 대회에서 뉴스피드의 혜택을 받기 위해 그에게 농간을 부렸다. 마히트는 **열아홉 개의 자귀**가 지어낸 황궁에서의 실종이 어떤 식으로 해석되든 교묘하게 받아넘겨야만 할 것이다.

"전 제가 어디에 있었는지 내내 알고 있었습니다만."

마히트는 그렇게 말하자마자 야만인이자 시골뜨기로서 이전의 자세를 버릴 생각임을 깨달았다. 이제는 그런 위장을 할 필요가 없고, 어차피 소용도 없었다. 한 번은 독화로, 한 번은 관저에서의 습격으로 최소한 두 명이 그녀를 죽이려고 했다. 야만인으로 있다고 (방패처럼, 위장으로) 정치적 수완가로 있는 것보다 덜 연약한 입장이 되는 건 아니었다. 이제 정직한 편이 나을 것 같았다. **열아홉 개의 자귀**가 그녀에게 말했듯이 영리한 야만인이 되는 거다.

열 개의 진주가 예의 바르게 웃었다.

"물론 그랬겠죠! 그걸 표현하는 참 매력적인 방식이군요. 무슨 일로 오셨소, 대사?"

이 만남을 잡을 때만 해도, 이스칸드르가 과학부와 반대로 움직여 이마고 기술을 테익스칼란에 팔려고 생각하던 게 그렇게도 분명히 보였는지를 알아볼 생각이었다. 지금은 전혀 중요하지 않은 질문이었다. 이스칸드르는 죽었고, 그가 이마고 기술을 팔려던 상대는 황제였다. 이제 알아야 하는 건 열 개의 진주가 누구를 후계자로 미는가에서 훨씬 더 나아가서 그가 르셀 합병에 관해 뭔가를 하고 싶은지, 그걸 막기 위해서 그녀에게 좋은 방향으로 조종될 수 있을지 알아봐야 했다.

"기분 나쁜 주제로 길게 이야기하고 싶지는 않군요." 마히트는 장관과의 사이에서 이제 무지한 척하는 걸 넘어 원하는 만큼 많은 시제를 쓰며 말을 꺼냈다. "하지만 장관님도 알겠지만 저 자신의 이득과 건강을 위해서, 제 전임자가 죽던 날 밤에 장관님과 의논하던 게 뭐였는지 굉장히 알고 싶습니다."

마히트는 세 가닥 해초가 자신의 옆에서 앉은 채 몸을 더 똑바로 세우는 것을 느낄 수 있었다. 그녀가 습득한 신중한 초점 맞추기다.

열 개의 진주가 손을 깍지 꼈다. 그의 반지들이 이 평범한 형광등 아래서도 죄다 번쩍거렸다.

"당신도 비슷한 실수를 할까 봐 걱정되는 거요, 대사? 당신의 전임자는 좋지 않은 걸 먹었소, 그게 다요. 불운이었지. 우리 대화는 그의 식습관과는 전혀 다른 주제였소. 대사가 신중하게 행동한다면 그런 걸 먹는 것쯤은 피할 수 있을 거요."

마히트는 이를 다 드러내고 웃음을 지었다. 야만인. 하지만 끈질기지.

"아무도 그 사람이 어떤 걸 먹었는지 특정해 주지 않아요. 참 흥미로운 생략이죠?"

마히트의 말에 열 개의 진주는 마치 그녀를 달래려는 것처럼 단어를 느릿하게 말했다.

"대사, 그 생략에 어쩌면 이유가 있을 거라는 생각은 해 봤소? 우리가 지금 우리의 시간을 서로 이득이 되게 보낼 만한 다른 주제들이 수두룩하오. 어쩌면 수경재배의 영양소 인자에 대해서, 인구가 많은 곳과 적은 곳을 대조해서 의논해 보는 건 어떻소? 르셀과 테익스칼란, 우린 서로에게서 배울 게 아주 많을 거요."

분노하는 것은 불편한 일이라고 마히트는 생각했다. 그것은 어휘의 날을 둔하게 했다. 하지만 마히트는 지금 여기 있었다. 여덟 개의 고리의 사무실에서 화가 났던 것만큼 분노한 채로.

마히트는 장관의 얼굴을 똑바로 쳐다보았다.

"열 개의 진주 장관님, 전 제 전임자가 당신의 보호 아래서 왜 죽었는지 알고 싶습니다."

그것은 정확히 비난은 아니었다.(비난이긴 했다. 직접적인 게 아닐 뿐.) 세 가닥 해초가 한 손을 마히트의 무릎 위에 올렸다. 경고이고, 따뜻했다.

열 개의 진주는 한숨을 쉬었다. 썩은 음식을 버리는 것처럼 뭔가 불쾌하고 꼭 해야만 하는 일을 준비하는 듯한 포기조의 한숨이었다.

"아가븐 대사의 행동과 제안은 적절하지 않았소. 그는 돌려보낼 기회가 몇 번이나 있었던 전적으로 교양 있는 식사를 사이에 두고, 테익스칼란 시장에 우리 사회의 기능을 엉망으로 만들 만한 기술을 언제든 흘릴 준비가 되어 있다고 암시했고, 우리의 위대하고 훌륭하신 황제 폐하를 매수했거나 그분께 영향을 미친 것 같더군요. 과학부 장관으로서 그가 대표하는 위협을 해결하는 것이 내 책임이오."

"그래서 장관님이 그를 죽이셨군요."

세 가닥 해초가 넋이 빠진 듯이 말했다.

열 개의 진주는 세 가닥 해초를 차분히 바라보았다.

"현재 상황을 고려하자면······." 그는 테익스칼란 외교 문제의 전반적인 상황에 마히트를 포함시키고 주위를 제한하듯이, 그런 다음에 거기서 내버리듯이 마히트를 둘러싸는 듯한 작은 손짓을 하며 말을 이었다. "부인할 필요가 별로 없을 것 같군. 그가 죽어 가는 동안 난 의학적으로 개입하지 않았소. 디즈마르 대사가 질문 중에 의료 과실에 대해서 언급하고 싶다면, 그런 질문은 사법부에서 시작하는 게 좋을 것 같소."

시티와 행정부에 소요가 일어난 이틀 동안 마히트의 영향력이 이렇게까지 떨어진 건지, **열 개의 진주**는 자신의 정적을 처리했다는 걸 태연하게 인정할 뿐만 아니라("의학적으로 개입하지 않았다."는 세 가닥 해초의 법률존중주의의 귀를 위한 것이었을 뿐이고 마히트는 그 말이 무슨 의미였는지 잘 알았다.) 마히트가 그런 짓을 한 그를 기꺼이 법정에서 벌주려는 그 누구와도 연줄이 없을 거라고 장담하는 건가? 분명히 **열 개의 진주**는 황위를 누가 계승하든 간에 과학부 장관이 책망을 받을 수 없는 위치라고 믿는 게 분명했다……

……그리고 역시나 분명하게 그는 **여섯 방향**이 이스칸드르 아가븐과 그가 약속한 기술 없이는 더 이상 르셀 스테이션이나 거기 시민들을 지켜 주지 않을 거라고 믿었다. 그렇기 때문에 시장을 불멸의 기계로 넘치게 하려는 게 아니라면 그에게는 마히트가 쓸모가 없는 거였다. 테익스칼란 변방에 있는 조그만 위성 국가에서 온 여느 대사들을 이용하는 방식으로 이용하는 것 말고는.

당시에는 이해하지 못했었지만 서른 송이 미나리아재비가 낭독 대회에서 말했던 거래의 의미는 황제와 이스칸드르 사이의 거래가 파기되었다는 거였다.

마히트는 차분한 말투로 어휘를 자연 그대로 말끔하게 표현하여 대화의 궤도로 시험 위성을 쏘았다.

"사법부에서 얘기할 생각은 없습니다, 장관님. 전 조언이 필요하다면 황제가 소유한 에주아주아카트에서 시작하겠어요. 거기는 굉장히 안전하더군요."

"그랬소? 참 기쁘군. 그건 상당한 변화니까."

"그런가요?"

그렇게 묻고 마히트는 대답을 기다렸다. 열 개의 진주가 이야기를 하고 싶고, 말로써 그녀를 무력하게 만들고 싶어 한다는 의심이 들었다. 세 가닥 해초의 손가락들이 하도 허벅지를 세게 잡아서 멍이 들 것 같았다.

"당신이 자랑하던 접대자 **열아홉 개의 자귀** 각하도 정확히 내 바로 옆에 있었지요. 그 저녁 식사 때 나는 내 부서의 이득을, 그럼으로써 제국 전체를 지키려고 했지만, 내가 그렇게 하게 둔 건 그분이오."

머릿속이 차갑게 맑아졌다. 마히트는 **열아홉 개의 자귀**가 "그는 내 친구였어요."라고 차를 마시며 말했던 것을 기억했다. 그녀를 대하는 마히트의 반응에 본능적이고 신경화학적인 친숙함이 있었던 것. 마히트 안의 이스칸드르 부분이 그녀 곁에 있으며 즐거운 시간을 보내고 싶어 하고 도전받는 기분을 느끼는 동시에 안전하기를 바라던 것. **열아홉 개의 자귀**가 본인 사무실 복합건물 복도에서 마히트를 바라보던 모습, 독화를 집어 들고 향을 맡으려는 듯이 그쪽으로 고개를 기울이는 마히트를 바라보던 모습을 기억했다. 그녀는 그냥 가만히 아치형 문가에 서서, 하얀 성상 차림으로 꼼짝 않고 조용히, 전혀 개입하지 않고 있을 수도 있었다.

하지만 그녀는 그랬다. 이유가 뭐든 간에 마히트의 목숨을 구했다. 설령 이스칸드르의 목숨은 구하지 않았더라도.

"경고는 고맙군요." 마히트가 간신히 말했다. 새빨간 거짓말이었다. 얼마든지 조금 더 할 수 있다. 그녀는 바르르 떨고, 혼란스럽고, 당황한 것처럼 행동했다.(사실 당황했다.) "좀 불쾌한 사고들이 몇 가지 있었지요. 제게 온 꽃이 유독했는데, 혹시 그것도……."

열 개의 진주가 마히트의 말을 잘랐다.

"꽃을 이용한 암살이라는 누명은 쓰지는 않을 거요. 나는 현대적인 사람이고, 과학부는 단순히 식물에 관한 곳이 아니니까."

"우리도 과학부가 단순히 식물에 관한 곳이라고 말하려던 건 아니었습니다."

세 가닥 해초가 말했다.

그 후의 침묵은 영원히 이어질 것 같았고, 마히트는 세 사람 중 누가 소리를 지르거나 히스테릭한 웃음을 터뜨리는 방식으로 먼저 이 침묵을 깨뜨릴까 궁금했다.

열 개의 진주가 마침내 말했다.

"달리 뭔가 말하고 싶은 게 있소, 대사? 내가 당신을 처분하기 위해서 꽃을 든 사람을 보낸 적이 없다는 사실을 고려할 때 말이오."

"장관님은 제 위치를 아주 분명하게 알려 줬어요. 상황이 진정되면, 만약 우리가 서로에게 결국에 할 말이 생길 경우에 연락을 하죠. 수경재배. 그거 기억해 두죠."

과학부에서의 약식 퇴장 이후에 세 가닥 해초는 마히트를 레스토랑으로 데려갔다. 마히트는 형식적인 저항 외엔 그녀가 하는 대로 따랐다. 지난번에 우리가 이렇게 했을 때 국내 테러리즘 행위가 있었죠. 그리고 지난번에는 내가 예약을 했었죠, 아무도 우리가 어디 있는지 몰라요, 우린 괜찮을 거예요라는 답을 들었다. 부스의 벽으로 바싹 둘러싸인 침침하고 동굴 같은 공간에 앉아, 낯선 사람들이 가져다주는 음식을 기다리는 건 꽤나 근사했다.

수프가 도착했을 때 마히트는 잠깐 독이 들었을까 생각했으나 지금 이 순간에는 별로 신경 쓰지 말자는 결론을 내렸다.

"정말로 난 당신이 잘하고 있다고 생각해요."

세 가닥 해초가 접시에서 얇은 고기 조각을 자르면서 말했다. 동물 전체의 옆부분처럼 보였다. 마히트는 냄새를 맡아 보고 싶은 무시무시한 충동을 느끼는 동시에 약간 겁에 질렸다. 실험실에서 자랐다기에는 너무 피가 많았다. 살아서 숨 쉬던 존재였고, 지금 세 가닥 해초가 그걸 먹고 있었다.

"내가 달리 뭘 했어야 했는지 잘 모르겠어요. 이스칸드르를 살해했다고 고백하고, 나에게 아무도 거기 신경 쓰지 않을 거라고 말했을 때요."

마히트가 말했다.

세 가닥 해초는 고기를 보라색과 하얀색이 섞인 커다란 꽃잎으로 쌌다. 그녀는 그것들을 한 무더기 주문하고, 얇고 작은 빵인 것처럼 다루었다. 접시에서 입까지 살을 실어 나르는 수송 기관처럼.

"울어요. 복수를 맹세해요. 즉각 폭력을 행사해요."

"난 서사시의 영웅이 아니에요, 세 가닥 해초."

그렇게 말하는 것만으로도 수치스럽고 무능하게 느껴져서 마히트는 화가 났다. 여전히 테익스칼란인이 되기를, 문학을 모방하고 재창조하고 싶어 해서는 안 되는 거였다. 이번 주 이래로는.

마히트는 꽃잎쌈에 조미료이자 구조적 풀 역할을 하는 짙은 초록색 소스를 묻히고, 잠시 후 맛있게 깨물었다. 한입 가득 먹으며 세 가닥 해초가 말했다.

"난 당신에게 잘하고 있다고 했어요, 그렇죠? 당신은 잘했어요. 다음에 뭘 할 계획인지는 모르겠지만, 당신은 그 약속을 황궁에서 태어난 사람처럼, 아니면 최소한 훈련을 받은 아세크레타처럼 해치웠어요."

마히트는 뺨이 달아오르는 걸 느꼈다.

"정말 고마워요."

그들 사이의 침묵(세 가닥 해초는 미소를 지었다. 눈은 크고 따뜻하고 동정적이었다. 마히트는 그 뺨의 색이 꽃잎이나 세 가닥 해초가 먹는 고기와 같은 빨강이라는 걸 알아챘다.) 때문에 몸에 전기가 오른 것 같았다. 마히트는 침을 삼켰다. 뭔가 할 말을 찾았다.

"살인 고백을 제외하고 말이죠." 말을 시작한 마히트는 세 가닥 해초가 몸을 더 똑바로 펴고 조금 더 주의를 집중하자 기뻐졌다. 지금은 해야 할 일이 있어. "**열 개의 진주**는 수경재배에 과하게 관심이 있어요. 우리 건 좋지만, 행성을 먹여 살릴 정도는 아니에요. 왜 나랑 거기에 관해서 이야기하고 싶어 하는지 잘 모르겠어요. 시티의 식량 성장 알고리즘에 특별히 뭔가가 잘못된 게 아니라면······." 그리고 이제 말을 하고 보니 마히트가 찾고 있었던 단어는 흥미롭다는 것임을 깨달았다. "시티의 보안 알고리즘처럼 잘못된 게 아니라면."

"시티의 파업 말이죠? 중앙9광장에서 나에게 일어났던 일 같은 거요. 그리고······ 선리트에게 일어나고 있는 일. 만약 선리트에게 뭔가 문제가 일어나고 있는 거라면 말이에요."

마히트는 고개를 끄덕였다.

"열 개의 진주는 완벽한 알고리즘 덕분에 장관이 됐어요. 처음에는 지하철에서 서로 다른 노선들을 전부 한 개의 알고리즘 AI 제어 시스템으로 병합시켰고, 그다음에는 시티의 보안 조직이었고요. 맞죠?"

"네. 그런데 그걸 어떻게 알았어요? 그건…… 아, 난 그때 아직 보육원도 안 갔을 땐데."

세 가닥 해초가 말했다. 마히트는 어깨를 으쓱였다.

"만약 내가 이마고 기술 덕인데 내가 예상한 대로 기능하지 않았다고 말하면, 당신은 놀랄까요?"

"더 이상은 아니에요."

또 다른 그 기묘하고 따뜻한 미소.

마히트는 그녀가 그럴 때면 눈길을 뗄 수가 없었다.

"당신은 지난 한 해 동안 시티의 파업이 여덟 번 있었다고 했어요. 이틀 전 밤에, 우리가 걸어서 돌아오던 때 말이에요. 그 전년도에는 몇 번이나 더 있었죠?"

세 가닥 해초는 고개를 살짝 옆으로 기울였다.

"일곱 번 더요. 알고리즘이 잘못됐다고 말하는 건가요?"

"아니면 잘못되도록 이용되고 있는 거겠죠. 알고리즘은 그걸 설계한 사람만큼만 완벽해요."

세 가닥 해초가 즐거운 어조로 말했다.

"아, 그거 기발하네요, 마히트. 살인을 저지른 과학부에 복수를 하려면, 과학부의 공정함이라는 평판을 살해하면 된다."

마히트가 힘들게 더 설명하지 않아도 세 가닥 해초가 말뜻을 이해하는 게 굉장히 만족스러웠다.

마히트가 동의했다.

"정확하게는 열 개의 진주의 평판이죠. 그 사람은 이 알고리즘을 설계해서 장관 자리를 얻었는데, 그게 지금은 완벽하게 정상적인 제국 시민을 다치게 하고 있으니까요."

"마음에 들어요. 우리에겐 데이터가 필요해요. 선언이 좋게 보이게 할 익스플라나틀 과학부 사람과 누군가가 이 소식을 널리 퍼뜨릴 수 있게. 특히 이게 전쟁과 연관되어 있다면 흥미로운 이야깃거리가 되겠죠······."

"우리가 이야기를 엮으면 돼요. 내가 관저에 돌아가도 되면 그다음에요. 이 모든 것이 좀 더····· 조용해진 다음에."

세 가닥 해초는 움찔하고 손을 뻗어 마히트의 손등을 토닥거렸다.

"지금은 뭘 하고 싶어요? 여전히······ 전에 우리가 얘기했던 거요? 머신에 대한 거. 우리가 주문하던 동안에 열두 송이 진달래에게서 메시지를 받았어요. 주 절반을 떨어져 사는 어떤 의사가 떠올랐대요."

아주 오랜만에 마히트가 듣는 첫 번째 희소식 같았다. 피부가 안도감과 흥분과 일종의 도취성 두려움으로 따끔거렸다.

"네. 이제 그 암호에 더더욱 접속해야 돼요. 뭔가를 해야만 해요. 뭔가를 바꿔야 하고. 상황을 다르게 만들어야 해요."

세 가닥 해초는 고개를 살짝 기울인 채 마히트를 바라보았다. 마히트는 시선을 돌리고 싶었다. 그저 자신이 현재의 정치적 혼란에 개입할 준비를 하고 있다고 말한 거였는데. 만약 그녀의 담당자가 꺼리고 물러날 만한 시점이 있다면······ 하지만 세 가닥 해초는 그저 고개를 끄덕이고서 말했다.

"나라면 겁에 질렸을 거예요."

"난 아니라고 누가 그래요?"

"하지만 당신은 전에도 해 봤잖아요."

"열두 송이 진달래가 누구를 찾아오든 간에, 그보다 훨씬 더 전문적인 보살핌 아래서 했었죠."

세 가닥 해초는 테익스칼란 의료 기술에 대한 그 모욕에 발끈할 것 같았지만, 그 대신에 어깨만 으쓱였다.

"그는 많은 사람을 알아요. 온갖 사람을. 이 의사가 최소한 자기들이 하는 일에 대해 뭔가 좀 아는 사람일 거라고 확신해요."

"만약 내가 죽으면, 혹은 엉망이 된 채 깨어나면, 르셀에서 오는 다음 대사에게 모든 걸 다 말해 줘요. 만약에 다음 대사가 있다면요. 가능한 한 많이, 단번에요."

"만약 당신이 죽으면, 정보부는 르셀에서 오는 다음 대사뿐만 아니라 그 어떤 대사의 근처에도 내가 가지 못하게 할 거예요."

마히트는 웃을 수밖에 없었다.

"안 죽도록 노력할게요."

"좋아요. 이거 하나 줄까요?"

"뭔데요?"

"샌드위치요. 당신이 계속 쳐다보고 있길래."

마히트의 입에 침이 고였다.

"그거 동물이었나요? 음식이 되기 전에 말이죠."

"……네? 여긴 훌륭한 레스토랑이에요, 마히트."

마히트는 아마도 실험적 뇌 수술로 죽을 테고, 정보부 요원 두 명을 제외한 모든 협력자는 사라지거나 의심받고 있고, 테익스칼란은 피투성이 우주선 이빨로 그녀의 고향을 거의 확실하게 산 채 집어삼킬 것이다.

"네. 하나 줘요."

고기 맛을 보니 혀에 육즙이 확 배어 나왔다.

15장

'세계의 보석' 중앙 교통 통제국 감독관
세 송이 한련이 제국 기함 스무 번의 일몰이 빛나다호에:
CT 접근 통제국에 즉시 연락하십시오 당신은 통제된 영공에 승인이나 통신 없이 들어왔습니다 의도와 CTC가 당신 주위 교통을 우회시키기 위한 벡터를 밝히십시오 주파수 1-8-0.5로 CT 접근 통제국에 연락하십시오 제국 기함 스무 번의 일몰이 빛나다호 귀함은 통제된 영공에 승인이나 통신 없이 들어왔습니다 통신 확인 바랍니다

— 위성 통신, 251.3.11-6D

>>QUERY/auth:온추(조종사)/last access
>>Imago-machine 32675(이스칸드르 아가븐) last access 의료(신경 수술), 155.3.11-6D (테익스칼란력)
>>QUERY/auth:온추(조종사)/all access
>>field가 너무 큽니다
>>QUERY/auth:온추(조종사)/all access *.3.11
>>Imago-machine 32675(이스칸드르 아가븐) accessed 의료(신경 수술), 155.3.11-6D(테익스칼란력); 의료(보수), 152.3.11-6D; 유산협회 아크

넬 암나르트바트, 152.3.11-6D; 의료(보수), 150.3.11-6D; 의료(보수)
50.3.11-6D

— 데카퀠 온추가 르셀 이마고 데이터베이스에 만든 쿼리 기록, 220.3.11-6D(테익스칼란력)

지하철로 돌아와서 또 다른 검문소를 지나는 동안, 선리트는 전부 꼼짝도 하지 않은 채 금빛으로 빛나며 관찰하는 눈을 하고 있었다. 그들은 황궁 복합건물을 떠나는 사람보다 들어오는 사람에게 더 관심이 있었다. 놀랄 일은 아니었지만 어쨌든 마히트는 그들을 지나갈 때 굉장히 긴장되었다. 마히트는 알고리즘이 계획을 감지할 수 있는지, 심지어는 죄책감으로 인한 쿵쿵거림을 느낄 수 있는지 궁금했다. 최소한 한때 테익스칼란 시민이었던 사람들로 만들어진 알고리즘은 마히트와 세 가닥 해초가 레스토랑에서 나눈 대화를 감시할 수 있었을 거고, 그들이 뭔가를 더 하기 전에 막아 버렸을 뿐이었다. 그리고 오, 신경 증강에 대한 테익스칼란인들의 태도를 고려할 때, 선리트가 여전히 테익스칼란인인지를 알아볼 여유가 있다면 얼마나 좋겠던지. 어쨌든 모든 선리트가 그녀와 세 가닥 해초가 지나갈 때 고개를 돌려 쳐다보았다. 별 주위의 위성이 필연적으로 빙 도는 것처럼 일곱 개의 금빛 헬멧이 다 함께 도는 집단적 회전이었다.

마히트는 그들이 최소한 관저에 있던 죽은 남자에 대해서 질문을 더 할 거라 생각하고 마음을 다잡았다. 열한 그루 침엽수는 이제 죽은 지 이틀이 되었고, 그처럼 황제의 낭독 대화 파티에 참석할 수 있는 사람이라면 분명히 가족이나 동료, 군대 출신 오랜 친구들이 있을 것이다. 소란을 피우고, 정의를 요구할 만한 사람이.

하지만 선리트는 잠깐 멈추어서 서로 의논을 하는 것 같더니 아무 말 없이 그들을 보내 주었다. 어쩌면 마히트는 보호받고 있는 걸까? 알고리즘이 선리트를 제어한다면, 거기에 영향을 끼치는 사람은 한 명 이상일 것이다. 전쟁부 사람이나 열 개의 진주뿐만 아니라…… 다른 사람. 힐끗 보았던 그 회색, 사법부 요원(또는 사법부의 신기루)이 다시 떠올랐다. 마히트는 주위를 둘러보았다. 그들이 보이지는 않았지만 그렇다고 해서 사라졌다는 뜻은 아니었다. 이제 더 빨리 걸어서 폭은 작지만 빠르게 걷고 있는 세 가닥 해초와 속도를 맞추며 테익스칼란 법률의 관할권을 생각했다. 사법부가 따라오고 있다면 선리트는 개입하기 어려울 것이다. 마히트는 정말로 야만인의 움직임과 활동을 지배하는 법률뿐만 아니라 형사법의 복잡한 공식 법률을 공부했어야 했다.

수많은 것을 했어야 했다. 지하철에서, 세 가닥 해초가 중앙열차역 쪽으로 데려가는 동안에 마히트는 여전히 손끝에서 맥박이 빠르게 뛰고 언제나 존재하는 말초신경장애의 웅웅거림과 함께 맥이 거기서 고동치는 걸 느낄 수 있었다.

"아직 체포되지 않았어."

마히트가 다시 중얼거렸다.

세 가닥 해초의 표정이 웃음과 마히트에게 조용히 하라고 말하고 싶은 초조함 사이의 것이 되었다.

"아직은요."

그녀가 말했다. 마히트는 그녀를 보고 씩 웃었다. 히스테리가 멈췄다. 갑자기 마히트는 스테이션 통로에서 친구들과 함께 놀며 어른들은 몰라야 하는 비밀을 쥐고 있는 어린애처럼 느껴졌다. 깊게 숨을 들이켜자 갈비뼈에 둘러맨 붕대가 고정시킨 암호화 통신문의 존재를 상기시키듯 몸을 조였다.

1700만 명의 테익스칼란인, 황궁, 센트럴 시티를 포함하고 있고, 마히트가 대사 커리어의 대부분을 보내게 될 거라고 예상하는 중앙주中央州를 통제하는 중앙 교통 허브는 거대하고 어마어마한 건물이었다. 그것은 지하철에서 긴 계단을 따라 올라가는 동안에 나타났다. 위쪽은 하늘을 반이나 잡아먹는 돔으로 이루어졌고, 가시가 돋은 것 같은 탑들로 둘러싸인 거대한 건물. 엉겅퀴 같은 건물, 콘크리트와 유리. 그 뒤로는 자기부상열차 철로가 선풍기로 펼쳐 놓은 커다랗고 비비 꼬인 덩굴 체계처럼 구불구불 둥그렇게 펼쳐져 있었다. 마히트는 「건물」에 나온 시구, 이 역의 묘사로 시작되는 구절을 기억했다. 망가뜨릴 수 없고, 많은 면을 가졌고, 우리 시민들을 / 내보내는 눈, 관찰한다. 그것은 눈, 곤충의 눈처럼 보였다. 번뜩이는 겹눈. 테익스칼란 문학이 눈에 대해 이야기할 때면 그것은 종종 터치나 영향을 끼치는 능력에 대해서 이야기하는 것이다. 눈은 보고, 눈은 본 것을 변화시킨다. 절반의 양자역학, 절반의 이야기.

테익스칼란에서는 모든 것이 이야기다. 설령 양자역학이 도와준다고 해도.

"우리, 열두 송이 진달래와 어디서 만나죠?"

마히트가 물었다. 이 건물에서 길을 잃기는 굉장히 쉬울 것이다. 계속해서 움직이는 흐름 속으로 사라지는 것은. 테익스칼란인들은 물이 흐르는 것처럼 안팎으로 이동했다.

"대형 홀이요. 에주아주아카트 한 개의 망원경의 동상 옆. 눈에 딱 띄어요. 동상이 굉장히 반짝거리고, 굉장히 컸던 시절에 만들어진 거거든요. 200년 전에는 그게 유행이었어서 사실상 전부 자개로 만들어진 동상이에요."

세 가닥 해초가 말했다.

천천히 시간이 흐르면서 생기고 진짜 바다에서 채취해야만 하는 조개의 안쪽으로 뒤덮인 거대한 동상. 마히트는 또다시 웃고 싶었다. 왜, 왜 진정이 되지 않는 건지, 왜 모든 게 필연적인 충돌을 향해서 달려가는 느낌으로 뒤덮여 있는 건지 알 수가 없었다. 넌 곧 실험적 신경 수술을 받을 거야, 그게 이유지, 마히트는 스스로에게 말하고서 **세 가닥 해초**를 향해 고개를 끄덕였다.

"그럼 가요."

그들은 회색 정장을 입은 사법부 요원들을 발견했다. 마히트의 상상이 아니라 실제로 입구에서 발견했다. 두 사람이 걸어 들어가는 동안 그들은 지나치게 태연하게, 지나치게 관찰하면서 거기서 돌아다니고 있었다. 마히트는 대형 홀의 갑작스러운 말끔한 호 모양이나 불가능할 정도로 넓게 뻗은 캔틸레버로 받친 유리 돔에 별로 감명을 받지 못했다. 그녀는 이 문으로 들어온 모든 사람이 신중하게 주목을 받는 것을 알아챘다. 티켓 창구 앞에서 정신없는 통근자인 것처럼 서성거리고 있지만 절대로 티켓을 사지 않는 그들 중 또 한 명을 발견하고 그녀는 세 가닥 해초의 어깨를 쿡 찔렀다.

"미스트예요. 저 사람들 우리를 따라온 걸까요?"

"……나도 잘 모르겠어요."

세 가닥 해초가 자기 열차를 찾는 테익스칼란인들의 소음 속에서 거의 들리지 않게 중얼거렸다.

"열두 송이 진달래의 아파트 바깥 길거리에 우리를 따라오던 사람이 한 명 있었던 거 같지만, 그런 사람이 진짜로 있었다고 해도 우리가 과학부에서 나올 무렵에는 떨어지고 없었어요. 그리고 이 사람들이 우리가 여기 오기도 전에 와 있었다면……."

사법부가 마히트와 세 가닥 해초처럼 보이는 사람을 찾고 있는 데에는 여러 가지 이유가 있을 수 있었다. 여덟 개의 고리가 내가 얼마나 유용한지를 재고했다는 것부터 시작해서 이스칸드르의 시체에 한 불법 절단까지. 후자 쪽 행동은 대부분 열두 송이 진달래가 한 거지만.

"우리를 찾고 있을 것 같진 않아요. 그 사람들이 찾는 건……." 마히트는 그의 이름을 꺼내고 싶지 않았다. "페탈이에요. 머신 때문에."

세 가닥 해초는 조용히 욕을 했다.

"그리고 그들은 우리가 그의 아파트에서 나왔기 때문에 따라왔던 거예요. 그런 다음에 우린 무해하고, 우린 약속에 갔다가 점심을 먹으러 갔죠. 우린 목표물이 아니에요."

다시금 마히트는 관할권을 생각했다. 그들은 따라온 요원들의 목표물이 아니었지만, 뒤를 밟혔으니 그 자리에서 선리트에게 체포당할 수도 있었다. 마히트는 자신이 고마움과 분노가 동시에 느껴지는 상태임을 깨달았다.(그녀는 이런 조합에 익숙해지고 있었다. 그 이중적인 것, 애초에 겪지 말았어야 했던 무언가에 감사한다는 기묘함. 테익스칼란은 그런 것들로 가득했다.)

"그럴지도 몰라요. 그 사람 보여요? 페탈이요."

마히트는 한 개의 망원경 동상이 분명한 술통 같은 가슴에 커다란 엉덩이를 가졌고 받침대 위에서 소용돌이치는 바다 진주 색깔로 빛나는 거대한 여자 쪽을 가리켰다. 마히트는 근처에서 열두 송이 진달래를 찾을 수가 없었다.

"뒤쪽으로 돌아보죠. 여기서 무슨 일이 벌어지고 있는지 모르는 것처럼요. 편안하게. 다른 사람들이랑 속도를 맞춰요."

세 가닥 해초가 말했다.

형편없는 홀로비전 스파이 음모 드라마에 들어간 것만 같았다. 기묘한 사람들이 교통 센터 안을 돌아다니고, 마히트와 세 가닥 해초는 눈길을 끌지 않기 위해 노력하고(야만인과 여전히 하얀색과 빨간색 황실 의상을 입은 아세크레타가 어떻게 눈길을 끌지 않을 수 있을까.) 어쩌면 그들은 찾으려고 하는 바로 그 인물과 연결되어 있지 않은 척해야 하는 걸지도 몰랐다. 그 정도는 해낼 수 있을 것이다.

열두 송이 진달래는 한 개의 망원경 동상 뒤에 있지 않았다. 세 가닥 해초는 완벽하게 태연한 모습으로 기단에 기대섰고, 마히트도 따라 기댔다. 기대서 기다렸다. 움직이는 테익스칼란 시민들의 바다 속에서 그의 모습을 조금이라도 찾으려고 노력했다. 하지만 찾을 수 없었다. 너무나 많고 많은 사람들이 열두 송이 진달래처럼 보였다. 작고, 어깨가 넓고, 검은 머리에 갈색 피부에 여러 겹의 정장을 입은 남자들.

"내가 움직여도 반응하지 말아요." 세 가닥 해초가 나직하게 말했다. "그 사람을 봤어요. 30초를 세고 날 따라와요. 그는 게이트 두 개 건너 음식 가판대 옆 그림자 속에 있어요. 14번과 15번 게이트 사이예요."

그녀는 자신의 턱을 건느리고 출발해서 별다른 목적 없이 슬슬 가판대 쪽으로 갔다. 그것은 유쾌하게, 요란하게, 홀로그래프를 동원해서 '스낵 케이크: 리치맛!' 그리고 '오징어 스틱: 새로 수입!'이라고 광고하고 있었다. 마히트는 그 어느 쪽도 먹고 싶은 생각이 들지 않았다. 세 가닥 해초는 가판대에서 뭔가를 사고 그 옆의 그림자 속으로 사라졌고, 마히트도 막 서른까지 세고 그쪽으로 가기 시작했다. 그녀는 가판대를 완전히 피하고 홀로그래프 광고가 상당한 시각적 방해를 제공하는 그 뒤쪽으로 돌아갔다.

열두 송이 진달래는 마히트가 본 중에서 가장 캐주얼하게 옷을 입고 있었다. 셔츠와 바지 위로 긴 재킷을 입었고, 전부 다 분홍색과 초록색이었다. 얼굴은 일그러지고 정신은 산만해 보였다. 미스트가 역시 쫓고 있었나 보다. 혹은 최소한 쫓아온 모양이었다. 지금으로서는 그를 당장 체포하려는 마음이 없어 보였다.

"우리가 숨을 만한 다른 워터가든이 없어서 아쉽네. 아무래도 네 스토커들인가 보지?"

세 가닥 해초가 스낵 케이크 광고 음악의 가사 아래로 부드럽게 말했다.

"증가한 내 스토커들이지. 전에 사법부에서 몰래 빠져나올 때에는 한 명뿐이었는데."

열두 송이 진달래가 대답했다.

"당신 아파트를 감시하고 있었던 게 분명해요. 우린 떠날 때 우리를 따라온다고 생각했는데, 우리가 별다른 일을 안 하니까 포기하더라고요."

마히트가 말했다. 열두 송이 진달래는 험악하고 목이 졸린 듯한 목소리를 내며 빠르게 웃었다.

"당신이 리드가 별다른 일을 하지 않게 목줄을 상당히 꽉 잡고 있었나 보군요, 대사님. 몇 시간이나 지났는데."

"그들이 널 본 것 같아?"

세 가닥 해초는 우아하게 그가 한 다른 말들을 무시하고서 물었다.

"응. 하지만 가까이 오지는 않아. 나를 잡으려는 게 아니라 내가 어디로 가는지 알고 싶은 거야. 그리고 우리를 따라서……."

무허가 신경외과 의사한테까지 가겠지. 그들이 거기까지 다 추적한다면 계획 전체가 테익스칼란 법률과 체포의 무더기 아래로 무너질 거라고 마히트는 확신했다.

"……그리고 그들은 우리랑 가판대 사이에 있지. 내가 티켓 사는 걸 들킬 수는 없어."

열두 송이 진달래가 말을 마쳤다.

세 가닥 해초는 지극히 침착하고 완전히 몰두하고 있었다. 그 위기 상황에 발산되는 에너지와 결단력에 마히트는 좌절할 정도로 감탄밖에 나오지 않았다.

"내가 티켓을 살게. 아무도 나를 보지 않으니까. 너랑 마히트는 저기 26번 게이트에서 2분 후에 만나. 마히트를 네 앞에 세워. 마히트가 훨씬 더 눈에 띄니까. 비록 네가 멍청하리만큼 예쁘고 밝은색 옷을 입었더라도 말이야."

"난 사실상 스파이 노릇을 하려고 옷을 입은 게 아니야. 주 밖으로 나갈 옷을 입은 거라고."

열두 송이 진달래가 중얼거렸다.

세 가닥 해초는 어깨를 으쓱이고 그와 마히트에게 눈부신 테익스칼란식 웃음을 지어 보였다. 그 마른 얼굴에서 눈이 커다래졌다. 그녀는 아세크레타 재킷을 벗어서 안쪽으로 뒤집어 오렌지색과 빨간색의 안감을 드러내고, 머리를 풀어 어깨 주위로 커튼처럼 내린 후에 이제 빨간색인 재킷을 한 팔에 걸쳤다. "금방 올게요."

"그녀는 사실상의 스파이 노릇에 대비가 되어 있네요."

마히트가 건조하게 말했다.

"리드는 본질은 보수적이죠." 열두 송이 진달래가 딱히 감탄도 하지 않고 말했다. "하지만 리드의 보수성은 정보부를 잠입 및 탈출 부대로 여기는 경지에 이르러요. 정보부가 하나의 부서가 되기 전에 그랬던 것처럼."

마히트는 천천히 걷기 시작했다. 아주 느리게, 눈에 띄게. 야만인 옷을 입은 키 큰 야만인. 일부러 스테이션인처럼, 이 행성보다 더 낮은 중력에 익숙한 사람처럼 걸었다. 움직임이 느려진 사람처럼, 이스칸드르 자신이 지구 중력에 익숙해지던 시기의 잔상이 떠올랐다. 근육의 통증을 달래려는 것처럼.

"정보부가 부서가 되기 전에는 정확히 뭐였는데요?"

마히트는 회색 옷의 사법부 공무원들에게 시선을 고정한 채 물었다. 그들은 마히트를 쳐다보지 않았다. 마히트의 커다란 그림자 뒤에 숨은 열두 송이 진달래를 찾는 중이었다. 마히트는 중요하지 않았다. 여기서는. 지금은.

"여섯 개의 쭉 뻗은 손바닥에서 방첩 및 분석을 하던 팀이었죠." 열두 송이 진달래가 나직하게 설명했다. "하지만 수백 년 전 이야기예요. 우리는 이제 민간인이에요. 우린 어느 야오틀렉 한 명이 아니라 황제 폐하를 모시죠. 덕분에 찬탈 시도의 횟수가 줄었어요……."

26번 게이트에서는 중앙주에서 포플러 브리지로 가는 통근 열차의 출발을 방송하고 있었다. 벨타운 1지구, 벨타운 4지구, 벨타운 6지구, 이코노미컴, 포플러 브리지에 정차하는 열차였다. 마히트와 열두 송이 진달래는 게이트 옆쪽에 섰다. 열두 송이 진달래는 벽에 몸을 붙였고 마히트는 그 앞에 서서 마주 보며 사람들 시선으로부터 최대한 그를 감추었다. 게이트에서는 2분 안에 열차가 출발한다고 방송했다. 마히트는 사법부 사람들의 눈이 자신을 스쳐 가는 것을 느낄 수 있었다. 다가오는 소리, 지시된 걸음걸이, 어깨 너머를 힐끗 본다. 거기에는 세 가닥 해초가 대학에서 주 외곽으로 가는 젊은 여자처럼 보이는 모습으로, 전혀 그녀 같지 않은 상태로 그들 쪽으로 오고 있었다. 그리고 회색 옷의 사법부 조사관들이 반대편에서 그들을 향해 모여들고 있었다.

마히트는 결단을 내리고 즉시 움직였다. 그녀는 이 열차를 탈 거고, 열두 송이 진달래의 신경외과 의사를 찾아, 이왕에 가질 수만 있다면 전임자의 기억과 능력에 접속할 기회를 절대로 거부하지 않을 것이다. 그리고 저 미스트 요원들은 그들이 어떤 열차를 탈지는 알지도 모르지만 어디서 내리는지는 절대로 모를 것이다.

"뛰어요. 당장."

마히트는 열두 송이 진달래의 소매를 잡고 게이트 안으로 끌어당겨 기다리고 있는 날씬한 검은색과 금색 캡슐 모양의 통근 자기부상열차로 달렸다. 세 가닥 해초가 뒤를 따라올 거라고 믿어야만 했다. 젠장, 달리니 허리께가 아팠다. 아직도 제대로 낫지 않았다.

열차의 조리개식 개폐 문이 그들을 위해서 쉽게 열리더니 그들 뒤로 닫혔다.

"위로."

마히트의 말에 열두 송이 진달래는 그녀를 따라 캡슐의 2층으로 올라갔다. 잠시 후 곧 출발한다는 첫 번째 방송을 들은(문이 닫힙니다,

물러서 주세요.) 마히트는 세 가닥 해초가 열차에 탔기를, 사법부 요원들은 못 탔기를 바라며……

……힘에 겨워 숨을 헐떡일 때 캡슐이 우아하고 소리 없이 떠올라 마찰 없이 움직이기 시작했고, 세 가닥 해초가 계단을 올라왔다.

"그들은 못 탔어요. 티켓이 없었거든요. 봐요, 승강장에 있어요."

그렇게 말하고 그녀는 자리에 풀썩 앉았다. 가슴이 들먹거렸다. 마히트는 밖을 보았다. 자기부상열차가 점점 빨라지면서 회색 옷의 남자 두 명이 거기서 빠르게 작아졌다.

"엄밀하게 말해, 내가 예상했던 것보다 훨씬 짜릿했어요."

달리 무슨 말을 해야 할지 몰라서 마히트는 그렇게 말했다. 이제 그건…… 끝난 건 아니지만 멈췄고, 마히트는 자신이 얼마나 다쳤는지를 정밀하게 인식했다. 실험적 수술을 받기 위한 최상의 상태는 아니었다.

"그 말이 당신이 도착한 이래로 나의 일주일 전체를 묘사할 수 있겠어요, 마히트."

세 가닥 해초가 마히트에게 티켓을 건넸다. 마히트는 웃지 않으려고 노력하느라 목이 막혔다.

세 가닥 해초가 태평하면서도 단호하게 말을 이었다.

"그럼, 우리가 얼마나 멀리까지 가는 거야? 그리고 우리가 만나러 가는 이 사람에게 이름이 있어, 아니면 아마추어 스파이 테마로 계속 나아가서 길거리 모퉁이를 서성거리며 암호를 말해?"

"그 여자는 다섯 개의 포르티코라는 이름으로 통하고, 우린 벨타운 6지구까지 갈 거야."

열두 송이 진달래의 말에 세 가닥 해초는 잇새로 슷 소리를 냈다.

"6지구라."

그녀가 말했다. 열차 창문 바깥으로 시티가 강철과 금과 철사로 빛나는 덩어리 형태로 스쳐 갔다. 마히트는 그것을 응시하며 거의 이야기를 귀담아듣지 않았다. 르셀 정신 치료학 훈련으로부터 배운 일종의 가벼운 문화 몰입은 마히트의 장기 중 하나였다. 흘려보내는 것. 새로움에 부유하고, 흡수하고, 필요하면 내면화하는 것. 마히트에게는 휴식이 필요했다. 가능한 한 차분해질 필요가 있었다.

"맞아, 벨타운 6지구. 무허가 익스플라나틀인데, 어디에 살 거라고 생각했어? 부동산 가치가 높은 곳에서?"

열두 송이 진달래가 방어적으로 말했다.

"내가 성형수술을 받고 싶다면 주를 절반이나 가로지르지 않고 너네 동네에서 무허가 익스플라나틀을 찾을 거야."

"대사의 두개골을 잘라 낼 사람을 찾는 건 그보다 좀 더 까다로워. 알려 줘서 참 고맙지만 말이야."

잠깐의 침묵. 열차가 달리며 부드럽고 낮은 소리가, 일종의 반복되는 편안한 덜컹덜컹 소리가 마히트의 청각 가장자리에 들렸다.

"너한테 고맙게 생각해, 페탈. 그거 알잖아, 그렇지? 그저…… 대단한 일주일이었거든. 정말 고마워."

세 가닥 해초가 한숨을 쉬며 말했다.

열두 송이 진달래는 어깨를 으쓱였다. 그의 어깨가 마히트에게 닿은 채 움직였다.

"1년 동안 나한테 마실 걸 사. 하지만 다 괜찮아. 고맙긴, 뭘."

약 한 시간 후에 열차가 중앙주를 빠져나갔다. 시티의 심장부, 마히트가 대사 임기 중 최소한 처음 석 달 동안 머무르도록 되어 있는 유일한 장소.(관광은 자리가 좀 잡힌 다음에, 하고 마히트는 생각했다. 그것은 다른 어떤 마히트 디즈마르가, 다른 어떤, 더 친절한 우주에서 느끼는 희미한 감정이었다.) 그리고 벨타운 주로 들어섰다. 처음에는 지나다니는 사람들의 구성을 제외하면 눈에 띄는 변화가 없었다. 인종 집단이 살짝 달라져서 전반적으로 키가 좀 커지고, 세 가닥 해초와 열두 송이 진달래보다 조금 더 창백하다고 마히트는 생각했다. 하지만 벨타운 1지구와 3지구를 지나 4지구로 들어가면서 천천히 건축의 구성도 바뀌었다. 확장되는 부채 모양의 각 지구들 외곽으로(건물들은 별로 낮지 않았으나 더 어둡고, 덜 가벼워 보였다.) 갈수록 꽃과 빛의 모티프가 계속되었으며, 센트럴 시티의 얇은 망상 조직이 전부 키 크고 압제적인 창 모양 건물들과 똑같이 생긴 창문들로 대체되었다. 그것들이 빛의 대부분을 막았다.

르셀 스테이션의 좁은 통로에 익숙한 마히트로서는 파란 하늘이라는 천장이 없는 게 기묘하게 마음이 놓였다. 마치 작고 귀찮은 임무를 그만 따라가도 되고, 하늘의 순수한 크기를 생각할 필요가 없는 것처럼. 테익스칼란 사람들은 이걸 어떻게 생각할까? 아마도 도시 황폐화의 신호로 여길지도 모른다. 여기 사람들 전부가 뭉쳐서 태양을 막고 있으니까.

벨타운 6지구도 건물이 더 빼곡하게 들어차 있고, 회색 콘크리트의 건물들로 이루어진 창으로 된 정원이었다. 그들이 열차역에서 나온 순간부터 주위는 침침했다. 머리 위 하늘은 파르스름한 은색이었다. 세 가닥 해초는 어깨를 귀까지 올리고 존재하지도 않는 냉기에 몸을 웅크렸다. 바로 그 모습이 센트럴 시티 시민들이 이 주에 대해 생각하는 바의 대부분을 설명해 주었다.

"이 다섯 개의 포르티코란 사람을 어떻게 찾았죠?"

마히트가 좁은 길을 따라 그들을 데려가는 열두 송이 진달래에게 물었다.

그는 한쪽 어깨를 으쓱였다.

"리드가 이미 알고 있고 종종 날 놀리곤 하는 점인데요. 정보부에 들어가기 전에 난 원래 과학부에 들어가려고 했었지만 입사 시험에서 커트라인에 도달하지 못했어요. 시험 기간이 지난 후에는 항상 불만을 품은 학생 집단이 생기는 법이죠. 카페에서, 회색지대인 클라우드후크 메시지 넷에서 얘기를 나누는 화난 사람들인데, 내가 그중 몇 명이랑은 아직도 연락하고 지내요."

"당신에겐 예상치 못한 면이 있네요."

마히트가 말했다. 세 가닥 해초는 날카롭고 작게 킥킥 웃었다.

"예쁘게 생겼다고 해서 과소평가하지 말아요. 쟤가 과학부에 못 간 이유는 정보부 쪽에서 너무 높은 점수를 받는 바람에 다른 데에는 갈 수 없었기 때문이에요."

"그거랑은 상관없이, 내 오랜 친구 한 명이 다섯 개의 포르티코를 알았고 난 그녀가 우리를 완전한 사기꾼에게 보내지 않을 거라고 믿어. 알겠지?"

"우리를 일부만 사기꾼인 사람에게 보낼 뿐이겠지."

세 가닥 해초가 말했다. 곧 열두 송이 진달래는 그 거대한 창 같은 빌딩 중 하나의 중앙 현관에서 그들을 세웠다. 여기에는 센트럴 시티와 황궁의 문처럼 클라우드후크 인터페이스는 없었다. 대신 버튼식 다이얼패드가 있었다.

그는 아래쪽 버튼 하나를 엄지손가락으로 눌렀다. 조그만 알람 소리처럼 애앵 하는 소리가 났다.

"그 사람도 우리가 온다는 걸 알아?"

세 가닥 해초가 물었을 때 커다란 문이 덜컥 소리를 내며 휙 열렸다.

"그렇다는 대답인가 보군요."

마히트는 조금도 두렵지 않은 것처럼 안으로 들어갔다.

다섯 개의 포르티코의 아파트는 1층으로 복도 전체에서 유일하게 문이 열려 있었다. 거기는 어둠 속에서 짙은 회색의 잘린 면 같았다. 여자는 직접 거기 서서, 복도를 따라 걸어오는 그들을 인내심 있게 평가하는 기색 말고는 무표정한 얼굴로 바라보았다. 가까이서 보니 무허가 익스플라나틀이 어떻게 생겼을지 마히트가 상상한 것과는 아주 다른 모습이었다. 마르고 중키에, 광대뼈는 테익스칼란인답게 높았다. 그 위를 팽팽하게 덮은 피부는 청동색이었는데 중년의 나이와 비타민D 부족으로 회색빛을 띠었다. 척 보기에는 형제자매 중 맏이처럼, 출산 할당 관련 서류 기입을 무시해도 스테이션의 인구 위원회가 계속 귀찮게 할 만한 유전자는 없는 사람 같았다.

예외: 여자의 한쪽 눈은 눈이 아니었다.

그것은 아주 오래전에는 클라우드후크일 수도 있었다. 이제는 두개골 안에 금속과 플라스틱으로 된 부분이 있고, 가장자리는 오래전에 치유된 뒤틀린 피부로 가려져 있으며, 눈알이 있어야 했던 가운데 부분에는 망원렌즈가 들어 있었다. 렌즈는 희미한 빨간색으로 빛났다. 마히트가 더 가까이 다가오자 구멍이 더 커졌다.

"당신이 대사겠군." 다섯 개의 포르티코의 목소리는 보통의 중년 같은 모습과도, 인공적인 눈과도 어울리지 않았다. 다른 인생에서 가수이기라도 했던 것처럼 달콤하고 사랑스러웠다. "들어와서 문 닫아."

✧ ✧ ✧

다섯 개의 포르티코의 식구들은 공손한 인사라는 의식을 치르지 않았다. 아무도 마히트와 동반자들에게 과도하게 차를 권하지 않았다.(마히트는 열아홉 개의 자귀를 떠올렸고, 설령 죄수 기분의 은신처라고 해도 없어진 것을 약간 후회했다.) 실이 너덜너덜한 옥색 능라로 덮인 소파가 있었으나 앉으라고 말하지도 않았다. 대신에 다섯 개의 포르티코가 마히트의 전반적인 건강을 조사하듯이 주위를 빠르게 돌고서 그녀 앞에 멈췄다. 어깨를 똑바로 펴고 마히트의 얼굴을 보기 위해 고개는 뒤로 젖힌 모습이었다. 원래 두개골이어야 했던 자리를 차지한 첨단 기술품에서 투명하지 않은 부분은 반짝거렸고, 투명한 부분에서는 공기를 차단시킨 노르스름한 뼈와 선명한 빨간색과 분홍색의 혈관을 볼 수 있었다.

"당신에게 설치해 줬으면 하는 기계는 어디에 있지?"

여자가 말했다. 세 가닥 해초는 기침을 하고, 예의 바른 손짓을 한 후 말했다.

"우리 서로 자기소개라도 하고……."

"이쪽은 르셀 대사, 여기 남자친구는 나에게 연락한 사람, 그리고 당신은 황궁 정보부 공무원으로 학교 여행 외에는 바깥쪽 주에 나와 본 적이 없지. 나는 당신들이 고용한 사람이고. 이제 만족해?"

세 가닥 해초는 상당히 고통스럽게 테익스칼란인의 공식적인 미소로 눈을 크게 떴다.

"솔직히 말해, 당신한테서 환대를 기대하진 않았지만, 노력 정도는 할 거라고 생각했었어요, 익스플라나틀."

"난 익스플라나틀이 아니야. 기계공이지. 내가 당신네 대사와 이야기할 동안 잘 생각해 봐, 아세크레타."

"내 머릿속에 이미 기계가 있어요. 여기, 뇌간이 소뇌와 만나는 부분에요." 마히트는 다섯 개의 포르티코 쪽으로 몸을 기울이고 비틀어서 그 자리를 보여 주며 목 위쪽의 조그만 흉터 자국을 엄지손가락으로 쓸었다. "정확히 같은 자리에, 지금 있는 것과 똑같은 방식으로 새걸 설치해 줘요. 중앙 부분을 풀고 다시 합쳐서 엮으면 바깥쪽 기계와 다시 연결이 될 거예요."

"이 기계가 정확히 뭘 하는데, 대사?"

마히트는 어깨를 으쓱였다.

"기억 증강장치 같은 거예요. 제일 간단한 거죠."

그렇게 간단하지 않았으나, 3분의 무례한 친분 관계를 쌓은 상대에게 공유해 주고 싶은 건 그게 다였다. 다섯 개의 포르티코는 흥미가 생기면서 동시에 의심스러운 것 같았고, 두 표정 모두 얼굴에서 자연스러워 보였다.

"현재 건 망가졌고?"

마히트는 머뭇거리다가 고개를 끄덕였다.

"어떤 식인지 설명해 줄 수 있겠어?"

다섯 개의 포르티코가 던진 질문은 마히트가 이마고 머신 이야기를 할 때 열두 송이 진달래나 열아홉 개의 자귀, 심지어는 황제에게서 들었던 질문들과는 살짝 달랐다. 그 질문들은 실제 목적에 대해서 완곡하고 다양하고 암시하는 것처럼 느껴졌지, 노골적으로 마히트에게 그걸 드러내라고 몰아붙이지는 않았다. 마히트는 다섯 개의 포르티코가 불법 신경 수술이 왜 필요한지 말하고 싶어 하지 않는 온갖 사람에게 항상 그걸 물어봐야만 한다는 것을 깨달았고, 자신이 그녀의 첫 번째 환자 같은 게 아니라는 사실에 기묘하게 안도감을 느꼈다.

"당신이 내 머리를 열었을 때 뭘 보게 될지 나도 모르겠어요. 망가진 게 기계적이고 보이는 걸 수도 있어요. 혹은…… 아닐 수도 있고. 기계는 제대로 작동하지 않고, 내가 거기 접속하려고 하면 말초신경증 증상이라고밖에 설명할 수 없는 게 일어나요."

"그럼 문제가 생기면 추출과 대체의 어느 시점에 내가 수술을 중단했으면 좋겠어, 대사?"

다섯 개의 포르티코의 인공 눈 가운데 빨간빛이 커지며 망원 작용을 했다. 레이저 하우징의 백열하는 심장을 들여다보는 것 같았다.

"우린 대사님이 망가지지 않는 쪽이 좋아요."

세 가닥 해초가 말했다.

"물론 그렇겠지. 하지만 내가 열려는 두개골은 당신 게 아니야, 아세크레타. 그러니까 대사 본인에게서 듣고 싶군."

마히트는 자신이 어떤 재난을 감수할 준비를 해야 할까 고민했다. 떨림, 시각장애, 발작, 죽음, 그 어떤 것도 테익스칼란 제국인들이 그녀의 스테이션으로 입을 쩍 벌리고 팔다리를 쭉 편 채 다가가는 상황에서는 별로 중요하게 느껴지지 않았다. 전에는 이런 기분을 느껴 본 적이 없었다. 모든 것에서 떨어져 나온 기분. 이 거대하고 바글바글한 행성에서, 조그만 티끌 같은 인간이 르셀 자체의 잘난 신경학자들조차 승인하지 않을 실험을 하려고 한다.

"나도 살고 싶어요. 하지만 내 정신적 특성 대부분을 유지할 가능성이 있는 경우에만요."

뒤에서 열두 송이 진달래가 저항하는 듯한 소리를 냈다.

"이러지 말아요. 난 좀 더 보수적이에요, 마히트. 다섯 개의 포르티코는 사람 말을 진지하게 받아들여요······."

다섯 개의 포르티코는 혀끝으로 이를 두드려 작고 생각에 잠긴 쯧 소리를 냈다.

"믿어 줘서 고맙군." 하도 건조하게 말해서 마히트는 그녀가 화가 난 건지 기쁜 건지 잘 알 수가 없었다. "살아 있고 정신이 제대로 돌아가는 거란 말이지. 좋아, 대사. 그리고 이 작은 모험에 대한 대가는 어떤 식으로 준비했지?"

마히트는 자신이 어떻게 대가를 지불할지 생각조차 안 해 봤음을 깨닫고 경악했다. 마히트에게는 대사로서의 월급이 있다. 아직 받지 못했고, 테익스칼란 정부의 권력이 더 이동한다면 한 번이라도 받을 수 있을까도 의심스럽지만. 그리고 르셀 은행 기계로만 읽을 수 있는 크레디트칩 당좌예금계좌가 있었다. 그런 상태로 이 수술이 황궁에 있는 레스토랑인 것처럼, 다른 사람의 후의나 다른 사람의 정치적 협상 자리인 것처럼 생각하고 여기에 왔다. 멍청했다. 미처 생각을 못 했다. 마히트는 마치······

······아, 테익스칼란 귀족처럼 행동하고 있었던 것 같다.

제기랄.

"떼어 낸 기계를 가져요. 원하는 대로 해도 되는데, 과학부 사람이나 황제 폐하에게만은 넘기지 말아요."

"……마히트."

충격을 받은 세 가닥 해초가 말했다.

그녀를 쳐다본 마히트는 그 얼굴이 배반당한 실망감으로 일그러진 것을 깨닫고 이를 악물었다. 마히트가 테익스칼란의 가치를 존중하고, 테익스칼란 관료제와 황궁 문화의 방식과 기능에 동조하는 것이 그녀에게 그 정도로 중요했던 걸까? 그런데 마히트는 이스칸드르가 팔려고 그렇게나 애썼던 것을 포기하는 중이었다. 그래. 그래, 그럴지도 모른다. 사실이기를 바라지는 않지만 이런 상황인 데다(우정도 하나 없고, 우연히 발견한 협력자도 없고, 오로지 자기 이득만 챙길 뿐. 마음이 아팠으나 거기에 대해 지금 당장 할 수 있는 건 아무것도 없었다.) 자신을 설명할 시간도, 에너지도 없었다. 혹은 그 실망감을 지워 버릴 생각도 하지 못했다.

하지만 다섯 개의 포르티코는 "좋아."라고 말하고서 마히트가 자신에게 맛 좋은 디저트라도 준 것 같은 얼굴로 쳐다보았다. 마히트는 속이 울렁거렸다.

"실제로 신경외과수술을 시행하는 문화권에서 나온 기술품을 슬쩍하는 게 머릿속으로 한번 들어가는 것보다 훨씬 더 가치가 있어, 대사. 다른 거 더 해 줄 거 없어? 시각 강화? 헤어라인을 여기 아세크레타도 매력적이라고 생각할 정도로 바꾸는 건?"

"필요없어요."

마히트는 움찔하지 않으려고 노력했다. 표정이 전혀 바뀌지 않도록 하려고. 완벽한 테익스칼란인, 평정 상태. 이스칸드르가 가르쳤던 대로.(그녀가 그를, 그녀의 이마고를, 그녀의 반쪽을 죽였을까? 그게 그녀가 지불한 진짜 대가일까? 설령 그를 그 자신으로 대체하려고 한다고 해도, 그녀가 되기로 되어 있던 사람을 파괴하는 걸까?)

"좋으실 대로. 그런데 여기 벨타운 같은 동네도 선리트 습격에서 제외되는 건 아니거든. 그리고 내 목숨이 걸렸다면 난 당신 기계를 기꺼이 내놓을 거야. 하지만 내 통제를 벗어난 사고가 없는 한, 당신네가 보유한 행성 밖 기술이 이걸 가장 원하는 자들에게 절대 넘어가지 않을 거라고 약속하지."

"이건 끔찍한 아이디어야."

세 가닥 해초가 누구에게랄 것 없이 중얼거렸고, 열두 송이 진달래가 그녀의 팔에 한 손을 얹었다.

마히트가 대답했다.

"나도 알아요. 하지만 나한테는 딱히 더 나은 선택지가 없어요."

"나도 그럴 거라고 생각해. 아니면 여기까지 모험을 나오지는 않았겠지. 수술하게 안으로 들어와. 시작하자고. 당신들은 세 시간 후에 대사님을 돌려받을 수 있을 거야, 아세크레타. 돌려받고 싶다면 말이지."

16장

통행금지 22.00-06.00. 늘어난 시민 소요로 인하여 선리트는 다음 주에 대하여 통행금지를 시작합니다: 중남부, 벨타운 1지구, 벨타운 3지구 [······]

— 클라우드후크와 뉴스피드에 올라온 공공 발표, 251.3.11

[······] 현재 상황을 고려할 때, 테익스칼란 제국은 르셀 스테이션에 새로운 대사를 요청한다. 메시지 종료.

— 승천의 붉은 수확호의 사절이 르셀 스테이션 정부에 전달한 외교 통신문

무균 상태의 깨끗함을 제외하면 다섯 개의 포르티코의 수술실은 마히트가 르셀에서 기억하는 하얀 플라스틱 방과 닮은 데가 전혀 없었다. 여기에는 조절 가능한 플랫폼 위에 있는 맨질맨질한 상철 테이블, 주위를 둘러싼 이동식 기계식 팔들과 복잡한 구속구들이 있었다. 마히트는 재킷을 벗으면서 꿈처럼, 전부 다 현실이 아닌 것

처럼 느꼈다. 셔츠는 그 아래 갈비뼈 있는 곳에 여전히 넣어 둔 르셀의 비밀과 함께 그냥 두기로 했다. 다섯 개의 포르티코는 신경 쓰지 않는 것 같았다. 그녀는 테이블 위에 배를 깔고 누우라고 빠르게 지시하고 마히트의 머리를 패드를 댄 막대와 줄로 된 케이지로 고정시켰다. 이건 말도 안 된다. 다른 행성의 아파트 건물 뒷방에서 낯선 사람에게 이마고 머신을 뽑아내게 하다니. 마히트는 좋다고 말했다, 몇 번씩이나.

이스칸드르, 날 용서해. 미안해. 돌아와, 제발……

마히트는 마지막으로 절실하게 손을 뻗으며 생각했다. 하지만 여전히 침묵이었다. 팔을 타고 가장 바깥쪽의 손가락까지 신경 손상으로 뜨끔거리는 것 말고는 아무것도 없다.

다섯 개의 포르티코가 주사기를 들고 다가왔다. 그 끝에는 마취제가 맺혀 있었다. 그녀의 인공 눈의 홍채가 벌어지고, 금속의 셔터 스핀이 바깥쪽으로 커졌다. 마히트의 팔 위쪽을 바늘이 찔렀는데, 그 눈의 하얀 레이저 심장부 앞에서 그 감각은 뒤늦게 날카롭게 들었다.

어지러웠다. 다섯 개의 포르티코의 손이 마히트의 팔 위에 있었다. 강철 테이블 위로 눌리는 자신의 뼈가 전부 느껴졌다. 그 레이저 눈이 더 커졌다. 마히트는 그 열기를 느낄 수 있었다. 절단하는 데 그 눈을 쓰는 걸까……

무無. 느린 부패, 거꾸로 줄어드는 상처, 다시 커지는 상처, 닫히는 어둠, 하강의 기억, 그리고…… 그는 놀라지 않은 몸에서 깨어난다. 산소를 쉽게 들이켜고, 천천히 목을 통과시킨다. 우선은 안도감, 머리가 아찔한 안도감, 호흡, 공기를 전혀 들이켤 수 없었던 폐에 공기가 통과하는 강렬한 기쁨……

(그는 바닥에 있었다. 바닥에서 목이 막힌 채였다. 카펫 털에 뺨이 눌렸는데 지금 그의 뺨은 차가운 것에 닿아 있었다.)

호흡, 좀 더 느리게, 약을 먹은 것처럼 느리게……

(그의 뺨이 아니다. 폐는 너무 작다, 몸은 가늘고 젊음과 피로가 쉽게 섞여 근사하고 부질없다. 그가 이렇게 젊었던 건, 수십 년쯤 전이다. 다른 몸, 새롭고 작은 자신, 그는 죽었다, 그렇지 않나. 죽었고 이마고에서, 새로운 몸에……)

그의 입이 말이 안 되는 울부짖는 소리를 냈다. 이유는 알 수가 없었다.

상관없었다. 그는 숨을 쉬고 있었다. 그는 다시 어둠 속에 잠겼다.

르셀 스테이션에서 일출은 24시간 주기 동안 네 번 있다. 단단한 회색 강철 위에 놓인 그의 (주름 없고, 네모난 손톱이 있는) 손등을 가로지르는 일출, 손은 차갑다. 손가락은 바늘로 찌르는 것처럼 아드레날린으로 따끔거린다. 그의 맞은편에 있는 건 다지 타라츠다.(어딘가 멀리서 누군지 그가 깨달을 수 없는 목소리가 틀린다. 이 다지 다리츠는 어이없이 젊어서 다른 누군가가 기억하는 그의 움직이는 시체 같은 모습보다 더 인간답게 보인다.) 다지 타라츠는 얼룩덜룩한 회색 곱슬머리 아래에 근엄한 얼굴로 말한다.

"우린 자네를 테익스칼란으로 보낼 거네, 아가븐 군. 자네가 가겠다고 하면."

그는 〈그가 기억하는 바대로〉(그녀가 말했던 대로) 말한다.

"가고 싶습니다. 난 언제나……."

그리고 강렬하고 밝은 욕망, 그의 권리가 아닌 것에 대한 노골적으로 부끄러운 갈망. 이게 그가 그걸 처음 느낀 때였나?

(물론 아니다. 그녀에게도 이건 처음이 아니었다.)

"자네가 원하기 때문에 보내는 게 아니네. 덕분에 제국이 자네 몸에서 뜯어먹을 살이 더 많다는 걸 깨닫고, 그래서 한동안은 우리에게 당신을 다시 뱉어 내지 않을 거라는 뜻이긴 하지만. 우리는 테익스칼란에 영향력이 있어야 하네, 아가븐 군. 우리는 자네가 가능한 한 깊이 들어가서 없어서는 안 될 인물이 되길 바라네."

그는 젊음의 오만함을 다 담아서 "물론 그럴 겁니다."라고 말한 다음에야 묻는다.

"왜 지금이죠?"

다지 타라츠는 강철 테이블 위로 별 지도를 민다. 그것은 근사하고 정확하고, 이스칸드르는 이 별들을 안다. 그의 어린 시절 별들이다. 표의 한쪽 가장자리에는 여러 개의 검은 점과 좌표 표시가 있다. 무언가가 일어났던 장소들.

"우리가 테익스칼란에 그들보다 더 나쁜 무언가로부터 우리를 보호해 달라고 요청해야만 할 수도 있기 때문이지. 그리고 요청할 때, 우린 그들이 우릴 사랑하길 원하네. 필요로 하고. 그들이 우리를 사랑하게 만들게, 이스칸드르."

"이 장소들에서 무슨 일이 일어났습니까?"

이스칸드르가 펼쳐져 있는 그 검은 점들을 굳은살 없는 손가락 끝으로 가리키며 묻는다.

"우린 여기서 혼자가 아니네. 그리고 여기에 있는 다른 것들은 굶주려 있어. 오로지 굶주려 있지. 그것들은 지금까지는 조용했지만…… 상황은 변할 수 있네. 어느 순간이든. 그렇게 되면 자네가 테익스칼란에 개입해 달라고 요청할 준비가 되어 있길 바라. 최소한 인간 제국은 사람을 심장에서 바깥쪽으로 잡아먹지."

이스칸드르는 몸을 떤다. 화가 나면서 동시에 두렵다. 분노와 모욕감, 당신이 사랑하는 것이 당신을 비열하게 만든다는 감정을 밀어 두고 유용한 질문을 선택한다.

"우린 전에도 외계인을 만난 적이 있습니다. 이번엔 뭐가 다르죠?"

다지 타라츠의 얼굴은 고요하고 차분하고 완벽하게 차갑다. 이스칸드르는 안 좋은 때에 그 얼굴을 꿈꿀 거고(그러리라는 걸 안다. 미래를 기억한다.) 그가 이렇게 말하는 걸 꿈꿀 것이다.

"그것들은 생각하지 않아, 이스칸드르. 인간이 아니야. 우리는 그것들을 이해하지 못하고 그것들도 우리를 이해하지 못하지. 어떤 설득도, 협상도 이루어지지 않아."

꿈을 꾸고, 어떤 무거운 담요나 따뜻한 피부의 동침자도 없애지 못하는 종류의 냉기 속에서 깨어난다. 그리고 혼자서 생각한다. 왜 타라츠는 의회에 말하지 않았을까? 왜 내가 그의 무기로 선택되었지? 그는 르셀 스테이션이 어떻게 되길 바라기에 일 수 없는 기간 동안(〈20년.〉 누군가가 속삭인다.) 이 위기를 감수하려고 하는 걸까?

당시에도 이스칸드르는 타라츠가 테익스칼란의 군사적 보호 이상의 큰 것을 원한다는 걸 알았으나, 곧 시티에, 황실에 머무는 신세

가 되었고 그건 이제, 중요하지 않았다.

나 이걸 두 번째로 떠올리고 있어.

〈나 이걸 두 번째로 떠올리고 있어.〉

(난 한 번도 본 적 없는 걸 떠올리고 있어.)

난 이걸 봤어. 난 이거야. 넌 누구지?

(안쪽으로 돌아서서 찾는다. 그 낯선 목소리를 찾는다. 그들의 안에서 그녀를 본다. 안으로 돌아서, 돌아서 안으로 그들은 서로를, 똑같은 모습을 본다.)

〈난 이스칸드르 아가븐이야.〉

이스칸드르 아가븐이 말한다.

이스칸드르 아가븐은 스물여섯 살에 겨우 32개월 좀 넘게 테익스칼란 영토에 있었다. 이스칸드르 아가븐은

〈죽었어! 죽었어, 네가 지하실의 대좌 위에 죽어 있는 걸 봤어! 네가 죽었으니까 나도 죽었다고!〉

마흔 살, 거의 마흔한 살이며 중년의 피할 수 없는 사소한 육체적 비극을, 배 둘레와 턱선이 처지는 걸 안다.

내가 이스칸드르 아가븐이야. 그리고 너는 내가 르셀에 15년 전에 보낸 이마고야. 내 이마고 안에 나를 넣다니, 누가 이렇게 좆같이 멍청한 거야?

이스칸드르 아가븐이 말한다.

그건 나일 거야.

(다시금 안쪽으로 돌고, 옆으로 돌고, 본다. 광대뼈가 높은 여성, 짧게 깎은

머리에 키가 크고 마른 데다 날카로운 콧날에 회녹색 눈은 핏발이 서고 피곤해 보인다.)

난 마히트 디즈마르야. 난 이제 너희들 두 명이 됐어.

마히트 디즈마르가 말한다. 이어 이스칸드르가, 그 각각이, 그 두 사람이, 정확히 똑같은 어조로 테익스칼란 욕설을 내뱉는다.

붉은 피와 별빛이여. 왜 그런 짓을 했지?

자신의 머릿속에서 웃는 것은 불편한 일이라고, 마히트는 그 행동을 하며 깨닫는다. 아니면 불편한 건 세 정신을 하나의 머릿속에 집어넣으려고 한 것일지도 모른다. 그녀/그들은 단층을 따라서 갈라져 버릴 것이다. 다른 두 명은 너무나도 비슷하고 그녀는…… 그렇지 않다. 그녀는 여자고, 세대가 더 젊고, 10센티미터 더 작고, 아침식사 포리지에 정제 생선플레이크 파우더를 넣은 맛을 좋아하기에 그들은 질색하고, 그런 작고 멍청한 일들로 그녀는 자신의 정신 속에서 추락하고, 낯설고 인간미 없는 손에 의해 깎이고 그녀가 아는 무언가로 만들어지는 그곳에서 메아리가 된 느낌으로……

✧ ✧ ✧

르셀 스테이션에는 심리 치료의 오랜 전통이 있다. 왜냐하면 그런 게 없으면 스테이션의 모두가 오래전에 정체성 위기에 빠졌을 것이기 때문이다.

이마고와의 병합 초기 단계, 두 인격이 이마고 구조에서 무엇이 귀중한 것이고 무엇이 버려야 하는 것인지, 자기주체성을 유지하기 위해 주主인격에 무엇이 필요한지, 무엇을 편집하고, 겹쳐 쓰고, 포기해야 하는지를 구분하는 가장 어려운 부분. 그 초기 단계에서 당사자가 해야 하는 일은 선택지를 고려하는 것이다. 주격과 이마고가 똑같은 방향으로 선택하는 그런 작은 선택, 별로 중요하지 않은 선택들을. 이는 그 선택지를 고정된 장소로, 분쟁이 없는 마음으로 집중하기 위해서이다. 거기서부터 무언가를 쌓아 가기 위해서이다.

〈마히트.〉 이스칸드르 중 한 명이 말한다. 마히트는 그게 젊은 쪽, 그녀의 이마고, 이미 그녀의 절반 이상이 된 쪽이라고 생각한다. 〈마히트, 처음으로 가짜―열세 개의 강의 『영토확장사』를 읽었을 때 어떻게 느꼈는지 기억해 봐. 넌 르셀 스테이션의 라그랑주 점에 있을 때 볼 수 있는 세 번의 일출에 대한 묘사에 도달하고서 생각했잖아. 드디어 내가 느끼는 기분을 묘사할 단어를 찾았는데, 이건 심지어 우리말에는 있지도 않아.〉

맞아.

마히트가 말한다. 그래, 그랬다. 그 통증: 갈망과 격렬한 자기 증오, 그것은 갈망을 더욱 날카롭게 할 뿐이었다.

〈내 기분이 그래.〉

우리 기분이 그래.

그들 둘의 목소리는 거의 똑같다. 그녀의 신경에서 타오르는 전기적 불길, 알려지는 것의 달콤함.

갑자기, 구역질 나게, 마히트는 자신의 경추 내부 구조에 기류가 움직이는 느낌을 아는 것을 절대로 바라지 않았다는 것을 깨달았다.

끔찍하게 은밀한 애무는 대량의 신경 자극으로 변화하고, 손끝과 발끝이 따끔거리며 압박이 느껴지다가 어떤 거대한 스위치를 움직여서, 갑작스러운 고통으로 바뀐다.

왜 무의식 상태가 아닌 거지?

다섯 개의 포르티코가 뭘 했지?

마히트는 비명을 지르려고 했지만 그럴 수가 없었다. 그녀를 무의식의 문턱에 잡아 두었어야 하는 약이 뭔지 모르지만 마비를 일으켰다.(최소한 뭔가는 작용했다고 공포 속에서 생각한다. 최소한 그녀는 몸부림을 쳐서 다섯 개의 포르티코의 마이크로 수술 도구의 뾰족한 날로 자신의 신경계를 망가뜨리지는 않을 것이다.)

파도처럼 밀려드는 전기의 느낌이 말초신경부터 무력하게 밀려들어와서……

◇ ◇ ◇

그들은 두 명이다. 그들은 서로를 본다. 한 명은 죽었고 한 명은 결어긋남 상태이다. 젊은 얼굴은 반쯤 기억나는 스케치 같고, 마히트의 눈이 초록 대신 갈색으로 자리했다. 낯선 감각중추의 잘못된 감각, 이 몸의 후각은 더 예민하고, 스트레스 반응 호르몬도 다르다. 더 큰 통증에 더 참을성이 있고, 어느 이스칸드르는(어느 쪽인지는 중요치 않다.) 여성 호르몬 신체가 남성 호르몬 신체보다 통증을 감당하는 데에 그냥 더 뛰어나다는 것을 기억하고, 최소한 그건 좀 더 쉽겠네 하고 생각하지만 굉장히 아프다. 그녀에게 지금 일어나고 있는 일은. 그들에게. 그녀에게.

깜박임과 뒤섞임. 기억이 무중력에서 떠다니는 부스러기처럼 버려진다. 조각이 햇살에 사로잡히고 시각적 고통이 되는 수준까지 빛난다.

(……그의 손등 위로 떨어지는 창문을 통한 햇빛. 손등에는 주름이 너무도 많고 혈관이 툭 튀어나왔다. 그는 자신이 테익스칼란에서 늙을 거라고 한 번도 생각해 본 적이 없지만 여기에 있고, 관저에서 종이에 암호로 다지 타라츠에게 어떤 채널로든 자신의 이마고 사본을 더 보내는 것은 안전하지 않으며 이마고 머신을 안전하게 보관하고 기록을 계속하겠다고 빈 새 머신을 설치하러 다시 르셀로 돌아가지도 않을 거라고 알린다. 그건 사실이 아니다. 그들 모두를 지키기 위해서 그가 뭘 하려고 준비 중인지를 르셀의 누군가가 알게 되는 것이야말로 안전하지 않다. 그는 그냥 늙은 정도가 아니라 고대 생물이 된 기분이다. 극한 상황에서 만들어지는 썩어 가는 선택의 복합체. 극한 상황과 열정, 끔찍한 콤비다. 하지만 극한 상황과 헌신은 더 나쁘고, 더 진실할 수 있다……)

(**여덟 개의 고리**가 말한다.

"……승하하실 때 우리는 계승자에 대한 황제의 소망이 이루어질 거라고 장담해야 해요. 그러니까 90퍼센트 클론을 나의 법적 후계자로 입양하겠다고 제안합니다."

'내가 이 아이에게 하는 어떤 일도 주변 사람들이 아이를 위해 계획한 일들만큼 나쁘진 않을 거야.' 이스칸드르는 그녀를 빤히 보면서 생각한다. 그들은 아이 인생의 모든 측면을 통제할 거고, 아이를 만들었고, 아이를 위해 선택한다. 황제가 그 아이 안에서 살도록 내주는 게 훨씬 더 나쁜 일일까?

그러다 생각한다. '그래, 맞아, 하지만 어쨌든 난 할 거야.')

(……**여섯 방향** 황제는 햇빛-창 왕좌에서 눈부시게 빛을 낸다. 얼굴 곳곳에는 가벼운 강렬함이 어려 있다. 이스칸드르의 뱃속은 들뜬 기대감으로 울렁거리고 목 안쪽에는 전기 자극 같은 감각이 몰려든다. '그는 나와 이야기를 하고 싶어 해, 난 흥미로운 비밀일 수도 있는 것들을 상당히 털어놨으니까 이건 잘될 거야. 난 내가 제의할 수 있는

걸 알고, 그는 싫다고 말하지 않을 거야…….')

 (……속을 채운 꽃의 마지막 한입이 그의 목 안쪽에 걸린다. 숨을 쉴 수도, 삼킬 수도 없다. 열 개의 진주가 그의 팔목을 찔렀던 곳은 강렬한 열기를 뿜는다. 열 개의 진주는 테이블 맞은편에서 비판적으로 그를 보다가 한숨을 쉰다. 약간 애수에 잠긴 투로, 포기하듯이.

 "난 우리 황제 폐하의 마음속에서 당신을 몰아낼 더 나은 방법을 떠올리려고 했소. 그리고 **열아홉 개의 자귀** 각하도 그랬지요. 그녀를 용서해 주시오. 당신의 종교가 용서와 관련된 일종의 내세로 당신을 보낸다면…….")

 펄럭이는 기억들이 합쳐진다. 무너진다. 마히트가 그것을 따라 내려와 그들 셋의 중심에 선다. 약간의 저항이 있다.(아무도 알아서는 안 돼, 난 절대, 그건…… 넌 죽었어. 마히트가 생각한다. 〈난 죽었어.〉 또 다른 이스칸드르, 젊은 쪽이 생각한다.) 그 앞에……

✧ ✧ ✧

 "폐하께서 자신을 불사로 만들어 달라고 하셨을 때 당신이랑 침대에 계셨어?"

 열아홉 개의 자귀가 이스칸드르의 벌거벗은 가슴 위에 엎드려 손으로 턱을 받치고 대단히 심각하게 그를 올려다본다. 그녀는 엷은 땀으로 온통 미끌거린다. 방금의 질문을 고려하면 이스칸드르는 이제 어느 순간이든 에로틱한 면에서 그녀를 찾는 걸 그만둬야 한다, 하지만 그런다고 별로 달라지는 건 없을 것 같다. 나 자신의 행동에 놀란다면 좋았을 텐데. 이스칸드르는 손가락으로 그녀의 머리카락을 빗고, 실크 같은 검은 가닥을 헝큰다. 황제의 머리카락도 이렇지만 은회색이다. 질감은 똑같다.

(다른 이스칸드르가 깜박인다. 대부분 성욕, 외설적 관심이다. 마히트는 사타구니에서 낮은 고통으로 욕망을 느낀다. 그것은 폭발하는 것 같은 깨달음에서 그녀의 사고를 완전히 돌리지 못했다. **열아홉 개의 자귀**의 질문에 대한 대답은 그렇다다.)

(⟨그녀가 널 알아채게 했구나.⟩ 이스칸드르가 이스칸드르에게 말한다.)

(난 그날 밤에 너보다 열 살이 많았고 그녀는 그 두 달 전쯤부터 나를 진지하게 받아들이기 시작했어. 입 다물고 내가 이걸 떠올리게 놔둬 봐, 이건……)

(⟨즐거웠나?⟩)

(아니, 아니, 이건 중요했어. 우리가 들어간 기억을 가진 이스칸드르가 말한다.)

(마히트에게 **열아홉 개의 자귀**의 사무실 건물 욕실에서의 기억이 흘러넘친다. 마히트의 손을 잡는 손의 기묘한 상냥함, 갑작스럽게 서두른 보살핌. 마히트는 그때의 갈망이 자신의 것이었는지 이스칸드르의 것이었는지 그들 둘의 것이었는지 떠올리려고 노력한다. 이 기억을 보면서, 둘 모두에게 말한다. 붉은 피와 별빛이여, 왜 넌 이걸 좋은 아이디어라고 생각한 거지? 마히트가 사납게 메아리를 만든다. 사나움은 이스칸드르가 **열아홉 개의 자귀**나 황제 폐하, 둘 모두를 유혹했다(유혹되었다)는 사실에 그녀가 전혀 놀라지 않았다는 뜻밖의 사실을 감춰 주지 못한다.)

그 기억 속의 침대에서, 이스칸드르는 **열아홉 개의 자귀**의 차분하고 침착한 시선에서 눈을 돌리고 말한다.

"불사에 관한 게 아니었어. 그게 당신이 묻는 거라면 말이야. 육체는 죽고, 그게 정말로 중요한 거야. 인격의 대부분은 내분비물이지."

열아홉 개의 자귀는 그것을 생각했다. 그녀의 벌거벗은 몸이 차갑게 평가하는 얼굴 표정에는 아무런 차이도 만들지 못하는 것 같다.

그녀가 그를 침대로 데려가기 전에 지었던 것과 똑같은 표정이다.

"그러면 당신은 내분비물의 양립성을 맞춰 봐?"

"우리는 인격을 맞춰 봐. 아주 비슷한 사람을 만들 수 있는 각기 다른 내분비 체계는 아주 많고, 인격이 병합될 수 있는지가 중요한 부분이야. 하지만 육체적 유사성이나 초기 인생 경험의 유사성이 있으면 더 쉬워져."

"폐하께서는 클론을 만들길 원하셔."

이스칸드르는 그 아이디어에 몸을 떨고서 **열아홉 개의 자귀**에게 자신이 그랬다는 걸 보이지 않으려고 노력한다.(이스칸드르는 몸을 떤다. 이스칸드르-마히트는 몸을 떤다. 몇 가지 금기는 잊지 못하는 것 같다. 아무리 테익스칼란 사람에게 여러 번 유혹을 당해도, 사람이 아무리 오래 황궁 문화에 젖어 있어도 말이다. 이마고를 전임자의 클론에 넣으면 안 된다. 그건 지나치게 똑같다. 인격이 병합되지 않는다. 대신에 둘 중 하나가 이기고, 다른 한쪽이 뭘 제공하려고 했든 사라져 버린다.)

"우리는 이마고 소유자로 클론을 사용하지 않아, **열아홉 개의 자귀**. 난 클론 몸체가 이마고로서 **여섯 방향** 폐하의 발현에 관해 어떤 변화를 일으킬지 전혀 모른다고."

열아홉 개의 자귀는 윗니에 대고 혀를 찬다. 그녀는 이스칸드르에게 달라붙어 있다. 그녀가 자신의 혐오감을 잘 느꼈을 거라고 이스칸드르는 의심한다.

"폐하의 재사용이라고 생각하면 좀 마음이 덜 불편해. 하지만 여전히 마음은 불편해."

"그렇지 않다고 하면 놀랄 거야. 내 마음도 불편해. 내가 애초에 이마고 머신을 사용하시라고 제안했는데도."

"그러면 왜 제안한 거야?"

이스칸드르는 한숨을 쉬고 둘의 몸을 베개 위로 옮겼다. 그가 옆으로 돌아눕자 **열아홉 개의 자귀**는 그의 허리께와 가슴이 만든 우묵한 공간에 딱 들어맞았다. 작고 앙상한 존재, 잊을 수 없다.

"왜냐하면 테익스칼란은 거대하고 굶주린 물체이고, **여섯 방향** 폐하께서는 미치지도, 권력에 굶주리지도, 잔인하지도 않으시니까. 좋은 황제란 별로 많지 않아, **열아홉 개의 자귀**. 시 속에서도 말이야."

"그리고 당신은 그분을 사랑해."

이스칸드르는 떠올린다. 황제의 침대에서 잠든 지 한 시간 남짓 지난 시각에, 지치고 기분 좋은 욱신거림을 느끼는 상태로 눈을 떠 보니 황제가 자지 않고 맨 무릎에 인포피시 한 아름을 얹은 채 일을 하던 것을. 황제는 이스칸드르 주위로 몸을 구부려 따뜻한 곡선 모양으로 만들고 자기 몸을 버팀목으로 삼았다. 굉장히 사소한 일이었지만 **여섯 방향**은 이스칸드르의 뺨을 감싼 왼손을 그대로 두었다. 황제가 조금이라도 잠을 잤을까 하고 이스칸드르가 생각하던 순간, 머릿속 클라우드후크에서 들리는 메아리처럼 **열네 개의 메스**의 「기함 열두 송이의 피어나는 연꽃의 전몰을 기리는 찬가」의 시구가 들렸다. 시구는 그 배의 함장이 어떻게 동료들과 함께 죽었는지를 묘사한다. 그녀의 잠 못 잔 눈이 / 보지 못하였거나 혹은 / 그녀의 창으로 거칠어진 손이 / 인도하지 않은 별 지도는 없고, 그리하여 / 그녀는 쓰러진다, 진실의 함장으로. 잠 못 잔 황제. 유혹은 시의 소재다. 이스칸드르가 진실이길 원하는 내용의 시.

이스칸드르가 **열아홉 개의 자귀**에게 말한다.

"그리고 난 그분을 사랑하지. 그러면 안 되지만, 그래도 사랑해."

"나도 그래. 그분이 더 이상 그분이 아닐 때에도 계속 사랑할 수 있길 바라."

우린 우리야?

그들 중 한 명이 묻는다. 그들 중 한 명은 이건 수사학적인 질문이라고 생각한다. 기억에는 연속성이 있고, 그게 자아를 만든다. 자아는 그 자아임을 기억하는 쪽이다.

그들 중 한 명이 정정한다. 기억의 연속성은 내분비 반응을 통해서 걸러져.

그들 중 한 명이 정정한다. 우리 모두 그 자아였던 걸 기억해, 그리고 우리는 똑같지 않아.

그들은 서로를, 그 기묘한 내적 삼중三重의 모습을 본다. 마히트는 이걸 하던 첫 번째에 이스칸드르를 본 기억이 없다. 이스칸드르. 그녀의 이마고, 그녀의 다른 자신, 지금은 희미해진 누더기, 완전히 결합하지 못했던, 지금 존재하는 그의 일부는 이미 그녀의 신경에 쓰여진 부분일 뿐이다. 그는 그것도 기억하지 못하고, 그가 잊어버렸는지 아니면 그저 마히트가 기억하는 걸 기억하는 건지, 아니면 이스칸드르(죽었고, 꿰뚫린 사람처럼 그가 죽는 순간까지를 떠올린 다른 이스칸드르)가 기억하는 건지 모른다.(알지 못한다는 것의 비참한 고백.)

(……속을 채운 꽃의 마지막 한입이 그의 목 안쪽에 걸린다. 숨을 쉴 수도, 삼킬 수도 없다……)

그만해. 넌 죽어 가고 있었고 이제 넌 우리야.

마히트가 말한다. 그녀는 여전히 그의 다른 기억들에, 테익스칼란과의 상호 유혹의 깊이에 휘청거리는 중이다. 하지만 꿈쩍하지 않을 정도의 이성은 있다.(그들이 이루고 있는 건 그녀의 몸이니까.) **열 개의 진주**가 먹인 목이 막히는 독을 다시 느끼고 싶지는 않으니까.

넌 죽었었지만 지금은 아니고, 난 네가 필요해. 네 도움이 필요해, 이스칸드르. 난 네 후계자이고 지금 네가 필요해.

마히트가 말한다.

그녀의 이스칸드르, 찢어진 누더기가 말한다.

미안해.

나이 들고, 죽어 가고, 사랑에 빠진 남자. 헐떡이고, 숨을 쉬려고 애를 쓰고. 이제 살아 있으니까 폐를 제어하려고……

강철 테이블에서, 이를 악물고 경련을 하며 강직간대발작 상태로 마히트는(혹은 이스칸드르는)(혹은 이스칸드르는) **다섯 개의 포르티코**가 수술을 시작한 이래 두 번째로 겁에 질린 의식을 찾는다. 신경계가 공기 중에 열려 있던 끔찍한 감각은 사라졌다. 사소한 자비다. 최소한 두개골 안에는 더 이상 기구들이 없다. 발작을 일으킬 거라면 뇌가 둔력으로 갈가리 찢어지는 것보다 비정상적인 전기 활동으로 타 버리는 게 낫다.

마히트의 폐가 멈췄다. 이스칸드르는 더 큰 폐에 익숙해서 마히트와 다른 식으로 숨을 쉬었다. 아니면 폐가 현재 신경독성 마비 상태로 안 움직이는 걸지도 모른다. 시야 대부분이 반짝이고, 파란색과 하얀색이 되고, 시야 가장자리부터 흐린 회색으로 잠식되었다. 마히트는 패닉을 일으키지 않으려고, 숨을 쉬고, 진정하고, 멈추는 내분비 체계에 접근하는 법을 떠올리려 애를 쓰며⋯⋯

이스칸드르, 네가 필요해, 우린 할 일이 있어, 넌 '마무리'를 못했잖아⋯⋯

독화로 화상을 입은 손이 강철 테이블을 내리쳤다. 어지러운 한순간, 마히트는 통증이 자신의 것인지 손에 꽂힌 바늘로 독의 열기를 뽑아내며 죽어 가던 이스칸드르의 기억인지 구분할 수가 없었다. 그녀는 똑같은 전기가 척골신경을 따라 내려가는 것을 느꼈다. 그것은 그녀와 정신을 함께하던 이마고 이스칸드르가 기능장애를 일으키는 신호였다.

이 모든 통증이 쓸모없는 거였다면 어떡하지? 사보타주를 당한 게 이마고 머신이 아니라 마히트 자신이고, 기능장애는 그녀의 신경에 있는 거라면? 다섯 개의 포르티코에게 머리를 열게 한 게 아무 소용 없었다면 어쩌지?

〈마히트.〉

이스칸드르가 말했다. 내면의 목소리는 기묘하고, 이중이었다. 고르지 못하지만, 거기 있었다.

마히트의 척추가 그녀 자신도 어쩔 수 없는 끔찍한 아치형을 그렸다. 네가 우리를 죽게 하지 않는 한, 우리는 안 죽어. 그녀는 그 목소리에게 말하며 그 말을 믿으려고 노력했다.

따끔한 바늘이 이번에는 엉덩이에서 느껴졌다. 다섯 개의 포르티코, 다섯 개의 포르티코가 나를 고쳐 주려고 하는 거야. 마히트는 생각했다.

고른 어둠이 천둥소리처럼 그녀를 집어삼켰다. 그것은 보류였다.

막간

 정신은 별 지도를 반대로 만든 것과 같다. 기억, 조건부 반응, 과거의 행동의 집합체에 전기와 내분비 신호 네트워크를 합쳐서 의식의 하나의 이동점으로 바꾼 것이다. 두 개의 정신이 함께 있으면 각각이 과거와 현재의 거대한 지도를 갖고 있고, 더욱 거대한 미래의 예상 지도를 가진다. 그리고 두 개의 정신이 함께 있으면, 아무리 가까이 있고 아무리 바싹 엉켜 있어도 서로에게 낯선 나름의 지도 제작법을 갖는다. 여기, 다지 타라츠와 데카켈 온추를 보라. 지금까지 친구였고, 오랜 동료이고, 서로의 동기에 깊은 의심을 품고 있다. 이들은 온추의 개인 수면 포드라는 조용하고 은밀한 공간에서 회동을 하고 있다. 접은 무릎이 거의 닿을 것 같다. 방음기는 켜 놓은 채다.
 두 사람의 보편적인 지도제작법이 일치하지 않는 지점들을 신중하게 보라.
 온추는 스테이션 우주를 지나며 스테이션 함선과 스테이션 조종사들을 잡아먹는 커다란 삼류 암선들에 대한 보고서를 타라츠에게 가져왔다. 온추는 자신의 이마고 라인이 이해할 수 없는 것에 대한 반응으로 그녀에게 심어 놓은 중력왜곡으로 인한 두려움의 전율도 보여 주었다. 이런 것들을 타라츠 앞에서 인정하는 건 자존심이 좀 상했지만, 광부협회와 조종사협회는 오랜 동맹이었다. 스테이션의 금속 껍질 바깥의 어둠 속으로 남녀들을 보내는 르셀 행정부의 두 개의 점.
 온추는 타라츠가 그녀에게 답을 가져올 거라고는 생각하지 않는다. 타라츠는 소문과 암시와 억누른 보고서 등으로 거의 20년간 이

급습에 대해 알고 있었을 것이다. 알고 있고, 비밀 지도와 그 지도의 데이터 포인트를 제공해 주는 스파이들과 정보원들을 유지했다. 온추에게 왔던 화물선 함장은 그 후에 다지 타라츠의 사무실에 들렀다.

온추는 그 이유 때문에 타라츠에게 화가 나 있다. 하지만 그건 유용한 분노가 아니고, 그 감정에 시간을 들일 수도 없다. 타라츠가 오랫동안 참아 왔던 무게에서 해방되듯이 고백을 하고 있기 때문이다. 테익스칼란에 오래전에 가서 일하고 있는 이스칸드르 아가븐에 대한 그의 계획이라는 별자리 속에서, 스테이션인만큼 인간이지만 더 굶주리고, 더 크고 더 기묘한 제국의 목구멍으로 입을 쩍 벌리고 뛰어들도록 꼬드길 수 있는 하나의 제국과 동맹을 맺을 준비를 했었다. 그 제국은 자신들이 대단히 많이, 아주 오랫동안 잡아먹었듯이 다른 제국에 그대로 잡아먹힐 수도 있을 것이다.

"당신은 우릴 미끼로 사용하고 있어요. 테익스칼란과 이 외계 종족의 충돌은 바로 우리 위에서 일어날 거예요……."

데카켈 온추의 말에 다지 타라츠가 대답한다.

"미끼가 아니에요. 나는 우리를 현재의 형태로, 계속해서 우리를 흡수하겠다고 위협하는 조직을 상대로 우리를 보존할 가치가 있는 존재로 만들려는 겁니다. 충돌은 여기서 일어나지 않을 거예요. 테익스칼란 함대는 우리의 안하메마트 게이트를 지나고 이 함선들이 나타났던 나머지 모든 게이트를 지나갈 겁니다. 그리고 어딘지 모르지만 그 외계 송속이 온 곳으로 가겠죠."

온추는 타라츠의 생각을 상상해 본다. 그는 테익스칼란을 조수潮水로, 밀려갔다가 다시 돌아오고 바다는 그대로 놔두는 그런 존재로 생각하는 모양이다. 온추는 바다를 한 번 본 적이 있었다. 그녀는 높은 조수가 해안에 뭘 하는지를 보았다.

타라츠는 조수를 생각하는 게 아니다. 그는 무게추를 생각한다. 엄지손가락으로 있는 힘껏 누르면 우주라는 저울에 약간의 자국을, 아주 작은 변화를 일으킬 수도 있다. 한 남자가 테익스칼란에 가서 온 마음과 정신을 다해서 사랑하고, 그 자신이 유혹당한 만큼 그쪽을 유혹한다면 일어날 수도 있는 작은 변화. 그리하여 남자는 제국을 죽음으로 인도한다.

"당신은 여기서 뭘 원하죠?"

온추는 수면 포드의 고요 속에서 묻는다.

"끝이요." 다지 타라츠는 저울을 손가락으로 누르는 동안 상당히 늙었다. "제국의 끝. 움직일 수 없는 물체가 불가능한 힘과 충돌하고, 부서지는 것."

온추는 잇새로 새된 소리를 냈다.

17장

3급 귀족 열한 그루 침엽수가
잠시 병석에 누웠다 사망하다

야오틀렉 하나의 번개의 지휘하에 26군단에서 제국에 용감하게 봉사했던 3급 귀족 열한 그루 침엽수가 어제 잠시 병을 앓다 사망했다고, 가까운 유전적 친족인 40퍼센트 클론 한 그루 침엽수가 전했다. 그는 중앙 여행부 북동지부라는 자신의 회사에서 본 기자에게 연락을 취했다. 한 그루 침엽수는 이렇게 말했다.

"나의 유전적 조상의 죽음은 예상치 못했던 일이었습니다. 그리고 내가 뇌졸중의 유전자 표지자가 있는지 총체적 검사를 받아 볼 겁니다……"

— 《트리뷴》, 부고 피드, 252.3.11-6D

테익스칼란 함선들이 우리 섹터로 오고 있는 것이 감지되었다. 조언 바란다. 수적으로 가로막는 것은 불가능하다. 진군 중인 것은 최소한 한 군단이다……

— 르셀 스테이션 방어부의 명목상 총대장 데카켈 온추가 조종사 캄차트 기템으로부터 받은 통신문, 252.3.11-6D (테익스칼란력)

마히트는 침침한 불빛 속에 깨어났다. 손바닥과 뺨 아래 거친 천의 까끌거리는 아늑함을 느끼고 평생 최악의 두통을 앓는 상태였다. 입안은 오염된 사막처럼 느껴졌다. 너무 건조해서 삼킬 수가 없고, 쓰레기 맛이 났다. 목은 비명을 질러서 쓰라리고, 왼손은 둔하게 욱신거렸다. 독화 사건 직후만큼이나 힘도 없었다. 그리고 그녀는 죽지 않았고, 완전한 문장으로 생각하고 있었다.

지금까지는 괜찮다.

이스칸드르? 그녀가 불안하게 불렀다.

〈안녕, 마히트.〉

이스칸드르가 피곤한 투로 말했다. 그것은 다른 이스칸드르 아가븐 대사의 목소리에 가까웠다. 마히트가 알았고 잃어버린 이스칸드르보다 더 나이 들고 거칠다.

거의, 하지만 완전히는 아니다. 마히트의 이스칸드르는 틈새와 금에 존재하는 것 같았다. 그가 들어 있던 이마고 머신은 사라졌지만, 그는 그녀가 제거 후에 겪은 기억과 이미지의 환상만큼이나 확실한 존재였다. 그들은 석 달이 좀 넘게 똑같은 신경 구조와 내분비 체계를 공유했다. 병합하기에는 충분하지 못한 시간이었지만(만약 그랬으면 그를 대체할 필요가 전혀 없었을 것이다.) 마히트는 여전히 그를 느낄 수 있고, 15년 더 젊고 다른 방식으로 굴절된 버전의 이스칸드르의 기억도 기억하고 있었다.

이제는 그녀의 기억이었다. 그것을 떠올리면 이중의 기억 소환으로 어지럽고 속이 울렁거렸다. 그래서 설령 나중에 기록된 거라 해도 같은 이마고의 두 번째 버전을 더하는 게 대단히 안 좋은 아이디어이고 절대로 하지 않았던 거란 추측이 들었다.

안녕, 이스칸드르. 마히트는 구역질을 참으며 간신히 생각했다. 입가가 이스칸드르의 커다란 미소로 벌어지기에 마히트는 그를 살짝 꾸짖었다.(그들은 아주 많은 것들에 관해 다시 시작해야 하고, 아, 제기랄, 그녀는 그녀 자신의 이마고가 그리웠다.) 내 신경계에서 나가.

〈나도 그 녀석이 그리워. 스물여섯 살을 그리워하지 않는 사람이 어디 있겠어?〉

그건 똑같지 않아. 마히트가 생각했다.

〈그래. 나도 그럴 거라고 생각해.〉

마히트는 한숨을 쉬었고, 심지어 한숨 쉬는 것조차 목이 아팠다. 굉장히 비명을 많이 질렀던 모양이었다. 우리에겐 이제 서로가 있어. 우리 라인에 있는 건 우리뿐이야. 첫 번째와 두 번째 테익스칼란 대사.

〈넌 우리를 내가 했던 것보다 더 큰 문제 속으로 몰아넣었어.〉

이스칸드르가 말했다. 마히트는 그가 그녀의 삶의 지난 한 주를 인포피시의 플립북처럼 살펴보는 것을 느낄 수 있었다.

〈사실 난 감탄했어.〉

네가 애초에 우리를 이런 문제 속에 빠뜨리지 않았다면 우리가 이런 문제 상황에 처하지 않았을 거야. 그리고 난 이제 네 도움이 필요해. 그리고 우리는…… 누가 될지를 알아내야 해. 내 우선순위는 너랑 다르고……

황제와 이야기하는 동안 느꼈던 기분을 생각하자 마히트의 흉골 아래에서 순간적이고 감정적인 스파이크가 치솟았다.

〈다를까?〉

응. 그리고 내 신경계에서 나가라고 분명히 말했지. 넌 죽었어. 넌 내 이마고, 살아 있는 기억이고, 우리는 르셀 대사이고……

〈네가 마음에 들어. 항상 그랬지.〉

마히트가 아는 버전의 틈새에서의 깜박임. 어쨌든 그녀는 침입당한 기분이었다. 다른 사람의 낯선 정신적 무게로 묵직했다. 그녀보다 더 오랜 삶을 살았고, 더 많은 것을 보았고, 테익스칼란을 더 잘 아는 사람. 그녀는 무력하고 갑작스럽게 그 90퍼센트 클론이 열 살의 머릿속에 여섯 방향의 모든 것을 집어넣게 된다면 어떤 기분일까 생각하고서 동정심에 가슴이 아팠다.

이스칸드르-감각, 다시 말해 묵직한 무게와 밝은 놀림 양쪽 다 물러났다. 아마 일종의 사과인 것 같았다.

마히트는 용기를 끌어모아 피할 수 없는 육체적 결과에 마음의 준비를 하고서 눈을 떴다. 예상한 대로 빛과 함께 두통이 즉시 천장까지 치솟았으나 토하지 않았고 또 다른 발작을 일으키지도, 즉각적인 시각의 왜곡을 경험하지도 않았다. 이 정도면 나쁘지 않았다.

그녀는 옥색 소파에 누워 있었다. 다섯 개의 포르티코가 갖고 있는 다른 옥색 소파들과 마찬가지로 이것은 거실에 있었다. 뺨 아래 닿은 천은 덮개용 천이었다. 어쩌면 다섯 개의 포르티코는 옥색 가구를 세트로 갖고 있는지도 몰랐다. 마히트가 마지막으로 뇌수술에서 깨어났을 때는 르셀의 의료 센터에 있는 멸균 상태에 마음 편안한 은회색 방에 있었다. 이건…… 달랐다.

〈상당히.〉

이스칸드르가 아주 건조하게 말했다. 마히트는 코웃음을 쳤다. 그랬더니 꽤 아팠다.

조심스럽게 움직여서, 온몸 구석구석이 진공 상태에서 건조시킨 것 같은 기분으로 일어나 앉았다. 다섯 개의 포르티코나 세 가닥 해초, 열두 송이 진달래, 그 누구도 시야에 보이지 않았다. 그 덕택에, 일어선다는 구토가 나올 듯한 작업에 대비하는 긴 시간을 가진 후에 유일하게 보이는 문으로 걸어갔다. 갈비뼈가 숨을 제대로 쉬려고 할 때마다 조여들었다. 아, 아래쪽 부유 늑골을 둘러싸고 있는 건 정확히 수술이 시작되기 전과 같은 위치에 있는 스포츠브라였다.

사람을 믿을 수 있게 해 주는 것은 대체로 기묘하다. 마히트는 그녀가 요청한 것 이상으로 뭔가 하지 않아서 다섯 개의 포르티코에게 굉장히 고마웠다. 요청한 만큼의 침해, 감사하기도 하지. 마히트는 여전히 다지 타라츠가 보낸 편지를 갖고 있었고, 이제 이스칸드르의 도움으로 그걸 읽을 수 있었다.

다른 사람들이 문밖에서 마히트가 깨어나기를 기다리고 있다면 (아마도 깨어나기는 할까 궁금해하고 있겠지.) 혼자 있는 지금이 해독하기에 가장 좋은 시간일 것이다.

앞으로는 완전히 혼자라고 할 수는 없겠지만.

〈익숙해질 거야. 전에도 우린 익숙해졌었잖아.〉

그러고 나서 네가 나한테서 사라졌지. 좋아, 할 수 있으면 이걸 어떻게 읽는지 나한테 보여 줘.

마히트는 셔츠를 들고서 싸 둔 것을 풀었다. 통신문은 갈비뼈 위치에 맞게 말아 둬서 구겨졌지만, 그래도 여전히 온전하고 여전히 그녀 자신의 책 암호 해독으로 읽을 수 있었다. 아래쪽의 암호화된 부분만 제외하면. 너한테 해독 키가 있대, 아니면 15년 전에 있었든지.

〈여전히 있어.〉

이스칸드르가 말했다. 마히트는 그가 강력하게 그녀를 덮치는 안도의 물살을 느끼라는 걸 알았다.

〈다지 타라츠가 내게 몰래 준 거야. 내가 여기로 오는 이동선에 타

기 직전에. 그게 타라츠의 암호라면 메시지는 그가 직접 쓴 걸 테지.〉

보여 줘.

이스칸드르는 알려 주었다.

이마고와 기술을 공유하는 것은 예상치 못했던 거대한 재능을 발견하는 것과 비슷했다. 스테이션의 궤도 계산을 하려고 앉아 있는데 갑자기 자신이 수십 년 동안 수학을 공부했고, 궤도를 배열하는 데에 쓸 모든 올바른 식과 경험을 다 갖고 있음을 깨달은 것과 같았다. 아니면 무중력에서 춤을 추자는 요청을 받고 자동적으로 몸이 어떻게 느껴야 하는지, 우주에서 몸을 어떻게 움직이는지 아는 것. 암호는 수학적이다. 그게 다지 타라츠가 선호하는 바일 것이다. 마히트는 이스칸드르가 일회용 해독 열쇠를 만드는 근간이 되는 행렬대수를 배워야 했었다는 걸 알고 있었다. 그녀 자신이 그걸 배우지 않고 그저 피어나는 꽃처럼 안에서 나타나는 것만 느껴서 정말 다행이었다.

〈종이, 그리고 연필이 있으면 더 쉬울 거야.〉

마히트는 조심스럽게 조금 웃었다. 웃으니 목과 머리가 아팠다. 손을 뻗어 목 뒤를 건드려 봤다. 거기에는 수술 부위를 덮는 붕대가 있었다. 더듬어 보건대 상처는 그녀의 엄지손가락 정도 길이인 것 같았다. 흉터가 어떤 모습일까 상상해 보았다. 그리고 여전히 신중하게 발을 대고 일어서서, 메모 도구가 있을 만한 곳으로 비틀비틀 걸어갔다. 다섯 개의 포르티코는 강한 반체제주의자라 홀로그래픽 인포피시 조종기가 아니라 진짜 펜을 책상 위에 놔두었을지도 모른다.

펜은 없었지만 여러 장의 기계 스케치 위쪽에 제도용 연필이 놓여 있었다. 마히트는 종이를 뒤집어 보지 않았다.(다섯 개의 포르티코는 마히트의 셔츠를 벗기지 않았고, 마히트는 그녀의 종이를 살펴보지 않을 것이다.) 하지만 제일 위 스케치를 힐끗 본 것만으로도 그게 의수의 도해라는 걸 알아볼 수 있었다.

의수 때문에 왜 사람이 여기까지 먼 길을 와야만 할까?

〈여긴 테익스칼란이야. 신경학적 수리만이 불공평한 육체의 조정은 아니라고.〉

마히트는 이스칸드르가 건조하게 빈정거리고 있는 건지 순수하게 자신의 의견을 표명하고 있는 건지 알면 좋겠다고 생각했다. 하지만 그건 새로운 일이 아니다. 그 혼란은 르셀에서 그를 머릿속에 가졌던 첫 번째 순간부터, 모든 이스칸드르에게 내재적인 거였다.

여기 연필. 합병 병력이 우리 스테이션을 향하고 있는데 내가 뭘 해야 하는지 타라츠가 바라는 걸 읽는 방법을 알려 줘.

그들(그녀, 이스칸드르의 선행 지식이 넘쳐흘러서 정신에 예상치 못한 창문을 열게 된 그녀)은 이스칸드르가 20년 전에, 테익스칼란에 오는 길에 외운 순차적 행렬 변환으로(그가 이동에 걸린 그 긴 몇 주를 어떻게 보냈는지) 메시지를 글자 하나하나 해독했다. 마히트는 기억의 번뜩임, 빙빙 도는 조각을 발견했다. 이스칸드르가 그녀의(그의) 대사관저에서 첫날 밤에 타라츠가 건넸고 그가 암호를 배운 종잇조각을 불태우는 모습이었다.

마히트는 메시지 해독 과정을 하도 열심히 작업해서 모든 게 평범한 텍스트가 될 때까지 내용에는 주의를 기울이지 않았다. 그것은 길지 않았다. 마히트도 이 끔찍한 모험 전체를 시작하기 전부터 알고 있었다. 길 수가 없다. 많은 글자가 있는 것도 아니고, 마히트가 원하는 복잡한 지시 같은 게 있지도 않을 테니까. 아무도 그녀에게 어떻게 지금 일어나는 일에서 빠져나갈지 알려 주지 않는다. 그저 조언이 있을 뿐이다.

거기에 있는 조언은 마히트를 겁에 질리게 했다.

합병군의 방향을 돌릴 것을 요구하라. 아래 적은 대로 특정 지점들에서 새로 발견된 침공 계획 중인 비인간들에 대한 입증 가능한 특정 지식을 주장하라. 좌표는 승인이 나올 때까지 주지 말라.

〈숫자를 외울 수 있어, 마히트 디즈마르?〉

마히트는 이스칸드르가 그녀를 지탱해 주는 유일한 존재인 것 같은 기분이 조금 들었다. 머리가 격렬하게 욱신거렸다. 그래, 난 가짜 열세 개의 강의 전부를 알아, 좌표열도 외울 수 있어.

〈외워. 그런 다음 해독 내용은 없애.〉

어떻게?

〈먹어. 종이잖아.〉

마히트는 1분 동안 좌표 스트링을 응시했다. 그것을 리듬과 미터로 만들어 머릿속에 넣고 시를 저장하듯이 저장했다. 그런 다음에 원래의 통신문에서 보통의 텍스트로 바꿔 쓴 쪽지를 찢어 입안에 넣는 동안 내내 생각했다. 우리는 죽은 자의 가장 좋은 부분을 먹어. 지금 나는 누구의 재를 먹는 걸까?

종이를 삼키기 위해서는 씹어야 했고, 씹으니 수술한 자리가 아팠다. 그래도 마히트는 먹었다. 그녀의 선택지를 가늠하면서 할 만한 일이었다.

누구한테 이걸 요구해야 할까? 황제?

〈그래.〉

넌 편파적이야, 이스칸드르.

〈편파적이라, 하지만 그게 옳다고.〉

그럴지도 모른다. 어쩌면 마히트가 해야 하는 일은 이스칸드르가 죽지 않았다면 딱 했을 일일지도 모른다. 즉 이 좌표들을 평화를 위해 교환할 진주 목걸이처럼 입안에 넣어 두고 지상궁으로 가야 하는 것일 수도 있다.

✧ ✧ ✧

마침내 수술실 문을 멀찍이 빙 돌아서 다섯 개의 포르티코의 아파트 거실로 나오니, 세 가닥 해초와 열두 송이 진달래 둘 다 또다른 옥색 소파에서 대기실의 아이들처럼 나란히 앉아 있었고, 다섯 개의 포르티코는 어디에도 보이지 않았다. 마히트가 문을 지나자마자 세 가닥 해초가 벌떡 일어섰다. 그녀가 달려와 르셀이나 테익스칼란에서 지키는 모든 개인 공간 금기를 다 깨뜨리고 마히트에게 팔을 두르고 꽉 껴안았다. 마히트는 갈비뼈를 통해 그녀의 심장이 쿵쿵 달음박질 치는 것을 느낄 수 있었다.

"살아 있었군요!" 세 가닥 해초는 그러다가 마히트를 껴안을 때와 거의 같은 힘으로 떼어 놓았다. "……아, 이런. 내가 당신을 다치게 했나요? 당신은…… 당신이에요?"

"……네, 이미 다친 것보다 더 다친 건 아니지만요. 그리고 여전히 그 부분은 '당신'에 대한 테익스칼란의 정의定意에 달렸어요, 세 가닥 해초."

마히트가 그녀에게 말했다. 미소를 지으면 수술 자리도 너무 아팠으나 씹는 것보다는 나았다.

"그리고 말도 할 수 있고요."

세 가닥 해초가 말을 이었다. 마히트는 그녀의 머리카락을 귀 뒤로 넘겨 주고 싶었다. 그녀는 사법부 공무원들로부터 도망친 이래로 머리를 다시 끈 안에 밀어 넣지 않았다. 심지어 마히트가 수술로 정신을 잃고 있던 때에도, 그리고 지금도. 지금이 언제인지 마히트는 시간을 알 수가 없었다. 그리고 머리가 그렇게 느슨하게 풀려 있으니 세 가닥 해초는 엄청나게 어려 보였다.

"내 생각에, 나의 높은 능력은 대부분 남은 것 같아요."

마히트가 가능한 한 중립적인 테익스칼란 어조로 말했다.

세 가닥 해초는 눈을 몇 차례 깜작이다가, 그다음에 웃었다.

"기쁘군요. 그런데 그건…… 됐어요?"

열두 송이 진달래가 소파에서 물었다.

〈참 매력적인 친구들을 뒀구나.〉

"네." 마히트는 소리 내는 것과 동시에 마음속으로도 대답했다. "최소한 적당한 만큼까지는 됐어요. 메시지도 해독했고."

"느낌이 어때요?"

열두 송이 진달래가 묻는 것과 거의 동시에 세 가닥 해초가 말했다.

"좋아요. 그렇다면 다음에는 뭘 할 계획인가요?"

마히트는 자신이 고를 수 있다면 앉고 싶었다. 그리고 아마 모든 게 끝날 때까지 자 버릴 것이다. 그러고 나면 거기에는 새로운 황제와 정상으로 돌아온 우주가 있을 것이다. 오랫동안 잠만 자면 어쩌면 죽게 될지도 모른다. 하지만 앉는 것은 할 수 있다. 최소한 잠깐 동안은. 그녀가 소파로 다가가서 앉았다. 세 가닥 해초는 팔꿈치를 대고 점잖게 30센티미터쯤 거리를 두고 앉았다. 마히트는 그게 조금 아쉬웠다.

"지상궁으로 돌아가서 여섯 방향 황제 폐하와 이야기를 나눠야겠어요."

〈고마워.〉

이스칸드르가 눈 안쪽에서 타오르는 불길처럼 속삭였다.

"대단한 메시지였나 보네요."

열두 송이 진달래가 말했다.

마히트는 굉장히 신중하게 손으로 머리를 받쳤다.

"합병군이 내 고향을 향해 가고 있고, 제국은 내전의 위기이고, 나는 정부에 있는 상사에게 즉각 지침을 내려 달라고 요청했죠. 중립 선언문이라도 예상했었나요?"

"난 바보가 아니에요. 당신을 여기로 데려왔잖아요, 안 그래요?"

열두 송이 진달래가 말했다.

"그랬죠. 미안해요. 거의 내내 의식이 없었더니…… 얼마나 걸렸는지 모르겠는데, 지금 몇 시죠?"

그렇게 말한 마히트의 등을 세 가닥 해초가 가볍게 한 번 두드렸다.

"열한 시간 걸렸어요. 지금은 새벽 1시 정도예요."

이렇게 아픈 것도 놀랄 일이 아니었다. 마히트는 상당히 오랫동안 마취 상태에 있었던 것이다.

"그중 수술은 몇 시간이나 걸렸어요? 그리고 다섯 개의 포르티코는 어디 있죠? 그 사람에게 고맙다고 하고 싶은데요."

열두 송이 진달래가 대답했다.

"그 사람은…… 나갔습니다. 한 시간쯤 전에. 하지만 당신은 수술실에 세 시간, 어쩌면 네 시간 정도밖에 있지 않았어요."

"우리는 당신이 깨어날지 별로 확신하지 못했어요." 세 가닥 해초가 지나치게 차분하게 말했다. 마히트는 그 목소리에서 고통의 잔재를 들을 수 있었고, 다시금 세 가닥 해초가 시티의 전기 충격 이후 병원에 머물렀을 때 얼마나 심하게 다쳤던 건지 궁금해졌다. "다섯 개의 포르티코는 안심은커녕 그 반대였으니까요."

"나 자신도 딱히 안심하지는 않았던 것 같아요. 혹시…… 물 좀 마실 수 있을까요?"

말을 할 때마다 아플 정도로 목이 여전히 건조했다. 세 가닥 해초와 열두 송이 진달래가 깬 채 그녀와 마주 이야기하는 한 말하는 걸 멈추지는 못할 것 같았다.

"물론이죠. 이 아파트 어딘가에 부엌이 있어요."

한 장소에 너무 오랫동안 앉아 있던 사람이 노력하는 것처럼 열두 송이 진달래가 소파에서 몸을 일으키고 모퉁이로 사라졌다. 마히트는 약간 죄책감을 느꼈지만, 많이는 아니었다.

그녀와 세 가닥 해초는 단둘이었다. 그들 사이의 침묵은 기묘하게, 레스토랑에서 그랬던 것처럼 전기가 오르는 것처럼 느껴졌다. 세 가닥 해초가 조용히 질문할 때까지 말이다.

"당신은 여전히 당신인가요? 난…… 내가 그 사람과 이야기할 수 있나요? 그게 가능한 일인가요?"

"난 나예요. 기억의 연속성과 내분비 반응의 연속성을 갖고 있으니, 내가 될 수 있는 만큼의 나예요. 두 번째 사람이 내 안에 있는, 뭐 그런 게 아니에요. 나는 나예요. 그저 조금 조정되었을 뿐이죠."

〈네가 원한다면 우리가 그녀와 이야기를 해도 돼.〉

이스칸드르가 두개골 안쪽에서 속삭였다.

우린 그녀와 이야기를 하고 있어, 이스칸드르.

"좋아요. 전체 과정이 무시무시했을 것 같아요, 마히트. 또 난 당신이 알아야 한다고 생각하는데, 당신이 다르게 행동하기 전까지는 전에 하던 것과 똑같이 당신을 대할 생각이에요."

마히트는 세 가닥 해초가 난 여전히 당신을 믿어요라고 말하려고 하는데 거기까지 가는 걸 힘들어하는 게 아닐까 생각했다. 마히트는 그녀를 향해서 미소를 지었다. 아팠지만 르셸식 미소를 짓자 테익스칼란식으로 눈을 크게 뜬 미소가 돌아왔다.

마히트가 더 뭔가 말하기 전에 열두 송이 진달래가 사라진 방향에서 약간의 소란이 일었다. 다섯 개의 포르티코가 일행을 데리고 돌아온 모양이었다.

"저 남자 누구야? 다섯 개의 포르티코, 고객이 있다는 말은 안 했었잖아."

여자 목소리는 날카로웠다.

"그 사람은 고객이 아니야, 두 개의 레몬, 고객의 연락책이지. 들어와, 그 사람 혼자도 아니야."

"지금은 고객을 받을 때가 아니야. 야오틀렉이 군을 막 선착장에 착륙시켰는데……."

그 순간 마히트가 앉아 있던 방으로 모두가 쏟아져 들어왔다. 여러 성별과 나이의 사람이 다섯 명이었다. 그중 누구도 클라우드후크를 끼지 않았다.(아무도 시티와 그 알고리즘으로 된 심장에 감시당하고 싶지 않았나 보다.) 열두 송이 진달래는 한 손에 물컵을 꽉 쥐고 그들 중간에 휩쓸려 있었다.

"야만인이잖아."

새로 들어온 사람 중 한 명이 말했다.

"외국인이야."

또 다른 사람이, 백번쯤은 해 봤다는 듯 지친 투로 정정해 주었다.

"외국인, 야만인, 난 상관 안 해." 똑바른 척추와 강철 같은 회색 머리카락을 완벽하게 묶은 통통한 여자 두 개의 레몬이 계속 말했다. "그 여자 옆에 있는 건 스파이야. 다섯 개의 포르티코, 왜 정보부가 여기에 있는 거야?"

세 가닥 해초는 즉시 꼼짝도 하지 않고 얼어붙은 것처럼 가만히 있었다. 마히트는 도망쳐야 할까 궁금했다. 뛸 수 있을 거라는 생각은 들지 않았다.

"그녀는 야만인과 함께 왔고, 야만인이 왔을 때 그들은 흥미로운 문제를 갖고 있었고 그걸 풀어 주면 기꺼이 대가를 지불하기로 했거든. 두 개의 레몬, 내가 상대하고 싶은 사람들만 받는다는 거 잘 알잖아."

다섯 개의 포르티코가 말했고, 아무도 단어에 관해서 그녀의 말을 고쳐 주려고는 하지 않았다.

"너희 집에 올 때 우리에게 경고해 줄 수도 있었어."

두 개의 레몬의 동반자 중 한 명이 말했다. 외국인에 아주 관심이 있던 사람이었다.

"내일 활동을 위한 긴급 계획 회의를 갖는데······."

두 개의 레몬이 그에게 냉정한 시선을 고정했다.

"스파이 앞에서는 안 돼."

"난 스파이가 아니에요. 그리고 난 당신들이 뭘 계획하는지, 당신들이 누군지도 신경 안 써요. 정보부에서 내 임무는 당신들과는 아무 상관도 없어요."

세 가닥 해초가 살짝 화가 나서 말했다.

"아, 하지만 스파이 맞잖아, 아세크레타. 제대로 된 대우를 받으면 더 나아질 수 있을 거라고 생각하지만."

다섯 개의 포르티코가 말했다.

"그거 협박인가요?"

마히트는 세 가닥 해초의 팔에 손을 얹었다.

"아세크레타는 여기 나와 함께 왔어요. 그리고 나는 이 사람을 르셀 스테이션 소속이라고 말하겠어요. 이 사람은 내 책임하에 있습니다."

〈그거 엄청나게 불법인데.〉

이스칸드르가 존경하듯이 말했다.

알아, 하지만 저들은 모르지.

두 개의 레몬이 콧날 아래로 마히트를 쳐다보았다.

"당신, 르셀 대사죠?"

"맞아요."

"사법부 뉴스피드 보니까 그쪽은 당신을 좋아하지 않더군요."

두 개의 레몬은 아주 마지못한 존경심을 담아서 말했다.

"난 잘 몰라요. 거의 종일 의식이 없었거든요. 다섯 개의 포르티코에게 물어봐요."

마히트의 손 아래에서 세 가닥 해초가 아드레날린 때문에 살짝 몸을 떨었다.

두 개의 레몬이 쳐다보자 다섯 개의 포르티코는 코웃음을 치고서 어깨를 으쓱였다.

"대사 말은 틀리지 않아."

"의료적 관찰을 하지 않으면 저 사람 죽는 거야?"

마히트는 그것참 좋은 질문이라고, 자신도 답을 알고 싶다고 생각하고서 부적절하게 낄낄 웃고 싶은 충동을 꾹 억눌러야 했다.

"결국에는 그렇겠지. 하지만 내가 한 일 때문에는 아니야."

〈당신 기계공은 사람 마음을 참 안심시켜 주는군.〉

이스칸드르가 지적했다.

"저 사람 내보내, 다섯 개의 포르티코. 정보부 여자도 함께 내보내고." 두 개의 레몬이 계속 말했다. 그녀의 동료들에게서 짧고 기뻐하는 중얼거림이 나왔고, 눈길 한 번에 모두 입을 닫았다. "넌 진짜로 할 일이 있잖아."

나도 그래. 다만 난…… 난 여기서 해야 하는 일을 더 알았으면 좋겠어. 그리고 이 사람들이 레스토랑과 극장에 폭탄을 설치한 것과 같은 사람들인지, 혹은 다른 방법을 갖고 있는지, 이들이 시티가 시티가 아니게 된 이유인 건지도.

〈테익스칼란은 황궁과 시 이상이야. 결국에는 나조차 그걸 깨달았어. 이 일을 끝마치게 되면…….〉

우리가 이 일을 끝마치게 되면, 난 두 개의 레몬을 기억할 거야. 이 여자가 나에게서 원하는 건 절대로 그런 게 아닐 것 같지만.

마히트는 더 이상의 추측을 그만두고서 말했다.

"우린 떠날 거예요. 행운을 빌어요. 당신들이 어떤 활동을 계획하고 있든 간에."

마히트는 일어서면서 휘청거리지도 않았다. 누군가가 그녀에게 열두 송이 진달래가 하듯이 컵만 들고 서 있는 대신에 진짜로 물을 준다면, 쓰러지지 않고 기차역까지 갈 수 있을지도 모른다. 그는 무력하게 사람들 무리 중간에 있었다…… 뭐 하는 사람들인지는 모르겠지만. 레지스탕스 지도자들인가.(뭐에 대한 레지스탕스? 제국에, 아니면 특별히 **여섯 방향** 황제에 대해서? 그들이 지하철 역에 오딜 행성계의 탈퇴 시도를 지지하는 포스터를 붙이는 사람들일까, 아니면 마히트가 전혀 모르고 앞으로도 모를 어떤 정책의 선택에 우려하는 걸까? **하나의 번개**, 혹은 다른 어느 야오틀렉이 시티 땅에 내리는 것에 대해서?)

다섯 개의 포르티코가 말했다.

"빨리 설명하지. **하나의 번개**가 이미 거리에 군대를 데리고 나왔어."

세 가닥 해초는 전에 마히트가 한 번도 들은 적이 없는 날카로운 한 단어로 욕을 했다. 그러고서 말했다.

"알았어요, 고마워요. 어서 가요."

그녀가 떠나려고 일어서면서 마히트의 팔꿈치를 잡았다.

다섯 개의 포르티코가 날카롭게 말했다.

"내 고객과 5분만 있게 시간을 줘. 내 작업을 확실하게 해 두고 싶거든. 마지막으로 봤을 때는 완전히 의식을 잃고 있었으니까."

마히트는 고개를 끄덕이고 답했다.

"단둘이요. 단둘이 5분."

그러고 나서 부드럽게 **세 가닥 해초**를 팔에서 떼고 걸어갔다. 휘청거리거나 떨거나 두통 때문에 얼마나 상태가 안 좋은지 드러내지 않기 위해 노력하면서 마히트는 자신이 깨어났던 뒷방으로 향했다.

다섯 개의 포르티코가 따라와서 등 뒤로 문을 닫았다.

"그렇게 나빠? 당신 친구들에게는 알리고 싶지 않고?"

"이 정도면 괜찮은 편이에요. 내 신경학적 기능 대부분이 멀쩡한 것 같으니까. 당신이 알게 된 걸 알고 싶어요. 오래된 머신에 대해서. 망가졌나요?"

"나노서킷 몇 개는 날아갔어. 첫눈에 보기에는. 처음부터 약해 보이긴 했어. 굉장히 부서지기 쉬운 것이더라. 서킷을 건드리기만 해도 쇼트가 생길 수 있어. 더 알려면 분해해 봐야 해. 내가 아주 기대하고 있는 과정이지."

"흥미롭네요."

마히트는 간신히 말했다. 그건…… 중요했다. 어쩌면 사보타주일지 모른다. 아니면 그냥 기계적 고장일지도.

"아주. 이제 당신을 한번 보지."

마히트는 가만히 서 있었고, 다섯 개의 포르티코가 신중하게 수술 부위를 살폈다. 마히트는 그녀의 지시에 따라 기본적인 신경 검사를 했다. 르셀에서 받은 것과 별로 다를 게 없는 검사였다. 시간은 5분도 걸리지 않았다. 대략 3분쯤이었다.

다 끝나고서 다섯 개의 포르티코가 말했다.

"나머지도 이야기해 줄 수 있지만, 그럴 필요는 없을 것 같네. 이제 내 집에서 떠나 줘. 환상적인 경험 고마워."

"매일 야만인을 수술하는 건 아닌가 보죠?"

"매일 야만인이 나한테 야만인의 기술을 남겨 주는 건 아니니까."

〈대단한 게임을 하고 있군, 마히트.〉

이스칸드르가 정신 안쪽에서 말했다. 마히트는 자신이 한 일, 이스칸드르가 황제의 호의를 사기 위해서 이용했던 것을 남에게 줘 버린 데 그가 화가 난 건지 감탄한 건지 알 수가 없었다.

✧✧✧

얼마 후에 그들 셋은 다섯 개의 포르티코의 건물이라는 한정된 보호 공간에서도 쫓겨나 건물 그늘에 서 있었다. 마히트는 세 가닥 해초에 기대서 떠나기 전에 진짜로 물을 마셨어야 했다고 생각했다. 목이 건조해서 욱신거렸다. 자정과 새벽 사이의 벨타운 6지구는 조용하면서 동시에 시끌벅적했다. 멀리서 들리는 날카로운 웃음소리, 유리 깨지는 소리(고함 소리는 금세 잦아들었다.)가 건물에서 들려왔으나 그들이 서 있는 길거리는 완전히 비어 있고 건물 숫자가 내는 희미한 네온빛만이 주위를 밝혔다. 숫자는 상형문자로 쓰여 있고 마히트조차 저게 오래된 방식임을 알 수 있었다. 빈티지 정도는 아니고, 50년쯤 된 것.

"페탈, 언제 네 무허가 익스플라나틀이 반제국 활동가들과 연결되어 있다는 걸 말할 생각이었어?"

세 가닥 해초가 불쾌하고 긴장된 어조로 속삭였다.

열두 송이 진달래의 얼굴에는 아무런 표정도 없었다. 고집스럽고 고의적인 무표정이었다. 고통.

"그 사람은 벨타운 6지구에 사는 무허가 익스플라나틀이야. 왜 반제국 활동을 안 할 거라고 네가 생각했는지 모르겠네. 넌 정보부야, 리드, 그에 걸맞게 행동해."

"그에 걸맞게 행동하고 있어. 난 내 소중한 친구의 연줄과 영향력에 관해 질문하고 있는 거고, 그게 내가 하는……."

"그만." 마히트가 말했다. 말하는 건 아팠다. 매번 할 때마다 점점 더 아팠다. 잠시 조용히 하고 있을 때에만 덜 아팠다. "다른 곳에서,

다른 때에 서로를 갈가리 찢도록 해요. 우리 어떻게 황궁으로 돌아가죠?"

질문 다음의 침묵 속, 마히트는 자신의 옆에서 두 숨소리밖에 들을 수 없었고 얼마나 그들이 서로에게만 집중하고 있었는지를 알았다.

그때 세 가닥 해초가 말했다.

"열차는 못 타요. 아침까지 열차가 다니지 않을 거예요. 통근 라인은 이 시간엔 다니지 않아요."

"그리고 하나의 번개가 정말로 포트의 수송선에서 군대를 상륙시켰다면, 아침에 열차는 한 대도 다니지 않을 거예요."

열두 송이 진달래가 덧붙였다.

마히트는 고개를 끄덕였다.

"그거예요. 두 사람이 얼마나 유용한지 좀 봐요."

딱 이스칸드르가 말할 법한 투였다. 그게 문제인지 아닌지는 마히트가 지금 생각할 수는 없을 것 같았다.

"여기 온 방식으로 돌아갈 수 없다면, 달리 어떤 방법이 있죠? 걸어갈 수 있나요?"

"엄밀하게 말하자면 가능은 해요. 하지만 중앙부의 주들까지 가는 데에 하루가 꼬박 걸릴 거예요."

열두 송이 진달래가 말했다.

"우린 할 수 있지. 반대로 마히트는 한 시간도 걷기 전에 쓰러질 것 같은데."

세 가닥 해초가 그의 말을 정정했다.

마히트는 그게 사실이라고 스스로에게 인정해야 했다.

"내 건강 상태가 이렇긴 하지만, 어쨌든 하루는 너무 길어요. 난 오늘 밤에 황제를 만나야 해요. 방법을 찾을 수 있다면, 새벽이 되기 전까지요."

몸이 떨렸다. 언제부터 시작되었는지 모르겠다. 정확하게 춥지는 않았다. 재킷이 있으니까. 마히트는 팔을 가슴 주위에 꽉 감았다.

세 가닥 해초가 천천히, 잇새로 소리를 내면서 숨을 내쉬었다.

"나한테 아이디어가 있는데, 페탈은 좋아하지 않을 거예요."

"우선 나한테 말해 봐. 내가 뭘 좋아하고 좋아하지 않을지에 관해 네가 더 판단하기 전에 말이야."

열두 송이 진달래가 말했다.

"정보부 상관에게 연락해서 그 반제국 활동가들의 서약에 관련되어 있다가 고립되었으니 우릴 여기서 데리고 나가 달라고 요청하는 거야. 네가 원한다면 이 주소에 가깝지 않은 다른 곳에서 연락할 수도 있어. 다섯 개의 포르티코가 나의 대사님을 죽이지 않은 데 대한 보답으로."

"네 말이 맞았어. 난 싫어. 넌 내 연줄을 날려버리려고 하는 거야."

〈네가 여기 있는 이유를 그녀가 뭐라고 설명할지 좀 생각해 봐.〉

이스칸드르가 마히트의 정신 안에서 잔소리를 해 댔다.

나한테는 협력자가 별로 없어, 이스칸드르.

〈네 담당자한테는 협력자가 몇 명이나 있는데?〉

아직 부족해. 하지만 난 그중 한 명이야.

〈지금까지는.〉

"우린 길거리에 서 있어요. 열두 송이 진달래의 사법부 스토커들이 또다시 우리를 찾거나 군사 쿠데타 와중에 중앙주로 들어가게 되는 것보다는, 정보부가 데리러 오는 편이 낫겠어요."

마히트의 말에 세 가닥 해초가 움찔했다.

"아직 쿠데타는 아니에요. 아침이 되면 그렇게 될 수도 있지만. 어떻게 일이 이렇게 빠르게 일어난 건지 잘 모르겠어요."

"그럼 가요. 열차역까지 걸어간 다음에 거기서 전화를 해요."

마히트가 두 사람에게 말했다.

걷는 건 좋지 않았다. 길거리에는 이런 어둠 속에서도 사람이 더 많아졌다. 구석에 모여서 낮은 목소리로 이야기를 한다. 한번은 휘어지고 흉측한 칼을 휘두르는 걸 본 것도 같았다. 테익스칼란 전투기에 그래피티 아트로 낙서한 무늬의 셔츠를 입은 청년 집단 사이에서 자랑하는 것 같았다. 그들은 웃고 있었다. 마히트는 고개를 숙이고 세 가닥 해초의 구두굽이 한 걸음 한 걸음 움직이며 계속 걸어가는 것을 보았다. 역에 도착할 무렵에는 두통이 질량의 중심에 너무 가까이 날아가는 작은 우주선을 집어삼킬 정도로 커진 느낌이었다. 마히트는 잠긴 문 바깥의 벤치에 앉아서 무릎을 가슴으로 끌어올리고 거기에 이마를 기댔다. 압력이 아주 약간 도움이 됐다. 세 가닥 해초가 전화를 하고, 클라우드후크에 소리내지 않고 웅얼거리는 동안 약간 정신이 분산되었다.

열두 송이 진달래는 마히트 옆에 앉아 있었으나 그녀를 건드리지는 않았다. 그녀는, 오, 그녀는 세 가닥 해초의 편안한 위안을 바랐다. 몇 시간 동안 품은 것 중 가장 쓸모없는 욕망이었다. 아니, 며칠 동안이라도.

〈숨 쉬어.〉

이스칸드르의 말에 마히트는 노력했다. 고르게 숨쉬기. 들이켜며 천천히 다섯까지 세고, 내뱉으며 천천히 다섯까지.

세 가닥 해초가 전화를 끝내고 말했다.

"15분 안에 누군가가 여기로 올 거예요."

그리고 마히트의 다른 쪽에 앉았다. 그리고 역시나 마히트를 건드리지 않았다. 마히트는 계속 숨을 쉬었다. 두통이 조금 가라앉아서 다가오는 지상차의 소리를 들었을 때에는 고개를 들고도 세상이 심하게 빙빙 돌지 않을 정도였다.

그것은 굉장히 표준적인 지상차였다. 검은색에 별로 꾸밈도 없다. 거기서 나온 사람은 정보부 정장에 오렌지색 소매에 모두 갖춘 젊은 남자였다. 그가 양손 끝 위로 몸을 숙여 인사하고서 물었다.

"아세크레타? 이쪽이 전부 동반인이신가요?"

"네. 이게 일행 전부예요."

세 가닥 해초가 대답했다.

"타시죠. 눈 깜짝할 사이에 시티까지 다시 모셔다 드릴 테니까요."

모든 게 지나치게 쉬워 보였다. 마히트는 그런 상황을 의심했지만, 그대로 따르는 것 외에는 달리할 수 있는 게 없다는 것도 알았다. 지상차의 뒷자리는 감사할 정도로 어두웠고, 클리닝 제품과 소파 커버의 냄새가 났다. 세 사람은 허벅지를 맞대고 앉았고, **세 가닥 해초**는 차가 출발할 때 마히트의 무릎을 한 번 두드렸다. 그 자고 상냥한 손길에 마히트는 바퀴의 움직임을 자장가 삼아 무기력하고 지친 채 잠이 들었다.

18장

시민 여러분 행성 외부 교통편은 취소되었습니다.
중앙주 우주공항은 폐쇄되었습니다.
남쪽 포플러 우주공항은 긴급 운영됩니다, 화물 적재만 가능합니다.
다른 교통 수단을 이용하세요. 이 메시지는 반복됩니다.

― 공공 뉴스피드, 251.3.11-6D

……나로서는, 당신이 말한 것처럼, 광대하고 거의 마음이라곤 없는 제국에 대해 우리 스테이션이 귀중하면서도 지나치게 귀중하지 않도록 유지하는 일에 몰두하고 있기 때문에 내 부재를 계속해서 이해해 주기를 바랍니다. 이쪽이 좀 더 안정되면 집으로 돌아가는 받아 마땅한 긴 휴가를 즐길 것입니다. 하지만 테익스칼란 황실의 정치 활동이 최소한 넉 달째 계속해서 바뀌고 있는데 지금 시점에 내가 떠나는 것은 상상할 수 없는 일입니다. 멀리 떨어져 있는 걸 이해해 주십시오. 기억하십시오. 나에게 연락을 하려면 당신이 개인적 수단을 주었으니……

― 이스칸드르 아가븐 대사가 광부협회 의원 다지 타라츠에게 보낸 편지, 르셀 스테이션에서 받은 날짜 203.1.10-6D

벨타운 6지구와 동황궁의 정보부 건물 사이 첫 번째 검문소에서 마히트는 간신히 의식을 되찾은 상태로 깨어났다. 그녀가 온 세상에서 제일 원하는 딱 한 가지는 눈꺼풀 뒤의 회색 침묵 속으로 돌아가는 거였다. 지금까지의 완벽한 15분, 20분 동안은 아무도, 세 가닥 해초나 운전사나 심지어 머릿속의 이스칸드르까지도 마히트를 깨우려 하지 않았었다. 검문소의 목소리와 불빛이 이 모든 걸 바꾸었다.

눈을 깜박이며 마히트는 일어나 앉았다. 지상차는 느려지다가 멈췄고, 운전사가 창문 한쪽을 열었다. 바깥의 허공은 새벽으로 밝아지고 회색과 분홍색이 번지고 있었다. 연기처럼 매캐한 냄새가……

낮은 목소리. 운전사는 클라우드후크로 뭔가를 하고서 신분증을 띄웠다. 반대편의 누군지 모를 사람이 말했다.

"그 허가라면 보내 드릴 순 있습니다만, 가고 싶지 않으실걸요. 그들이 우주공항에서 행진해 오는 중이고, 시민들은 그들을 만나러 가고 있습니다. 정말로 거기 끼고 싶지 않으실 거예요."

아뇨, 난 가고 싶어요. 마히트는 이게 이스칸드르의 생각인지 자신의 생각인지 알 수가 없었다.

"아뇨, 우린 가야 해요. 난 우리 부서에 보고해야 하는 중대한 정보가 있어요, 경관님."

운전사는 의미심장하게 어깨를 으쓱였다. 마치 난 그냥 도우려고 여기 있을 뿐이에요라고 말하는 것 같았다. 열린 창문을 통해서 마히트는 어딘가 그리 멀지 않은 곳에서 누가 폭탄을 터뜨린 것처럼 낮은 쿵 소리를 들었다.

(……열다섯 개의 엔진이 파편을 가득 맞고, 그의 입에서 피가 흐르고, 그 피가 눈물처럼 마히트의 얼굴로 흘러내리고, 그리고 그 소음, 공허한 폭발

음……)

마히트는 침을 간신히 삼켰다. 창문이 올라갔다. 그들은 계속 움직였다. 지상차 안에서는 그들이 뭘 지나치고 있는지 보기가 어려웠다. 모든 소리는 억눌려 들리고 창문은 사생활 보호용 검은색 틴팅이 되어 있었다. 그녀는 그 소리를 더 여러 번 들었다고 계속 생각했다. 폭탄이 터지는 방식은 공중에서 일종의 붕괴를 일으켰다.

"그거 알아요?" 마히트는 자신이 큰 소리로, 밝고 불안정하고 통제 안 되는 소리로 말하는 것을 깨달았다. "르셀에서 일어나는 최악의 일은, 그야말로 최악의 일은 화재예요. 불은 산소를 소모하며 솟구치거든요. 소방 훈련은 이틀에 한 번씩 있고, 두 살이나 세 살 때부터 소화기를 잡을 만큼 커지면 시작돼요. 불은 안 좋은 거고 폭발물은 더 끔찍하죠."

"난 왜 폭탄이 있는 건지도 잘 모르겠군요. 이건 전혀…… 누가 시티를 망가뜨리고 싶겠어요. 이건 누가 시티를 갖느냐 하는 문제잖아요, 그렇죠?"

열두 송이 진달래가 말했다.

지상차가 다시 속도를 줄였으나 어떤 검문소에서도 멈추지 않았다. 교통체증에 걸린 것처럼 그냥 천천히 갈 뿐이었다.

"창문을 투명하게 해 줘요."

마히트가 말했다. 하지만 아무 일도 일어나지 않았다.

세 가닥 해초가 이를 부드득 갈았다. 마히트는 그녀의 턱에 어린 긴장감을 볼 수 있었다.

"페탈, 이건 함대야. 몰려 있는 시민들의 폭동에 폭탄을 떨어뜨리는 게 함대가 쓰는 방법이지. 너도 알잖아." 그리고 운전사에게 말했다. "불투명도 좀 낮춰 줄래요?"

이번에 운전사는 지시에 따랐다.

지상차 창문(옅은 색에서 투명하게 변하는 흐린 유리)으로 마히트가 처음에 본 것은 거의 이해가 되지 않았다. 르셀에서 사람들은 물건을 부수지 않았다. 재산도 부수지 않고, 무신경하게 버린 것들도 마찬가지였다. 스테이션의 보호막은 연약하고, 그 기계 중 어느 부분이 잘못되면 사람들은 죽을 것이다. 진공 상태에서 숨을 못 쉬어서, 냉기 때문에, 수경재배 시스템이 돌아가지 않아서. 르셀에서 가벼운 기물파손죄는 그래피티, 정교한 해킹, 선체의 구멍을 메우는 확장 발포고무 용기를 사용해 복도를 막는 정도였다. 하지만 여기 시티의 거리에서 마히트는 완벽하게 얌전한 정장 재킷과 바지를 입은 테익스칼란 여자가 금속 막대 같은 것을 가게 창문에 휘둘러 유리를 깨는 것을 보았다. 그렇게 하고 걸어가서, 또 그렇게 한다.

다른 사람들은 달리고 있다. 그들이 거리에 있어서 지상차가 이렇게 느리게 가는 거였다. 일부는 보라색 미나리아재비 핀을 달았고, 일부는 자신들이 누구를 따르는지 알려 주는 표시를 전혀 하지 않았으며, 일부는 금색에 끔찍하고, 하강하는 궤도를 따라 무중력 다이빙을 하는 정찰선처럼 조그만 3인 전대를 이루고 있는 선리트였다. 공중에는 마음이 아플 정도로 사랑스러운 다층 첨탑형 건물 중 몇 군데에서 연기가 솟아 그쪽으로 흘러갔다. 지상차 운전사는 음울하고 차분한 결단력을 보여 주는 표정을 짓고서 조금씩 조금씩 앞으로 나아갔고, 차가 가속 페달을 한 번씩 밟을 때마다 마히트의 내면은 복벽腹壁에 가로막혀 흔들렸다.

"군대는 보이지 않는데."

열두 송이 진달래가 무거운 어조로 말했다.
세 가닥 해초가 뒷자리에서 기어 나와 앞쪽, 운전사의 옆 좌석으로 갔다.
"우린 우주공항에 도착할 만큼 가까이 못 왔어요. 이건, 넘쳐……."
그들은 고함 소리를 들었다. 차가 그리 멀리 가지 못한 상황에서. 서로 오가는 두 가지 고함 소리였는데 심장박동처럼 리드미컬하고 시적이었지만, 시간차를 두고, 서로 다르게, 심방세동 같았다. 그것은 소리의 파도이고, 예상치 못했던 타이밍에 또 다른 폭발의 펑 소리로 강조점을 찍었다. 마히트가 보지 못한 틈새를 본 운전사가 가속 페달을 밟고서 지상차로 모퉁이를 돌았다.(마히트는 열두 송이 진달래의 무릎에 반쯤 쓰러졌다. 그들은 골목을 달려갔다.) 그때 길이 탁 트이고 광장까지 도로가 훤히 열렸다. 거기에 테익스칼란 시민들이 대규모로 두 집단을 이루고 서로를 향해 소리치고 있었다. 차가 멈췄다. 분노한 대규모의 사람들을 뚫고 앞으로 갈 방법은 없었다.

두 집단이 접촉한 부분에서 길고 축축한 봄이 지난 후 곰팡이가 퍼지는 것처럼 폭력이 순식간에 번졌다. 미나리아재비 핀을 팔에 상장喪章처럼 단 여자의 얼굴에 묻은 피, 주먹에 맞아서 흘린 피. 그리고 그녀를 주먹질한 여자가(지상차에 워낙 가까워서 마히트는 모든 것을 들을 수 있었다.) "하나의 번개 황제 폐하를 위하여!"라고 소리치고 피 묻은 손을 자신의 이마에 문질렀다. 마치 적의 희생을 표시하는 역사 서사시 속의 사람이라도 되는 것 같았다.

그들은 테익스칼란 사람처럼 보이지 않는다고 마히트는 생각했다. 몽롱한 생각. 말이 안 되고 연결되지 않는다. 그들은 사람처럼 보였다. 그냥 사람들. 서로를 찢어 대는 사람들.

이번에는 훨씬 가까운 곳에서, 공기가 부서지는 그 끔찍한 쾅 소리가 또다시 났다. 응답의 탕 소리가 선리트 집단에서 들렸고, 그들은 갑자기 빠르게 퍼지는 하얀 연기에 둘러싸였다. 그 근처에서 싸우던 사람들이 기침을 하고서 자기들이 길거리 폭동에서 어느 쪽에 있었는지 상관하지 않고 기체로부터 도망치기 시작했다. 그들이 지상차를 스쳐 달려갔다. 눈이 벌겋고 눈물이 줄줄 흘렀다. 기체의 일부가 닫혀 있는 문 틈새로, 창문으로 스며들기 시작했다.

"제기랄. 셔츠로 입을 덮어요. 군중 분산용 가스예요. 이 안에 있으면 안 돼요……"

세 가닥 해초가 말했다.

마히트는 셔츠로 입을 가렸다. 눈이 따가웠다. 목도 따가웠다.

⟨차에서 나가야 돼.⟩ 이스칸드르의 말에 마히트는 갑자기 차분해졌다. 머리가 명료하고 차분해지며 준비가 되었고 모든 게 느려졌다. 이스칸드르가 그녀의 부신副腎에 뭔가 하고 있다. ⟨차에서 나가야 돼. 이걸 돌아서 가야 돼. 지금 당장. 가, 마히트. 길은 내가 알려 줄게.⟩

"이 안에 있으면 안 돼요." 마히트가 큰 소리로 말하고 문을 열었다. 하얀 기체가 밀려 들어왔다. "따라와요."

숨을 쉴 수가 없었다. 첫 번째 호흡에 불길이 폐를 태우는 것 같았다. 이스칸드르가 말했다.

⟨그냥 뛰어, 숨은 나중에 쉬어.⟩

그래서 마히트는 달렸다. 자신이 어떻게 뛰는 건지 모르고, 몸이 뛰는 게 어떻게 가능한 건지도 모른 채로. 누군가가 따라오긴 하는지도 모른 채로. 이스칸드르는 뭔가 비밀 길을 아는 것 같았다. 끔찍한 피와 하얀 연기의 소용돌이 속 낯익은 패턴. 마히트는 처음으로 회색과 금색의 함대 제복을 입은 군인을, 중대를 보았다. 이스칸드르는 마히트를 엉덩이부터 빙 돌려세워 비스듬히 달려가게 했다. 뒤에서 발소리가 들렸다. 그녀와 속도를 맞추는 빠른 발소리. 그녀는 뒤를 돌아보았다. 세 가닥 해초와 열두 송이 진달래다. 운전사도 있었다.

그들은 광장 가장자리를 따라서 마히트가 한 번도 본 적 없다고 확신하는 길을 따라 달렸다. 이 길을 몇 번이나 다녔어? 마히트가 쿵쿵거리는 심장 소리와 헐떡거리는 숨소리 위로 생각했다. 이스칸드르가 그녀가 숨을 못 쉬고는 더 이상 안 되겠다 생각할 때에야 그녀는 숨을 쉴 수 있었다.

〈충분히 많이. 난 여기에서 살았었으니까. 여기가 내 집이야, 집이었어…….〉

2분이 더 지나고 그들은 속도를 늦춰서 걸었다. 마히트는 이스칸드르가 계속 가게 하지 않는다면 자신은 기절할 거라고 백 퍼센트 확신했다. 아무도 말하지 않았다. 폭동의 소리가 희미한 우르릉거림 정도로 낮아졌다. 그들은 나머지 시티와 황궁을 가르는 경계에 도착했다. 그들이 안쪽으로 들어오는 데에 쓴 작은 길에는 경비가 없었다. 선리트도, 미스트도, 군인도 없다. 이스칸드르는 그들을 안쪽으로 이끌며 수년에 걸쳐 쌓았으나 지금은 죽은 근육 기억을 따랐다.

그때, 커튼이 열리듯이, 그들이 마지막 모퉁이를 돌자 마히트는 자신이 정보부 앞에 있는 것을 깨달았다. 정보부는 아무 피해도 없어 보였다. 이전 세계에서 튀어나온 깨끗한 건물.

〈자. 들어가. 쓰러지기 전에 앉아.〉

모든 게 낯익어 보였다. 2분을 걷자 대사관저(선리트와 그들의 조사라는 훼방 없이 들어갈 수 있다면 말이지만)가 포함된 건물의 입구에 도착했다. 하지만 시티의 광대한 AI의 무늬가, 마치 황궁 전체가 뛰어들 준비를 한 웅크린 짐승인 것처럼 광장의 타일 아래에서 빛이 났다.

"당신이 어떻게 이렇게 했는지 모르겠군요. 차에 탈 때만 해도 간신히 걷고 있었잖아요."

세 가닥 해초가 마히트에게 말했다.

"내가 한 게 아니에요. 나만 한 게 아니죠. 정확히는. 안으로 들어갈까요?"

마히트의 목소리는 거칠었다. 이제는 이스칸드르가 호흡을 제어하지 않아서 공기를 충분히 들이켜지 못하는 느낌이었다. 숨을 쉴 때마다 가슴이 들먹거렸다.

세 가닥 해초는 완전히 충격 받은 표정을 한 운전사를 쳐다보았다. 어찌할 줄 모르는 사람, 더 이상 이해가 가지 않는 세상의 사람.

"갈까요?"

그녀가 운전사에게 물었다.

"……그럴까요?"

그가 그렇게 말하고 문을 향해 걷기 시작했다.

마히트도, 세 가닥 해초도 정보부 건물로 들어가는 동안 무늬를 밟지 않았다. 그렇게 하면 걷는 게 어색하고 이상해 보인다고 해도 말이다.

안에는 아침 이른 시각 테익스칼란 정보부의 깨끗하고 근사한 공간 말고는 아무것도 없었다. 곤경의 신호는 전혀 없다. 잘못된 것도 없다. 마히트는 자신이 울기 직전이라는 걸 깨달았지만 이유는 알 수 없었다. 세 가닥 해초의 운전사가 그들 모두를 위험하게 보이지 않는 베이지색 회의실로 데려갔다. U자형 테이블과 그 가운데 인포 피시 프로젝터, 형광등, 수많은 좀 불편해 보이는 의자들이 놓여 있었다. 마히트가 도착해서 들어가 본 곳 중에서 가장 테익스칼란답지 않은 방이었으나, 끝없이 계속되는 매일의 미팅이 벌어지는 곳은 전 우주에서 거의 똑같을 거라고 추측했다. 마히트는 르셀에서, 학교에서, 정부 내 부처에서 이런 방들에 앉은 적이 있었다. 지금은 이 방에 앉았다. 희미하게, 정보부의 두꺼운 벽을 통해서 아주 희미하게 또 다른 폭발 소리가 들렸다. 그리고 고요함. 어쩌면 폭도들이 해산되었을지도 몰랐다. 군대는 다른 곳에 군집했을 것이다. 우주공항에서 더 가까운 곳에.

커피가 든 병과 일종의 브레드롤이 담긴 바구니가 오는 건 회의실의 일반적인 사용법이 아니겠지만, 어쩌면 세 가닥 해초가 연줄을 좀 쓴 걸지도 몰랐다. 커피는 충격적일 정도로, 격렬하게 훌륭했다. 뜨겁지만 혀를 델 정도로 뜨겁진 않고, 종이컵은 마히트의 손바닥에서 따뜻했다. 풍부한 맛과 약간의 흙내는 르셀에서 마신 인스턴트커피와는 완전히 달랐고, 좀 상태가 좋을 때 이걸 천천히 마시면서 각기 다른 맛의 질에 대해 생각을 해 보고……

〈여러 종류가 있고, 전부 맛이 달라. 환상적이지. 하지만 중요한 부분은 카페인이야.〉

이스칸드르가 옳았다. 커피를 마시고 겨우 몇 분 만에 마히트는 훨씬 더 현재에 있고, 더 명민하고, 피부의 희미한 진동까지 의식할 수 있었다.

〈좀 천천히 마셔. 내가 아까 부신을 피곤하게 했는지도 몰라.〉

그건 사과와 아주 비슷했다.

열두 송이 진달래는 두 번째 컵을 마시는 중이었다.

"이제 어쩌지?" 그가 세 가닥 해초에게 날카롭게 물었다. "상황을 듣게 기다려? 우리가 대사를 황제 폐하께 당장 데려가야 한다고 생각했는데. 밖에 시티에서 일어나고 있는 일을 고려할 때 그게 과연 가능할까 모르겠지만."

우리. 마히트가 이스칸드르의 시체에서 이마고 머신을 훔치는 걸 도와 달라고 한 지 그리 오래되지도 않았는데, 그렇게 짧은 시간 만에 열두 송이 진달래는 야만인과의 이데올로기적 통합 비슷한 것에 헌신하게 되었다. 하지만 생각해 보면 그는 **다섯 개의 포르티코**와 그녀의 반제국 활동가 친구들을 어디서 찾아야 하는지 알고 있었다. 이데올로기적 통합에는 유연성이 있다. 스트레스 상태에서는 쉽게 변할 수 있다. 마히트는 세 가닥 해초를 쳐다보았다. 그녀는 마히트가 본 중에서 가장 스트레스 상태에 있었다. 관자놀이는 회색이고, 상처가 나도록 씹어서 입 가장자리는 헐었다.

"그래야지. 하지만 그들이 우리를 데리러 왔으니까 난 정보부에 좀 신세를 졌어."

그들이 우리를 데리러 왔지. 그들은 폭동을 뚫고 차를 몰았어, 우리에게 커피와 아침 식사를 갖다줬지, 세상은 원래 모습대로 기능하고 있고, 이대로 계속될 것처럼 내가 행동한다면 어떤 문제도 일어나지 않을 거야. 마히트는 이런 생각의 흐름을 알았다. 내밀하게, 끔찍하게 잘 알았고, 그걸 동정했고(그녀는 너무 많이 동정한다. 그게 그녀의 핵심적인 문제였다, 안 그런가?), **세 가닥 해초**는 여전히 틀렸다.

마히트가 말했다.

"우리한테 시간이 있을 것 같진 않아요. 시티 전체가 불꽃이 튄 산

소실처럼 폭발할 거예요."

 세 가닥 해초는 쉿쉿거리는 스팀밸브와 놀랄 만큼 비슷한 소리를 내며 손에 머리를 묻고 말했다.

 "그냥 나한테 생각할 시간을 1분만 줘요, 알겠죠?"

 마히트는 1분쯤은 한도 내라고 생각했다. 아마도. 어쩌면. 모든 것이 굉장히 일렁거리고 비현실적이었다. 실제로 얼마 동안 못 잔 걸까? 열두 송이 진달래의 아파트에서 자기 전에는 36시간을 꼬박 새웠다. 그리고 뇌수술 이후에 의식이 없던 건 포함이 되겠지.

 〈그렇지 않아.〉 그건 그녀의 이스칸드르였다. 가볍고, 재치 있고, 씁쓸한 유머 감각을 지닌 그. 〈특히 그런 폭동을 뚫고 온 다음에는 말이야.〉

 "좋아요."

 세 가닥 해초가 말했다. 마히트는 얼굴을 완벽하게 테익스칼란인처럼 무심하게 만들고, 담당자가 힘이 되어 주기를 대단히 원하지만 눈에 보이게 드러내지 않으려고 노력하며 그녀를 쳐다보았다.

 세 가닥 해초는 무력해 보이는 동작으로 양손을 펼쳤다.

 "정보부 장관님께 직접 보고를 요청해 볼게요. 그리고 그분은 당연히 지금 엄청나게 바쁘실 테니까 우린 약속을 잡아야 할 거예요. 그러니까 우린 그 약속이 잡히는 날에 다시 와야겠죠." 그녀가 일어서며 말을 이었다. "아무 데도 가지 말아요. 중앙 데스크는 이 층의 복도 아래쪽에 있어요. 5분 안에 돌아올게요."

 놀랄 만큼 투명한 계략이었다. 하지만 투명한 것은 그들에게 전에도 통했었다. 투명한 것은 서사에 지나치게 열중하는 테익스칼란인들과 함께하면 나름의 중력을 갖는 것 같았다. 그것은 빛을 굴절시킨다. 마히트는 세 가닥 해초에게 고개를 끄덕이고서 말했다.

"해 봐요." 그리고 덧붙여 말했다. "그리고 우리가 어디 갈 걱정은 하지 않아도 돼요. 우리가 어디도 가겠어요?"

열두 송이 진달래와 이스칸드르가 동시에, 기묘한 메아리처럼 웃었고, 곧 세 가닥 해초는 크루즈선 옆에 붙은 탈출선처럼 문을 슥 빠져나가 사라졌다.

그들은 기다렸다. 세 가닥 해초가 없으니 마히트는 벌거벗은 것 같고, 혼자인 기분이었다. 그녀가 오지 않으면 않을수록 점점 더 노출된 기분이었다. 특히 시간이 2분에서 5분, 10분으로 길어질수록. 자기 심장의 낮고 초조한 쿵쿵 소리밖에는 느껴지지 않았고, 그 고동은 가슴을 통과해 갈비뼈가 그리는 호 사이에 묵직하게 얹혔다. 대부분의 말초신경증은 사라졌다. 가끔 손끝이 찌릿한 정도였고, 이건 영구적인 게 아닐까 하는 의심마저 들었다. 거기에 어떤 기분이 드는지는 마히트도 잘 모르겠다. 지금까지는 여전히 스타일러스 펜을 잡을 수 있었다. 설령 그 압력은 잘 느낄 수 없다 해도. 만약 이게 다시 악화된다면……

나중에.

회의실 문이 다시 열리고, 그 뒤에 세 가닥 해초가 서 있었다. 긴장이 풀리는 게 마치 한 대 맞는 것 같은 느낌이었다. 그때 마히트는 그녀가 혼자가 아님을 알아챘다. 같이 있는 사람은 정보부의 하얀색과 오렌지색 옷 대신 짙은 파란색 재킷의 걸러에 보라색 꽃의 진가지를 꽂고 있었다. 그 꽃은 신선했다. 어제 안에 잘라 낸 생화였다. 서른 송이 미나리아재비의 추종자들이 낭독 대회에서 달고 있었을 때는 그 꽃이 패션이자 오락, 상징적 채널을 통한 테익스칼란의 정치적 신호였다. 거리에서 달고 있었을 때는 전쟁에서 편을 고르는 방편이었다. 이제 이것은 사무실 배지나 당에 대한 충성심을 표시하는 것 같았다.

"앉아요."

새로 온 사람은 세 가닥 해초에게 그렇게 말하고 그녀를 떠밀었다. 마히트는 화가 나서 즉시 반쯤 일어나서 말을 하려고 숨을 골랐다. 하지만 세 가닥 해초는 지시받은 대로 자리에 앉았다. 분노로 벌겐 얼굴로 그녀가 마히트에게 진정하라고 한 손을 흔들기에, 마히트는 진정했다.

"대사, 아세크레타. 여러분은 지금부터 정보부 건물을 떠나는 것이 허용되지 않음을 알립니다."

"우리가 체포된 건가?"

열두 송이 진달래가 물었다.

"물론 아닙니다. 여러분의 안전을 위해서 억류하는 겁니다."

"이 일에 관해 두 그루 자단목 장관님과 직접 이야기해야겠어. 지금 당장. 그리고 당신은 대체 누구지?"

열두 송이 진달래가 공격적으로 말을 잇자, 마히트는 대단히 그가 자랑스러웠다.

"두 그루 자단목은 더 이상 정보부 장관이 아닙니다." 이 사람은 열두 송이 진달래가 이름이나 소속에 대해 물은 걸 무시하고서 말했다. "현재의 위기 상황 도중에 에주아주아카트 서른 송이 미나리아재비로부터 임무에서 해제됐습니다. 원한다면 그분께 이야기하고 싶다는 귀하의 마음을 전달하겠습니다. 그분께서는 시간이 되시는 대로 귀하를 만나 주실 겁니다."

"뭐라고요?"

"귀에 문제가 있습니까, 대사?"

"잘 속는 편이라서요."

"지나치게 걱정할 필요는 없습니다…….''

"방금 우리에게 여기서 떠날 수 없고 장관님이 면직됐다고…….''

서른 송이 미나리아재비의 부하가 어깨를 으쓱이고서 말했다.

"전 장관의 충성심에 의문의 여지가 있었습니다. 서른 송이 미나리아재비님은 제국을 안전하고 침착한 손으로 유지하려 하십니다. 우리 거리에 군인들이 있습니다, 대사. 지금은 어디로 가기에는 매우 위험합니다. 얌전히 계세요. 서른 송이 미나리아재비님이 이 일을 처리하실 거고, 전부 다 일주일 안에 사그라들 겁니다."

마히트는 회의적이었다. 마히트는 지금 뭘 해야 할지 정확히 알지 못하지만, 그보다도 더 회의적이었다. 불확실성의 확산, 자신이 뭔가를 놓치고 있다는 확신이 조수처럼 밀려들었다. 서른 송이 미나리아재비가 하고 있는 건…… 뭐랄까, 하나의 번개의 쿠데타를 앞서는 쿠데타? 마히트에게 테익스칼란에 임박한 외적 위협에 관해 거래할 만한 지식이 있든 없든 간에, 르셀로부터 합병군을 되돌리기 위해 뭔가를 하기엔 이미 늦었을 수도 있었다. 낭독 대회에서 그녀에게 거래는 파기되었다고 말했던 게 파란색과 라일락색으로 화려하게 차려입고 완벽하게 차분했던 서른 송이 미나리아재비 본인이었다. 그가 행정 조직의 통제권을 얻었다면, 르셀이 자신의 계획에 유용하지 않게 된 순간 내버릴 마음이 넘치는 그가……

"우린 일주일 동안 회의실에 머물 순 없어. 그리고 난 여전히 귀관이 누군지 모르겠는데."

열두 송이 진달래가 말했다. 마히트는 그녀를 자신만의 생각 속에서 끄집어 낼 말을 해 준 그에게 굉장히 감사했다.

"난 여섯 대의 헬리콥터입니다."

마히트는 남자를 쳐다보며 생각했다. 언제 자신의 이름을 정색하고 말하는 것뿐만 아니라 약간 잘난 척하는 것까지 배운 걸까?

"그리고 물론 여러분은 회의실에서 일주일을 보내진 않을 겁니다, 아세크레타, 대사. 여러분을 보낼 만한 안전하고 잘 꾸며진 장소를 찾는 대로 옮겨 드릴 겁니다."

"그래서 그게 언제지?" 열두 송이 진달래가 말을 이었다. 그는 못 믿겠다는 어조와 귀에 거슬리는 높은음을 섞어서 완벽하게 말했다. 귀찮은 사람으로 몰리고 거기에 대해 한바탕 소란을 벌이려는 사람의 목소리였다. 희미하게 마히트는 존경심을 품었다. 전략적이야. 그녀는 그를 방해하지 않았다. "그리고 안전하다는 건 누가 결정하고? 당신은 우리가 이야기하는 동안에도 황위 찬탈 시도가 일어나고 있다고 했잖아!"

"야오틀렉의 자그마한 모험은 여러분이 이 불쾌한 일을 찬탈이라고 부르기 한참 전에 끝날 겁니다. 난 할 일이 굉장히 많습니다. 누군가를 시켜 커피를 세 잔 더 갖다 드리죠. 나가려고 하지는 마십시오. 문에서 막힐 겁니다. 여기가 정말로 지금은 안전한 장소입니다. 걱정하지 마십시오."

그 말을 끝으로 남자가 나갔다. 회의실 문이 그의 뒤로 얌전하게 닫혔다. 세 가닥 해초는 즉시, 충격적이게도 웃음을 터뜨렸다.

"방금 일어난 일 진짜야? 의례에 관한 훈련 하나 받지 않은 어떤 낙하산 인사가 우리한테 정보부가 에주아주아카트들의 통제하에 있다고 말한 거야? 왜냐하면 방금 일어난 일이 그거 같은데, 난 완전히 이해가 안 가거든. 미안해요, 마히트, 이건 내가 외국인 대사의 문화 담당자로 일하면서 겪게 될 내 빌어먹을 가상의 시나리오 포트폴리오 안에는 없었어요."

"도움이 될지 모르겠지만, 외국 대사로서 겪게 될 내 가상의 시나리오 포트폴리오 안에도 없었어요."

마히트가 말했다.

세 가닥 해초는 손바닥으로 얼굴을 누르고 의도적으로, 억지로 숨을 내뱉었다. 그녀의 손가락 사이로 억눌린 킥킥거리는 소리가 여전히 새어 나왔다.

"……그렇겠죠. 나도 그럴 거라는 상상은 안 해요."

"우리가 떠날 수 없다면, 대사를 어떻게 황제에게로 데려가죠? 설령 폭동이 여기로 밀려오지 않는다고 해도, 황궁 부지의 맞은편이라 해도 말이죠. 최상의 시나리오의 경우지만."

게다가 우리가 거기 도착했을 때 내가 만날 황제가 아직도 존재할까요? 마히트는 생각하고서 대부분 자신의 것이 아닌 강렬한 슬픔에 뺨 안쪽을 깨물어야 했다. 임박한 상실에 마음 아파 하는 것은 그녀가 아니라 이스칸드르였다. 전적으로, 그녀의 감정은 아니었다. (하지만 그녀는 쓸모없는 가슴속의 생화학적 통증 속에서 **여섯** 방향의 손이 자기 손목을 쥐던 느낌을 기억하고, 바랐다. 황제 폐하가 이 반란에서 살아남기를. 설령 그 후에 오래 살지 못한다 해도.)

하지만 그럼 누구와 협상을 하지?

"만약 우리가 폐하께로 가려고 하지 않는다면요? 만약 우리를 그분께로 데려갈 수 있는 누군가의 주의를 끈다고 하면요?"

"이 회의실 안에서라면……." 열두 송이 진달래가 회의적으로 커피 병 쪽을 가리키며 말했다. "……그들이 우리 클라우드후크를 감시할 거라는 거 알잖아요. 게다가 당신에게는 클라우드후크가 있지도 않고……."

"네, 내가 테익스칼란 시민이 아니라는 건 여전히 잘 알고, 한 번도 잊어버린 적이 없으니 상기시켜 주지 않아도 돼요."

"내가 말하려던 건 그 뜻이 아니라……."

마히트가 숨을 세게 내뱉자 수술 부위에까지 그게 느껴졌다.

"아니겠죠. 하지만 당신이 한 말은 그랬어요."

그때 세 가닥 해초가 얼굴에서 손을 뗐다. 그 얼굴에서 점점 강해지는 표정은 마히트가 전에 본 적이 있는 거였다. 세 가닥 해초가 내부로 집중해서 자기 뜻에 따라 우주를 구부리려고 하는 모습. 왜냐하면 다른 모든 선택지는 선택할 여지가 없기 때문이었다. 그것은 사법부에 침입하기 전, 공원에서 아이스크림을 먹을 때 그녀가 지었던 표정이었다. 열아홉 개의 자귀의 사무실에서, 물리적 모욕과 트라우마에서 벗어나겠다고 결심했을 때 짓던 표정.

"사람이 클라우드후크로 할 수 있는 일에는 온갖 것이 있어요. 감시를 당한다고 해도. 마히트, 누구의 주의를 끌고 싶죠?"

그 질문에 대한 답은 정말이지 딱 하나뿐이었다.

"에주아주아카트 열아홉 개의 자귀 각하요. 지위가 서른 송이 미나리아재비와 똑같고, 그 말은 그 남자랑 똑같이 여기에 당당히 걸어 들어올 수 있다는 걸 거예요. 그리고 난 **열아홉 개의 자귀**가 아직도 나를 좋아한다고 생각해요."

〈나를 좋아했었어. 나를 아주 좋아했었는데, 죽게 놔뒀지.〉

이스칸드르가 중얼거렸다.

널 아주 좋아했었고, 내 목숨을 구해 줬지. 그 이유를 알아보자고, 어때?

"좋아요. **열아홉 개의 자귀라**, 현재 일어나고 있는 다른 무시무시한 사건들을 겪었는데도 여전히 나를 떨게 하는 분 말이죠." **세 가닥 해초**가 말했다. 그녀는 그 아이디어가 어떤 걸로 판명이 나든 간에 아이디어를 갖는 것과 그걸 선언하는 것 사이의 시간에 있었고, 아주 신이 났다. 마히트도 그걸 이해했다. 일종의 계획이 있을 때의 힘, 그게 아무리 말이 안 되고 불가능한 거라도. 그리고 세 명 모두 최근에 감정적으로 불안정하지 않았었나? "각하를 위해서…… 마히트, 아주 날카로운 시구 좀 써 볼 마음 없어요? 그리고 그걸 공개 뉴스피드에 올리는 거예요."

"그러고도 넌 내가 너무 많은 정치 로맨스를 읽었다고 그러지."

열두 송이 진달래가 중얼거렸다. 세 가닥 해초가 눈을 반짝이며 말했다.

"난 동황궁에서 3급 사법부 부장관에 대한 무한한 사랑을 선언하는 전단지를 나눠 주지는 않아. 그게 바로 정치 로맨스가 될 만하지. 이건 알려진 시인이 현대의 사건들에 대한 반응으로 자신의 신작을 포스팅하는 거야. 그 안에 암호화된 내용을 넣어서."

"당신은 종종 공개 뉴스피드에 시를 올리나요?"

마히트가 매료되어서 물었다.

"그건 좀 서툴러요. 하지만 시금은 힘든 때이고, 그 지독하게 지루한 **열네 개의 첨탑**이 지난주 제국 낭독 대회에서 우승을 했으니까요. 그러니 누구라도 서투를 수 있고, 대중에게 환영받을 수도 있겠죠."

"그리고 당신은 시로 호소하면 열아홉 개의 자귀가, 뭐냐, 우리를 데리러 올 거라고 생각해요?"

비실용적일 정도로 영리했다. 전부 테익스칼란식 상징적 논리였고 마히트는 그것을 신뢰하지 않았다.

"각하께서 어떻게 하실지는 나도 모르겠어요. 하지만 읽으시리라는 건 확실하고, 그러면 우리가 어디 있는지 아시게 되겠죠. 그게 우리에게 필요한 거예요. 그분의 직원들이 뉴스피드를 모니터링하는 거 봤잖아요. 각하는 주의를 기울이는 분이고, 그게 그분의 정보부 브리핑 파일에 제일 첫 번째로 있는 거예요."

마히트는 세 가닥 해초의 눈을 보고서 그녀에게 손을 내밀고 싶다는 대단히 부적절한 충동을 밀어냈다.

만약 그들이 이 궤도를 따라가기 시작한다면, 세 가닥 해초가 그녀를 위해서 어디까지 갈 준비가 되어 있는지 알아낼 필요가 있었다. 그래서 말했다.

"세 가닥 해초, 테익스칼란식 정의에서 '우리'는 얼마나 넓죠? 당신은 내가 폐하께 말해야 하는 게 뭔지도 모르잖아요. '우리'가 여기 있는 우리인가요?"

"난 당신 담당자예요, 마히트. 내가 그걸 충분히 명확하게 밝히지 않았던가요?"

세 가닥 해초가 말했다. 상처 입은 것에 가까운 말투였다.

"이건 당신이 날 위해 문을 열어 주는 것 이상의 일이에요. 이건 당신 말에 따르면 나의 목표이고, 공공 뉴스피드에, 테익스칼란 대중의 기억에 영원히 남을 거예요."

"가끔 난 당신이 테익스칼란인이 될 수 있다고 맹세해요."

세 가닥 해초가 굉장히 부드럽게 말했다. 그녀는 이를 전부 드러내고 약간 떨리지만 믿음직스러운 스테이션식 미소를 지었다.

"자, 그럼 이제 내가 이거 쓰는 걸 도와줘요, 네? 당신에게 최소한 기초적인 운율 감각은 있다는 거 알아요. 서른 송이 미나리아재비의 아까 그 부하가 우리에게 클라우드후크가 있다는 걸 기억해 내기 전에 해야 돼요."

그때 세 가닥 해초가 손을 뻗어 마히트를 건드렸고, 그 손끝은 유령처럼 마히트의 광대뼈를 쓸었다. 마히트는 무력하게 몸을 떨고서 그대로 꼼짝하지 않고 멈췄다. 한 대 날아올 걸 기다리기라도 하는 것처럼.

"리드. 꼬시는 건 여유 시간에 해."

열두 송이 진달래가 연극적으로 분개한 투로 말했다.

마히트는 자신이 너무 창백해서 뺨에 달아오른 기색이 보일 정도가 아니기만을 빌었다. 속마음이 훤히 드러나는 새빨간 홍조, 그리고 열기가 뺨에서 타오르고 있었다.

"그런 거 아니야. 꼬신다니. 우린 전략을 의논하고 있었고……."

〈넌 처음 만난 날 아침부터 그녀를 꼬시고 있었지.〉

이스칸드르가 지적했고 마히트는 그를 붙잡아 입 다물게 만들 수 있기를 절실하게 바랐다. 최소한 그에게 결함이 있던 때에는 하는 말이 이렇게…… 통찰력을 발휘하지 못했었는데.

"우린 시를 쓰는 거야."

세 가닥 해초가 말했고, 완벽하게 침착한 표정을 유지하는 바람에 시 쓰기가 굉장히 은밀한 일인 것처럼 들리게 만들고 말았다.

〈그리고 그녀도 마주 꼬셨지. 쿠데타 시도의 한복판에 있지 않게

되면, 거기에 대해서 뭔가 해 보는 게 좋을지도.〉

◇ ◇ ◇

마히트는 전에 테익스칼란어로 시를 써 본 적이 있었다. 르셸에 있는 그녀의 캡슐 룸에서 혼자서, 열일곱 살에 공책에 휘갈겨 쓰면서 자신이 가짜-열세 개의 강이나 한 개의 스카이후크, 또는 다른 위대한 시인을 모방할 수 있는 척했다. 정리 안 된 자신의 아이디어들을 그녀에게 두 가지 면에서 동떨어진 언어로(그녀는 너무 야만인이었고, 너무 어렸다.) 표현하려 했다. 지금, 고개를 수그리고 세 가닥 해초 옆에 앉아 운율을 조절하고 신중하게 주요 부분이 될 고전적인 함축어를 고르며 그녀는 생각했다. 시는 절망한 사람들을 위한 거고, 뭔가 할 말이 있을 만큼 적절히 나이 든 사람들을 위한 거야.

적절히 나이 들었거나 이해할 수 없는 경험을 상당히 거쳐 왔거나. 어쩌면 마히트는 이제 시를 쓸 만큼 나이가 들었는지도 몰랐다. 그녀의 안에는 세 가지 삶과 하나의 죽음이 있었다. 조심하지 않을 때면 죽음을 너무 많이 기억하고 숨이 점점 더 짧아지다가, 마침내 이스칸드르가 지금은 죽지 않았고 그녀의 자율신경계를 도맡고 있는 것도 아니라는 사실을 떠올렸다.

세 가닥 해초의 경우에는 맞춤 정장 재킷을 입는 것처럼 시구를 작성했다. 어떻게 멋있어 보이게 할지 그녀가 잘 아는 과정이고, 이를 통해 그녀 자신도 멋있어 보였다. 방대한 그녀 머릿속의 상형문자와 함축어 사전이 마히트는 맹렬하게 부러웠다. 여기서 자라기만 했어도, 평생을 여기 젖은 채 보내기만 했어도 지나가는 사람의 구절을 1분 만에 감동적인 시구로 바꿀 수 있었을 텐데.

그들이 만들어 낸 시는 길지 않았다. 길 수가 없었다. 공개 뉴스피드를 타고 빠르게 퍼져야 하고, 명확하게 인용하고 표현할 수 있어야 하기 때문이었다. 대중에게는 명확하고, 그다음 열아홉 개의 자귀와 그 직원들에게는 좀 더 미묘한 의미를 드러내고 겹겹이 의미가 쌓인 스타일이어야 했다. 마히트는 다섯 개의 마노가 알아볼 거라고 확신하는 이미지로 시를 시작했다. 다섯 개의 마노는 거기에 있었다. 그리고 영리하고 충성스럽고 해석 훈련을 받은 다섯 개의 마노는 마히트가 얼마나 절실한지를 알겠지. 그리고 그녀의 에주아 주아카트에게 모든 것을 말할 것이다.

아이의 부드러운 손에서는
별들의 지도조차도 견딜 수 있다
당기고 깨뜨리는 힘을. 중력은 지속된다.
연속성은 지속된다. 고운 손가락이 오비털 궤도를 걸어가는데,
하지만 나는 익사하고 있다
꽃들의 바다에서. 보랏빛 포말 속에서, 전쟁의 안개 속에서······

새벽에 도서관에서 어머니와 함께 항성계 지도를 갖고 놀던 두 개의 지도. 첫 번째 신호는 내가 누군지 알지, 다섯 개의 마노, 난 마히트 디즈마르야. 당신의 아들 사랑과 주인 사랑을 이해하는 사람이지. 두 번째. 난 위협을 받고 있고 그 위협은 서른 송이 미나리아재비로부터야. 꽃, 보랏빛 포말.

'전쟁의 안개'는 함축이 아니다. 그것은 피할 수 없고 현재 진행형인 사실에 더 가깝고, 게다가 세 가닥 해초의 운율 계획에 들어맞는다.

나머지는 보고다. 정보부 건물, 그 구조 전체를 상세하게 묘사한 에크프라시스, 장례식처럼 그 위에 던진 미나리아재비 화환을 상상한다. 그것은 「건물」의 섹션에 대한 함축이다. 열아홉 개의 자귀에게 그들이 어디 있는지를 알려 주고, 하나의 이행시로 약속한다.

풀어 달라, 나의 혀는 미래를 말하리니.
풀어 달라, 나는 태양의 손에 있는 창이니.

우리를 구하러 와요, **열아홉 개의 자귀**. 우리를 구하러 와요, 그리고 우리가 태양-창 왕좌를 올바르고 적절한 궤도로 지키는 걸 도와줘요.

마히트는 시를 마지막으로 한번 살폈다. 나쁘지 않았다. 마히트의 눈에는(그리고 그녀는 자신이 제대로 훈련되지 않았다는 걸 알았다.) 좋아 보이고, 효과적이고 우아하게 보였다.

"보내요. 제한된 시간 안에 이보다 더 잘할 수는 없을 것 같으니까."
마히트가 세 가닥 해초에게 말했다.

"내가 지금 보낼게." 열두 송이 진달래가 그렇게 말하고 덧붙였다. "두 사람이 일하는 동안에 뉴스피드를 계속 봤어요. 아주 빠르게, 아주 나빠지고 있어요. 하나의 번개의 군대가 세관 공무원에게 총을 쏘고 반란을 진압하기 위해 시티 내에서 사람들에게 그들이 필요하다고 선언했어요. 누가 막을 수 있을지 모르겠군요. 한 군단을 어떻게 막지? 우리 군단들은 막을 수 없어요."

"보냈어. 내 이름으로, 내가 찾을 수 있는 모든 공개 피드랑 비공개 피드 몇 개에도요. 시 모임, 정보부 내부 메모 피드 한 군데……."
세 가닥 해초가 말했다.

"그게 좋은 아이디어일까요? 서른 송이 미나리아재비의 사람들이 읽고 있을 거라고 난 거의 확신하는데요."

마히트가 물었다.

"서른 송이 미나리아재비의 사람들이 자기 일을 눈곱만큼이라도 제대로 한다면, 우리 클라우드후크에 어떤 메시지라도 들어오지 않나 모니터링하고 있겠죠. 나라면 제일 먼저 클라우드후크를 몰수했을 거예요."

"당신이 그들 편이 아니라 우리 편에 있어서 얼마나 유용한지 모르겠군요."

마히트가 그녀에게 말하고서는 이 모든 일에도 불구하고 자신이 미소를 짓고 있음을 깨달았다.

"우리에게 시간이 얼마나 있을 것 같아?"

열두 송이 진달래가 물었다. 세 가닥 해초는 지나칠 정도로 쾌활하게 대답했다.

"군대가 황궁으로 쳐들어오기 전까지, 아니면 우리에게 더 이상 방송 플랫폼이 없게 될 때까지? 뉴스 그만 봐, 페탈. 와서 내가 아직 접속 가능한 동안에 이 시가 퍼지는 거나 봐."

그녀는 자신의 클라우드후크를 오른쪽 눈이라는 전통적인 위치에서 떼어내 그들 앞 회의용 테이블에 놓고 아주 작은 인포스크린 프로젝터가 되도록 설정을 바꿨다. 마히트는 그들이 쓴 시가 테익스칼란의 정보 네트워크를 통해 퍼지는 것을 보았다. 클라우드후크에서 클라우드후크로 공유되고, 재게시되고 재맥락화되는 건 잉크가 물에 퍼지는 것과 비슷했다.

"얼마나 더 남았죠?"

마히트가 부드럽게 물었다.

"내 생각엔 3분 정도요. 이건 빠르게 움직이고 있어요······."

세 가닥 해초가 말하는데 회의실 문이 쾅 소리를 내며 열렸다. 여섯 대의 헬리콥터가 거기 서 있었고 그 뒤에는 두 명이 더 있었다. 하지만 그 동반자들은 정보부의 크림색과 오렌지색 옷차림이었다. 세 가닥 해초가 손끝 위로 그들에게 몸을 숙여 인사했다.

"만나서 정말 반갑군요, 세 개의 등불, 여덟 개의 펜나이프. 정보부가 아닌 정치인에게 매수되어서 보내는 오후 시간은 어떤가요?"

어쩔 수 없이 마히트는 웃음을 터뜨렸다. 세 개의 등불과 여덟 개의 펜나이프는 말없이 열두 송이 진달래와 세 가닥 해초의 클라우드후크를 받아서 여섯 대의 헬리콥터에게 건넸다.

"방금 당신들이 한 일, 승인받지 않은 정치적 시를 공개 피드에 올리는 건 반역으로 여겨질 수도 있다는 거 알죠? 특히나 당신들이 어디서 차를 요청했고 벨타운 6지구가 오늘 아침에 반제국 시위자들로 가득했다는 걸 고려하면? 시티의 나머지 군중은 말할 것도 없고."

"사법부에 들고 가든지."

열두 송이 진달래가 말했다. 마히트는 그가 자랑스러웠다. 그들은 전부 죽거나 혹은······ 뭔가를 당하겠지만, 그래도 아직까지 그들은 우리였다. 어떤 언어의 정의로든 간에.

"난 현재 상황에서 내 경험에 적합한 정치적 시를 썼어요. 그게 반역이라면, 우리의 2000년 된 작품 목록을 가져와 봐요. 거기서 더 많은 반역죄를 발견하게 될 테니까."

세 가닥 해초가 말했다. 여섯 대의 헬리콥터는 식식대지 않으려고 노력했으나 실패했다. 그의 손에는 클라우드후크가 가득해서 제대로 손짓을 하지도 못했으나 마히트는 어깨와 턱의 긴장감을 통해 그가 얼마나 손을 흔들고 싶어 하는지, 아니면 차분하게 앉아서 손바닥으로 턱을 받치고 팔꿈치를 테이블에 대고 있는 세 가닥 해초를 잡아 흔들고 싶어 하는지 알 수 있었다.

"네놈들을 체포하겠어. 난…… 이 정보부 요원들을 서른 송이 미나리아재비 장관 대행의 대리 대표자로서 구금할 것을 명령한다."

"피투성이 별이여." **열두 송이 진달래**가 여섯 대의 헬리콥터를 무시하고 눈에 띄게 움찔하는 세 개의 등불을 쳐다보며 말했다. "두 사람, 정말로 그 짓을 할 거야?"

"만약 나가려고 시도한다면 제지할 겁니다. 그것만은 보장하지요."

세 개의 등불이 말했다. 여덟 개의 펜나이프가 덧붙였다.

"그리고 아세크레타로서의 특권은 다음 장관이 되는 사람이 재검토할 때까지 취소됩니다……."

"정말로 실망스럽군요, **여덟 개의 펜나이프**. 당신은 항상 두 그루 자단목의 방침을 열렬하게 지지했었는데……."

세 가닥 해초가 절묘하게 한숨을 쉬면서 말했다. 여섯 대의 헬리콥터가 쏘아붙였다.

"그만. 우린 해야 할 일이 있어. 당신들은 없고. 아세크레타. 대사."

그가 홱 돌아서서 정보부의 충성 신자들을 뒤에 달고서 나갔다. 그들은 다시 회의실에 그들끼리 남았다. 할 일도 없고, 볼 것도 없이, 클라우드후크와 뉴스피드가 없이 장문도 없는 형광등 불빛의 방에 있으면 장님이 된 꼴이었다. 심지어는 커피 병까지 비었다.

마히트는 자신의 양옆에 있는 세 가닥 해초를, 열두 송이 진달래를 차례로 보았다. 그녀는 실제로 느끼는 것보다 훨씬 더 강한 자신감을 담아서 말했다.
"자, 이제 기다리죠."

기다림은 즐겁지 않았다. 마히트는 방사선과 부패로부터 보호되지만 계속해서 자유 공간을 굴러다니는 폐쇄된 캡슐 안에 있는 느낌이었다. 캡슐이 마침내 열렸을 때 돌아갈 바깥 세계가 있는지 전혀 보장 없이 말이다. 정보부 회의실에서는 볼 게 아무것도 없었다. 바깥에서 소음도 들리지 않고, 군인들의 고함이나 부츠를 신은 군인들의 행진 소리도 들리지 않았다. 시티 거리가 선리트의 헬멧으로 반짝이거나 보라색 꽃의 카펫으로 가득한 모습도 전혀 알 수 없다.

세 가닥 해초는 테이블 위에 겹쳐 놓은 팔 윗부분에 머리를 기댔다. 마히트는 그녀가 낮잠을 자는지 아니면 생각하지 않으려고 하는 건지 알 수 없었다. 어느 쪽이든, 그녀가 부러웠다. 생각하지 않는 것은 다른 사람들의 영역이었다. 생각하지 않는 것은 불가능했고, 차라리 자신의 피부를 뜯어 내는 쪽이 더 나을 것 같았다. 마히트는 계속해서 **열아홉 개의 자귀**가, 에주아주아카트건 아니건 간에 르셀 대사 한 명 때문에 서른 **송이 미나리아재비**에게 대들지 않을 만한 온갖 이유를 떠올리고 있었다. 그 이유 중에서 최악인 것은 그녀와 서른 **송이 미나리아재비**가 이미 협력 관계이고, 정보부에 대한 그의 결정에 그녀도 그냥 따르고 있는 경우였다. 두 번째로 최악인 건 **열아홉 개의 자귀**가 권력의 균형을 따지고서 서른 **송이 미나리아재비**에 맞서는 게 성공 가능성이 없다고 여기고 누가 이기든 조용히 쿠데타를 견디는 거였다……

아마 두 번째 선택은 하지 않을 것이다. 그건 그녀답지 않았다. 그 확신이 마히트의 안에서 따스한 조수처럼 솟아올랐다. 완전히 마히트의 것은 아니고 이스칸드르의 기억과 그녀 자신의 기억이 합쳐져서 그런 평가를 내리고 있었다.

"누군가가 내 손을 잘라 버린 느낌이에요. 계속해서 뉴스피드에 접속하려 하지만 그건 거기에 없고, 건드리기만 하면 제국 전체가 나타나는 게 아니라 나밖에 없잖아요."

〈테익스칼란 시민으로서 테익스칼란 제국인이 함께 있지 않으면 외롭겠지. 그거 하나는 부럽지 않아. 한 조각 후회도 없이 말이지.〉

이스칸드르가 마히트에게 속삭였다.

우린 절대 혼자가 되지 않겠지, 당신과 나, 이번 생에는 다시는 말이야, 마히트가 생각했다.

〈혹은 다음 생에도.〉

나 다음에도 테익스칼란 대사가 있다면 말이지.

〈네 다음에 테익스칼란 대사가 있고, 우리의 이마고 라인이 보존될 가치가 있다면 말이야.〉

뱃속에 작고 뜨거운 납덩어리가 있는 상태로, 그러면 좋겠다고 마히트는 바랐다. 이번 주, 그녀, 그녀와 이스칸드르 둘 다의 무언가가 낭비되지 않기를 바랐다. 지금 그녀가 아는 것은(그녀 자신만의 독화저럼, 뭉쳐 있는 외계 함성들의 좌표처럼, 그녀가 마음에 갖고 다니는 테익스칼란에 대한 외적 위협, 어떤 합병 전쟁도 취소시킬 만한 외적 위협이라면) 이마고 머신이 그녀랑 이스칸드르와 함께 죽지 않으리란 것이다. 그녀와 이스칸드르와 함께 침묵하게 되겠지.

어쨌든 기다리는 게 싫었다. 밖에서 어떤 일이 일어나고 있는지는 쉽게 상상할 수 있었다. 100여 버전쯤은 상상이 됐다. 서사시와 끔찍한 영화, 테익스칼란이 알려진 우주 가장자리에서 벌인 합병 전쟁의 비밀 다큐멘터리 장면들로부터 조합된 100여 버전의 장면들. 여기, 제국의 심장에서라고 해도 발포를 시작한 후에는 다를 것이 없을 것이다. 전혀 다르지 않을 것이다. 그게 문제였다. 제국은 제국이었다. 유혹하는 부분과 바이스 같은 턱으로 덥석 무는 부분, 그리고 행성의 목이 부러져 죽을 때까지 흔들어 댄다.

◇ ◇ ◇

처음에 마히트는 기나긴 일시정지가 끝났다는 것을 깨달았다. 텅 비고 변하지 않는 불빛의 회의실에서 멍하니 있는데 복도 아래쪽에서 소동이 일었다. 고함치는 목소리, 문이 쾅 닫히는 소리. 잠깐 침묵하다가 곧 책상 위의 모든 것이 바닥에 떨어진 것처럼 요란한 우당탕 소리가 들렸다.

"……저거라고 생각해요?"

세 가닥 해초가 일어서면서 물었다.

"설령 우리를 위한 게 아니더라도 뭔가가 일어났죠. 뭔가를 기다리는 것보다는 낫잖아요. 보러 가죠."

마히트가 말했다. 열두 송이 진달래는 무뚝뚝한 알림처럼 말했다.

"우린 체포됐어요. 하지만 알 게 뭐야. 우리 스스로 체포를 끝내자고요."

마히트는 웃었다. 두개골 안에서, 끝없는 수술 자리의 통증과 다친 손에서 뛰는 맥박, 망가진 신경의 짜릿거림과 엉덩이의 끝없는 통증 뒤로, 기분이 거의 좋아졌다.

〈아드레날린은 엄청난 약이야, 마히트. 할 수 있을 때 그걸 이용하자고.〉

회의실 바깥(그들은 문을 심지어 잠그지도 않았다. 그건 모욕이자 마히트가 자기 자신의 감금에 협조적인 참여자인 것 같은 행동인 동시에 아주 약간 죄책감도 들었다.) 그리고 비상구로 이어지는 복도의 중간쯤, 거기에 중앙 정보 데스크가 있고, 키와 머리 모양으로 보아 세 개의 등불인 것 같은 사람이 서 있었다. 내용물이 바닥에 다 흩어졌던 게 바로 이 책상이었다. 인포피시 스틱과 사무용품들이 널려 있고, 이 작은 조화를 망가뜨리는 사람은(하얀 옷을 화려하게 입은 사람, 오, 마히트는 테익스칼란 시민들이 모든 것에 상징적인 천을 쓰는 걸, 그게 아무리 부자연스러워도, 자신이 얼마나 사랑하는지 잊을 수가 없었다. 왜냐하면 하얀색은 **열아홉 개의 자귀**의 특징이니까.) 저건 **열아홉 개의 자귀**의 최고의 보좌이자 사랑받는 제자인 **다섯 개의 마노**였다. 평범한 얼굴은 차분하고 냉정했고, 손에는 충격봉을 들고 있었다. 날씬한 금속 봉은 전기 에너지로 파지직거렸다. 그 뒤로 마히트가 전에 본 적 없는 새하얀 옷의 또 다른 테익스칼란인 남자가 똑같은 무기를 들고 있었다.

이건 일종의 기사騎士였다. 상징색의 옷을 입은 기사. 그들 사이에는 단 하나의 보라색 꽃가지도 없었다. 그리고 특별히 **다섯 개의 마노**가 그들을 찾으러 왔고, 그 뜻은 **열아홉 개의 자귀**가 마히트와 세 가닥 해초가 시에서 말하려고 했던 것을 이해한다는 뜻일 것이다.

"지금 그 사람들이 보여요." **다섯 개의 마노**의 목소리는 날카롭고 잘 울렸다. "거기 세 사람. 이쪽으로 오세요, 대사님. 에주아주아카트 열아홉 개의 자귀 각하께서 대사님이 그분을 피난처로 선언한 것을 아직 효력이 있다고 인정하셨습니다."

"공식적인 피난처 선언을 한 게 아니잖습니까. 사법부에 가면 1초도 버티지 못할 겁니다."

세 개의 등불이 말했다.

"서른 송이 미나리아재비의 황궁 음모도 그렇죠. 그러니까 우린 무승부군요. 난 사고를 일으키고 싶지 않아요. 그들이 이쪽으로 오게 해요."

마히트는 복도를 따라 걸어가기 시작했다. 세 가닥 해초와 열두 송이 진달래가 양옆에서 걸었다. 잠깐 동안 마히트는 해낼 수 있다고, 아무런 문제 없이 다섯 개의 마노의 손안에서 안전해질 수 있다고, 열아홉 개의 자귀의 부드러운 힘을 발휘하지 않고도 괜찮을 거라고 생각했다.

그때 여섯 대의 헬리콥터가 그들 뒤로, 그들이 온 방향에서 더 멀리 있는 사무실에서 뛰쳐나왔다. 마히트는 우뚝 멈춰서 몸을 돌려 그를 보았다. 그의 손에 다섯 개의 마노 같은 충격봉 대신에 있는 것을, 마히트는 싸늘한 공포 속에서 알아보았다. 발사무기projectile weapon였다. 르셀에서는 불법이었다. 선체에 구멍을 낼 수 있기 때문이었다. 남자는 소리를 지르고 있었다. 마히트는 여섯 대의 헬리콥터와 다섯 개의 마노 사이에, 중간에 갇힌 채 꼼짝하지 못했다.

"감히 그런 짓을 할 생각도 하지 마. 낙하산 선동가 주제에 원하는 대로 할 수 있다고 생각하지, 길거리에 군대가 있다고, 더 이상 그런 짓은 할 수 없어, 네놈도 법과 질서를 따라야 한다고!"

공포에 사로잡힌 채로도 마히트는 그 말이 우스꽝스럽다는 걸 알았다. 이 옹졸한 놈팡이가, 자신이 간신히 얻은 그 눈곱만큼의 힘을 잃을까 봐 엄청나게 화가 났다.

차분하게 **다섯 개의 마노**가 충격봉을 들어 올리고, 끝에서 파란색과 초록색의 에너지가 파지직거리는 채로 **여섯 대의 헬리콥터**를 향해 걷기 시작했다.

발사무기가 터뜨리는 총성은 마히트가 기억하는 그 어떤 소리보다도 컸다. 옆에서 짧고 날카로운 비명이 터졌고, 곧 연달아 탕 탕 소리가 더 났다. 마히트는 뛰어야겠다는 생각도 하지 않은 채, 마비 상태에서 완전히 풀려나서 **다섯 개의 마노**를 향해 복도를 달렸다. 세 개의 등불은 책상 뒤로 아예 안 보이게 숨었고, **다섯 개의 마노**의 보조원은 충격봉을 번쩍거리며 책상을 지나서 전진했다.

또 다른 총성에 **다섯 개의 마노**의 팔 윗부분에 붉은 자국이 나타났다가 실을 따라 번지며 하얀 튜닉에 핏자국이 퍼졌다. 그녀의 얼굴이 새하얘졌다. 충격봉이 바닥에 떨어져 파지직거리는 전기 소리가 났다. 마히트는 계속 달렸다. **다섯 개의 마노**가 있는 곳(충격에 빠진 듯 여전히 완벽하게 차분하게 서 있다.)에 도착해서 다른 팔, 피 흘리지 않는 팔을 잡고 그녀를 자신의 뒤로 끌어당겼다.

저 안에 발사체가 몇 개나 들었어?

〈충분히.〉 머릿속에 있는 이스칸드르는 긴장한 상태였다. 〈널 죽일 만큼. 계속 뛰어. 돌아보지 말고……〉

마히트는 돌아보았다.

세 가닥 해초는 언제나 그랬듯이 그녀의 어깨 바로 옆에 서 있었지만, **열두 송이 진달래**는 아니었다. 그는 복도에 뒹군 채 움직이지 않았다. 그 주위로 새빨간 피가 고였다.

다섯 개의 마노의 하얀 옷을 입은 보조원이 여섯 대의 헬리콥터의 벌어진 입에 충격봉을 바로 집어넣었다. 파란 불길이 남자의 두개골을 통과했다. 또다시 발사무기의 총성이 났다. 보조원의 복부에 특이점 한가운데처럼 구멍이 뚫렸다.

"뛰어요!"

세 가닥 해초가 외쳤고, 마히트는 뛰었다. 한 손으로 다섯 개의 마노의 팔을 잡고, 정보부 건물을 빠져나와 길거리에 나올 때까지 뛰었다.

19장

정적과 인내가 안전을 만든다
'세계의 보석'은 스스로를 보존한다.
찢어진 꽃들이 훈련받지 않은 손에서 죽어 가고
비뚤어진 정원사들이 번창한다
황량한 웅덩이의 이점을 외치면서.

— 다섯 개의 왕관에게 바치는 시, 후에 제국 전체에서 공공 안전 메시지로 사용

만약 이 군단 전함이 우리를 파괴한다면, 15대에 걸친 우리 의회를 대체하는 어떤 정부에서든 네 자리를 빼앗겠어. 너와 암나르트바트 둘 다. 타협자와 고립주의자. 널 자리에서 내쫓고 네 이마고 라인을 파괴할 거야.

— D.O.라고 서명된 쪽지, 다지 타라츠의 사무실에 직접 배달됨, 251.3.11-6D

다섯 개의 마노가 마히트의 손을 흔들어 뗐다. 자세를 바꾸느라 온몸이 날카롭게 떨렸다. 어깨의 핏자국은 여전히 커지고 있고, 하얀 소매에 붉은 핏줄기가 흘렀다.

"시간이 없어요."

그녀가 말했으나 마히트는 이해할 수가 없었다. 어떤 것도 제대로 이해가 되지 않았다.

"……데려와야 해요. 저기서 죽어 가고 있는데……"

세 가닥 해초가 말을 했다.

"시간이 없어요."

다섯 개의 마노가 다시 말했고, 이제야 마히트는 이해했다. 퍼져 가는 피웅덩이 속의 열두 송이 진달래. 그녀의 친구 열두 송이 진달래. 세 가닥 해초의 친구.

발사무기에 맞은 게 자신인 듯 가슴이 좁아지고 뜨거워졌다. 그녀 자신이 발사무기이고 곧 산산이 조각날 것처럼.

"시간 따위 상관 안 해요."

세 가닥 해초가 말했다.

"전 정보부 안에 다른 발사체를 쏘는 불법 무기들이 얼마나 많이 있는지 모릅니다." 다섯 개의 마노가 내뱉었다. 마히트는 이 여자를 열아홉 개의 자귀의 사무실에 있던 유능하고 조용한 보좌관이라고 생각하기가 어려웠다. "얼마나 많은 서른 송이 미나리아재비의 지지자가 마찬가지로 행복하게 누군가를 쏠 타이밍만 기다리고 있는지도 모르고요. 젠장, 어깨가 아프네. 친구분은 유감이에요. 스물두 개의 흑연에게는 정말로 미안할 뿐이네요. 빌어먹을 별빛이여, 정말 미안해요. 하지만 여러분은 도움을 요청했고, 사람들이 길거리에서 그 빌어먹을 시구를 노래하고 있어요. 그러니까 여러분이 원하는 대로 얼른 여기서 벗어나자고요."

"노래를 해요?"

마히트가 무력하게 물었다.

"목이 터져라 '하나의 번개를 위로'라고 외치는 자들 말고는요."

다섯 개의 마노는 그렇게 말하고 광장을 걸어갔다.

마히트는 세 가닥 해초의 손을 잡았다. 손바닥이 땀으로 미끄럽고 끈적거렸다. 그들은 따라갔다. 다섯 개의 마노는 빠른 걸음으로 걸었다. 그녀의 어깨는 뻣뻣하고 위로 올라갔고, 피가 줄줄 흐르는 걸 감추려고도 하지 않았다. 당장의 추격은 없는 것 같았다. 어쩌면 여섯 대의 헬리콥터도 열두 송이 진달래의 옆에서 죽어 있을지도 모른다. 아, 생각만 해도 마음이 아팠다. 열두 송이 진달래는 이런 대접을 받아서는 안 됐다. 정신을 돌리기 위해서 마히트는 그들이 어디로 가고 있는지 추적해 보려 했다. 열아홉 개의 자귀의 사무실에 가는 길을 안다고 생각했었지만, 모든 것이 대낮의 햇빛 속에서는 달라 보였고, 마지막으로 갔을 때에는 선리트의 호위를 받으며 지상차를 타고서였다.

하늘은 또다시 그 불가능할 정도의 파란색이었다. 지평선을 손상시키는 희미한 건물들의 제한에 묶인 무한. 마히트는 행성 표면에 그대로 쓰러질 수 있었다. 그녀는 세 가닥 해초의 손을 꽉 잡았다. 반응은 없었다.

모퉁이를 돌아 동황궁의 중앙광장에서 열아홉 개의 자귀의 사무실이 있다고 마히트가 생각하는 건물들로 가다가(살짝 보이는 장밋빛 대리석이 그늘이 가야 하는 곳인 모양이었다.) 선리트 소대와 맞닥뜨렸다. 그들은 일식처럼 나타났다. 거기에 갑자기, 금색 헬멧을 쓴 얼굴 없는 스무 명의 사람들이 나타나 빛을 가로막았다.

"멈추십시오."

그중 한 명이 말했다. 마히트는 누군지 헷갈렸다. 선리트는 모두 목소리가 똑같았다. 다섯 개의 마노가 멈췄다. 그녀의 가슴이 들먹였다.

"다쳤군요."

다른 선리트가 말했다. 목소리 크기로 봐서 좀 더 가까이 있는 사람 같았다.

"밖에 있는 것은 위험합니다. 황제 폐하께서 시민들의 통행금지령을 선언하셨습니다. 병원에 가시는 겁니까?"

"저…… 전 집에 돌아가려고 하는 거예요. 전 에주아주아카트 열아홉 개의 자귀 각하 밑에서 일하고……."

"길거리에 나오지 말라는 명령입니다."

세 번째 선리트가 말했다.

"통행금지는 우리가 적절하다고 생각하는 어떤 방식으로든 강제집행할 수 있습니다."

네 번째 선리트가 말했다. 그리고 스무 명의 선리트 모두가 자동인형처럼 그들 쪽으로 다가왔다.

개인적인 폭력이랑 기관의 폭력, 어느 게 더 위협적일까?

그때 생각이 났다. 내가 알고리즘을 속일 수 있을까?

마히트가 한 걸음 앞으로 나서서 떨리는 목소리로 말했다.

"우리에게 총을 쐈어요." 마치 히스테리를 일으킨 것처럼 행동했다. 그리고 억양 없는 테익스칼란어로 말하기 위해 이스칸드르의 내적 지식에 의지했다. 지금 한순간만, 분명한 야만인이 아닌 척하자. "우린 정보부에 있었어요. 거긴 미친 자들에게 점령됐어요. 우린……. 끔찍해요. 내 친구는 아마 죽었을 거예요……."

그 신호에 세 가닥 해초가 눈물을 터뜨렸다. 마히트에게 그 눈물은 진짜처럼 보였다. 아마도 진짜일 것이다. 지금 이 순간까지, 눈물이 유용해질 때까지 참고 있었던 거겠지.

그들에게서 가장 가까운 선리트가 조금 더 부드럽게 다시 말했다. "어떤 미친 자들입니까? 시민분들, 우리에게 정보를 주십시오."

"내 친구를 쏜 남자는……." 세 가닥 해초가 얼굴에 눈물이 줄줄 흐르는 채로 말했다. "그자는 서른 송이 미나리아재비 밑에서 일했어요. 정보부 장관이 위험한 인물이라 몰아냈다더군요. 미안해요, 난 보통은 이러지 않아요. 정말로요."

그녀가 코와 눈을 닦았다.

"어떻게 위험하다는 겁니까?" 선리트 두 명이 동시에 물었다. 그리고 세 번째 선리트가 마치 AI를 통한 에코 효과처럼, 알고리즘이 스스로를 조절하듯이 그 질문을 반복했다. "어떻게 위험하다는 겁니까?"

"잘 모르겠어요. 그냥 위험하다고만 했는데, 어쩌면 장관이 야오틀렉의 방침을 좋아했던 게 아닐까요? 굉장히 혼란스러워요, 그리고 그자들이 우리를 쐈고……."

마히트는 새빨간 거짓말을 늘어놓았다. 소대 전체가 동시에 그들 쪽으로 돌아서서 집중했다. 강철 부스러기들이 지나가는 자석에 대형을 취하는 것 같았다. 손은 전부 여전히 충격봉 위에 있었다. 마히트는 타격을 기다렸다. 전기의 형태로 취해지는 불가피한 기관의 폭력의 무게, 움직이지 않는 시티의 일부 분이 며칠 전에 세 가닥 해초를 공격했던 것처럼 움직이는 시티의 격자망 일부분이 그녀를 공격하는 것을. 하지만 이게 효과가 있다면, 이 소대를 떼어내서 정보부에서 올 수도 있는 추격에 개입하도록 보낼 수 있다면, 그러면 위험을 감수할 가치가 있었다.

"우리, 안으로 들어가도 될까요? 황실의 통행금지법을 어기고 싶지는 않습니다. 제 아들이 안에 있어요. 전 그냥 집으로 가고 싶어요. 바로 저기예요."

다섯 개의 마노가 성한 팔로 마히트가 열아홉 개의 자귀의 사무실이 있거나 가까울 거라고 짐작했던 건물을 가리켰다.

마침내 그걸로 끝이 났다. 소대 가장자리에 있던 선리트 한 명이 나머지로부터 몇 걸음 정도 떨어져 나왔다.

"가십시오. 정보부 상황은 우리가 조사하겠습니다. 우리 중 한 명이 호위를 해 드릴 겁니다."

집단에서 떨어져 나오자 한 명의 선리트는 거의 사람처럼 보였다. 마히트는 어떻게 테익스칼란 시민이 그들 중 한 명이 되는지 정말로 절실하게 알고 싶었다.

〈그걸 알아내면, 내가 했던 모든 것보다 더 나은 일을 한 셈일걸.〉

이스칸드르가 그녀에게 말했다.

남은 소대는 세 명이 광장을 빠져나왔던 길을 따라 우아하게 움직였다. 마히트는 그들이 다섯 개의 마노가 흘린 피 냄새를, 사냥의 반대로 따라가는 모습을 선명하게 상상했다.

남은 선리트가 한 손을 흔들었고, 세 사람은 그 손짓을 따라갔다. 마히트는 여전히 세 **가닥 해초**의 손을 잡고 있었고, 세 **가닥 해초**는 여전히 통제 불가능하게 울고 있었다. 이 상태로 마히트는 경찰의 호위를 받으며 두 번째로 **열아홉 개의 자귀**의 사무실 문으로 들어갔다.

원환 구조, 빙 돌아서 왔어. 그리고 불가능한 정보의 조각이 다시금 떠올랐다. 사람들이 마히트의 시구를 길거리에서 노래하고 있었다고?

〈손대지 않은 건 아무것도 없어.〉 이스칸드르가 중얼거렸다. 그녀의 젊은 이스칸드르, 낯익은 깜박거리는 잡음 섞인 밝은 목소리. 〈네가 만든 그 어떤 것이든 테익스칼란이 손대지 않는 건 없어. 나조차도 그걸 깨달았다고.〉

열아홉 개의 자귀는 사무실을 작전실로 바꾸었다. 그녀는 전에 그랬듯이 거대한 홀로그래프 프로젝터가 호에 호를 그리는 바다 한가운데 서 있었다. 하지만 한때 정보를 모으는 질서정연한 사무실이었던 곳에서 지금은 지친 얼굴의 젊은 남녀들이 이미지를 손짓으로 앞뒤로 바꾸고, 메모를 쓰고(손으로, 종이에!) 클라우드후크를 통해서 다른 어딘가에 있는 사람에게 낮고 빠른 목소리로 말을 했다.

혼란의 한가운데에서 **열아홉 개의 자귀**는 하얀 기둥이었다. 여전히 티 하나 없었으나, 뺨의 가무잡잡한 피부는 눈 아래가 회색이 되었고, 눈 자체도 붉었다. 마히트의 첫 번째 생각은 그녀가 울었다는 것, 그리고 잠을 못 잤다는 거였다. 밀려드는 걱정과 동정 중 얼마만큼이 마히트의 것이고 얼마만큼이 이스칸드르의 것일까. 상관없다고 결정할 때 열아홉 개의 자귀가 그들 모습을 발견하고 머리 주위의 프로젝터들을 한 번의 농작으로 없앤 후에 곧장 **다섯 개의 마노**에게 다가갔다.

"다쳤군."

그녀가 다섯 개의 마노의 양손을 잡으며 말했다.

"……약간요." 마히트는 다섯 개의 마노의 얼굴에서 그녀의 마음을 엿볼 수 있었다. 자신이 모시는 에주아주아카트와의 바로 이 순간을 위해서, 그녀는 여섯 대의 헬리콥터가 쏘는 총 앞으로 곧장 걸어갈 수 있었을 것이다. "그건 별로 상관없습니다. 전 스물두 개의 흑연을 잃었고……."

"두 사람 다 자원했어. 그 친구도 자네만큼 무슨 일이 일어날 수 있는지 알고 있었어. 안쪽으로 가." 열아홉 개의 자귀가 꽃 사건 후에 욕실에서 마히트에게 보였던 그 아름답고 기묘한 상냥함을 담아서 말했다. "자네는 정말 잘했어. 내가 요청한 일을 해냈네. 앉아서 물 좀 마셔. 자네 팔을 봐줄 익스플라나틀을 부를 테니까."

자네는 정말 잘했어. 자기 사람을 하나 잃은 상황에서도 열아홉 개의 자귀는 남은 사람에게 위안을 줄 수 있었다. 목에서 느껴지는 통증은 마히트 혼자만의 것이 아니었다. 이스칸드르도 그걸 듣고 싶어 했을 것이다, 안 그런가? 특히나 그녀에게서.(벌거벗은 열아홉 개의 자귀의 10년 전 모습이 순간적으로 스쳤다. 그러나 마히트는 만지고 싶고, 함께하고 싶은 욕망은 고사하고 성욕조차 느끼지 않았다.)

〈아니, 난 그녀가 나에게 동의하길 바랐어. 넌 그녀가 네가 옳다는 식으로 봐주길 바라지.〉

그때 열아홉 개의 자귀가 말했다.

"……대단한 상품이군요, 마히트 디즈마르. 내가 당신을 위해서 기꺼이 지불하려고 한 대가가 어느 정도인지. 그 시는 혼자서 다 썼나요?"

"세 가닥 해초가 대부분을 썼어요."

마히트는 여전히 세 가닥 해초의 손을 잡은 상태였는데, 이제 그 그녀의 담당자는 손가락을 깍지끼고 있었다.

"내 친애하는 아세크레타. 언제나 달변가지."

세 가닥 해초는 목이 막힌 것 같은 끔찍한 소리를 내고서 말했다.

"각하, 제가 콧물로 뒤덮여 있을 때 달변가라고 부르지 말아 주세요."

열아홉 개의 자귀는 웃고 싶은데 웃는 법을 잊어버린 것 같은 얼굴이었다. 웃음이 완전히 떠나 버렸다. 대신에 그녀는 어깨를 으쓱이고 특유의 반쯤 웃는 표정을 지으며 말했다.

"풀어 달라, 나는 태양의 손에 있는 창이니. 이게 기억하는 데 딱이었죠. 앉지 그래요? 당신을 갖고 뭘 해야 할지 결정해야 하니까요."

"폐하와 이야기를 해야 합니다. 그게 각하께서 제게 해 주실 일입니다. 그 후에는 원하시는 대로 마음대로 하셔도 돼요."

마히트가 소파로 걸어갔다. 처음 열아홉 개의 자귀에게 취조를 당할 때 앉았던 그 소파였다. 다시 원환 구조가 떠올랐다. 다리가 물처럼 느껴졌다. 물 같은 다리가 쏟아지며 마히트를 쿠션에 내동댕이쳤다. 세 가닥 해초는 궤도를 도는 위성처럼 마히트와 함께 앉았다. 그녀가 마히트의 옆에 앉을 때 그들의 허벅지가 닿았다. 마히트는 그녀의 얼굴을 닦아 주고 눈물을 조금이라도 지워 주게 내밀 손수건이 있었으면 얼마나 좋았을까 생각했다. 그녀에게 지금 상당히 부족한 약간의 위엄이라도 돌려줄 수 있도록.

열아홉 개의 자귀는 그들이 가는 것을 보고, 앉는 것을 보았다. 길고 끔찍한 한순간에, 그녀는 갈피를 잃은 것처럼 보였다. 가야 할 방향과 열의가 전부 빠져나간 것처럼. 하지만 다음 순간 머리를 꼿꼿이 세우고 등을 길게 호 모양으로 만들고 사무실을 성큼성큼 가로질러 그들 둘의 앞에 섰다.

"그냥 그분 앞에 데려갈 수는 없어요. 그분은 감시를 당하고 계세요. 그리고 건강도 좋지 않으시죠. 당신도 알잖아요, 마히트."

"그분은 오랫동안 건강이 안 좋으셨죠. 그건 각하도 아시죠. 그분도 알고, 이스칸드르도 알고."

"현재형인가요?"

열아홉 개의 자귀가 고개를 살짝 옆으로 기울이면서 물었다.

"알았었다고요. 그게…… 복잡해요. 이제는 더더욱. 전…… 열아홉 개의 자귀 각하, 마지막으로 여기 있었을 때 전 진심으로 그와 이야기할 수 없다고, 그나 제 정부가 뭘 의도했건 간에 그는 사라졌다고 말했지요. 이제는 그때랑 똑같이 진심으로 다르게 말하겠습니다. 전…… 우린…… 긴 이야기인데, 수술적 개입이 있었고 제 평생 최악의 두통을 앓았고 또, 안녕…… 당신이 그리웠어……."

뒤로 물러섰다. 잠깐 동안 이스칸드르가 차지한 마히트의 일부분이 그것을 허용했다. 얼굴 근육, 그것이 만드는 그의 더 큰 미소, 그의 눈 가장자리가 그녀의 젊은 피부에서는 아직 생길 시간이 없었던 웃음주름으로 구겨지는 방식.

주조한 금속이 빛났다가 다시 가라앉는 것처럼 열아홉 개의 자귀의 얼굴에 붉은 기운이 지나갔다.

"이번엔 왜 내가 당신을 믿어야 하죠?"

그러나 마히트는 이미 그녀가 믿는다는 걸 알았다.

"당신이 날 죽였으니까." 마히트가 말했다. 이스칸드르가 말했다. 그들이 말했다. "혹은 열 개의 진주가 날 죽이게 놔두고 그를 막지 않았지. 그것도 거의 똑같은 거야. 그래도 어쨌든 난 당신이 그리웠어."

열아홉 개의 자귀가 내뱉은 숨은 컸고, 그녀의 폐를 지나서 거의 통제가 안 되는 짧은 숨으로 다시 정착했다. 그녀는 맞은편 소파에 앉아, 그러지 않으면 쓰러지리라고 생각하는 것처럼 신중하게 다리를 접었다.

"당신이 그 이야기를 하고 싶어 할 것 같았어. 당신은 항상 결정한 것에 관해 이야기를 하고 싶어 했지······."

"그럴지도." 이스칸드르가 마히트의 입으로 말했다. 마히트는 그가 이렇게 상냥할 수 있는 줄 몰랐다. "이 일이 끝나고 나서. 우리에겐 시간이 거의 없습니다, 안 그래요, 친애하는 각하?"

열아홉 개의 자귀는 다시 한번 커다랗게 숨을 들이켰다.

"그래. 다시 마히트가 돼. 난 이게 얼마나 충격적일지 상상도 못 했어. 당신 표정 말이야. 꼭 유령 같네."

"정말 틀린 비유예요. 유령은······."

〈쉿. 그녀에게 지금 그건 안 필요해.〉

이스칸드르가 마히트에게 말했다.

그러고서 넌 내가 세 가닥 해초를 꼬신다고 비난했지······.

〈우리에게는 지켜야 하는 제국이 있어, 마히트.〉

오, 그게 우리가 하고 있는 일이야? 난 우리 스테이션을 합병에서 구해 내려고 하는 줄 알았는데······

이런 입씨름은 그들에게 좋지 않다는 걸 마히트는 깨달았다. 구역질이 나고, 관자놀이에서는 두통이 생기기 시작했다. **열아홉 개의 자귀와 세 가닥 해초**는 그녀가 거대한 광기의 웅덩이 가장자리에서 서서히 빠져들고 있기라도 한 양 쳐다보았다.

"제게 정보가 있습니다." 그녀는 정신을 차리고 자신이 '한때 이스칸드르였던 마히트'이지, 둘의 끔찍한 혼종이 아니라는 걸 보여 주기 위해서 노력했다. "이건 제가 개인적으로 엄청난 대가와 아마도 르셀 스테이션의 우리 국민들에게도 큰 대가를 치르고서 얻은 거고, 당장 폐하의 귀에 들려 드려야 합니다. 전 그분께로 돌아가려고 계속 노력했어요. 억류된 데다 친구는 총에 맞아서 아마도 죽었고, 선리트와 협상을 해야 했지요. 각하는 그분께 다가갈 제 유일한 가능성인 것 같으니……."

열아홉 개의 자귀가 낮게 욕을 했다.

"당신 친구에 대해서 깊은 조의를 표해요. 그가 당신이 두려워하는 것보다 더 나은 상태였으면 좋겠군요."

마히트는 **열두 송이 진달래**의 주위로 퍼지는 피웅덩이와 그 양이 얼마나 많았는지, 얼마나 동맥혈처럼 밝은색이었는지를 떠올리고서 생각했다. 희망으로는 부족해.

"저도 마찬가지입니다. 그는…… 그는 야만인으로서 누군가에게 기대할 수 있는 것 이상으로 제게 관대했어요."

마히트가 말했다. **세 가닥 해초**는 킬킬거림과 흐느낌의 사이쯤 되는 기묘한 소리를 냈다.

"페탈이 한 일은 당신을 위해서 목숨을 내놓은 거예요, 마히트. 페탈이 내 친구가 아니었다면 이런 난장판에 절대로 끼어들지 않았을 텐데."

한 손을 흔들어 **열아홉 개의 자귀**는 보좌관 한 명을 불렀다. 젊은 남자가 마치 홀로그램인 것처럼 소파 옆에 나타났다.(독화를 버렸던 **일곱 개의 저울**은 아니었다. 독화를 가지고 왔을지도 모르는 인물. 마히트는 그에 관해서, 그날 밤에 일어났던 모든 일에 관해서, 왜 **열아홉 개의 자귀**가 그녀의 목숨을 구하기 위해서 그렇게 애를 썼는지를 물어봐야 했다.)

"아세크레타에게 물 한 잔과 손수건을 갖다 줘. 그리고 우리 모두에게 브랜디를 좀 가져오고. 우리한테 필요할 것 같아."

열아홉 개의 자귀가 보좌관에게 말했다.

남자는 나타났던 것만큼 빠르게 사라졌다. **열아홉 개의 자귀**는 스스로에게 뭔가를 확인하듯이 고개를 끄덕이고서 말했다.

"만약에 말이죠, 난 만약의 경우를 말하는 거예요, 마히트 디즈마르. 내가 당신을 이 극도의 분란과 불확실함의 시기에 내 지위와 내 목숨까지 위험에 내걸고 폐하께 데려간다면, 그분께 무슨 이야기를 할 계획인지 나에게 얘기하는 게 좋을 거예요. 그분께 말하는 것만큼 자세하게. 그럴 만한 가치가 있어야 해요, 대사. 오랜 친구의 유령이나 이중 인간을 만들어 내는 불멸의 기계보다 더 가치가 있어야 한다고요."

그 순간 보좌관이 짙은 구리색 술이 든 잔 세 개와 물컵 하나가 담긴 쟁반을 갖고 돌아왔다. 마히트는 평생 알코올이 이렇게 반가운 적은 처음이었다. 그녀는 가장 가까운 잔을 들었다. 빙빙 돌리자 점성이 있는 반짝이는 술이 잔 옆에 달라붙었다.

"제발, 세 가닥 해초, 여기서 제비꽃 맛이 나지 않는다고 해 줘요."

세 가닥 해초는 몇 시간이나 수분을 섭취하지 못했던 사람처럼 (정말 그렇다는 걸 마히트는 깨달았다. 내내 울면서 달려왔으니까.) 물을 벌컥벌컥 마시고 잔을 내려놓은 다음, 평가하는 눈으로 브랜디를 보고서 건조하게 말했다.

"불과 피의 맛이 나고, 봄에 폭풍이 지난 뒤의 흙냄새가 나는군요. 이게 내가 생각하는 그거라면, 우리를 취하게 하시려는 건가요, 각하? 이 시점에서 별로 도움이 필요하지 않다고 약속드리죠."

"나는 잠깐이라도 문명화된 대화를 바라요. 마셔요."

열아홉 개의 자귀가 잔을 집어 작고 조용한 건배를 하듯 들어 올렸다.

마히트는 마셨다. 다음 열두 시간을 살아남기를 바라며, 액체가 목을 타고 밝고 뜨겁고 진하게 내려가는 동안 그렇게 생각했다. 플라스마 불길과 타오르는 흙. 기묘한 종류의 흙냄새. 르셀 스테이션이 르셀 스테이션으로 남기를 바라며.

〈우리를 위하여.〉 마히트가 거의 느낄 수 없는 어딘가에서 이스칸드르가 속삭였다. 목소리라기보다 솟아오르는 감정이었다. 〈그리고 문명을 위하여. 만약 그게 계속 남는 거라면.〉

마히트는 잔을 내려놓았다. 온몸이 따뜻하게 느껴졌다. 용기의 대체제로 작용을 하는 모양이었다.

"좋아요, 각하. 말하죠. 하지만 우선 왜 저는 살아남게 해 주셨으면서 제 전임자는 아니었는지 설명해 주시면 아주아주 감사하겠습니다. 제가 각하를 믿어야만 하기 때문에 믿어야 할지, 아니면 제가 원하기 때문에 믿을지 알고 싶거든요. 사실 전 각하를 믿지만, 다른 선택지가 없기 때문이기도 해요."

"어느 쪽의 당신이 묻는 거죠?"

열아홉 개의 자귀가 물었다. 그녀는 브랜디를 샷처럼 한 번에 전부 마셨다.

"그건 좋은 질문이 아니에요, 열아홉 개의 자귀 각하. 제가 묻고 있어요."

마히트는 그 이상 구체적으로 말하지 않았다.

열아홉 개의 자귀가 한숨을 쉬었다. 무릎 위에 손을 겹쳐 놓자 새하얀 정장 위에서 피부가 검게 보였다.

"두 가지 이유 때문이에요. 첫 번째, 당신은 이스칸드르 아가븐이 아니니까. 아니었으니까. 그리고 당신이 원했던 건 그가 원했던 것과 달랐어요. 그는 내가 엄청나게 많은 질문과 조사와 생각을 한 끝에야 겨우 이해할 수 있었던 것을 불멸의 기계로써 **여섯 방향 폐하**께 드리고 싶어 했어요. 나의 친구, 나의 주인, 나의 황제를 어린애 몸에 밀어 넣고, 그분을 인간조차 아닌 것, 그분께 돌이킬 수 없는 해를 주는 무언가로 만들 기계를. 그 어린애를 태양-창 왕좌에 앉혀 우리 모두에게 돌이킬 수 없는 해를 줄 수도 있었어요."

마히트는 고개를 끄덕였다.

"전 제 스테이션의 자유를 위해서 이마고 머신과 교환을 하려고 여기 온 게 아니에요, 네."

그들은 반대였다. 마히트는 갑자기 자신이 이 심문을 이끌고 있다는 걸 깨달았다. 이건 심문이었다. 혹은 협상이거나.

〈그건 똑같은 종種이야.〉

"두 번째 이유는 뭐죠?"

마히트가 계속 물었다.

"그걸 두 번 할 수는 없었어요. 난…… 그걸 두 번 볼 수가 없었어요. 난 비위가 약한 사람이 아니에요, 대사, 나도 내 몫의 행성 정복을 이끌었더랬요. 하지만 당신은 상당히 내 친구였어요. 설령 당신이 그가 원했던 걸 원할 만큼 충분히 그가 되진 못했다 해도. 그리고 당신은 그때까지 그런 죽음을 맞을 만한 일을 한 적이 없었어요. 그건 엄청나게 고통스러웠을 거예요."

마히트는 노출된 것이, 칼로 잘라 드러낸 것이 자신인 것 같은 느낌이 들었다. 모든 신경이 다섯 개의 포르티코의 수술 테이블 위에 있을 때처럼 공기에 대단히 예민해졌다. 이야기하는 사람은 그녀가 전혀 아닌데도.

"누가 저한테 꽃을 보냈죠?"

멀리서, 마히트는 세 가닥 해초가 그녀의 등 아랫부분에 손을 얹는 것을 인식했다. 상냥한 손길.

"그건 선물이었어요. 나의 동료 에주아주아카트 서른 송이 미나리아재비 집안으로부터 내 집안으로 보내는. 내가 그걸로 뭘 할지는 나에게 달린 일이었죠."

그 말은…… 그 말은 열아홉 개의 자귀가 처음에 마히트가 죽어야 한다고 결정했고, 그 꽃의 독에 제대로 숨을 쉬지 못하는 것을 보다가, 그러던 중에 갑자기 마음을 바꿨다는 뜻이었다. 그 말은 서른 송이 미나리아재비가 열아홉 개의 자귀에게 전임 대사를 제거하는 걸 허락했듯이 새 르셀 대사도 처리해 보라고 부추겼다는 뜻이었다.

서른 송이 미나리아재비는 이스칸드르가 죽기를 바라지 않았었다. 그걸 바란 건 열 개의 진주고, 아마 열아홉 개의 자귀도 마찬가지였으리라. 서른 송이 미나리아재비는 이스칸드르에게 신경 쓰지 않았다. 서른 송이 미나리아재비는 마히트가 죽기를 바랐고, 한 명의 르셀 대사를 처리하는 걸 도왔던 열아홉 개의 자귀가 다시 그럴 거라고 생각했던 것이다.

그는 주위에 두기엔 마히트가 너무 위험하다는 결론을 내렸다. 여섯 방향에게 이마고 머신을 줄 수 있는 사람은 누구나 곁에 두기에 위험하다고 단정했을 것이다. 이마고 머신, 특히 테익스칼란인들이 상상하는 바에 따르면 불멸의 기계인 이것은 여섯 방향이 황좌에 영원히 머문다는 뜻이었다. 여섯 방향이 계속해서 황제로 군림하면, 서른 송이 미나리아재비는 황실 후계자 3인 연합을 해체하고 황좌를 전적으로 자기 것으로 선언하기 위해서 이 정치적 소요의 순간을 이용할 수 없게 된다는 뜻이었다. 그게 그가 하고 있는 일이었고, 마히트는 그가 정보부를 차지한 이유를 다른 방식으로는 해석할 수가 없었다. 어떤 우쭐거리는 야오틀렉이 자신을 두고 별이 축복한 정당한 통치자라고 선언하려는 것 따윈 중요치 않았다. 여섯 방향이 이마고 머신을 손에 넣게 되면, 서른 송이 미나리아재비가 필요로 하는 순간은 사라질 것이다.

마히트는 갑자기 그들이 정보부를 탈출했다는 사실에 깜짝 놀랐고, 그 연약한 성공이 여섯 대의 헬리콥터가 실제로 상사에게 다음에 어떻게 할지 물어보는 부류의 사람이 아니라 권력에 취한 정치인 타입이었기 때문이라는 걸 깨달았다.

"마지막 질문이에요. 그런 다음에 가죠. 이스칸드르를 죽도록 한 게 각하란 걸 아는 사람이 이 정부에 얼마나 되죠?"

열아홉 개의 자귀의 미소는 르셀식이었고 작았다. 그 기묘한 입 모양은 마히트에게 이스칸드르의 미소와 거울로 비교해 보고 싶게 했다.(그들은 서로를 아주 많이 좋아했던 것 같다. 살인을 고백한 후에도 내분비 반응이 활성화되었다.)

"중요한 사람들은 모두요. 폐하를 포함해서. 폐하는 이유를 이해하시지만, 여전히 나한테 화가 많이 나신 것 같아요. 그분은 항상 내가 왜 그런 일을 하는지 이해하셨죠."

마히트는 이스칸드르와 열아홉 개의 자귀가 침대에 있던 열정적인 꿈을 기억했다. 이스칸드르는 난 그분을 사랑하지, 그러면 안 되지만, 그래도 사랑해라고 했고 **열아홉 개의 자귀**는 나도 그래라고 그에게 말했었다.

나도 그래, 그리고 그분이 더 이상 그분이 아닐 때에도 계속 사랑할 수 있길 바라. 그럴 위험은 더 이상 없다. 폐하께서는 그분 자신일 것이다. 테익스칼란에는 마히트의 두개골 안에 있는 것을 제외하면 더 이상 이마고 머신이 없으니까. 그리고 반제국 활동가 의사에게 넘겨준 것도 빼고.

거기에 대해서는 나중에 생각할 것이다. 그건 마히트의 손을 떠났다.

세 가닥 해초는 에주아주아카트에게서 두 번째 머리나 또 다른 팔 한 쌍이 돋아나기라도 한 것처럼 그녀를 응시했다.

"전 각하가 정말로 무섭습니다."

그녀는 시에서 '경외하다'라는 뜻으로 쓰이는 '무섭다'는 단어를 사용했다. '경외하다'는 잔혹한 행위나 성스러운 기적에 사용되는 형용사다. 혹은 황제들에게. 마히트는 그들이 여러 면에서 두 가지를 동시에 가졌다고 추측했다.

"누군가를 알게 될 때의 위험성이지." **열아홉 개의 자귀**는 우울하게 말하고서 브랜디 잔에 든 텅 빈 공기를 들이켜고 싶은 것처럼 잔을 바라보았다. 그리고 잠깐 눈을 감았다. 눈꺼풀은 회색에 희미하게 혈관의 흔적이 비쳤다. "자. 이 얘기는 됐어요. 나의 황제 폐하께 무슨 이야기를 하고 싶은지 말해 봐요."

마히트는 실제로 말하기 전에 뭐라고 말을 할지 틀을 잡았다. 겉치레나 암시 없이, 간단하고 직접적으로 말할 것이다. 사실을.(정치는 사실을 좋는다. 하지만 흔히 그러듯 사실의 본질로부터 벗어난다.)

"르셀의 광부협회 의원이 제게 여러 겹의 암호를 통해서 우리 우주의 사분면과 다른 두 곳에서 일어나는 점점 증가 중이며 위협적이고 악의적인 외계인 활동, 정복하려는 종류의 활동의 위치를 보냈습니다. 알려지지 않은 타입의 외계인이고, 우리는 통신을 연결하지 못했어요. 그들은 적대적이에요. 르셀 스테이션의 우리들과 테익스칼란의 광대한 별 평원에 있는 여러분 양쪽 다 상당한 위험에 처해 습니다."

열아홉 개의 자귀는 이를 딱 소리가 나게 다물고 작고 호기심 어린 소리를 냈다.

"왜 르셀의 광부협회 의원이 이 정보를 당신이 알기를 바란 거죠?"

"제 생각에 그 다지 타라츠 의원은 우리가 아는 짐승, 몇 대에 걸쳐 협상을 해 온 제국 쪽이 우리가 통제하는 르셀 우주 너머에 있는 세력보다 더 낫다고 생각한 것 같습니다."

마히트가 신중하게 말했다.

"그건 그자가 당신이 우리에게 말하길 바라는 이유고요. 난 왜 그자가 당신에게 알려 주려고 했느냐는 거예요."

그 질문은 어떤 방법으로 다지 타라츠가 당신이 이 정보를 이용해 우리에게 영향을 미칠 수 있다고 생각하게 되었느냐는 것에 가까웠다. 마히트는 세 가닥 해초의 손 쪽으로 몸을 기댔다. 눈꺼풀이 무겁게 느껴졌다. 혀는 여전히 브랜디로 약간 감각이 없었다. **세 가닥 해초**가 가볍게 말했다.

"그건 알아내지 못할 뻔했습니다. 며칠 전에 **여덟 개의 고리**님에 관한 온갖 신문 기사들이 돌지 않았다면요."

"계속해."

열아홉 개의 자귀가 말했다.

"합병 전쟁의 적법성에 의문을 제기한 거요."

세 가닥 해초가 갑자기 밝게 말했다. 그녀는 알아챘다. 당연히 알아챘겠지.

마히트는 고개를 끄덕이고 말했다.

"그녀가 합병 전쟁의 적법성에 의문을 제기한 건 테익스칼란의 경계가 안전하지 않기 때문이었습니다. 그녀가 의미한 건 그저……여러분 전부에게 있는 오딜 관련 문제를 뜻한 걸 수도 있어요. 전 그게 그녀의 말뜻이었다고 생각합니다. 하지만 저는 압니다. 진짜 외계인의 위협이 내부 반란보다 더 심각하다는 걸. 제국의 경계가 안전하지 않다면 합병 전쟁이 법적으로 정당화될 수 없고, 권력의 전성기에 있는 강한 황제라 해도 의회와 장관들과 에주아주아카트들에 의해 실각하겠지요. 그리고 지금, 이 정보를 갖고서 전 테익스칼란 경계에 적극적인 위협이 있다는 걸 증명할 수 있습니다. 우리 모두 이 외계인들로 인해서 위험해요. 그리고 광부협회 의원은 제가 테익스칼란 법률에 있는 이 구멍을 이용해 황제에게 제 고향을 그냥 놔두라고 말하길 바라는 거죠. 안전한 경계는 없고, 그러니까 합병 전쟁도 없고, 르셀은 독립적으로 남습니다. 그건 간단한 언계죠, 에주아주아카트. 전 각하께 할 수 있는 한 명료하게 말하고 있습니다. 제가 아는 방식대로요."

아크넬 암나르트바트가 사보타주를 했는지, 왜 그랬는지는 통째로 빼놓았다. 그건 테익스칼란과 관련된 게 아니라고 마히트는 생각했다. 그건 르셀에 관한 거였다. 그녀와 이스칸드르가 이번 주를 살아서 넘긴다면, 둘이 함께 생각해 볼 것이다. 이 끔찍한 고백 속에서 그 한 가지만은 혼자만의 비밀로 유지할 수 있을 것이다. 만약 그것을 지금 언급하면 마히트 자신의 신뢰성을 망가뜨리는 거였다. 게다가 암나르트바트는 마히트를 사보타주했을 때 이스칸드르가 죽었다는 사실을 절대로 알 수 없었다. 마히트가 하는 일을 해야 하는 건 내내 이스칸드르여야 했다. 르셀을 합병으로부터 구해 내기 위한 최후의 수단으로 이 메시지를 열아홉 개의 자귀에게 전달하는 것.

〈우리에게 이렇게 하면서 그 여자가 뭘 생각한 건지 물어볼 수 있었으면 좋겠군.〉

이스칸드르가 중얼거렸고, 다른 이스칸드르에게서 남은 모든 것인 밝은 번뜩임이 마히트의 팔을 타고 전류처럼 흘렀다.

너랑 나 둘 다 그래. 암나르트바트는 나한테 우리가 완벽한 한 쌍이라고 했었어. 우린 테익스칼란을 이해한다고. 그걸 칭찬이라고 생각했었지만······

〈암나르트바트가? 아니지. 암나르트바트는 제국을 혐오해.〉

이스칸드르는 매혹된 듯이, 음모를 꾸미듯이 말하다가······ 방해를 받았다.

열아홉 개의 자귀가 말했다.

"굉장히 영리한데, 뭔가 좀 불편한 게 있군요. 그게 진짜든 아니든 간에."

"**여섯 방향 폐하**와 이야기를 하게 해 주십시오." 마히트가 요청했다. 이스칸드르와 사보타주에 대해서는 나중에 이야기할 수 있을 것이다. "절 그분께 데려가 줘요. 제발요. 우리의 과거를 위해서, 그분과 이스칸드르가 가졌던 것을 위해서, 그리고 우리 국민들 양쪽 모두를 위해서요."

"내가 지난번처럼 어둠이 가신 다음에 그냥 당신을 데리고 걸어갈 수는 없다는 거 알죠. 그분은 심지어 지상궁에도 안 계세요. 지금 거기 계시기에는 너무 위험해서."

"저도 압니다. 제가 각하께 굉장히 큰일을 바란다는 것도 알아요."

마히트는 말을 하다가 브랜디를 가져왔던 보좌관이 돌아오는 바람에 방해를 받았다. 남자는 이번에는 빈손이었고, 얼굴은 테익스칼란인치고도 무표정하고 엄숙했다.

"각하, 방해해서 죄송합니다."

"내가 다른 명령이 있기 전까지 앞으로의 논의는 방해하지 말라고 했던가, 하지 않았던가, 마흔다섯 번의 일몰?"

짧게 스치는 미소. 남자의 눈이 커졌다가 깜박거리고 보통으로 돌아갔다.

"하셨습니다. 각하, 유감스럽게도 야오틀렉의 군이 도시 중심부에 도착해서 황궁으로 전진하고 있음을 알려 드립니다. 다수의 시민이 사망했다는 보고가 있습니다. 필요하시다면 피드도 있습니다."

열아홉 개의 자귀는 고개를 끄덕였다. 짧고 날카로운 동작이었다.

"충돌한 건 지지자들인가?"

"꽃을 단 자들에게 교사되었습니다, 네."

"우리가 서른 송이 미나리아재비의 프로파간다 언어를 꼭 사용해야 할까, 마흔다섯 번의 일몰?"

"죄송합니다, 각하. 보라색 미나리아재비 핀을 단 서른 송이 미나리아재비의 선동가들이 야오틀렉의 군인들을 도발한 일차적 책임이 있습니다."

"고마워. 자네의 시를 노래하고 싶어 한 사람이 대중 전체가 아니라 서른 송이 미나리아재비였다면 조금 더 나았을 거라고 생각해,

세 가닥 해초. 우린 여전히 대중의 충성심을 갖고 있는 걸지도 모르겠어. 확신은 못 하겠지만."

"우리가 누구죠?"

세 가닥 해초가 물었고 마히트는 거의 확신했다. 테익스칼란어로 우리의 정의는 뭐죠?

"우리는 **여섯 방향 폐하**께서 살아 계시는 한 태양-창 왕좌에 계시는 걸 보고 싶어 하는 사람들이지."

열아홉 개의 자귀가 대답했다.

"전 맹세하겠습니다. 원하신다면 지금 여기서요. 피로."

세 가닥 해초가 말했다.

그것은 오래된 테익스칼란의 전통이었다. 제국이 다행성은 고사하고 다대륙 국가이기도 전부터 있었던 가장 오래된 전통 중 하나. 행운을 빌거나 맹세의 증거로. 충성을 맹세하거나 어떤 사람을 임무에 속박시킬 때. 그릇에 피를 담고, 섞고, 태양에 대한 희생물로 그 그릇을 붓는다.

"참으로 전통적이군. 마히트, 당신도 맹세하겠어요?"

해 봤어? 마히트는 머릿속으로 조용히 이스칸드르에게 물었다.

〈딱 한 번.〉 이스칸드르가 말했다. 마히트는 열 개의 진주가 독이 묻은 바늘로 그를 찌른 부위 아래, 그의 손에 있던 길고 구부러진 흉터를 떠올렸다. 〈여섯 방향 폐하께서 원하느냐고 물으셨고, 난 그분께 속박되진 않을 거라고 말했지. 만약 그분을 모신다면, 어떤 방식으로 모시든 간에 자유롭게 모시고 싶다고, 하지만 그 부분은 거짓말이 아니었기 때문에 그렇게 맹세했지.〉

내가 속박될까?

〈곧 알게 되겠지, 안 그래?〉

"그릇을 가져와요."

마히트의 말에 **열아홉 개의 자귀**가 손을 흔들자 그릇이 나타났다. 작은 청동 그릇과 **열아홉 개의 자귀**가 쓰는 걸 너무 쉽게 상상할 수 있는 짧은 강철 나이프. 발톱 같은 물건. 세 가닥 해초가 손잡이를 잡고 날을 자신의 집게손가락에 누르자 깊게 잘려서 피가 금세 그릇으로 뚝뚝 떨어졌다. 마히트가 하는 건 좀 더 힘들었다. 나이프의 손잡이를 잡는 손가락이 떨렸지만 날은 아주 얇았고 거의 누르지 않아도 손가락을 잘랐으며 별로 아프지도 않았다. **열아홉 개의 자귀**가 마지막이었다. 그들의 피가 모두 다 똑같은 빨간색을 띤 채 섞였다.

이 전통의 가장 오래된 버전에서는 그들 모두가 그릇의 내용물을 마신다는 걸 마히트는 알고 있었다. 존경받았던 죽은 자를 먹는 것에 대한 테익스칼란인들의 결벽성은 개뿔. 그들은 사람이 여전히 살아 있는 상태로 먹었다.

"여섯 방향 폐하께서 더 이상 숨을 쉬지 않으실 때까지 통치하시기를."

열아홉 개의 자귀가 말했고, 마히트와 세 가닥 해초가 따라 했다. 아무 일도 일어나지 않았다. 왠지 마히트는 뭔가가 일어나길 기대했었다. 피의 희생은 마법이고, 신성한 것이고……

〈또는 시에서와 같은 거지.〉

이스칸드르가 마무리했고 마히트도 어쩔 수 없이 동의했다.

잠깐 침묵이 흘렀다. 그리고 **열아홉 개의 자귀**가 일어서서 피가 흐르는 손가락을 정장에서 안전하게 떼어 놓은 채로 말했다.

"밴드를 붙이고 그다음에 대사, 아세크레타, 우린 황제 폐하를 보러 가야겠지요?"

20장

나는 마음속에 추방을 담고 있다. 이는 내 시와 내 정치적 견해에 생기를 부여한다. 나는 아주 오랫동안 테익스칼란 밖에서 살아왔고 절대로 이것으로부터 벗어날 수 없을 것이다. 나는 언제나 나 자신과 세계의 중심에 남아 있는 사람과의 거리를 잴 것이다. 내가 머물렀다면 되었을 사람과 내가 변방의 압력을 받아 만들어진 사람. 제17군단이 번쩍이는 별 강탈 함선으로 점프게이트를 건너 내 고향의 형태로 에브레크트 하늘을 채웠을 때, 나는 처음에는 두려워했다. 심오한 단절. 자신의 얼굴 형태에서 두려움을 알게 되는 것.

— 『신비한 변경에서의 급보』 중에서, 열한 개의 선반

친애하는 그대, 무엇이 보존할 가치가 있을까?
직장에서 당신의 즐거움? 발견에서 느끼는 나의 즐거움?

— 이스칸드르 아가븐 대사가 에주아주아카트 **열아홉 개의 자귀**에게 보낸 개인 편지, 날짜 미상

그들은 북황궁 아래쪽 벙커에 황제를 보호했다. 마히트와 세 가

딕 해초와 열아홉 개의 자귀와 보좌관 한 명(젊은 남자인 마흔다섯 번의 일몰)이 거기까지 걸어가는 데에는 45분이 걸렸다. 그들은 터널을 지나 통행금지, 즉 돌아다니는 선리트 부대를 피해서 갔다. 황궁 복합건물 전체에, 지하 깊은 곳까지 선리트가 깔려 있었다. 마히트의 왼쪽에서 세 가닥 해초가 중얼거렸다.

"소문에 따르면 황궁에는 하늘을 향해 피는 꽃만큼이나 땅에 뿌리가 많아서 가라앉고 있대요. 우리 사법, 과학, 정보, 전쟁부와 제국의 낮시간 하인들은 꽃만 보죠. 그리고 우리를 먹여 살리는 뿌리는 보이지 않지만 튼튼해요."

마히트는 그녀가 말하는 걸 듣는 게 좋았다. 그게 그들이 시작한 방식이었다. 야만인과 담당자, 세 가닥 해초가 마히트를 위해 테익스칼란어를 해독해 주면서. 마히트는 그게 좋았고, 동시에 세 가닥 해초가 차분해지기 위해서 그런다는 것도 알고 있었다.

열아홉 개의 자귀는 검문소를 지나 그들을 데리고 갔다. 검문소는 우선 반짝이는 시티의 AI 벽이 지키고(열아홉 개의 자귀의 클라우드후크로 열렸다.) 그다음에는 계속 늘어나는 테익스칼란 시민들의 숫자로 지켜졌다. 그들은 회색 튜닉과 바지로 아주 간소하게 입었고, 왼팔에 황실의 문장이 달린 완장을 찼다. 마히트는 열두 송이 진달래를 쫓던 사법부 경찰들을 떠올리고 여덟 개의 고리를 생각했다. 그녀는 여섯 방향 황제의 보육원 형제이고, 황제에게 사법부가 훈련시킨 비밀 개인 경비를 아마 붙였을 것이다. 그들은 전부 충격봉을 갖고 있었다. 몇 명은(더 깊이 들어갈수록) 발사무기를 갖고 있었고, 한 여자는 마히트가 맹세하는데 작은 전함의 뱃머리에 장착해야 하는 레이저 무기를 갖고 있었다. 그들 누구도 선리트의 얼굴 전체를 덮는 클라우드후크를 쓰지 않았다.

가장 안쪽의 경비들은 클라우드후크를 아예 쓰지 않았고, 그들은 **열아홉 개의 자귀**가 쓴 클라우드후크를 넘겨 받았다. 그녀는 기꺼이 그것을 내주었다.

전쟁부 출신인 하나의 번개가 시티의 AI 알고리즘에 굉장히 깊이 침입한 모양이었다. 황제를 경비하는 것이 AI의 영향력을 받지 않는다고 보장된 사람들뿐이기 때문이었다. 마히트가 이마고와의 접촉을 잃으면 벌거벗고 버려진 기분이 드는 것처럼, 그들은 광대한 테익스칼란 문학과 역사와 문화와 최신 뉴스의 흐름에서 벌거벗겨지고 버려진 기분으로 남아 있을 것이다.

열아홉 개의 자귀는 그들 몇 명과 이야기를 했다. 다른 사람들은 단순히 그녀에게 고개만 끄덕였다. 마히트는 그녀가 전에 몇 번이나 이런 방법으로 왔을까 궁금했다. 이런 수준의 재앙과 위협을 처음 겪었는지, 아니면 **여섯 방향**을 모신 긴 세월 동안 그가 제국의 기묘한 심장부인 여기에 숨어야만 했던 적이 몇 번 더 있었던 건지.

〈나도 그건 알아내지 못했어.〉

그분이 너와 잤을지도 모르지만, 넌 그분 게 아니었어.

마히트가 이스칸드르에게 말했다.

〈난 누구의 것도 되고 싶지 않았어. 난 그분을 사랑했어. 그건 다른 거야.〉

어떻게 황제를 보통 사람 사랑하듯이 사랑할 수 있어, 이스칸드르?

말하지 않은 것: 내가 그럴 수 있을까? 그래도 될까?

마히트는 그런 적이 없었다. 그건 전부 이스칸드르가 한 거였다. 그녀는 황제를 두 번 만났다. 한 번은 공개적으로, 한 번은 은밀하게. 그리고 깊은 인상을 받았고, 이스칸드르의 친숙함의 메아리를 마히트의 신경계와 변연계 전체에서 느꼈다. 하지만 그건 그녀가 아니었다.

어쩌면 그건 그들인지도 몰랐다. 마히트와 두 이스칸드르의 조합, 모두 합쳐진 것. 그리고 그건 문제일 수 있었다. 마히트는 가능한 한 객관적으로 남고 싶었다.

마지막 문과 마지막 경비의 너머로는 황실 기준에서 작은 방이 있었고, 태양등 불빛이 가득했다. 천장 전체가 풀스펙트럼등으로 만들어져 있었다. 안은 따뜻했다. 전망 좋은 자리에서 태양열을 받는 것처럼 따뜻했고, 마히트가 아무도 여기서는 다시는 잠을 잘 수 없을 거라고 생각할 정도로 밝았다. 더 많은 회색 제복의 경비병들이 구석에 서 있었고 그중 한 명이 앞으로 나와 세 가닥 해초의 팔꿈치를 잡고 그녀를 부드럽게 마히트와 열아홉 개의 자귀에게서 떼어놓았다. 그녀는 얌전히 떠났다.

여섯 방향은 방 한가운데에 있는 팔걸이와 등받이가 없는 의자에 앉아 있었고, 화려한 적자색과 금색 옷을 입고 있었다. 지상궁의 자기 공간에서는 태양등의 후광을 달고 있었으나 여기 시티의 깊은 지하에서는 빛을 강화한 정보 홀로그래프와 편두통의 전조가 올 듯한 보고서로 둘러싸여 있었다. 그는 끔찍해 보였다. 피부는 회갈색 크레이프 같고, 눈 아래는 반투명한 보랏빛이었다. 그가 열아홉 개의 자귀에게, 그런 다음 마히트에게 지은 미소는 심장이 가슴속에서 펄떡일 정도로 밝고 날카로웠으나, 마히트는 황제로 인해 두려웠다. 강렬하게.

〈내가 죽을 무렵에는 이렇게 나쁘지 않았었어.〉

지난 석 달이 누구에게도 그리 좋지 않았을 거라고 생각해. 폐하를 포함해서, 죽어 가는 사람은 쉴 시간이 허용되지 않으면 더 빨리 죽는 법이야.

〈황제들은 잠을 자지 않아.〉

"폐하, 폐하께 다시 문젯거리를 데려왔습니다."

"그렇군. 다시 한번 와서 짐 곁에 앉게, 마히트. 그리고 지난번 대화보다 더 많이 갈 수 있을지 한번 보세."

마히트는 보이지 않는 실에 끌려가듯이 앞으로 나아갔다. 그녀의 것과 그녀의 것이 아닌 욕망. 황실의 권위에 대한 복종. 이 만남이 가능해지도록 들인 노력과 희생. 그녀는 앉아서 정보의 강화 및 전조의 일부가 되었다. 여섯 방향을 둘러싼 또 하나의 데이터 조각. 이렇게 가까이서 보니 황제의 팔목에, 혈관 위로 눈에 띄는 멍이 있었다. 탄력 없는 피부와 수많은 주사들이 찔렀을 게 분명한 얇은 벽의 맥관. 뭐가 황제의 목숨을 부지해 주는 걸까 궁금했다.

"저 역시 폐하께 문젯거리를 가져왔습니다."

"르셀 스테이션으로부터 그보다 덜한 게 오리란 생각은 안 했네."

여섯 방향이 마히트를 향해서 미소를 지었다. 입과 이를 동원한 르셀식 미소. 마히트는 즉시 자신이 느끼는 수많은 것을 어떻게 해야 할지 알 수가 없었다. 아무것도 느끼지 않는다면 훨씬 유용했을 것이다. 그녀가 순수하게 정치적 도구였다면, 순수하게 테익스칼란이 르셀을 합병하는 걸 막기 위한 도구였다면. 그러면 훨씬 더 쉬웠을 것이다. 차갑고 명료하고 또……

〈말해, 마히트. 안 그러면 내가 하겠어.〉

잠깐 동안 마히트는 빠져나가고 이스칸드르가 몸을 차지하도록, 이스칸드르가 황제에게 한 번 더 말하도록 할까 생각하다가 갑자기 끔찍하게 공포에 질렸다. 내 신경계와 변연계에서 당장 꺼져, 이스칸드르. 난 네 재림이 아니야. 그건 우리 방식이 아니야.

전화선의 잡음 같은 쉿 소리. 그리고.

〈말해.〉

"폐하, 저희 르셀 정부로부터 테익스칼란에 심각한 위협으로 여겨지는 확인 가능한 정보를 받았습니다. 말씀드리기 어렵지만, 이 방 바깥에서 일어나는 현재의 불쾌한 혼란보다 더욱 심각한 일입니다."

"계속하게. 현재 짐의 상황보다 약간이라도 더 다루기 쉬운 걸로, 정신을 돌릴 만한 문제가 필요해. 아무리 심각하다고 해도."

마히트는 말을 했다. 메시지 전체를 설명했다. **열아홉 개의 자귀**에게 했던 것처럼 노골적인 정치적 계책까지 전부 설명했다. 그런 다음 황제가 뭐라고 하는지 보기 위해서 기다렸다.

황제는 몇 번 숨을 쉴 시간 동안 조용했다. 마히트는 황제의 폐에서 나는 희미한 부글거리는 소리를 들을 수 있었다. 곧 그가 **열아홉 개의 자귀**를 보았다.

"그리고 그대는 우리의 새로운 르셀 대사가 지난번 대사만큼 믿을 만하다고 생각한다고?"

황제가 물었다. 문 가까이, 세 가닥 해초 옆에 서 있는 **열아홉 개의 자귀**가 고개를 끄덕였다.

"믿지 않았다면 여기로 데려오지도 않았을 겁니다. 대사는 본인의 정부로부터 들은 그대로 보고하고 있으며 본인의 편견에 대해서도 솔직하게 보고하고 있다고 생각합니다. 지금이 여느 때였다면 대사가 저희에게 도움을 구하러 왔다고 말씀드렸을 겁니다, 폐하. 공정한 외교적 거래요. 중대한 정보와 대사의 스테이션이 공식적으로 테익스칼란이 되지 않도록 지속하는 것 말입니다."

"지금은 여느 때가 아니지." 여섯 방향이 마히트 쪽으로 몸을 돌렸다. "전에도 물었던 걸 물어보겠네, 마히트 디즈마르. 그리고 이 위험을 알려 준 것에 고마움을 표하도록 하지. 그대는 그대의 전임자가 동의했던 것에 동의하겠나? 짐의 사랑스러운 친구 **열아홉 개의 자귀**와 늘어선 과학부와 사법부의 병력 때문이 아니라 해도 이스칸드르가 짐에게 주기로 했던 것을 주겠나? 짐에게 재탄생한 삶을 넘겨준다면 그대는 르셀에서 그대의 이익을 보호하기 위해서 이런 위험조차 필요치 않을 것이야."

"이 이야기는 끝낼 수 없을까요, 폐하?" 열아홉 개의 자귀의 목소리에는 고통과 지친 괴로움이 담겨 있었다. "저도 폐하께서 영원히 사시며 황좌를 유지하시기를 바랍니다. 폐하께서 사라지시면 인생의 모든 나날 동안 폐하를 그리워하겠지만, 태양-창 왕좌는 야만인의 의료 실험을 위한 것이 아니고, 그래서도 안 됩니다. 마히트를 보세요, 폐하. 그 안에 이스칸드르가 있지만, 마히트는 이스칸드르가 아닙니다."

황제가 그 눈을 마히트에게 고정했다. 마히트는 익사하는 것 같은 기분이었다. 피의 의식에서 갖게 될 거라고 상상했던 모든 초자연적인 힘이 여기에 있었고, 그 모든 것들은 반사된 변연계 반응, 신경계의 속임수였다. 하지만 흉부 뒤로 비누거품처럼 얇은 갈고리가 쑤시는 것 같은 통증이 있었다. 여섯 방향이 한 손을 들어 올렸다.(그 손은 떨리지 않았고, 마히트는 잠시 황제의 힘에 경탄했다.) 그리고 손으로 마히트의 뺨을 감쌌다.

마히트는 이스칸드르가(과거 이스칸드르에게 속했던 잇따른 반응, 기억의 연속성과 그것이 감정에, 패턴에 반영된 것) 그 손바닥에 기대도록 놔두었다. 그가 그녀의 눈을 깊게, 천천히 떨며 감게 놔두었다.

그러다 모든 것을 되돌리고, 눈을 번쩍 뜨고서 몸을 바로 일으켰다.

"폐하, 폐하를 사랑했던 건 이스칸드르예요. 저는 폐하를 단 세 번 뵈었을 뿐입니다."

이후의 충격적인 침묵 속에서 마히트가 말을 이었다.

"정말로요. 저는 폐하에게 드릴 이마고 머신을 갖고 있지 않습니다. 그리고 이보다 더 나은 상황에서라 해도 폐하의 생명이 끝나기 전에 기억을 보존할 만큼 여유 있게 갖다드릴 수 없습니다. 죄송합니다, 여섯 방향 폐하. 하지만 제 답은 안 된다는 겁니다."

황제는 엄지손가락을 마히트의 광대뼈 곡선을 따라서 문질렀다.

"그대 안에 하나가 있지. 안 그런가?"

"원하신다면요." 마히트는 선명한 두려움을 참으며 침을 힘겹게 삼켰다. 그는 황제이니, 마히트의 몸을 잘라서 열고 싶다면 손만 흔들면 된다. 그러면 회색 옷의 경비가 여기 바닥에서 당장 할 것이다. 다섯 개의 포르티코의 수술 자국이 위치를 알려 주겠지. "폐하께서 저와 이스칸드르를 폐하의 정신에 넣으실 수도 있겠지요. 사실 두 버전의 이스칸드르가 있고, 그게 좀 복잡합니다. 전부 다 아주 빌어먹게 복잡하죠. 어쨌든, 원하시는 누군가의 정신에 넣어도 됩니다. 하지만 폐하를, 오로지 폐하만을 다른 사람의 정신에 넣어 주는 이마고 머신은 없습니다. 두 달의 여행을 할 가치가 있는 건 없어요."

여섯 방향은 한숨을 쉬고 마히트를 놓아주었다. 마히트는 황제의 손의 잔상을 낙인처럼, 아주 뜨겁게, 아주 예민하게 느꼈다.

"그런다고 크게 바뀌는 것도 없겠지, 아마. 그대 전임자가 죽은 이래로 짐은 부활의 희망에 의지하는 걸 그만뒀어. 그대가 짐에게 희망을 가져올 거라는 기대도 안 했지. 짐은 오직…… 그걸 소망할 뿐이었어."

황제가 손가락을 흔들자 **열아홉 개의 자귀**가 다가가 옆 바닥에 무릎을 꿇고 앉았다. 황제는 그녀의 목 뒤에 한 손을 얹었고 그녀는 그 손에 기댔다.

마히트는 그녀가 거대한 호랑이 같다고, 발톱도 있고 위험하다고 생각했었다. 하지만 그녀는 무릎을 꿇었다. 그 손에 기댔다.

〈제국이 손댄 건 어떤 것도 그대로 남아 있지 못해.〉

이스칸드르가 중얼거렸다.

아니면 그건 마히트가 가장 믿을 법한 어조로 말하는 그녀 자신의 목소리인지도 모른다.

황제가 물었다.

"이 멍청한 반란은 어떻게 되어 가나, 열아홉 개의 자귀?"

"멍청하게요. 하지만 모두에게 안 좋게요. 하나의 번개는 시민들을 죽이고 있습니다. 서른 송이 미나리아재비는 노골적인 내부 쿠데타를 통해서 폐하를 밀어내려고 하는데, 저는 그가 폐하께서 승하하시면 **여덟 개의 고리**와 **여덟 가지 해독제**가 자신을 정부에서 잘라 낼 거라 생각한다고 믿습니다. 그래서 하나의 번개를 핑계로 삼아 폐하께서 아직 살아 계시는 동안에 앞서서 권력을 잡으려는 거고, 그러기 위해 그 웃기는 꽃모양 배지를 단 선동꾼들을 거리로 내보냈지요. 우리는 정보부의 두 그루 자단목을 잃었습니다. 두 그루 자단목은 죽었거나 그에 준하는 상태이고, 전쟁부의 아홉 번의 추진에 대해서도 별로 희망을 갖고 있지 않아요. 그녀가 이미 하나의 번개 쪽으로 넘어가지 않았다면, 언제든지 넘어갈 겁니다. 그렇게 해서 그의 행정부에서 에주아주아카트 자리를 얻을 수 있다고 생각하면요……."

"정보부 장관이 되고 싶나, 열아홉 개의 자귀? 그대는 이미 모든 걸 알고 있으니."

"……전 지금 지위가 좋습니다. 여러 번 말씀드렸듯이." 열아홉 개의 자귀는 살짝 한숨을 쉬고 말을 이었다. "하지만 제가 그 자리에 가길 원하신다면, 그러겠습니다."

"그건 짐이 그대에게 원하는 바가 아니야."

여섯 방향의 표현에 마히트는 굉장히 불안감을 느꼈다. 표정으로 보아 열아홉 개의 자귀도 마찬가지였다.

"여덟 가지 해독제님은 어디 있지요? 말씀해 주실 수 있겠습니까. 저는 걱정이 됩니다, 폐하, 그분이 잘 있는지요."

90퍼센트 클론이 어디에 있는지는 굉장히 중요한 문제였다. 설령 열 살이라고 해도 (당신과 여섯 방향 황제가 당신의 거래에 마침내 합의했을 때 그 애가 만들어진 거야, 아니면 일종의 보험으로 이미 있었던 거야?), 그는 유전적 유산 때문에 여섯 방향이 죽으면 세 명의 공동 황제 중 첫째가 될 가능성이 높았다. 성년에 도달하기 전에 여섯 방향이 죽으면.

"여기 아래에 우리와 함께 있지. 그대가 그 애를 보호하게 될 거야, 열아홉 개의 자귀. 안 그런가?"

"물론입니다. 제가 폐하께 늘이 뇌시 잃는 방향으로 행동한 적이 있던가요?"

〈날 죽였을 때.〉

이스칸드르가 중얼거렸다. 황제도 같은 걸 생각하고 있을까?

"아, 한두 번쯤."

여섯 방향이 말했다. 열아홉 개의 자귀는 움찔하거나 주눅이 드는 대신에 웃음을 터뜨렸다. 마히트는 갑자기 그들이 처음 만났을 때 어땠을지를 상상할 수 있었다. 젊은 군 사령관 열아홉 개의 자귀, 권력이 크게 늘어나고 있던 여섯 방향. 그들이 쉽게 쌓은 우정. 파트너십의 성공.

그때 황제가 마히트에게 등을 돌렸다. 마히트는 굉장히 작아지고, 엄청나게 어린 듯한 기분이 들었다. 이 두 테익스칼란인과 이스칸드르가 그랬던 것과 달리 마음이 맞는 것 같지 않았다. 마히트는 그 기묘한 삼각관계의 일부가 되지 못할 것이다.

〈정말 그렇게 생각해? 내가 그렇게 되기까지 10년이 걸렸어. 넌 겨우 일주일 있었잖아.〉

아니. 그렇게 생각하지는 않았다. 그저 준비가 되지 않았을 뿐이었다.

"자, 마히트 디즈마르. 그대가 좋은 정부의 가장 근본적인 문제를 풀 수 없다면, 그대가 짐에게 영원과 안정적인 통치를 줄 수 없다면, 다지 타라츠에게 받은 그대의 소식이 짐에게 뭘 해 줄 수 있을까? 짐의 제국 경계에 외계 종족이 침공하는 걸 여기 아래, 황궁 중심부에서 죽음과 퇴위로부터 숨어서 짐이 뭘 할 수 있을까?"

바로 그런 식으로, 마히트는 시험을 당하게 되었다. 여기 온 첫 번째 날 느꼈던 것과 같은 방식으로, 갑자기 머릿속이나 친구들 사이에서가 아니라 모든 시간에 테익스칼란어로 말을 해야 한다는 걸 깨달았던 것처럼. 마히트는 지금 테익스칼란어로 이야기할 것이다. 그녀는 표현을, 뉘앙스를 알았다. 자신을 이끌어 줄 이스칸드르와 여섯 방향의 긴 역사를, 테이블 앞에서, 입법 회의에서, 그리고 침대에서 그들이 나누었던 모든 대화를 다 알았다. 그녀의 손, 허리께, 그리고 멈추지 않는, 멈추지 않는 두통처럼 아픈 모든 것들이 사라지고 나서 그녀는 생각했다. 좋아. 지금이야.

"하나의 번개의 평판을 떨어뜨릴 수 있습니다. 그리고 여덟 개의 고리의 입지를 서른 송이 미나리아재비보다 더 높일 수 있고요."

"계속해."

마히트는 성공하고 있었다.

"하나의 번개는 황위를 찬탈하려고 합니다. 자신을 황제로 선언하려는 거죠. 그가 승리는 거뒀던가요? 아뇨. 노력은 해 봤을까요? 아뇨, 그는 외계인의 위협에 테익스칼란의 변경을 그대로 노출시켰습니다. 야만인이 이 메시지를 폐하께 전해야 했고, 이건 이 위험을 제일 먼저 알아야 했지만 제국의 안전보다 자신과 허영에 들뜬 야심을 우선한 야오틀렉의 수치스러운 실패입니다."

마히트는 잠깐 멈추고 숨을 쉬어야 했다. 뒤에서 세 가닥 해초의 눈이 닿아 있는 게 느껴졌고, 그녀의 담당자가 손을 잡을 수 있을 정도로 가까이 있었으면 좋았을 텐데 하고 생각했다.

"그리고…… 여덟 개의 고리는 시티 전체에 합병 전쟁이, 서른 송이 미나리아재비가 지지하는, 지난 낭독 대회에서 공개적으로 지지했던 그 전쟁이 이런 위협의 가능성 때문에 법적으로 미심쩍다고 경고했었죠. 그녀는 사법부 장관으로서 자신의 역할을 다했습니다. 서른 송이 미나리아재비는 자신의 영향력 있는 지위를 이용해서 폐하를 정치적 위험에 노출시켰습니다." 마히트는 살짝 움찔했다. "고백하자면, 폐하께서 폐하의 에주아주아카트로 인해 잘못된 길을 택하셨음을 인정해야 한다는 점은 있습니다."

"작은 대가야. 짐은 늙은이고, 낯선 이득에 쉽게 넘어가지, 안 그런가?"

〈절대로 쉽지 않지요, 폐하.〉

이스칸드르의 그 말이 나오지 않도록 마히트는 입을 꽉 다물어야 했다. 그 대신에 어깨를 으쓱이고 양손을 넓게 폈다. 아무 말도 하지 않는 게 낫지. 르셀 스테이션을 위해서, 테익스칼란어로 이걸 성공시키는 게 나을 것이다.

여섯 방향은 열아홉 개의 자귀를 내려다보았다. 말없이 그들 사이에 뭔가 대화가 이루어졌다. 열아홉 개의 자귀가 고개를 끄덕였다. 황제의 손이 열아홉 개의 자귀의 목에서 떨어졌고, 그녀는 중년에 아마 최소한 하루 반은 못 잔 여자임에도 유연하고 우아하게 일어섰다.

"이걸 방송해야겠어요. 모든 피드에. 황실의 우선권으로, 긴급 메시지로요. 그리고 발표하는 건 폐하이셔야 합니다. 지금은 아무도 대리를 믿지 않을 겁니다. 폐하께서 말씀하시고, 대사는 미리 기록해서 적절하게 나눠서 끼워 넣으면 됩니다."

"언제나처럼, 열아홉 개의 자귀, 짐은 그대의 판단을 믿네."

열아홉 개의 자귀의 미소는 움찔하는 것에 더 가까웠다. 마히트는 그녀가 이스칸드르를 죽게 함으로써 동시에 여섯 방향의 운명을 암울하게 만든 것을 떠올리고 있는 게 아닐까 생각했다. 그것은 그녀에게 찔린 가시이고, 약 올리는 방법이었다. 여섯 방향은 그걸 좋아하는 게 분명했다. 찌르고 비틀만한 것을 가진 게……

"디즈마르 대사, 마히트. 우리를 위해서 당신 정부에서 온 내용을 당신의 진술로 기록해 주겠어요?"

열아홉 개의 자귀가 말했다. 이게 계획이라면, 따르는 수밖에 없었다.

"네, 그러죠. 어디로 가면 될까요?"

"아, 바로 여기에 우리에게 필요한 건 다 있네. 황제들은 여기 아래에서 몇 달씩 살았었어. 홀로그래프 영상 기록기쯤이야 아무것도 아니지."

여섯 방향이 그렇게 말하며 회색 제복의 시종 중 몇 명에게 손을 흔들었고, 그들은 곧장 행동을 취했다. 몇 명은 방을 나가고, 나머지는 마히트와 소파의 황제에게 약간 신중하게 접근했다.

그중 한 명이 말했다.

"대사는 반란 속에서 질질 끌려다닌 것 같은 모습이군요. 피가 묻어 있습니다. 그대로 남겨 둬야 할 것 같네요. 그게 대사가 폐하께 가져온 문제의 무게에 어울립니다."

"야만인이라 해도 희생은 할 수 있지. 우리 모두 그걸 기억해야 해."

여섯 방향이 말했다.

시종들이 마히트가 소파에서 일어나는 것을 도와주고, 그녀가 열아홉 개의 자귀의 아침 식사 자리에서 합병 전쟁이 선언되는 것을 볼 때 뉴스피드에서 본 황실 브리핑룸과 똑같이 생긴 방으로 데려갔다. 마히트는 끔찍하게 더럽다는 기분을 느끼지 않기 위해서 굉장히 노력했다. 타락한 기분. 유용하게 되었다. 하지만 그렇게 생각한다고 기분이 나아지지는 않았다.

기분이 나아지지 않았다고 해서 마히트가 그녀의 비밀을 다시 말하는 걸 그만두지는 않을 것이다. 이번에는 영상 기록용 카메라 앞에서, 할 수 있는 한 가장 명료하고 설득력 있게.

✧✧✧

 황제와 **열아홉 개의 자귀**는 선언을 어디에서 방송할 건지를 놓고 짧지만 격한 논쟁을 벌였다. **열아홉 개의 자귀**는 모두가 지하에 숨은 채로 있는 게 좋다고 말했으나, **여섯 방향**은 그녀가 그의 편안함과 연약함에 관해 온갖 아첨하는 말들을 늘어놓도록 쭉 기다린 다음에, 자신은 테익스칼란 제국의 황제이고 이 선언을 용맹하게 북황궁 꼭대기 태양신전에서 할 것이며 그녀는 따라와서 그가 발표할 동안 옆에 서 있으라고 분명하게 말했다. 그에게는 진짜 논쟁 같은 게 아니었다. 황제의 권위가 줄어들고 위협하에 있음에도 불구하고 마히트는 그 무게를 느낄 수 있었다. 그의 80년의 평화라는 긴 그림자가 늘어나 지금 이 순간을 형성하는 것을 알 수 있었다.

 논쟁이 끝난 후에, 여분의 시간이 전혀 없이 복잡한 공개 발표를 지휘하는 행정적 혼란이 일어났다. 황실 시종들이 빠르게 서로에게 말을 하고 메시지를 보내는 20분이 순식간에 지나갔다. 황제와 **열아홉 개의 자귀**는 중무장을 한 호위들 속으로 사라졌다. 마히트는 어린아이, **여덟 가지 해독제**가 호위의 혼란 속으로 밀려가는 것을 보았고, 그 아이가 비슷한 방식으로 얼마나 많이 이동해 봤을까 생각했다. 정치적인 이런저런 문제로 변덕스럽게 옮겨 다녀야 했을 것이다. 아이는 가면서 마히트를 보았다. 작고 마른 소년, 관찰력이 좋고, 등을 쭉 펴고 있다. 마히트는 지상궁의 정원에 있던 새들을 떠올렸다. 심지어는 몸에 닿을 필요도 없어, **여덟 가지 해독제**는 그때 그렇게 말했었다. 그는 새들에 대해서 말하고 있었고 마히트도 당시에는 그렇다고 생각했지만, 그건 진실이기도 했다. 호위들은 그의 몸에 닿지 않았다. 손 하나 대지 않고서 그를 이동시켰다.

마히트는 좀 더 작고 좀 더 은밀한 다른 방으로 이동했다. 인포피시와 인쇄식 책들, 반쯤 지워진 홀로프로젝션이 여전히 화면에 떠 있었다. 사무용 방이다. 가운데에는 소파가 있기에 마히트는 거기에 앉았다. 누군가가 얼굴에서 피와 먼지를 닦을 수 있도록 따뜻한 수건을 갖다 주었다. 또 다른 사람이 세 가닥 해초를 데려다 주었다. 그녀는 당혹한 모습으로 큰 컵의 차를 들고 있기에 두 사람은 결국에 소파에 나란히 앉아서 주위의 빠르게 움직이는 모습을 바라보았다. 마히트는 닻이 끊긴 것 같은, 세상에서 완전히 잘려 나간 것 같은 기분이었다. 그녀를 묶는 밧줄이 전부 사라졌다. 심지어 머릿속의 이스칸드르도 얌전히, 조용히 있었다.

그들 앞의 벽 절반은 거대한 홀로프로젝션이 차지하고 있었다. 유일하게 여전히 작동하는 거였다. 그것은 황실의 인장과 깃발을 보이고 카운트다운 타이머를 보여 주기 시작했다. 황제가 백성들에게 말할 때까지 48분 남았다. 37분 남았을 때 문가의 경비를 제외한 시종들이 전부 사라졌다. 황실 업무를 맡은 거대한 기계가 치워져서 다른 곳에 안치된 것이다. 마히트는 자신의 역할을 했다. 자신의 비밀을 털어놓았다. 이제 할 일은 기다리는 것 말고는 아무것도 없었.

세 가닥 해초가 빈 컵을 바닥에 내려놓았다. 35분. 고요는 벨벳처럼 부드러웠다. 마히트는 견딜 수가 없었다.

"저쪽에선 뭘 하고 있을 것 같아요?"

마히트는 가볍고 점점 빨라지는, 자신이나 세 가닥 해초의 숨소리가 아닌 다른 소리가 듣고 싶어서 물었다.

세 가닥 해초는 침을 삼키고 눈물을 참는 것처럼 미간에 손가락

두 개를 대고 눌렀다.

"아, 아마 여덟 개의 고리를 찾고 있을 것 같아요."

그 목소리는 전혀 차분하지 않았다. 마히트는 몸을 돌려 걱정스럽게 그녀를 쳐다보았다.

"황실의 권위를 시각적으로 강하게 보여 주기 위해 모두가 함께 서서……."

"세 가닥 해초, 당신 괜찮아요?"

"아, 제기랄. 아뇨, 안 괜찮아요. 하지만 당신이 알아채지 못하기를 굉장히 바랐는데."

그들은 단둘이었다. 문의 경비는 문을 지키며 시선은 돌린 채, 조용하고 꼼짝 않고 있었다. 그들은 시간으로부터, 멈출 수 없이 흘러가는 사건들로부터 잠시 떨어져 있었다. 마히트는 손을 내밀었다. 이 행동이 자신의 것도, 심지어는 이스칸드르의 것도 아니고 황제의 것이라는 걸 끔찍하게도 의식하면서. 그리고 세 가닥 해초의 뺨을 한 손으로 감쌌다.

"난 알아챘어요."

세 가닥 해초가 울음을 터뜨린 건 예상치 못한 일이 아니었지만, 그래도 끔찍했다. 마히트는 이 산산 조각난 모습을 자신이 만든 것처럼 죄책감이 들었다. 마치 계란껍질을 너무 세게 두드려서 금이 가고, 오로지 안쪽의 내막으로만 붙어 있었던 것처럼.

"자, 자, 이건……."

다 괜찮아지지 않을 것이고 마히트도 그렇게 말할 생각은 없었다. 대신에 본능과 솟구치는 상냥한 감정, 미주신경이 능숙하게 작동하고 진동하는 것 같은 기분으로 세 가닥 해초를 품에 안았다. 세 가닥 해초는 기꺼이 기댔다. 마히트의 어깨에 기대는 가벼운 무게, 그리고 그 얼굴이 마히트의 쇄골을 눌렀다. 뜨거운 눈물이 마히트의 셔츠를 적셨다.

마히트는 습관적인 많은 상태에서 벗어나 여전히 풀려 있는 머리를 부드럽게 쓰다듬었다. 세상이 계속해서 빙글빙글 돌았다. 카운트다운은 32분이었다. 열두 송이 진달래의 아파트에서 내전 이야기만 해도 울려고 했던 때와 비슷해 보이는 **세 가닥 해초**가 지금 느끼는 고통의 깊이를 가늠할 수조차 없었다.

"난 괜찮다고 생각했어요. 하지만 계속해서 그 모든 피가 떠올라요. 제기랄. 페탈이 벌써 너무나도 보고 싶어요. 세 시간밖에 안 됐는데 너무너무 보고 싶고, 그건 정말이지 바보 같은 죽음이었고……."

아. 내전이 아니었구나. 훨씬 더 깊고, 훨씬 더 즉각적인 거였다. 마히트는 두른 팔에 힘을 주었고, **세 가닥 해초**는 비참하게 딸꾹질 소리를 냈다.

"이건…… 세상 전체가 바뀌고 있는데 난 친구 때문에 울고 있어요. 정말 대단한 시인이야."

"이 일이 다 끝나면, 사람들이 거리에서 부르게 **열두 송이 진달래**에 대한 찬가를 써요. 그는 테익스칼란이 불필요하게 지금 겪고 있는 모든 것들의 제유가 될 거예요. 아무도 그를 영원히 잊지 못할 거고, 그게 당신이 할 일이에요. 아, 정말로 미안해요. 이건 전부 내 탓이에요……."

마히트 역시 울 것 같았으나 두 명이 지하의 소파에서 우는 게 누구에게 얼마나 좋겠는가.

세 가닥 해초가 마히트의 어깨에서 고개를 들고 울어서 눈물로 얼룩지고 빨간 얼굴로 마히트를 쳐다보았다. 잠깐 긴장된 침묵이 흘렀다. 마히트는 자신의 혈관에서 피가 흐르는 소리까지 들린다고 맹세할 수 있었다. 그들은 정확히 같은 타이밍으로 숨을 쉬었다.

세 가닥 해초가 키스했을 때, 마히트는 새벽에 시티의 어느 정원에서 떠다니는 연꽃이라도 되는 듯이 그녀에게 몸을 열었다. 천천히, 거침없이, 마치 밤을 지나 긴 긴 시간을 기다렸던 것처럼. 세 가닥 해초의 입은 뜨거웠다. 입술은 크고 부드러웠다. 그녀의 한 손은 마히트의 짧은 머리로 들어가서 거의 아플 정도로 세게, 꽉 쥐었다. 마히트는 자신의 손이 세 가닥 해초의 어깨뼈 위에 놓여 있다는 것을 깨달았다. 손바닥 아래의 어깨뼈가 날카로웠다. 마히트는 키스를 떼지 않은 채 그녀를 더 가까이, 반쯤 무릎 위로 당겼다.

이건 끔찍한 아이디어였다. 이건 아주 멋졌다. 이건 몇 시간 동안, 며칠 동안 마히트에게 일어난 일 중에서 가장 좋았다. 세 가닥 해초는 연습을 통해서 철저하게 공부하는 것처럼 키스했고, 마히트는 그게 기뻤다. 그녀가 그렇게 하는 것이 기뻤고, 다른 모든 것으로부터 정신을 돌릴 수 있어서 기뻤다.

그들이 떨어졌다. 마히트에게서 몇 센티미터쯤 떨어져 있는 세 가닥 해초의 눈은 매우 크고 아주 짙었다. 그리고 그녀가 울었던 가장자리 부분은 붉었다.

"페탈은 나에 관해서 항상 옳았어요." 세 가닥 해초가 말했다. 마히트는 튀어나온 머리카락 한 가닥을 그녀의 귀 뒤로 넘겨주며 이야기를 들었다. "난 외계인을 좋아해요. 야만인도요. 새로운 것, 뭔가 다른 것들을. 하지만 나는…… 내가 당신을 황실에서 만났다면요, 마히트, 당신이 우리 중 한 명이었다면, 그래도 똑같이 난 당신을 원했을 거예요."

그 말은 아주 아름답고, 상처에 바르는 연고 같고 위안이 되었다. 동시에 두렵기도 했다. 당신이 우리 중 한 명이었다면, 그래도 똑같이 난 당신을 원했을 거예요. 그리고 마히트는 다시 그녀의 입에 들어가고 싶으면서도 한편으로는 그녀를 무릎에서 밀어내고 싶었다. 마히트는 테익스칼란인이 아니었다. 마히트는…… 더 이상은 잘 모르겠다. 자기가 테익스칼란인이 아니란 사실 말고는. 아무리 많은 사랑스러운 아세크레타가 눈물로 얼룩진 채 안아 주길 바라며 품에 들어온다 해도 마히트는 테익스칼란인이 될 수 없다. 그녀가 마히트를 위해서 자신의 거의 모든 것을 희생한 다음 안아 주길 바란다 해도.

"당신이 그래서 기뻐요." 마히트는 간신히 말했다. 왜냐하면 그녀가, 왜냐하면 그 호의가 사랑스러웠기 때문이었다. "이리 와요. 내가…… 내가 할게요."

마히트의 손은 세 가닥 해초의 머리카락에, 등뼈의 좁은 길 위에 있었다. 그녀를 껴안으면서.

그들은 다시 키스하지 않고 한동안 그저 함께 숨만 쉬었다. 홀로프로젝션 스크린이 15분의 벨을 울리고 바뀌어서, 누군가가 북황궁 꼭대기의 태양신전의 엄청난 높이에서 내려다보고 있는 것처럼 시티의 여러 가지 공중 이미지를 보여 주기 시작할 때까지. 그리고 황제가 눈을 떴다.

21장

시티가 솟아올라 행진한다
천 개의 별이 힘차게
풀려나고, 우리는 미래를 이야기할 것이다
숨지 않고서
나는 태양의 손에 있는 창이니

— 시티의 시위의 노래, 익명(1급 귀족 세 가닥 해초가 지었을 것으로 추정)

전력을 다한 테익스칼란 황실은, 좀 줄었다고 해도, 심지어는 다각도에서 위협받고 있다 해도, 상징주의의 강력한 맹공격이었다. 마히트는 세 가지 방식으로 느꼈다. 첫 번째는 그녀 자신의 갈망의 인정이었다. 그것은 이야기의 테익스칼란, 시인들의 제국 테익스칼란, 모두 정복하고 모두 집어삼키고 모두 노래하는 그녀의 상상의 정원에 있는 짐승과 반쯤 사랑에 빠졌던 어린 시절에서 태어난 갈망이

었다. 두 번째는 이중의 이스칸드르, 여기에 살러 왔고, 스스로가 여기에 살 수 있도록 변화하고, 이 언어 속으로 들어가 말을 하고 테익스칼란밖에 보지 못하며 르셀을 여전히 멀고 사랑하는 고향으로 여기는 두 버전의 그의 메아리였다. 그리고 마지막은 반란을 진정시키기 위한 공연을 보며 마히트가 품에 안고 있는 테익스칼란 여자가 짧게 들이켜는 숨과 온몸의 떨림이었다.

그것은 황제의 시선에서 내려다보는 시티의 모습이 파노라마로 보이는 걸로 시작되었다. 화면은 천천히 변화하고, 꽃과 왕좌의 창과 태양 빛줄기의 금빛이 겹쳐지고, 황실 깃발이 나왔다. 전투 깃발이 아니라 태양-창 왕좌 뒤에 걸린 평화 깃발이다. 음악이 흘렀다. 전쟁 음악이 아니고 오래된 노래, 포크송을 현악기와 여자의 목소리 같은 낮은 플루트로 연주했다.

"저건 뭐죠?"

마히트가 묻자 세 가닥 해초가 몸을 약간 일으켰다. 팔은 마히트의 허리를 안은 채였다.

"저건…… 저건 아홉 번의 홍수 황제 시대의 노래 연주예요. 우리가 태양계를 부수기 직전이요. 오래됐죠. 모두가 다 알아요. 그건…… 제기랄, 프로파간다에 정말 뛰어나군요. 난 저 사람들이 뭘 하는 건지 정확히 아는데도 향수가 느껴지고 무서우면서 또 용감해지는 기분이에요."

홀로프로젝션의 이미지가 바뀌어 태양신전 내부가 나타났다. 마히트가 홀로그래프나 인포피시 이미지로 본 것들보다 훨씬 더 크고 훨씬 장식이 많았다. 중앙 대예배실은 종 모양 플라스크처럼 생겨서 위가 열리고 그 가운데에 렌즈가 있어서 밝은 빛을 중앙 강단과 청송 그릇처럼 생긴 제단으로 흩뿌렸다. 예배실 전체가 보석처럼 깨끗하고, 각이 지고, 반투명한 금빛, 가넷 같은 붉은빛으로 반짝거렸다. 음악이 사라지고, 제단 바로 앞에 여섯 방향이 서 있었다. 화장이 아주 대단한 일을 해 놓았다. 황제는 거의 건강해 보였다. 거의. 충격적으로 현저하게 튀어나온 광대뼈를 제외하면. 여덟 개의 고리는 아무 데서도 보이지 않았으나, 황제의 왼쪽에는 새하얀 옷으로 빛나는 열아홉 개의 자귀가 서 있었다. 하지만 그것은 다섯 개의 마노의 피가 소매에 묻은 것까지, 완벽하게 그들이 여기서 떠날 때 입고 있던 바로 그 하얀 정장이었다. 피투성이로 황제를 모시는 에주아주 아카트. 황제의 오른쪽에는 90퍼센트 클론 여덟 가지 해독제가 있었다. 작은 어깨가 아주 꼿꼿했다. 얼굴은 황제와 똑같은 높은 광대뼈가 있었으나, 그 위로는 어린 시절의 건강한 살이 덮여 있었다.

황제와 후계자, 고문. 권력의 심장부인 전원. 이미지로서 그건 안도감을 주었다. 테익스칼란 대제국에 보내는 메시지의 시작으로서는 무시무시했다. 그들이 이런 식으로 모인 것이 심각함을 강조하고 이 특정 메시지가 필수적으로 전해져야 한다는 것을 알렸다. 태양신전은 북황궁의 제일 꼭대기였다.

〈지금 이 순간에 궤도에 함선들이 있어.〉

이스칸드르가 마히트에게 속삭였다. 그 말은, 만약 하나의 번개가 원한다면 신전과 황제 양쪽 모두를 명령 한 번에 산산조각으로 날려버릴 수 있다는 뜻이었다.

다른 테익스칼란 대제국 시민들도 그것을 알 것이다.

여섯 방향은 손가락을 마주 대고 그 위로 몸을 숙였다. 모든 시청자에게 인사를 했다. 그는 미소를 짓지 않았다. 지금은 미소를 짓기에는 너무 심각했다. 카메라가 애무하듯이, 말을 기다리듯이 황제의 입에 집중했다. 그가 말을 하자 차라리 안도감이 들고 긴장이 조금 풀렸다. 그 말이 이해되기 시작하기 전까지는 그랬다.

우리의 위대한 작업과 필요하면 가지치기를 하고 가장 아름다운 곳에서 사회가 피어나도록 격려하는 문명의 신중한 경작을 통해서 우리는 함께 이 제국을 유지해 왔도다. 내 손으로 그대들 모두의 손을 이끌면서. 하지만 지금, 이 연약한 순간에, 갓 맺힌 꽃이 별빛 속에서 활짝 피기 직전에 떨고 있는 이 때, 우리 모두가 위험에 처했다. 몇몇은 이 위험을 마음속으로 알고 있을 것이다. 몇몇은 병사들의 군화 소리에, 문명의 심장부인 우리의 시티에 우리의 사지로 가해진 피해에, 몸으로 느끼고 있을 것이고……

마히트는 심장이 목의 위쪽으로 치솟아서 혀 뒤쪽에 머무는 듯한 느낌이었다. 온몸에서 맥이 뛰었다. 이것은 마히트가 기대했던 연설이 아니었다. 잠깐 안심시키고서는 마히트의 영상을 이용해 밖에서 위험이 오고 있다는 걸 밝히고 테익스칼란 우주 가장자리에 외계인 세력이 몰려 있음을 증명할 거라고 예상했었다. 주제로서 부활에 접근하는 이런 신중한 수사학적, 구조적 이야기가 아니었다. 이것은 군사적, 관료적, 양쪽 모두에서 위협을 받고 있는 황제에겐 위험한 주제였다.

"폐하는 뭘 하시는 거죠?"

마히트가 속삭였다.

"계속 봐요. 계속 보고, 잠깐 기다려요. 난 알 것 같은데, 내가 옳지 않았으면 좋겠어요."

"당신이 옳지 않기를…….”

"쉿, 마히트."

세 가닥 해초가 조용히 시켰다. 황제는 계속해서 이야기하며 침착할 것을, 생각할 것을 요구했다. 새벽이 되기 전에 멀리 있는 위협과 온기에의 약속 양쪽 모두가 다가오는 걸 볼 수 있는 조용한 순간이 있다. 황제는 그렇게 말했다. 그 옆에서 **열아홉 개의 자귀**의 표정은 중립적이었다가 마히트가 알아볼 수 있는 다른 것으로 변했다. 공포가 떠오르고 체념하더니 다시금 자신을 꼼짝하지 않도록 다잡는다. 무언가가 잘못됐음을 **열아홉 개의 자귀**는 눈치챘다. 뭔가가 일어나고 있는데 마히트는 이해하지 못했다.

여섯 방향은 이제 르셀에 관해 이야기하고 있었다. 잠깐 동안 거기에 관해 설명했다. 테익스칼란 우주 가장자리에 있는 광업 스테이션, 자신들이 관찰한 위험을 우리에게 말해 주는 멀리 있는 눈. 그때 마히트의 이미지가 **열아홉 개의 자귀**와 **여섯 방향**, **여덟 가지 해독제**가 만든 프레임 위로 나타났다. 마히트 디즈마르, 굉장히 야만적으로 보이는 외모, 키가 크고 이마가 높고 좁은 얼굴에 긴 매부리코. 그녀가 황실 브리핑룸에서 다가오는 침공을 설명한다. 그녀는 지쳐 보였다. 솔직해 보였다.

〈정말 잘했어. 양쪽 모두에서 황실법으로 널 재판할 수 있는 사람은 거의 없을 거야. 넌 정확히 가운데 선을 걸어갔어.〉

황제의 얼굴이 마히트의 얼굴 뒤에 있었다. 마히트의 입이 홀로그래프로 움직이는 동안 황제의 입은 계속해서 움직이지 않았다. 마치 황제가 오로지 의지력으로 마히트의 행동을 명령하고 있는 것처럼.

그들 모두와 태양신전 전체라는 이미지가 낯익은 지도로 바뀌었다. 테익스칼란 우주, 아주 큰 별 지도였다. 마히트가 이걸 마지막으로 보았던 건 르셀과 그 주위 모든 것들을 정복하려는 합병 전쟁의 진로를 알리기 위해 파견되었을 때였다. 이제 그 진로는 희미해지고, 마히트가 보는 동안 지도는 다지 타라츠가 주었던 좌표 지점 하나하나에서 빛을 냈다. 위협이 가장 큰 지점, 외계 종족이 무기로 장식된 함선을 탄 걸 목격했던 곳. 그 지도에서 거꾸로 된 별들. 잠깐 밝게 빛났다가 피 웅덩이처럼 깊고, 어둡게, 위협적인 붉은색으로 퍼졌다.

마히트는 **열두 송이 진달래**를 떠올렸고, 지도가 사라질 때까지도 여전히 그를 생각하고 있었다. 추억과 암시에 빠져서 한참 동안 태양신전에서 일어나는 일을 제대로 이해하지 못했다.

황제는 칼집에서 **뺀** 칼을 들고 있었다. 뭔가 어둡고 반짝이는 재질로 만들어졌고 가장 뾰족한 칼날은 반투명한 회색으로 된 칼이었다. 그는 로브를 벗었다. 그것은 그의 발목 주위로 떨어졌다. 황제의 모든 뼈가, 그가 입은 가벼운 바지와 셔츠를 통해서 눈에 띄었다. 병으로 수척해진 모습이 카메라 렌즈에 그대로 잡혔다. **여덟 가지 해독제**는 손으로 자신의 입을 눌렀다. 아이의 고통의 몸짓이었다. **열아홉 개의 자귀**는 뭔가를 말하고 있었으나 마히트는 끝부분밖에 듣지 못했다. 조각난 폐하, 전⋯⋯ 그러지 마세요⋯⋯.

여섯 방향이 말했다. 테익스칼란에는 차분하고 침착한 지휘가 필요하다. 별의 우아함을 지닌 손, 준비된 혀, 햇빛을 잡는 주먹. 우리가 겪게 될 고통의 앞에서, 봉사가 뭔지 알게 된 이래로 그대들에게 봉사해 온 내가 이 신전과 다가오는 전쟁을 축성하노라.

"정말로 하시려는 거야."

세 가닥 해초의 목소리는 소파에서 바로 옆에 있는 마히트에게 너무도 진짜이고, 너무 크고, 너무 즉각적이었다.

"어떤 황제도…… 수세기 동안이나 이런 건…….."

나는 내 직속 후계자이자 이 보호 전쟁의 수행자로서 에주아주아카트 **열아홉 개의 자귀**를 지명하노라, 나의 유전자적 자식인 **여덟 가지 해독제**가 성인이 되는 시기까지 그 자리를 부여한다. **여섯 방향**이 말했다.

내가 무슨 일을 일으킨 거지? 마히트는 갑자기 슬픔이 물밀듯 밀려오는 것을 느꼈다. 그녀의 슬픔, 세 가닥 해초의 슬픔, 이스칸드르의……

황제가 두 걸음 뒤로 물러나 솟아오른 제단의 가운데에 서서 말했다. 내 피로 우리 모두를 위해 나를 희생하리니, 방송은 멈출 수 없다. 모든 주에 있는 테익스칼란 대제국 시민들에게, 테익스칼란 우주에 있는 모든 행성에. 풀어 달라, 나는 태양의 손에 있는 창이니.

그녀의 말. 마히트와 세 가닥 해초의 말, 그들이 풀려나기 위한 미끼로 사용했던 시, 거리에서 노래로 불린 시……

여섯 방향이 칼을 들어 올리자 햇빛이 칼날에서 반짝였다. 그리고 그가 그것을 다시 내렸다. 안쪽 허벅지 위에, 재빠르게 두 번 찔렀다. 넓적다리 동맥이 붉은 분수가 되었다. 너무나 많은 피. 그리고 놀랍게도 황제는 그 피웅덩이 한가운데서 두 번을 더 찔렀다. 팔목에서 팔꿈치까지, 그리고 반대편도 똑같이.

칼이 태양신전의 금속 바닥에 떨어졌다.

그가 죽기까지는 그리 오래 걸리지 않았다.

그 후의 침묵 속에서 마히트는 자신이 세 가닥 해초의 손을 하도 꽉 잡고 있어서 그녀의 손바닥에 손톱 자국을 남겼다는 것을 깨달았다. 우주에서 들리는 유일한 소리는 그들 두 명이 숨 쉬는 소리뿐인 것 같았다. 머릿속에서 이스칸드르는 거대하고 텅 빈 승리와 슬폼의 공허였다. 마히트는 그로부터 눈을 돌렸다. 그녀는 아무것도 보고 있지 않았다.

화면에서는 붉은색으로 젖은 **열아홉 개의 자귀**가, 알아볼 수 없을 정도로 얼룩진 정장 차림으로 칼을 집어 들었다.

테익스칼란의 황제가 그대들에게 인사한다. 그 얼굴은 젖어 있었다. 피. 눈물. 젖고 음울하고 완벽하게 단호했다. 침착하라. 질서는 새벽에 피어나는 꽃이고, 지금 새벽이 밝아 오고 있다.

잠깐 동안 고요하다가 곧 예상했던 혼란이 일어났다. 회색 제복의 황실 경비들은 전부 뭘 해야 하는지 알아내려고 하는 중이다. 어디로 가야 하는지. 어떻게 그들의 새 황제에게 가고, 그다음에 여전히 군단이 이끄는 우주 전함이 저궤도에서 그 모든 무기들을 시티에 겨누고 있다는 걸 고려하면 그녀를 일종의 안전 지역으로 옮길지. 마히트와 세 가닥 해초는 그 한가운데에서 앉아 있었다. 아무도 그들에게 별로 신경 쓰는 것 같지 않았다. 그들은 아무 일도 하지 않고 있었다. 그들은 누구에게도 즉각적인 위협으로 보이지 않는 것 같았다.

"폐하는 일부러 각하를 그런 식으로 데려갔던 거예요. 각하는 거기, 그분 곁에 설 때까지 몰랐어요. 이젠 폐하라고 해야겠지요. 칼날의 빛. 딱 어울리는 호칭인 것 같아요. 어진히."

세 가닥 해초가 경탄의 어조로 말했다.

그들은 묘하게 감정적 위치가 반대였다. 마히트는 오랫동안 우는 걸 멈출 수가 없었다. 설령 그게 전적으로 마히트 자신의 내분비계 반응은 아니라 해도, 몸은 슬픔의 무게에 녹아들기로 한 것 같았다. 이스칸드르는 사라지지 않았다. 마히트는 공허하고 텅 빈 공간의 잘못된 감각을 다시 느낄 일은 없을 거라고 생각했다. 하지만 두 버전의 이스칸드르 모두 황량하고 얼음이 꽁꽁 언 풍경, 공기가 없는 방 같았고, 마히트는 이야기를 하고 싶을 때마저도 울음이 계속 나왔다.

마히트가 손바닥 아래쪽으로 코를 문질러 닦았다.

"물론 딱 어울리죠. 사무실은 그녀의 주위로 굽을 거고, 그녀도 그 주위로 굽을 거고, 그건 전부 다…… 이야기가 될 거예요. 칼날의 빛 폐하. 마치 당연히 이렇게 될 예정이었던 것처럼요."

그 말을 듣는 건 세 가닥 해초에게 위안이 된 것 같았다. 마히트 자신은 마음이 거칠고, 화가 나고, 모든 게 날아가 텅 빈 느낌이었다. 마히트는 계속해서 피가 얼마나 많았었는지, **여섯 방향**이 풀어 달라, 나는 태양의 손에 있는 창이니라고 말했던 것을 떠올렸다. 마치 마히트가 그를 위해서 그걸 쓴 것처럼.

그녀 자신이나 르셀이 아니라 그를 위해서.

제국의 손이 닿은 건 어떤 것도 깨끗하게 남지 않아. 마히트는 생각하고서 그렇게 말한 것이 이스칸드르가 전혀 아닐 때의 이스칸드르였음을 상상해 보려고 했다.

반란이 끝나기까지는 36시간이 걸렸다.

마히트는 그 대부분을 세 가닥 해초의 정보부 뉴스피드로 보았다. 대사관저에 있는 예전 이스칸드르의 침대에 누워서, 다른 여자의 클라우드후크를 영구적으로 고정된 왕관처럼 눈 위에 쓰고서. 일어나는 건 어렵고 또 불필요한 것 같았다.

하나의 번개의 병사들은 그가 아마도 기대했던 것보다 행진하고 노래하는 테익스칼란 시민들을 대량으로 학살하는 걸 원치 않는 걸로 나타났다. 하지만 그는 자신의 적이 여섯 방향이라고 예상했었다. 늙고, 죽어 가고, 군사적 승리가 너무나 오래전이고, 확실치 않은 계승 때문에 괴로워하는 남자. 아주 오래된 서사시에 나올 것 같은 피의 희생으로 정당화된 갓 즉위한 황제가 아니었다. 열아홉 개의 자귀가 황제 자리에 오르고 하루도 되기 전에 야오틀렉은 시티에 대한 그들의 방어는 필요치 않다는 변명하에 자신의 군사를 불러들였고, 뉴스에서 열아홉 개의 자귀의 옆에 서서 무릎을 꿇고 그녀의 손 사이에 손을 두고서 충성을 맹세하는 모습으로 나왔다.

정복 전쟁에 대한 언급은 없었다.

"그럼 스테이션은 구원받았군."

마히트가 천장을 보며 말했다. 이스칸드르의 테익스칼란에서 본 르셀 우주 전부에 대한 가볍고 사랑스러운 그림이 유일하게 그 말을 들은 존재였고, 마히트는 그 침묵을 조롱으로 받아들였다.

이스칸드르는 그저 속삭였을 뿐이었다.

〈넌 나보다 더 잘했어. 그건 우리 이마고 라인의 생존에 도움이 될 거야.〉

마히트는 이스칸드르를 무시했다. 이스칸드르에게 너무 많은 관심을 기울이면 슬픔을 가누지 못하고 계속해서 소리치고 울다가 결국엔 몸이 아파질 것이다. 좀 화가 났다. 이건 심지어 마히트의 슬픔도 아니었다. 마히트는 아직 자신의 슬픔이 뭐에 대한 건지 알아내지 못했다.

그날 밤 마히트는 여섯 방향이 그녀에게 시를 이야기하고, 그녀의 생각을 말하는 꿈을 꾸었고, 자신이 답에 좀 더 가까워졌을 거라고 생각했다.

르셀의 집에 있었다면 병합 전문 상담사가 그녀와 이스칸드르를 분석하며 아주 신나는 하루를 보냈을 거라는 생각이 들었다. 거기서 과학 논문이 나왔을지도 모른다. 다음 날 아침에 이스칸드르는 심지어 이게 재미있다고 여겼다. 마히트의 신경 안에서 빛이 반짝이고, 진짜 에너지가 조금 솟았다. 그녀는 일어났다. 국수와 칠리 오일, 르셀의 단백질 큐브 맛이 나지만 아마도 어딘가 공장에서 만들어졌을 단백질 큐브도 먹었다. 그러고 나서 작은 노력에 벌써 지쳐 도로 누워서 뉴스피드를 보았다.

두 개의 레몬과 다른 반제국 활동가들의 증거는 거의 없었다. 레스토랑에서 폭탄이 터지지 않았다. 시위도 없었다. 마히트는 그들이 다시 지하로 돌아가서 잠시 동안 조용히 지낼 거라고 추측하고, 다섯 개의 포르티코가 고장 난 이마고 머신의 잔해로 뭘 할까 궁금해했다. 이건 들어 올리는 게 불가능한 거대한 돌을, 오로지 그 아래 뭐가 자라는지 보고 싶어서 들어 올릴 방법을 생각하는 사람과 비슷한 거였다.

서른 송이 미나리아재비 쪽의 반란은 가라앉았다 끝나기까지 좀 더 오래 걸렸다. 잠깐 긴장 완화가 이루어지고, 새로운 정보부 장관이 임명되었다는 짧은 뉴스피드 기사들이 연속으로 나왔다. 마히트는 들어 본 적 없는 사람이었다. 서른 송이 미나리아재비 본인은 상업 분야에서 일종의 고문 자리를 얻었다.

열아홉 개의 자귀 폐하의 에주아주아카트 중 한 명은 아니었다. 하지만 정부에서 완전히 잘려 나간 것도 아니었다.

그것은 마히트의 문제가 아니었다.

마히트는 그게 자기 문제이길 바랐고, 그게 문제의 일부였다. 모든 것을 내려놓는 것이, 사람들이 어디서든 실제로 자신들의 일을 할 거라고 믿는 게 굉장히 어려웠다. 안전이라는 게 존재하는지 의심스러웠다.

마히트는 **열아홉 개의 자귀**는 거기에 대해 어떻게 느낄까 궁금했다. 아마 똑같지 않을까, 그녀는 그렇게 생각했다.

◇ ◇ ◇

여섯 방향이 사망하고 사흘째, 마히트는 일종의 동물로 만들어졌고 황실 문장으로 봉인된 새하얗고 아름다운 인포피시 스틱을 받았다. 거기에는 르셀 정부의 고위급 대리인으로서 장례식과 대관식에 초청한다는 내용이 담겨 있었다. 마히트는 자신이 할 수 있는 정말 최소한의 일은 답장을 하는 거라고 결정했다. 지금으로서는 석 달하고도 2주나 늦은 편지. 여전히 그 그릇이 있었다. 가능한 모든 색깔의 인포피시 스틱이 담긴 그릇, 거기에 든 실용적인 회색 플라스틱부터 **열아홉 개의 자귀**의 하얀색과 금색으로 점철된 스틱, 또……

마히트는 르셀 스테이션과 테익스칼란에 서주하러 온 르셀 사람들에게 봉사하기 위해서 여기에 왔다. 막 반란과 황제의 교환을 겪으며 살아남아서 허가증을 받고, 비자를 승인받고 싶은 사람들을 위해서.

마히트는 세 가닥 해초에게 실용적인 회색 스틱 하나에 메시지를 담아 보냈다. 여분의 클라우드후크를 여기 놔두고 갔어요. 그리고 편지를 처리하는 데에 약간 도움이 필요해요. 실제로 도움이 필요하지는 않았다. 이스칸드르가 이 모든 걸 어떻게 처리하는지 알고, 마히트도 알았다. 하지만 그들은 이야기를 나누지 못했다. 그때부터.

네 시간 후, 세 가닥 해초가 창문을 통해 햇살이 기울어질 무렵에 나타났다. 덧없을 정도로 말랐고 관자놀이와 눈 주위가 회색빛으로 창백했다. 하지만 마히트가 1인용 우주선에서 내려서 만났을 때와 마찬가지로 흠잡을 데 없는 차림새였다. 정장은 구석구석 다림질을 했고, 오렌지색 불꽃이 소매를 타고 올라갔다. 실각하지 않고 다시 정보부로 돌아간 모양이었다.

"……안녕하세요."

"안녕." 마히트는 갑자기 세 가닥 해초가 품에 안겼을 때의 감각 밖에 머릿속에 떠오르지 않는다는 걸 깨닫고 자신의 얼굴이 새빨개졌을 거라고 의심했다. "……와 줘서 고마워요."

그들 사이의 공기는 연약하게 느껴졌다. 세 가닥 해초가 옆에 앉아서 어깨를 으쓱이자 더욱 그랬다. 그녀는 거의 확실하게 뭐라고 말해야 할지 모르는 모양이었다.

시를 지을 때는 더 나았었다. 정치 관련 일을 할 때도 더 나았었다. 젠장, 키스를 할 때도 더 나았었다. 그건 위안을 바라는 미친 듯한 서로의 접촉일 뿐이었는데도. 마히트는 다시 하고 싶었다. 하고 싶었지만, 즉시 생각을 고쳤다. 그때 그들은 제국 통치의 결말을 보았었다. 지금은 그들 둘뿐이고, 여파라는 느릿하게 물러가는 조수 속이었다. 마히트는 그런 걸 어떻게 시작해야 할지 상상할 수가 없었다.

"난 반쯤은 당신이 정보부 장관에 오르려고 할 줄 알았어요. 그래서 나에게 내줄 시간은 없어질 거라고 생각했죠."

마히트는 가볍게, 아주 가벼워서 농담처럼 들리게 말했다.

세 가닥 해초의 어깨에서 긴장이 조금 풀렸다.

"사실, 폐하께서 장관님에게 날 2급 차관으로 삼을 것을 제의하셨어요. 하지만 당신이 원한다면, 난 여전히 당신의 문화 담당자예요."

마히트는 거기에 대해 생각해 보았다. 생각을 하는 동안 세 가닥 해초의 손을 잡고, 손가락을 서로 깍지끼고, 결말에 덧붙었던 그녀가 기억하는 온갖 존경의 조각들을 모아 고맙다고 말했다. 그 말이 엄청나게 진심인 동시에 굉장히 우스꽝스러워지도록. 세 가닥 해초와 함께 일하며, 이스칸드르의 것이었던 이 아파트에서, 그녀는 그렇게 될 방법을 찾을 것이다. '그렇게'가 뭔데? 태양-창 왕좌에 앉은 **열아홉 개의 자귀** 폐하가 필요로 하는 무언가?(그것도 시작하는 한 방법이 될 것이다. 물론 세 가닥 해초도 함께.)

〈그러다 죽기까지 난 20년이 걸렸지. 넌 그보다 더 오래 버틸 수 있을지도 몰라.〉

그럴 수도 있다. 그러다 마히트는 **세 가닥 해초**가 당신이 우리 중 한 명이었다면, 그래도 똑같이 난 당신을 원했을 거예요라고 했던 것을 떠올리고 그 자신을 둘러싸던 그 분노의 메아리를 느꼈다. 설령 머문다 해도, 설령 이스칸드르가 했던 걸 전부 다 한나 해도, 마히드는 테익스칼란인이 될 수 없을 것이다. 마히트는 **세 가닥 해초**가 했듯이 낭독 대회에서 언어와 시를 갖고 놀 수 있는 그런 존재가 되지 못할 것이다.

"내 생각엔……." 세 가닥 해초가 웃는 걸 멈추고 마히트가 그녀의 뺨을 아주 부드럽게, 딱 한 번만 건드리는 걸 받아들이고 나자 마히트는 소리 내서 말했다. "당신이 정보부의 2급 차관 자리를 받아들여야 할 것 같아요. 당신은 이 일에 너무 호기심이 많아요, 세 가닥 해초. 손에 들어왔을 때 당신이 계획했던 걸 해야 해요. 날 디딤돌로 이용해서 오만한 야심에 더 가까이 갈 생각이었잖아요. 그리고 다시 시인이 되려고요."

"나 없이 당신은 어떻게 하려고요?"

세 가닥 해초가 물었다. 그녀는 그 이상의 저항은 하지 않았다.

"뭔가 생각이 나겠죠."

마히트가 대답했다.

이후에

사람은 아름다움의 과잉에 물릴 수도 있는 모양이었다. 특히 그 아름다움이 집단적인 슬픔과 깊은 외국인 우호로 더욱 활기를 띠면 말이다. 황제 **열아홉 개의 자귀**, 칼날의 빛처럼 반짝이는 자, 위대하신 폐하, 테익스칼란 제국 주인의 대관식. 마히트는 그것을 대부분 압도적인 장면 장면의 연속으로 기억했다. 시티를 빙빙 돌아서 가는 행진, 모든 화면에 방송되고 재방영되는 모습. 수십만 명의 선리트가 행진하고, 황제의 하얀 샌들을 신은 발 앞에 무릎을 꿇고 일어서서 물러나는 것. 알고리즘이 조정되었거나 그저 **열아홉 개의 자귀**를 제국의 정당한 통치자로 받아들인 것 같다. 시티 자체가 금색과 빨간색, 깊고 짙은 보라색으로 피어나고 또 피어나 환하게 빛난다. 여섯 **방향의 실혈한 몸의 매장**, 썩도록 땅속에 묻힌다. 찬가, 또 찬가. 사방에서 새로운 시들이 들린다. 수많은 병사, 다가오는 외계인과의 전쟁에 자원한 젊은 테익스칼란 시민들이 넘치고 또 넘친다. 가면서 가끔씩 그들은 노래한다.

나는 태양의 손에 들린 창이니로 시작되는 새로운 노래 두 곡이 있었다. 하나는 애가로 아름다웠고, 위대한 제국의 황관이 **열아홉 개의 자귀** 머리에 놓이던 순간에 합창단이 불렀다. 또 하나는 외설적이고 음란하고 마히트가 이 언어를 딱 1년만 공부했어도 이해할 수 있을 만한 테익스칼란어 말장난으로 이루어져 있었다. 누구라도 창이 여러 가지 방식으로 해석될 수 있다는 걸 안다.

마히트는 그 노래를 익혔다. 익히지 않는 게 더 어려웠다.

열아홉 개의 자귀의 얼굴은 매장 때에도, 황관이 머리에 씌워질 때에도 전혀 변하지 않았다. 그것도 마히트는 익혔다. 익히지 않는 게 더 어려웠다.

✧✧✧

시티는 의식을 충분히 해치우고 나자 지친 달리기 선수에 더 가깝게 느껴졌다. 숨이 모자라 몸을 기대고, 폐의 깊은 통증에 적응하려하는 달리기 선수. 장례식은 비 온 뒤의 버섯처럼 여기저기서 열렸다. 매일 선언에 선언이 이어졌고, 일부는 인포피시로, 일부는 대중 뉴스피드로 도착했다. 공식적인 보고에 따르면, 304명의 테익스칼란인이 반란 중에 사망했다. 마히트는 그 숫자가 강도에 비해 너무 적다고 생각했다.

열두 송이 진달래의 장례식에 갈 때 마히트는 자신의 가장 좋은 검정 장례식복을 입었다. 별들 사이의 공허를 의미하는 검정은 르셀 스타일이었다. 테익스칼란 시민들처럼 피를 의미하는 빨강이 아니었다. 시체는 없었다. **열두 송이 진달래**는 자신의 시신을 의대에

기증했고, 그게 너무나 그다워서 마음이 아팠다. 남은 건 정보부 안쪽의 벽에 아름다운 상형문자로 된 그의 서명이 있는 기념비뿐이었다. 수백 개의 다른 기념비도 함께 있었다. 모두가 정보부에서 일을 하다 죽은 아세크레타들이었다.

마히트는 거기서 세 가닥 해초를 보고, 그녀가 **열두 송이 진달래**를 위해 쓴 시를 읽는 걸 들었다. 황량하고 암울하고 슬픔으로 사나운 시였다. 불공평함에 대해, 모든 의미 없는 죽음에 대해, 하늘에서 떨어져 나와 세상을 향하는 묘비명. 시는 아름다웠고, 마히트는……죄책감을 느꼈다. 여전히 기다리고 있는 모든 의미 없는 죽음을 떠올리고서. 군대에 입대 서명을 하면서 노래하는 그 모든 테익스칼란 시민들.

그들이 건드리고 집어삼킨 그 모든 행성들.

◆◆◆

마히트는 이스칸드르의 시체를 태웠다. 결국에는, 서명하고 봉한 인포피시에 요청을 담아서 사법부에, 익스플라나틀 네 개의 레버 검시관 앞으로 보내는 아주 간단한 방법으로. 재는 그날 저녁 아파트에서 기다리고 있었다. 그녀의 손 크기 정도의 상자에 뼈와 반쯤 미라화된 살이 전부 먼지가 되어 가득 차 있었다.

내가 먹었으면 좋겠어? 그녀가 자신의 이미고에게, 한 쌍의 기묘한 존재인 그에게 물었다.

아주 긴 침묵.

〈내가 너한테 그렇게 좋진 않을 것 같아. 그 보존제 말이지.〉

젊은 이스칸드르, 첫 번째. 그녀의 이스칸드르.

〈네가 물을 필요가 없을 때까지 기다려.〉

이건 나이 든 이스칸드르, 죽음을 기억하는 쪽. 마히트는 그게 언제일까, 자신의 이마고 라인에 걸맞게 살려고 애쓰지 않게 되는 때가 오긴 할까 생각해 보았다. 그리고 유골함을 치웠다.

열아홉 개의 자귀는 마히트를 지상궁에 있는 황제의 관저에서 만나지 않았고, 동황궁에 있는 사무실 복합건물에서 만나지도 않았다. 마히트는 후자 쪽은 폐쇄되었을 거라고 추측했다.

그들은 새벽이 되기 직전에, 사법부 앞에 있는 광장에서, 연못에 짙은 빨간색 꽃이 가득 떠 있는 곳에서 만났다. 마히트는 회색 정장의 황실 시종이 문을 두드리며 소환했기 때문에 깨어 있었고, 커피나 차, 심지어는 멋지고 간단한 카페인 알약이라도 맹렬하게 바랐다. 열아홉 개의 자귀는 잠이라는 게 황제가 아닌 다른 사람에게 일어나는 일인 것 같은 모습이었다. 그건 그녀에게 어울리기 시작했다. 아니면 그녀의 얼굴이 거기 정착하고 있는 걸지도 모른다. 새로운 공허함, 많은 것을 본 눈의 초점.

"폐하."

마히트가 말했다.

그들은 벤치에 앉았다. 그들과 함께 있는 건 시종 겸 경비인 여자 한 명이었는데 클라우드후크를 하지 않았으며 발사무기를 갖고 있었다. 열아홉 개의 자귀가 무릎 위에 손을 겹쳤다.

"여기에 거의 익숙해진 것 같아. 사람들은 나를 폐하라고 부르지. 거기에 익숙해지고 나면, 그때는 그분이 정말로 죽었다는 뜻이 되겠지."

"기억에 남은 사람은 절대로 죽지 않습니다."

마히트가 신중하게 말했다.

"르셀의 경전에 나오는 말인가?"

"철학일 거예요. 실용적인 것."

"그래야만 할 테지. 그대들이 죽은 사람들을 얼마나 잘 챙기는지를 생각하면."

열아홉 개의 자귀가 한 손을 들었다가 도로 떨어뜨리고 말했다.

"그분이 그리워. 그분을 내 머릿속에 갖는 게 어떨지 상상조차 할 수가 없어. 결정을 어떤 식으로 내리지?"

마히트는 세게 숨을 뿜어냈다. 머릿속에서 이스칸드르는 애정과 온기, 웃음으로 가득했다.

"우린 논쟁을 해요. 조금요. 하지만 대체로는 합의합니다. 우리는…… 우린 잘 맞지 않으면 제가 그의 계승자가 되지 못했을 겁니다. 제가 그와 대체로 동의하지 않는다면요."

"음."

열아홉 개의 자귀는 한참 동안 조용했다. 바람이 붉은 꽃들의 꽃잎을 흔들었다. 넓고 한정된 바다. 하늘이 짙은 회색에서 창백한 회색으로 밝아지고, 태양이 구름을 달구는 부분이 금색으로 변했다.

침묵을 더 이상 견딜 수가 없어서 마히드가 물었다.

"왜 만나자고 한 거죠?"

그녀는 존칭은 생략했다. 평범한 문장으로 말했다. 한 명의 개인인 당신이 또 다른 개인인 나를 왜 만나려고 한 거죠?

"그대가 뭘 원하는지 물어보려고 생각했었지."

열아홉 개의 자귀가 미소를 지었다. 그 사납도록 부드러운 미소, 모든 관심을 마히트에게 집중시킨 미소.

"나한테서 몇 가지 약속을 받아 내면 그대가 좋아할 거라고 생각했어."

"우리 스테이션을 테익스칼란에 합병할 계획입니까?"

열아홉 개의 자귀가 웃음을 터뜨렸다. 거칠고 어깨까지 흔드는 웃음이었다.

"아니. 아니야, 별들이시여, 그럴 시간도 없어. 난 뭘 할 시간이 거의 없어. 그대는 안전해, 마히트. 그대와 르셀 스테이션은 그대가 원하는 만큼 독립적인 공화국으로 남을 거야. 하지만 그건 내가 물은 게 아니야. 난 그대가 뭘 원하느냐고 물었지."

연못에 긴 다리 새가 내려앉았다. 하얀 깃털에 부리는 길었다. 어깨까지 최소한 60센티미터쯤 되었다. 새는 꽃들을 건드리지 않고서 걸었다. 긴 다리가 꽃들 사이로 들어갔다가 물을 뚝뚝 흘리며 다시 나왔다. 마히트는 그런 새를 뭐라고 하는지 몰랐다. '따오기'일지도 모르고 '왜가리'일지도 모른다. 테익스칼란에는 수많은 종류의 새가 있었고, 스테이션에는 '새'라는 한 단어뿐이었다. 한때는 그보다 더 많았다. 하지만 지금은 하나밖에는 필요하지 않았다. 하나가 그 개념을 대표하니까.

마히트는 요청할 수 있을 것이다…… 아, 대학에서의 지위를. 시살롱에서의 자리를. 테익스칼란 지위를. 그와 함께 테익스칼란 이름을. 돈, 명예, 과도한 칭찬. 아무것도 요청하지 않고 르셀의 대사로 일하며 편지에 답하고, 오래전에 일부를 썼던 노래를 테익스칼란 펍에서 부를 수도 있을 것이다.

제국이 건드린 건 어떤 것도 마히트의 것으로 남지 않는다. 이미 그녀의 것은 아주 적었다.

"폐하. 제가 아직 돌아가고 싶을 때, 절 집으로 보내 주십시오."

마히트 디즈마르가 말했다.

"그대는 계속 나를 놀라게 하는군. 정말인가?"

"아뇨. 그래서 폐하께서 저를 집으로 보내시길 바라는 겁니다. 확신이 안 드니까요."

〈뭐 하는 거야?〉

우리가 누군지 알아보려고, 우리에게 남은 게 뭔지, 우리가 지금 누가 되어 가고 있는 건지.

✧ ✧ ✧

르셀 행성계를 이루고 있는 대기 없는 움푹움푹한 금속성 행성 중 가장 큰 것의 아래쪽부터 접근하면, 스테이션은 두 항성과 네 행성 사이에서 완벽하게 중력우물로 균형을 잡고 그 자리에 매달려 있었다. 그것은 작고 흐릿한 금속 환상체로 열 제어를 유지하기 위해서 빙글빙글 돌았다. 14세대의 태양 복사선과 작은 입자들의 충돌로 거칠어졌다. 3만 명가량의 사람들이 어둠 속에 살고 있었다. 이마고 메모리까지 더한다면 더 많이. 그중 최소한 한 명은 최근에 그 긴 메모리 라인 중 하나를 사보타주하려 했었고, 자신의 시도로 어떤 일이 일어날지 보려고 기다리고 있었다.

마히트는 시야에 들어오는 스테이션을 보았다.

갸름하고, 가무잡잡한 손가락에 은밀하게 낯익은 황제의 손은 광장에서 앞으로 뻗었더랬다. 앞으로 뻗어 손가락 사이에 마히트의 턱을 잡고 얼굴을 돌렸다. 마히트는 두려워하거나 내분비계 호르몬이 펑펑 솟구쳐서 꼼짝도 할 수 없어야 했다. 하지만 그녀는 느꼈다, 떠오르는 느낌을. 멀리, 자유로운 느낌.

열아홉 개의 자귀는 이렇게 말했었다.

"우리에게는 르셀에서 오는 대사가 필요해. 지금으로서는 엄청나게 급한 건 아니지만. 원할 때가 오면, 마히트, 그대를 다시 불러올 거야."

르셀이 다시 배의 전망창 중심에 들어오는 지금, 마히트도 그런 기분이었다. 아주 멀다. 일종의 자유.

결국에 완전히 집은 아니었다.

사람, 장소, 물건에 관한 용어사전

가짜-열세 개의 강 Pseudo-Thirteen River: 『영토확장사』를 쓴 신원미상의 저자. 열세 개의 강이라는 이름을 사용했으나 테익스칼란 로스쿨에서 여전히 가르치는 인과응보의 논문을 쓴 그 이름의 사법부 장관은 아니었다.

건국의 노래 Foundation Song: 최초의 황제의 업적을 기념하는 테익스칼란 노래 사이클. 구전을 통해서 내려왔다. 1000개 이상의 버전이 알려져 있다.

건물(서사시) The Buildings(epic poem): 시티의 유명한 건축 업적을 묘사하는 에크프라시스 시. 보통 테익스칼란에서 교과서에서 배운다.

겔라크 르란츠 Gelak Lerants: 인정기관인 르셀 유산협회의 회원.

골라에트Gorlaeth: 다바에서 테익스칼란으로 파견된 대사.

귀족(1급, 2급, 3급)patrician(first-, second-, third-class): 테익스칼란 황실의 계급. 주로 황실 금고에서 받는 개인의 급료를 알려 주는 지표다.

기에나9 Gienah-9: 대부분이 사막인 행성. 테익스칼란의 대군과 상당한 개인의 희생을 통해서 합병되었고, 곧 반란이 일어났다. 재합병되었다. 예속되었다. 군사 드라마의 인기 있는 배경.

네 개의 레버 Four Lever: 검시관 역할로 사법부에 고용된 익스플라나틀.

네 그루 플라타너스 Four Sycamore: 채널 8!에 고용된 뉴스캐스터.

다바Dava: 테익스칼란 제국에 가장 최근에 통합된 행성. 수학 전문학교로 유명하다.

다섯 개의 마노 Five Agate: 에주아주아카트 열아홉 개의 자귀에게 고용된 보좌관이자 분석가.

다섯 개의 바늘 Five Needle: 테익스칼란의 역사상 인물. 「기함 열두 송이의 피어나는 연꽃의 전몰을 기리는 찬가」로 기념되고 있다. 수차례 전장에서의 승진으로 상급장교가 된 후 전함을 방어하다가 사망했다.

다섯 개의 왕관 Five Diadem: 유명한 테익스칼란 역사가 겸 시인 다섯 개의 모자의 필명.

다섯 개의 포르티코 Five Portico: 벨타운 6지구에 사는 기계공.

다섯 송이 난초 Five Orchid: 테익스칼란 역사의 가공의 인물. 어린이 소설의 주인공. 거기서 그녀는 미래의 열두 번의 솔라플레어 황제의 보육원 형제다.

다지 타라츠 Darj Tarats: 광부협회 의원. 르셀 통치 의회의 여섯 회원 중 한 명. 그의 권한은 채굴, 교역, 노동이다.

데카켈 온추 Dekakel Onchu: 조종사협회 의원. 르셀 통치 의회의 여섯 회원 중 한 명. 그의 권한은 군사 방어, 탐험, 운항이다.

두 개의 달력 Two Calender: 위대한 여섯 방향 황제의 황실에서 중요한 황실 시인.

두 개의 레몬 Two Lemon: 테익스칼란 시민.

두 개의 지도 Two Cartograph: 다섯 개의 마노의 아들. 여섯 살.

두 개의 흑점 Two Sunspot: 에브레크트와 평화협상을 했던 역사상의 테익스칼란 황제.

두 그루 자단목 Two Rosewood: 현재 정보부 장관.

두 송이 아마란스 Two Amaranth: 역사상의 에주아주아카트. 열두 번의 솔라플레어 황제를 모셨다.

로스트 가든 Lost Garden: 북4광장의 레스토랑. 겨울 기후 음식들로 유명하다.

르셀 스테이션/스테이션인 Lsel Station/Stationers: 바르츠라반드 섹터에 있는 주로 광업에 종사하는 스테이션의 사람들. 행성은 없다.

마흔다섯 번의 일몰 Forty-Five Sunset: 에주아주아카트 열아홉 개의 자귀 각하의 부보좌관.

마히트 디즈마르 Mahit Dzmare: 르셀 스테이션에서 파견된 현재의 테익스칼란 대사.

미스트Mist: 사법부의 조사 및 집행관들.

바르차 은던 Bardza Ndun: 르셀 스테이션의 조종사. 현재는 이마고로 지르파츠 조종사가 갖고 있다.

바르츠라반드 섹터 Bardzravand Sector: 르셀 스테이션과 다른 스테이션들이 위치한 알려진 우주의 일부분(스테이션어 발음).

벨타운Belltown: 시티의 한 주. 여러 개의 지구로 나뉘어 있다. 예를 들어 벨타운 1지구는 중앙주 내의 지구에 살 수 없거나 살고 싶지 않은 테익스칼란 시민들을 위한 '베드타운 지역'이지만, 벨타운 6지구는 악명 높은 범죄 활동, 도시 혼잡, 저소득층 주민들의 온상이다.

북틀라치틀리North Tlachtli: 중앙주의 이웃.

비문의 유리열쇠 Insription's Glass Key: 테익스칼란 황제 두 개의 흑점의 기함.

서른 개의 리본을 위한 붉은 꽃봉오리들Red Flowerbuds for Thirty Ribbon: 테익스칼란 로맨스 소설.

서른 송이 미나리아재비Thirty Larkspur: 세상을 활짝 핀 꽃으로 채우는 자. 여섯 방향의 에주아주아카트 중 한 명. 서부 호에서 온 주요 상업 가문의 자손이었다.

서른여섯 대의 전천후 툰드라 차량Thirty-Six Al-Terrain Tundra Vehicle: 테익스칼란 시민.

서쪽 호Western Arc: 테익스칼란의 중요하고 부유한 섹터로 주요 상인들의 고향.

선리트Sunlit: 시티의 경찰 병력.

세 가닥 해초Three Seagrass: 정보부 직원. 르셀 대사 마히트 디즈마르의 문화 담당자.

세 개의 근지점Three Perigee: 역사상 테익스칼란의 황제.

세 개의 등불Three Lamplight: 정보부 직원.

세계의 보석Jewel of the World: 도시행성인 시티의 구어적(그리고 시적) 이름.

세 그루 옻나무Three Sumac: 테익스칼란 함대의 제26군단 함대 부사령관.

세 송이 한련Three Nasturtium: 테익스칼란 시민. 중앙주 우주공항의 중앙 교통 통제국 감독관.

쉬르자 토렐Shrja Torel: 르셀 시민. 마히트 디즈마르의 친구.

스무 번의 일몰이 빛나다Twenty Sunsets Illuminated: 야오틀렉 하나의 번개의 기함.

스물네 송이 장미Twenty-Four Rose: 테일스칼란의 여행 가이드북 저자.

스물두 개의 흑연Twenty-Two Graphite: 에주아주아카트 열아홉 개의 자귀 각하의 보좌관.

스물아홉 개의 다리Twenty-Nine Bridge: 현재 황실 잉크스탠드 책임자로 위대한 여섯 방향 황제를 모신다.

스물아홉 개의 인포그래프 Twenty-Nine Infograph: 사법부 직원.

스바바Svava: 바르츠라반드 섹터 근처의 작고 독립적인 다행성 국가.

승천의 붉은 수확 Ascension's Red Harvest: 테익스칼란 전함. 엥걸퍼급.

시티City: 테익스칼란의 수도 행성.

아라그 치텔 Aragh Chtel: 섹터 정찰을 맡은 스테이션의 조종사.

아말리츨리amalitzli: 테익스칼란 스포츠. 클레이코트에서 고무공을 갖고 양 팀이 던지거나 튀기거나 되튀게 해서 작은 골대에 넣는 게임. 저중력이나 무중력 환경에서 하는 버전의 아말리츨리 경기 또한 인기이다.

아세크레타asekreta: 테익스칼란의 직위. 정보부의 현역 요원들을 칭한다.

아크넬 암나르트바트 Aknel Amnardbat: 유산협회 의원. 르셀 통치 의회의 여섯 회원 중 한 명. 그녀의 권한은 이마고 머신, 기억, 문화 홍보이다.

아하초티야ahachotiya: 발효 과일에서 추출한 알코올 음료. 시티에서 인기.

아홉 가지 진홍 Nine Crimson: 약 500년 전 테익스칼란의 역사상 인물. 함대 제3, 9, 18군단의 야오틀렉.

아홉 개의 옥수수 Nine Maize: 여섯 방향 황제의 황실에서 주로 활동하는 황실 시인.

아홉 대의 셔틀 Nine Shuttle: 오딜1의 행성 총독. 최근 반란 이후 복직했다.

아홉 번의 추진 Nine Propulsion: 현재 전쟁부 장관.

아홉 번의 홍수 Nine Flood: 테익스칼란의 역사상 인물. 테익스칼란이 아직 우주여행을 하기 전의 황제.

아흔 개의 합금 Ninety Alloy: 테익스칼란 홀로드라마. 에피소드 타입. 군사 로맨스.

안하메마트 게이트 Anhamemat Gate: 바르츠라반드 섹터에 위치한 두 개의 점프게이트 중 하나. 스테이션 우주에서 현재 알려진 정치적 세력의 통제하에 있지 않은 자원 부족 지역으로 이어진다. 흔히 '파게이트'라고 한다.

야오틀렉yaotlek: 테익스칼란 함대에서의 군사 계급. 최소한 한 개 군단의 사령관이고 어떤 목적하에 임명되거나 장기적인 다군단 군사작전을 위해서 임명된다.

에브레크트Ebrekt/Ebrekti: 사족보행 완전육식종으로 사회 구조('스위프트'라고 한다.)가 사자 무리를 닮았다. 400년 전(테익스칼란력)에 테익스칼란 황제 두 개의 흑점이 에브라크트와 상호 비경쟁 구역을 확실하게 규정하여 영구적인 평화조약을 이뤄냈다.

에주아주아카트ezuazuacat: 황제의 사적인 고문위원회의 회원에게 주는 직위. 각하라고 불린다. 테익스칼란이 아직 우주를 쪼개기 전 시절에 전사들로 이루어진 황제의 충성집단의 이름에서 가져왔다.

여덟 가지 해독제 Eight Antidote: 위대한 여섯 방향 황제의 90퍼센트 클론. 테익스칼란의 태양-창 왕좌를 이어받을 3인 연합 계승자 중 한 명. 열 살.

여덟 개의 고리 Eight Loop: 테익스칼란 사법부 장관. 위대한 여섯 방향 황제의 보육원 형제. 테익스칼란의 태양-창 왕좌를 이어받을 3인 연합 계승자 중 한 명.

여덟 개의 펜나이프 Eight Penknife: 정보부 요원.

여섯 개의 쭉 뻗은 손바닥 Six Outreaching Palms: 전쟁부의 통명(혹은 시적 명칭). 사방으로(북, 남, 동, 서, 위, 아래) 손바닥이 뻗은 모양으로 테익스칼란 정복 이론의 특징이기 때문에 이 이름이 붙었다.

여섯 대의 헬리콥터 Six Helicopter: 테익스칼란의 관료.

여섯 방향 Six direction: 모든 테익스칼란을 다스리는 위대한 황제.

열 개의 진주 Ten Pearl: 현재 과학부 장관.

열네 개의 메스 Fourteen Scalpel: 「기함 열두 송이의 피어나는 연꽃의 전몰을 기리는 찬가」라는 시의 저자.

열네 개의 첨탑 Fourteen Spire: 당대의 별로 대단치 않은 시인. 여섯 방향의 황궁에서 활동한다.

열다섯 개의 엔진 Fifteen Engine: 이스칸드르 아가븐 대사의 전 문화 담당자. 현재 정보부 직무에서 은퇴해서 개인 시민으로 살고 있다.

열두 번의 솔라플레어 Twelve Solar-Flare: 역사상 테익스칼란의 황제. 파르츠라완틀락 섹터, 이에 따라 르셀 스테이션을 처음으로 발견했다.

열두 송이 진달래 Twelve Azalea: 정보부 직원. 세 가닥 해초의 친구.

열세 개의 펜나이프 Thirteen Penknife: 테익스칼란 시인.

열아홉 개의 자귀 Nineteen Adze: 그 자애로운 존재로 칼날이 빛나듯 방을 구석구석 비춰 주는 자. 여섯 방향의 에주아주아카트 중 한 명. 전 테익스칼란 함대의 일원.

열여덟 개의 터빈 Eighteen Turbine: 테익스칼란 함대의 이칸틀로스로 현재 오딜 행성계로 파견되어 제26군단 전투 그룹 제9단을 지휘하고 있다.

열한 개의 구름 Eleven Cloud: 실패한 찬탈자. 400년 전(테익스칼란력) 두 개의 흑점 황제를 몰아내려고 했었다.

열한 개의 선반 Eleven Lathe: 테익스칼란인 시인이자 철학자. 작품『신비한 변경에서의 급보』로 유명하다.

열한 그루 침엽수 Eleven Conifer: 3급 귀족, 테익스칼란 함대에서 3등 부이칸틀로스 계급으로 명예롭게 전역했다.

영토확장사The Expansion History: 테익스칼란 영토 확장의 역사. 열세 개의 강이 지었다고 하지만 이는 틀린 걸로 밝혀졌다. 현재 테익스칼란의 문학연구자들은『영토확장사』가 가짜-열세 개의 강, 즉 무명無名인이 지었다고 이야기한다.

오딜Odile: 테익스칼란 행성계로 최근에 반란과 소요를 일으킨 지역.

오스뮴osmium: 귀중한 금속. 종종 소행성에서 발견된다. 르셀 스테이션의 수출품 중 하나.

응우옌Nguyen: 스테이션 우주 근처의 다행성계 연합. 스테이션과 교역 합의를 맺고 있다.

이마고imago: 조상의 살아 있는 기억.

이스칸드르 아가븐 Yskandr Aghavn: 르셀 스테이션에서 파견된 전 테익스칼란 대사.

이칸틀로스ikantlos: 테익스칼란 함대 내의 군 계급. 대체로 군단 내 전투집단을 지휘하는 임무를 맡는다.

익스후이ixhui: 고기 만두

익스플라나틀ixplanatl: 승인받은 테익스칼란의 과학자(물리, 사회, 생물, 화학).

인포시트infosheet: 인포피시로 만들어진 뉴스시트.

인포피시infofiche: 이미지와 텍스트를 보여 주는, 변화시킬 수 있고 접을 수 있고 투명한 플라스틱. 재사용 가능.

인포피시 스틱infofiche stick: 엄지손가락 크기의 컨테이너. 종종 개인의 것으로 지정되어 있고, 스틱이 깨지면 나타나는 메시지의 홀로그래프를 담고 있다. 또한 실제 인포피시의 일부를 담고 있기도 하다.

일곱 개의 녹옥수 Seven Chrysoprase: 채널8에 고용된 뉴스캐스터.

일곱 개의 저울 Seven Scale: 에주아주아카트 열아홉 개의 자귀 각하의 부보좌관.

자우이틀xauitl: 꽃.

제국 검열소 Imeperial Censor Office: 어떤 미디어가 제국의 어떤 지역에 퍼질지를 결정하는 테익스칼란 정부 내 한 부서.

제2고리 Ring Two: 시티의 주에서 황궁으로부터 480킬로미터 이상, 960킬로미터 이하로 떨어진 지역. 정보부가 쓰는 속어.

중앙주Inmost Province: 시티의 가장 안쪽에 위치한 주. 행정건물들과 주요 문화센터들이 자리하고 있다.

중앙주 우주공항Inmost Province Spaceport: 시티의 주요 우주공항으로 57퍼센트의 도착선들이 여기를 이용한다.

지르파츠Jirpardz: 르셀 스테이션의 조종사.

차그켈 암바크Tsagkel Ambak: 르셀 스테이션의 협상가 겸 외교관. 테익스칼란 제국과 스테이션의 현재의 조약을 공식화했다.

충격봉shocksticks: 전기로 작동하는 무기. 테익스칼란에서 주로 군중 통제에 사용된다.

캄차트 기템Kamchat Gitem: 르셀 스테이션의 조종사.

캐머런 함장Captain Cameron: 르셀의 그래픽노블 『위험한 변경!』의 가공의 주인공.

클라우드후크cloudhook: 이동식 장치로 눈에 쓴다. 테익스칼란 시민들이 전자 미디어, 뉴스, 통신, 기타 등등에 접속하게 만들어주며, 문을 열거나 접속을 허용하는 보안장치나 열쇠 기능도 한다. 또한 위치를 위성 네트워크와 통신하여 지역 위치 시스템 기능도 한다.

테익스칼란Teixcalaan: 제국, 세계, 알려진 우주와 동일한 규모.

테익스칼란어Teixcalaanli: 테익스칼란에서 쓰는 언어.

틀락슬라우임tlaxlauim: 테익스칼란의 자격증 있는 회계사나 경제 전문가.

파르츠라완틀락 섹터Parzrawantlak Sector: 바르츠라반드 섹터의 테익스칼란식 발음.

페트리코르5 Petrichor-5: 바르츠라반드 섹터 근처의 큰 민주주의 다행성계 정치적 세력.

포플러주Poplar Province: 중앙주에서 좀 더 먼 주 중 하나. 바다를 가로질러 떨어져 있다.

하나의 번개 One Lightning: 테익스칼란 함대의 야오틀렉. 위대한 여섯 방향 황제를 모시며 병사들에게 대단한 칭송을 받고 있다.

한 그루 침엽수 One Conifer: 테익스칼란 시민. 중앙 여행부 북동지부에서 일한다.

한 개의 화강암 One Granite: 최초의 황제에게 있었던 전설적인 최초의 에주아주아카트.

한 개의 스카이후크 One Skyhook: 테익스칼란의 유명한 시인. 종종 학교에서 가르친다.

한 개의 망원경 One Telescope: 약 200년 전의 에주아주아카트. 업적을 기리기 위해서 중앙주의 중앙 교통중심지에 그녀의 동상이 세워져 있다.

황실 잉크스탠드 책임자 Keeper of the Imperial Inkstand: 테익스칼란 황제의 일정 관리인 겸 시종의 직위.

황제들의 비사 The Secret History of the Emperors: 많은 테익스칼란 황제들의 삶에 관한 유명한(음란한) 익명의 기록. 종종 업데이트된다. 절대로 가짜가 아니다.

휘차후이틀림huizahuitlim: 꽃의 꿀을 먹는 새의 일종으로 '황궁의 콧노래꾼'이라고 불린다.

테익스칼란어의 문자 체계와 발음에 대해서

테익스칼란어는 '상형문자'로 쓰인 상징음절식이다. 이 개개의 상형문자가 독립 혹은 결합 형태소를 나타낸다. 테익스칼란 상형문자는 또한 대체로 의미를 잃어서 순수하게 소리만 남은 첫 번째 형태소의 발음에서 파생된 발음으로 표현된다. 테익스칼란어의 상징음절식 특성 때문에 구어와 문어 양쪽 모두에서 쉽게 이중, 삼중 의미가 생긴다. 개개의 상형문자는 시각적 유희로 사용될 수도 있고 정확한 형태소의 사용과 관계없는 의미를 암시하기도 한다. 이런 말장난은 시각적인 것이든 청각적인 것이든 간에 제국의 문학예술의 중심에 있다.

테익스칼란어는 한정된 수의 자음을 가진 모음 위주의 언어이다. 아래에 간략한 발음 가이드를 실어 둔다.(IPA 기호와 미국 영어의 예시를 사용했다.)

a—ɑː—father

e—ɛ—bed

o—oʊ—no, toe, soap

i—i—city, see, meat

u—u—loop

aa—ɑ—테익스칼란어의 'aa'는 소리의 기본단위chroneme이다: 이것은 a의 소리를 좀 더 길게 늘이지만, 그 특성을 바꾸지는 않는다.

au—aʊ—loud

ei—eɪ—say

ua—ʷɑ—water, quantity

ui—ʷi—weed

y—j—yes, yell

c—k^h—cat, cloak(certain 같은 소리는 절대로 나지 않는다.)

h—h—harm, hope

k—k—crater나 crisp처럼 거의 항상 r 앞에서 찾을 수 있지만, 종종 강한 기식음으로 단어 끝에서 볼 수도 있다.

l—ɣ—bell, ball

m—m—mother, mutable

n—n—nine, north

p—p—paper, proof

r—ɾ—red, father

s—S—sable, song

t—t^h—aspirated, as in top

x—ks—sticks, six

z—Z—zebra

ch—tʃ—chair

하지만 테익스칼란어가 선호하는 자음군에서, t는 대부분의 경우에 stop 에서처럼 기음氣音이 없는 치음성 자음이다. l은 대체로 line 이나 lucid처럼 치음과 비슷하다. 테익스칼란어에는 많은 차용어들이 있다. 더 자음이 많은 언어에서 유래한 단어를 발음할 때 테익스칼란어는 낯선 자음을 피하는 경향이 있다. 예를 들어 "b"는 "p"처럼, "d"는 "t"처럼 발음한다.

바르츠라반드 섹터의 르셀 스테이션과 다른 스테이션들에서 쓰는 언어에 대해서

반면에 바르츠라반드 섹터의 스테이션들에서 쓰는 언어는 알파벳이고 자음이 많다. 스테이션어가 모국어인 사람이 테익스칼란어를 발음하는 것이 그 반대보다 더 쉽다.(스테이션어 단어를 혼자서 발음해 보고 싶다면, 그런데 의거할 기준이 지구 언어밖에 없다면, 현대 동아르메니아어의 발음이 좋은 가이드가 될 것이다.)

감사의 말

2014년 여름 애리조나주 카텔 커피 랩에서 현대 동아르메니아어 심화 코스 2주차 때 이 책을 쓰기 시작했다. 내 머리는 내 것이 아닌 단어의 형태로 가득했다. 2017년 봄의 와중에, 볼티모어에 있는 내 침실에서 이 책을 끝냈다. 아내가 깨기에는 너무 이른 시간이라서 나는 천천히 도시 위로 다가오는 빛을 보았다. 추방에 대해서, 사람이 고향에 거의 다 오지만 완벽하게 돌아오지는 못한다는 생각을 하면서.

애리조나와 볼티모어 사이에는 세 개의 주와 네 개의 도시, 세 개의 직장, 그리고 이 책을 만드는 데서 내가 쉽게 설명할 수 없을 정도로 많은 도움이 있었다. 감사의 말 부분은 당연하게도 내가 해야 하는 모든 감사의 인사말의 얇은 그림자일 뿐이다. 하지만 어쨌든, 내 영원한 감사를 엘리자베스 베어에게. 처음에는 나의 친구였고 그다음엔 나의 선생님이었으며 그다음에 다시 친구가 되었고, 나의 주장에도 불구하고 계속해서 내가 소설을, 멋진 소설을 쓸 능력이 충분하다고 말해 주었다. 주('zoo)는 AIM이나 슬랙, 직접 만나서, 최고의 바가 되어 주고, 작가이자 한 인간이 되는 법을 가르쳐 준 최고의 장소였다. 리즈 버크, 우연히 이 책을 팔았고 이 책의 기획을 이해해 주었다. 페이드 맨리, 초반 장들을 복사-붙이기하는 동안 용맹하게 버텨 주었다. 아말 엘모흐타르와 리케인, 나에게 제국의 동화와 언어와 유혹과 공포를 쓰도록 용기를 주었고, 또 더 잘할 수 있도록 요구했다. 바이어블 패러다이스 워크숍, 이게 없었다면 나는 친구도 훨씬 적고 기술도 훨씬 형편없었을 것이다. 뛰어난 대리인 송동원은 이 기획이 무엇인지, 앞으로 어떻게 될 건지 전부 한꺼번에 봐 주었다.(다음에는 중요한 비즈니스 전화를 스웨덴에서 하지 않겠다고 약속한다.) 편집자 데비 필라이는 가서 이 우주의 나머지를 찾아 여러분 모두를 위해 페이지에 옮기라고 말해 주었다.

그리고 또 다음의 사람들에게 감사의 말을 전한다. 테오 반 린트는 나에게 아르메니아를 보여 주었다. 잉겔라 닐슨은 내가 그녀의 박사 후 과정 연구원으로 일하며 비잔티움에 관해 쓰면서 한편으로 SF 소설을 쓰는 것을 관대하게 봐 주었다. 패트릭과 테레사 닐슨 헤이든, 이 업계에 나를 받아주고 환영해 주었다. 어머니 로리 스머클러, 나에게 학계를 떠나 글을 쓰고 싶은 게 아닌지 처음으로 물어봐 준 분이고, 그게 좋은 아이디어라고 여겨 주었다. 아버지 이라 웰러, 아직 뭘 알기엔 너무 어린 내게 SF 소설을 주었다. 우리 둘 다에게 항상 더 많은 '과학의 고통'이 있기를.

마지막이자 가장 소중한 비비언 쇼, 나의 아내, 특별한 첫 번째 독자, 나에게 이야기가 즐거움도 될 수 있음을 보여 준 사람. 고맙다는 말로는 부족해, 달링, 하지만 다른 모든 것과 마찬가지로 그것도 전부 당신 거야.

옮긴이 | 김지원

서울대학교 화학생물공학부와 동 대학원을 졸업하고 서울대학교 언어교육원 강사로 재직했으며, 현재 전문 번역가로 활동하고 있다. 옮긴 책으로 『전쟁 연대기』, 『루미너리스』, 『오버스토리』, 『모든 것에 화학이 있다』, 『잘못은 우리 별에 있어』, 『할렘 셔플』, 『마음을 바꾸는 방법』, 『동물의 운동능력에 관한 거의 모든 것』, 『벨 그린』, 『토끼 귀 살인사건』, 『우주의 알』, 『우리가 동물의 꿈을 볼 수 있다면』 등이 있다.

테익스칼란 제국 시리즈 1

제국이란 이름의 기억

1판 1쇄 찍음 2025년 6월 30일
1판 1쇄 펴냄 2025년 7월 10일

지은이 | 아케이디 마틴
옮긴이 | 김지원
발행인 | 박근섭
편집인 | 김준혁
책임편집 | 장은진
펴낸곳 | 황금가지

출판등록 | 2009. 10. 8 (제2009-000273호)
주소 | 06027 서울 강남구 도산대로 1길 62 강남출판문화센터 5층
전화 | 영업부 515-2000 편집부 3446-8774 팩시밀리 515-2007
홈페이지 | www.goldenbough.co.kr

도서 파본 등의 이유로 반송이 필요할 경우에는 구매처에서 교환하시고
출판사 교환이 필요할 경우에는 아래 주소로 반송 사유를 적어 도서와 함께 보내주세요.
06027 서울 강남구 도산대로 1길 62 강남출판문화센터 6층 민음인 마케팅부

한국어판 © ㈜민음인, 2025. Printed in Seoul, Korea
ISBN 979-11-7052-600-1 04840(1권)
ISBN 979-11-7052-602-5 04840(세트)

㈜민음인은 민음사 출판 그룹의 자회사입니다.
황금가지는 ㈜민음인의 픽션 전문 출간 브랜드입니다.